D1482713

AU BORD DE LA RIVIÈRE

Michel David

AU BORD
— DE LA —
RIVIÈRE

TOME 1. BAPTISTE

Roman historique

www.quebecloisirs.com

UNE ÉDITION DU CLUB QUÉBEC LOISIRS INC.

Avec l'autorisation des Éditions Hurtubise inc.
© 2011, Les Éditions Hurtubise inc.

Dépôt légal – Bibliothèque et Archives nationales du
Québec, 2011
ISBN Q.L. : 978-2-89666-098-8
(Publié précédemment sous ISBN 978-2-89647-506-3)

Imprimé au Canada par Friesens

Les gens de mon pays,
Ce sont gens de parole
Et gens de causerie
Qui parlent pour s'entendre
Et parlent pour parler
Il faut les écouter.

Gilles Vigneault
Les gens de mon pays

Les principaux personnages

Rang Saint-Jean
La famille Beauchemin

Baptiste Beauchemin : cultivateur, âgé de 52 ans

Marie Camirand : fille de Wilfrid et Eudoxie, épouse de Baptiste, âgée de 50 ans et mère de : Camille (28 ans, célibataire), Donat (24 ans, époux d'Eugénie Guérin), Emma (22 ans, épouse de Rémi Lafond et mère de deux enfants, Flore et Joseph, établie avec sa famille également dans le rang Saint-Jean), Xavier (21 ans, célibataire), Hubert (20 ans, célibataire) et Bernadette (19 ans, célibataire)

Tancrède Bélanger : époux d'Émérentienne et propriétaire du pont

Conrad Boudreau : un des premiers cultivateurs arrivés dans la région, voisin immédiat des Beauchemin

Liam Connolly : cultivateur, veuf âgé de 36 ans et père d'Ann (12 ans), Patrick (10 ans), Duncan (9 ans) et Rose (5 ans)

Joseph Gariépy : cultivateur, époux d'Anne-Marie, voisin immédiat des Beauchemin

Cléomène Paquette : cultivateur, époux d'Aurélie

Éloi Provost : un des premiers cultivateurs arrivés dans la région, époux de Marthe

Rang Sainte-Ursule
La famille Ellis

Samuel Ellis : cultivateur âgé de 48 ans

Bridget McCormick : épouse de Samuel, âgée de 47 ans et mère de Paul (25 ans), Georges (23 ans), Jim (22 ans) et Harry (19 ans)

Constant Aubé : homme engagé par Thomas Hyland, surnommé la Bottine

Léopold Benoît : cultivateur, époux de Laura et père de Catherine et Cyprien

Évariste Bourgeois : forgeron, époux de Jeanne d'Arc

Angèle Cloutier : veuve, occupant le terrain voisin de la forge en bas de la côte, commère des rangs

Antonius Côté : cultivateur, époux d'Éva

Télesphore Dionne : propriétaire du magasin général, époux d'Alexandrine

Thomas Hyland : tanneur, cultivateur, propriétaire du moulin à scie et père de Bert et Mathilda.

Delphis Moreau : cultivateur, père de deux garçons et fils d'Agénor

Alcide Proulx : cultivateur, époux d'Artémise et père de trois filles

Rang Saint-Paul

Léon Légaré : garçon d'Onésime, cultivateur et prétendant de Bernadette

Adjutor Jutras : cultivateur, père d'Aurélie

Autres

Antonin Lemoyne : homme engagé de Xavier

Hormidas Meilleur : facteur

Charles-Omer Ouellet : curé de la mission Saint-Bernard-Abbé

Chapitre 1

La dernière tempête

Marie Beauchemin s'arrêta devant l'une des deux fenêtres de la cuisine pour jeter un long coup d'œil à l'extérieur. La cour de la ferme était déserte. L'étable, la grange et l'écurie disparaissaient encore à moitié derrière les bancs de neige. Même si on était déjà à la mi-mars, il n'y avait aucun signe apparent de l'arrivée prochaine du printemps dans le rang Saint-Jean, au milieu duquel se dressait la ferme de Baptiste Beauchemin.

Depuis une heure, de lourds nuages violacés avaient pris le ciel d'assaut, créant une obscurité inhabituelle à ce moment de la journée.

— Il est même pas trois heures et v'là qu'on est obligés d'allumer la lampe, dit la quinquagénaire à son aînée en train de piquer une courtepointe sur la longue table qui occupait le centre de la cuisine.

La maîtresse de maison était une petite femme bien en chair aussi large que haute. Cette mère de six enfants au chignon poivre et sel se secoua avant d'aller retrouver sa fille et sa bru.

— On va encore avoir droit à une belle bordée, m'man, dit Camille d'une voix égale. C'est de valeur, ça va encore retarder les sucres, déplora-t-elle.

La célibataire de vingt-huit ans avait hérité de sa mère ses yeux bruns et son épaisse chevelure châtaine. La jeune femme avait une solide stature et son visage rond aux traits réguliers lui donnait un air sévère. Cependant, il se dégageait d'elle également une impression assez rassurante.

— Moi, j'haïs pas une bonne tempête pantoute, madame Beauchemin, intervint Eugénie d'une voix traînante. Il me semble que ça dort bien dans ce temps-là.

Marie jeta un coup d'œil désapprobateur à sa jeune bru enceinte de quatre mois et eut du mal à retenir la remarque cinglante qui lui était venue aux lèvres. Ce n'était un secret pour personne chez les Beauchemin que la maîtresse de maison avait beaucoup de mal à tolérer l'indolence de la femme de Donat, son fils aîné.

— J'espère que les hommes vont être assez intelligents pour revenir du bois avant que ça se mette à tomber pour de bon, dit-elle en s'assoyant.

Le silence retomba dans la grande pièce, troublé uniquement par le tic-tac de l'horloge installée dans un coin et la chute des tisons dans le poêle à bois. Durant les quelques minutes suivantes, Marie se leva encore à deux reprises pour regarder par la fenêtre si son mari et ses deux fils revenaient du bois. Ils étaient allés percer les érables et installer les chalumeaux en prévision de la saison des sucres qui finirait bien par arriver.

Au moment où elle les aperçut au loin, la neige commença à tomber d'abord doucement, puis de plus en plus fort. En moins de cinq minutes, les gros flocons poussés par le vent qui venait de se lever brouillèrent le paysage.

— Bon, v'là que ça se met à tomber, annonça-t-elle aux deux femmes en s'arrêtant près du poêle pour y déposer une bûche. À cette heure, on n'y voit ni ciel ni terre.

Elle se dirigea immédiatement vers les crochets auxquels étaient suspendus les manteaux et s'assit sur le banc du quêteux pour mettre ses bottes avant de se relever pour endosser son manteau. Sa fille et sa bru levèrent la tête.

— Vous en allez-vous déjà aux bâtiments? lui demanda Camille.

— Non, continuez à piquer. J'en ai pas pour longtemps, lui répondit sa mère en enfonçant une tuque sur sa tête.

Elle prit le fanal suspendu à un crochet près de la porte et l'alluma avant de sortir dans la tourmente qui venait de commencer. Le vent s'était mis à mugir et charriait maintenant la neige à l'horizontale au point qu'elle avait de la peine à voir à quelques pieds devant elle. Elle se dirigea vers la remise construite à l'arrière de la maison, sachant que son mari et ses fils s'y arrêteraient pour y déposer leurs outils et leurs raquettes avant de rentrer.

Elle n'eut pas à les attendre très longtemps. Avant même de les voir, elle les entendit arriver.

— Veux-tu ben me dire ce que tu fais dehors par un temps pareil ? lui demanda son mari en l'apercevant près de la porte de la remise où étaient rangés la *sleigh*, le berlot et le bois de chauffage. Manques-tu de bois en dedans ?

L'homme de taille moyenne était solidement charpenté. Sa large figure à la mâchoire énergique était encadrée par d'épais favoris poivre et sel.

— Non, le coffre est plein. Je veux juste qu'un de vous autres aille chercher Bedette à l'école.

— Elle a juste un peu plus qu'un mille à marcher, fit Donat en retirant ses raquettes.

Le fils ressemblait physiquement à son père, quoiqu'il fût un peu moins grand.

— Il neige trop et c'est dangereux d'être dans le chemin en pleine tempête, rétorqua sa mère.

— Mais, m'man, si Bedette pense qu'elle peut pas se rendre, elle a seulement à traverser la rivière et aller coucher chez Emma.

— Non, répliqua la petite femme sur un ton qui n'admettait pas la contestation. Sa place, c'est ici, pas chez sa sœur qui doit s'occuper de ses deux enfants. Est-ce qu'il y en a un de vous autres qui va se grouiller ou bien je vais être obligée d'atteler moi-même pour aller la chercher ?

— Ça va faire, laissa sèchement tomber Baptiste. Vas-y, Xavier, ordonna-t-il à son fils cadet.

— C'est correct, accepta ce dernier sans enthousiasme.

— Tu peux prendre le temps d'entrer te réchauffer une couple de minutes avant d'y aller, lui offrit sa mère en se rendant compte subitement que les trois hommes avaient le visage rougi par le froid.

— Non, m'man, je vais me débarrasser de ça tout de suite, avant le train.

— Laisse faire le train, intervint son père. On va s'en occuper.

— Si ta sœur est déjà partie de l'école, arrête chez Rémi pour voir si elle est pas là, lui recommanda sa mère.

Xavier accrocha ses raquettes au clou fixé au mur, sortit de la remise et se dirigea, tête baissée, vers l'écurie.

Le garçon de vingt et un ans était une véritable force de la nature. Aussi large d'épaules que son père et son frère Donat, il les dépassait d'une demi-tête et adorait se mesurer aux hommes forts des environs. Travailleur, il était en outre doté d'une grande persévérance. Ses cheveux noirs bouclés et son visage énergique ne laissaient guère les jeunes filles indifférentes. Plus d'une rêvait de le voir venir suspendre son fanal à sa porte pour veiller avec elle.

Quelques minutes plus tard, Baptiste tourna la tête vers la fenêtre en entendant sonner les grelots de l'attelage qui passait près de la maison. Il retira sa pipe de sa bouche, cracha dans le crachoir placé à sa gauche et but une gorgée de thé bouillant.

— Bagatême ! Je pensais ben qu'on en avait fini avec cette maudite neige-là cette année, dit-il à sa femme qui avait repris sa place à table. Là, on va perdre encore une journée à se désembourber.

— Et on est loin d'avoir fini de planter les chalumeaux, compléta son fils Donat en allumant sa pipe à son tour. Avec cette neige-là, on va juste en arracher un peu plus. Si ça continue, on va être capables de fixer les chaudières juste au mois d'avril.

À l'extérieur, le vent s'était mis à hurler comme s'il cherchait à ébranler la maison en pierres des champs des Beauchemin, construite par Baptiste plus de vingt-cinq ans auparavant. Cette demeure trapue à un étage, ceinte d'une galerie sur deux de ses côtés, était ancrée dans le sol à une cinquantaine de pieds de la route qui suivait les méandres de la rivière Nicolet. De l'avis de la maîtresse de maison, il ne lui manquait qu'une cuisine d'été pour en faire un foyer idéal et confortable. En fait, les quatre chambres à coucher à l'étage suffisaient aux besoins de ses occupants. Au rez-de-chaussée, la grande cuisine, centre de la vie familiale, était complétée par un salon et par la chambre des maîtres située au pied de l'escalier étroit qui conduisait à l'étage.

Près d'une heure plus tard, la *sleigh* conduite par Xavier s'arrêta près de la maison. L'obscurité était maintenant totalement tombée. Il y eut des éclats de voix à l'extérieur, éclats suivis par des bruits de pas sur la galerie. La porte s'ouvrit, laissant entrer une bourrasque de neige poussée par le vent qui hurlait.

— Seigneur, ce qu'il peut faire mauvais ! s'exclama Bernadette Beauchemin en retirant le manchon qui lui protégeait les mains du froid.

— Essaye de pas mettre de la neige partout sur le plancher, lui demanda sa sœur Camille qui, le matin même, avait lavé à la brosse le parquet de pin.

— Donne-moi au moins une chance d'entrer ! rétorqua la nouvelle arrivée d'une voix exaspérée.

L'institutrice de dix-neuf ans retira son manteau et ses bottes avec des gestes brusques avant de s'approcher du poêle pour se réchauffer pendant que Camille et Eugénie finissaient de dresser le couvert. Sa mère était occupée à confectionner la pâte des galettes de sarrasin. Il était évident que la jeune fille était de mauvaise humeur et elle ne faisait aucun effort pour le cacher.

La cadette de la famille en était aussi l'enfant gâtée, surtout par son père. Sa situation d'institutrice en était la belle preuve.

━━━

Les habitants des deux bords de la rivière Nicolet, qu'ils soient d'origine française ou irlandaise, reconnaissaient tous en Baptiste Beauchemin un cultivateur ambitieux toujours prêt à trouver les moyens pour parvenir à ses fins. Il était évident à leurs yeux que c'était un homme autoritaire qui avait une nette tendance à vouloir tout diriger. Il y serait probablement parvenu si Samuel Ellis, dont la ferme était située de l'autre côté de la rivière, ne lui avait pas mis des bâtons dans les roues chaque fois qu'il le pouvait.

En 1866, l'homme s'était mis en tête d'obtenir une école de rang pour les enfants qui habitaient ce qu'on appelait la «concession de la rivière», parce que les écoles de rang de Sainte-Monique et de Saint-Zéphirin étaient trop éloignées pour eux. Il jugeait injuste que ces enfants ne puissent apprendre à lire et à écrire.

Dès qu'elle avait su les intentions de son père, Bernadette avait pris la décision de devenir institutrice parce qu'elle détestait les travaux harassants de la ferme. Contrairement à ses frères et sœurs, elle avait eu la chance de fréquenter l'école jusqu'à la fin de sa septième année à Saint-Zéphirin, grâce à ses grands-parents maternels qui l'avaient hébergée. Elle avait donc tout fait pour persuader son père de l'envoyer au couvent des sœurs de l'Assomption de la Vierge Marie à Saint-Grégoire, pour pouvoir terminer ses études. L'ayant convaincu, elle y avait été pensionnaire durant deux ans.

Il avait fallu ces deux années à Baptiste Beauchemin pour que les autorités cèdent et décident enfin d'ouvrir une école de rang.

— Nous autres, on n'a pas eu la chance d'apprendre, avait-il plaidé auprès des curés des deux paroisses dont dépendaient les habitants qui résidaient au bord de la rivière, mais c'est pas une raison pour que nos enfants continuent à signer avec un « X ».

Quand il se rendit compte que les autorités religieuses continuaient à faire la sourde oreille, il se tourna vers Joseph Gaudet, le député conservateur du comté de Nicolet, qu'il avait aidé à se faire élire quelques mois auparavant. Le politicien, reconnaissant, avait su frapper aux bonnes portes et avait finalement obtenu cent dollars pour transformer la vieille maison des Lambert, située de l'autre côté du pont, en une école de rang. On l'avait même autorisé à engager une institutrice.

Le choix de Bernadette Beauchemin n'avait évidemment pas manqué de soulever une certaine controverse, surtout du côté de Samuel Ellis. Cependant, elle avait obtenu le poste malgré ses dix-sept ans, parce qu'elle était, de loin, la personne la plus instruite des trois rangs que l'école allait desservir. Dès que la jeune fille était entrée en fonction à l'automne, 1868, les parents des rangs Saint-Jean, Sainte-Ursule et Saint-Paul s'étaient empressés d'envoyer leurs plus jeunes enfants à l'école. Certains Irlandais anglophones y avaient aussi inscrit leurs enfants, même si Samuel Ellis avait déploré ouvertement l'unilinguisme de l'institutrice.

— C'est ben de valeur que nous autres, on n'ait pas eu cette chance-là, avait fait remarquer Camille, l'aînée de la famille, en parlant des deux douzaines d'enfants qui fréquentaient l'école dirigée par sa jeune sœur.

— On avait trop d'ouvrage à faire pour aller user nos fonds de culotte sur les bancs d'école, avait poursuivi Xavier.

— Au fond, ça nous aurait rien donné de plus de savoir lire et écrire, avait raisonné Donat. On n'a pas besoin de ça pour faire notre ouvrage.

— Là, vous parlez tous pour rien dire, avait tranché leur père. Quand vous étiez jeunes, on n'avait pas d'école. À cette heure, on en a une… et tout le monde sait à qui on le doit, ne put-il s'empêcher de dire en se rengorgeant.

———

Bernadette se regarda un bref instant dans le petit miroir rond fixé au mur. Elle se savait jolie et était habile à jouer de son charme. Cette brune à la taille fine et au petit nez retroussé n'avait qu'à poser ses yeux pers sur un garçon pour que ce dernier se sente attiré vers elle comme par un aimant. Sa mère avait tôt fait de voir clair dans son jeu et elle la surveillait de près.

— As-tu l'intention de rester bien longtemps plantée à rien faire à côté du poêle ? s'impatienta Marie. Mets-toi un tablier et viens nous aider. Tu seras pas de trop.

— Dire que je pourrais rester tranquillement dans l'appartement au-dessus de ma classe au lieu de perdre du temps sur le chemin matin et soir, bougonna Bernadette en se dirigeant vers le garde-manger où était suspendu son tablier.

— Bedette Beauchemin, tu vas pas recommencer cette rengaine-là encore une fois ! lui dit sa mère en haussant le ton. Tout ça, c'est réglé depuis belle lurette. On t'a dit qu'il y avait pas de raison pour que tu t'installes toute seule à l'école quand la maison est juste à un mille de là. Bondance, sers-toi un peu de ta tête ! Tu devrais t'estimer chanceuse de pouvoir revenir à la maison tous les soirs. T'as pas à préparer ton repas, à aller chercher ton eau au puits et à chauffer ton appartement.

— Je veux bien le croire, m'man, protesta la jeune fille, mais je sauverais bien du temps que je pourrais occuper à préparer mes classes et à corriger les ardoises des enfants. En tout cas, il me semble que je pourrais au moins aller coucher chez Emma quand il fait pas beau. J'aurais juste à traverser la rivière et à marcher quelques arpents.

— Je vois pas pourquoi t'irais encombrer ta sœur quand t'as un lit ici dedans. Bon, assez parlé pour rien, conclut la mère de famille en déposant bruyamment une poêle de fonte sur le fourneau.

Quelques minutes plus tard, Baptiste rentra à la maison, souffla le fanal qu'il portait à la main et tendit à sa femme le seau dans lequel il avait recueilli le lait de la traite.

— Les gars s'en viennent avec du bois, annonça-t-il en retirant bottes et manteau. Dehors, ça se calme pas pantoute, ajouta-t-il en demeurant près de la porte pour l'ouvrir à ses fils qui arrivaient, les bras chargés de bûches.

Camille et Bernadette s'avancèrent pour débarrasser leurs frères de leur charge et leur permettre ainsi de retirer leurs manteaux. Les bûches furent déposées dans le coffre à bois placé près du poêle. Le maître des lieux alla se laver les mains et vint prendre place au bout de la table.

— Qu'est-ce qu'on mange pour souper, m'man? demanda Xavier. Moi, je mangerais un cheval.

— C'est bien dommage, mon gars, mais tu vas te contenter de galettes de sarrasin, répondit Marie en déposant une assiette surchargée de minces galettes grises au milieu de la table.

— Juste ça?

— T'oublies qu'on est en plein carême, mon garçon. Ton repas complet, tu l'as pris à midi avec des grillades de lard. À soir, c'est maigre.

Baptiste ne put retenir une grimace qui n'échappa pas à sa femme. Elle lui fit les gros yeux. Le cultivateur prospère était doté d'un appétit à la mesure de ses ambitions. Cet homme aux épais favoris poivre et sel était connu pour ne pas avoir froid aux yeux et, surtout, pour ne pas avoir la langue dans sa poche. Quand il avait quelque chose à dire, il le disait sans se soucier de ménager les susceptibilités. Seule sa femme pouvait lui en imposer, mais cela, il ne l'aurait jamais reconnu devant un tiers.

Il récita le bénédicité et se signa avant de déposer quelques galettes dans son assiette.

— Est-ce qu'il reste encore du sirop pour mettre là-dessus ? demanda le maître de la maison.

— On l'a fini au déjeuner, beau-père, répondit Eugénie. Il reste juste un quart de mélasse.

— Va le chercher, lui ordonna son beau-père. Ce sera toujours mieux que rien.

— C'est un signe qu'il est temps qu'on fasse les sucres, dit Donat après avoir avalé une bouchée.

— Tout ce qui nous manque, c'est un peu de temps doux durant la journée, fit son frère en s'emparant à son tour du pot de mélasse.

— En tout cas, on va laisser faire les chalumeaux demain. On va être pris pour tasser toute la neige qui nous tombe dessus, reprit son père. As-tu dit aux enfants que l'école serait fermée demain ? ajouta-t-il en se tournant vers sa cadette.

— Oui, p'pa.

— Gagez-vous qu'il y en a encore qui vont se lamenter que l'école ferme pour un oui ou pour un non ? dit Donat.

— S'il y a des plaintes, ça va encore venir des Irlandais, répondit son père. Ils sont jamais contents.

Personne n'éprouva le besoin de demander à Baptiste Beauchemin de qui il parlait exactement. Quand il disait « les Irlandais », il visait avant tout Samuel Ellis. Ce dernier faisait partie de la dizaine de fermiers d'origine irlandaise installés en majorité dans le rang Sainte-Ursule. Leurs fermes étaient situées en haut de la grande côte, sur le bord de la rivière, en face du rang Saint-Jean, où les Beauchemin étaient établis. Si certains ne parlaient pas français, plusieurs, dont Samuel Ellis, se débrouillaient fort bien dans la langue de Molière et ne se gênaient pas pour défendre leurs droits et chercher à satisfaire leurs ambitions.

Au fil des ans, les deux communautés étaient parvenues à vivre en harmonie, même si leurs opinions divergeaient sur plusieurs points. Tous étaient de fervents catholiques, mais les mentalités différaient. Si les Irlandais reprochaient souvent aux Canadiens français d'être trop ancrés dans de vieilles habitudes, ces derniers ne se gênaient pas pour traiter leurs voisins d'ivrognes effrontés plus portés à s'amuser qu'à travailler.

Sur les bords de la rivière Nicolet, une sourde opposition et un peu de méfiance s'étaient néanmoins développées entre d'un côté la trentaine de familles regroupées dans le rang Saint-Jean, appartenant à la paroisse de Sainte-Monique, et de l'autre, les vingt-cinq familles vivant dans le rang Sainte-Ursule, qui relevaient, avec la dizaine de familles installées depuis quelques années dans ce qu'on avait convenu d'appeler le rang Saint-Paul, de la paroisse de Saint-Zéphirin. Pourtant, tous ces gens étaient appelés les colons de la rivière Nicolet par les habitants des deux paroisses.

L'implantation de l'école de rang où enseignait Bernadette Beauchemin illustrait assez bien le climat régnant entre les deux communautés. Lorsque Baptiste avait réuni les cultivateurs des trois rangs pour leur annoncer qu'il était parvenu à obtenir une subvention pour acheter la maison abandonnée des Lambert, en face du magasin général de Télesphore Dionne, la dispute avait éclaté dès qu'il avait parlé de son intention de faire démolir et rebâtir cette maison au centre du rang Saint-Jean.

— Pourquoi ça ? avait alors demandé Samuel Ellis, se faisant immédiatement le porte-parole des habitants des deux autres rangs.

— Parce que toutes les écoles de rang sont toujours placées au milieu du rang, avait rétorqué Baptiste avec une certaine hauteur.

— C'est sûr, mais c'est parce qu'il y a juste les enfants de ce rang-là qui y vont, s'était empressé de préciser l'Irlandais.

Mais ici, l'école doit servir aux enfants des trois rangs. Ce serait ben trop loin pour les enfants de Sainte-Ursule et de Saint-Paul que l'école soit presque juste en face de chez vous, ajouta-t-il sur un ton moqueur. Penses-y un peu. Cela forcerait tous les enfants de Sainte-Ursule à descendre et monter la grande côte chaque jour, à traverser le pont de Tancrède Bélanger et à marcher pratiquement un mille dans le rang Saint-Jean.

— Je veux ben le croire, mais l'argent qu'on a eu du gouvernement paye juste la maison et les fournitures, pas le terrain. Là, je suis prêt à donner le terrain, avait expliqué Baptiste avec une certaine mauvaise foi.

Ellis s'était entretenu quelques instants avec les cultivateurs de son rang et ceux de Saint-Paul avant de proposer :

— C'est correct, avait-il dit. T'as été ben *smart* de nous avoir eu une subvention, avait-il reconnu. Nous autres, on va se cotiser et on va payer le terrain des Lambert. Comme ça, t'auras pas besoin de te priver d'un bout de terrain et l'école va être à peu près au centre des trois rangs en restant devant le magasin. On n'aura pas besoin de déménager cette vieille maison-là.

Finalement, cette solution n'avait permis à aucun des deux clans de remporter une victoire et avait plutôt laissé tout le monde insatisfait. Les enfants du rang Saint-Jean devaient traverser le pont et marcher depuis la côte du rang Sainte-Ursule. Et ceux de ce dernier rang étaient tout de même obligés de monter et de descendre la côte. Bref, il n'y avait que les enfants du rang Saint-Paul à y avoir trouvé leur compte.

L'achat de la maison, du terrain, du tableau noir, des pupitres et des ardoises des enfants coûta un peu plus de cent quarante dollars. Si le montant fut jugé raisonnable par tous, il en alla tout autrement quand il fallut choisir l'institutrice qui allait y enseigner du 1er septembre au 15 juillet.

Ellis proposa la jeune Mathilda Hyland qui était prête, selon ses dires, à faire l'école pour cinquante dollars par an. Baptiste eut tôt fait de prouver que la jeune fille savait à peine écrire et qu'on ne pouvait lui confier les enfants. Par contre, sa fille Bernadette, fraîchement sortie du couvent, pouvait s'occuper de l'école pour soixante-dix dollars. Il y eut alors des grincements de dents et on dut passer au vote. La cadette des Beauchemin obtint finalement le poste, mais elle se savait sous haute surveillance. Pour mieux la faire accepter, son père avait expliqué que la communauté n'aurait pas à payer le chauffage de son appartement de fonction puisqu'elle continuerait à habiter chez lui.

❧

Camille se leva pour verser du thé aux convives puis revint prendre sa place près de sa mère. Le reste du repas du soir se prit dans un silence complet. Les sept adultes assis autour de la table entendaient le vent hurler à l'extérieur. Les bourrasques de neige fouettaient les fenêtres.

Les femmes finirent par se lever et commencèrent à ranger la cuisine pendant que les hommes se retiraient près du poêle.

— Hou donc, Eugénie! s'impatienta la maîtresse de maison en voyant sa bru se traîner les pieds en allant chercher de l'eau chaude dans le réservoir du poêle. On ne va pas passer la soirée à t'attendre.

— J'arrive, madame Beauchemin, fit la jeune femme d'une voix lasse. Je suis tout de même pas pour m'ébouillanter pour aller plus vite.

— Est-ce que c'est assez plate d'être aussi loin de l'église? déplora Marie en feignant de ne pas avoir entendu. C'est à soir que la retraite des femmes commence et il y a pas moyen de se rendre.

— Voyons donc! protesta son mari. Même si c'était juste à un mille, tu penses tout de même pas que j'attellerais pour t'amener à la retraite. Tu peux être certaine que même les femmes du village vont y penser deux fois plutôt qu'une avant de mettre le nez dehors à soir, prédit-il. Avec une tempête pareille, quand on a une tête sur les épaules, on reste à la maison, proche du poêle.

La mère de famille venait de toucher là le principal souci des gens de la région. Leur éloignement de l'église paroissiale rendait la plupart d'entre eux extrêmement malheureux et, à la limite, les faisait douter de leur salut éternel parce qu'ils n'avaient la possibilité d'assister à la messe dominicale et aux cérémonies religieuses que durant la belle saison ou lorsque les chemins étaient praticables.

La ferme des Beauchemin, comme celles de leurs voisins sur les deux rives de la Nicolet, étaient distantes d'une quinzaine de milles des églises de Saint-Zéphirin et de Sainte-Monique. Tous ces colons, comme on les appelait, étaient établis à la limite du territoire de ces deux vieilles paroisses fortes d'environ cinq cents familles chacune.

Il fallait croire que la pensée de Baptiste avait suivi le même cours que celle de sa femme parce qu'il dit en prenant place dans sa chaise berçante :

— On aura ben des nouvelles de notre pétition un jour ou l'autre. Monseigneur va finir par nous répondre quelque chose, c'est certain.

— En attendant, il va falloir trouver le moyen d'aller faire nos pâques, déclara sa femme sur un ton sans appel. On n'est pas des païens. La semaine sainte est dans deux semaines. Le carême achève.

— Inquiète-toi pas. On essaiera d'aller à Sainte-Monique aussitôt que les chemins seront ouverts, lui dit son mari pour la rassurer.

— Moi, je commence à avoir hâte qu'on en finisse avec le carême, osa dire Bernadette.

— C'est tout de même pas ta résolution de te priver de sucrerie qui va te faire mourir, répliqua vivement sa mère.

— Non, m'man, mais le chapelet tous les soirs, je trouve ça pas mal long en plus des prières. Je comprends qu'on dise le chapelet le dimanche matin quand les chemins sont trop mauvais pour aller à l'église, mais tous les soirs de la semaine…

— Dire qu'on confie des enfants à une fille comme toi ! Je te jure, toi ! Je sais vraiment pas quelle sorte de mère tu vas devenir, ma petite fille.

Donat quitta le banc sur lequel il était assis et alla endosser son manteau.

— Si tu t'en vas aux toilettes, attends une seconde, lui ordonna sa sœur Camille. Prends l'eau de vaisselle et donnelà aux cochons en passant.

— Niaise pas trop longtemps dehors, intervint sa mère. On va t'attendre pour réciter le chapelet.

— Vous pouvez ben commencer sans moi, dit-il.

— On va t'attendre, ajouta son frère, moqueur. On voudrait pas te priver.

Le mari d'Eugénie alluma le fanal, s'empara du seau d'eaux grasses et sortit. Chez les Beauchemin, on n'utilisait le pot de chambre que la nuit, quelle que soit la température extérieure.

— En tout cas, si on a le temps, ça sera le dernier hiver où on est obligés de s'habiller pour aller aux toilettes, déclara Baptiste après la sortie de son fils aîné. On va se creuser des toilettes au bout de la remise avec un passage couvert.

— Avant ça, oublie pas que tu me dois une cuisine d'été, intervint sa femme. Ça fait des années que tu me la promets et je vois pas le jour où je vais en avoir une.

— J'ai pas oublié.

Un peu après sept heures, Marie s'agenouilla au centre de la cuisine, imitée de plus ou moins bonne grâce par toutes les autres personnes présentes dans la pièce. Après avoir vérifié que tous se tenaient bien droit et qu'aucun ne prenait appui sur une chaise ou contre la table, la mère de famille entreprit la récitation des cinq dizaines du chapelet.

Au moment où elle allait entamer la dernière dizaine, elle s'interrompit brusquement pour rappeler Xavier à l'ordre. Ce dernier, agenouillé derrière sa mère, s'était lentement laissé glisser contre ses talons pour soulager ses genoux endoloris.

— Xavier, tiens-toi comme du monde, l'interpella sa mère, courroucée.

Quelques sourires narquois saluèrent cette sortie, mais ces sourires disparurent rapidement. La fin de la récitation du chapelet ne marquait qu'une étape. De nombreuses invocations et oraisons allaient suivre, comme chaque soir.

Dès la fin de la prière, Donat et Eugénie annoncèrent leur intention de monter se coucher. Bernadette s'installa à table pour préparer ses classes à la lueur jaunâtre de la lampe à huile pendant que Marie s'assoyait devant son métier à tisser. Xavier alla chercher la pièce de bois qu'il avait commencé à sculpter la semaine précédente et Camille s'occupa à ourler un drap qui irait rejoindre le reste de son trousseau dans le coffre placé dans un coin de sa chambre, à l'étage.

Vers neuf heures, Baptiste quitta sa chaise berçante et secoua sa pipe dans les cendres du poêle où il jeta ensuite deux grosses bûches. Puis, il se dirigea vers l'horloge dont il entreprit de remonter le mécanisme, comme chaque soir avant d'aller se coucher. Ces gestes furent perçus par les siens comme le signal de la fin de la journée. Après avoir allumé une lampe de service, on se souhaita une bonne nuit et chacun monta dans sa chambre.

Baptiste et sa femme furent les derniers à quitter la cuisine. Ils gagnèrent leur lit dans la pièce voisine sans se presser, en prenant la précaution de laisser la porte ouverte pour permettre à la chaleur de circuler. Après s'être habillés pour la nuit, le mari et la femme s'enfouirent sous les épaisses couvertures et s'endormirent, conscients d'avoir connu une journée bien remplie.

Quelques instants plus tard, les ronflements des dormeurs faisaient contrepoint aux hurlements du vent. Baptiste allait se lever à deux ou trois reprises durant la nuit pour alimenter le poêle.

❧

Au petit matin, il faisait encore nuit noire quand Marie se leva pour aller tisonner le poêle et y jeter une bûche avant de déposer dessus une bouilloire pour infuser du thé qui serait conservé sur le réchaud toute la journée. À l'extérieur, le vent s'était tu.

— Levez-vous ! cria-t-elle, plantée au pied de l'escalier, à l'adresse des dormeurs à l'étage. Il y a de l'ouvrage qui attend.

Alors que Baptiste sortait de la chambre, les bretelles battant contre ses cuisses, des bruits de pas indiquèrent que l'appel de la mère avait bien été entendu. La maison s'animait peu à peu. Quelques minutes suffirent pour que tous ses habitants se retrouvent en bas.

Baptiste s'était approché de l'une des fenêtres pour chercher à évaluer, malgré l'obscurité, l'épaisseur de neige accumulée depuis la veille.

— Je sais pas combien il en est tombé, dit-il sans s'adresser à quelqu'un en particulier, mais on dirait ben qu'on en a eu une bonne. Tu vas atteler le rouleau et taper la cour pendant qu'on fait le train, dit-il en se tournant vers son plus jeune fils.

— C'est correct.

— Bedette, habille-toi et viens pelleter les entrées avec moi pendant que Camille va nourrir les animaux, décida Marie. Eugénie, elle, va rester en dedans pour préparer le déjeuner et commencer à remettre de l'ordre dans les chambres.

Tous se vêtirent chaudement. Donat fut le premier à ouvrir la porte et il découvrit que la neige s'était entassée jusqu'à la poignée.

— Tabarnouche, on n'a pas fini de pelleter ! s'exclama-t-il en se frayant un chemin sur l'étroite galerie qui ceignait la maison sur deux côtés.

Tout le paysage avait revêtu un manteau d'une blancheur immaculée. Le vent avait créé d'impressionnantes sculptures avec la neige qu'il avait repoussée contre les bâtiments. En avançant péniblement vers l'étable, les Beauchemin avaient de la neige jusqu'aux genoux. Si la façade du poulailler et de la remise était encore bien visible parce qu'à l'abri de la masse de la maison, il en allait tout autrement de celle des autres bâtiments au fond de la cour. On ne voyait que le haut des portes de la grange, de l'étable, de l'écurie et de la petite porcherie.

Le plus étonnant était la douceur étrange de la température à une heure aussi matinale. Le vent du nord de la veille avait cédé la place à une légère brise du sud durant la nuit et le mercure avait déserté allègrement le point de congélation. Baptiste jeta un coup d'œil vers le ciel sombre. Il ne vit pas la moindre étoile.

— Ça va être beau à voir, prédit-il. On dirait qu'on va avoir de la pluie par-dessus le marché.

— Petite misère ! se plaignit Bernadette en s'avançant péniblement sur la galerie. Avec ce temps-là, la neige va être mouillée et peser une tonne.

— Arrête de te lamenter pour rien et va dégager la porte d'en avant, lui ordonna sa mère qui avait déjà entrepris de pelleter devant la porte de côté.

Pour sa part, Camille, armée d'une pelle en bois, était déjà sortie de la maison derrière sa mère et sa sœur et s'était dirigée lentement vers le poulailler construit le printemps précédent par son père et ses frères. Du coin de l'œil, la jeune femme vit Xavier sortir la jument de l'écurie pour la conduire devant la grange où était remisé l'énorme rouleau de huit pieds de large confectionné avec des madriers de chêne et lesté de pierres. Elle repoussa la neige accumulée devant la porte et pénétra dans le petit bâtiment.

— Hue, la Noire ! hurla Xavier pour faire reculer la bête dans l'entrée de la grange.

Le jeune homme entrava la jument et alla chercher l'autre cheval qu'il conduisit au même endroit. Il les fit reculer entre les brancards du rouleau et attacha les chaînes. Par une température aussi douce, la neige allait se tasser aisément sous le rouleau et devenir aussi compacte que du mortier. Il prit place sur le siège étroit placé à l'arrière et encouragea les deux bêtes de la voix pour les faire aller de l'avant. Ces dernières avaient de la neige presque jusqu'au poitrail à certains endroits de la cour et n'avancèrent d'abord que très lentement. Cependant, habituées à l'effort, elles finirent par prendre un rythme satisfaisant. Le conducteur entreprit alors de faire de nombreux va-et-vient entre la route et les bâtiments pendant que sa mère et sa sœur cadette finissaient de déneiger la galerie.

Le jeune homme, s'apprêtant à engager le rouleau sur la route, vit son père sortir de l'étable avec son frère aîné.

— Arrête et viens manger, lui ordonna Baptiste. Laisse souffler un peu les chevaux avant de t'occuper du chemin.

Xavier immobilisa son attelage près de la galerie et attacha les guides au garde-fou avant de se rendre à l'écurie pour aller y chercher deux couvertures et une bonne mesure d'avoine pour les bêtes. Le jour se levait enfin sur un ciel maussade, alors qu'une petite pluie fine se mettait à tomber.

— Il fait tellement doux, dit-il en pénétrant dans la cuisine, qu'on n'a même pas besoin de mitaines pour travailler dehors. Il commence même à mouiller.

— Ça, c'est surtout un bon temps pour attraper la grippe, laissa tomber sa sœur Camille en déposant une appétissante omelette au centre de la table avant de s'asseoir à son tour.

— On n'a pas de grillades de lard à matin? demanda Xavier en se glissant sur le long banc déjà occupé par Bernadette.

— Est-ce que je devais en faire cuire, belle-mère? demanda Eugénie.

— Non, t'as bien fait. On a décidé au commencement du carême que le gros repas de la journée serait celui du midi. C'est ce qu'on va faire jusqu'au samedi saint. Ça fait que Xavier, arrête de nous faire parler pour rien.

— Bon, j'ai compris. On va faire encore un rang de maigre à matin, répliqua-t-il en riant. Une chance qu'il nous reste notre pipe pour nous consoler, pas vrai?

— L'année prochaine, ce serait peut-être pas une mauvaise idée de vous en passer pendant le carême.

— On verra, dit sèchement Baptiste en lançant un regard d'avertissement à son fils.

— Pendant qu'on pelletait, as-tu eu le temps de faire les chambres en haut? reprit Marie en s'adressant à sa bru qui arborait son air dolent habituel.

— J'y allais quand vous êtes rentrée, madame Beauchemin.

— Bondance, Eugénie, grouille-toi un peu! la réprimanda l'énergique maîtresse des lieux. Quand on te demande quelque chose, c'est pas pour la semaine des quatre jeudis.

— Je te donnerai un coup de main après la vaisselle, promit Camille à sa jeune belle-sœur.

Donat adressa un regard plein de reproches à sa mère, mais cette dernière feignit de ne pas le remarquer. Habiter avec sa femme sous le même toit que ses parents n'allait pas sans quelques frictions, mais c'était le prix à payer pour entrer un jour en possession du bien familial.

Eugénie Guérin était d'un naturel lymphatique et la mère de son mari avait beau la houspiller sans relâche depuis deux ans, rien ne parvenait à la faire travailler plus rapidement. Quand Donat tentait de défendre sa femme, Marie rétorquait qu'elle était maîtresse chez elle et qu'elle n'endurerait jamais la paresse. Selon elle, son Eugénie était comme ça parce que sa mère l'avait pas habituée au travail assez tôt.

Bref, quand la jeune femme, à bout de nerfs, se plaignait à son mari et lui disait qu'elle n'en pouvait plus d'avoir à supporter sa mère, ce dernier lui recommandait d'être patiente. Il lui répétait qu'un jour pas très lointain elle serait la maîtresse des lieux et qu'à compter de ce moment-là plus personne ne viendrait lui donner des ordres.

Baptiste se garda bien de s'en mêler. À son avis, les femmes de la maison n'avaient qu'à s'arranger entre elles pour s'entendre.

— Pendant que tu t'occupes du chemin, déclara-t-il à Xavier, ton frère et moi, on va aller finir de planter les chalumeaux. Quand t'auras fini de passer le rouleau, viens nous rejoindre. Tu laisseras un cheval à l'écurie et t'attelleras l'autre au traîneau. On va charrier un peu de bois à la cabane de manière à être prêts à faire bouillir quand ça va se mettre à couler.

— Il faudrait pas que le temps doux d'aujourd'hui s'installe la nuit, dit Xavier en finissant de beurrer une épaisse tranche de pain de ménage. Si ça arrive, la sève va monter et on n'aura pas de sirop.

— Inquiète-toi pas pour ça. Il est encore ben trop de bonne heure pour le dégel, le rassura son père. Si t'as une chance, avant de venir nous rejoindre, attelle donc la *sleigh* et va donc voir si tu peux pas dégager les entrées de l'école.

— Je veux ben, p'pa, mais il va falloir que la maîtresse d'école lâche son crayon et prenne une pelle pour venir m'aider, tint à préciser Xavier.

— Aie pas peur, je vais y aller, lui promit sa jeune sœur. Pelleter, c'est ce que je fais depuis que je suis levée, ajouta-t-elle d'un air dégoûté.

— C'est correct comme ça, intervint sa mère. Pour faire changement, tu vas avoir la chance de nous aider à mettre de l'ordre dans la maison et même à préparer le dîner avant de partir avec ton frère.

La moue de l'institutrice prouva à Marie que le programme qu'elle venait de lui tracer pour occuper son avant-midi ne lui plaisait pas particulièrement.

❧

Quelques minutes plus tard, Baptiste et Donat chaussèrent leurs raquettes et prirent la direction du boisé au bout de la terre des Beauchemin. Ce que le maître des lieux appelait sa « terre à bois » couvrait environ quatre arpents sur les vingt de chacun des deux lots qui formaient sa ferme proprement dite. Ce boisé était constitué en grande partie d'érables matures et de sapins. Au fil des ans, le cultivateur avait fini par y tracer des sentiers et surtout y construire un abri précaire appelé pompeusement « cabane à sucre », dans lequel il faisait bouillir l'eau d'érable récoltée chaque printemps.

Ce matin-là, la neige était moins épaisse dans le sous-bois que dans les champs, mais il n'en restait pas moins que la marche y était pénible.

Au milieu de l'avant-midi, Xavier estima avoir suffisamment tapé la section de route longeant la terre paternelle. Le travail aurait évidemment été plus rapide si les Beauchemin avaient eu des voisins demeurant de l'autre côté du chemin, dos à la rivière, mais tel n'était pas le cas. La route suivait les méandres de la Nicolet à environ quatre cents pieds du cours d'eau. Par conséquent, les Beauchemin, comme les Boudreau, les Gariépy et Liam Connolly, leurs voisins immédiats sur le plateau, possédaient aussi la terre de l'autre côté de l'étroit chemin de terre qui serpentait sur la rive sud de la rivière.

Le jeune homme remisa le rouleau et dételer les deux chevaux. Il remit le Blond à l'écurie en attendant le retour de son père et il accorda quelques minutes de répit à la jument noire avant de l'atteler à la *sleigh*.

— Arrive, Bedette ! cria-t-il à sa jeune sœur en entrouvrant la porte de la maison quand il fut prêt à partir.

Cette dernière ne se fit pas prier pour laisser en plan la préparation du dîner. Elle s'habilla rapidement et alla rejoindre son frère. Alors qu'elle prenait place à ses côtés dans la *sleigh*, Marie ouvrit la porte de la maison.

— Traînez pas, revenez dîner à la maison, leur ordonna-t-elle.

De toute évidence, elle craignait qu'ils aillent manger chez leur sœur Emma.

Xavier fit signe qu'il avait compris et incita le cheval à prendre la route. La petite pluie froide qui tombait depuis le début de l'avant-midi avait cessé et le ciel laissait même voir quelques éclaircies.

Le conducteur laissa la bête avancer au pas. Il regardait de l'autre côté de la rivière, là où les maisons surplombaient le cours d'eau d'une hauteur d'une quarantaine de pieds. En face de chez Conrad Boudreau, le moulin à bois de Thomas Hyland semblait figé dans une carapace blanche, au bord de l'eau.

— Ça a pas l'air de bouger beaucoup chez les White, observa Bernadette en désignant la petite maison en bois rond voisine de chez Boudreau.

— Il est là, dit Xavier en désignant du doigt l'Irlandais sortant de son étable. C'est pas un paresseux, son bout de chemin est déjà tapé, comme celui de Gélinas et de Ménard, fit-il remarquer en regardant devant lui.

La *sleigh* longea ces deux dernières terres avant de passer devant la maison de Rémi Lafond. Leur jeune beau-frère était appuyé nonchalamment sur sa pelle au pied de l'escalier qu'il venait apparemment de déneiger.

— Tu te feras pas mourir cette année, mon Rémi, l'apostropha Xavier.

— T'as pas l'air à t'éreinter trop trop, toi non plus, rétorqua Rémi Lafond, un jeune homme au visage rond parsemé de taches de rousseur. Où est-ce que vous allez comme ça ?

— À l'école, lui répondit Bernadette.

— Ouais, je m'en vais regarder comment elle est capable de pelleter ses entrées, se moqua Xavier.

— Fais ben attention au pont, le mit en garde le mari d'Emma Beauchemin, il est traître en maudit. Bélanger a pas encore changé les deux madriers pourris qu'on lui a montrés il y a quinze jours. Ça fait que ton cheval risque de se casser une patte.

— Il est ben sans-dessein, ce maudit Tancrède-là, fit remarquer Xavier. Est-ce qu'il attend un accident pour se réveiller ?

— C'est son pont. Tu sais ce qu'il m'a répondu quand je lui en ai parlé la semaine passée. Il m'a dit que rien m'obligeait à passer sur son pont. J'avais juste à traverser sur la glace, s'il faisait pas mon affaire.

— Ben oui, beau dommage ! Dans ce coin-là, la rivière est pleine de trous d'eau chaude. On sait jamais quelle épaisseur a la glace.

— C'est ce que je lui ai dit, mais il a une maudite tête de cochon.

— Bon, je m'ennuie pas, mais il faut qu'on y aille.

— Venez dîner à la maison en revenant.

— On aimerait bien ça, répliqua Bernadette, mais tu connais ma mère. Elle nous attend pour dîner et elle va faire un drame si elle apprend qu'on est venus vous encombrer.

— Il va falloir que je lui parle, conclut Rémi au moment où Xavier incitait son cheval à se remettre en marche.

Ils se saluèrent et la *sleigh* poursuivit son chemin. Après avoir longé la terre de Rémi Lafond, elle passa devant celle de Tancrède Bélanger. Au passage, Xavier jeta un bref coup d'œil à la maison grise du propriétaire du pont en bois qui enjambait la rivière Nicolet là où ses berges étaient les plus rapprochées. En arrivant à l'entrée du pont, le jeune homme scruta avec soin son tablier pour tenter de repérer sous la neige les madriers pourris qui pouvaient se révéler dangereux. Il le traversa très lentement avant de poursuivre son chemin sur quelques centaines de pieds.

Il immobilisa son attelage devant le magasin général de Télesphore Dionne en face duquel se dressait le petit bâtiment blanc de l'école de rang. À leur grande surprise, le frère et la sœur découvrirent que quelqu'un avait soigneusement dégagé le perron de l'école et avait même pris la peine de déneiger un étroit sentier de la route à l'édifice ainsi que jusqu'aux toilettes sèches installées à une quarantaine de pieds de l'école.

— Blasphème! jura Xavier. Veux-tu ben me dire qui est venu pelleter pour toi? demanda-t-il à sa sœur, aussi stupéfaite que lui.

— Comment veux-tu que je le sache? répondit-elle.

Xavier regarda autour d'eux. Il y avait deux *sleighs* immobilisées devant la forge d'Évariste Bourgeois, voisine du magasin général. Il jeta un coup d'œil à la côte abrupte haute d'une quarantaine de pieds qui s'ouvrait à sa gauche et qui faisait partie du rang Sainte-Ursule. Personne. Au pied de la pente, il vit Angèle Cloutier en train de dégager son entrée. Il était certain que la veuve au caractère impossible n'était pas l'auteure de la bonne action.

— Je vais aller demander à madame Cloutier qui est venu pelleter, déclara Bernadette en descendant. Elle passe son temps à m'espionner pour voir s'il y a pas des gars qui viennent rôder autour de l'école. Elle a dû voir qui est venu. Attends-moi.

Sans attendre l'approbation de Xavier, elle se dirigea vers la quadragénaire aux allures un peu hommasses.

— C'est un de tes galants qui est venu pelleter à matin, répondit-elle à la jeune fille. Je pense qu'il était même pas sept heures quand il s'est mis à l'ouvrage.

— Un de mes galants ? Léon Légaré ? fit-elle, étonnée.

— Ben non, ma belle, la contredit la veuve, l'homme engagé de Hyland.

— Pas la Bottine ?

— En plein ça, répliqua Angèle Cloutier, appuyée contre sa pelle. On peut dire que tu t'es fait là un beau cavalier, ajouta-t-elle, sarcastique.

Estomaquée, la jeune institutrice prit quelques secondes avant de songer à remercier la veuve. Elle retourna vers la *sleigh* où l'attendait son frère.

— Est-ce qu'elle a vu qui est venu ? lui demanda Xavier en saluant d'un bref coup de tête Angèle Cloutier qui le regardait sans bouger, de l'autre côté de la route.

— Oui.

— Qui ?

— Tu me croiras pas, la Bottine à Aubé !

Un franc éclat de rire salua cette révélation.

— Ah ben, c'est la meilleure ! la taquina son frère. Là, tu t'es fait tout un amoureux, ma sœur !

— Tu vas m'arrêter ça tout de suite ! s'écria Bernadette avec humeur. Je sais pas ce qui lui a pris de venir faire ça, mais il est mieux de pas se faire des idées, lui ! Il est laid comme un péché mortel, cet agrès-là.

Constant Aubé, surnommé la Bottine par quelques personnes de la région, n'avait pas été particulièrement gâté par la nature. L'homme engagé de Thomas Hyland était un grand jeune homme costaud dont les cheveux noirs et l'épaisse moustache ne parvenaient pas à faire oublier le visage taillé à coups de serpe.

Il était apparu quatre ans auparavant à la porte des Hyland en provenance, disait-il, de Pierreville. L'Irlandais commençait à peine à réparer son moulin à bois sur le bord de la rivière et il cherchait de l'aide. Il avait offert du travail, le vivre et le couvert à l'étranger à la recherche d'un emploi. Selon ses dires, il n'avait eu qu'à se féliciter de son geste.

Selon lui, Constant Aubé était un homme engagé dépareillé qui gagnait largement le pain qu'il mangeait. Le cultivateur vantait à qui voulait l'entendre l'ardeur et la débrouillardise au travail de son employé. En outre, toujours selon ses dires, il possédait des talents exceptionnels de menuisier et de tanneur.

Les jeunes des environs avaient toutefois une tout autre perception de l'employé de Thomas Hyland. Ils l'avaient rapidement surnommé la Bottine dans son dos parce qu'il était affublé d'une légère boiterie de la jambe droite, séquelle d'un coup de pied de cheval reçu dans son enfance. D'une timidité maladive, l'homme âgé d'une vingtaine d'années fuyait ostensiblement la compagnie des jeunes de son âge. Il suffisait qu'une jeune fille lui adresse la parole pour qu'il se mette à rougir et à bégayer lamentablement. À part les Hyland, bien peu de gens de la place auraient pu se vanter d'avoir eu une conversation avec ce solitaire dont les mains étaient toujours occupées à travailler.

— En tout cas, il doit te trouver pas mal de son goût pour venir pelleter un bon deux heures, dit Xavier après avoir fait faire demi-tour à la *sleigh* dans la cour du magasin général.

— Laisse faire, toi !

— En attendant, il t'a tout de même évité d'avoir à pelleter, lui fit remarquer son frère, pas mécontent d'échapper à cette corvée. En plus, il s'est donné la peine de descendre et de monter la côte à pied pour venir te rendre service. J'imagine qu'avec sa patte plus courte que l'autre, ça a pas dû être facile.

— C'est plaisant encore, laissa tomber la jeune fille avec mauvaise humeur. Avec Angèle Cloutier, tout le monde des trois rangs va le savoir.

Là-dessus, elle s'enferma dans un silence bouder jusqu'à leur retour à la maison. Elle aurait probablement préféré que Xavier se taise, mais la nouvelle était bien trop amusante pour que son frère n'en fasse pas bénéficier toute la famille.

Il la laissa devant la galerie avant de poursuivre son chemin jusqu'à la remise pour y dételer le cheval et le conduire à l'écurie. À son entrée dans la maison, sa mère parut surprise de la voir revenue aussi rapidement.

— Bonne sainte Anne, vous avez fait ça vite ! constata-t-elle en les apercevant.

— C'était déjà fait, se contenta de répondre sa fille cadette en retirant son manteau.

— Mets la table pendant qu'on finit de préparer le dîner, lui ordonna sa mère sans chercher à connaître l'auteur du service dont avait profité sa fille.

Quelques minutes plus tard, Xavier rentra dans la maison en compagnie de son père et de Donat de retour de l'érablière.

— Déshabille-toi pas tout de suite, fit sa mère, j'ai besoin d'eau pour le *boiler* du poêle et pour l'armoire.

Le jeune homme prit le seau qu'elle lui tendait et alla le plonger dans le puits situé au milieu de la cour avant de revenir à la maison pour le vider dans le réservoir du poêle à bois. Il répéta la manœuvre et laissa un seau plein sur le comptoir avant de pouvoir retirer son manteau et rejoindre les autres membres de la famille qui venaient de prendre place autour de la table. Baptiste récita le bénédicité avant de commencer à se servir.

— Enfin, un vrai repas, dit Xavier à la vue du morceau de bœuf baignant dans une sauce brune dans le plat posé au centre de la table, près des pommes de terre et des carottes.

Depuis le début du carême, le même scénario se reproduisait chaque midi, le seul repas de la journée où de la viande était servie. Après quelques bouchées de nourriture, Xavier se rendit compte que sa jeune sœur l'épiait et en fut tout réjoui.

— J'en connais un qui doit avoir au moins aussi faim que nous autres à midi, dit-il sans avoir l'air d'y toucher.

Sa remarque lui attira des regards interrogateurs des autres membres de la famille.

— De qui tu parles ? lui demanda sèchement son père.

— De celui qui s'est éreinté à pelleter toutes les entrées de l'école et un beau chemin jusqu'à la route et aux bécosses.

— Bagatême ! s'exclama le père de famille. Avec ce qui est tombé, il a ben dû en avoir pour un bon deux heures.

— Qui est-ce qui a fait ça ? demanda leur mère, intriguée.

La jeune fille lança un regard furieux à son frère, qui dit :

— La Bottine à Aubé.

— L'homme engagé de Hyland ? ajouta Baptiste.

— En plein ça, m'man, confirma Xavier avec un plaisir évident.

— En quel honneur ? demanda Donat.

— Pourquoi tu poses une question niaiseuse comme ça ? lui reprocha son frère. Il me semble que c'est clair comme de l'eau de roche. La Bottine veut venir accrocher son fanal un beau soir pour veiller avec notre sœur. Moi, j'ai l'impression que c'est le grand amour.

— Aïe, toi ! gronda Bernadette, en colère.

— Il est pas mal gêné, ce gars-là, ne put s'empêcher de faire remarquer Donat.

— Ben, on va le mettre à l'aise, promit Xavier en adressant une grimace à sa sœur. À mon avis, il va nous faire un beau-frère de première classe.

— Xavier, arrête tes folies, lui ordonna sèchement sa mère. Et toi, explique-moi donc comment ça se fait que ce garçon-là commence tout à coup à te tourner autour, fit-elle, suspicieuse.

— J'ai rien fait, m'man, se défendit l'institutrice de dix-neuf ans. Je lui ai pas parlé depuis l'automne passé, à ce grand insignifiant-là. À part ça, il était tellement gêné que j'ai jamais compris ce qu'il m'a bafouillé quand je l'ai salué par simple politesse au magasin général.

— Je trouve ça pas mal drôle, cette histoire-là, ne put s'empêcher de dire Marie en fixant sa fille d'un air sévère.

— Voyons, m'man, tout le monde sait bien qu'il est pas normal, ce gars-là.

— T'es sûre que tu l'as pas encouragé?

— Pantoute, l'avez-vous déjà regardé? Il est laid à faire peur...

— C'est sûr qu'il ressemble pas trop au beau Léon Légaré, intervint Xavier, moqueur, en mentionnant le nom de celui qui était venu veiller à la maison une fois par semaine depuis la fin du mois de janvier.

— Toi, mêle-toi de tes affaires, le rabroua sa mère.

— J'ai rien dit, m'man.

— Et toi, Bedette, que t'es donc tête folle! Qu'est-ce que la beauté vient faire là-dedans? Ce qu'une fille doit demander à un homme, c'est d'être un bon catholique travaillant, pas d'être beau.

— Est-ce qu'on peut en finir avec ces maudites niaiseries-là? tonna Baptiste, agacé par cette discussion qu'il jugeait inutile. Si l'engagé de Hyland se présente à la porte et qu'elle veut pas le recevoir, elle aura juste à le lui dire et on n'en reparlera plus. En attendant, on va accrocher les chaudières après le dîner. Les érables ont commencé à couler.

Là-dessus, le maître des lieux se versa une tasse de thé et le calme revint dans la grande cuisine.

Chapitre 2

La concession

En cette soirée de mars 1870, Baptiste Beauchemin était un homme heureux et satisfait. À compter du lendemain, il allait vivre sa trentième saison des sucres sur la terre qu'il avait lui-même défrichée. Chaque fois qu'il jetait un coup d'œil distrait par la fenêtre, il revoyait défiler le passé et sentait monter en lui une bouffée d'orgueil.

Elle était loin cette journée de l'automne de 1838 où, en compagnie d'Éloi Provost et de Conrad Boudreau, il avait descendu la Nicolet durant une excursion de chasse. Ils avaient abordé juste en face du lieu où il allait construire sa maison quelques années plus tard. Cet après-midi-là, les trois jeunes de vingt ans originaires de Sainte-Monique avaient dû mettre pied à terre pour ne pas être entraînés dans les chutes qu'ils entendaient gronder à faible distance. Ils avaient alors décidé de camper pour la nuit sur le bord de la rivière Nicolet cernée de toutes parts par la forêt, à cet endroit précis.

Le lieu semblait propice à la chasse. En attendant la fin de l'après-midi et le passage des vols de canards en route vers le Sud, Baptiste avait quitté ses compagnons pour explorer la forêt sur le plateau au pied duquel ils avaient laissé leur embarcation. Il n'avait été qu'à demi surpris de découvrir quelques centaines de pieds plus loin un chemin étroit épousant, semblait-il, les méandres de la rivière.

Monsieur Hart, le maître de la seigneurie, était un homme d'affaires avisé qui exploitait toutes les richesses de son domaine. Nul n'ignorait qu'il avait fait ouvrir un chemin le long de la rivière pour le transport du bois.

En bon fils de cultivateur, le jeune homme s'était rapidement aperçu que le sol qu'il foulait était riche et ne demandait qu'à produire.

De retour à l'embarcation pour guetter le passage des canards, il ne put résister au charme de l'endroit. En face, sur l'autre rive, il voyait les bois qui couvraient une pente abrupte et, un peu plus loin, il entendait le grondement des eaux de la chute. Puis, peu à peu, dans le silence du soir qui tombait lentement, il s'imagina en train de défricher un lot à l'endroit même où il se trouvait.

— Ce serait une maudite belle place pour s'installer, avait-il fini par dire à ses compagnons Conrad Boudreau et Éloi Provost.

— Peut-être, avait reconnu Éloi, mais tu trouves pas que ce serait pas mal loin de chez nous.

— Et des filles du village, avait tenu à ajouter Conrad qui fréquentait Laurence Beaulieu depuis six mois.

— C'est en plein pour ça que j'aime la place, avait-il insisté. Pour moi, ce serait la belle vie. Loin du curé Bessette et loin du père qui est jamais content de ce que je fais. Ici, je serais mon propre maître et personne viendrait me bâdrer.

— Reste à savoir si monsieur Hart acceptera de te concéder un lot, lui avait fait remarquer Conrad.

— On verra ben, avait-il ajouté. En tout cas, je vois pas pourquoi mon père serait pas content de me voir venir m'établir dans le coin. Il a déjà mes trois frères pour l'aider sur la terre.

Ce soir-là, les trois jeunes s'étaient endormis assez tard, plus enclins à soupeser les avantages et les inconvénients de l'endroit qu'à dormir. Au matin, Baptiste avait informé ses compagnons de son intention de rentrer à pied à Sainte-

Monique en empruntant le chemin étroit découvert la veille afin de juger par lui-même des difficultés d'accéder au lot, bien décidé par ailleurs à convaincre le seigneur de le lui octroyer.

À l'époque, le jeune homme ne s'était pas rendu compte que la situation politique avait joué en sa faveur quand il s'était présenté chez le seigneur en compagnie de son père, une semaine plus tard. Au lendemain des troubles de 1837, les autorités cherchaient à calmer l'esprit en ébullition des jeunes qui pouvaient se laisser tenter par la contestation des maîtres de l'époque. De plus, Baptiste ne s'était pas trompé en supposant que son père l'encouragerait à défricher sa propre terre, même si elle était située à plus de cinq lieues du village. Le vieil homme avait même accepté de venir plaider sa cause devant le maître de la seigneurie, Moses Hart.

— Je sais pas ce que monsieur le curé va penser de tout ça, avait alors dit le seigneur, hésitant. D'habitude, il aime pas trop voir ses paroissiens s'en aller tout seuls au diable vert, avait-il ajouté avec un petit sourire.

— Je pense, monsieur, que Conrad Boudreau et Éloi Provost vont venir vous demander des lots dans le même coin, avait osé Baptiste, intimidé par l'homme assis en face de lui.

Après une brève réflexion, le seigneur s'était finalement laissé tenter et lui avait concédé un lot de trois arpents par vingt, allant de la rivière jusqu'à assez loin sur le plateau. À sa demande, il lui avait même promis de lui conserver le lot voisin de la même étendue durant les dix années suivantes, au cas où il parviendrait à défricher le premier lot. Athanase Beauchemin avait remis le cens, soit cinq livres sterling, et son fils s'était engagé à verser chaque 11 novembre la rente habituelle, soit un minot de blé et six chelins. Son père lui avait avancé cette somme pour lui éviter d'avoir à payer des intérêts au seigneur.

S'il s'était écouté, Baptiste serait parti dès le lendemain pour aller construire une cabane sur sa terre et commencer à abattre des arbres. Sa mère s'en était alors mêlée.

— Il en est pas question, avait-elle tranché. L'hiver est presque arrivé et ça te servira à rien d'aller manger de la misère tout seul dans le bois. T'es pas pour aller vivre comme un sauvage dans une cabane. Tu vas rester ici et aider tes frères à bûcher. Au printemps, après les sucres, ils iront te donner un coup de main à bâtir ton camp.

Il avait rué dans les brancards, mais avait dû se soumettre et ronger son frein. Jamais un hiver ne lui avait paru si interminable. Sa seule consolation avait été le fait que ses deux camarades avaient choisi, eux aussi, de ne pas quitter Sainte-Monique avant le retour des beaux jours. L'un et l'autre avaient également obtenu un lot de Moses Hart. Conrad allait être son voisin immédiat alors qu'Éloi avait choisi de défricher un terrain situé à une douzaine d'arpents du sien. Ce dernier lui avait appris être retourné sur les lieux avec son père et son frère pour examiner l'endroit et il avait trouvé des petits saults et une source fraîche à l'endroit choisi.

Quand il songeait à cet hiver de ses vingt ans, Baptiste ne pouvait s'empêcher de revoir les visages sévères de Wilfrid Camirand et de sa femme Eudoxie, des cultivateurs bien établis de Saint-Zéphirin qui avaient consenti à ce qu'il fréquente leur Marie pour le bon motif, six mois auparavant. On ne pouvait pas dire qu'ils avaient très bien accueilli son projet de s'établir aussi loin du village.

— Je comprends pas pantoute que ton père t'ait laissé faire une folie comme ça, lui avait sèchement fait remarquer le gros homme en déplaçant d'une joue à l'autre le tabac à chiquer qu'il venait de placer dans sa bouche. Il me semble que de la bonne terre, il y en a en masse autant autour du village de Sainte-Monique qu'autour de celui de Saint-Zéphirin. Pourquoi t'en aller aussi loin ?

— As-tu pensé comment tu vas faire pour venir à l'église quand il va faire mauvais? avait ajouté Eudoxie Camirand, une femme très pieuse. En plus, si tu tombes malade, qui va te soigner?

Il avait dû subir les récriminations des parents de sa belle durant de longues minutes avant que le père de cette dernière déclare sur un ton sans appel :

— En tout cas, il est ben entendu qu'il est pas question que ma fille aille rester dans un camp. Si t'as l'intention de la marier, il va falloir que tu te grouilles pour lui bâtir une maison qui a de l'allure. À part ça, elle t'attendra pas des années, avait-il conclu sur un ton plutôt menaçant.

— Inquiétez-vous pas, monsieur Camirand, ça va aller vite, je vais avoir de l'aide de mes frères, avait-il promis à son futur beau-père.

Quand le printemps avait finalement fait son apparition, les Beauchemin avaient eu beaucoup de mal à le faire patienter.

— Ça sert à rien de s'énerver, l'avait raisonné son père. Ça passera pas dans les baissières. Il faut attendre que le chemin sèche. Si on n'attend pas, les chevaux vont s'embourber et on sera pas plus avancés.

Enfin, à la mi-avril 1839, au lendemain de Pâques, on avait préparé deux voitures. Sur l'une, on avait empilé des planches, des madriers, une fenêtre, divers outils, une vieille fournaise et une charrue encore plus ancienne. Sur l'autre, Victoire Beauchemin avait déposé deux boîtes pleines de conserves, une poche de farine de blé, une poche de sarrasin et du beurre. Les conserves contenaient de la confiture, du sirop d'érable et de la viande. Toute cette nourriture fut entassée près de quatre poules et d'un cochon qu'on avait entravé, on y ajouta enfin un coffre rempli de vêtements et d'ustensiles. Au moment de partir, le père s'était approché en traînant derrière lui l'une de ses six vaches et, sans dire un mot, l'avait attachée derrière l'une des voitures.

— Là, mon garçon, je viens de te donner tout ton héritage, avait tenu à préciser le vieil homme. J'ai payé ta terre et je t'ai donné tout ce qui te revient. À toi de faire profiter tout ça.

— Merci, p'pa, avait-il dit, ému.

— Même si c'est loin, je veux que tu viennes nous voir de temps en temps, lui avait ordonné sa mère après l'avoir embrassé. Puis, conduis-toi pas comme un païen. Viens à la messe.

Il avait quitté la ferme paternelle avec un serrement de cœur, sentant bien qu'il devenait ce jour-là un adulte et que son avenir était entre ses mains. Son frère Isidore conduisait la voiture qui le suivait. Le jeune homme de vingt-quatre ans devait l'aider à s'installer durant les deux semaines suivantes avant de revenir chez leur père pour les labours du printemps.

Quand la ferme paternelle avait été hors de vue, il avait eu une pensée pour celle qu'il considérait comme sa fiancée. La semaine précédente, il avait été entendu qu'il viendrait à la messe à Saint-Zéphirin le dimanche et qu'il lui rendrait visite avant de retourner sur sa terre.

L'arrivée sur son lopin de terre s'était faite à la fin de l'après-midi sous une petite pluie fine. Malgré le temps maussade, il n'avait rien eu de plus pressé que d'aller vérifier avec son frère si Moses Hart avait bien fait borner son lot, comme il le lui avait annoncé la semaine précédente. De retour auprès des voitures, il avait eu un accès de fierté en regardant autour de lui. Il était le premier à s'installer dans la région. Boudreau et Provost ne devaient venir sur leurs terres qu'à la fin du mois.

Le lendemain, il avait accepté la suggestion de son frère d'abattre des arbres au bord de la rivière pour libérer un espace où construire son abri. Cependant, il avait pris soin de lui préciser qu'il avait l'intention de bâtir sa maison, plus tard, de l'autre côté du chemin, de manière à se préserver des risques de crues printanières de la rivière Nicolet. S'il se rappelait bien, les deux semaines suivantes avaient été occupées du lever au coucher du soleil à abattre des arbres puis à construire une cabane rudimentaire en planches.

L'abri de seize pieds par huit à la toiture protégée par une vieille toile goudronnée ne payait pas de mine. Le jour n'y pénétrait que par une étroite fenêtre. Son mobilier n'était alors constitué que de la vieille fournaise et d'une table grossière faite de deux bouts de madriers. Deux petits barils de clous constituaient les uniques sièges des lieux, mais c'était son chez-soi et il en était heureux.

Avant son départ, Isidore avait tout de même eu le temps d'aider son jeune frère à construire une toilette sèche et deux enclos : l'un destiné au cochon et l'autre, à ses poules. Pour la vache et le cheval, les deux frères s'étaient contentés de les attacher à un arbre par une longue longe leur permettant de brouter.

Puis, Baptiste avait apprécié de se retrouver seul sur ce qu'il appelait déjà sa terre. Cependant, il n'avait joui que quelques jours de cette véritable solitude parce que Conrad et Éloi s'arrêtèrent chez lui dès la fin du mois. L'un et l'autre venaient s'installer à leur tour sur leur lot avec l'aide d'un proche. Avant de se séparer, on s'était promis assistance.

Durant les mois suivants, il avait travaillé comme jamais il ne l'avait fait auparavant. Debout à l'aurore, il s'empressait de soigner ses animaux avant de commencer à abattre et à débiter des arbres. La tâche était loin d'être simple, car il lui avait fallu semer entre les souches des arbres abattus. Près de son abri, il avait sarclé tant bien que mal ce qu'il avait appelé pompeusement son jardin pour y faire pousser des pommes de terre et des carottes. Il se rappelait combien ces travaux l'avaient impatienté parce qu'ils l'empêchaient de « faire de la terre ».

Pendant l'été, il prit l'habitude de parcourir à pied, chaque semaine, les cinq lieues qui le séparaient de Sainte-

Monique pour rendre visite à ses parents. Il partait le vendredi soir en confiant à Conrad, son voisin immédiat, le soin de s'occuper de ses animaux. Le dimanche matin, il se rendait à Saint-Zéphirin pour accompagner Marie à la messe. Les Camirand le gardaient à dîner et il ne revenait qu'au coucher du soleil, prêt à commencer une autre semaine de durs labeurs.

Quand l'automne arriva, sa situation avait sensiblement changé. Il avait récolté une assez maigre moisson, car le sol avait été insuffisamment préparé à cause des souches, mais il en avait tiré tout de même assez de poches de farine de blé et de sarrasin pour survivre durant l'hiver suivant. Il avait eu toutefois un peu plus de mal à amasser suffisamment de foin pour son unique vache. Pour la moulée et l'avoine, il avait dû compter sur l'aide de son père.

À la fin du mois d'octobre, il était parvenu à ériger un petit bâtiment assez grossier pour mettre à l'abri tous ses animaux. Par ailleurs, quand les premiers froids avaient sévi, il s'était rapidement rendu compte qu'il lui fallait de toute urgence mieux isoler sa cabane. Il voyait le jour entre les planches grossières qui faisaient office de murs. Lors de l'une de ses visites à Sainte-Monique, il s'était procuré de l'étoupe avec laquelle il avait bourré les interstices entre les planches avant de corder contre l'un des murs une quantité impressionnante de bûches.

Il avait occupé la plus grande partie des longues journées pluvieuses de cet automne de 1839 à fabriquer du mobilier et à préparer des pièges pour trapper les animaux.

— Pourquoi tu fais pas comme le petit Boudreau et Éloi Provost? lui avait demandé Victoire Beauchemin lors de l'une de ses visites au mois d'octobre. J'ai entendu dire qu'ils sont revenus à la maison pour l'hiver, eux autres.

— Je peux pas, avait-il répondu à sa mère. Eux autres, ils ont pas d'animaux à soigner. Je suis tout de même pas pour ramener les miens passer l'hiver ici. En plus, j'ai parlé à un contremaître de monsieur Hart. Il va me racheter tout le bois que je voudrai lui vendre le printemps prochain. Ça va me faire de l'argent pour m'acheter ce qui me manque.

Son père avait approuvé sa décision tout en le mettant en garde.

— Fais ben attention à toi quand tu bûches. Faire ça tout seul l'hiver, c'est dangereux. En plus, éloigne-toi pas trop de ton camp quand il va se mettre à neiger.

— Qu'est-ce que Marie pense de ça ? lui avait demandé Victoire.

— Elle comprend que je peux pas faire autrement, avait-il répondu, bourru.

Il n'avait pas jugé bon de raconter aux siens que sa Marie n'avait pas été particulièrement enchantée d'apprendre qu'elle allait passer une bonne partie de l'hiver sans le voir et qu'elle s'était montrée passablement froide lorsqu'il avait pris congé d'elle.

Sa mère avait fini par accepter qu'il ne revienne pas hiverner à la maison. Résignée, elle avait fait en sorte de le pourvoir d'épaisses couvertures de laine et de chauds vêtements d'hiver. Il n'avait pu quitter la maison que sur la promesse de revenir après les premiers grands froids prendre livraison d'une bonne quantité de viande.

— Je vais chasser et trapper cet hiver, lui avait-il dit. Vous avez pas besoin de vous priver de votre viande pour moi.

— Laisse faire, avait-elle rétorqué. C'est pas sûr pantoute que tu vas attraper ce que tu veux. Là, t'es maigre à faire peur, lui avait-elle fait remarquer, l'air sévère. T'as les deux joues collées ensemble. C'est bien beau travailler dur, mais il faut aussi se nourrir comme du monde. Si tu tombes malade, tu seras pas plus avancé.

Lorsqu'il était retourné rendre visite aux siens à la fin de la première semaine de novembre, il avait eu droit à un quartier de la vache et à un gros morceau de porc qu'il dut ranger dans un coffre, à l'extérieur de sa cabane, pour les conserver.

L'hiver de 1840 avait été particulièrement rigoureux. La neige s'était mise à tomber dès la mi-novembre et il avait essuyé trois importantes tempêtes avant Noël. La veille de la Nativité, il avait dû se résigner, la mort dans l'âme, à ne pas aller célébrer avec les siens tant la route était impraticable. Même s'il s'était construit un lourd traîneau en bois, son cheval aurait été incapable de le tirer jusqu'à Sainte-Monique. Faire le trajet en raquettes était hors de question ce jour-là. Le blizzard qui soufflait aurait découragé le plus endurci. Par l'unique fenêtre couverte de givre de son abri, il parvenait à peine à entrevoir la rivière figée dans la glace, à une quarantaine de pieds de distance.

Au jour de l'An, il faisait si froid qu'il entendait les têtes de clou éclater dans les murs de son abri. Malgré cela, il avait quitté sa cabane à trois heures du matin, chaussé ses raquettes et pris la direction de Saint-Zéphirin où il était arrivé à l'heure de la grand-messe, complètement gelé. À ce souvenir, il eut un sourire nostalgique. Marie l'avait accueilli avec joie dans le banc loué par les Camirand dans l'église paroissiale. Les parents de la jeune fille l'avaient invité à dîner après la cérémonie religieuse. Le père de sa promise lui avait même prêté sa *sleigh* pour qu'il emmène Marie rencontrer ses parents à Sainte-Monique.

Ému, Baptiste se revoyait arrivant chez son père cet après-midi-là et lui demandant sa bénédiction dans la grande cuisine. Il avait dû partir avant le souper pour ramener Marie chez elle et retourner sur son lot au bord de la rivière. Chaussé de ses raquettes, il avait repris la route étroite qui serpentait dans la forêt alors que le soleil déclinait déjà à l'ouest. Il n'était arrivé sur sa terre qu'à la fin de la soirée. Il se souvenait encore combien il s'était senti misérable ce soir-là en retrouvant sa cabane froide au point que l'eau avait gelé dans le seau.

Puis l'hiver s'était poursuivi, rythmé par les tempêtes. Il bûchait du matin au soir. À son retour dans sa cabane, il était si fatigué qu'il avait du mal à trouver l'énergie nécessaire pour aller soigner ses animaux et se préparer à manger. À la lueur de l'unique fanal qu'il possédait, il confectionnait des outils ou des meubles jusqu'à ce que la fatigue l'incite à se coucher. Tout recommençait le lendemain matin quand il lui fallait aller casser la glace sur la rivière pour y puiser son eau. Il était alors habité par une unique passion : « faire de la terre ». Il rêvait du jour où sa terre serait débarrassée d'une bonne partie de ses arbres et qu'il pourrait la labourer librement.

Ce printemps-là, il avait vendu à Moses Hart une quantité appréciable de bois et il avait pu essoucher une bonne parcelle de terrain alors que Boudreau et Provost, de retour sur leur lopin de terre, avaient encore beaucoup à faire.

➴

Toujours perdu dans ses pensées, Baptiste se rendit à peine compte que les joueurs venaient de ranger leurs cartes et qu'ils s'apprêtaient à monter se coucher à l'étage.

— Viens-tu te coucher ? lui demanda Marie.

— Je pense que je vais rester encore debout un petit bout de temps, lui répondit-il, en s'extrayant avec peine de ses souvenirs.

— C'est une bonne affaire, p'pa, de penser à ses vieux péchés, ne put s'empêcher de le taquiner Xavier.

— C'est aussi une bonne affaire de fermer sa boîte quand on n'a rien d'intelligent à dire, rétorqua son père.

— Ça, tu l'as pas volé, fit Camille en repliant une pièce de lin.

— Aïe, la vieille fille ! se contenta de lui dire son jeune frère.

Camille lui jeta un regard noir, mais elle ne répliqua pas. Tous montèrent à l'étage après avoir souhaité une bonne nuit à Baptiste et à Marie.

— Oublie pas de bourrer le poêle avant de venir te coucher, recommanda inutilement cette dernière à son mari avant de se diriger vers leur chambre à coucher.

Le silence étant revenu dans la cuisine, Baptiste put reprendre le cours de ses souvenirs.

Faire de la terre, de plus en plus de terre… L'année suivante, il était parvenu à déboiser toute la largeur de sa terre située sur le bord de la rivière. De plus, il avait dégagé un espace suffisant de l'autre côté du chemin pour construire enfin la maison qui lui permettrait de demander la main de Marie à son père.

Ce printemps-là, à sa grande surprise, il avait vu s'installer des gens sur la rive nord de la rivière, en haut de la côte, et il avait vite découvert qu'il s'agissait d'Irlandais.

— Mon père a entendu dire que ce sont des Anglais qui ont décidé de s'installer chez nous, lui avait alors appris Éloi Provost.

Il se trompait. Dans la majorité des cas, il s'agissait d'Irlandais arrivés au pays depuis quelques années. L'un d'entre eux, un certain Samuel Ellis, avait traversé la rivière quelques semaines après son arrivée. L'homme parlait français pratiquement sans accent. Il lui avait expliqué qu'il avait habité dans la région de Québec durant une dizaine d'années comme les Gunn et les Hyland, deux familles installées, comme la sienne, de l'autre côté de la rivière. À l'époque, il avait considéré ces nouveaux voisins comme des étrangers qu'il n'avait pas l'intention de fréquenter. Avec les années, sa méfiance n'avait pas disparu et il continuait à les considérer comme des intrus.

La vente de bois lui avait permis d'amasser suffisamment d'argent pour construire une solide maison en pierre à un étage dotée d'un toit en bardeaux de cèdre. À l'époque, tous les Beauchemin et deux frères de Marie étaient venus lui donner un coup de main. Deux semaines avaient été nécessaires pour bâtir la demeure dans laquelle Marie et lui allaient fonder leur famille.

La maison érigée à une cinquantaine de pieds du chemin étroit qui longeait la rivière était trapue, comme prête à affronter toutes les intempéries. À l'arrière, le jeune maître des lieux avait déjà eu le temps de construire une petite étable qui avait accueilli, ce printemps-là, une seconde vache.

L'habitation des Beauchemin allait être la première de l'endroit et demeurer longtemps la plus confortable et la plus belle. Maintenant, trente ans plus tard, celle de Samuel Ellis était la seule à pouvoir prétendre la concurrencer.

Durant l'hiver de 1841, Baptiste avait épousé Marie Camirand et l'avait emmenée vivre dans ce que les gens appelaient «la concession». L'année suivante, la femme courageuse qu'il avait épousée avait donné naissance à Camille, son premier enfant.

Les années avaient passé sans à-coups notables sur le bord de la rivière. Peu à peu, les rives de la Nicolet avaient accueilli de nouveaux arrivants déterminés à défricher de la terre. Ainsi, entre sa ferme et celle d'Éloi Provost, étaient venus s'établir Joseph Gariépy, Liam Connolly, Antonius Côté et Cléomène Paquette, alors que Conrad Boudreau avait eu de nouveaux voisins qui s'appelaient John White, Ernest Gélinas, Gratien Ménard, Rémi Lafond et Tancrède Bélanger. Devant cet afflux de nouveaux arrivés, il s'était souvent félicité d'avoir réservé le lot voisin qu'il avait eu le temps de défricher en grande partie avec l'aide de ses deux fils. Cet ajout en avait fait le cultivateur le plus prospère des trois rangs, d'autant plus qu'avec la disparition du régime seigneurial quinze ans auparavant, il n'avait plus à payer de rente annuelle.

En face, sur l'autre rive, on avait connu le même développement. Quelques autres familles irlandaises avaient rejoint leurs compatriotes, mais il y avait aussi les Delphis Moreau, Alcide Proulx, Renaud Millette et Léopold Benoît. Depuis trois ans, soit l'année de la Confédération, d'autres cultivateurs étaient venus s'ajouter dans le rang Saint-Paul qui s'ouvrait à gauche, au pied de la grande côte.

Les gens installés dans la région avaient considéré comme d'excellentes nouvelles la décision de Télesphore Dionne d'ouvrir un magasin général au bas de la côte et celle d'Évariste Bourgeois d'installer sa forge à côté du magasin. En revanche, il ne serait jamais venu à l'idée de personne de considérer comme un progrès le fait que Tancrède Bélanger avait acheté aux héritiers de Moses Hart, dix ans auparavant, le vieux pont en bois jeté sur la rivière au bas de la pente et utilisé depuis de nombreuses années pour le transport des billes. De l'avis de tous, Bélanger était retors et ne reculait devant rien pour s'enrichir.

Dès qu'il avait pris possession du pont, le gros homme adipeux avait érigé une barrière et obligé les usagers à lui verser un cent quand il s'agissait d'un piéton, deux cents pour une voiture à cheval et trois cents pour un véhicule chargé de marchandises. Selon les dires du propriétaire aux faux airs débonnaires, tout cet argent-là ne servait qu'à entretenir le pont.

Deux ans plus tôt, il y avait eu une réunion assez houleuse chez Dionne. À cette occasion, Baptiste avait pris sur lui d'aller négocier un montant fixe annuel que l'ensemble de la communauté s'engageait à verser à Bélanger le 1er décembre de chaque année. Ellis, toujours désireux de se hisser parmi les notables de l'endroit, avait alors décidé de recueillir les cotisations des cultivateurs des rangs Sainte-Ursule et Saint-Paul sans lui en parler, ce qui avait suscité sa fureur. Aujourd'hui, le problème venait plus du manque d'entretien du pont que de la somme exigée par son propriétaire.

Les années avaient passé trop rapidement à son goût. Bien sûr, il avait connu des coups durs, mais étrangement, vivre loin du village avait protégé les siens, même si Marie ne serait jamais d'accord pour le reconnaître. Les enfants avaient grandi et ils avaient eu la chance de n'en perdre aucun, ce qui était plutôt rare à l'époque.

Emma avait été la première de ses enfants à quitter le nid familial cinq ans auparavant pour épouser Rémi Lafond, un jeune homme originaire de Sainte-Monique venu s'établir presque au bout du rang Saint-Jean. C'était un garçon sérieux et travailleur. Maintenant, le couple avait deux jeunes enfants, Flore et Joseph.

Deux ans auparavant, Hubert était entré chez les frères de Saint-Joseph à l'âge de dix-huit ans. Le père de famille n'avait pas accepté ce départ de gaieté de cœur, mais Marie avait tout de suite été d'accord en déclarant qu'une famille chrétienne se devait de fournir au moins un religieux au bon Dieu.

Enfin, l'année passée, Donat s'était décidé à épouser son Eugénie. Sa bru était une bonne personne, même si Marie ne la jugeait pas assez vaillante pour une femme d'habitant. L'arrivée de l'enfant que la jeune femme portait allait peut-être la rendre plus compréhensive.

Le cultivateur se leva pour alimenter le poêle après y avoir secoué sa pipe. Durant un bref moment, il balança entre aller rejoindre Marie dans leur lit ou se rasseoir. Finalement, il reprit place dans sa chaise berçante, pour terminer le tour de son jardin, comme il se plaisait parfois à dire.

Bien sûr, il aurait aimé voir Camille fonder une famille elle aussi. Son aînée était aussi vaillante que sa mère tout en possédant un sens de l'humour qui lui était propre. Au début de la vingtaine, elle avait semblé être tombée sérieusement amoureuse d'Eugène Moreau, le frère de Delphis du rang Sainte-Ursule. Ils s'étaient fréquentés durant près d'un an. Puis un beau jour, le jeune homme avait cessé de traverser la rivière et Camille s'était refermée sur elle-même, refusant même de donner la moindre explication sur ce qui s'était passé entre elle et son amoureux. L'année suivante, Eugène Moreau avait épousé une petite Lemaire et aucun jeune homme n'était venu prendre sa place aux côtés de Camille. On aurait dit que cette expérience malheureuse avait découragé les prétendants de se présenter à la maison. Les années avaient passé et la jeune femme avait coiffé sainte Catherine sans laisser voir qu'elle en était affectée.

— Ma foi du bon Dieu! ne pouvait s'empêcher de ronchonner parfois sa mère, je pense bien que les hommes sont tous aveugles. Notre Camille est une vraie perle et il y en a pas un capable de s'en apercevoir. Elle est loin d'être laide et il y a pas une fille de la région aussi bonne ménagère et aussi vaillante.

Marie avait raison, leur aînée avait tout pour faire le bonheur d'un homme. Son célibat prolongé n'était probablement causé que par leur relatif isolement; si ses grands-parents maternels avaient encore été de ce monde, Marie l'aurait volontiers envoyée passer quelques semaines chez eux, à Sainte-Monique. Nul doute qu'un garçon de la place l'aurait remarquée. Mais maintenant, son frère Armand avait hérité du bien paternel et Amanda, sa femme, était trop acariâtre pour accepter d'héberger leur nièce aussi longtemps. Il espérait encore que Camille se trouve un mari. Il ne voulait pas la voir devenir la vieille fille de la famille que son frère Donat et sa femme considéreraient comme leur servante après sa mort et celle de sa femme, sous le prétexte qu'ils lui offraient le vivre et le couvert.

— Ce sera pas le problème de Bedette, murmura-t-il avec un sourire.

La cadette ne manquait pas de soupirants. On aurait plutôt dit qu'elle en avait trop. La charmeuse de la famille semblait prendre plus de plaisir à attirer les garçons qu'à les retenir, ce qui avait le don de mettre Marie dans tous ses états.

— Une vraie tête folle, ne cessait-elle de répéter.

Bernadette avait bénéficié d'une chance qu'aucun de ses frères et sœurs n'avait eue, soit celle de se faire instruire. Grâce aux sacrifices consentis par tous les siens, elle avait pu fréquenter un couvent et ainsi décrocher un poste d'institutrice. Il ne fallait jamais le lui laisser oublier. Ses frères et sœurs n'avaient pu aller s'asseoir sur les bancs d'une école. Ils avaient dû apprendre très tôt à travailler dur du matin au soir pour seconder leurs parents sur la ferme. Il y avait des jours où il se demandait s'il avait eu raison. Il n'était pas aveugle et voyait bien que sa cadette s'arrangeait toujours pour éviter les corvées les plus pénibles, même si sa mère exigeait qu'elle fasse sa part dans la maison. Mais un jour, elle allait se marier et quitter son école. Ce jour-là, elle allait bien devoir se mettre à travailler dur aux côtés de son mari.

Il restait à établir Xavier sur son bien puisqu'il avait décidé depuis longtemps que sa terre irait à Donat, son fils aîné. L'automne précédent, il avait acheté un beau lot, voisin de la ferme de Léopold Benoît, à l'extrémité du rang Sainte-Ursule. Xavier en avait profité pour acquérir le lot voisin grâce à ses économies. Le jeune homme était allé travailler dans un chantier les deux hivers précédents et avait sagement épargné en prévision de cet achat prévu depuis longtemps.

Bien sûr, il aurait préféré que son fils s'installe dans le rang Saint-Jean, mais les derniers lots à vendre, du côté des Paquette, ne valaient pas grand-chose. Ce printemps, Xavier s'empresserait de commencer à défricher sa terre. Il était impatient de s'y mettre.

Baptiste eut un sourire. À bien des égards, son fils était comme lui au même âge. Il lui ressemblait bien plus que Donat, même si tous les trois étaient obsédés par ce besoin de posséder de la terre.

Mais Xavier aurait un avantage qu'il n'avait pas eu, il allait pouvoir revenir coucher à la maison quand il le voudrait. Il n'aurait pas à se soucier de soigner ses animaux ni de se faire à manger puisque sa terre n'était qu'à trois ou quatre milles de la maison paternelle. Il n'y avait pas à dire, la vie des jeunes d'aujourd'hui était autrement plus facile que dans son temps.

L'horloge sonna onze coups, ce qui le fit sursauter.

— Bagatême ! jura-t-il entre ses dents. Je serai pas levable demain matin.

Courbaturé par sa longue journée de travail, il se leva difficilement de sa chaise berçante.

— Je crois ben que je vieillis, marmonna-t-il en posant une main sur ses reins endoloris.

Cette seule pensée lui arracha un rictus. Elle lui rappela qu'il avait plus de cinquante ans et que l'âge de laisser son bien à son fils aîné approchait de plus en plus. Cette évocation le fit grimacer. Il ne se sentait pas prêt à abandonner tout ce à quoi il avait consacré sa vie entre les mains d'un autre, même s'il était de son sang.

Il alla éteindre la lampe à huile et, après avoir déposé deux bûches dans le poêle, il prit la direction de sa chambre à coucher.

⌒

Le lendemain matin, Bernadette retourna à son école et chacun reprit ses occupations habituelles interrompues par cette giboulée de mars, peut-être le dernier sursaut d'un hiver qui n'en finissait plus.

Le soir venu, un bruit de grelots dans la cour incita Xavier à se lever précipitamment pour essayer de voir par la fenêtre qui pouvait bien venir les visiter.

— Ah ben, blasphème ! s'exclama-t-il. J'en suis pas sûr, mais on dirait ben que c'est la Bottine qui s'en vient veiller.

Bernadette quitta immédiatement la table où elle était occupée à préparer sa classe du lendemain pour se précipiter vers l'escalier conduisant aux chambres, à l'étage.

— Moi, je suis pas là ! Lui, je veux pas le voir !

— Reste en bas, lui ordonna sèchement sa mère. Si c'est lui, t'as juste à lui dire poliment que t'es pas intéressée.

Camille s'était approchée de l'autre fenêtre pour s'assurer de l'identité du visiteur, mais elle ne fut pas assez rapide. Des coups furent frappés à la porte.

— Ouvre-lui, commanda Baptiste à son fils cadet.

Xavier se dirigea vers la porte et l'ouvrit.

— Entre, dit-il à l'homme de taille moyenne engoncé dans un épais manteau de drap.

— Bonsoir la compagnie, dit Rémi Lafond en secouant ses pieds sur le paillasson placé devant la porte, à l'entrée. J'espère que je vous dérange pas trop.

— Toi, mon maudit haïssable ! s'emporta Bernadette en s'avançant vers son frère, prête à le frapper pour lui faire payer la frayeur qu'il lui avait causée.

— Toi, surveille ta langue, la houspilla sèchement sa mère, l'air sévère.

— Qu'est-ce qui se passe ? demanda Rémi, étonné de voir sa jeune belle-sœur dans cet état.

— Laisse faire, Rémi, lui conseilla son beau-père. Des enfantillages. Viens t'asseoir une minute.

— C'est Xavier qui a fait croire à Bedette que Constant Aubé arrivait pour veiller avec elle, lui expliqua Camille.

— Si je comprends ben, elle aime mieux voir ma face que celle de la Bottine, on dirait, plaisanta son beau-frère. Est-ce que ça veut dire que l'homme engagé de Hyland se dégênerait un brin ?

— Peut-être ben, fit Xavier en prenant garde de demeurer hors de portée de sa sœur furieuse. En tout cas, il est allé lui pelleter toutes les entrées de l'école et un beau chemin jusqu'à la route.

— Ça, je le savais, déclara le mari d'Emma. Il y en a qui en jasaient au magasin général cet après-midi quand je suis allé chercher de la moulée.

— Qu'est-ce que je vous avais dit ? explosa l'institutrice en colère. Avec Angèle Cloutier, tout le monde va être au courant.

— En tout cas, moi, j'ai pas voulu mal faire quand je t'ai pris pour la Bottine, poursuivit Xavier.

— Toi, le grand, essaye pas de me faire étriver à soir, l'interpella son beau-frère, en redevenant sérieux. Je passais, monsieur Beauchemin, pour savoir si vous me passeriez pas un manche de hache pour une couple de jours. J'ai cassé le mien en fendant du bois à matin, reprit le jeune cultivateur en s'adressant à son beau-père.

— L'haïssable va aller te chercher ça dans la remise, fit Baptiste en faisant signe à Xavier de s'en occuper.

Les jours suivants, ce dernier parvint encore à faire sursauter en quelques occasions sa jeune sœur en la prévenant de l'arrivée de Constant Aubé. Cependant, la jeune fille n'aperçut pas une seule fois son prétendu soupirant. Il ne se présenta pas plus à la maison qu'il ne vint rôder autour de l'école de rang où elle enseignait tous les jours.

❧

Durant les dix jours suivants, la région connut un temps idéal pour faire les sucres, comme disaient les cultivateurs. L'air doux charriait déjà des effluves printaniers. Si le soleil chauffait suffisamment pour faire fondre la neige et cerner le pied des arbres durant le jour, le mercure chutait sérieusement la nuit. Par conséquent, dès la fin de l'avant-midi, l'eau d'érable se mettait à couler abondamment dans les seaux suspendus aux chalumeaux plantés dans les érables matures.

Chaque après-midi, Camille chaussait ses raquettes et accompagnait son père et ses frères jusqu'à l'abri où elle surveillait l'eau d'érable en train de bouillir sur le four en pierre construit par son père une vingtaine d'années auparavant. Habituellement, elle partageait cette tâche avec sa mère, mais depuis quelques jours cette dernière souffrait de la grippe et il avait été décidé qu'elle allait la remplacer aussi longtemps qu'elle n'irait pas mieux.

À la fin de l'après-midi du mercredi saint, Donat et Baptiste venaient de rapporter la moitié d'un tonneau d'eau d'érable comme Xavier arrivait avec le traîneau chargé des bûches qui allaient servir à alimenter le four. Quand Camille eut fini de transvaser dans deux cruches le sirop contenu dans la cuve, les hommes entreprirent de remplir cette dernière avec l'eau recueillie.

— Pour moi, on achève de faire bouillir, p'pa, dit Donat en allumant sa pipe. J'ai goûté à l'eau que j'ai ramassée, elle commence à avoir un petit goût âcre. On dirait que la sève commence à monter.

— Ce serait surprenant en maudit, le coupa Xavier. Je me souviens pas d'une fois où les sucres ont fini avant que les glaces aient lâché sur la rivière.

Baptiste ne dit rien. Il prit une vieille tasse ébréchée suspendue par son anse au mur de l'abri et la plongea dans la cuve. Il en goûta le contenu et ne put retenir une légère grimace.

— Ça se pourrait ben que t'aies raison, dit-il à Donat. Cette eau-là a un petit goût.

Il tendit sa tasse à Xavier qui goûta à son tour.

— Ça se peut, laissa-t-il tomber.

— En tout cas, p'pa, on va la faire bouillir, déclara Camille qui avait goûté à son tour à l'eau qui venait d'être versée dans la cuve. Si le sirop est pas bon, on le jettera avant que m'man s'en aperçoive.

— Il faut pas trop se presser aussi de tout défaire, temporisa le père de famille. Le froid peut revenir et bloquer la sève. Les arbres peuvent se remettre à couler. Ça s'est déjà vu.

— En tout cas, p'pa, même si c'est notre dernière récolte, on n'a pas à se plaindre, dit Donat. On a presque fait le double de sirop de l'an passé. Je pense qu'on en a pas loin de quinze gallons.

— Treize, le corrigea sa sœur.

— À part ça, il est pas mauvais pantoute, ajouta Xavier.

La dernière cuvée de sirop fut prête au moment où le soleil descendait sur l'horizon. Chacun y goûta et il fut déclaré acceptable avant d'être coulé dans des contenants. Le gros baril de chêne fut rangé dans l'abri. Camille prit place sur le traîneau avec mission de surveiller les contenants de sirop qu'on venait d'y déposer pendant que son père s'emparait des guides. Ses frères, chaussés de leurs raquettes, se mirent en marche derrière le traîneau.

Le cheval n'eut aucun mal à tirer sa charge autant dans l'étroit sentier tracé dans le boisé qu'à travers les deux champs qui le séparaient de l'écurie. Au fil des jours, les allers-retours de la ferme à l'abri avaient tapé la neige. Cependant, aucun des Beauchemin ne pouvait nier les signes évidents que le dégel avait bel et bien débuté. Çà et là, des îlots de terre noirâtre apparaissaient dans les champs et l'eau avait commencé à s'amasser dans les baissières.

Ce soir-là, la température ne baissa pas et une pluie forte se mit à tomber peu après le souper.

— Bon, v'là qu'il mouille à cette heure ! se plaignit Marie entre deux quintes de toux. Ça, c'est pas une affaire pour arranger les chemins.

— Ça peut encore geler, voulut la rassurer Baptiste sans trop y croire lui-même. On verra demain matin.

— Ce qui est sûr, c'est qu'il faut aller faire nos pâques, reprit sa femme. Il est pas question de passer à côté.

— Inquiète-toi pas, on va y aller, mais il va falloir qu'on puisse passer. S'il reste pas assez de neige sur le chemin, on va être obligés de sortir le boghei et là, ça va être une autre paire de manches. On va devoir s'organiser avec Rémi parce qu'on peut pas embarquer tous les sept dans le boghei.

— C'est pas bien prudent, m'man, de prendre le chemin avec la grippe que vous avez, fit remarquer Camille en lui tendant une couverture que sa mère déposa sur ses jambes.

— C'est vrai, m'man, vous toussez comme une déchaînée, renchérit Bernadette, qui avait envoyé ses élèves en congé jusqu'au mardi suivant quelques heures auparavant.

— Il est pas question qu'on n'y aille pas, trancha Marie. On n'est pas des païens.

Chapitre 3

Pâques

La pluie se changea en neige au cours de la nuit de sorte que le lendemain matin, en sortant de la maison, Baptiste découvrit un paysage recouvert de quelques pouces de belle neige blanche. Le froid était venu se réinstaller sournoisement sur la région durant les heures précédentes.

— Je crois ben que ça sert à rien d'aller aux sucres à matin, déclara-t-il aux siens en finissant de manger les œufs que ses filles avaient fait cuire pour le déjeuner. Il fait trop froid pour que ça coule.

De fait, les trois hommes de la maison occupèrent leur journée à fendre du bois qu'ils cordèrent dans la remise. Les deux jours suivants, la température ne s'améliora guère, ce qui réjouit passablement Marie. Le mercure se tint résolument sous zéro.

— On est chanceux, on va pouvoir aller faire nos pâques demain matin, déclara la mère de famille. Le chemin devrait être pas trop pire.

— Vous avez l'air pas mal soulagée, m'man, lui fit remarquer Bernadette. Êtes-vous en état de péché mortel pour tenir absolument à aller vous confesser demain ? plaisanta-t-elle.

— Parle donc avec ta tête, Bedette Beauchemin, la réprimanda sa mère. As-tu oublié que c'est un péché mortel que de pas faire ses pâques ?

— Bien non, m'man.

— C'est pas au-dessus des forces de monsieur le curé Lanctôt de nous nommer du haut de la chaire si on les fait pas, intervint Camille en levant le nez de son travail d'aiguille. Ça s'est déjà vu.

— Je comprends que ça s'est déjà vu, dit Donat. Il l'a fait il y a trois ans avec Jos Laganière. Quand monsieur le curé s'est rendu compte qu'il avait même pas fait ses pâques de renard dans la semaine après Pâques, il l'a nommé en pleine chaire, pour lui faire honte. Moi, en tout cas, j'avais trouvé ça gênant en pas pour rire, ajouta-t-il en secouant la tête.

— Si on part assez de bonne heure, déclara son père, on devrait être capables d'aller se confesser entre la basse-messe et la grand-messe. Je suppose que monsieur le curé va s'organiser pour qu'on puisse se confesser à ce moment-là, comme il le fait tous les ans.

Le père de famille songea qu'il allait faire en sorte de ne pas avoir à se confesser au curé de la paroisse qui ne semblait pas l'apprécier particulièrement depuis qu'il était allé à l'encontre de son avis, deux ans auparavant, en demandant au député du comté de l'aider à ouvrir une école de rang aux confins de la paroisse.

— Je suppose que tu te trouves bien finaud, Baptiste Beauchemin! s'était exclamé, furieux, Louis-Georges Lanctôt, curé de la paroisse Sainte-Monique, lorsqu'il était venu lui annoncer avoir obtenu une école de rang, malgré son opposition. As-tu pensé à tout l'aria que ça va être pour moi et mes vicaires d'aller s'assurer de la qualité de l'enseignement du catéchisme dans cette école-là, au bout du monde?

Le silence venait à peine de tomber dans la cuisine éclairée par une seule lampe à huile qu'on frappa à la porte. Xavier se leva pour aller ouvrir et découvrit sa sœur Emma sur le seuil.

— Blasphème! jura-t-il en la faisant entrer. On dirait ben que t'as pas peur de la noirceur, toi.

— Si t'es en dedans, il y a pas de danger dehors, rétorqua du tac au tac la visiteuse en pénétrant dans la cuisine.

Emma Lafond était une jeune femme brune au visage rond qui ressemblait beaucoup à sa sœur aînée, si ce n'est que ses deux maternités avaient sensiblement épaissi sa taille.

— Viens t'asseoir, l'invita son père. Qu'est-ce que t'as fait de Rémi?

— Les petits dorment déjà. Il est resté à la maison pour les garder. Je resterai pas longtemps. On voulait juste savoir si vous montiez à Sainte-Monique demain matin.

— Beau dommage, fit sa mère avec bonne humeur, ma grippe est presque finie. Il y a rien qui va nous empêcher d'y aller.

— Si c'est comme ça, on va s'y rendre ensemble. À quelle heure vous voulez partir?

— Aussitôt après que je serai allé chercher l'eau de Pâques, répondit Baptiste.

— On a l'intention de dîner chez le frère de Rémi avant de revenir à la maison, poursuivit Emma.

— C'est bien correct, accepta sa mère. Nous autres, on ira manger chez ton oncle Armand, mais on va prendre la précaution d'apporter notre dîner au cas où ta tante nous attendrait pas.

Quelques minutes plus tard, Xavier s'habilla et raccompagna sa sœur jusque chez elle sous le prétexte de prendre un peu l'air avant de monter se coucher.

Quand il rentra à la maison, il trouva sa mère et sa sœur en train de préparer la nourriture qu'ils apporteraient le jour suivant à Sainte-Monique.

❧

Un peu avant cinq heures le lendemain matin, Marie se leva et alla jeter une bûche dans le poêle avant de revenir dans la chambre à coucher pour réveiller son mari.

— Lève-toi, Baptiste, lui ordonna-t-elle à mi-voix, c'est l'heure de t'habiller.

— Pas déjà, grogna l'homme en entrouvrant les yeux.

— T'as pas intérêt à te traîner les pieds si tu veux être à la source avant que le soleil se lève, lui dit-elle avant de sortir de la pièce.

Son mari s'extirpa difficilement du lit, enfila son pantalon et sortit de la chambre.

— Levez-vous en haut, cria Marie, postée au pied de l'escalier. Si vous voulez être prêts à temps, vous devez vous grouiller.

Donat fut le premier à descendre. En apercevant son père en train de se chausser, il proposa de l'accompagner à la source pour recueillir l'eau de Pâques qui allait protéger la maison de la foudre et ses habitants de plusieurs maladies durant toute l'année. Baptiste accepta.

Le fils se chargea des deux cruchons vides, laissant à son père le soin de tenir un fanal. Les deux hommes quittèrent la maison et s'enfoncèrent dans la nuit noire, après avoir chaussé leurs raquettes. Ils avaient une bonne quinzaine de minutes de marche pour rejoindre la source qui passait au bout de la terre de Conrad Boudreau. Ils virent au loin deux puis trois lueurs de fanal se déplaçant dans la même direction qu'eux. Conrad Boudreau et quelques voisins venaient chercher de l'eau de Pâques à la seule source vive des environs.

Finalement, sept hommes se rejoignirent au bord du ruisseau qui coulait au bout de la terre de Boudreau. Dans l'air froid du petit matin, on échangea des nouvelles en attendant le lever du soleil. De la buée s'échappait de la bouche des hommes rassemblés et chacun déplorait qu'il fasse aussi froid en ce début du mois d'avril. Les conversations cessèrent quand le soleil apparut à l'horizon. Les hommes se séparèrent et s'agenouillèrent pieusement au bord du ruisseau, dans la neige, pour réciter une prière tout en remplissant leurs cruchons. Quand chacun eut puisé son eau, on se salua et on reprit le chemin de la maison.

À leur retour à la ferme, Baptiste découvrit sans surprise que Xavier avait déjà attelé la Noire à la *sleigh* et le Blond au berlot.

— On est presque prêts à partir, annonça-t-il à son père et à son frère lorsqu'ils entrèrent dans la maison bruissant d'activité.

— Lavez-vous, faites-vous la barbe et changez-vous, leur ordonna Marie. Nous autres, on est parées.

En fait, la maîtresse des lieux était déjà endimanchée comme ses deux filles et sa bru. Elles avaient même eu le temps de remettre de l'ordre dans la maison.

— Seigneur, j'ai tellement faim que je mangerais n'importe quoi, se plaignit Bernadette. Dire qu'on pourra rien manger avant midi et demi, une heure. Si encore on était comme les autres, on pourrait aller à la basse-messe pour communier et manger un morceau avant d'assister à la grand-messe.

— Quand t'auras fini de te lamenter pour rien, la réprimanda sèchement sa mère, tu pourras peut-être donner un coup de main à Eugénie pour vérifier qu'on a apporté tout ce qu'il faut pour dîner.

Durant les minutes suivantes, Baptiste et son fils aîné utilisèrent à tour de rôle le miroir de la pièce et le bol à main pour se raser et se laver avant de disparaître dans leurs chambres pour endosser leur unique habit propre qu'ils ne mettaient que le dimanche et lors des grandes occasions.

Camille, Bernadette et Xavier prirent place dans le berlot pour laisser la place à Eugénie et à sa belle-mère dans la *sleigh* jugée plus confortable. On mit aux pieds des passagers des briques chaudes et on se couvrit les jambes avec d'épaisses couvertures de fourrure.

— Si ça a de l'allure de faire aussi froid un matin de Pâques, dit Marie au moment où son mari saisissait les rênes.

Un peu avant sept heures, les deux véhicules prirent la route et s'arrêtèrent un bref instant devant chez Rémi Lafond pour lui permettre de se joindre à eux avec sa petite famille. Camille exigea de se charger de Flore, sa nièce de quatre ans, de manière à ne laisser à sa sœur Emma que son dernier-né assez remuant.

Le petit cortège se remit en marche et se dirigea vers Sainte-Monique en occupant le centre du petit chemin étroit et accidenté que la forêt bordait. Il avait beau avoir neigé au milieu de la semaine, il n'en restait pas moins que le temps doux des jours précédents avait beaucoup détérioré l'état de la route. Baptiste conduisait prudemment et évitait le plus possible les trous laissés par la fonte dans la chaussée. Malgré tout, à plusieurs reprises, la *sleigh* sembla sur le point de verser sur le côté. Chacun de ses gestes était imité par les conducteurs des deux véhicules qui le suivaient. Les bêtes peinaient dans certaines côtes et, à deux reprises, les passagers durent descendre pour leur permettre de hisser les *sleighs* et le berlot au sommet.

À mi-chemin, la *sleigh* de tête conduite par Baptiste se retrouva en haut d'une côte qu'il connaissait bien pour l'avoir négociée à plusieurs reprises les trente dernières années. Il s'arrêta et cria aux deux autres conducteurs :

— Faites ben attention rendus en bas. Elle est traître en bagatême !

Il fit avancer lentement sa bête en la retenant le plus possible pour éviter qu'elle se laisse entraîner par le poids de la *sleigh* qu'elle tirait. Parvenu au pied de la pente, il prit le virage en épingle à cheveux avec beaucoup de précaution. Il sut alors qu'il avait eu raison de se méfier. La mince couche de neige dissimulait d'importantes roulières creusées probablement par des traîneaux chargés de lourdes billes de bois. Si l'un des patins de la *sleigh* s'était pris dans l'une d'elles, le véhicule aurait immanquablement versé et le cheval aurait eu alors une réaction aussi imprévisible que dangereuse. Il immobilisa son attelage un peu plus loin pour prévenir Xavier et Rémi Lafond du danger. Mais c'était déjà trop tard, Xavier l'avait suivi de près avec le berlot et approchait, sans méfiance, du virage. Le père de famille se précipita et parvint à attraper le Blond par le mors avant qu'il ne s'élance dans le virage en épingle à cheveu.

— Whow! hurla-t-il.

Xavier tira sur les rênes de toutes ses forces et parvint à immobiliser sa bête à l'entrée du virage.

— Qu'est-ce qu'il y a? demanda le jeune homme qui avait eu peur de blesser son père.

— Regarde devant toi, lui ordonna son père.

Le jeune homme vit alors le danger et s'empressa de ranger le berlot sur le côté du chemin pour se porter à la rencontre de son beau-frère, qui avait tout vu et deviné ce qui se passait. Rémi ralentit sa bête au maximum et laissa Xavier guider son cheval jusqu'au virage.

— On est aussi ben de se rappeler de la place quand on va revenir cet après-midi, conseilla Baptiste avant de remonter dans sa *sleigh*.

Finalement, les cinq lieues furent couvertes dans un temps raisonnable. Dès leur arrivée dans le village, le chef de famille entraîna les siens jusque chez Herménégilde Beaulieu qui tenait une écurie de dételage depuis trois décennies. Pour deux cents, le marchand abritait votre bête pour la journée et lui donnait une bonne mesure d'avoine. On laissa donc à cet endroit les deux *sleighs* et le berlot, et on arriva à l'église une bonne heure avant la célébration de la grand-messe. Les crucifix et les statues avaient été dépouillés des voiles violets qui les masquaient et les rayons de soleil passant par les vitraux donnaient au temple un air de fête.

Comme prévu, le curé Lanctôt avait fait en sorte que ses deux vicaires occupent chacun un confessionnal entre les deux messes pour permettre aux retardataires de faire leurs pâques.

— J'espère que je tomberai pas encore sur l'abbé Morin, chuchota Xavier à son frère en s'agenouillant dans un banc derrière celui occupé par sa mère. Il est bête comme ses pieds et il donne des pénitences qui en finissent plus.

— Tais-toi et prépare ta confession, lui ordonna sa mère à voix basse en se tournant vers lui.

Les membres de la famille se partagèrent presque également entre les deux confessionnaux et prirent place derrière les quelques paroissiens qui attendaient déjà debout, à une distance respectueuse, de chacune des portes des isoloirs qui flanquaient le confessionnal où un prêtre officiait.

Xavier se confessa immédiatement après sa sœur Emma. Lorsqu'il referma la porte du confessionnal derrière lui, il se dirigea vers la première des quatorze stations du chemin de croix. Un peu gêné, il entreprit de réciter trois *Ave* devant chacune des stations en guettant du coin de l'œil lequel des membres de sa famille allait écoper de la même pénitence que lui. Pour tout arranger, il aperçut son oncle Armand et sa femme déjà assis dans leur banc.

À son grand désarroi, personne ne sembla avoir reçu la même pénitence que lui. Quand il entreprit son second chemin de croix, il surprit des regards goguenards dans sa direction de la part de son père, de son frère et de son beau-frère au moment où ils se dirigeaient vers la sortie dans l'intention de fumer une pipe avant le début de la cérémonie religieuse. Le jeune homme était d'autant plus furieux qu'il attirait l'attention des paroissiens qui emplissaient peu à peu la vieille église paroissiale dans l'attente d'assister à la grand-messe qui allait commencer sous peu. C'était d'autant plus gênant qu'ils devaient le contourner pour aller occuper le banc qu'ils avaient loué pour l'année.

Alors qu'il finissait sa pénitence, il vit le chœur se remplir d'enfants et il eut juste le temps de monter au jubé rejoindre les siens avant le début de la messe. Les Beauchemin n'avaient jamais loué un banc à l'église parce que Baptiste jugeait la dépense inutile puisque la famille n'assistait à la messe qu'un dimanche sur trois à cause de l'état de la route et de la distance la séparant de l'église.

Le curé Louis-Georges Lanctôt, fidèle à son habitude, célébra la messe du jour de la résurrection du Christ avec un grand décorum et son sermon fut encore plus long qu'à l'accoutumée. Évidemment, il menaça des flammes de l'enfer les quelques paroissiens qui n'avaient pas jugé bon de faire encore leurs pâques et leur rappela qu'ils mettaient en danger leur salut éternel en s'en remettant à des pâques de renard.

Durant le long sermon du célébrant, Baptiste eut une pensée attristée pour ses frères Anatole et Joseph. Le premier était mort du choléra alors que le second était décédé dix ans auparavant en faisant la drave, à la fin du printemps. Chaque fois qu'il mettait les pieds à l'église de son village natal, il ne pouvait s'empêcher de penser aux nombreux services funèbres auxquels il avait dû assister au fil des années. Le lot du cimetière appartenant aux Beauchemin avait accueilli non seulement ses deux frères et sa jeune sœur Émilie morte à l'âge de trois ans, mais aussi son père et sa mère emportés cinq ans auparavant par la fièvre typhoïde. Avant la disparition de ces derniers, chacune de ses visites à Sainte-Monique était considérée comme une fête et sa mère mettait les petits plats dans les grands quand il arrivait avec sa femme et ses enfants.

Les temps avaient bien changé. Maintenant, son frère Armand lui faisait toujours bonne figure quand il s'arrêtait à la ferme dont il avait hérité de leurs parents, mais les réactions de son Amanda étaient souvent imprévisibles. À part Armand et Amanda, il ne lui restait plus que sa sœur Mathilde, sœur Grise depuis vingt-cinq ans, qu'il n'avait pas revue depuis trois ans.

Marie dut lui donner un coup de coude pour lui signifier qu'il devait se lever comme les autres fidèles. Il s'ébroua et parvint à suivre le reste de la messe sans être trop distrait.

La fin de l'office religieux fut saluée par une joyeuse envolée de cloches et les gens se rassemblèrent sur le parvis, malgré le temps frisquet. Il y avait de la joie dans l'air. Le carême était enfin terminé, signe que le printemps était proche. Armand vint rejoindre son frère, suivi par une Amanda au visage fermé et à l'air un peu revêche. On s'embrassa et on se serra la main.

— Dites donc, ma tante, est-ce que vous avez mal aux dents ? lui demanda innocemment Camille.

— Non, pourquoi tu me demandes ça ?

— Je sais pas, répondit la jeune femme. Peut-être à cause de la façon que vous avez de serrer les dents. Vous me donniez l'impression d'avoir mal sans bon sens.

La femme âgée d'une quarantaine d'années au visage osseux jeta à sa nièce un regard dépourvu d'aménité avant de laisser tomber :

— Non, pantoute.

Bernadette réprima difficilement un sourire.

— Avez-vous vu Connolly et ses enfants ? reprit Amanda Beauchemin en désignant de la tête le second voisin de Baptiste Beauchemin. C'est une vraie honte !

— Qu'est-ce qu'il y a ? lui demanda sa belle-sœur.

— Les enfants sont attriqués comme la chienne à Jacques en plein dimanche de Pâques. Il me semble que leur père pourrait y voir.

— Pour moi, le pauvre gars fait ce qu'il peut, intervint son mari. J'ai entendu dire qu'il s'est chicané avec sa belle-mère il y a deux semaines et qu'elle est retournée vivre à Nicolet.

— Comment il se débrouille tout seul avec les enfants ? demanda Camille.

— Vous êtes ben mieux placés que nous pour le savoir, lui répondit son oncle. C'est vous autres qui restez à côté, pas nous.

Liam et Julia Connolly étaient venus s'établir dans le rang Saint-Jean une douzaine d'années plus tôt.

— Encore des maudits Irlandais! avait laissé tomber Baptiste quand il avait appris que le jeune couple venait d'acheter la terre de Joseph-Napoléon Comtois, son deuxième voisin. C'est rendu qu'ils ont plus assez du rang Sainte-Ursule, avait-il ajouté avec mauvaise humeur en pensant aux White, qui avaient aussi décidé de s'établir dans son rang quelques années plus tôt.

Au fil des années, les Beauchemin durent admettre que les Connolly ne faisaient rien pour s'intégrer à la communauté. Ils vivaient retirés et n'avaient que les contacts obligés avec leur voisinage. Le couple avait eu quatre enfants, dont deux fréquentaient l'école de rang. Les choses avaient cependant basculé l'automne précédent quand Julia Connolly, une femme à la santé fragile, avait été emportée par une pneumonie. Tous les gens installés au bord de la rivière s'étaient fait un devoir de venir manifester leur sympathie au jeune veuf de 35 ans et à ses rejetons durant les trois jours où le corps de la femme avait été exposé. À cette occasion, on avait appris que la mère de Julia, une veuve, allait s'installer chez son gendre pour prendre soin des enfants.

Après l'enterrement de la jeune mère, la vie semblait avoir repris ses droits et Liam Connolly et les siens avaient continué à se faire aussi discrets que par le passé.

— On va tout de même s'informer pour savoir si le voisin a besoin d'aide, déclara Marie. Ce serait pas chrétien de le laisser mal pris avec ses enfants sans rien faire pour l'aider.

Tous approuvèrent de la tête ce que la mère de famille venait de dire. Puis, la conversation bifurqua.

— Écoute donc, le grand, dit Armand Beauchemin en se tournant vers son neveu Xavier. Veux-tu ben me dire quels péchés graves t'as ben pu commettre pour que notre petit vicaire te donne deux chemins de croix comme pénitence ?

Tous les regards se levèrent vers le jeune homme qui les dépassait d'au moins une demi-tête. Il rougit légèrement.

— Ben, je le sais pas, mon oncle, répondit Xavier en adoptant son air le plus naïf. Pour moi, il était mal luné à matin.

— Pourtant, il est ben raisonnable d'habitude, insista le gros homme. Je pense qu'une aussi grosse pénitence, ça s'est jamais vu dans la paroisse, ajouta-t-il, l'air malicieux.

Xavier vit sa mère le scruter, l'air mécontent.

— Pour moi, il m'a pas aimé la face, mon oncle. Comment voulez-vous que je fasse des péchés ? Je travaille du matin au soir.

— Tu vas pas accrocher ton fanal nulle part de temps en temps ?

— Pas souvent.

— Ah ! la v'là, l'affaire ! s'exclama Armand Beauchemin en adressant un regard de connivence à son frère Baptiste.

— Aïe, mon oncle ! protesta le jeune homme. On dirait que vous avez déjà oublié qu'il y a des chaperons qui surveillent quand on va veiller chez une fille. Il y a pas un chrétien capable de faire quoi que ce soit quand la mère ou le père de la fille est presque assis sur vos genoux.

À cet instant, un homme mince vêtu d'un léger manteau déboutonné qui laissait voir une redingote noire de bonne coupe s'approcha du groupe des Beauchemin.

— Bonjour, notaire, le salua Baptiste.

— Bonjour tout le monde, salua en retour l'homme de loi en adressant un sourire aux personnes rassemblées. Avez-vous l'intention d'aller passer une heure ou deux chez votre frère, monsieur Beauchemin ?

— S'il m'invite, oui, répondit Baptiste.

— Ben oui, voyons donc ! s'empressa de préciser son frère.

Personne, sauf Marie et Camille, ne sembla remarquer la légère crispation du visage d'Amanda.

— Si ça vous dérange pas, je passerai dans quelques minutes vous faire signer les papiers transférant à votre garçon la propriété des lots que vous avez achetés tous les deux l'automne passé.

— On va vous attendre, déclara Armand Beauchemin.

Emma et son mari prirent congé en donnant rendez-vous à Baptiste à trois heures, afin de rentrer ensemble à la maison comme convenu. Le jeune couple alla rejoindre le frère de Rémi chez qui ils avaient laissé leurs deux jeunes enfants avant de venir à l'église.

À leur arrivée à la maison paternelle, Marie s'empressa de rassurer sa belle-sœur en faisant transporter à l'intérieur la boîte de provisions apportées pour le repas. Elle comprenait qu'Amanda perde un peu ses moyens quand tant de convives venaient s'installer chez elle. Elle n'avait pas d'enfant et était habituée à sa petite routine. Elle n'avait à nourrir que son mari et leur homme engagé, absent ce jour-là.

Pendant que Camille et Bernadette aidaient à dresser le couvert, les hommes s'installèrent près du poêle pour fumer. On parla de la récolte de sirop d'érable et des travaux de printemps qui approchaient rapidement. Armand en était aux nouvelles de la paroisse quand le notaire Letendre frappa à la porte.

— Je vous dis que c'est tout un service que vous donnez, monsieur le notaire, plaisanta Baptiste en l'aidant à retirer son manteau.

— Pas du tout, se défendit l'autre, je vois pas pourquoi je vous aurais obligé à passer à mon étude quand je savais que j'irais dîner chez une cousine, au bout du rang.

Baptiste et Xavier signèrent les documents qui leur étaient présentés. L'homme de loi, apparemment peu pressé de se rendre chez sa cousine, alluma sa pipe et accepta le verre de bagosse servi par le maître des lieux pour célébrer la fin officielle du carême.

— Vous lisez toujours *La Minerve*, monsieur le notaire ? demanda Baptiste.

— Eh oui, il faut bien se tenir au courant de ce qui se passe dans le monde.

— Vous êtes ben chanceux de savoir lire, intervint Armand. Nous autres, on n'a pas eu la chance d'aller à l'école.

— Vous êtes pas les seuls et ça vous empêche pas de vivre convenablement, tenta de les consoler Charles-Olivier Letendre.

— C'est ennuyant pour une affaire, reprit Baptiste, on est jamais au courant des nouvelles.

— Les nouvelles ? Mais elles sont jamais bien bonnes, dit le notaire. Vous savez que les Fenians ont encore traversé la frontière du pays et qu'ils rôdent dans les villages proches de la frontière.

— Qu'est-ce qu'ils veulent encore ? lui demanda Donat.

— La même chose qu'en 1866, mon garçon. Ces Irlandais-là veulent nuire aux Anglais qui nous gouvernent parce qu'ils ont envahi leur pays. Mais là, si je me fie à ce que j'ai lu la semaine passée, ils vont le regretter. Le premier ministre Macdonald a envoyé l'armée. J'ai l'impression qu'ils s'en tireront pas aussi facilement que la dernière fois où ils sont venus causer des troubles chez nous. Les Bleus ont pas l'habitude de se laisser marcher sur les pieds sans rien faire, ajouta le notaire.

— On raconte qu'il y a pas mal de corruption dans ce gouvernement-là, s'interposa Armand pour montrer qu'il suivait la politique, lui aussi.

— C'est pas vrai, cette affaire-là ! protesta Baptiste, organisateur conservateur dans le comté. Tu devrais ben le savoir, mon frère.

— En tout cas, il y a rien de prouvé là-dedans, convint l'homme de loi. Ce sont des rumeurs lancées par les Rouges et les membres de l'Institut canadien. On a un bon gouvernement qui est en train d'agrandir le pays. Il faut pas oublier qu'il a acheté les terres de Rupert l'année passée et que cette année, après tous les troubles causés par Riel, le Manitoba va entrer dans la Confédération. On rit pas. C'est pas un petit morceau, cette affaire-là. Le chemin de fer commence à s'étendre et, dans *La Minerve*, on raconte que Macdonald a déjà entrepris des négociations pour faire entrer dans le pays une autre province proche du Pacifique, de l'autre côté des Rocheuses.

— Dites donc, notaire, on dirait ben que vous êtes Bleu de bord en bord, comme mon frère, intervint Armand Beauchemin pour le taquiner.

— Je le suis et j'ai pas honte de l'avouer, déclara l'homme de loi avec force. Remarquez que ça m'empêche pas de trouver que l'Institut canadien a raison de s'en prendre à monseigneur Bourget dans l'affaire Guibord, même s'il n'y a que des Rouges à l'Institut.

— C'est qui, ce Guibord-là ? s'informa Baptiste qui n'en avait apparemment jamais entendu parler.

— C'était juste un petit imprimeur de Montréal, mais il était membre de l'Institut, répondit Letendre. Il est mort au mois de novembre. Quand sa femme a voulu le faire enterrer au cimetière de la Côte-des-Neiges, à Montréal, la porte du cimetière était cadenassée. Monseigneur Bourget lui a refusé le droit d'être enterré avec les catholiques parce que, comme membre de l'Institut, il l'avait excommunié. Le seul endroit où elle pouvait l'enterrer, c'était dans le carré des condamnés à mort. Il paraît que cette affaire-là est loin d'être finie. La veuve veut pas se laisser faire et elle a intenté un procès à l'évêché.

Sur ces mots, Charles-Olivier Letendre tira sa montre de son gousset et consulta l'heure.

— Oh là, il faut que j'y aille ! s'exclama-t-il en se levant précipitamment. La cousine va bouder si j'arrive trop tard pour dîner.

Après le départ du notaire, tout le monde prit place autour de la grande table et on mangea avec d'autant plus d'appétit qu'on ne s'était rien mis sous la dent depuis la veille.

Un peu avant trois heures, Baptiste donna le signal du départ aux siens. Après avoir invité son frère et sa belle-sœur à venir leur rendre visite, il rejoignit sa femme et ses enfants déjà entassés dans la *sleigh* et le berlot.

— Profites-en ben, lui recommanda Armand. J'ai l'impression que tu fais ton dernier voyage avec ta *sleigh* et ton berlot cette année.

Le voyage de retour se fit dans un silence presque complet. Camille avait repris sa nièce des bras d'Emma après leur bref arrêt chez le frère de Rémi Lafond et les passagers somnolèrent un peu.

— On peut pas dire que le caractère d'Amanda s'améliore bien gros avec le temps, chuchota Marie. Ça doit pas être drôle tous les jours de vivre avec elle.

— Mets-toi à sa place, répliqua son mari sur un ton raisonnable. Ils ont pas d'enfant et ils en auront jamais. Pour qui ils travaillent d'un soleil à l'autre ?

— Je comprends, fit-elle, mais il y a des fois où je me dis qu'on n'a peut-être pas pris la bonne décision en leur refusant d'adopter Xavier quand il est venu au monde.

— On n'est pas pour revenir là-dessus ! fit Baptiste d'une voix tranchante en jetant un rapide coup d'œil derrière lui pour voir si Donat et Eugénie pouvaient les avoir entendus.

— Si on avait accepté de le leur laisser, comme ils le voulaient, le petit serait pas obligé cette année d'aller défricher une terre et de commencer à zéro. Il aurait hérité de la terre de ton frère et d'une bonne maison bien chaude.

— Ce qui est fait est fait, laissa tomber Baptiste, le visage fermé.

Le cultivateur se rappelait trop bien la visite de son frère et d'Amanda, au lendemain de l'accouchement de sa femme de leur troisième enfant. Le couple infertile avait tout tenté pour les persuader, Marie et lui, de leur donner en adoption leur second fils qui venait de naître. Ils avaient résisté à la tentation et refusé, ce qui avait jeté un froid entre les deux couples durant quelques années.

À leur retour à la maison, il fallut rallumer le poêle et attendre une heure ou deux avant de pouvoir retirer son manteau.

— Il y a au moins une chose de bonne dans tout ça, déclara Xavier en arborant un air satisfait. À soir, on n'aura pas à réciter le chapelet avant de monter se coucher. On est allés à la messe.

— Et certains ont même dû faire deux bons chemins de croix, à part ça, compléta sa sœur Bernadette, l'air narquois.

— Peut-être que ce serait une bonne idée de réciter quand même le chapelet, m'man, ironisa Camille. On pourrait le dire pour le salut des grands pécheurs de la famille.

Cette remarque lui attira un regard noir de ses frères et de son père, apparemment peu désireux de passer plus d'une demi-heure à genoux.

— Ça va faire pour aujourd'hui, trancha Baptiste. On va faire la prière et aller se coucher. Demain, on a une bonne journée d'ouvrage qui nous attend.

Ce soir-là, chacun se coucha avec l'impression d'avoir rempli du mieux qu'il pouvait ses devoirs de chrétien.

Chapitre 4

La catastrophe

Le lendemain matin, Baptiste fut réveillé par la pluie qui fouettait la fenêtre de sa chambre.

— Dis-moi pas qu'il mouille à matin! maugréa-t-il, dépité de voir ses plans contrecarrés par le mauvais temps.

— Ça veut dire que t'es aussi bien de commencer à ramasser tes chalumeaux et tes chaudières, fit sa femme en endossant une épaisse veste de laine avant de quitter la pièce.

— Ouais et il faudra pas niaiser, à part ça, confirma-t-il, sinon le traîneau passera pas jusqu'au bois.

En ce lundi matin gris, on se retrouva autour de la table pour manger les crêpes que Marie et Eugénie avaient cuisinées pendant que les autres membres de la famille soignaient les animaux.

— Ça va être agréable encore d'aller à l'école, se plaignit Bernadette en jetant un coup d'œil par la fenêtre. Une vraie température de fou! Hier, on gelait tout rond et aujourd'hui, il mouille à boire debout. Je vais arriver toute crottée.

Personne ne releva l'invitation détournée à aller la conduire de l'autre côté du pont. Après avoir avalé son déjeuner, apparemment résignée, elle endossa son manteau noir, chaussa ses bottes et s'empara du grand parapluie qu'on avait fait réparer l'automne précédent.

— Bon, nous autres, on va atteler et aller dégrayer tout le barda des sucres. C'est fini pour cette année, je crois ben, annonça Baptiste à ses fils.

— Nous autres, on fait le lavage, déclara Marie sur un ton décidé. Les garçons, vous allez nous remplir le *boiler* et nous laisser deux bonnes chaudières d'eau avant de partir.

Avant même que les hommes aient quitté la maison, la cuisine avait été rangée et déjà Camille s'activait à laver la vaisselle utilisée au déjeuner pendant que sa mère et Eugénie étaient montées remettre de l'ordre dans les chambres. L'aînée de la famille eut même le temps de tendre trois longues cordes à travers la cuisine sur lesquelles seraient étendus les vêtements lavés. Xavier et Donat, chargés de seaux remplis d'eau froide puisée au puits, rentrèrent au moment où elle finissait. Xavier, plus grand que son frère, ne vit pas la première corde et s'y heurta à hauteur de la gorge. De surprise, il faillit échapper ses seaux.

— Maudit blasphème! pesta-t-il avec humeur. Tu parles d'une idée de fou d'installer ça au milieu de la place.

— T'as peut-être besoin de lunettes pour voir où tu vas, rétorqua sa sœur, moqueuse.

— T'aurais trouvé ça pas mal moins drôle si j'avais renversé mes chaudières sur ton plancher, répliqua-t-il.

— Tu peux être certain que tu l'aurais essuyé, lui affirma-t-elle sans élever la voix.

Quand l'eau fut chaude, Camille en remplit une cuve et entreprit de frotter sur une planche à laver les vêtements préalablement mouillés et enduits de savon du pays. Quand sa mère s'approcha pour l'aider, la jeune femme l'en empêcha.

— Laissez faire, m'man, je suis capable de m'en occuper toute seule. Eugénie va étendre le linge.

— C'est correct, accepta Marie, mais commence par les sous-vêtements et les jupons, conseilla-t-elle à sa fille.

Cette recommandation était bien inutile. Depuis belle lurette, Camille savait qu'il fallait faire en sorte de laver ces sous-vêtements féminins les premiers afin qu'ils soient secs avant le retour des hommes. Lorsque le beau temps permettait de faire sécher le linge à l'extérieur, sa mère avait exigé l'installation d'une corde supplémentaire entre la maison et la remise de manière à ce qu'aucun passant ne puisse voir leurs dessous.

Quand les hommes rentrèrent, trempés, à l'heure du midi, le lavage était terminé depuis une bonne heure et les derniers vêtements lavés finissaient de sécher tant bien que mal. Après le repas, Baptiste entraîna ses fils dans la remise. La pluie n'avait pas cessé et il s'était formé une grande mare au milieu de la cour.

— On va sortir le boghei et la voiture, et on va ranger au fond le berlot et la *sleigh*. Ils serviront plus cette année. Donat, tu vas réparer le patin de la *sleigh* qui est pas trop solide pendant que ton frère et moi, on va nettoyer à fond les chaudières et les chalumeaux. Après, si on a le temps, on graissera les roues du boghei et on le rentrera à l'abri.

À la fin de l'après-midi, le père de famille décida d'atteler le boghei pour aller chercher Bernadette à l'école parce que la pluie n'avait pas cessé.

— Tu vas m'attendre, lui déclara sa femme. J'y vais avec toi, j'ai besoin d'une couple d'affaires au magasin général.

Pendant que Marie endossait son manteau et chaussait ses bottes, le cultivateur, planté devant une fenêtre de la cuisine, regardait la rivière, de l'autre côté de la route.

— Si ça continue comme ça, les glaces vont partir vite, prédit-il.

Le couple prit place dans le boghei dont la capote avait été relevée et la voiture s'engagea sur le chemin étroit qui conduisait au pont de Tancrède Bélanger, au bout du rang Saint-Jean. La pluie qui tombait depuis le début de la nuit avait sérieusement raviné la route. Déjà, il ne restait plus que de rares îlots de neige dans les champs environnants. Les fossés débordaient de chaque côté. L'eau envahissait la chaussée étroite en certains endroits et formait des mares de boue. Le conducteur ralentit encore plus son attelage de crainte de briser une roue dans les ornières et les trous dissimulés par l'eau de fonte.

— Maudit bagatême! jura Baptiste. Si ça continue, il va y avoir plus d'eau sur le chemin que dans la rivière.

— Tu dis ça chaque printemps, lui fit remarquer sa femme, imperturbable.

Ils arrivèrent finalement au pont que le cheval traversa au pas avant de s'immobiliser quelques centaines de pieds plus loin devant l'ancienne petite maison des Lambert transformée en école de rang.

— Les enfants sont pas encore partis de l'école, dit Marie en les entendant ânonner une leçon. Laisse-moi ici et va-t'en au magasin général. J'irai te rejoindre quand Bedette en aura fini.

Marie descendit de voiture et alla frapper à la porte de l'école pendant que son mari faisait pénétrer sa voiture dans la cour du magasin situé en face.

À son entrée dans le magasin de Télesphore Dionne, Baptiste eut du mal à cacher son agacement d'y trouver Samuel Ellis en grande conversation avec le propriétaire, Alcide Proulx et Léopold Benoît. Les quatre hommes, assis sur deux longs bancs, fumaient paisiblement près du petit poêle rond installé au centre de la pièce enfumée.

Le titre de magasin général était peut-être un peu pompeux pour le modeste commerce de l'homme à demi chauve âgé d'une quarantaine d'années qui l'exploitait. On n'y trouvait tout de même pas autant de produits que dans les magasins généraux de Saint-Zéphirin et de Sainte-Monique. Par contre, il présentait les avantages d'être tout près et d'avoir un propriétaire plutôt arrangeant quand il s'agissait de faire crédit.

Au fond de la pièce se dressait un grand comptoir en bois. Télesphore avait rangé près du mur de gauche des bacs pleins de vis, de clous, de crampons et d'écrous ainsi que des marteaux, des tournevis et différents petits outils. Les râteaux, pelles, pics et bêches étaient entassés à l'extrémité, près de rouleaux de corde de différentes grosseurs. La plus grande partie du comptoir était occupée par un pot de bonbons, des boîtes de boutons et deux rouleaux de tissus vendus à la verge. Les bottes, les grosses chaussettes de laine, les dentelles et les gants étaient suspendus à la cloison. Le long du mur de droite, le propriétaire avait installé une barrique de mélasse, quelques poches de farine et différents produits vendus en vrac. Sur le mur du fond, des tablettes, qui couraient du plancher jusqu'au plafond, étaient garnies d'autres produits nécessaires à la vie quotidienne comme l'huile à lampe, des mèches, de la laine, des seaux, de la paraffine et diverses sortes de contenants. Pour les semences et les produits utilisés dans la construction, Télesphore Dionne les tenait dans la remise attenante à son magasin.

— Salut la compagnie, fit Baptiste en déboutonnant son manteau mouillé avant de s'asseoir au bout de l'un des deux bancs. Je pense qu'on peut faire notre deuil des sucres pour cette année, ajouta-t-il.

— Ça, c'est certain, dit Samuel Ellis. Ça pouvait pas durer éternellement. J'espère que t'es content de ta récolte ?

— Tu peux le dire. J'ai fait ben proche de vingt-cinq gallons, affirma Baptiste, en ajoutant dix gallons à ce qu'il avait récolté en réalité, juste pour narguer son adversaire.

❥

Depuis son établissement dans le rang Sainte-Ursule, l'ambitieux Irlandais faisait de plus en plus figure de chef de clan et ne se gênait pas pour parler au nom de tous les cultivateurs de son rang et même de ceux du rang voisin. L'homme trapu à l'air jovial était un finaud à qui il ne fallait pas en conter. Il livrait une lutte sourde depuis plus de

quinze ans à Baptiste Beauchemin et cherchait sournoisement à s'imposer à tous les cultivateurs des deux côtés de
la rivière.

Le cultivateur court sur pattes était d'une carrure athlé-
tique dont avaient d'ailleurs hérité ses quatre fils. Il était le
premier à avoir osé dire :

— Nous autres, du village…

— De quel village tu parles ? s'était alors emporté Baptiste.

— Voyons, Baptiste, avait répliqué Samuel Ellis. C'est
visible comme le nez au milieu du visage que Sainte-Ursule,
en haut de la côte, va devenir le village quand on va être une
paroisse.

— Ah ben, maudit bagatême ! avait juré son vis-à-vis,
rouge de colère. Je voudrais ben voir ça ! T'oublies qu'on
était installés de l'autre côté de la rivière ben avant que vous
veniez dans le coin, vous autres.

— Peut-être, mais tous les commerces sont dans notre
rang, avait finement répliqué l'Irlandais. Le magasin général,
la forge et le moulin à bois sont tous de notre côté de la
rivière. On est en haut et vous êtes en bas.

Cela n'avait été que l'une des nombreuses escarmouches
qui avaient éclaté entre les deux hommes depuis qu'ils se
connaissaient. Par ailleurs, on devait admettre que les deux
adversaires se respectaient et étaient le plus souvent prêts
à s'unir quand il s'agissait du bien commun… quand ils ne
pouvaient faire autrement, évidemment. Ils l'avaient fait
dans le passé pour décider Tancrède Bélanger à accepter
un montant forfaitaire pour le passage sur son pont et, à la
fin de l'automne passé, ils n'avaient pas hésité à faire le tour
de tous les habitants des trois rangs pour rassembler les
signatures d'une pétition adressée à monseigneur Thomas
Cooke de Trois-Rivières dans le but de demander l'autorisation de bâtir une chapelle.

L'idée d'envoyer une pétition à l'évêque du diocèse était
venue de Baptiste, à la fin de l'été. Quand il en avait parlé

lors d'une rencontre informelle au magasin général, toutes les personnes présentes l'avaient appuyé sans réserve. En quelques jours, toute la communauté avait été mise au courant et avait approuvé le projet. Ellis s'était alors empressé de venir voir son voisin, de l'autre côté de la rivière, pour lui proposer de se charger de faire signer les gens de son rang quand la lettre serait écrite. Baptiste, bien malgré lui, n'avait pu qu'accepter son offre.

L'écriture de cette lettre avait été un véritable casse-tête pour celui qui avait eu l'idée de la pétition. Évidemment, il n'était pas question de la faire rédiger par quelqu'un d'autre qu'un prêtre. Seul un ecclésiastique saurait trouver les arguments propres à convaincre monseigneur de la nécessité de laisser construire une chapelle desservant la population établie sur les deux côtés de la rivière Nicolet. Malheureusement, comme l'avait fait remarquer Ellis, pas question de prendre le risque de demander ce service au curé ou à l'un des vicaires de Saint-Zéphirin ou de Sainte-Monique puisqu'il s'agissait de prier l'évêque d'amputer leur paroisse d'une partie de son territoire.

Finalement, la solution vint de Cléomène Paquette, peut-être celui dont on attendait le moins de l'aide tant il avait la réputation d'être maladroit et peu porté sur l'effort. Quand il apprit à Baptiste qu'il avait un vieil oncle accommodant qui était un curé retraité dans la région de Sorel, ce dernier lui demanda de voir auprès du vieil homme s'il accepterait de se charger de la rédaction du texte de la pétition. Le curé Paquette accepta pour la plus grande joie des gens intéressés par le projet.

Bref, la pétition dûment signée par le chef de chacune des soixante-neuf familles installées dans les trois rangs avait été confiée au facteur Hormidas Meilleur à la fin de la première semaine de novembre. Puis, les semaines et les mois avaient passé.

— Vingt-cinq gallons? Petit Jésus! Es-tu ben sûr que c'est du vrai sirop? le nargua l'Irlandais qui, contrairement à plusieurs de ses compatriotes, faisait de sérieux efforts pour chasser de son vocabulaire toute expression anglaise dans le but de mieux se faire accepter par les Canadiens français. J'ai entaillé tous mes érables et j'en ai même pas fait quinze gallons.

— Vingt-cinq ben comptés, mentit Baptiste avec aplomb.

— Si c'est comme ça, tu pourrais peut-être m'en vendre cinq gallons, proposa le propriétaire du magasin. Les Paquette et madame Cloutier sont toujours intéressés à m'en acheter.

— Je vais y penser, promit Baptiste.

— Dites donc, notre évêque a pas l'air pressé pantoute de nous répondre, intervint Léopold Benoît. Si je me trompe pas, ça va ben faire presque six mois qu'on lui a envoyé notre pétition.

— Il me semble que le moins qu'il puisse faire, c'est de nous répondre, poursuivit Proulx. On lui demande pas la lune.

— S'il nous a pas répondu au mois de mai, il va falloir qu'on organise une délégation pour aller le rencontrer à Trois-Rivières, suggéra Baptiste.

— Ce serait pas une mauvaise idée, l'approuva Samuel Ellis.

Au moment où Baptiste allait reprendre la parole, la clochette suspendue au-dessus de la porte tinta et Marie entra dans le magasin, suivie par sa fille. Les deux femmes saluèrent les personnes présentes avant de s'avancer vers le comptoir. Télesphore Dionne se leva et se glissa derrière le comptoir, prêt à servir ses clientes.

— J'aurais besoin de dix livres de sucre brun, d'une verge de ruban rose et de deux bobines de fil noir, commanda Marie.

Le commerçant s'empressa de mesurer le ruban avant de le couper à la bonne longueur et déposa sur le comptoir le sucre brun et les deux bobines.

— J'espère que vous êtes contente de tout le sirop que vous avez récolté cette année, dit-il à Marie pour se montrer aimable.

— Quinze gallons, c'est pas la fin du monde, laissa tomber sa cliente. On devrait en avoir juste assez pour nos besoins.

— J'avais cru comprendre que vous en aviez récolté vingt-cinq gallons, insista Télesphore.

— Vous avez dû mal entendre, fit Marie sur un ton léger.

Sous le regard goguenard de Proulx, de Benoît et d'Ellis, Baptiste se leva.

— Si tu veux ben arrêter de placoter pour rien, dit-il avec mauvaise humeur à sa femme, on pourrait s'en retourner. Mon train se fera pas tout seul.

Sur ce, il paya les achats de Marie et fit signe aux deux femmes de sortir. Avant même qu'il ait refermé la porte du magasin, il entendit un franc éclat de rire dans son dos.

Il pleuvait encore lorsque tous les trois montèrent dans le boghei.

— Veux-tu bien me dire ce que t'as à être de mauvaise humeur comme ça? lui demanda sa femme, peu heureuse d'avoir été apostrophée aussi brutalement devant tout le monde.

— Bagatême! T'avais pas à dire combien de gallons de sirop on a faits cette année.

— Seigneur, p'pa! s'exclama Bernadette, assise à l'arrière.

— Toi, mêle-toi de tes affaires, la rabroua sèchement son père.

— Qu'est-ce qu'il y a de secret là-dedans? fit Marie.

— Ben, pour faire étriver Ellis, je venais de lui faire croire que j'en avais fait vingt-cinq gallons.

— Bien bon pour toi, laissa-t-elle tomber. Ça t'apprendra à conter des menteries au monde.

Durant les deux journées suivantes, la température s'adoucit de plus en plus et la pluie tomba de façon intermittente, faisant apparaître de plus en plus la terre noire qui avait dormi sous l'épaisse couverture de neige durant de longs mois. Déjà, les premières corneilles faisaient entendre leurs criailleries désagréables, installées sur les branches dénudées des arbres.

La veille, en se mettant au lit, les Beauchemin avaient entendu comme des coups de canon à l'extérieur, dans le noir.

— Bon, je crois ben que les glaces viennent de lâcher sur la rivière, en avait déduit Baptiste en remontant le mécanisme de l'horloge.

— Il était temps, avait dit Donat. Avec toute l'eau de fonte qui s'en allait à la rivière, la glace pouvait pas tenir encore ben longtemps.

Le lendemain avant-midi, Baptiste était occupé avec ses fils à creuser une mangeoire dans la porcherie quand il entendit une voiture s'arrêter dans la cour de la ferme. Il laissa tomber sa hache et ouvrit la porte pour identifier les visiteurs. Il aperçut Conrad Boudreau en train de descendre du véhicule couvert de boue.

Son compagnon et voisin de toujours avait pris passablement de poids au fil des années, mais c'était un homme solide dont le voisinage était toujours agréable.

— Dis-moi pas que tu fais tes visites de politesse en pleine semaine à cette heure, plaisanta Baptiste en élevant la voix pour que le visiteur sache qu'il était dans la porcherie et non dans la maison à la porte de laquelle il s'apprêtait à aller frapper.

— Non, inquiète-toi pas pour ça, répondit Conrad en soulevant sa casquette tout en s'approchant de lui. Je te dis qu'il vient de nous en tomber toute une bonne sur la tête.

— Qu'est-ce qui se passe ? demanda Baptiste, aussi intrigué par l'air grave de Conrad que ses deux fils, qui venaient de déposer leurs outils.

— Le pont vient de partir avec les glaces.

— Hein ? fit Xavier, sidéré. On n'a plus de pont ?

— Arrête donc ça, toi ! renchérit Baptiste, incrédule.

— Je te le dis. J'en reviens. Je m'en allais chez Dionne chercher des clous. En m'approchant du pont, j'ai ben vu qu'il y avait un embâcle. Juste au moment où j'allais monter sur le pont avec le boghei, j'ai entendu un craquement. Le temps de faire reculer la voiture, les glaces l'ont soulevé comme si c'était rien et elles sont parties avec. Il reste plus rien. J'ai jamais eu aussi peur de ma vie, torrieu !

— Ah ben, bonyeu, il nous manquait plus que ça ! s'emporta Baptiste.

— Je viens d'aller avertir le gros Tancrède qu'il a plus de pont.

— Là, on a l'air fin ! Comment on va faire pour traverser ? Je veux ben croire que ce pont-là avait même pas cent pieds de long, mais on peut tout de même pas marcher sur l'eau comme Notre-Seigneur, pour aller à la forge ou au magasin général.

— Ça, tu peux le dire, fit Boudreau, l'air toujours aussi catastrophé.

— Et qu'est-ce que Bélanger a dit quand tu lui as appris que son pont était parti ?

— Je l'ai trouvé à l'église. Laisse-moi te dire qu'il est sorti assez vite, je te le garantis. On est allés voir au bord de l'eau. Pis là, il a rien dit. Il est resté figé, comme si son pont allait revenir de lui-même. Ben, je l'ai laissé planté là, tout seul.

— Qu'est-ce qui va se passer avec Bedette ? demanda Donat. Elle est poignée de l'autre côté de la rivière, p'pa.

— T'es mieux d'atteler ta *waggine* plutôt que ton boghei, suggéra le voisin. Il y a tellement de trous que tu risques de verser.

93

— Va atteler la voiture, ordonna Baptiste à Xavier. On va aller voir ce qui se passe là. Je suppose que tu t'en vas avertir les voisins? poursuivit Baptiste en s'adressant à Conrad.

— Je pense que c'est ce que j'ai de mieux à faire.

— C'est correct. On se retrouve devant chez Bélanger tout à l'heure.

Boudreau remonta dans son boghei pendant que Baptiste allait apprendre la mauvaise nouvelle aux femmes demeurées à l'intérieur.

— Bonne sainte Anne! s'écria Marie, alarmée. Comment Bedette va faire pour s'en revenir à la maison?

— On va ben trouver un moyen, lui dit son mari pour l'apaiser.

— On va tous aller voir, décida sa femme en retirant son large tablier.

Déjà, Eugénie et Camille s'étaient avancées vers leur manteau dans l'intention évidente de l'endosser. Baptiste ne s'opposa pas à leur présence. Lorsque Donat immobilisa près de la maison la voiture sur laquelle on transportait habituellement les lourdes charges, tous vinrent rejoindre Xavier déjà assis sur le plateau du véhicule, les jambes pendantes. La lourde voiture montée sur ses hautes roues en bois cerclées de fer avança en cahotant en direction de l'extrémité du rang où était érigé depuis plusieurs décennies le vieux pont en bois qui permettait d'accéder à l'autre rive de la Nicolet. Sur le côté gauche de la route, la rivière charriait d'énormes blocs de glace et l'eau avait envahi les champs en contrebas.

À l'arrivée des Beauchemin, il y avait déjà plusieurs personnes rassemblées des deux côtés de la rivière. Elles examinaient l'endroit en affichant un air grave. Les glaces passaient rapidement devant les spectateurs, se chevauchant souvent les unes les autres, poussées par un courant extrêmement rapide.

— Eh ben, mon Tancrède, on dirait ben que tu peux dire adieu à ton pont, dit Baptiste en s'approchant du gros homme à l'air lugubre qui regardait au loin, comme si son pont allait revenir de lui-même se poser sur ses piliers.

— Christ! Là, j'en reviens pas, admit Bélanger. Ce pont-là était pourtant solide.

— Pas tant que ça, intervint Rémi Lafond, qui venait de rejoindre son beau-père et ses deux beaux-frères pendant que son épouse se joignait à la demi-douzaine de femmes rassemblées un peu à l'écart. Il y avait un paquet de madriers pourris qu'il aurait fallu changer depuis longtemps.

— C'est pas ça qui aurait empêché les glaces de l'emporter, temporisa Baptiste. Là, ça sert à rien de se lamenter, il va falloir le reconstruire au plus sacrant, ce pont-là, parce qu'on peut pas s'en passer si on veut pouvoir traverser de l'autre côté.

Il s'approcha plus près de la rive pour s'adresser aux gens massés de l'autre côté. Il se garda bien de dire qu'à son avis l'urgence de reconstruire le pont aurait été moins grande si le magasin général, la forge et l'école avaient été situés de son côté de la rivière.

— Il va falloir le reconstruire, cria-t-il. Qu'est-ce que vous en pensez?

— C'est sûr qu'on en a tous besoin, reconnut Ellis en prenant la parole pour tous les gens rassemblés près de lui.

— Ça se fera pas en une journée, une affaire comme ça, poursuivit le cultivateur du rang Saint-Jean. Qu'est-ce qu'on va faire en attendant?

Il y eut un long silence pendant que les gens des deux bords de la rivière se consultaient. D'autres cultivateurs, alertés par des voisins ou par Conrad Boudreau, vinrent se joindre à ceux debout, les pieds dans la boue, sur la rive du côté du rang Saint-Jean.

— Télesphore vient de me dire qu'il a un canot et une grosse chaloupe dans son appentis, cria Samuel Ellis à l'intention des gens du rang Saint-Jean. La rivière a moins de cent pieds de large. Je propose d'attacher la chaloupe avec un câble des deux côtés, comme Gunn vient de me dire qu'ils faisaient dans son village, en Irlande. T'installes une grosse poulie à chaque bout. Ça fait comme un bac. Avec ça, il paraît que tu peux traverser en sécurité sans t'occuper du courant. Et si quelqu'un de l'autre côté de la rivière a besoin de la chaloupe, il a juste à tirer sur le câble pour la faire venir à lui.

— Avec les glaces, c'est ben trop dangereux, lui fit remarquer Baptiste.

— C'est sûr qu'il va falloir attendre que les glaces arrêtent de descendre le courant. Mais on devrait pas en avoir plus que pour une journée ou deux.

— Quand est-ce que vous pouvez installer ça de votre côté? lui demanda Baptiste qui venait de comprendre le principe.

— Aussitôt que la glace va avoir fini de descendre.

— Il y a ma fille et les enfants du rang dans l'école et… commença à dire Baptiste.

— On va s'occuper d'eux autres, lui certifia Télesphore Dionne avec autorité.

— On va leur descendre ce qu'il faut, assura Alcide Proulx en parlant pour ses voisins.

Baptiste se dit que la tâche n'allait pas être aisée puisque la côte conduisant en haut du rang Sainte-Ursule était alors en si mauvais état que les gens laissaient leur voiture en haut, devant chez Delphis Moreau, parce qu'ils étaient certains que leur bête serait incapable de la gravir. Même la descendre était périlleux en cette période de l'année.

— Et pour le pont? s'enquit Tancrède Bélanger.

— On va le reconstruire. Je te l'ai dit tout à l'heure, répondit Baptiste, impatient.

— Là, je vous trouve pas mal corrects, déclara le gros homme, apparemment rassuré.

— Whow, Tancrède ! fit Baptiste, devinant ce que le gros homme avait en tête. Je pense que t'as pas ben compris ce que je viens de dire. On va le reconstruire, mais ce sera plus ton pont. Ça va être fini le temps où on te payait un montant par année pour passer sur ton pont. Celui-là, il va être à tout le monde parce que tout le monde va fournir.

— Mais c'est pas juste pantoute, cette affaire-là ! s'insurgea Bélanger sur un ton outré.

— Comment ça ? lui demanda Boudreau, intrigué.

— Mais je perds tout là-dedans, moi.

— Pas nécessairement, plaisanta Rémi Lafond. Si t'es capable de courir après ton vieux pont et de le ramener à sa place, nous autres, on est ben prêts à continuer à payer pour passer dessus.

Un éclat de rire salua la saillie.

❧

Il fallut attendre deux jours pour que la Nicolet cesse de charrier des blocs de glace. Quand on se rendit compte que son courant était devenu moins violent, les hommes se rassemblèrent de chaque côté de la rivière. Baptiste et ses voisins virent alors plusieurs cultivateurs du rang Sainte-Ursule tirer sur la rive, un peu en amont de l'endroit où le pont s'était trouvé, une grosse barque en plus ou moins bon état.

— J'espère qu'elle prend pas l'eau au moins ? demanda Baptiste à Patrick Quinn qui venait de monter à bord après qu'on eut déposé au fond de l'embarcation un grand câble et une poulie de près de deux pieds de diamètre.

— T'auras juste à venir me repêcher si je coule, répondit Quinn avec un accent marqué.

En moins de deux heures, les hommes installèrent une sorte de va-et-vient sur la rivière après avoir fixé une poulie sur chaque rive à des piquets solidement ancrés. On expérimenta le tout et chacun se déclara satisfait des résultats.

Quand le travail fut terminé, on se réunit au magasin général pour décider quand et comment on allait commencer à reconstruire le pont.

— Ça va être pas mal moins de problème qu'on pensait, assura Télesphore Dionne. Je sais pas si vous l'avez remarqué, mais les piliers en pierre ont pas bronché une miette. C'est juste la structure de bois qui est partie.

— Il faudra peut-être pas trop le crier sur les toits, intervint Baptiste, sinon notre Tancrède va dire qu'on bâtit le nouveau pont sur des piliers qui lui appartiennent.

— Et il serait ben capable de nous charger quelque chose pour ça, poursuivit Renaud Millette, un jeune cultivateur âgé d'une trentaine d'années.

— C'est ben beau le bac qu'on vient d'installer, dit Antonius Côté du rang Saint-Jean, mais c'est pas pratique pantoute pour nous autres, de l'autre côté de la rivière. Moi, je suggère qu'on construise le pont avant même de redresser nos clôtures. Après, on va être occupés avec l'épierrage, les labours et les semailles, et on va avoir toute la misère du monde à avoir des gars pour aider.

Les hommes présents se regardèrent durant un bref moment.

— Tout dépend du bois qu'on va être capables d'amasser, déclara Baptiste. Moi, je suis ben prêt à fournir du madrier et de la planche.

Chacun y alla de son don en bois et il devint vite évident que ce matériau ne manquerait pas.

— Mais les grosses poutres ? demanda Ellis. Moi, j'en ai pas et…

— Inquiète-toi pas pour les poutres, fit Thomas Hyland, un grand et gros homme aux épais favoris roux. J'en ai au moulin.

— Moi, je vais fournir les clous, promit Télesphore.

— Et moi les fer-angles, s'il en faut, dit Évariste Bourgeois, son voisin, le forgeron.

— C'est ben correct tout ça, ajouta Thomas Hyland, mais on peut pas construire ce pont-là n'importe comment. Il faut savoir où on va. Il faut qu'il soit solide et qu'on puisse passer dessus avec des charges sans avoir peur qu'il défonce.

Des murmures approbateurs saluèrent cette remarque.

— Pour tout dire, il faudrait un plan, suggéra Télesphore. Comme ça, on saurait où on va et combien de matériel il va falloir pour le bâtir.

— Vous avez raison, reconnut Baptiste, mais on peut pas attendre de trouver quelqu'un qui va nous faire ça. Ce pont-là presse en maudit.

— Je peux peut-être vous faire ça, avança Hyland d'une voix mal assurée.

— Toi ? demanda le forgeron. Ça va te prendre combien de temps ?

— Une journée ou deux.

— Si t'es capable de nous fournir ça, nous autres, on va être prêts à commencer aussitôt que tu vas nous l'avoir apporté, lui assura Baptiste en se donnant des allures de maître d'œuvre. En attendant, on va traverser de bonne heure demain matin pour transporter les poutres que tu vas nous donner du moulin jusqu'au bord de l'eau. Qu'est-ce que vous en dites, vous autres ?

Les hommes sur place l'approuvèrent bruyamment et promirent d'être au moulin le lendemain avant-midi pour aider au transport.

Baptiste, la mine renfrognée, rentra à la maison. Il n'était pas particulièrement heureux que la conception du nouveau pont ait été confiée à un Irlandais, mais il n'avait pas la compétence de tracer lui-même un plan.

— Il faut toujours que ces maudits-là fourrent leur nez dans toutes les affaires, dit-il à haute voix en dételant sa bête à la porte de l'écurie.

À son entrée dans la cuisine, il remarqua l'air maussade de Xavier.

— Qu'est-ce que t'as à faire cette tête-là ? lui demanda-t-il.

— Ben, avec cette histoire-là, je pourrai pas aller bûcher sur mes lots tant que le pont sera pas reconstruit parce que je peux pas traverser avec une voiture et apporter le matériel pour construire ma cabane.

— Ça va prendre juste une semaine ou deux, dit son père pour le rassurer. Bûcher sur ta terre presse pas comme une cassure.

Xavier allait répliquer quelque chose, mais il se retint à temps. Ça n'allait pas recommencer ! L'automne précédent, quand il avait acheté ces lots avec son père, le jeune homme, fou de joie, avait cru pouvoir aller bûcher là tout l'hiver. Mais Baptiste avait eu exactement la même réaction que son propre père trente ans plus tôt.

— Il en est pas question, avait-il tranché. Cet hiver, tu descends pas au chantier et tu vas pas aller bûcher tout seul sur ton lot. T'as pas de cabane et t'as pas de provision de bois pour chauffer. Tu bûches avec nous autres sur notre terre.

— Mais, p'pa, ça m'avancerait pas mal, avait plaidé le jeune homme.

— Non, il est pas question que tu mettes les pieds là tant que les papiers sont pas signés, tu m'entends ?

Et Baptiste Beauchemin avait fait exprès d'attendre au printemps pour signer l'acte d'achat. Maintenant que le temps était venu pour lui de pouvoir enfin commencer l'abattage des arbres sur son lopin de terre du rang Sainte-Ursule, voilà que la disparition du pont l'empêchait d'aller s'installer sur sa terre. Il craignait que son père se serve de cette catastrophe et exige qu'il demeure sur la ferme familiale pour aider aux labours et aux autres travaux qui allaient nécessairement prendre du retard à cause de la construction du pont.

Ce soir-là, Bernadette fit un retour remarqué à la maison après deux jours d'absence.

— En fin de compte, où est-ce que t'as couché ? lui demanda sa mère après que la jeune fille eut retiré son manteau.

— À l'école, m'man.

— Comment tu t'es organisée ?

— Du monde de Sainte-Ursule ont apporté des paillasses et du manger pour moi et les enfants.

— Mais il y a pas de poêle en haut.

— J'ai fait pousser les pupitres contre les murs et on a couché à terre, dans la classe.

— Les enfants du rang devaient être contents de pouvoir revenir chez eux ? la questionna Camille.

— Je pense pas, répondit sa sœur cadette, ils ont trouvé ça amusant.

— Même les petits Connolly ? lui demanda sa mère.

— Ils sont pas revenus à l'école depuis Pâques, m'man.

— Pourtant, ils doivent pas être malades. Si c'était le cas, Anne-Marie Gariépy nous en aurait parlé.

Les Gariépy occupaient la ferme entre celle des Beauchemin et celle de Liam Connolly, et Anne-Marie jouissait de la réputation bien méritée d'être la commère la mieux informée des trois rangs de la concession. Depuis longtemps, Marie avait renoncé à comprendre par quel miracle elle parvenait à tout apprendre avant tout le monde.

— À cette heure, c'est passé tout ça, reprit la mère de famille en changeant de sujet de conversation. Avec le bac, tu vas pouvoir traverser matin et soir.

— Je me demandais si je pourrais pas…

— Si tu penses à coucher à l'école, tu peux oublier ça, l'interrompit sa mère, sévère. Il en est pas question.

Camille jeta un coup d'œil à sa jeune sœur et lui fit un léger signe de la tête pour lui signifier de ne pas insister. L'institutrice comprit le message.

Chapitre 5

La nouvelle

Dès le début de l'avant-midi, le lendemain, plusieurs hommes, pleins de bonne volonté, se retrouvèrent au moulin de Thomas Hyland. Avant même qu'ils se mettent au travail, ce dernier les réunit près de la galerie de sa maison sur laquelle il avait étalé le plan du pont qu'il avait déjà eu le temps de dresser.

— Bon, v'là comment je pense qu'on devrait bâtir ce pont-là, dit-il en se mettant à expliquer le schéma tracé sur la grande feuille, de même que les dimensions des poutres.

Baptiste fut le premier à se pencher sur le plan, à la recherche de la faute qui prouverait à tous que Hyland n'y connaissait rien. Peine perdue, tout avait l'air correct.

Un peu à l'écart, Constant Aubé, l'homme engagé de Thomas Hyland, avait écouté distraitement les explications données par son patron, comme s'il les connaissait déjà. Maintenant, il regardait avec un vague sourire les hommes rassemblés près de la galerie en train de scruter le plan.

— T'es sûr que ce pont-là va être assez solide pour supporter des grosses charges? demanda un Éloi Provost, sceptique, à son concepteur.

— À mon avis, il va être deux fois plus solide que l'ancien, déclara tout net Hyland.

— Je trouve qu'il a ben du bon sens, ce plan-là, déclara Baptiste, prêt à jouer son rôle de chef de file. Je vois pas ce qu'on peut lui reprocher. T'as fait du bel ouvrage, ajouta-t-il un peu à contrecœur.

Tous acquiescèrent.

— Bon, à cette heure, il nous reste juste à nous mettre à l'ouvrage, reprit le cultivateur du rang Saint-Jean.

Le propriétaire du moulin à bois leur montra les poutres qu'il offrait et qu'il fallait charger. En cette occasion, Constant Aubé se montra d'une efficacité étonnante. Quelques cultivateurs présents sur les lieux ne purent faire autrement que de remarquer sa force physique exceptionnelle.

— Mettez-en pas trop sur la voiture, conseilla Hyland. Oubliez pas que la côte est à pic.

— Inquiète-toi pas avec ça, le rassura Delphis Moreau. Mes chevaux sont capables d'en prendre.

En fait, les deux solides percherons du fermier ne semblèrent pas avoir trop de mal à tirer la lourde charge de bois le long de l'étroit chemin pentu allant du moulin jusqu'au rang. Le tout se compliqua un peu quand les bêtes arrivèrent au sommet de la côte. Une demi-douzaine de cultivateurs qui se déplaçaient à pied les suivaient.

— Es-tu ben sûr que tes chevaux vont être capables de retenir la charge dans la côte ? demanda Baptiste à Delphis Moreau. Elle est à pic en bagatême ! S'ils partent à la folle épouvante, ça risque de faire des dégâts en bas.

— Pas de danger, assura l'homme, debout sur la charge.

Il enfonça sa vieille casquette grise sur sa tête avant d'encourager ses chevaux à avancer.

Les deux bêtes se mirent à descendre doucement la côte. Les hommes suivirent en se maintenant prudemment à distance. Seul Aubé marchait à côté des chevaux en claudiquant. Tout à coup, comme s'ils sentaient la voiture surchargée les pousser vers le bas, les chevaux se mirent à accélérer.

— Whow ! Whow ! s'égosilla Moreau, tentant de les retenir de toutes ses forces en tirant sur les guides.

— Whow! se mirent à crier tous les hommes présents, comme si leurs cris allaient inciter les chevaux à ralentir.

Mais tout ce beau monde avait beau s'égosiller, les bêtes allaient de plus en plus vite, incapables de résister à la masse qui les poussait vers le bas de la côte. Il y avait maintenant un sérieux risque que la voiture aille s'écraser contre la façade de la maison d'Angèle Cloutier, au pied de la côte, ou fonce dans la forge voisine d'Évariste Bourgeois. Déjà, Delphis Moreau jetait des regards affolés autour de lui, cherchant de toute évidence à s'élancer au bas de la voiture avant qu'elle n'aille se fracasser contre l'un de ces obstacles.

Alors, les personnes présentes furent témoins d'un acte de la plus folle audace. Constant Aubé se jeta à la tête des deux chevaux et se suspendit à leurs mors pour les obliger à se calmer, au risque de se faire piétiner par les bêtes et écraser par la voiture. Il y eut des cris d'horreur chez les spectateurs impuissants.

— Lâche-les! lui cria Baptiste.

— Ôte-toi de là! lui ordonna Ellis, à son tour. Tu vas te faire tuer.

L'engagé de Thomas Hyland fit comme s'il n'entendait pas. On crut bien que les chevaux allaient le traîner jusqu'au bas de la pente abrupte… Mais non! Les deux bêtes finirent par s'arc-bouter suffisamment pour ralentir leur descente dans le dernier tiers de la côte et Delphis Moreau reprit son attelage en main de justesse.

— Maudit torrieu! jura-t-il en s'essuyant le front après avoir enlevé sa casquette quand la voiture se fut immobilisée devant le magasin général. Je pense ben que j'ai jamais eu aussi peur de ma vie, reconnut-il.

— T'aurais pu te faire tuer, toi, dit Baptiste en apostrophant Constant.

— Ça aurait pas fait brailler personne, monsieur Beauchemin, répondit le jeune homme à mi-voix, apparemment inconscient du fait que tous les regards étaient tournés vers lui.

Après cet épisode mouvementé, tout le monde se mit au travail. Les ouvriers firent preuve de passablement d'ingéniosité pour parvenir à fixer les poutres permettant de relier les deux premiers piliers du pont à la berge.

À la fin de l'avant-midi, alors que les hommes songeaient sérieusement à rentrer à la maison pour dîner, Tancrède Bélanger apparut sur le chantier improvisé.

— J'ai pensé à une affaire, dit le gros homme sans avoir l'air d'y toucher.

— À quoi ? lui demanda Conrad Boudreau, qui s'était plaint quelques instants plus tôt de son absence.

— Ben, je me suis dit que vous étiez en train de bâtir votre pont sur les piliers de mon pont, non ?

— Oui, puis après ?

— Ben, ça veut dire que vous vous installez chez nous, jériboire !

— Aïe, Tancrède ! ambitionne pas sur le pain bénit ! s'emporta Conrad Boudreau en quittant la poutre sur laquelle il était assis à califourchon. Tes maudits piliers te serviraient à rien si on s'en servait pas pour le pont.

— Je veux ben le croire, reconnut Bélanger, mais ils sont tout de même à moi.

Baptiste lâcha la masse qu'il maniait déjà depuis deux heures et s'approcha du gros homme.

— Écoute, Tancrède, il y a personne qui dit le contraire. V'là ce qu'on va faire. Quand le pont va être bâti, on va s'entendre pour te dédommager. Qu'est-ce que t'en penses ?

— C'est correct, accepta le cultivateur après un court silence.

— Tout ça t'empêchera pas de venir faire ta part, comme tout un chacun, j'espère ? poursuivit Baptiste.

— Pantoute, j'avais de l'ouvrage à faire à matin, mais après le dîner je vais venir vous aider.

Même si Baptiste et ses fils avaient longuement raconté à Camille et à Eugénie l'incident des chevaux emballés dans la côte à l'heure du repas du midi, le sujet revint dans la conversation durant le souper.

— C'est quoi cette histoire-là ? demanda Bernadette qui n'avait eu connaissance de rien, occupée avec la vingtaine d'élèves dans sa classe.

Donat lui raconta comment Constant Aubé avait risqué sa vie pour éviter que la charge tirée par les chevaux de Moreau aille s'écraser dans le bas de la côte.

— Il a été pas mal courageux de faire ça, conclut Marie.

— Arrangé comme il est, plaisanta Xavier, il risquait pas grand-chose.

— T'es bien insignifiant, ne put s'empêcher de lui dire Bernadette.

— Ah ben là, c'est ben ce que je croyais ! s'exclama son frère. La v'là qui défend la Bottine à Aubé.

— Arrête donc de dire des niaiseries, s'emporta la jeune fille. Je lui ai jamais parlé à ce gars-là. Moi, je pense que t'es tout simplement jaloux de lui, Xavier Beauchemin, poursuivit-elle. T'aurais aimé ça avoir son courage pour être capable de t'en vanter en allant veiller chez Thérèse Blanchette.

— Vous deux, ça va faire ! ordonna sèchement Baptiste en déposant la tasse de thé qu'il venait de boire. Toi, au lieu de t'amuser à faire enrager ta sœur, va donc chercher une couple de brassées de bois, conclut-il en s'adressant à son fils.

Quelques jours plus tard, Baptiste et ses fils travaillaient à clouer les poutres du nouveau pont quand Hormidas Meilleur, le facteur, cria à Baptiste qu'il avait une lettre pour lui. De toute, évidence, l'homme arrivait de la gare de Mitchell où il était allé prendre le courrier.

Le cultivateur du rang Saint-Jean se releva et se déplaça prudemment sur l'échafaudage avant de descendre à la rencontre du petit homme coiffé d'un vieux chapeau melon qui avait dû être noir à une certaine époque.

— Si vous avez d'autres lettres pour le monde du rang, je peux m'en charger, père Meilleur, offrit obligeamment Baptiste en prenant possession de la lettre que l'autre lui tendait.

— Non, c'est la seule. Tu l'ouvres pas ?

— Pas le temps, se borna à répondre Baptiste.

Le facteur savait fort bien qu'il ne savait pas lire, comme la plupart des hommes autour de lui. Il avait espéré durant un moment que Baptiste lui demande de lire le contenu de la lettre qu'il venait de lui remettre. Baptiste Beauchemin le savait très bien. On n'avait pas surnommé Hormidas Meilleur « la Belette » pour rien. Sa curiosité était bien connue et lui avait parfois attiré certaines mésaventures.

— C'est drôle, j'ai laissé le même genre de lettre chez les Ellis tout à l'heure, fit remarquer le facteur.

— Tant mieux pour eux autres, laissa tomber Baptiste, apparemment indifférent, en enfouissant l'enveloppe dans la poche arrière de son pantalon.

— Est-ce que je suis à la veille de pouvoir passer sur ce pont-là ? demanda Hormidas, résigné à ne pas connaître le contenu de la missive.

— Si on a du beau temps, dans une semaine, une semaine et demie, tout devrait être fini, répondit Baptiste avant de le quitter pour retourner au travail.

Hormidas remonta dans son boghei et prit la direction du rang Saint-Paul qui s'ouvrait un peu plus loin, au pied de la côte.

Taraudé par la curiosité, Baptiste aurait bien aimé se précipiter à l'école pour demander à sa fille de lui lire la lettre, mais sa fierté l'en empêcha. Il ne voulait pas montrer cette faiblesse à ses compagnons de travail. Il attendit donc patiemment que ces derniers retournent manger chez eux sur l'heure du midi et il traîna un peu sur le chantier.

— Vous avez pas faim, p'pa ? lui demanda Donat en se préparant à monter dans la barque pour traverser la rivière.

Leur cheval était attaché à un piquet de la clôture de Tancrède Bélanger, sur l'autre rive.

— Moi, en tout cas, j'ai faim en désespoir, dit Xavier en montant déjà dans l'embarcation.

— Attendez-moi une minute, leur ordonna leur père en prenant la direction de l'école de rang où Bernadette était en train de manger son casse-croûte en compagnie de quelques enfants.

Il frappa à la porte et pénétra dans la classe. Sans attendre que sa fille se lève et vienne au-devant de lui, il se rendit à la petite estrade sur laquelle était posé son bureau. Il tira l'enveloppe de sa poche et la lui tendit.

— Lis-moi donc ce qu'il y a là-dedans, lui ordonna-t-il.

La jeune fille décacheta l'enveloppe et déplia l'unique feuille qu'elle renfermait.

— Parle pas trop fort, je veux pas que les enfants entendent, au cas où ce serait pas mal personnel, dit-il à mi-voix à sa fille après avoir remarqué que plusieurs jeunes avaient cessé de parler pour les regarder et écouter.

— Attendez, p'pa, lui dit-elle, ça va être plus simple. Vous avez fini de manger, fit-elle en se tournant vers la dizaine de jeunes de six à douze ans assis dans le local. Mettez votre manteau et allez jouer dehors. Que j'en voie pas un sortir de la cour de l'école pour aller écornifler proche du pont.

Les enfants se précipitèrent sur leurs manteaux et quittèrent la classe. Quand la porte se fut refermée sur le dernier d'entre eux, Bernadette lut à haute voix la missive adressée à son père.

— La lettre est adressée à vous et à monsieur Ellis, p'pa, lui apprit-elle.

— C'est correct, qu'est-ce que ça dit? demanda-t-il, agacé de constater que ce qu'il avait déjà deviné venait de lui être confirmé.

— La lettre vient du secrétaire de monseigneur Cooke, dit l'institutrice en jetant un coup d'œil à la signature.

— Envoye! Tes frères m'attendent pour aller dîner.

Cher monsieur,

L'évêque du diocèse de Trois-Rivières a pris connaissance avec beaucoup d'intérêt de la requête que vous lui avez fait parvenir l'automne dernier. Sensible aux arguments qu'elle contenait, il a décidé de déléguer l'abbé Octave Marchand pour enquêter sur le sérieux de votre demande.

L'enquêteur diocésain vous attendra au presbytère de Saint-Zéphirin, mardi, le 26 avril prochain. Il serait opportun que vous ou monsieur Samuel Ellis, les signataires de la requête, alliez le chercher à cet endroit pour lui permettre d'interroger quelques-unes des personnes qui ont signé la pétition présentée à monseigneur.

Bien à vous en Jésus-Christ,

Gonzalve Langlois, prêtre
Secrétaire de monseigneur Thomas Cooke

— Enfin! s'exclama Baptiste, le visage rayonnant de joie. Ça a pris du temps, mais ça a fini par arriver.

— Est-ce que ça veut dire qu'on va avoir notre chapelle, p'pa? lui demanda Bernadette.

— Pas encore, mais on a des bonnes chances. Bon, j'y vais. Tes deux frères sont en train de mourir de faim dehors.

Baptiste, tout guilleret, reprit sa lettre, sortit de l'école et monta dans la barque.

— C'est le secrétaire de l'évêque qui a écrit, annonça-t-il fièrement à ses fils. Mardi prochain, il y a un prêtre qui va venir enquêter pour savoir si on peut construire une chapelle.

— S'il accepte, où est-ce qu'on va la construire? lui demanda Xavier, curieux.

— Ça, mon gars, c'est à nous autres d'y voir, répondit mystérieusement son père.

À la réception de la lettre, le cultivateur avait craint une fin de non-recevoir de la part de l'évêque du diocèse. Baptiste n'était pas stupide. Il comprenait fort bien que la construction d'une chapelle ne signifiait nullement que l'évêque allait accepter la constitution d'une paroisse. Il se rendait bien compte que les curés des paroisses de qui dépendaient les gens des deux côtés de la rivière n'allaient pas accepter sans rien dire de perdre tant de familles de paroissiens. «On verra ben!» se dit-il au moment où le boghei s'immobilisait près de la maison.

Évidemment, la nouvelle réjouit tous les Beauchemin, en particulier Marie qui se voyait déjà faire ses dévotions et assister à la messe régulièrement, sans avoir à dépendre de l'état de la route.

— Seigneur, que ça va être agréable! dit-elle, réjouie, en aidant à servir les fèves au lard.

— Il y a encore rien de décidé, temporisa son mari. On a ben du chemin à faire avant d'avoir notre église et notre curé.

— C'est vrai, reconnut sa femme. Mais d'abord, il va falloir préparer un bon repas au prêtre qui va venir nous voir, décréta-t-elle.

— Il y a rien qui dit qu'il va venir manger ici dedans, fit son mari.

— Comment ça? s'étonna-t-elle.

— Ben, Ellis a reçu la même lettre que moi. C'est sûr que sa femme va vouloir garder l'abbé Marchand à manger.

— Ah ben, je voudrais bien voir ça, s'emporta la petite femme. L'idée de la chapelle, c'est toi qui l'as eue en premier, non?

— Oui, mais on était tous les deux pour signer la requête à l'évêque.

Cette possibilité que le visiteur soit reçu ailleurs que chez elle assombrit l'humeur de la maîtresse de maison et le repas commencé dans la joie se termina dans la morosité.

— Inquiète-toi pas trop, lui dit Baptiste avant de retourner sur le chantier avec ses fils. Je vais ben trouver un moyen d'arranger ça. Il me reste encore quatre jours pour y penser.

Cet après-midi-là, Samuel Ellis vint travailler sur le pont. Comme Hormidas Meilleur lui avait appris qu'il allait livrer une lettre un peu semblable à la sienne à Baptiste Beauchemin, l'Irlandais avait tout compris.

— Je pense qu'on est aussi ben d'aller chercher l'abbé Marchand de bonne heure mardi matin, dit-il carrément à Baptiste, sans prendre la peine de lui demander s'il avait reçu la même missive que lui.

— Ouais, répondit Baptiste, sans grand enthousiasme. Mais t'es pas obligé de venir, Sam, ajouta-t-il. Le prêtre envoyé par monseigneur comprendrait ben que t'aies pas pu venir à cause du pont qui te permettait pas de passer.

— C'est sûr, acquiesça l'homme trapu, mais il pourrait aussi prendre ça pour un manque de politesse puisqu'il sait que j'ai reçu la même lettre que toi.

— Bof !

— J'espère que ça te dérange pas que je monte dans ton boghei avec toi ? demanda Samuel, narquois.

— Pantoute, ça me fait plaisir, mentit Baptiste. Mais on partira pas trop de bonne heure, par exemple. Sur le coup de neuf heures, neuf heures et demie, ce sera ben assez tôt.

— C'est ton cheval et ta voiture, fit l'Irlandais. À toi de décider. En tout cas, je trouve que c'est ben dommage que le pont soit pas fini à temps pour la visite de l'envoyé de monseigneur, déplora-t-il. On aurait eu l'air pas mal plus d'aplomb s'il avait pu traverser la rivière autrement qu'avec le bac.

— Ça, c'est certain, approuvèrent les travailleurs qui avaient écouté l'échange entre les deux hommes.

— Mais je vais tout de même m'organiser pour qu'un de mes garçons tienne une voiture attelée chez Télesphore, mardi, de manière à ce que l'enquêteur ait pas à attendre quand il aura traversé.

— C'est une bonne idée, approuva Baptiste du bout des lèvres.

— Ce serait dommage qu'il voie pas la plus belle partie de la paroisse, ironisa Samuel Ellis.

Son vis-à-vis le regarda, se tut, mais n'en pensa pas moins.

À la fin de l'après-midi, les travailleurs trouvèrent Hormidas Meilleur confortablement installé près de la fournaise du magasin général, en train de fumer béatement sa pipe. Le veuf âgé d'une soixantaine d'années avait pris ses aises et arborait un air satisfait.

— Dites donc, père Meilleur, il me semble que ça fait un bout de temps qu'on vous a pas vu aller accrocher votre fanal chez la veuve Cloutier, à côté, dit Éloi Provost en adressant un clin d'œil aux hommes qui venaient d'entrer dans le magasin en sa compagnie.

— Qui t'a dit ça, toi?

— Ça s'est su, répondit le cultivateur en adoptant un air mystérieux. J'espère que vous vous êtes pas chicané avec elle, au moins? poursuivit le farceur. Parce que moi, j'ai déjà préparé mon beau linge pour aller à vos noces cet été…

— Whow, le jeune! s'insurgea le facteur en se redressant. Prends pas le mors aux dents! Tu sauras qu'à mon âge, on n'a pas à se presser.

— Mais normalement, à votre âge, le temps devrait presser, le relança Joseph Gariépy.

— Que non, à mon âge, on a justement appris qu'il faut se laisser désirer. Dompter une femme, c'est pas donné à tout le monde, tu sauras, ajouta le petit homme d'un air bravache.

— Parce que vous pensez être capable de dompter Angèle Cloutier ? s'étonna Télesphore Dionne avec un bon gros rire. Ah ben ! J'espère vivre assez vieux pour voir ça.

Il y eut un éclat de rire général.

— En tout cas, maudit que j'aimerais ça être facteur, plaisanta Baptiste en allumant la pipe qu'il venait de bourrer de tabac. C'est la belle vie, ça. T'as jamais à forcer et tu te promènes toute la journée en boghei.

— Ouais, mais ça doit être dur en calvas pour le derrière d'être toujours assis dessus dans une voiture, plaisanta Joseph Gariépy en adressant un sourire complice aux personnes présentes dans le magasin général.

— Vous parlez sans savoir, répondit le petit facteur à la moustache un peu miteuse. Je voudrais ben vous voir, vous autres, aller à Mitchell, beau temps mauvais temps, pour attendre le train. Pendant que vous avez les pieds sur la bavette du poêle, l'hiver, moi, je suis sur le chemin avec mon traîneau tiré par mes chiens. Vous saurez qu'il faut être fait fort en batèche pour faire ma *job*.

— Il y a juste à vous regarder, père Meilleur, pour le constater, déclara le forgeron Évariste Bourgeois qui était deux fois plus large que le facteur.

Il y eut quelques ricanements chez les spectateurs.

— À part ça, qu'est-ce que vous feriez si j'étais pas là pour vous apporter les nouvelles ? demanda Hormidas sur un ton frondeur.

— Ça, c'est vrai, reconnut Ellis en s'efforçant de prendre un air sérieux. Là-dedans, vous êtes ben bon, père Meilleur.

— Si j'étais pas là, vous sauriez même pas que la Catherine de Léopold Benoît est revenue à la maison depuis au moins deux semaines.

— Qu'est-ce que vous racontez là, vous ? lui demanda Renaud Millette, le voisin des Benoît.

— La vérité, mon jeune. Tu vois ! T'es leur voisin et t'étais même pas au courant, ajouta-t-il en affichant un air supérieur.

— C'est pas possible, intervint Antonius Côté, sidéré.

— Je vous le dis. C'est même moi qui l'ai ramenée, la petite bougresse, chez son père quand je l'ai vue à la gare, il y a quinze jours.

— Comment elle était ? fit Baptiste.

— Comme avant, se contenta de répondre le facteur avec l'air d'apprécier d'être l'objet de l'attention générale.

— Ah ben, joualvert ! s'exclama Boudreau. Ça prend une maudite effrontée pour oser revenir mettre les pieds dans la paroisse après ce qu'elle a fait.

— Comment son père l'a reçue ? demanda Samuel Ellis, curieux.

— Je le sais pas, il lui a ouvert la porte et l'a fait entrer. C'est tout ce que j'ai vu.

— Et vous avez même pas essayé de voir comment ça se passait en dedans ? fit Delphis Moreau, incrédule.

— Non, monsieur, se rebella le facteur. Moi, j'ai l'habitude de me mêler de mes affaires.

Le silence tomba autour de la fournaise. La Catherine de Léopold Benoît avait été un sujet de scandale des deux côtés de la rivière l'automne précédent et, quand elle s'était enfuie au début du mois de novembre, on s'était vite persuadé qu'on ne la reverrait plus jamais dans le rang Sainte-Ursule.

Léopold et Laura Benoît avaient deux enfants : Cyprien et Catherine. La jeune fille blonde de dix-neuf ans était grande et élancée. Sans être spécialement beau, son visage aux hautes pommettes ne manquait pas de charme. Ses yeux noisette et son sourire facile attiraient les garçons. Malheureusement, elle avait plu à l'homme engagé de son père qui avait profité de sa naïveté pour la séduire avant de disparaître un beau matin, au milieu de l'été précédent.

Quand les parents avaient découvert l'état de leur fille, le drame avait éclaté. Du jour au lendemain, on avait cessé de voir Catherine Benoît fréquenter les voisines et aller au magasin général. La veuve Cloutier, d'un naturel soupçonneux et toujours à l'affût du moindre cancan, propagea la rumeur que la jeune fille était enceinte. Il lui avait suffi de regarder ses yeux une seule fois pour en être convaincue, disait-elle à qui voulait l'entendre. Comme pour lui donner raison, une vieille cousine de Laura Benoît, religieuse à Montréal, était venue en visite et était repartie en compagnie de la jeune fille dès le lendemain de son arrivée.

À la campagne, rien ne demeure secret très longtemps. On ne sut jamais comment la nouvelle fut connue, mais on apprit assez rapidement que la fille de Léopold Benoît était maintenant pensionnaire à Sainte-Pélagie, à Montréal. Des bonnes âmes parvinrent même à propager que cette institution n'accueillait que les filles-mères avec la bénédiction de monseigneur Bourget. Si on se fiait à ce qu'on avait appris, les religieuses aidaient les pénitentes à se débarrasser du fruit de leur péché et plaçaient les bébés dans des orphelinats.

Évidemment, on feignit de croire les parents quand ils disaient leur fille partie à Montréal pour aider une parente malade, mais les langues n'en marchaient pas moins dans leur dos. Ce qui était arrivé à leur Catherine était un véritable scandale et on les blâmait autant que la coupable pour ne pas l'avoir assez bien surveillée.

L'annonce du retour de la malheureuse chez son père dépassait l'entendement général. On y vit même une preuve supplémentaire de la faiblesse de ces derniers.

Quand Baptiste apprit la nouvelle à sa femme ce soir-là, Marie ne put s'empêcher de dire sur un ton scandalisé :

— C'est tout un exemple à donner aux filles de la paroisse.

— Voyons, m'man, qu'est-ce que vous faites de la charité chrétienne ? lui dit Camille, frappée par la dureté de la réaction maternelle.

— La charité chrétienne a rien à voir là-dedans, rétorqua sèchement Marie. «Malheur à celle par qui le scandale arrive», ajouta-t-elle sur un ton définitif en parodiant les Saintes Écritures. J'espère qu'il y en aura pas un parmi vous autres qui ira parler à cette fille de rien.

— Pour pouvoir lui parler, m'man, il faudrait d'abord que son père la laisse sortir de la maison, dit Xavier sur un ton léger.

— En tout cas, il faut pas avoir de fierté pour revenir ici après ce qu'elle a fait, proclama la mère de famille, outrée.

— Tout ça, c'est pas de nos affaires, décréta son mari. On a assez de nos troubles sans nous mêler de ce qui se passe chez les Benoît.

Chapitre 6

La visite

Jusqu'au lundi soir suivant, Baptiste Beauchemin arbora un air plutôt songeur, ce qui n'était pas tellement dans ses habitudes. Il était évident qu'il mijotait quelque chose.

Ce soir-là, après le repas, il demanda à sa femme de lui préparer ses vêtements du dimanche pour sa sortie importante du lendemain.

— Ça peut bien attendre demain matin, dit Marie en enlevant son tablier après avoir lavé la vaisselle avec l'aide de ses deux filles.

— Non, j'ai l'intention de partir de bonne heure le matin.

— Vous avez pas dit à Ellis que vous alliez partir seulement vers neuf heures ? lui demanda Xavier, surpris.

— Ouais, c'est ce que je lui ai dit.

Marie se dirigea vers leur chambre à coucher pour examiner l'unique costume propre de son mari et ses bottines de cuir qu'il ne mettait habituellement que le dimanche.

Pendant ce temps, Baptiste, demeuré dans la cuisine, s'adressa à son fils cadet.

— Toi, j'ai à te parler, lui dit-il. Approche.

Xavier quitta la table où il était occupé à trancher son tabac pour s'enquérir de ce que voulait son père. Donat, assis dans la chaise berçante voisine, se contenta de dresser l'oreille.

— Écoute-moi ben, dit le père de famille. Demain matin, tu nous laisseras faire le train. Pendant ce temps-là, tu vas atteler et tu vas aller jusqu'au bac. Tu vas détacher la chaloupe et l'amener dans la petite anse, de l'autre côté de chez Bélanger, de manière à ce que personne la voie. Cache-la ben comme il faut. Sers-toi des branchages que le courant charrie toujours pour la cacher à la vue du monde. M'as-tu compris ?

— Oui, mais pourquoi vous voulez que je fasse ça ?

— Réveille-toi, mon frère, intervint Donat, tu vois pas que c'est pour empêcher Ellis d'aller à Saint-Zéphirin avec p'pa. S'il y a pas de bac, il pourra pas traverser et p'pa ira chercher le prêtre tout seul.

— Je comprends ça, mais qu'est-ce que ça va donner de plus ? s'entêta le jeune homme. L'enquêteur de monseigneur va ben finir par rencontrer Ellis quand il va arriver.

Baptiste fit un effort pour se montrer patient.

— Si Ellis est pas là, ça va me donner le temps de lui montrer le lot que j'ai acheté il y a cinq ans en face de chez Gariépy. Je suis même prêt à le laisser aller à moitié prix à la paroisse si on construit la chapelle dessus. Si Ellis est là, avec nous autres, c'est certain qu'il voudra convaincre le prêtre de construire la chapelle quelque part dans Sainte-Ursule, en haut de la côte.

— Ce serait tout de même pas un drame, p'pa, intervint Camille qui avait écouté les explications paternelles sans rien dire.

— Oui, ce serait un drame, la contredit Baptiste en la fusillant du regard. Tu comprends pas qu'une fois la chapelle bâtie, Sainte-Ursule va devenir le village et nous autres, en bas, on va être un simple rang. Ça, je le veux pas. On était les premiers installés sur le bord de la rivière et il est pas écrit nulle part que les Irlandais vont gagner sur nous autres.

— Moi et les enfants du rang, comment on va faire pour traverser à l'école demain ? demanda Bernadette en train de préparer une dictée qu'elle avait l'intention de donner à ses élèves le lendemain.

— Tu partiras à la même heure que d'habitude demain matin, lui ordonna son père. Il faudrait pas que le monde se doute qu'on est pour quelque chose dans la disparition de la chaloupe. Inquiète-toi pas, les gars qui travaillent au pont vont se mettre à chercher la chaloupe et ils vont la trouver.

— Toute cette affaire-là, je trouve pas ça bien correct, dit Marie qui était revenue dans la pièce et avait tout entendu.

— Laisse faire, fit Baptiste assez sèchement. Contente-toi de préparer un bon dîner pour le prêtre. Quand il va sortir d'ici dedans, je suis certain que je vais l'avoir persuadé que mon lot est la bonne place pour la chapelle et le reste de la visite servira plus à grand-chose.

— Oui, mais en autant que monseigneur accepte qu'on construise une chapelle, tint à lui préciser sa femme.

Cette nuit-là, Baptiste ne dormit que d'un œil. Il se réveilla en sursaut à de nombreuses reprises pour réviser chaque phase de son plan. Il craignait par-dessus tout que le mauvais temps empêche l'enquêteur dépêché par l'évêque de faire la tournée de ce qui, il l'espérait, deviendrait une paroisse.

Finalement, à quatre heures trente, incapable de retrouver le sommeil, le cultivateur se leva sur la pointe des pieds pour aller réveiller Xavier.

— Blasphème, p'pa, il est même pas cinq heures! s'insurgea le jeune homme en regardant l'horloge murale quand il arriva au pied de l'escalier.

— T'es mieux d'y aller de bonne heure, lui expliqua son père. Comme ça, tu risques moins d'être vu. Essaye de pas faire trop de bruit en te rendant au bac.

— Ayez pas peur, je vais faire attention.

Xavier s'habilla à la lueur de la lampe à huile et sortit de la maison pour se diriger vers l'écurie. Peu après, son père le vit passer près de la maison. Ce dernier jeta un coup d'œil vers le ciel. Il était encore tout étoilé.

— On dirait ben qu'il va faire beau, dit-il à mi-voix en revenant vers le poêle dans l'intention d'y jeter une bûche.

— C'est-tu rendu que tu te parles tout seul ? lui chuchota Marie qui sortait de leur chambre.

— Ben non.

— Qu'est-ce que t'as à faire tout ce barda si de bonne heure ?

— Je suis allé réveiller Xavier pour qu'il aille s'occuper de la chaloupe.

Moins d'une heure plus tard, Baptiste venait à peine de commencer à soigner les animaux avec les siens quand il entendit le boghei entrer dans la cour de la ferme. Il déposa le foin qu'il transportait au bout d'une fourche devant l'une de ses vaches et s'empressa de sortir de l'étable.

— Puis ? demanda-t-il à son fils.

— C'est fait, p'pa. La chaloupe est ben cachée. Je peux vous garantir qu'ils vont avoir de la misère à la trouver. J'ai même mis des branches mortes dessus pour qu'on la voie pas.

— Bon, à cette heure, viens nous aider à sortir le fumier. On a presque fini le train.

Le cultivateur se frotta les mains d'allégresse avant d'aller reprendre son travail.

— Toi, mon Ellis, tu vas avoir une maudite belle surprise à matin, dit-il à mi-voix en reprenant sa fourche.

❧

Ce matin-là, il y eut effectivement une surprise, et toute une ! Mais ce fut Baptiste qui la subit lorsqu'il rentra à la maison.

— On a de la visite, lui annonça Marie sur un ton neutre quand il posa les pieds dans la cuisine, suivi de près par ses deux fils.

Baptiste leva la tête et aperçut, stupéfait, Samuel Ellis en train de fumer paisiblement dans l'une des chaises berçantes installées près du poêle. Il lui fallut un bon moment avant de retrouver son aplomb. Xavier et Donat avaient sursauté en voyant le visiteur et ils se lancèrent un regard entendu qui eut l'air d'amuser prodigieusement Samuel Ellis.

— Qu'est-ce que tu fais là, toi ? ne put s'empêcher de lui demander le maître des lieux d'une voix peu aimable.

— Comme tu vois, je t'attends, répondit Samuel, narquois. J'ai pensé que tu pourrais ben avoir le goût de partir plus de bonne heure que neuf heures et j'aurais pas voulu te retarder.

— Je t'aurais attendu, mentit Baptiste en suspendant sa casquette au clou planté près de la porte.

— Je sais ben, mais ça aurait pas été poli pantoute de te faire attendre pour rien. Tu sais pas la meilleure ? poursuivit l'Irlandais.

— Non.

— Ben, quand j'ai voulu ramener le bac de l'autre côté, le câble m'est resté dans les mains. Il était plus attaché à la chaloupe.

— C'est pas possible ! lâcha Baptiste sans trop de conviction. Pourtant elle avait l'air ben attachée, cette chaloupe-là.

— Pour moi, le nœud a dû se défaire, mais c'est tout de même bizarre, dit Ellis, moqueur.

— As-tu regardé autour pour essayer de voir où la chaloupe s'était échouée ?

— Oui, mais il faisait pas encore trop clair et j'avais pas le goût de perdre du temps.

— En fin de compte, comment t'as traversé ?

— Quand j'ai vu que la chaloupe était plus là, je me suis rappelé que Bourgeois avait un vieux canot dans sa remise. Ça fait que je suis allé lui demander de me le prêter. Tu connais Évariste. Il est pas regardant pour deux cennes. Il est même venu m'aider à le mettre à l'eau et me v'là.

— Ah ben oui, c'est vrai, reconnut Baptiste, incapable de dissimuler son dépit.

— Bon, vous allez vous approcher et déjeuner avec nous autres, l'invita Marie, pendant qu'Eugénie et Camille déposaient une omelette et des grillades de lard sur la table.

— J'ai déjà mangé, madame Beauchemin.

— Approche, lui ordonna Baptiste. Ça se mange sans faim, ces affaires-là.

Samuel vint prendre place sur le banc déjà occupé par Donat et Bernadette pendant que Xavier et Camille s'assoyaient en face d'eux. Baptiste, assis au haut bout de la table, récita le bénédicité et tout le monde se servit généreusement en accompagnant la nourriture de gorgées de thé bouillant.

À la fin du repas, Xavier sortit atteler la Noire au boghei pendant que son père allait revêtir ses plus beaux habits. En partant, Ellis remercia la maîtresse de maison pour le repas. Les deux hommes se ressemblaient jusqu'à un certain point. Ils portaient un manteau noir et un chapeau melon de la même couleur.

— Mes deux plus vieux doivent aller travailler au pont à matin, annonça l'Irlandais au moment de monter aux côtés de Baptiste.

— Mes garçons vont y aller aussi, déclara ce dernier. C'est trop achalant d'avoir à se fier à un bac pas plus solide que celui qu'on a. Tiens, pendant que j'y pense, ajouta-t-il en se tournant vers ses fils, partez donc un peu plus de bonne heure pour voir si vous trouveriez pas la chaloupe quelque part. À mon avis, elle a pas dû descendre le courant ben loin.

— Ça me surprendrait pas pantoute que vous la trouviez dans la petite anse, passé la terre de Tancrède Bélanger, ajouta Samuel avec l'air de ne pas y toucher. Regardez ben, ça se pourrait qu'elle soit difficile à trouver à cause des branches qui ont pu tomber dessus.

À ce détail, Baptiste piqua un fard. Il venait de se rendre compte que l'Irlandais n'avait pas été dupe une seconde de sa ruse. Il avait probablement vu son fils cadet détacher la barque et aller la dissimuler sous des branches, dans l'anse. Il s'en voulut de ne pas avoir mieux planifié son affaire. Il aurait pu cacher la barque durant la nuit et voir à rendre inutilisable le canot du forgeron en faisant disparaître les rames.

～

Le trajet jusqu'à Saint-Zéphirin se fit presque en silence. Baptiste et Samuel semblaient perdus dans leurs pensées. Le cultivateur du rang Saint-Jean immobilisa son attelage devant l'imposant presbytère de Saint-Zéphirin un peu avant dix heures. Suivi par son compagnon, il alla sonner à la porte. Une vieille servante les fit passer dans la salle d'attente en leur promettant de prévenir l'abbé Marchand.

Les deux hommes n'eurent pas à attendre longtemps avant qu'un petit prêtre à l'allure délicate vienne les rejoindre. L'ecclésiastique, âgé d'une trentaine d'années, s'arrêta sur le seuil et prit le temps d'examiner ses visiteurs à travers le pince-nez qu'il portait. Les cheveux soigneusement séparés par une raie médiane et le visage glabre, Octave Marchand les salua sans aucune chaleur d'une petite voix haut perchée.

— Je suppose que vous êtes messieurs Beauchemin et Ellis, les responsables de la pétition ?

— Baptiste Beauchemin, monsieur l'abbé.

— Samuel Ellis.

— Parfait, vous venez me chercher pour m'emmener dans ce qu'on appelle ici la concession ?

— En plein ça, monsieur l'abbé, répondit Baptiste.

— Je suis à vous dans un instant, déclara le prêtre avant de disparaître, le temps d'endosser un manteau, de se coiffer d'une barrette et de prendre un porte-document déposé près de l'entrée.

Baptiste adressa une grimace à Samuel. Il était évident que l'un et l'autre s'étaient attendus à rencontrer un tout autre type de prêtre.

Tous les trois quittèrent le presbytère. Arrivé près du boghei, Baptiste offrit poliment à l'enquêteur de s'asseoir sur la banquette avant de la voiture, mais ce dernier refusa. Quand Samuel esquissa le geste de s'asseoir avec lui à l'arrière, il se contenta de lui dire avec une certaine hauteur :

— Prenez donc place avec le conducteur, à l'avant, mon bon.

Ellis obtempéra. En guise de représailles envers ce prêtre si peu sympathique, Baptiste ne fit rien pour éviter le moindre trou du chemin étroit qui serpentait à travers le bois. Son compagnon sembla comprendre sa réaction, et le sourire qu'il esquissait parfois en entendant le petit ecclésiastique se plaindre de l'état de la route en disait long.

— Comme vous pouvez le voir, monsieur l'abbé, le chemin est ben mauvais, finit par dire Baptiste. Vous êtes à même de comprendre pourquoi on a ben de la misère à se rendre à l'église de Saint-Zéphirin et encore plus à celle de Sainte-Monique. En plus, là, ça fait longtemps qu'on roule et on n'a même pas la moitié du chemin de fait.

— Je peux vous assurer, monsieur l'abbé, que de l'autre côté de la rivière, on n'est pas plus gâtés. La route est encore pire et c'est loin, ajouta Samuel.

Octave Marchand ne dit rien, se contentant de grimacer chaque fois qu'il était un peu trop secoué sur le siège arrière par un cahot.

À leur arrivée dans le rang Saint-Jean, Baptiste proposa au prêtre de s'arrêter où il le désirerait pour interroger les occupants des maisons le long de la route.

— C'est bien mon intention, dit sèchement l'enquêteur, qui tourna la tête vers le chantier du pont où régnait une grande activité.

— Qu'est-ce qui se passe là ? demanda-t-il en ajustant son pince-nez.

— On construit un pont pour traverser la rivière, lui expliqua Samuel. L'autre a été emporté par les glaces.

Le prêtre ne commenta pas et examina la maison couverte de bardeaux de cèdre de Tancrède Bélanger.

— C'est bien, arrêtez-moi donc à la petite maison grise, ordonna Octave Marchand en désignant l'humble demeure de Rémi Lafond, le gendre de Baptiste.

Ce dernier obéit et arrêta la Noire près de la maison. Le conducteur et son compagnon s'apprêtaient à suivre le prêtre, mais celui-ci leva une main.

— Vous m'attendez dehors, leur dit-il abruptement. Je veux pas que vous cherchiez à influencer les signataires.

— Comme vous voudrez, monsieur l'abbé, répondit Samuel sur un ton égal.

Les deux hommes le laissèrent aller frapper à la porte. Ils virent Emma le faire entrer et ils en profitèrent pour allumer leur pipe, geste qu'ils avaient évité durant le trajet par respect pour leur hôte.

— Comme pète-sec, on fait pas mieux, laissa tomber un Baptiste mécontent.

— Ouais, reconnut Samuel, mais on n'a pas le choix de l'endurer et d'être polis avec lui. C'est de son rapport que tout va dépendre.

— Est-ce qu'il a peur que le visage lui craque s'il sourit ou s'il dit un seul mot aimable ?

— Pour moi, il veut pas prendre de chance, dit en riant son compagnon. Attention, le v'là déjà.

Ils montèrent tous dans le boghei et l'ecclésiastique décida de s'arrêter un instant quelques mètres plus loin, chez Boudreau, avant de poursuivre sa route jusqu'au bout du rang, chez Cléomène et Aurélie Paquette.

— Bagatême ! il fallait qu'il arrête chez Cléomène, jura Baptiste. Qu'est-ce qu'il va penser de nous autres quand il va voir la maison à l'envers d'Aurélie ? Tout traîne toujours partout chez ces deux maudits sans-dessein-là.

— Il aurait pu s'arrêter chez Connolly et ça avait pas l'air plus en ordre, lui fit remarquer son compagnon. J'ai vu Marthe Provost et Éva Côté dans leur fenêtre de cuisine en passant, poursuivit-il. Pour moi, elles devaient s'attendre à la visite du petit prêtre. Pas de chance, il aurait pu voir de quoi ont l'air des maisons vraiment propres.

À la sortie d'Octave Marchand, Baptiste sentit le besoin de prendre la direction des opérations. Il en avait assez de n'être que le conducteur de la voiture.

— Là, il est l'heure de dîner, déclara-t-il sur un ton sans appel. Monsieur l'abbé, vous allez venir manger chez nous. Ma femme vous attend.

— Très bien, fit l'enquêteur de sa petite voix fluette.

— Tu peux venir manger à la maison, si ça te tente, ajouta-t-il sans insister à l'intention de l'Irlandais assis à ses côtés, avec l'espoir que ce dernier refuse l'invitation. Si t'aimes mieux aller manger chez vous, je vais demander à un de mes garçons d'aller te conduire jusqu'au bac et on ira te rejoindre après le dîner.

— T'as ben bon cœur, mon Baptiste, fit Samuel avec un mince sourire. Je trouve que ta femme fait si ben à manger que je pense que je vais rester à dîner chez vous.

Baptiste esquissa une grimace de contrariété. Il avait compté sur l'absence de son adversaire pour tenter de convaincre sans opposition le jeune prêtre de choisir son lot pour y construire une chapelle dans le rang Saint-Jean. La présence de Samuel Ellis venait contrecarrer ses plans encore une fois. Soudain, à un arpent de chez lui, il immobilisa son attelage devant un terrain à demi défriché, du côté sud de la rivière, en bordure de la route.

— Ici, monsieur l'abbé, on est presque au milieu du rang Saint-Jean, un rang ben plus vieux que les deux rangs de l'autre côté de la rivière, déclara Baptiste.

— Ah oui, fit le prêtre sans montrer grand intérêt.

— Vous voyez ce terrain, monsieur l'abbé ? Selon les gens du rang, ce serait la place idéale pour y bâtir une chapelle. Juste en face de la rivière et avec tout l'espace nécessaire…

— Et à qui appartient ce lot-là ?

— À moi, monsieur l'abbé. Je suis prêt à le sacrifier pour une misère, juste pour permettre aux gens d'avoir leur chapelle.

— J'en prends bonne note, monsieur Beauchemin, dit le prêtre sans montrer aucun enthousiasme particulier pour le site.

Baptiste remit le boghei en marche en cachant mal sa déception devant une telle indifférence. Samuel Ellis lui adressa un petit sourire, mais se garda bien d'émettre la moindre opinion, même si son compagnon était intimement persuadé qu'il avait aussi préparé ses arguments pour faire accepter un terrain en haut de la côte, dans Sainte-Ursule.

À leur entrée dans la maison, Baptiste remarqua que les femmes avaient pris soin de revêtir leur robe du dimanche et que toutes sortes d'odeurs plus appétissantes les unes que les autres embaumaient la cuisine. Octave Marchand leur adressa un bref sourire avant de retirer son manteau et sa barrette.

— Vous avez fait un bon voyage, monsieur l'abbé ? lui demanda Marie pour être aimable.

— Exécrable, madame, répondit le petit prêtre.

— Ça aurait sûrement été pire s'il avait mouillé, intervint Camille qui ne semblait pas apprécier l'air arrogant de l'invité.

Octave Marchand se contenta de lui adresser un regard hautain sans se donner la peine de lui répondre.

Si Marie fut surprise de voir Samuel Ellis s'installer à sa table pour dîner, elle n'en montra rien. Durant l'avant-midi, Camille et elle avaient fait cuire un des derniers morceaux de bœuf qui restaient de la boucherie de l'automne précédent ainsi que des pommes de terre pendant qu'Eugénie confectionnait deux tartes aux pommes.

Octave Marchand s'installa au haut bout de la table, comme si ce privilège lui revenait de droit, et il récita le bénédicité. Le dîner se prit dans un silence emprunté parce que l'invité ne fit aucun effort pour mettre ses hôtes à l'aise. Finalement, fatigué de l'arrogance du jeune prêtre, Baptiste décida qu'il avait fait assez de courbettes depuis le matin. Après le repas, il se leva de table et alla s'asseoir dans sa chaise berçante. Il sortit sa blague et commença à bourrer sa pipe sans plus se soucier d'Octave Marchand en train de siroter sa seconde tasse de thé en silence.

— Allumes-tu, Samuel ? demanda-t-il à l'Irlandais en lui tendant sa blague.

Ce dernier ne se fit pas prier. Il quitta la table à son tour et vint bourrer sa pipe.

— Je crois qu'il est temps de se remettre en route, déclara l'enquêteur en quittant la table.

— Si ça vous fait rien, monsieur l'abbé, ça va attendre un peu, lui dit sèchement Baptiste. Là, on va prendre le temps de digérer. En plus, le cheval est comme nous autres, il a, lui aussi, besoin de souffler.

Puis, sans plus se préoccuper du prêtre, le maître de la maison se mit à fumer béatement en s'amusant à faire des ronds de fumée qu'il projetait vers le plafond. Ellis l'imita en cachant mal son allégresse.

Surprise par les paroles de son mari, Marie lui adressa un regard lourd de reproches. Il l'ignora superbement. Les femmes se mirent à ranger la cuisine et lavèrent la vaisselle. Donat et Xavier imitèrent leur père et allumèrent leur pipe à leur tour pendant que l'abbé Marchand entreprenait la lecture de son bréviaire en affichant un air gourmé.

Baptiste ne consentit à reprendre la route qu'une bonne trentaine de minutes après le repas. L'enquêteur remercia ses hôtesses sans grande effusion avant de remonter dans le boghei.

— Comme on n'a plus de pont, monsieur l'abbé, on va être obligés de prendre le bac pour traverser, prévint Samuel Ellis au moment où le boghei approchait du chantier. Faites-vous-en pas, un de mes garçons nous attend de l'autre côté avec une voiture pour vous faire rencontrer le monde des rangs Saint-Paul et Sainte-Ursule. Est-ce que tu traverses avec nous autres? demanda inutilement l'Irlandais à Baptiste.

— Beau dommage! se contenta de répondre Baptiste.

— Fais des prières pour que la chaloupe ait été retrouvée et qu'on ait réparé le bac, dit finement Samuel.

— J'ai confiance, rétorqua son adversaire.

En fait, le bac était de l'autre côté et les deux hommes durent manier le câble pour le ramener et pouvoir y monter. L'abbé Marchand attendit que l'embarcation soit revenue près de la rive et que Baptiste et Samuel la maintiennent bien en place pour se décider à descendre du boghei. L'homme d'Église ne se méfia pas de la vase sur la rive. Comme Baptiste allait le mettre en garde, Octave Marchand perdit pied et tomba lourdement sur le derrière.

— Vinyenne de vinyenne! jura-t-il, rouge de colère, en se relevant précipitamment tout en jetant des coups d'œil autour pour s'assurer de ne pas avoir été vu par quelqu'un. Vous êtes pas capables de trouver un endroit décent où embarquer? blâma-t-il ses deux accompagnateurs.

— C'était ben correct quand on a installé le bac, lui expliqua Baptiste en faisant des efforts méritoires pour ne pas rire de la mésaventure de l'abbé irascible, mais à force de toujours marcher à la même place, c'est sûr que c'est moins bon qu'au commencement.

— Trouvez-moi une place où je peux me nettoyer, ordonna Octave Marchand en montant maladroitement dans la barque.

— On va s'arrêter au magasin général, proposa Samuel. La femme de Télesphore va être capable de nettoyer votre soutane.

À leur arrivée de l'autre côté de la rivière, au bas de la côte, Samuel Ellis s'arrangea pour devenir l'interlocuteur de l'enquêteur, comme s'il venait d'inviter le prêtre chez lui. Il prit les devants et montra au prêtre passablement couvert de boue le magasin général, la forge, l'école de rang et la maison de la veuve Cloutier, voisine de la forge.

Alexandrine Dionne déplora l'état dans lequel l'abbé se présentait chez elle et s'empressa de nettoyer son manteau et le bas de sa soutane. Pour avoir déployé tant de zèle, elle n'eut droit qu'à un merci très sec de la part de l'homme de Dieu.

Dès sa sortie du magasin, l'abbé Marchand décida d'aller rendre une courte visite au propriétaire de la forge et à Angèle Cloutier.

— Vous savez, monsieur l'abbé, les terrains en haut de la côte appartiennent à Angèle Cloutier à qui vous venez de parler, expliqua Ellis en reprenant les rênes du boghei que l'aîné de ses fils avait laissé au magasin général à son intention. Elle m'a dit qu'elle serait ben prête à en vendre un pas cher pour y construire la chapelle.

L'abbé Marchand se contenta de hocher la tête pour signifier à son interlocuteur qu'il avait bien entendu ce qu'il venait de dire.

Cette dernière phrase mit immédiatement la puce à l'oreille de Baptiste. Était-il possible que les gens de Sainte-Ursule aient demandé à la veuve de céder l'un de ses lots pour presque rien afin qu'on y construise la chapelle ? Il eut beau scruter le visage de Samuel, il ne put rien y déceler. Pourtant, il était pratiquement certain que l'Irlandais avait dû prévoir un endroit dans son rang, tout comme lui l'avait fait.

La visite de deux ou trois familles du rang Saint-Paul ne prit que quelques minutes et très rapidement, la voiture de Samuel Ellis se retrouva au bas de la pente abrupte qui menait à la partie la plus peuplée du rang Sainte-Ursule.

— Est-ce qu'il n'aurait pas été préférable que le magasin et la forge soient en haut de cette pente ? demanda Octave Marchand en voyant avec une certaine inquiétude le cheval peiner autant dans la montée.

— Peut-être, monsieur l'abbé, reconnut l'Irlandais avec grâce, mais dans Sainte-Ursule, ce sont des gens ben charitables. Ils ont pas voulu que le pauvre monde de Saint-Jean et de Saint-Paul, en bas, soit obligé de grimper continuellement quand ils avaient besoin de quelque chose.

L'abbé ne dit rien et Baptiste jeta un regard noir à son compagnon.

L'enquêteur alla interroger quatre autres cultivateurs du rang Sainte-Ursule avant de se déclarer satisfait.

— Bon, je pense que j'ai vu assez de monde, déclara-t-il à ses deux compagnons qui l'avaient attendu patiemment à la porte de chaque maison visitée.

— Il est presque l'heure de souper, monsieur l'abbé, affirma Samuel en tirant sa montre de gousset. Ma femme doit nous avoir préparé un bon repas. Naturellement, Baptiste, tu restes à manger avec nous autres, ajouta-t-il obligeamment.

Il était évident que Baptiste Beauchemin n'allait pas le laisser seul en présence de l'enquêteur. Samuel savait bien que son adversaire ne consentirait pas plus à lui donner cette chance que lui-même ne l'avait fait depuis le début de la matinée.

— Merci, Samuel, accepta le cultivateur sans faire de manière.

— Ce sera pour une autre fois, monsieur Ellis, déclara sèchement Octave Marchand, assis sur la banquette arrière du boghei. Je ne veux pas rentrer trop tard au presbytère de

Saint-Zéphirin. Je dois partir de bonne heure demain pour Trois-Rivières pour remettre mon rapport à monseigneur. J'apprécierais que l'un de vous me ramène à Saint-Zéphirin sans trop perdre de temps.

— Ma femme va être ben déçue, plaida Ellis, décontenancé par la rebuffade.

L'abbé Marchand feignit de ne pas l'entendre. Baptiste se rendit compte alors que les traits de son compagnon s'étaient soudainement durcis. Arrivé devant chez lui, l'Irlandais immobilisa son attelage, confia les rênes à Baptiste et descendit.

— Je viens de vous dire, mon bon, que j'étais pressé, fit la voix de l'abbé Marchand.

— Il y a pas le feu, monsieur l'abbé, dit abruptement Samuel. Je vais au moins avertir ma femme qu'elle a travaillé dans ses chaudrons toute la journée pour rien et que je vais arriver en retard pour souper.

Là-dessus, sans plus se soucier du prêtre, il se dirigea vers la porte de la maison. Il revint moins de deux minutes plus tard. Bridget Ellis ne se montra pas pour saluer le visiteur, ce qui était un signe manifeste de son mécontentement.

Lorsqu'ils furent parvenus au sommet de la côte qui conduisait aux commerces et au pont en construction, Baptiste se tourna vers son compagnon.

— T'es pas obligé de venir avec nous autres à Saint-Zéphirin, lui dit-il. Je suis capable de ramener tout seul monsieur l'abbé.

— Ben non, fit l'Irlandais, ça me fait plaisir de le raccompagner.

Mais tout dans son air proclamait le contraire.

— Mes gars doivent être encore sur le pont, reprit Baptiste. Ils ont dû laisser le boghei devant chez Tancrède en attendant la fin de leur journée d'ouvrage.

Le père ne s'était pas trompé. Xavier et Donat n'avaient pas jugé bon de retourner à la ferme avec le boghei quand

Baptiste le leur avait laissé au début de l'après-midi. Ils avaient entravé la Noire près de la voiture qui les avait transportés et à laquelle était attelé le Blond. Après avoir prévenu Donat qu'il partait pour Saint-Zéphirin, Baptiste alla rejoindre l'abbé Marchand et Samuel Ellis dans la barque et ils traversèrent la rivière.

Le voyage de retour à Saint-Zéphirin se fit dans un silence presque complet parce que l'enquêteur n'était pas plus communicatif qu'au début de la journée. Ce fut avec un soulagement certain que Baptiste immobilisa sa bête près du presbytère de Saint-Zéphirin alors que le soleil commençait à décliner.

Les trois hommes descendirent de voiture.

— J'espère que le voyage vous a pas trop fatigué, monsieur l'abbé ? fit Samuel dans un dernier effort pour se montrer aimable avec le visiteur.

— Si, un peu, reconnut le prêtre, mais je rentre à Trois-Rivières seulement demain matin.

— Est-ce que votre visite vous a satisfait ? lui demanda à son tour Baptiste, le chapeau melon à la main, cherchant à savoir si l'enquêteur allait recommander à monseigneur Cooke la construction de la chapelle.

— Oui, se contenta de dire l'enquêteur. Bon, au revoir, messieurs. Il faut que je rentre. Monsieur le curé Moisan doit m'attendre pour souper. Monseigneur va vous faire savoir ce qu'il aura décidé.

Là-dessus, le petit prêtre leur tourna carrément le dos et entreprit de monter l'escalier conduisant à la porte du presbytère. Baptiste et Samuel se hissèrent dans le boghei et firent demi-tour.

— Il y en a qui sont chanceux de pouvoir souper tout de suite, laissa tomber Baptiste, amer.

— Il aurait pu nous inviter à entrer et nous faire servir un bol de soupe par la servante, rétorqua son compagnon. Après tout, tu l'as reçu à dîner. Moi, en tout cas, j'ai pas fini d'entendre ma femme se lamenter. Elle a passé la journée à préparer un souper pour lui. Comme je la connais, elle doit être enragée ben noir.

— Je sais pas si je deviens sourd en vieillissant, reprit Baptiste, mais il me semble ben que je l'ai pas entendu dire «merci». Il faut croire qu'on était obligés de le traîner partout.

— Si encore il avait pu nous dire ce qu'il va conseiller à monseigneur.

— Moi, ce qui m'inquiète, c'est qu'il s'entende avec le curé Moisan qui, lui, doit pas être pour qu'on lui enlève des paroissiens.

— On verra ben, conclut Samuel.

Baptiste s'arrêta un peu plus tard pour allumer le fanal qu'il suspendit à l'avant du boghei parce que l'obscurité venait de tomber. À peine remonté dans la voiture, il demanda à son passager :

— J'espère que t'étais pas sérieux cet après-midi quand t'as suggéré à l'abbé Marchand un bout de terrain de la veuve Cloutier pour y bâtir la chapelle ?

— Si, je l'étais. Vois-tu une meilleure place que celle-là dans Sainte-Ursule ?

— À dire vrai, je vois pas pantoute notre chapelle dans votre rang, admit ouvertement Baptiste. Sa place devrait être dans Saint-Jean, au centre du rang.

— Mais c'est ben trop loin pour le monde de Sainte-Ursule et de Saint-Paul, protesta Samuel sur un ton convaincu.

— C'est la même chose pour nous autres avec la place que t'aimerais, répliqua Baptiste.

— Oui, mais le nombre…

— Si tu sais compter, Samuel, tu vas t'apercevoir qu'on est presque aussi nombreux dans Saint-Jean que dans les deux autres rangs. En plus, ça fait plus longtemps que vous autres qu'on est là.

— Si tu veux dire comme moi, on discute pour rien, fit l'Irlandais. Tu sais aussi ben que moi que c'est monseigneur qui va décider où va être construite la chapelle, si jamais il accepte notre idée d'en bâtir une.

Baptiste ne s'entêta pas à poursuivre une discussion qui risquait de tourner au vinaigre. Une quarantaine de minutes plus tard, il laissa son compagnon près du bac.

— J'espère que la chaloupe est pas encore disparue, dit Ellis avec un air goguenard en descendant de voiture. Là, j'aurais l'air fin.

— T'aurais le choix entre traverser à la nage ou venir coucher chez nous, dit Baptiste en remettant son boghei en route.

À son arrivée à la maison, Marie s'empressa de lui servir son repas qu'elle avait déposé sur le réchaud.

— Puis ? lui demanda-t-elle en prenant place à table, en face de lui.

— Puis quoi ?

— Est-ce que tu penses qu'on a des chances d'avoir notre chapelle ?

— Pas la moindre idée, reconnut-il, en affichant ouvertement son dépit. J'ai jamais vu une face de bois comme ça. Pas moyen de lui arracher le moindre mot.

— Parle pas comme ça d'un prêtre, lui ordonna-t-elle. Il a au moins aimé mon dîner.

— Comment tu le sais ? Il s'est tout de même pas épuisé à te dire merci.

— Êtes-vous en train de dire, p'pa, qu'on s'est donné tout ce trouble-là pour rien ? lui demanda Donat.

— Pas moyen de le savoir, répondit franchement Baptiste.

— En tout cas, l'idée de cacher la chaloupe a pas empêché Ellis d'être ici dedans de bonne heure.

— On aura essayé.

— J'ai eu l'impression qu'il m'a vu détacher le bac, intervint Xavier.

— C'est pas grave.

— Quand vous êtes partis pour Saint-Zéphirin, je suis allé chercher la chaloupe et je l'ai rattachée à temps pour Bedette et les enfants qui devaient traverser pour l'école.

— Et moi, j'ai rapporté le canot emprunté par Ellis, dit Donat.

— C'est correct.

— Avez-vous parlé au prêtre du terrain que vous étiez prêt à vendre pour la chapelle ? demanda Donat à son père.

— Certain.

— Puis ?

— Il a rien dit quand je lui ai montré le terrain. Il a même pas voulu descendre de voiture pour l'examiner quand on est passés devant.

— On peut pas dire que c'est ben bon signe, reconnut l'aîné des Beauchemin.

— Saviez-vous, vous autres, que la veuve Cloutier était prête à laisser un morceau d'un de ses lots, dans le haut de la côte, pour la chapelle ?

— C'est pas vrai ! se désola Bernadette en levant la tête de sa préparation de classe. Dites-moi pas qu'on serait obligés de grimper la côte pour aller à la messe.

— Ce serait tout de même pas mal moins loin que d'aller à Sainte-Monique, lui fit remarquer sa mère.

— Je veux bien le croire, m'man, mais on va avoir bien de la misère à monter après une bonne tempête ou quand il pleut.

— Ça sert à rien de parler de ça à cette heure, conclut son père. Il y a encore rien de fait. On sait même pas si monseigneur acceptera qu'on ait une chapelle.

Chapitre 7

L'impatience

La semaine suivante, le beau temps se maintint à la plus grande satisfaction des gens de la région. Le soleil travailla ardemment à assécher le sol et avait enfin fait disparaître les dernières traces de neige dans les sous-bois. La rivière avait progressivement retrouvé son lit. Les premiers bourgeons venaient même d'éclore et la brise charriait un air de renouveau assez enivrant.

Baptiste Beauchemin accepta, un peu à contrecœur, que Xavier poursuive son travail sur le pont pendant qu'avec l'aide de Donat il travaillait à redresser les clôtures abîmées par l'hiver. En ces derniers jours d'avril, il était temps de sortir les bêtes à l'extérieur, ce qui ne pouvait se faire sans que les clôtures aient été consolidées.

Le dimanche précédent, comme chaque printemps, les cultivateurs de la région avaient apporté à l'église de Sainte-Monique un petit sac de graines qu'ils avaient placé sur la sainte table avant le début de la cérémonie. Le curé Louis-Georges Lanctôt avait procédé selon la coutume à leur bénédiction à la fin de la grand-messe. À leur retour à la maison, les Beauchemin avaient déposé sur une tablette de la cuisine les semences bénites qui seraient lancées dans les sillons avec les autres graines pour inciter Dieu à leur accorder une belle moisson.

Le lundi matin, ses enfants venaient à peine de rentrer des bâtiments quand le maître de maison déclara à sa fille cadette :

— Bedette, à partir d'aujourd'hui, tu marches pour aller à l'école. Ton frère travaille plus sur le pont.

— Pourquoi, p'pa ? La construction du pont est pas finie.

— Non, mais elle va finir sans nous, fit son père. Là, on a fait notre large part. Que les autres se démènent un peu.

— Mais, p'pa, ça va me retarder en blasphème pour aller travailler sur ma terre si on n'aide pas, s'opposa Xavier, surpris par la décision de son père.

— Ta terre attendra, déclara tout net son père sur un ton sans appel. Ici, il y a de l'ouvrage à faire. On commence à épierrer aujourd'hui. Inquiète-toi pas, poursuivit-il sur un ton rassurant, je suis certain qu'à la fin de la semaine ce pont-là va être fini, et tu pourras aller sur tes lots la semaine prochaine. Boudreau m'a dit hier qu'il prendrait ça en main cette semaine et qu'il allait en brasser quelques-uns pour qu'ils viennent faire leur part, eux autres aussi.

Les traits du visage de Xavier se détendirent un peu. Il esquissa même un petit sourire en constatant la déconvenue de sa jeune sœur à qui l'idée de marcher dans la poussière du chemin matin et soir ne souriait guère.

— Je pense qu'il y a des bébés gâtés qui vont réapprendre à marcher sur leurs petites papattes, se moqua-t-il pour faire réagir Bernadette.

— Il est temps qu'elle apprenne qu'elle est pas une reine, laissa tomber sa mère, sur un ton sévère.

— Si vous pensez que c'est agréable, m'man, j'ai…

— T'en mourras pas, l'interrompit sa mère. Si tu trouves le chemin trop long, t'as juste à dire ton chapelet en marchant. On commence le mois de mai.

Eugénie réprima difficilement un soupir alors que les autres membres de la famille se jetèrent des regards entendus. Cette dernière phrase de la maîtresse de maison signifiait que personne n'allait échapper à la récitation du chapelet à la croix du chemin plantée dix ans auparavant au bout du rang Saint-Jean, à faible distance du pont. À l'époque, le curé Lanctôt s'était déplacé un dimanche après-midi pour venir bénir solennellement cette humble construction artisanale à laquelle les habitants s'étaient attachés. Depuis, comme dans beaucoup de paroisses des environs, les fidèles pieux venaient y réciter le chapelet chaque soir du mois de mai consacré à la Vierge.

— À ce moment-là, m'man, je suis aussi bien de rester à souper à l'école, dit Bernadette. Je serai déjà rendue si on va réciter le chapelet au pied de la croix.

— Non, trancha sa mère, tu reviendras ici nous donner un coup de main à préparer le souper. De toute façon, on ira à la croix en voiture.

On prit place à table et Camille servit à chacun un bol de gruau.

— On a une bonne journée qui nous attend, déclara Marie après avoir bu une gorgée de thé.

— Moi, j'ai besoin de monde pour les pierres, s'empressa de préciser Baptiste.

— Je le sais, se contenta de dire sa femme. Cet ouvrage-là est trop dur pour Eugénie dans son état. Elle va rester ici dedans pour faire l'ordinaire. Camille va monter avec vous autres au champ. Moi, je vais aller vous rejoindre aussitôt que j'aurai fini de mettre en route mon savon. Avant de partir, Donat, tu vas m'allumer le four, dans la cour.

Son fils aîné hocha la tête en signe d'acceptation.

À la fin du repas, Camille aida sa jeune belle-sœur enceinte à ranger la cuisine pendant que sa mère sortait à l'extérieur et allait chercher dans la remise le seau à demi rempli de gras animal amassé durant l'hiver. Dès que Donat eut allumé le four dans lequel elle cuisait habituellement son pain durant la belle saison, elle déposa sur le feu un grand chaudron en fonte. Elle y versa le gras animal, une bonne mesure de résine et de l'eau de lessive. Quelques minutes plus tard, elle se mit à touiller le tout avec une grande cuillère en bois, apparemment insensible à l'odeur insupportable que le mélange dégageait.

Après avoir jeté une grosse bûche d'érable dans le four, elle retourna dans la maison pour aider à remettre de l'ordre dans les chambres et dans la cuisine. Peu après, s'apprêtant à sortir à l'extérieur pour vérifier si tout le gras avait fondu dans la marmite, Marie s'aperçut qu'elle n'entendait plus sa bru. Intriguée, elle monta à l'étage et, poussant la porte de la chambre du jeune couple, découvrit la jeune femme étendue, les yeux fermés, sur son lit.

— Qu'est-ce qui se passe ? Es-tu malade ? lui demanda-t-elle.

— Non, mais le ménage est fini, madame Beauchemin. J'en profitais pour reprendre mon souffle.

— Mais t'as presque rien fait depuis que t'es debout à matin, lui fit remarquer sa belle-mère d'une voix acerbe.

— Je me sens fatiguée quand même, dit la jeune femme avec une pointe d'agacement.

— Pour moi, tu t'écoutes un peu trop, ma fille, fit sèchement Marie. Là, oublie pas que tu dois faire cuire le dîner. Moi, je m'en vais finir de m'occuper du savon avant d'aller rejoindre les hommes et Camille dans le champ.

— C'est correct, madame Beauchemin. Mais oubliez pas qu'il faut que je me repose pour deux, ajouta-t-elle.

— C'est peut-être pas nécessaire, fit sa belle-mère. Je pense pas que l'ouvrage que tu fais t'épuise à ce point-là.

Marie descendit au rez-de-chaussée en maugréant.

— C'est pas drôle d'être venue au monde avec un poil dans la main, dit-elle à mi-voix. Juste l'idée de se lever le matin l'épuise. Si elle s'imagine qu'on va s'éreinter à cœur de jour pour qu'elle puisse se reposer, elle se trompe. C'est beau se servir du fait qu'elle est en famille pour en faire le moins possible ici dedans, mais il y a toujours bien des limites à ambitionner sur le pain bénit. J'en ai eu six, moi, et j'ai pas passé mes journées à traîner dans le lit pour autant.

Elle sortit de la maison en faisant claquer la porte pour marquer son mécontentement. Elle s'approcha du four, touilla encore un peu son mélange parvenu à ébullition et retira finalement le chaudron dont elle versa le contenu dans une large casserole. Une fois le mélange durci à la fin de la journée, elle verrait à le découper en pains qui serviraient autant au lavage qu'au récurage de la maison.

Cette tâche accomplie, elle se coiffa de son large chapeau de paille, prit un vieux seau et se dirigea vers le premier champ, celui situé de l'autre côté de la route, près de la rivière. En cette matinée du début de mai, il faisait déjà anormalement chaud et le soleil tapait fort.

Elle repéra rapidement le Blond attelé à la voiture dans laquelle on avait déjà versé plusieurs seaux de roches trouvées dans le champ. Elle alla prendre place entre son mari et Camille, à droite de l'attelage. À gauche, Donat et Xavier arpentaient le champ. Avant de se mettre au travail, elle prit la peine de vérifier si sa fille avait bien baissé les manches de sa veste et portait son chapeau. Il n'était pas question d'avoir la peau noircie comme celle d'une sauvagesse, avait-elle coutume de dire.

— Bagatême ! J'ai jamais vu autant de roches, dit Baptiste en se penchant pour en ramasser une qu'il jeta dans son seau. On dirait qu'il y a quelqu'un en dessous qui les fait pousser. Je suis déjà allé vider la voiture une fois et, regarde, elle est encore à moitié pleine.

En fait, le cultivateur avait défriché de la bonne terre où tout poussait bien. Son plus grand inconvénient était qu'il devait s'astreindre, chaque printemps, à un épierrage éreintant s'il ne voulait pas détériorer sa charrue en labourant ou sa faux en récoltant. Au fil des années, il était parvenu à amasser tant de pierres qu'il en avait tapissé la décharge au bout de son dernier champ.

Durant les trois heures suivantes, les Beauchemin eurent le temps d'épierrer deux de leurs champs, puis ils rentrèrent dîner, satisfaits de leur matinée de travail.

— Avec les années, je trouve ça de plus en plus dur pour le dos, se plaignit Marie.

— Reste donc à la maison cet après-midi, lui conseilla son mari. À quatre, on est capables de faire l'ouvrage.

— Il en est pas question, déclara-t-elle tout net. J'ai pas encore l'âge de passer mes après-midi à me bercer ou encore à m'étendre sur mon lit comme un membre inutile, ajouta-t-elle en visant délibérément sa bru qui lui tournait le dos, occupée à vérifier si la soupe était assez chaude pour être servie.

Eugénie ne broncha pas et se contenta d'apporter la soupe sur la table.

— Il y a de la fricassée avec la soupe, annonça la jeune femme en s'assoyant sur le banc, aux côtés de son mari, face à Camille et à ses deux beaux-frères.

Le contraste entre les deux belles-sœurs était frappant. La future mère, une blonde aux yeux bleus, semblait bien frêle en comparaison de la solide célibataire aux gestes vifs qui mangeait avec un bel appétit.

Camille leva les yeux et vit que la femme de son frère chipotait dans son assiette.

— Force-toi à manger plus, lui conseilla-t-elle doucement. T'as besoin de prendre des forces.

Sa mère se limita à jeter à sa bru un regard dépourvu d'aménité.

— Après le dîner, tu devrais aller prendre un peu l'air, poursuivit la célibataire. Ça te donnerait des couleurs.

Eugénie adressa à sa belle-sœur un regard chargé de reconnaissance. Il était évident qu'elle appréciait son soutien.

Après une courte sieste, les Beauchemin retournèrent dans les champs poursuivre leur tâche, ne s'accordant qu'une brève pause au milieu de l'après-midi. Durant toutes ces longues heures de travail, Xavier se répéta plusieurs fois que c'était la dernière année qu'il accomplissait cette tâche ailleurs que sur sa terre.

❧

Dès la fin du souper, Baptiste ne put s'empêcher de faire remarquer à sa femme :

— Après la journée qu'on vient de faire, on aurait ben pu se contenter de dire le chapelet ici dedans, tu trouves pas ?

— Non, répondit-elle, il y a déjà bien assez des soirs où la pluie va nous empêcher d'aller prier au chemin. On n'en mourra pas de se rendre à la croix, d'autant plus qu'on va y aller avec la voiture, comme on l'a toujours fait. C'est pas ça qui va nous épuiser.

— Si c'est juste pour le plaisir de jacasser, t'as juste à aller faire un tour chez Anne-Marie Gariépy, fit-il remarquer.

Baptiste avait toujours eu beaucoup de mal à supporter le bavardage étourdissant de la voisine.

— Dis donc pas n'importe quoi, se contenta de dire sa femme.

— Ça, j'aime ça, me déplacer assise à plat dans une voiture à foin devant tout le monde, comme si on revenait de faire les foins, se plaignit Bernadette d'une voix acide.

— Si t'aimes mieux marcher, t'es libre de le faire, lui décocha sa mère.

Baptiste jeta un coup d'œil à sa femme. Il savait qu'elle avait toujours beaucoup aimé aller réciter le chapelet au pied de la croix, au bout du rang. C'était pour elle une manifestation de piété, mais aussi une occasion de rencontrer les gens de Saint-Jean, de Sainte-Ursule et même de Saint-Paul, et bien sûr le meilleur moyen d'apprendre les dernières nouvelles.

— Quand t'auras fini de t'admirer dans le miroir, dit la mère de famille à Xavier, tu pourras aller balayer la voiture pendant que Donat va atteler. On a charrié de la pierre toute la journée avec cette voiture-là. Grouillez-vous un peu, tout le monde. Le chapelet se dit habituellement à sept heures et on nous attendra pas pour commencer.

Xavier prit le temps de finir de se peigner et d'aller changer de chemise avant de sortir, derrière son frère aîné.

— Jésus! On dirait que tu t'en vas veiller, dit Donat à son frère alors qu'ils se dirigeaient vers l'écurie.

— Ça se peut que j'aille passer un bout de veillée chez les Blanchette, admit le jeune homme. J'haïrais pas ça passer une heure ou deux avec Thérèse, à soir.

— À moins que le bonhomme Blanchette ait ben changé, ça me surprendrait pas mal qu'il accepte que t'ailles veiller avec sa fille en plein cœur de semaine. Moi, je me rappelle trop ben comment ça se passait quand j'allais veiller avec la sœur de ta Thérèse, quand j'étais garçon. Remarque que je suis allé là seulement deux ou trois fois, mais ça m'a suffi.

— Pourquoi tu dis ça?

— Sacrifice! on aurait dit que le père et la mère avaient peur que je saute comme un fou sur leur Émilienne. Pas moyen de les décoller d'un pouce. Il fallait veiller dans la cuisine et ils étaient assis tous les deux entre leur fille et moi. Pas nécessaire de te dire que j'ai pas moisi là. Je me suis trouvé une autre blonde.

— C'est drôle, ils sont pas comme ça avec moi, feignit de s'étonner le cadet. Pour moi, ils avaient pas confiance pantoute en toi parce que t'avais pas l'air ben honnête.

— Parle pas trop vite, le grand, répliqua Donat en ouvrant la barrière de l'enclos des chevaux sans toutefois y entrer. Dis-toi ben que si le bonhomme accepte que t'ailles veiller en pleine semaine, c'est qu'il pense que c'est devenu pas mal sérieux entre toi et sa fille. Ça me surprendrait même pas qu'il te mette au pied du mur un de ces quatre matins et t'oblige à faire ta grande demande avant la fin du printemps. Remarque ben ce que je te dis là.

En entendant ces paroles, Xavier avait soudainement pâli. Il n'avait jamais envisagé de pousser sa relation avec Thérèse au point de l'épouser. Il avait du succès avec les filles et entendait bien en profiter encore quelques années avant de « se mettre la corde au cou », comme il le disait parfois.

— Aïe, vous deux ! Est-ce qu'il va falloir attendre encore bien longtemps la fin de vos commérages pour pouvoir embarquer dans la voiture ? les apostropha leur mère, debout sur la galerie.

— On arrive, m'man, dit Donat en entrant dans l'enclos pour passer le licou à la Noire.

Quand tout le monde fut monté dans la voiture aux grandes roues en bois cerclées de fer, Baptiste saisit les guides et se mit lentement en route. Les siens étaient assis sur le pourtour de la voiture, derrière lui, les pieds ballant dans le vide.

— Arrête, Baptiste, lui ordonna sa femme qui venait de voir trois des enfants de Liam Connolly marchant sur le bord du chemin. On va les embarquer.

Le fermier immobilisa son attelage près des enfants.

— Est-ce que vous vous en allez à la croix du chemin ? demanda Camille à la plus grande des trois enfants.

— Oui, mademoiselle, répondit une adolescente.

— Montez, on s'en va là, nous autres aussi, dit Marie.

Les trois enfants ne se firent pas prier pour s'asseoir sur le plateau de la voiture que Baptiste remit aussitôt en marche.

— Tu t'appelles Ann ? fit Marie en se tournant vers la fillette âgée d'une douzaine d'années dont la maigreur faisait pitié à voir.

— Oui, madame Beauchemin.

— T'es la plus vieille ?

— Oui.

— Est-ce qu'il y a quelqu'un qui prend soin des enfants chez vous depuis que ta grand-mère est partie ?

— Non, madame, c'est moi qui m'occupe de la maison.

— Et c'est toi qui fais le repas toute seule ? lui demanda Bernadette.

— Oui, mademoiselle.

L'aînée de Liam Connolly avait un petit visage volontaire et il était évident qu'elle prenait son rôle au sérieux.

— Pourquoi vous venez plus à l'école ? poursuivit Bernadette en se tournant vers Patrick et Duncan, âgés respectivement de dix et neuf ans.

— Mon père a besoin de nous autres, mademoiselle, affirma Patrick, un rouquin aux joues constellées de taches de rousseur, comme son jeune frère.

— C'est dommage, fit l'institutrice, vous appreniez bien.

— Ils vont retourner à l'école dès que mon père aura plus besoin d'eux, affirma Ann avec aplomb.

— Tant mieux, se contenta de dire Bernadette.

— J'espère qu'Émérentienne Bélanger a pensé à nettoyer le pied de la croix, dit Marie à sa fille Camille, en se désintéressant des trois enfants. Si je me souviens bien, l'année passée elle avait oublié, et on avait dû faire le ménage avant de pouvoir se mettre à genoux.

— J'ai vu monsieur Bélanger en train de faucher autour de la croix cet après-midi, en revenant de l'école, lui apprit Bernadette.

— Je suppose que c'est madame Bélanger qui va dire le chapelet, fit Camille.

— Normalement, ça devrait être elle, dit sa mère, sans grand enthousiasme.

La tradition voulait que ce soit la paroissienne la plus âgée qui dirige la prière au pied de la croix. Or, Émérentienne Bélanger avait cinq ans de plus que Marie Beauchemin et se faisait une gloire de jouer ce rôle.

— Après tout, répétait la petite femme nerveuse à qui voulait l'entendre, c'est bien normal que ce soit moi, la croix est sur notre terre.

À leur arrivée au bout du rang, Baptiste dut se résoudre à laisser sa voiture sur le bord du chemin parce qu'une douzaine de bogheis et de charrettes avaient envahi la cour de la ferme des Bélanger. Les enfants s'esquivèrent discrètement après avoir remercié.

Le cultivateur sursauta quand il aperçut la voiture de Samuel Ellis passer lentement le pont encore dépourvu de garde-fous.

— Voyons donc, bagatême! s'exclama-t-il. Est-ce que ça veut dire qu'ils ont déjà fini le plancher du pont?

— On le dirait ben, p'pa, dit Xavier, soudainement tout joyeux à la pensée qu'il allait pouvoir enfin traverser avec une voiture pour s'occuper de sa terre.

— Est-ce que le pont est déjà fini? demanda Baptiste en s'approchant d'Éloi Provost.

— Pas encore, mais on a posé les derniers madriers du plancher juste avant le souper. À cette heure, le monde peut circuler dessus en faisant attention. Il reste juste à installer les garde-fous.

Constant Aubé passa en claudiquant derrière Baptiste et Provost avant de se poster à l'écart, l'air mal à l'aise de se trouver au milieu de tant de gens. Bernadette l'avait vu franchir le pont à pied et n'avait pu s'empêcher de dire à sa sœur Camille, debout à ses côtés:

— Il est bien sans-dessein, ce gars-là. Veux-tu me dire pourquoi il a pas demandé aux Ellis de le faire monter dans leur voiture plutôt que de faire tout ce chemin-là à pied avec sa patte folle?

— Pour moi, il est trop gêné pour ça, répondit la célibataire en jetant un coup d'œil vers le jeune homme qui faisait semblant d'examiner la rivière, de l'autre côté de la route, en attendant le début de la prière.

Les femmes s'étaient peu à peu rassemblées près de la petite clôture en bois blanc plantée autour de la croix. Il y avait déjà une vingtaine de personnes sur les lieux. Marie vit

Bridget Ellis et Mary Gunn déposer des bouquets de fleurs séchées au pied de la croix.

— T'es chanceux, la v'là ta Thérèse, chuchota Donat à son frère en voyant une jeune fille s'approcher en compagnie de ses parents.

Xavier n'esquissa pas le moindre geste pour s'approcher de celle qu'il fréquentait pourtant assez assidûment depuis quelques mois.

— Tu vas pas la voir ? lui demanda Eugénie, étonnée.

— Laisse faire, répondit le jeune homme, mon frère a fini par me faire peur.

Donat eut un ricanement avant d'entendre la voix d'Émérentienne Bélanger invitant toutes les personnes présentes à s'avancer pour la récitation du chapelet. En un instant, le silence se fit et on se rapprocha de la croix. L'heure était au recueillement. Tous s'agenouillèrent. Les parents virent à ce que leurs jeunes enfants soient regroupés près d'eux.

En cette première soirée de mai, la voix forte d'Émérentienne s'éleva et celles des personnes rassemblées sur les lieux lui firent contrepoint en récitant la seconde moitié de chaque *Ave*. On pria durant près d'une demi-heure avant de se signer et de se relever en secouant la terre et l'herbe collées à ses vêtements à la hauteur des genoux.

Pendant que les hommes faisaient quelques pas en direction du pont voisin pour en apprécier la solidité et l'admirer, les femmes se rassemblèrent en petits groupes pour échanger quelques nouvelles.

Camille vit les trois petits Connolly se remettre en route à pied pour rentrer à la maison. Pendant un instant, elle eut la tentation de les inviter à attendre pour profiter de la voiture, mais elle renonça, certaine qu'ils avaient reçu l'ordre de leur père de rentrer dès la fin de la récitation du chapelet. Son père et sa mère en avaient sûrement pour plusieurs minutes avant de songer à retourner à la maison.

Une seule voiture quitta les lieux immédiatement après la récitation du chapelet, celle de Léopold Benoît. Le départ des Benoît fut accompagné de commérages plus ou moins malveillants à propos du retour de leur fille.

— La Laura est pas mal moins fière depuis que sa Catherine est revenue, chuchota Angèle Cloutier aux commères rassemblées près d'elle. Si c'est pas une vraie honte !

— Léopold aurait jamais dû la laisser revenir dans la paroisse, renchérit la femme d'Alcide Proulx, mère de trois filles à marier. Leur fille, c'est pas un exemple à donner aux filles honnêtes de la paroisse. En tout cas, je veux pas que les miennes parlent à cette petite dévergondée-là, ajouta-t-elle.

— Je suis certaine que si on restait plus proches du village, monsieur le curé s'en serait déjà mêlé et qu'il aurait jamais accepté que cette pécheresse-là revienne, dit Aurélie Paquette en se gourmant.

— Hormidas Meilleur a raconté à mon mari qu'il a entendu dire qu'elle a donné son petit bâtard à un orphelinat, en ville, dit Angèle. Si c'est pas écœurant ! Même pas mariée !

— Il aurait plus manquer qu'elle vienne se promener dans le rang avec son enfant du péché ! s'insurgea la femme de Conrad Boudreau en réprimant difficilement un frisson de dégoût.

— En tout cas, ils ont tout de même eu la décence de pas l'amener avec eux à soir, conclut Jeanne d'Arc Bourgeois, une grosse matrone au teint couperosé.

— On reste presque à côté de chez les Benoît, reprit Artémise Proulx, et je peux vous dire que leur fille est pas souvent dehors. On voit juste leur Adrien et ce gros air bête-là a pas de façons.

Marie n'avait rien dit durant cet échange, mais il était évident qu'elle aurait préféré que cette conversation se passe loin des oreilles de ses deux filles. Elle fit signe à Bernadette et à Camille de la rejoindre.

— On va aller faire un petit tour chez Emma, à côté, leur dit-elle, le temps que votre père finisse de jaser. Où est passé Xavier ?

— Il parle avec Thérèse Blanchette et ses parents, répondit Camille en tournant la tête.

— Et Donat ?

— Parti à pied avec Eugénie.

À cet instant, Bernadette s'aperçut que Constant Aubé avait entrepris de traverser le pont à pied et qu'il allait devoir monter la côte abrupte qui menait chez les Hyland où il demeurait. La jeune institutrice ne put s'empêcher de penser que ce trajet ne devait pas être facile pour lui à cause de sa boiterie.

Tout en le regardant claudiquer, l'institutrice fit quelques pas dans l'intention de rejoindre sa sœur et sa mère qui se dirigeaient déjà vers la maison de sa sœur Emma. Elle ne vit pas la mouffette qui sortait du fossé au même instant. La petite bête noire rayée de blanc à la queue touffue s'arrêta brusquement à quelques pieds de Bernadette.

— Attention à la bête puante ! cria la femme de Conrad Boudreau qui venait d'apercevoir l'animal.

Mais l'avertissement parvint trop tard à la jeune fille, qui fit encore deux pas avant de s'immobiliser. Ce furent deux pas de trop. Se sentant probablement menacée, la mouffette l'aspergea d'un jet nauséabond avant de fuir dans les hautes herbes du champ des Bélanger.

— Ah bien, maudite vermine ! s'écria Bernadette, au comble de la rage.

— Ouach ! ne put s'empêcher de dire Thérèse Blanchette, qui avait suivi Xavier, alerté par le cri de rage de sa sœur. Cette senteur-là me soulève le cœur.

— T'es pas obligée de la sentir, rétorqua rageusement la jeune fille. T'as juste à t'éloigner.

— Je peux te ramener tout de suite à la maison, lui proposa Xavier, voyant là un moyen d'échapper à son amoureuse.

— Laisse faire, je vais rejoindre m'man et Camille qui s'en vont chez Emma.

— Je vais aller vous chercher dans une minute, prit soin de préciser son frère. Là, tu vas m'excuser, Thérèse, mais je peux pas laisser ma sœur comme ça. Je vais avertir mon père qui est en train de jaser proche du pont.

Sur ce, il planta là la fille d'Anatole Blanchette et se dirigea vers le pont.

Bernadette pressa le pas sur la route pour rattraper sa mère et Camille qui venaient d'entrer dans la cour de la ferme des Lafond. Elle aperçut sa sœur Emma en train de bercer son plus jeune sur la galerie. Il fallait croire que son odeur la précédait parce que Marie Beauchemin se retourna brusquement en fronçant le nez au moment où elle atteignait la galerie.

— Seigneur! Pour moi, il y a une bête puante pas loin d'ici, dit-elle à Emma.

— Bien non, m'man, c'est moi qui sens ça! pesta Bernadette toujours aussi folle de rage. Je viens de me faire arroser, tornom!

— Elle t'a pas manquée, dit Camille en riant.

— Veux-tu bien me dire comment t'as fait ton compte? lui demanda sa mère, exaspérée.

— Au cas où vous le sauriez pas, j'ai pas couru après, répondit la jeune fille d'une voix aigre.

— On restera pas, dit Marie à sa fille Emma. On se reprendra une autre fois. Le plus urgent, c'est de faire disparaître cette senteur-là. Là, je veux juste embrasser les enfants.

Sur ces mots, elle monta les deux marches conduisant à la galerie et embrassa le dernier-né de sa fille.

— Vous pouvez monter embrasser Flore, m'man, lui offrit Emma. Elle doit déjà dormir. Elle a été tellement tannante aujourd'hui que j'ai dû la coucher tout de suite après le souper.

Quand Marie reparut sur la galerie après être allée embrasser l'aînée de ses petits-enfants, son gendre arriva.

— Mais ça pue ben ici! s'écria-t-il en posant le pied sur la première marche.

— C'est moi, Rémi, avoua Bernadette qui n'avait pas osé monter sur la galerie.

— Pauvre toi! J'espère que ta mère est riche en jus de tomate.

— T'es pas sérieux, toi, intervint sa belle-mère. On gaspille pas du jus de tomate pour ça. Ça fait juste masquer l'odeur.

— De l'eau avec un peu de peroxyde et du soda à pâte est bien plus efficace, suggéra Camille.

Là-dessus, la voiture conduite par Baptiste entra dans la cour de la ferme. Le conducteur se contenta de se mettre debout à l'avant de la voiture, tenant les rênes entre les mains.

— On viendra faire un tour un autre soir, dit-il à sa fille et à son gendre. Là, si je me fie à ce que je sens, il y a plus important à faire que jaser.

Bernadette s'installa à l'arrière de la voiture alors que les autres passagers prenaient soin de s'asseoir le plus loin possible d'elle. À leur arrivée à la maison, Xavier détela le cheval et le mena dans son enclos avant de revenir à la maison. Il trouva Bernadette assise sur la galerie.

— Qu'est-ce que tu fais là? lui demanda-t-il.

— Tu pensais tout de même pas que m'man était pour me laisser empuantir toute la maison. Camille est en train de me préparer quelque chose pour ôter la senteur et m'man s'en vient avec du linge propre.

Peu après, la jeune fille alla s'enfermer dans la remise voisine en compagnie de sa sœur et de sa mère. Elle n'en sortit qu'une quinzaine de minutes plus tard.

— Mets ta robe et ton jupon à tremper et laisse ça dehors, lui ordonna sa mère avant de rentrer.

Le soleil se couchait déjà et une petite brise de l'ouest venait de se lever. Assis sur la galerie, Baptiste et ses deux fils fumaient la pipe avant d'aller se mettre au lit. Xavier ne disait rien, mais il attendait avec impatience que son père lui déclare qu'il pourrait se passer de ses services le lendemain. Maintenant que le pont était presque achevé, il avait enfin la possibilité d'entreprendre le défrichage de sa terre. Mais rien ne venait. Impatient, il finit par aborder lui-même le sujet.

— On peut dire que le pont est ouvert à cette heure, dit-il sans trop s'avancer.

— Ouais, on va pouvoir enlever le bac et les enfants pourront traverser à pied sans danger pour aller à l'école, poursuivit Donat après avoir pris soin de recourir au crachoir en cuivre placé entre lui et son père.

— Même les voitures peuvent passer, ajouta le jeune homme.

Son père feignit de ne pas saisir l'allusion et Xavier dut lui demander :

— Qu'est-ce qu'on fait demain, p'pa ?

— Ben, il y a pas apparence de pluie. Je crois ben qu'on va finir l'épierrage.

— Pensez-vous que je vais pouvoir commencer à travailler sur ma terre après ça ?

— Je croirais qu'on pourrait y arriver sans toi pour les labours. Qu'est-ce que t'en penses, Donat ?

— À deux, on va être capables de passer à travers.

Rassuré, Xavier se tut. Dès le surlendemain, il allait enfin pouvoir travailler sur son bien.

Quelques minutes plus tard, Marie et ses deux filles vinrent rejoindre les hommes sur la galerie. L'air songeur de Camille attira alors l'attention de sa mère.

— Qu'est-ce que t'as à être dans la lune? lui demanda Marie, intriguée.

— Je pensais aux petits Connolly.

— Qu'est-ce qu'ils ont?

— Je trouve qu'ils font pitié, avoua la célibataire. Ça a presque pas d'allure que tout l'entretien de la maisonnée dépende d'une petite fille qui a juste la peau sur les os.

— C'est certain que ça doit pas être facile, reconnut sa mère.

— C'est peut-être juste pour un petit bout de temps, fit remarquer Baptiste qui avait écouté ce que les deux femmes disaient. Connolly va ben finir par trouver quelqu'un pour venir s'occuper de ses enfants et de la maison.

— Mais en attendant, p'pa, ces enfants-là me donnent pas l'impression de manger correctement. Vous avez vu comme moi comment ils sont maigres.

— Mets-toi pas à l'envers avec ça, lui conseilla sa mère. Tu sais ben que leur père les laissera pas mourir de faim.

Le silence retomba sur la galerie et chacun sembla replonger dans ses pensées.

Chapitre 8

Un départ

Le lendemain soir, au retour de la récitation du chapelet, Xavier s'empressa de transporter sur la galerie ses effets personnels pour bien faire comprendre à son père qu'il entendait aller sur sa terre sans tarder davantage.

— Tu t'imagines partir combien de temps ? lui demanda sa mère, surprise de le voir apporter tant de choses.

— Toute la semaine, m'man.

— Comment ça ? demanda Marie en se tournant vers son mari qui venait de prendre place dans sa chaise berçante, sur la galerie.

— Voyons, m'man, protesta le jeune homme. Je peux tout de même pas revenir coucher à la maison tous les soirs. Si je fais ça, je vais passer mon temps sur le chemin. En plus, je peux pas garder le cheval et la voiture tout le temps. P'pa et Donat en auront besoin pour les labours.

— Je trouve que c'est une idée de fou de rester là-bas, à manger de la misère pour rien quand t'as un bon lit qui t'attend ici dedans, répliqua sa mère.

— Je vais revenir le samedi soir, m'man.

— Et où vas-tu dormir ?

— Tant que j'aurai pas construit ma cabane, je vais me faire une tente avec la vieille toile goudronnée qui est au fond de la remise. Je vais être ben correct avec ça.

— Tu pourrais au moins revenir coucher tant que ta cabane est pas construite, lui suggéra Marie.

— Je peux pas, m'man, je sais pas quand le vieux Lauzière va passer pour me dire où je peux creuser mon puits.

— Arrête donc de t'inquiéter pour rien, intervint Baptiste en s'adressant à sa femme. Un peu de misère le fera pas mourir.

Le cultivateur comprenait trop bien l'impatience de son fils. Il avait vécu la même excitation trois décennies plus tôt. Il se revoyait au même âge rêvant de s'installer seul sur son lot, habité par la hâte de défricher le plus rapidement possible et, surtout, d'être son seul maître.

— Demain matin, on te préparera une boîte de manger, dit Marie, résignée, à son fils. À moins que t'aies décidé de vivre de ce que tu vas pêcher dans la rivière.

— J'aurai pas le temps de m'amuser à ça, tint à préciser son fils cadet, heureux de constater que son père l'approuvait.

Le lendemain matin, Baptiste annonça que Donat et lui allaient accompagner Xavier sur sa terre pour l'aider à transporter le matériel dont il avait besoin et lui donner un coup de main pour s'installer.

Marie leur prépara un casse-croûte pour la journée en grommelant. La veille, elle avait annoncé aux siens son intention de se lancer dans le grand barda du printemps.

— Il est temps de se décrotter un peu, avait-elle déclaré. On va vider le tuyau du poêle, laver les plafonds, les murs, les fenêtres et changer les paillasses.

Personne n'avait soufflé mot, sauf Xavier qui avait suggéré, pour plaisanter :

— Pourquoi vous attendez pas samedi, m'man ? Vous auriez l'aide de Bedette.

Sa jeune sœur lui avait lancé un regard assassin, mais n'avait pas osé ouvrir la bouche de peur de subir les foudres de sa mère.

— Inquiète-toi pas, lui avait répondu Marie, on va lui garder de l'ouvrage pour quand elle reviendra de l'école.

Pour sa part, Eugénie avait arboré un air malheureux en apprenant la nouvelle. Elle allait devoir contribuer au grand nettoyage, ce qui était loin de l'enchanter. Elle avait regardé Donat du coin de l'œil, mais il n'avait pas dit un mot.

— C'est bien beau, cette affaire-là, mais si vous disparaissez tous pour la journée, qui est-ce qui va nous donner un coup de main pour nettoyer la maison ? demanda la maîtresse des lieux aux trois hommes encore assis à table, à la fin du déjeuner. Si les plafonds et les murs sont si sales, c'est en grande partie à cause de vos pipes. Le moins que vous puissiez faire, c'est d'aider, il me semble.

— T'as juste à attendre qu'on soit là, finit par lui répondre son mari sur un ton désinvolte. On peut quand même pas laisser Xavier tout transporter seul.

La maîtresse de maison eut une moue qui en disait long sur ce qu'elle pensait de cette excuse.

— En tout cas, vous pouvez être sûrs que vous vous sauverez pas du nettoyage des tuyaux du poêle avant de partir, déclara-t-elle sur un ton sans appel. J'ai laissé exprès le poêle en train de s'éteindre.

— On va aller charger, m'man, et on va venir s'en occuper avant de partir, lui promit un Xavier d'excellente humeur, malgré son impatience de partir.

Baptiste et ses deux fils quittèrent la maison et entreprirent de déposer dans la charrette à foin des madriers, des planches, du papier goudronné, un long câble, une vieille toile goudronnée, une barrique de clous, deux vieilles fenêtres, des paquets de bardeaux de cèdre, un vieux fanal et divers outils en plus d'une hache et d'un godendard.

— Tu peux apporter la vieille truie qui est au fond du poulailler, déclara Baptiste à son fils cadet. Cette fournaise-là est encore ben bonne.

Xavier alla chercher la petite fournaise ronde et quelques tuyaux pendant que Donat déposait sur la voiture plusieurs brassées de bûches.

Quand le chargement fut terminé, Donat attela le Blond à la voiture et vint immobiliser l'attelage près de la galerie sur laquelle Camille et sa mère avaient déposé une paillasse, des oreillers, des couvertures, une boîte de vaisselle et d'ustensiles en étain et une grande boîte de nourriture.

— Oublie pas de t'apporter une ou deux chaudières, rappela Camille en tendant à son jeune frère quelques serviettes et deux pains de savon du pays. Ces savons-là, c'est pour te laver de temps en temps, prit-elle soin d'ajouter, pince-sans-rire. Si tu le fais pas, tu vas sentir aussi mauvais que Bedette quand elle a été arrosée par la mouffette.

— Si vous avez tout ce qu'il vous faut, les interpella Marie, debout derrière la porte moustiquaire, je vous attends pour les tuyaux.

Les trois hommes entrèrent dans la cuisine et entreprirent de défaire les tuyaux qui reliaient le poêle à la cheminée.

— Mettez-moi pas de la suie partout, les mit en garde Camille en surveillant la manœuvre.

Personne ne lui répondit. On transporta les tuyaux à l'arrière de la maison et on les débarrassa de la suie accumulée à l'intérieur depuis le début de l'automne précédent, puis on les rentra dans la maison pour les réinstaller.

Au moment de partir, Xavier tint à embrasser sa mère et à saluer sa sœur et sa belle-sœur.

— Fais attention à toi, lui recommanda Marie. Je t'attends samedi soir pour souper.

— Craignez rien, m'man, je vais être là, lui promit le jeune homme.

Marie sortit sur la galerie en compagnie de Camille et d'Eugénie. Même si elle savait que son fils ne serait qu'à environ trois milles de la maison, la mère de famille était émue. Xavier ne serait plus qu'un visiteur à la maison quand il viendrait. La plus grande partie de son temps allait être dorénavant consacrée à sa terre qu'il allait entreprendre de défricher le jour même. Bien sûr, il allait revenir chaque samedi soir coucher à la maison et accompagner les siens à la messe le lendemain matin, mais ce ne serait plus pareil.

Elle regarda ses deux fils et son mari monter sur la charrette.

— Faites attention en passant sur le pont, prit-elle soin de leur dire. Oubliez pas qu'il y a rien sur les côtés pour vous garantir.

La charrette s'ébranla lentement et quitta la cour de la ferme. Les trois femmes demeurèrent immobiles à la regarder s'éloigner jusqu'à ce qu'elle disparaisse au loin.

— Bon, c'est bien beau tout ça, mais on a de l'ouvrage qui nous attend, déclara Marie en se secouant. Je vais aller mettre mon pain au four pendant que vous commencez le ménage des chambres en haut, ajouta-t-elle à l'intention des deux jeunes femmes debout à ses côtés.

❦

Lorsqu'il arriva à l'entrée du pont, il n'y avait encore aucun bénévole au travail et Baptiste se rendit compte que la charrette avait pratiquement la largeur du tablier. Il ne restait que quelques pouces de chaque côté des roues. Au moindre écart du cheval, l'attelage risquait d'être précipité dans le vide.

— Débarquez, ordonna-t-il à ses fils, prenez le Blond par le mors et avancez lentement. On aurait l'air fins en baga-tême si on se ramassait à l'eau. Il est temps en maudit que les garde-fous soient posés.

La charrette traversa le pont sans encombre et aborda la côte abrupte qui conduisait au rang Sainte-Ursule. Le Blond peina à hisser sa lourde charge au sommet, et cela, même si Donat et Xavier avaient encore quitté la charrette au bas de la pente pour marcher à côté.

— On aurait dû l'atteler en *span* avec la Noire, leur déclara Baptiste en constatant les efforts de la bête.

Ses fils ne dirent rien. Parvenus en haut, ils se contentèrent de reprendre place sur la charge. L'attelage longea au pas les fermes de Delphis Moreau, Patrick Quinn et Thomas Hyland. En passant devant celle de Samuel Ellis, Baptiste aperçut l'Irlandais en train, apparemment, de réparer la porte avant de sa maison. Ce dernier se tourna vers la route en entendant le bruit des roues de la charrette. Reconnaissant les voyageurs, il se releva.

— Pas de nouvelles de Trois-Rivières? cria-t-il en s'essuyant le front avec la manche de son épaisse chemise grise.

— Pas encore, se contenta de répondre son voisin en ne faisant pas mine d'immobiliser son cheval.

— J'espère que monseigneur va se brancher avant l'hiver prochain.

— Moi aussi, fit Baptiste en le saluant de la main tout en poursuivant son chemin. Maudit fatigant! ajouta-t-il à mi-voix à l'intention de ses fils. Toujours à fourrer son nez partout. Si jamais je reçois des nouvelles de monseigneur, vous pouvez être certains qu'il va être le dernier à le savoir.

— Voyons, p'pa! fit Donat. Ellis s'est débattu autant que vous pour qu'on ait une chapelle.

— Laisse-moi tranquille, toi, lui commanda son père, renfrogné. J'avais pas besoin de lui pantoute dans cette affaire-là. Là, tu peux être certain qu'il va faire des pieds et des mains pour que la chapelle soit dans Sainte-Ursule. Ça me surprendrait même pas qu'il essaie d'aller voir monseigneur à Trois-Rivières pour offrir un terrain gratuitement. Il est assez croche pour ça, le maudit!

— Qu'est-ce que vous pouvez faire contre ça? lui demanda Xavier.

— La seule chose que je pouvais faire, je l'ai faite, répondit son père. J'ai parlé au facteur. Je lui ai demandé de venir m'avertir s'il s'apercevait qu'Ellis sortait de la paroisse pour aller prendre le train à Mitchell.

— Vous êtes sûr que le père Meilleur va faire ça? fit Donat, sceptique.

— Pour une bouteille de bagosse, il ferait même un mille sur les genoux, affirma Baptiste, sérieux.

Le Blond semblait apprécier la route étroite qui s'ouvrait devant lui après les fermes de Jim Quinn et d'Alcide Proulx. Il accéléra légèrement à la sortie du long virage qui épousait un méandre de la rivière. Les Beauchemin passèrent devant la petite maison blanche de Renaud Millette, longèrent ses terres avant de voir apparaître la dernière maison du rang Sainte-Ursule, celle des Benoît. Ces derniers allaient devenir les voisins de Xavier quand il aurait défriché suffisamment pour s'établir.

La maison et les bâtiments des Millette et des Benoît étaient construits du côté droit de la route. Les deux fermiers avaient défriché depuis longtemps un grand champ qui les séparait de la rivière, de l'autre côté du chemin, et qui descendait en pente douce vers la rive. À l'arrière des bâtiments, il y avait d'autres champs, mais beaucoup moins vastes.

— Il y a un trou du côté gauche du chemin, p'pa, prévint Xavier en descendant de la voiture encore en marche dès qu'il arriva devant les deux lots qui lui appartenaient. Je l'ai repéré l'automne passé quand je suis venu voir.

Baptiste attendit que son jeune fils vienne saisir le Blond par le mors et le conduise prudemment dans une étroite trouée au milieu des arbres. L'espace dégagé était situé à gauche, du côté de la rivière, à une faible distance de la route. Il n'était pas bien grand, mais il suffirait pour y empiler tout le chargement transporté.

La bête fut entravée et les trois hommes firent une rapide inspection des lieux.

— On va d'abord aller vérifier si les bornes sont ben en place, décréta Baptiste. Ce serait ben sacrant si tu te mettais à bûcher sur une terre qui est pas à toi, ajouta-t-il pour se moquer de son fils.

Les trois hommes marchèrent sur la route et entreprirent de faire le tour du terrain. Il n'y eut pas de surprise, les lots avaient été bien bornés.

— Je pense que quand va venir le temps de construire ma maison, je la bâtirai pas du même côté de la route que le voisin, annonça Xavier.

— Énerve-toi pas trop vite, lui conseilla son père. Ça va dépendre où le père Lauzière va trouver de l'eau sur ta terre. Je suppose que tu seras pas assez fou pour aller construire loin de ton puits, non?

— C'est sûr.

— Si j'ai un conseil à te donner, ajouta Donat, j'attendrais aussi de savoir où il y a de l'eau pour construire ma cabane. Ça peut être embêtant en batèche d'avoir à courir loin quand on en a besoin.

Les trois hommes revinrent à la charrette et commencèrent à la décharger. Ensuite, ils s'activèrent à construire un abri sommaire avec la toile goudronnée sur le bord de la rivière, sous les hautes branches d'un vieux chêne. Avant le dîner, ils eurent le temps de transporter les outils et les effets personnels de Xavier sous cette tente improvisée.

— T'es chanceux que ta terre descende doucement jusqu'au bord de la rivière, fit remarquer Donat à son jeune frère. Tu perdras pas de terrain chaque printemps comme ceux qui restent en haut de la côte. L'eau va peut-être monter un peu dans ton champ au printemps, mais ça va juste rendre ta terre meilleure.

— Rappelle-toi d'une chose, fit Baptiste. Quand tu te mettras à bûcher, garde tes meilleurs arbres pour les faire débiter en planches et en madriers au moulin de Hyland. Mets aussi de côté tes cèdres. J'ai remarqué que t'en as pas mal. C'est ben utile pour les bardeaux. Pour le reste...

— De toute façon, je suppose que tu vas d'abord creuser ton puits, poursuivit Donat. Tu nous feras savoir si t'as besoin d'aide. Rémi a dit qu'il viendrait te donner un coup de main, lui aussi.

Après le dîner avalé rapidement, assis sur la charrette, le père et ses deux fils entreprirent d'abattre quelques arbres pour dégager un espace devant l'abri temporaire de Xavier. À la fin de l'après-midi, Baptiste annonça qu'il était temps de rentrer pour soigner les animaux et Xavier remercia son père et son frère.

— Pour moi, vous auriez trouvé ça pas mal moins fatigant de rester pour aider à faire le ménage à la maison, plaisanta-t-il tandis qu'ils montaient dans la charrette.

— Laisse faire, répliqua son frère. Trois *boss* sur le dos toute une journée, ça aurait pas été reposant pantoute. À part ça, la maison, c'est l'affaire des femmes.

— Elles sont trois dans la maison, fit son père. Elles sont capables de se débrouiller avec le ménage. La semaine prochaine, tu pourras revenir avec le Blond et la vieille *waggine* qui est dans la grange. On n'aura plus besoin du cheval pour un bout de temps après avoir labouré.

Une fois son père et son frère partis, Xavier éprouva un immense sentiment de fierté en regardant autour de lui. Tout ça était à lui. Ce fut un moment de pur plaisir. Il était enfin chez lui et libre de faire ce qu'il voulait quand il le voulait et comme il le voulait. Personne pour lui donner des ordres !

Il aurait pu décider de s'asseoir devant son abri pour goûter la joie qu'il éprouvait, mais il préféra reprendre sa hache et poursuivre la tâche entreprise quelques heures plus tôt.

L'heure du souper était presque arrivée quand un bruit de branche cassée le fit sursauter. Il tourna la tête dans cette direction et découvrit Anthime Lauzière qui s'avançait vers lui. Le petit homme chauve portait à la main une branche fourchue de coudrier.

— Baptême, mon garçon! le héla le vieil homme, une chance que je t'ai entendu bûcher sinon je t'aurais jamais trouvé.

— Je viens juste d'arriver, monsieur Lauzière, s'excusa Xavier.

— Bon, je comprends ça. Je pensais venir te voir seulement à la fin de la semaine, mais il s'est adonné que je suis arrêté une minute chez ton père et ta mère m'a dit que t'étais déjà rendu sur ton lot. Où est-ce que tu veux que je te cherche de l'eau?

— J'aimerais ben que ce soit de ce côté-ci du chemin, répondit le jeune homme en déposant sa hache contre un arbre pour s'avancer vers son visiteur.

— Il y a pas grand-chance que j'en trouve là, fit le sourcier. Si je me fie aux veines d'eau trouvées chez les Benoît, à côté, s'il y a de l'eau, ça va être de l'autre bord du chemin. Mais je peux toujours essayer, ajouta-t-il aimablement sans avoir l'air de trop y croire. Prends tout de même ta hache et quelques bouts de bois au cas où je trouverais quelque chose.

Ils remontèrent vers la route sur une distance de plus de trois cents pieds en empruntant le semblant de sentier tracé par les allées et venues des Beauchemin depuis le début de l'avant-midi. Parvenu au bord du chemin, Anthime Lauzière tint sa branche de coudrier à l'horizontale devant lui et se mit à arpenter le boisé de long en large durant de longues minutes avant de renoncer et de revenir vers Xavier.

— C'est ben ce que je pensais, il y a pas de veine d'eau de ce côté-ci de la route. On va être obligés de traverser de l'autre côté.

Comme il était évident que le jeune propriétaire ne serait pas satisfait d'avoir un puits trop près de l'étroit chemin de terre qui longeait son lot, l'homme s'enfonça dans le boisé sur une distance d'environ une centaine de pieds avant de reprendre son manège avec sa branche.

Quelques minutes plus tard, la branche sembla plier et le sourcier s'immobilisa.

— Ici, sous mes pieds, ça m'a l'air pas mal, annonça-t-il à Xavier en tapant du pied.

Le jeune homme s'empressa de planter un bout de bois à l'endroit indiqué.

Lauzière repartit et arpenta les deux lots, au sud de la route, durant encore un bon moment. En quatre occasions, il indiqua des endroits où la veine d'eau semblait importante.

— Bon, je pense que ça devrait faire l'affaire, déclara-t-il à Xavier. À ce que je vois, t'es pas près de manquer d'eau demain matin.

— Je suis ben content, fit Xavier.

— Là, t'as le choix de la place, tint à préciser l'homme en regagnant la route à ses côtés. Si j'étais toi, je creuserais mon puits à la première place que je t'ai montrée. Ça m'a l'air d'être la veine la plus importante et c'est juste à la bonne distance de la route. Si j'ai un conseil à te donner, quand tu te construiras, mets-toi pas trop loin du chemin. Pense à l'hiver et à tout ce que tu vas avoir à déneiger. Si tu t'organises pour que ton puits soit au milieu de ta cour, ça va être parfait. T'auras pas trop loin pour te fournir en eau, autant à la maison qu'aux bâtiments. Oublie pas que les animaux boivent, eux autres aussi.

Xavier remercia l'homme et lui promit de passer le payer la fin de semaine suivante.

— Il y a pas de presse, lui dit le sourcier en montant dans son boghei qui était demeuré sur le bord du chemin.

Ce soir-là, le jeune homme aménagea tant bien que mal l'intérieur de sa tente à la lueur du fanal. Avant de s'endormir, il décida de se mettre à creuser son puits, de l'autre côté de la route, dès le lendemain matin. Il voulait consacrer ses matinées à cette tâche et réserver les après-midi à dégager un espace suffisant à la construction de la cabane qui allait l'abriter jusqu'à ce qu'il ait bâti sa maison dans un an ou deux.

Au matin, après un repas plutôt frugal, il entreprit de creuser son puits en espérant que le sourcier ne se soit pas trompé. Ce jour-là et le suivant, il éprouva une intense satisfaction à creuser durant l'avant-midi et à abattre des arbres le reste de la journée. Déjà, après trois jours d'abattage, l'éclaircie au bord de la rivière était bien réelle, même si elle n'était pas encore visible de la route.

Le vendredi matin, il était occupé à creuser, debout au fond d'un trou de plus de huit pieds de profondeur, quand il entendit des voix. Le jeune homme s'empressa de monter à l'échelle rudimentaire qu'il s'était fabriquée pour identifier ses visiteurs. Il découvrit sans trop de surprise son beau-frère Rémi et son frère Donat qui venaient dans sa direction.

— Tiens! On vient de faire sortir une taupe de son trou, plaisanta le mari d'Emma en l'apercevant.

— Dis-moi pas que je vais avoir de l'aide à matin! se réjouit Xavier.

— À ce que je vois, t'as pas niaisé, fit Donat en voyant l'amoncellement de terre autour du trou. Je te pensais pas si avancé dans ton ouvrage.

— J'ai pas perdu de temps, mais c'est pas facile tout seul, avoua son jeune frère en lui montrant la potence installée au-dessus du trou. Il avait enroulé un câble qui lui servait à tirer les seaux pleins de terre hors de l'excavation, mais il devait utiliser l'échelle pour aller verser cette terre plus loin.

— Pas encore de signe d'eau? lui demanda Rémi Lafond.

— Pas encore, mais je viens de traverser une couche de sable.

— Si c'est vrai, tu dois déjà approcher. On va ben voir s'il y a pas moyen d'en trouver aujourd'hui.

Alors commença une journée des plus éreintantes, même si les trois hommes se relayaient à tour de rôle au fond du futur puits. Pendant que l'un piochait et versait la terre dans le seau, un autre remontait le seau à la surface et le troisième s'en emparait pour aller le vider quelques pieds plus loin. À midi, Donat déposa sur la table improvisée de son frère deux gros pains, des cretons et des pommes tirées du caveau sous la maison du rang Saint-Jean.

— M'man voulait pas qu'on mange tes provisions, dit-il à son jeune frère.

On se reposa bien peu après le repas tant on était décidé à trouver de l'eau le jour même. La chance sourit aux travailleurs peu avant trois heures quand l'eau se mit à sourdre sous les pieds de Donat en train de piocher au fond du trou qui atteignait bien une vingtaine de pieds.

— Ça y est! cria-t-il aux deux autres. On l'a!

Il creusa encore quelques minutes et ne se décida à quitter le puits que lorsqu'il eut de l'eau à la hauteur des mollets.

— Torrieu! Il est temps que je sorte de là, dit-il à son frère. L'eau monte vite. Je sais pas si elle est bonne, cette eau-là, mais je peux te dire qu'elle est frette. Pour moi, Lauzière a pas ri de toi, mon petit frère. C'est tout un puits que tu vas avoir là.

Durant les deux heures suivantes, on amassa des pierres pour en ceinturer le puits. Quand le tout atteignit près de trois pieds de hauteur, on installa la poterne construite par Xavier au-dessus et on attacha le seau au câble.

Avant de quitter les lieux, les visiteurs tinrent à boire l'eau du nouveau puits. Ils la déclarèrent bonne et froide.

— M'man m'a chargé de te rappeler qu'elle t'attend demain soir, dit Donat en montant dans son boghei. Je vais venir te chercher avant le souper de manière à pas prendre le risque de te faire manquer le chapelet, ajouta-t-il pour plaisanter.

Xavier remercia son frère et son beau-frère puis regagna le bord de la rivière pour préparer son repas du soir. Grâce à l'aide qu'il venait de recevoir, il allait pouvoir entreprendre dès le lendemain la construction de sa cabane. Durant de longues minutes, il se demanda, tout en mangeant, s'il ne devrait pas bâtir près du puits plutôt que près de la rivière. Finalement, le fait qu'il avait dégagé un espace sur le bord de la rivière et que ses outils étaient déjà sur place le décida à opter pour l'endroit où il se trouvait.

À son lever, le lendemain matin, le ciel était gris et un petit vent annonciateur de pluie ridait les eaux de la rivière qui coulait à ses pieds. Tout en remettant un peu d'ordre dans son abri, il se rappela qu'il allait revenir le dimanche avec le Blond et la vieille voiture. Par conséquent, il lui fallait préparer un enclos au cheval et une éclaircie, sur le bord de la route, pour sa voiture. Il consacra la plus grande partie de sa journée à ces deux tâches. Il acheva son travail sous la pluie, à la fin de l'après-midi.

À sa grande surprise, ce fut son père qui vint le chercher un peu avant l'heure du souper.

— C'est pas ben intelligent de travailler dehors quand il mouille, lui fit-il remarquer en le voyant trempé.

— Je voulais dégager un espace pour la vieille voiture, p'pa.

L'averse cessa alors et Baptiste ne consentit pas à quitter les lieux avant d'être allé examiner le puits et tout le travail abattu par son fils durant la semaine.

— C'est pas mal, reconnut-il en cachant mal sa satisfaction. À ce que je vois, t'es presque prêt à bâtir ta cabane.

— Je veux commencer la semaine prochaine, si j'ai une chance, p'pa, mais il y a pas de presse. Il fait beau et la tente va me suffire encore pour un bon bout de temps.

— Si j'ai un conseil à te donner, bâtis-la le plus loin possible de la rivière, reprit son père en montant dans le boghei en sa compagnie. Oublie pas qu'elle va te servir un bon bout de temps et que l'eau va monter au printemps. Ce serait trop bête de la voir partir avec les glaces comme le pont du gros Tancrède.

Xavier se contenta de hocher la tête. Il avait bien l'intention de construire au fond de l'espace dégagé. En passant devant la maison de son voisin, il aperçut Catherine Benoît qui revenait de l'étable.

Il ne connaissait pratiquement pas la jeune fille de dix-neuf ans. Il se rappelait vaguement qu'elle était châtain clair et avait des yeux bruns. Il l'avait peut-être vue à trois ou quatre reprises au magasin général, toujours en compagnie de sa mère. Si sa mémoire était bonne, elle n'avait fréquenté l'école au bas de la côte qu'un an ou deux avant d'aller vivre chez une tante à Saint-Grégoire. Il ne l'avait revue que l'année précédente. La jeune fille ne tourna même pas la tête en entendant passer la voiture sur la route. Il aurait bien aimé mieux voir son visage pour constater s'il était si différent de ceux des autres filles de la région. S'il se fiait à ce qu'il avait entendu, c'était une fille perdue, une putain, avait dit Angèle Cloutier à sa mère en affichant un air scandalisé.

Un peu plus tard, en passant sur le pont, le jeune homme remarqua que les garde-fous avaient enfin été posés et que le bac avait disparu.

— Monsieur Bélanger se plaint pas trop de plus avoir son pont? demanda-t-il à son père.

— Le gros Tancrède changera jamais, répondit Baptiste. Il est venu au monde pour se lamenter. Il va le faire jusqu'à son dernier souffle. On va le laisser râler tout son saoul. Il va finir par s'essouffler. En attendant, il en démord pas. On a bâti le pont sur ses piliers et il veut être dédommagé.

À l'arrivée de la voiture à la maison, Marie sortit sur la galerie et prit les choses en main avant même qu'il soit descendu du boghei.

— Tu dois sentir le putois après une semaine dans le bois, lui dit-elle alors qu'il s'emparait de son paquetage pour le déposer sur la galerie. Tu vas aller te décrotter dans ta chambre et descendre tout ton linge sale. Camille va te le laver pendant qu'on finit de préparer le souper.

— Je vais d'abord aller dételer.

— Laisse faire, offrit son père, je m'en occupe.

La pluie s'était remise à tomber doucement et Xavier songea en montant à l'étage qu'il aurait peut-être la chance d'échapper à la récitation du chapelet à la croix du chemin. Lorsqu'il revint dans la cuisine, il remit ses vêtements sales à Camille avant d'aller puiser de l'eau chaude dans le réservoir du poêle pour pouvoir enfin se raser.

— Vas-tu veiller chez Thérèse à soir ? lui demanda Bernadette en train de mettre la table.

— Je pense pas, se contenta-t-il de dire.

— Est-ce que t'aurais peur qu'elle te mette le grappin dessus ? plaisanta sa belle-sœur Eugénie. Il me semble que t'es pas mal moins pressé d'aller voir la belle Thérèse depuis un bout de temps.

— C'est pas ça, se défendit mollement le jeune homme. Je suis fatigué. Je verrai ça demain après-midi. Toi, Bedette, est-ce que tu reçois à soir ?

— Ça se pourrait que Léon vienne faire un tour, répondit l'institutrice sans manifester un grand enthousiasme.

Ce soir-là, Xavier considéra comme une chance de ne pas avoir à aller jusqu'à la croix du chemin à cause de la pluie qui avait redoublé de vigueur après le repas. Ainsi, il n'aurait pas à expliquer à Thérèse Blanchette pourquoi il n'allait pas passer le reste de la soirée en sa compagnie.

Par contre, les Beauchemin, assis sur la galerie, virent arriver Léon Légaré quelques minutes plus tard. Le cou emprisonné dans un col amidonné qui avait l'air de l'étouffer et vêtu de son costume noir du dimanche, le prétendant entrava son cheval devant la remise et s'empressa de monter sur la galerie pour échapper à la pluie. Bernadette se leva pour l'accueillir.

Elle lui laissa le temps de saluer timidement sa famille, puis elle entraîna le garçon d'Onésime Légaré, du rang Saint-Paul, dans le salon, épousseté avec soin le matin même.

— C'est à ton tour de chaperonner, rappela Baptiste à sa femme.

Marie se leva en poussant un soupir d'exaspération. Après une journée passée à égrener et à lessiver du maïs avec Eugénie, Camille et Bernadette, elle aurait bien aimé pouvoir se reposer sur la galerie à prendre le frais, même s'il pleuvait. Camille suivit sa mère à l'intérieur dans l'intention de poursuivre un travail de couture entrepris quelques jours auparavant.

Quand l'obscurité tomba, tous rentrèrent.

— Blasphème, il y a déjà des maringouins, se plaignit Xavier en allumant sa pipe. Sur ma terre, il y en a pas encore, tint-il à préciser.

— Parce que t'étais pas là à soir, lui fit observer son frère. Attends demain quand tu vas y retourner. La pluie d'aujourd'hui les a fait sortir.

— Moi, les maringouins m'achalent pas mal moins que l'état du chemin demain pour aller à la messe, dit leur père en se laissant tomber dans sa chaise berçante.

Il jeta un coup d'œil à l'horloge avant d'ajouter à mi-voix à l'intention de sa femme, en parlant du prétendant de sa fille cadette :

— J'espère qu'il collera pas passé dix heures, lui.

— Moi aussi, je l'espère, rétorqua Marie, un peu exaspérée. Je suis fatiguée et j'ai hâte d'aller me coucher. J'aurais bien aimé travailler plus longtemps dans le jardin aujourd'hui. S'il y avait pas eu cette pluie-là, j'aurais pu y retourner cet après-midi avec les filles.

— En parlant du jardin, m'man, intervint Xavier. Voulez-vous ben me dire pourquoi vous le faites aussi loin de la maison cette année ? Il me semble que la terre doit être aussi bonne là qu'à la place que vous nous avez fait retourner l'automne passé.

— La raison est bien claire, mon garçon, répondit Marie. Ça fait au moins dix ans que ton père me promet une cuisine d'été au bout de la maison et je te garantis que c'est cette année que je vais l'avoir.

— Whow ! Ça fait pas si longtemps que ça, la contredit Baptiste sans grande conviction.

— Dix ans, Baptiste Beauchemin, s'entêta la petite femme, et c'est cet été que je vais l'avoir. Là, les labours sont finis. Je te laisse tout le temps que tu veux pour semer. Mais après, tu me la construis, ma cuisine.

Baptiste regarda ses fils qui se contentèrent de hausser les épaules.

— Tu vas l'avoir cette année, ta maudite cuisine, et on n'en reparlera plus, promit-il.

— Pas cette année, cet été, prit la peine de préciser Marie, l'air résolu.

Quelques minutes plus tard, Léon Légaré prit congé des parents de Bernadette et cette dernière reconduisit son amoureux jusque sur la galerie. La pluie avait enfin cessé. Quand la voiture eut quitté la cour de la ferme, Marie se leva.

— Vous direz votre prière dans votre chambre, décréta-t-elle. Je pense qu'il est trop tard pour dire le chapelet.

Il y eut quelques soupirs de soulagement dans la pièce. Baptiste se leva et alla remonter le mécanisme de l'horloge alors qu'on se souhaitait une bonne nuit avant de monter à l'étage pour dormir.

Chapitre 9

Antonin

Le mois de juin arriva enfin, apportant avec lui les premières grandes chaleurs de l'été. Ce matin-là, toute la campagne embaumait. Aussi loin que pouvait voir l'œil, tout était vert. Au bord de la rivière, les arbres agitaient leur épais feuillage à la moindre brise. De loin en loin, quelques vaches paissaient, apparemment indifférentes aux stridulations des milliers d'insectes que le soleil semblait avoir tirés de leur torpeur.

À la fin de la matinée, Thomas Hyland repoussa un levier. Le large ruban actionné par la roue à aubes s'immobilisa, arrêtant ainsi la lame de la scie. Immédiatement, un silence étrange envahit le moulin.

— On a fini la commande de Boudreau, dit-il à son fils Bert et à Constant Aubé en essuyant la sueur de son visage avec un large mouchoir à carreaux.

Son fils et son employé déposèrent la dernière planche sciée sur la pile entassée derrière eux et secouèrent le bran de scie qui couvrait leur chemise. Hyland tira sa montre de son gousset et la consulta.

— Constant, tu vas aller livrer le bois chez Boudreau et, en revenant, tu t'arrêteras à l'école pour réparer les deux marches de la galerie. Dionne m'a dit qu'elles étaient pourries. On n'attendra pas qu'un enfant se casse une jambe pour les réparer. Apporte-toi un petit madrier, une égoïne et des clous. Ça me surprendrait que la petite Beauchemin ait ce qu'il faut pour réparer ça dans son école.

Les trois hommes chargèrent la voiture et l'employé s'empara des rênes. Après avoir longé le rang Sainte-Ursule sur plusieurs centaines de pieds, il fit descendre lentement la côte à son attelage. La veuve Cloutier arrêta un instant d'étendre son linge pour le regarder passer, mais Constant Aubé, toujours aussi timide, fixa la route sans oser lui adresser le moindre signe de politesse. Au passage devant l'école, il jeta un bref coup d'œil vers le petit bâtiment blanc. Par les fenêtres ouvertes, il entendit une fillette en train de répondre à une question de l'institutrice. Il traversa le pont et poursuivit sa route dans le rang Saint-Jean. Quelques jours plus tôt, il était venu livrer du bois chez les Beauchemin.

Il trouva Conrad Boudreau en train de réparer sa charrue devant son étable. Le cultivateur vint l'aider à décharger les planches. Avant de partir, ce dernier déposa dans la voiture une poche de grains en déclarant que c'était le prix convenu avec le propriétaire du moulin pour scier son bois.

Constant retraversa le pont et vint immobiliser sa voiture près de l'école. Il entrava sa bête, prit ses outils et se dirigea en claudiquant vers le perron. Quelques têtes d'enfants apparurent brièvement aux fenêtres. Il y eut un sec rappel à l'ordre de l'institutrice. Il entendit un «C'est la Bottine, mademoiselle» qui le fit rougir violemment. Sans chercher à regarder vers l'une des fenêtres, il entreprit de retirer les deux marches pourries du balcon avant de mesurer et de scier le madrier apporté du moulin.

À genoux, il allait se mettre à clouer quand il entendit Bernadette Beauchemin déclarer aux enfants qu'ils pouvaient aller dîner. Constant se releva. Lorsque le premier jeune apparut sur le perron, il lui ordonna de passer par le bout du balcon et il resta debout devant l'endroit où il travaillait tant que des enfants sortirent de l'école. Certains prirent la direction de la cour, à l'arrière, pour y manger la collation apportée de la maison. D'autres, demeurant plus près, se dirigèrent vers la route.

Bernadette fut la dernière à sortir, son repas à la main. Comme elle ne pouvait décemment passer devant l'employé de Thomas Hyland sans lui adresser la parole, elle fit un effort pour lui dire :

— C'est fin de venir réparer les marches. Je commençais à avoir peur qu'un enfant se fasse mal.

Elle vit le visage du jeune homme s'empourprer et eut soudain pitié de lui.

— Est-ce que tu penses que ça va te prendre bien du temps à réparer ça ? lui demanda-t-elle, en espérant entendre enfin le timbre de sa voix.

Constant, toujours aussi rouge, se racla la gorge.

— Non, peut-être une demi-heure, finit-il par dire d'une voix un peu rauque.

L'institutrice allongea le cou pour voir si tout se déroulait bien dans la cour. La demi-douzaine d'enfants qui y dînaient étaient sagement assis sur un long banc, à l'ombre d'un vieil érable. Elle décida de demeurer près du balcon d'où elle venait de descendre pour tenter de faire parler Constant Aubé.

— Le seuil de la porte est pas tellement en meilleur état que les deux marches que tu viens d'enlever, lui fit-elle remarquer.

Pour la première fois depuis son arrivée, Constant la regarda franchement et esquissa un sourire timide avant de dire :

— S'il me reste assez de bois, je vais regarder ça.

Bernadette remarqua ses yeux verts lumineux et oublia un instant sa claudication.

— Tu dois te dire que j'ai pas beaucoup d'élèves, reprit-elle alors qu'il se mettait à clouer la première marche. Il m'en manque une dizaine depuis deux semaines, depuis que les semailles sont commencées.

— Est-ce qu'ils font leur école quand même ? lui demanda Constant en cessant un moment de clouer.

— Tiens ! Tu connais ça ?

— C'était comme ça chez nous, dit-il.

— Bien oui, ils font leur école quand même, comme on dit. Ceux qui aident à la maison arrivent une heure avant l'heure normale pour me remettre leurs devoirs et réciter leurs leçons avant de repartir chez eux travailler. C'était comme ça l'année passée et c'est encore comme ça cette année. D'ici à ce que l'école ferme, le 15 juillet, j'ai bien l'impression que j'aurai plus ma classe complète.

Constant hocha la tête et reprit son travail pendant qu'elle s'éloignait vers la cour d'où venait de s'élever un bruit de dispute entre deux élèves. À son retour, Bernadette vit que l'employé de Hyland avait fini de remplacer les marches et qu'il avait entrepris d'arracher le seuil de la porte de l'école.

— Tu penses avoir assez de bois ? s'enquit-elle.

— Oui, il m'en reste juste assez pour réparer le seuil, confirma-t-il en lui adressant son plus beau sourire.

Bernadette le remercia et lui demanda la permission d'entrer chercher des choses à l'intérieur. Il se releva et la laissa passer en lui retenant la porte. La jeune fille revint un instant plus tard les bras chargés de trois livres et d'un grand cahier. En passant devant Constant, elle échappa un des livres. Le jeune homme se précipita pour le ramasser et le lui tendre.

— Il te faudrait un grand sac pour transporter tout ça, lui dit-il sur un ton hésitant, apparemment toujours aussi peu à l'aise en sa présence.

— Ça c'est vrai, répliqua-t-elle avec bonne humeur, avant de retourner vers ses élèves dans la cour alors que Constant se penchait à nouveau vers son travail maintenant presque terminé.

Ce soir-là, après le souper, Baptiste Beauchemin alla chercher quelques paquets de bardeaux chez Hyland et, au retour, il s'arrêta au magasin général devant lequel plusieurs bogheis et voitures étaient immobilisés. Il faisait beau et chaud, et la plupart des clients de Télesphore Dionne étaient debout ou assis, les jambes pendantes sur la galerie.

— Je vous dis que vous avez l'air d'une bande de vaillants, vous autres, dit-il pour asticoter la demi-douzaine d'hommes présents.

— Bon, qu'est-ce que t'as pas encore digéré dans ton souper? répliqua Conrad Boudreau en retirant sa pipe de sa bouche.

— J'espère que tu viens pas nous faire un discours comme quand tu t'es occupé des élections des Bleus en 67? railla Évariste Bourgeois. Dans ce cas-là, moi, j'aime autant te dire tout de suite que je m'en passerais.

— Toi, Évariste, pars-moi pas là-dessus, le mit en garde Baptiste. Inquiète-toi pas, le gouvernement de Macdonald est ben solide et il va faire son mandat jusqu'en 72.

— À moins que les Fenians continuent à faire du trouble, intervint Hormidas Meilleur, qui se vantait d'être toujours le premier informé de tout ce qui se passait.

— C'est quoi cette histoire de Fenians encore? lui demanda Baptiste en se tournant vers lui. On n'en a pas encore fini avec ces maudits Irlandais-là? ajouta-t-il pour narguer Samuel Ellis qui était en train de parler avec Patrick Quinn et Josuah Gunn.

La conversation entre les trois Irlandais s'interrompit. Baptiste savait bien qu'il venait surtout de piquer au vif Samuel Ellis qui ne manquait jamais de proclamer qu'il était plus canadien que bien des Canadiens français de la région. Depuis presque quatre ans, les raids des Fenians au Canada, des Irlandais américains, portaient un grave préjudice aux Irlandais établis dans le pays.

Le cultivateur feignit d'ignorer la réaction d'Ellis pour écouter la réponse du facteur.

— J'ai entendu dire à la gare qu'ils ont encore traversé la frontière dans le coin de la baie Missisquoi. Il paraît qu'ils ont mis le feu à une couple de fermes et qu'ils ont blessé du monde.

— Ça, c'est écœurant ! s'indigna Boudreau.

Ellis, imperturbable, fit discrètement signe à Gunn et Quinn de ne rien dire.

— Puis ? demanda Baptiste en guettant du coin de l'œil son adversaire.

— Il y a quelqu'un qui a dit qu'ils en avaient mangé une maudite, cette fois-là. Le gouvernement a envoyé des soldats. Ils se sont fait coincer.

— Parfait ! exulta Baptiste. Ça leur apprendra. Moi, en tout cas, ça me surprendrait pas pantoute que les Rouges les encouragent à venir semer le trouble chez nous. On sait jamais avec les Grits ce qu'ils préparent comme mauvais coup.

— Voyons donc, Baptiste ! intervint Samuel sur un ton raisonnable. Tu sais ben que les Rouges feraient jamais ça. Nous autres, on est tous contre les Fenians et on veut pas les voir venir faire du trouble chez nous. Ils veulent se venger des Anglais à cause de ce qui se passe en Irlande, mais on n'a rien à voir avec eux autres. Si Macdonald leur avait sacré une volée la première fois qu'ils ont traversé la frontière en 66, ils seraient pas revenus. Mais qu'est-ce que tu veux…

— Aïe, Samuel Ellis ! Viens surtout pas critiquer le gouvernement. T'as vu ce qu'il a fait avec Riel ? Il a été obligé de se sauver aux États-Unis. Et le Manitoba devient cette année une autre province.

— Ouais, ça prouve pas grand-chose, dit l'Irlandais pour le faire rager.

— Le notaire Letendre m'a dit qu'il vient d'acheter des grands territoires dans le Nord à la compagnie de la Baie d'Hudson.

— Et ce gouvernement-là vient de se faire dire d'aller au diable par Terre-Neuve, par exemple, dit Gunn avec un très fort accent.

— Qui va payer pour tout ça? osa demander Quinn qui participait rarement à des échanges en public.

La discussion venait de prendre un virage dangereux. Si Baptiste avait été l'un des organisateurs des conservateurs lors des élections de 1867 dans la paroisse, Ellis avait joué le même rôle pour les libéraux. Dans ce domaine, les deux adversaires étaient irréconciliables. L'Irlandais n'avait jamais accepté que le clergé dénonce les libéraux et menace de priver des sacrements les Canadiens français qui voteraient pour eux. C'était un catholique convaincu, mais il trouvait inexcusable que les prêtres viennent mettre leur nez dans la politique.

— Ah! Si tout s'était passé honnêtement en 67, reprit Samuel Ellis sur un ton qu'il voulait raisonnable, les Rouges seraient peut-être au pouvoir. Je te rappelle qu'on a eu quarante-cinq pour cent des votes…

— Mais juste dix-sept députés élus sur cinquante-six, le coupa Baptiste en passant ses pouces dans ses larges bretelles.

— Parce que, dans bien des paroisses, on a empêché des cultivateurs de voter en bloquant le chemin.

— Ça, c'est ce que les Rouges ont dit pour expliquer leur défaite, répliqua le cultivateur du rang Saint-Jean en haussant le ton. Mais tout le monde sait ben qu'on peut pas faire confiance aux Rouges et c'est pour ça qu'ils sont dans l'opposition et qu'ils vont y rester une mèche de temps.

— Bon, on n'est pas en élection, intervint Télesphore Dionne pour tenter de calmer les esprits. Ce qui est fait est fait. Vous vous engueulerez quand ça reviendra.

Les deux adversaires se regardèrent en chiens de faïence durant un bref instant, puis Baptiste tourna les talons. Il jugea en avoir assez dit et entra dans le magasin général pour y acheter les allumettes qu'il était venu chercher. À sa sortie, il remarqua que Gunn, Ellis et Quinn avaient quitté les lieux. Boudreau semblait l'attendre.

— Baptiste, lui dit son voisin à mi-voix, tu devrais peut-être faire attention quand t'attaques les Irlandais. Oublie pas que t'as besoin d'eux autres si tu veux qu'on ait une paroisse.

— Pas tant que ça, répliqua le cultivateur avec mauvaise foi.

— Calcule, lui conseilla son ami. Ils sont tout de même une quinzaine de familles. S'ils virent de bord et demandent de rester dans leur vieille paroisse juste pour nous embêter, il y a des chances pour que monseigneur veuille pas nous permettre d'avoir notre chapelle.

— Je les ai pas insultés, se justifia un Baptiste tout de même songeur.

— Je suis pas sûr de ça pantoute, dit Boudreau.

Baptiste rentra chez lui en se promettant de ménager Ellis, du moins aussi longtemps qu'il n'aurait pas reçu la réponse de l'évêque.

❧

Le dimanche soir suivant, Xavier Beauchemin revint à son abri passablement satisfait de lui. Il venait de passer un mauvais moment chez les Blanchette, mais tout était maintenant réglé.

Depuis le début du mois de mai, il avait tout fait pour espacer ses visites chez Thérèse le samedi et le dimanche. Il avait utilisé toutes les excuses possibles pour limiter ses fréquentations à une fois par semaine. Depuis que Donat lui avait fait remarquer que les parents de son amie allaient probablement bientôt le forcer à préciser ses intentions, il avait décidé de mettre un terme à tout cela. Il aimait bien

Thérèse Blanchette, mais pas au point de la demander en mariage. De plus, il ne se sentait pas prêt à fonder une famille. Il n'avait pas de maison et il commençait à peine à défricher sa terre.

Bien sûr, l'idéal aurait été de mettre fin à ses visites, mais il se sentait mal à l'aise avec cette solution. Le Beau Brummell de la région avait beau être fort et jouir d'une solide popularité auprès des filles à marier, il n'en restait pas moins qu'il ne voulait pas qu'on lui fasse une réputation de sans-cœur.

Bref, en ce troisième dimanche de juin, le jeune homme avait pensé en avoir assez fait pour ménager la susceptibilité de Thérèse et il avait décidé de prendre le taureau par les cornes.

Il s'était donc présenté après le souper chez les Blanchette. Il avait trouvé Thérèse et ses parents tranquillement assis sur la petite galerie de leur maison en compagnie d'Émilien Beaupré, un voisin. Il avait salué tout le monde et discuté durant quelques minutes du défrichage de sa terre avec le père de la jeune fille avant de suivre cette dernière dans la vieille balançoire en bois installée à une vingtaine de pieds devant la maison.

Xavier savait qu'Imelda Blanchette les surveillait pendant que son mari discutait avec Beaupré, assis à ses côtés. Bien décidé à en finir une fois pour toutes ce soir-là, il ravala péniblement sa salive avant de prendre la parole à mi-voix.

— Thérèse, j'ai ben réfléchi à mon affaire depuis une couple de semaines, lui avait-il dit. Je pense que je te fais perdre ton temps.

— Comment ça ? lui avait demandé la fille d'Anatole Blanchette, tout étonnée par cette entrée en matière.

— Je sais que t'aimerais qu'on se marie cette année ou l'année prochaine mais moi, je suis pas prêt pantoute. J'ai trop d'affaires à faire.

— Qu'est-ce qui te prend tout d'un coup? avait-elle fait si sèchement qu'il avait cru reconnaître dans son timbre de voix celui de sa mère.

— Ce qui me prend, c'est qu'à soir c'est la dernière fois que je viens veiller avec toi. Je suis pas inquiet. Je suis certain qu'il y a ben des gars dans la paroisse qui attendent juste que je m'enlève pour venir prendre ma place.

— Ah bien là! s'était écriée la jeune fille, estomaquée, les yeux dans l'eau.

— Écoute, lui avait-il dit d'une voix légèrement suppliante, j'aurais pu arrêter de venir sans rien t'expliquer, et là tu te serais fait des idées. J'ai aimé mieux venir te dire que c'est pas ta faute si je viens plus. C'est la mienne.

Thérèse avait eu alors un sursaut d'orgueil. Elle s'était levée et était descendue de la balançoire.

— Si c'est comme ça, tu peux bien t'en aller, Xavier Beauchemin, avait-elle déclaré dans un souffle.

Le jeune homme ne s'était pas fait prier. Il était descendu à son tour de la balançoire, avait salué de la tête les Blanchette, toujours assis sur leur galerie, et il était remonté dans sa voiture pendant que la jeune fille était entrée précipitamment dans la maison sous le regard stupéfait de ses parents. Il n'avait pas osé tourner la tête dans la direction des parents de son ex-petite amie en passant près de la maison. Il était sorti de la cour de la ferme du rang Saint-Paul sans demander son reste. Dès qu'il s'était retrouvé sur la route, il n'avait pu retenir un profond soupir de soulagement. C'était terminé. Il était enfin libre.

Quand il était arrivé près du pont, il avait presque eu envie de retourner à la maison pour annoncer la nouvelle à sa famille, mais il avait renoncé à cette idée. Il avait plutôt entrepris de monter la côte et de prendre la direction de sa terre, au bout du rang Sainte-Ursule. Il n'était pas certain que sa mère et son père ne l'auraient pas blâmé pour sa légèreté. Après tout, il avait fait perdre plusieurs mois à une jeune fille en âge de se marier. Comme aurait dit grand-mère Beauchemin : « Si tu vas voir une fille juste pour jeunesser, tu le lui dis, et surtout, tu vas pas la voir plus qu'une fois ou deux de manière à ce qu'elle se fasse pas des idées. »

Il avait occupé le reste du trajet à planifier ce qu'il allait faire le lendemain. À la fin de la semaine précédente, il avait commencé la construction de sa cabane en suivant les conseils paternels, soit pas trop loin du puits, de l'autre côté du chemin. Abandonner son idée de bâtir sur le bord de la rivière lui avait coûté, mais le bon sens lui avait dicté de traverser la route. Il s'était un peu consolé en songeant qu'il aurait moins de déneigement à faire durant l'hiver.

À son arrivée devant ses lots, il n'avait pu s'empêcher d'être submergé par un orgueil légitime. En cinq semaines, il avait abattu beaucoup de travail et on ne pouvait manquer de le remarquer au passage. Maintenant, une étroite trouée était visible de la route jusqu'à la rivière. Elle était encore encombrée de souches, mais les arbres abattus avaient été ébranchés, débités en longueurs de quatorze à seize pieds. D'importantes quantités de branches étaient entassées à l'écart, prêtes à être brûlées à la première occasion.

Il fit avancer prudemment son attelage dans la trouée avant de descendre de voiture. Il détela le Blond et l'enferma dans son enclos de fortune. Il se penchait dans la voiture avec l'intention de prendre les réserves de nourriture déposées là par sa mère pour couvrir ses besoins de la semaine quand il saisit un mouvement sur sa gauche. Il s'immobilisa. S'il s'était agi d'un chevreuil ou d'un renard, le bruit des branches brisées sur son passage l'aurait trahi. Il en déduisit plutôt que c'était un homme et se tint immédiatement prêt à se jeter sur l'intrus.

— Cache-toi pas pour rien, je t'ai vu ! dit-il d'une voix forte. Approche, ordonna-t-il à l'inconnu en faisant face à l'endroit où il avait cru percevoir un mouvement.

Pendant quelques secondes, il ne se produisit rien.

— Est-ce qu'il va falloir que j'aille te chercher ? demanda Xavier, la voix dure.

Alors, un buisson s'écarta pour laisser passer un adolescent âgé d'une quinzaine d'années d'une maigreur assez inquiétante. Ce dernier, vêtu d'une chemise sale et d'un pantalon rapiécé, fit quelques pas dans sa direction, apparemment prêt à détaler au moindre geste menaçant de celui qui l'avait invité à se faire voir.

— Approche, lui répéta Xavier, rassuré. Je te mangerai pas, blasphème !

Le garçon avança, craintif, et s'arrêta près de la voiture.

— Qu'est-ce que tu faisais là ? Cherchais-tu à me voler quelque chose ? lui demanda carrément le jeune propriétaire.

— Non, monsieur. En passant sur la route, j'ai vu la tente et je suis venu voir s'il y aurait pas de l'ouvrage pour moi.

— D'où est-ce que tu sors d'abord ?

— De Baie-du-Febvre, monsieur.

Soudain, Xavier remarqua que l'adolescent jetait des regards affamés sur la boîte de nourriture et comprit qu'il mourait de faim.

— Tiens, prends cette boîte-là et va la porter proche de ma tente pendant que je donne un peu d'avoine à mon cheval.

Quelques instants plus tard, il revint vers son abri. L'intrus avait déposé la boîte sur la table rudimentaire qu'il avait installée devant sa tente.

— As-tu faim ? demanda-t-il à brûle-pourpoint.

— Oui, monsieur.

— Appelle-moi pas monsieur. Je m'appelle Xavier, et toi ?

— Antonin Lemoyne.

— Qu'est-ce que tu fais sur le chemin, à ton âge, Antonin ? fit Xavier en découpant deux larges tranches de pain de ménage qu'il déposa devant son invité avec un morceau de tête fromagée.

Le garçon allait répondre quand il lui ordonna :

— Mange d'abord, tu me répondras après.

L'adolescent se jeta sur la nourriture avec un appétit qui en disait long sur sa faim. Pendant qu'il dévorait, Xavier le laissa pour ranger dans son abri les vêtements et les produits rapportés de la ferme paternelle. Ensuite, il vint s'asseoir en face d'Antonin, lui versa une large mesure de mélasse et lui tendit une autre tranche de pain. Quand ce dernier eut mangé tout son saoul, il chercha à se renseigner.

— Puis, est-ce que tu vas me dire ce que tu faisais sur le chemin, aussi loin de Baie-du-Febvre ? demanda-t-il de nouveau.

— Jusqu'à l'année passée, je restais chez ma tante, mais elle est morte et monsieur le curé a décidé de me placer chez les Lemaire de Baie-du-Febvre.

— Puis ?

— Je me suis sauvé de chez eux la semaine passée, avoua Antonin Lemoyne.

— Pourquoi tu restais pas chez ton père ?

— Mon père, ma mère et mes deux frères sont morts il y a trois ans. Ma tante Angélique m'a gardé.

— Pourquoi t'as lâché les Lemaire ?

— Ils me donnaient presque rien à manger et ils passaient leur temps à me battre, révéla l'adolescent. Je veux plus retourner chez eux.

— Je veux ben le croire, mais t'es ben trop jeune pour faire le quêteux, fit Xavier. T'as quel âge ?

— Quinze ans. Je veux pas être quêteux. Je cherche juste une place où travailler. J'ai arrêté partout depuis que je suis parti, mais personne a voulu m'engager.

— Qu'est-ce que t'es capable de faire ?

— N'importe quoi.

Xavier prit le temps de réfléchir quelques instants avant de prendre une décision.

— Écoute, dit-il à l'adolescent, moi, j'ai pas d'argent pour te payer, mais je manque pas d'ouvrage. Comme tu peux voir, je suis en train de défricher ma terre. Si l'ouvrage dur te fait pas peur, tu peux rester. Je peux toujours m'organiser pour te nourrir et, d'ici une ou deux semaines, on devrait être capables de dormir dans la cabane que j'ai commencé à bâtir de l'autre côté du chemin. Mais si t'aimes mieux continuer à te chercher de l'ouvrage dans une ferme où tout est déjà d'aplomb, je comprendrai.

À ces paroles, les yeux d'Antonin Lemoyne s'étaient illuminés.

— Je suis ton homme, affirma-t-il avec une assurance qui faisait plaisir à voir.

— Si c'est comme ça, viens, l'invita Xavier. J'ai apporté de la paille de chez mon père, on va essayer de t'installer une paillasse dans la tente.

Le lendemain, Xavier se rendit rapidement compte que son «homme engagé», comme il se plaisait déjà à le désigner, était un adolescent débrouillard qu'aucune tâche ne semblait rebuter.

— On va bûcher jusqu'à midi, annonça-t-il à Antonin. Après le dîner, on va commencer à monter les murs de la cabane. À cette heure-là, il va faire plus chaud et ce sera de l'ouvrage moins fatigant que bûcher.

Durant la matinée, Antonin se montra particulièrement efficace dans l'ébranchement des arbres abattus, ce qui soulagea grandement son jeune patron qui détestait ce travail. En après-midi, tous les deux travaillèrent à monter la charpente de la cabane de douze pieds par seize.

Cette semaine-là, le travail avança rapidement, et le vendredi matin, Xavier décida de bêcher une large portion de l'éclaircie dégagée.

— Pourquoi on fait ça ? ne put s'empêcher de lui demander Antonin.

— Parce qu'on va semer de l'avoine, des patates et du
sarrasin entre les souches.

— Est-ce que ça va pousser ? fit son employé, étonné.
D'habitude on sème dans un champ.

— D'après mon père, c'est de la ben bonne terre et il m'a
dit qu'il a fait ça quand il a défriché la terre, chez nous, et
ça a marché. À part ça, on n'a pas le choix si on veut manger
quelque chose cet hiver. Je suis tout de même pas pour
passer mon hiver à aller quêter de quoi manger chez mes
parents.

Xavier avait été bien inspiré. Le lendemain matin, un ciel
gris et menaçant l'accueillit à la sortie de son abri.

— Cette pluie-là, c'est en plein ce qu'il nous faut,
déclara-t-il à Antonin qui venait de le rejoindre. On déjeune
et on sème. Après, on se décrottera et on s'en va chez mon
père.

— Moi aussi ?

— Certain, t'es tout de même pas pour rester là, tout
seul, comme un coton de blé d'Inde.

Xavier avait compté sur une averse durant l'après-midi,
il eut droit à une pluie forte qui n'avait pas l'air de vouloir
cesser, même une heure avant le repas du soir.

— Bon, ben que le diable emporte le décrottage, déclara-
t-il à Antonin. Ça a tout l'air que la pluie va se charger de
nous laver en chemin. Viens-t'en. On attelle et on part.

Tous les deux arrivèrent sous une pluie battante à la
ferme des Beauchemin comme Baptiste sortait de son étable.

— Bagatême ! lança-t-il en voyant son fils immobiliser sa
voiture devant l'écurie. T'aurais dû attendre que ça se calme
avant de prendre le chemin.

— Je pouvais pas, p'pa, j'avais trop faim et j'ai plus rien
à manger, plaisanta à demi son fils cadet.

— Et qui c'est le jeune qui est à côté de toi ? demanda le cultivateur, apparemment insensible à la pluie forte qui continuait à tomber.

— C'est Antonin, mon homme engagé.

— Aïe, vous trois ! Vous trouvez pas que vous pourriez venir vous mettre à l'abri pour placoter comme des vieilles, leur cria Marie, debout sur la galerie.

— On arrive, m'man. Détache le cheval, Antonin, et entre-le dans l'enclos. Après, tu viendras nous rejoindre à la maison, ajouta-t-il en empoignant la poche de vêtements sales qu'il avait apportée.

— D'où est-ce qu'il sort, ce garçon-là ? lui demanda sa mère dès qu'il posa un pied sur la galerie.

Xavier lui expliqua en quelques mots qu'il s'agissait d'un orphelin de quinze ans maltraité par un cultivateur de Baie-du-Febvre et qu'il avait décidé de le garder pour l'aider.

— Il savait pas où aller et il était en train de mourir de faim, conclut-il.

— Tu penses pas que t'aurais pu nous en parler avant, lui reprocha son père. C'est ben beau ton affaire, mais il va falloir le nourrir, ce gars-là, et lui payer des gages. Comment tu vas faire ?

— Je lui ai pas dit que je le paierais, p'pa.

— Bon, c'est ton affaire, reconnut Baptiste de mauvaise grâce. En tout cas, il a l'air solide pour un petit gars de son âge.

Marie regarda Antonin venant sans se presser en direction de la galerie où ils se trouvaient et elle sembla prendre une décision.

— T'as peut-être bien fait de le prendre avec toi, reconnut-elle. C'est une belle charité à faire. Est-ce qu'il est vaillant ?

— Oui, m'man. Il faut que je le calme. Des fois, il veut en faire trop.

— Entrez, le souper est prêt, ordonna la maîtresse de maison dès que l'adolescent lui eut été présenté.

— Et, de grâce, enlevez vos souliers, ordonna Camille qui venait d'apparaître derrière la porte moustiquaire.

— Si ça vous fait rien, je vais me changer avant de manger, annonça Xavier. Je suis mouillé comme une soupe.

— Et toi, est-ce que t'as du linge sec quelque part ? demanda Marie à Antonin qui s'était immobilisé sur la catalogne placée près de la porte.

— Non, madame, répondit l'adolescent intimidé par tous les yeux braqués sur lui.

Camille lui tendit une serviette pour s'essuyer après qu'il eut retiré ses souliers. Ses vêtements mouillés étaient plaqués contre lui et lui donnaient un air misérable.

— Il y a peut-être du vieux linge de Donat qui lui ferait, avança Eugénie en déposant un plat de pommes de terre sur la table.

— On peut toujours regarder, consentit Marie en faisant signe à Antonin de la suivre à l'étage où venait de disparaître Xavier.

Quelques minutes plus tard, Xavier venait à peine de prendre place à table qu'Antonin descendait derrière Marie, vêtu d'un vieux pantalon et d'une chemise qui avaient connu de meilleurs jours. Cependant, le tout était propre.

— Assis-toi à côté de Xavier, lui dit Baptiste.

Antonin obéit et se servit quand on lui tendit les plats.

— Profitez-en, dit Marie aux siens rassemblés autour de la table. Là, c'est vraiment notre dernier morceau de bœuf. À partir de demain, il nous restera juste du lard.

On mangea en silence et ce n'est qu'en finissant de boire son thé que Xavier annonça :

— Si la pluie s'est calmée, je vais peut-être aller faire un tour au magasin général.

— Tu vas pas veiller avec Thérèse ? s'étonna sa mère.

— Non, m'man.

— Est-ce que ça veut dire que tu t'es chicané avec la fille d'Anatole Blanchette?

— Pantoute, dimanche passé, je lui ai dit que j'étais pas prêt à me laisser traîner au pied de l'autel et on a décidé d'arrêter ça là.

Donat ricana, ce qui lui attira un regard courroucé de sa mère.

— Ça fait presque six mois que tu vas veiller chez cette fille-là et tu viens juste de te décider, là, à lui dire que la marier t'intéresse pas? reprit sa mère, l'air sévère. Je suppose que les Blanchette ont dû être de bonne humeur en apprenant ça?

— Je leur ai pas demandé leur avis, déclara tout net le jeune homme. Là, j'ai de l'ouvrage par-dessus la tête avec ma terre et je suis pas prêt à me marier.

— Est-ce que ça veut dire que t'iras plus veiller chez aucune fille de la paroisse? lui demanda Bernadette, curieuse.

— J'ai pas dit ça. Mais ce qui est certain, c'est que je vais arrêter d'aller voir une fille aussitôt que je vais m'apercevoir qu'elle se fait des idées.

— Bon, ça va faire là-dessus, ordonna abruptement Baptiste. Il y a des affaires plus importantes que ça. Lundi matin, on commence à bâtir la cuisine d'été de votre mère.

Marie Beauchemin afficha immédiatement un air de profond contentement. Pour sa part, Xavier réprima difficilement un rictus d'agacement parce qu'il devinait que son père s'attendait à ce qu'il participe à cette corvée, ce qui allait le mettre en retard dans la construction de sa cabane.

❧

La journée de dimanche débuta en affichant un ciel plutôt maussade. Le mauvais état du chemin détrempé par les fortes pluies de la veille et de la nuit précédente rendit le trajet jusqu'à l'église de Sainte-Monique très pénible.

Pour tout arranger, le curé Lanctôt semblait particulièrement de mauvaise humeur lorsqu'il monta en chaire.

Baptiste en comprit vite la raison quand le pasteur de la paroisse parla de ceux qui n'avaient pas hésité à envoyer hypocritement une pétition à l'évêque du diocèse pour amputer sa belle paroisse d'un nombre important de ses ouailles. Le pasteur, rouge de fureur, promit, en frappant rageusement sur le rebord de la chaire, qu'il n'allait pas laisser les choses aller et qu'il défendrait Sainte-Monique contre les agissements de ces gens malfaisants.

Le cultivateur du rang Saint-Jean avait rougi en écoutant ces paroles, mais il n'avait pas bronché, même s'il savait que son frère et sa belle-sœur, assis quelques bancs derrière lui, devaient l'épier. Comme ils étaient au courant de la pétition, ils avaient dû en parler à gauche et à droite, et c'était un miracle que le curé Lanctôt n'en ait pas eu connaissance avant ce dernier dimanche de juin où on allait célébrer la Fête-Dieu avec la traditionnelle procession.

— Bagatême! jura-t-il à sa sortie de l'église, entouré des siens. Voulez-vous ben me dire sur quel pied il s'est levé, lui, à matin?

— En tout cas, p'pa, on dirait qu'il vient juste d'apprendre qu'il y a eu une pétition, lui fit remarquer Donat en allumant sa pipe.

— Cette pétition-là a été envoyée l'automne passé, torrieu! Il me semble qu'il aurait dû en entendre parler ben avant ça.

— Ça a tout l'air que non, monsieur Beauchemin, fit Rémi Lafond en émettant un petit rire moqueur. Je dirais même que notre brave curé Lanctôt a pas l'air de bonne humeur pantoute. Ça me surprendrait même pas qu'il ait envie de manger du Beauchemin à matin.

— C'est pas drôle pantoute, Rémi, le morigéna son beau-père. Il me semble qu'il devrait ben comprendre que c'est pas pour lui ôter une partie de sa paroisse, poursuivit-il. Il a ben dû se rendre compte qu'on peut pas venir à l'église la plupart du temps parce qu'elle est trop loin pour nous autres.

— Il a dit dans son sermon que ça fait deux ans qu'il vient une fois par mois voir si les enfants apprennent bien leur catéchisme à l'école et qu'il en est pas mort pour autant, intervint Bernadette.

— C'est pas la même chose pantoute, et il le sait, rétorqua son père, furieux. Il peut toujours choisir une journée de beau temps pour venir.

— Est-ce qu'on reste quand même pour la procession ? demanda Xavier en caressant le mince espoir que sa famille remonte en voiture et regagne la maison sans participer à la procession.

Marie, entourée de ses trois filles et de sa bru, n'avait encore rien dit. Il était évident que la sortie du curé Lanctôt contre le projet mené par son mari et Samuel Ellis l'avait perturbée. Elle éprouvait tant de respect pour les prêtres qu'elle avait du mal à imaginer qu'ils pouvaient se tromper.

— Il est pas question de partir tout de suite ! trancha-t-elle. On va à la procession. Si monsieur le curé a des choses à nous reprocher, il le fera et on lui dira qu'on n'a pas fait ça pour mal faire.

Xavier se le tint pour dit, ce qui ne l'empêcha pas de jeter un coup d'œil vers Antonin debout près de lui. L'adolescent n'avait pas bronché pour la bonne raison qu'il ignorait tout de cette pétition dont le curé de la paroisse avait parlé en chaire.

Les paroissiens entassés sur le parvis de l'église s'écartèrent peu à peu pour libérer la porte centrale du temple où le curé Lanctôt, revêtu d'une chape dorée et coiffé de sa barrette venait d'apparaître en portant à bout de bras l'ostensoir. Immédiatement, quatre marguilliers déployèrent un dais sous lequel le prêtre prit place, entouré par ses deux vicaires vêtus d'un surplis d'une blancheur immaculée. Un porte-croix suivi d'une demi-douzaine d'enfants de chœur vint se placer en tête de la procession. Les paroissiens se rangèrent tant bien que mal derrière le dais. Dès que le pasteur de la paroisse entonna un premier hymne, la procession se mit lentement en branle en tentant d'éviter les mares laissées par la pluie.

Dans une atmosphère recueillie, les fidèles traversèrent tout le village en priant et en chantant avant d'aller s'immobiliser devant le reposoir fleuri dressé au pied de la croix de chemin, à l'extrémité du village. Là, le curé Lanctôt fit une brève homélie et la procession se reforma et revint sur ses pas jusque devant l'église.

Au moment de rentrer dans le temple, portant toujours l'ostensoir, le prêtre aperçut Baptiste Beauchemin entouré des siens au pied des marches conduisant au parvis. Il s'immobilisa un instant devant le cultivateur pour lui dire sèchement :

— Il va falloir que tu viennes me voir.

— Oui, monsieur le curé, se borna à répondre le quinquagénaire sans manifester la moindre crainte.

Sur le chemin du retour, Baptiste demeura un long moment silencieux, comme plongé dans ses pensées.

— Quand est-ce que tu vas passer voir monsieur le curé ? lui demanda sa femme. Je pensais que t'irais le voir avant de revenir à la maison.

— Ça me surprendrait que ce soit le temps de passer au presbytère aujourd'hui, répondit son mari. Je vais lui laisser le temps de descendre de ses grands chevaux, précisa-t-il. Je vois pas pourquoi je me dépêcherais juste pour le plaisir d'aller me faire engueuler.

— Il t'a juste dit qu'il voulait te voir, fit Marie, l'air sévère.

— C'est ben ça, il m'a vu aujourd'hui. Il me reverra quand j'aurai le temps, répliqua sèchement Baptiste sur un ton sans appel.

❧

Le lundi matin, le soleil était définitivement de retour et s'activait à faire disparaître les flaques d'eau au milieu de la cour de la ferme des Beauchemin. Après le déjeuner et le départ de Bernadette pour l'école, Marie, Camille et Eugénie entreprirent de faire la lessive hebdomadaire pendant que les hommes se mettaient à creuser les fondations de la future cuisine d'été qui allait être accolée à la maison.

— On creuse pas une cave, avait décrété Baptiste. On va se contenter de six trous de quatre pieds de profondeur qu'on va remplir de roches et c'est là-dessus qu'on va asseoir la cuisine.

Comme le sol était plutôt sablonneux, les trous furent creusés et remplis de grosses roches dès la fin de la matinée. Durant l'après-midi, on cloua les larges madriers qui allaient former le carré de cette cuisine de vingt pieds de long par quatorze pieds de large.

— À quatre hommes, ça va pas mal plus vite que je pensais, fit remarquer Baptiste tandis que Xavier et Antonin transportaient déjà les planches épaisses qui allaient constituer le plancher.

La remarque sembla faire plaisir à Antonin. Quand arriva le moment de soigner les animaux, l'adolescent quitta de lui-même le chantier pour aller chercher les vaches en train de paître dans le champ et les diriger vers l'étable.

— Demain, on va être déjà prêts à monter les murs, dit le maître des lieux avec une satisfaction évidente.

— Est-ce que vous allez faire le dehors en pierre comme la maison? demanda Camille.

— Non, ce n'est pas nécessaire, lui répondit son père. On va la laisser en bois, mais on va le chauler. Ça va avoir l'air propre.

— Moi, d'abord que ça va être clair et bien aéré, c'est tout ce que je demande, intervint Marie.

— On va poser une fenêtre dans chacun des trois murs, lui promit son mari. Je les ai commandées chez Dionne en plus d'une porte. Je vais aller chercher ça demain avant-midi.

— On aurait besoin d'une autre porte, p'pa, constata Donat.

— Comment ça ?

— Ben, une porte qui va ouvrir sur la maison.

— Je l'avais oubliée, celle-là, reconnut son père.

Le lendemain, les trois murs de la cuisine d'été étaient montés et on eut le temps de clouer la charpente du toit que Baptiste voulait très pentu pour que la neige ne s'y accumule pas durant l'hiver. L'avant-toit avait la même largeur que celui de la maison.

À la fin de la semaine, Marie avait enfin la cuisine dont elle rêvait depuis près de dix ans. La pièce n'était pas isolée contre le froid, mais elle avait fière allure et sentait bon le bran de scie. Bien éclairée par trois fenêtres à guillotine, elle était dotée d'un solide plancher en pin ainsi que de murs et d'un plafond constitués de planches embouvetées. Les ouvriers avaient même prolongé la galerie jusqu'à l'extrémité de cet ajout important à la maison originale, et cela, pour la plus grande joie de la maîtresse de maison. La veille, Donat et Xavier avaient passé la journée à rôtir sur le toit pour clouer des bardeaux de cèdre.

Durant ces quelques jours de travail, les Beauchemin avaient pu constater qu'Antonin était habile de ses mains. Lorsque le père et ses fils avaient entrepris de clouer les planches des murs et du plafond, l'adolescent s'était proposé pour construire un comptoir et un garde-manger que toutes les femmes de la maison avaient louangés.

— Il va plus me manquer qu'un bon poêle dans cette cuisine-là, déclara Marie, le samedi soir, en servant le souper.

— Pour ça, tu vas attendre l'année prochaine, décréta Baptiste. Là, on a déjà dépensé pas mal pour ta cuisine. En plus, il va falloir acheter de la peinture et je vois pas le jour où on va avoir le temps de peinturer. Si on n'avait pas été retardés pour étendre le fumier ce printemps, on aurait eu une couple de jours pour faire ça. Mais à partir de lundi, il faut qu'on aille drainer le champ de blé et essoucher le bout qu'on a bûché cet hiver.

— Tu peux pas laisser la cuisine comme ça, déclara tout net sa femme, les mains sur les hanches. Il me faut une armoire pour mettre la vaisselle, les ustensiles et les chaudrons. Ça me sert à rien d'avoir une cuisine d'été si je passe mon temps à courir dans la cuisine d'hiver pour avoir mes affaires.

Il y eut un silence lourd dans la cuisine avant que Xavier prenne la parole.

— Écoutez, si quelqu'un vient nous donner un coup de main à monter le toit de ma cabane quand je serai prêt à le faire, je veux ben rester jusqu'à lundi soir avec Antonin pour bâtir une armoire dans la nouvelle cuisine.

Baptiste balança un bref instant avant de signifier son accord.

— De toute façon, on serait allés te donner un coup de main quand même, lui précisa Donat.

— T'es bien fin, Xavier, fit sa mère. Moi aussi, je vais me montrer raisonnable. Je vais attendre encore un peu pour les toilettes sèches au bout de la remise, ajouta-t-elle, sarcastique.

— T'as du front tout le tour de la tête, Marie Camirand! s'emporta Baptiste, furieux. On vient de perdre une semaine pour un de tes caprices et…

— Voyons, p'pa, tout le monde va en profiter de cette cuisine-là, intervint Camille sur un ton apaisant. Nous autres, les femmes, on va même la peinturer.

— Pas dehors, décréta catégoriquement Donat. J'ai pas envie que les senteux colportent partout qu'on laisse les femmes faire de l'ouvrage d'homme chez les Beauchemin.

— T'as raison, reconnut son père. Peinturez en dedans. On chaulera le dehors quand on aura le temps. De toute façon, il y a rien qui presse avec ça. Vous avez ce que vous vouliez, non ?

— C'est vrai que c'est pas mal pratique, admit Marie. On a juste à ouvrir la porte entre les deux cuisines pour entrer dans la maison. Mais elle va rester pas mal plus propre quand on sera plus obligées de faire cuire le manger dans la cuisine d'hiver.

Son mari comprit l'allusion au poêle manquant, mais il se garda bien de le montrer.

Le lendemain, Xavier et son employé travaillèrent toute la journée à construire un placard rudimentaire qu'ils placèrent au-dessus du comptoir. Ils eurent même le temps de fabriquer une table et deux bancs avec des madriers avant leur départ.

Après le souper, Antonin alla atteler le Blond à la voiture et vint aider Xavier à déposer sur le plateau deux boîtes de nourriture préparées par les femmes de la maison.

— Penses-tu installer ton toit cette semaine ? demanda Baptiste à son fils cadet.

— Je penserais pas, p'pa. Il me reste encore les murs à monter.

— Si c'est comme ça, on en reparlera quand tu reviendras samedi prochain.

— C'est correct.

— En passant, le jeune, dit le maître des lieux en s'adressant à Antonin au moment où il montait en voiture, si mon garçon te fait la vie trop dure, t'as juste à venir rester ici dedans avec nous autres. On a de la place pour un homme engagé vaillant comme toi.

— Merci, monsieur Beauchemin, fit l'adolescent, rouge de plaisir.

— Aïe, p'pa ! Essayez pas de me voler mon homme, protesta Xavier dont l'attelage s'ébranlait.

Chapitre 10

Le sac

Trois jours plus tard, après le déjeuner, Bernadette quitta la table rapidement et se précipita vers le petit miroir suspendu près de la porte pour se coiffer de son chapeau. La nouvelle cuisine d'été sentait encore la peinture fraîche, même si on avait laissé les trois fenêtres ouvertes durant toute la nuit.

— Qu'est-ce que t'as à t'énerver comme ça à matin ? lui demanda sa mère. On vient juste de s'asseoir pour manger.

— Je le sais, m'man, fit la jeune fille sur un ton exaspéré, mais il faut que je parte tout de suite. J'ai des enfants qui m'attendent déjà devant la porte de l'école.

— Il est même pas encore sept heures, releva son père en consultant l'horloge qui avait été transportée la veille de la cuisine d'hiver à la cuisine d'été.

— C'est rendu qu'il me reste juste six enfants dans l'école pendant la journée, lui expliqua la jeune institutrice. Tous les autres viennent seulement réciter leurs leçons et chercher leurs devoirs chaque matin. Je vous dis qu'il est temps que l'année finisse, ajouta-t-elle en s'emparant de son cahier de préparation, de son registre et de quelques ardoises laissés sur le comptoir le matin même.

Sur ces paroles, la jeune fille aux yeux pers quitta la maison et prit la direction du pont situé à près d'un mille de chez elle.

— Quelqu'un aurait bien pu atteler à matin pour aller la conduire à l'école, dit Marie. Il fait déjà chaud sans bon sens.

— On peut pas être partout à la fois, rétorqua son mari. Aujourd'hui, on chaule ta cuisine, et après il faut que j'aille mener le bœuf de Boudreau à nos vaches.

— En plus, m'man, moi, j'ai l'étable à nettoyer, tint à préciser Donat.

À son arrivée de l'autre côté du pont, l'institutrice trouva quatre garçons âgés d'une dizaine d'années en train de se chamailler sur le terrain devant l'école.

— Calmez-vous ou vous vous en retournez chez vous tout de suite, leur ordonna-t-elle sèchement en élevant la voix.

— Mademoiselle, ils veulent m'arracher le sac que j'ai trouvé devant la porte, se plaignit Rosaire Proulx, un adolescent de douze ans à l'épaisse tignasse noire.

— Apporte-moi ça, lui dit-elle en tendant la main.

— C'est moi qui l'ai vu le premier, plaida Wilfrid Duval du rang Saint-Paul.

— C'est pas vrai, dirent les trois autres en chœur.

— Bon, ça va faire! fit la jeune fille avec autorité. Donne!

L'écolier lui tendit le sac en cuir de porc de couleur fauve doté de deux poignées et d'un large rabat fermant avec des courroies du même cuir. Il était magnifique.

— Où est-ce qu'il était, ce sac-là? demanda-t-elle.

— Il était après la poignée de la porte, mademoiselle, répondit celui qui venait de le lui tendre. Je pense que c'était pour vous.

— C'est correct, à cette heure, on a assez perdu de temps. Entrez et assoyez-vous à votre pupitre.

Elle monta les marches conduisant à l'étroit perron de l'école et déverrouilla la porte. Elle se dirigea vers les fenêtres et les ouvrit pour aérer la grande pièce avant de s'installer derrière son bureau placé sur une estrade, de biais avec un grand tableau noir.

— Prenez deux minutes pour repasser vos leçons. Après, vous allez venir me les réciter.

Elle profita de ces quelques instants pour examiner le beau sac en cuir souple qu'elle avait déposé devant elle, sur son bureau. Elle l'ouvrit et s'aperçut qu'il était divisé en deux sections. De plus, son fabricant avait même pensé à créer sur le côté un compartiment pratique pour le rangement des crayons et des plumes et même une ganse à l'intérieur pour retenir en place une bouteille d'encre. Elle n'avait jamais rien vu d'aussi beau et d'aussi pratique. Elle le referma et passa doucement une main sur le cuir à grain fin et découvrit avec étonnement que son auteur avait pris soin de graver dans le cuir, sur le rabat, deux « B » entrelacés. « Bernadette Beauchemin », se dit-elle, ravie. Qui peut bien me faire un cadeau comme ça ? Pas Léon, en tout cas. Il aurait été bien trop content de venir me le donner devant toute la famille.

Des bruits de pas à l'extérieur la tirèrent de ses rêveries. D'autres élèves venaient d'arriver et étaient pressés, car ils devaient tous retourner travailler avec leurs parents à la ferme familiale.

— Bon, lequel est arrivé le premier ?

L'un des fils de Delphis Moreau se leva et vint présenter son ardoise à l'institutrice. Elle lut le devoir, corrigea les erreurs du garçon et lui posa quelques questions sur ce qu'il avait à apprendre la veille.

Jusqu'à près de huit heures trente, elle fut occupée par des élèves qui quittaient l'école dès qu'elle avait fini de les interroger et après avoir noté dans leur cahier ce qu'ils avaient à faire pour le lendemain. Ensuite, sa demi-douzaine de très jeunes élèves, qui restaient avec elle jusqu'à la fin de la journée, pénétrèrent dans l'école et la journée de classe régulière commença.

Accaparée par son enseignement durant toute la matinée, Bernadette n'eut pas une minute à elle pour songer au sac qu'elle avait déposé près de sa chaise. Ce ne fut que durant son repas du midi qu'elle put réfléchir à cette énigme.

Elle chercha à identifier lequel de ses nombreux soupirants avait eu l'idée de lui faire un si beau présent. Après avoir écarté la possibilité que ce soit Léon Légaré, elle élimina également Émile Chicoine et Magloire Beaulieu. Elle les avait bien reçus à la maison en une ou deux occasions, mais jamais elle ne les avait invités à revenir accrocher leur fanal à la porte.

Puis, la lumière jaillit comme elle s'apprêtait à sonner la cloche pour rappeler en classe ses élèves en train de s'amuser dans la cour. Cette découverte la laissa pantoise durant un bref moment.

— Ben voyons donc, ça peut pas être lui ! dit-elle à voix basse. Il manquerait plus que ça.

À bien y penser, le donateur ne pouvait être un autre que celui à qui elle venait de songer. Il était le seul à avoir remarqué qu'elle aurait bien besoin d'un sac pour transporter ses effets.

— Ah ben, lui, il manque pas d'air ! J'ai reçu un cadeau de Constant Aubé ! murmura-t-elle. Quand je vais annoncer ça à la maison, tout le monde va mourir de rire. Je vois déjà la tête de Xavier qui va répéter à tout le monde : « Bedette a reçu un cadeau de la Bottine. » Si j'ai le malheur d'en parler à Léon, il va en faire une maladie.

Elle passa le reste de l'après-midi à essayer d'imaginer un moyen de se sortir de la pénible situation où l'avait placée Constant Aubé.

— L'espèce de sans-allure ! ragea-t-elle dès que son dernier élève eut quitté l'école. Qu'est-ce que je vais faire avec ce sac-là ?

Elle eut bien le goût de le laisser sur le perron, là où les enfants l'avaient trouvé le matin même, mais il était si beau… Elle aurait pu aussi le dissimuler dans l'armoire de sa classe dont elle était la seule à posséder la clé, mais à quoi bon? Un jour ou l'autre, il lui faudrait bien le rapporter à la maison.

Elle prit sa décision sur un coup de tête. Elle allait s'en servir. Elle ne savait pas qui le lui avait offert et c'est ce qu'elle allait raconter aux siens. Alors, elle plaça rageusement ses effets dans son beau sac en cuir et le ferma soigneusement avec les courroies avant d'en saisir les poignées et de quitter l'école.

Sur la route poussiéreuse frappée par le chaud soleil de ce dernier jour du mois de juin, elle eut tout le temps de se demander comment sa mère allait réagir. À son arrivée, elle aperçut Eugénie, assise sur la galerie, à l'ombre, en train de s'éventer.

— Il y en a qui font la belle vie, dit-elle en montant les trois marches conduisant à la cuisine d'été.

— Attention de pas te salir, fit la jeune femme enceinte. Ils viennent de finir de chauler.

Bernadette pénétra dans la cuisine et y trouva sa mère et sa sœur en train de préparer le souper.

— On rentre de désherber le jardin, lui dit Camille en passant une main sur son front moite de sueur.

— Je viens de voir Eugénie sur la galerie. Elle a pas l'air dans son assiette.

— Elle a de la misère avec les grosses chaleurs, dit sa sœur aînée.

— Elle s'écoute surtout, la coupa sèchement sa mère. Sainte bénite! On dirait que c'est la première femme à attendre un enfant. S'il avait fallu que je m'arrête de travailler comme elle quand j'étais en famille, vous seriez tous morts de faim.

— Elle est pas faite fort, m'man, plaida Camille, sur un ton raisonnable.

Soudain, Marie remarqua le sac en cuir que sa fille venait de déposer sur la table.

— D'où ça sort, cette affaire-là? lui demanda-t-elle sur un ton suspicieux.

— Je le sais pas, m'man, mentit Bernadette.

Camille, assise à l'autre bout de la longue table, leva la tête des haricots jaunes qu'elle était en train d'équeuter. Elle se leva et vint admirer le sac que sa mère venait de soulever pour mieux l'examiner.

— Mais il est bien beau, ce sac-là! s'extasia la jeune femme en avançant la main pour la passer doucement sur le cuir.

— Comment ça, tu le sais pas? fit Marie, soupçonneuse.

— Je l'ai découvert sur le perron de l'école à matin, en arrivant. Il y avait rien d'écrit.

— Il y a quelque chose d'écrit sur le rabat, observa Camille en indiquant les deux lettres gravées dans le cuir fauve.

— Oui, je l'ai vu, dit Bernadette. Deux « B », comme Bernadette Beauchemin, sentit-elle le besoin de préciser.

— Et tu vois pas qui t'a donné ce cadeau-là?

— Pantoute, m'man.

— C'est pas Léon Légaré?

— Il est bien trop gratteux pour ça.

— En tout cas, ma petite fille, c'est pas normal pantoute, cette affaire-là. J'ai bien hâte de voir ce que ton père va dire de ça.

Quand Baptiste rentra des bâtiments, Bernadette dut raconter de nouveau comment elle était entrée en possession du sac que son père examina sous toutes ses coutures avant de déclarer:

— Si je savais pas que Hyland a arrêté depuis longtemps de faire des selles et des souliers d'beu, je dirais que c'est lui qui a fait ça. Je vois pas qui d'autre dans la paroisse est capable de travailler aussi ben le cuir.

— Ça pourrait pas venir d'un de ses deux garçons? lui demanda sa femme.

— Ils sont mariés tous les deux et ils ont certainement autre chose à faire que de donner des cadeaux comme ça à la petite maîtresse d'école.

— Ils sont mariés, mais ça veut rien dire, avança Marie. On a déjà vu ça, des courailleux.

— Parle donc pas pour rien dire, lui ordonna son mari sur un ton qui laissait clairement entendre qu'il n'acceptait pas de discussion sur ce sujet. Tu connais les deux petites O'Brien qu'ils ont mariées. Elle sont mauvaises comme la gale. Je pense pas qu'il y ait un des deux frères qui oserait faire ça à sa femme.

— Il y a l'autre qui travaille avec son père, lui rappela sa femme.

— Il a juste quinze ou seize ans. Il va attendre que le nombril lui sèche avant de faire des cadeaux aux filles, rétorqua son mari. Non, mais pour en avoir le cœur net, je vais arrêter chez Hyland à soir après être allé dire deux mots à Ellis.

— T'es ben sûre que t'as pas la moindre idée de qui ça peut venir ? demanda Baptiste à sa fille.

— Pantoute, p'pa, mentit sa cadette.

— C'est correct. Vide-moi ce sac-là et laisse-le proche de la porte. Je vais m'en occuper. Si ça vient pas de chez Hyland, je vais le laisser sur le perron de l'école en passant. Celui qui l'a laissé là va ben être obligé de venir le reprendre s'il s'aperçoit que tu l'as pas pris.

Cette solution de son père ne plaisait pas particulièrement à la jeune fille qui craignait que n'importe qui s'approprie ce qui, après tout, lui était destiné. Mais elle n'osa pas protester de crainte de s'attirer les foudres de ses parents.

⌒

Après le souper, Baptiste attela la Noire au boghei, prit le sac et longea tout le rang Saint-Jean jusqu'au pont qu'il traversa. Il monta ensuite la côte et parcourut près d'un demi-mille avant de s'arrêter à la ferme des Ellis dans l'intention de dire quelques mots à l'Irlandais.

Depuis le dimanche précédent, il avait envie de le rencontrer, même s'il continuait à le considérer comme un adversaire plutôt déplaisant. Il serait passé aux actes bien plus tôt si ce dernier ne lui avait pas donné l'impression de l'éviter depuis qu'il avait laissé entendre au magasin général que les Irlandais étaient une source de problèmes. Il savait bien que cette accusation était injuste, mais il ratait rarement une occasion de faire rager celui qui avait osé soutenir l'adversaire de Joseph Gaudet aux dernières élections.

En pénétrant dans la cour de la ferme des Ellis, il s'inquiéta tout de même du genre d'accueil qu'allait lui réserver le propriétaire. Il vit toute la famille Ellis en train de prendre le frais sur la large galerie qui ceinturait trois côtés de la maison. Samuel se leva à son arrivée et alla au-devant de son visiteur en train de descendre de voiture.

— *Shitt!* Ça doit être important pour que tu prennes le chemin après une journée aussi chaude, dit l'Irlandais.

De toute évidence, l'homme ne semblait pas lui avoir gardé trop de rancune de leur dernier affrontement au magasin général. Baptiste en fut soulagé.

— Viens t'asseoir une minute à l'ombre, l'invita le maître des lieux.

— T'es ben recevant, fit Baptiste en demeurant debout près de sa voiture, mais j'ai pas grand temps. Je dois passer chez Hyland avant de rentrer.

— Qu'est-ce qui t'amène ?

— Je me demande depuis dimanche passé si le curé de Saint-Zéphirin t'a fait la même crise que le curé Lanctôt m'a faite.

— Pourquoi mon curé m'aurait fait ça ?

— Je le sais pas, reconnut Baptiste. Le mien a l'air de m'en vouloir à mort d'avoir parti une pétition. Si j'ai ben compris, il pense que je suis celui qui veut lui voler une partie de sa paroisse.

— Si c'est ça qui t'empêche de dormir, console-toi, fit Samuel en secouant sa pipe contre le talon de son soulier. Le curé Moisan a pas l'air, lui non plus, de m'avoir en odeur de sainteté. Il m'a pas fait de crise, précisa-t-il, mais disons qu'il me fait pas une trop belle façon depuis Pâques.

— D'après toi, est-ce que ça vient de la pétition ?

— C'est certain, mais je suis pas allé lui demander, fit l'Irlandais avec un sourire goguenard. D'abord, j'ai été surpris que personne dans le coin soit pas allé lui en parler ben avant Pâques. En tout cas, tout ce que je sais, c'est qu'il l'a appris ce printemps et ça a pas eu l'air de lui faire plaisir.

— Comme le curé Lanctôt, il fait la baboune et il a l'air en beau maudit, lui aussi.

— Mais tout ça veut pas dire qu'on va avoir notre chapelle, reprit Ellis.

— On va finir par le savoir bientôt. J'espère juste qu'on sera pas obligés de faire le voyage jusqu'à Trois-Rivières pour savoir de quoi il retourne, ajouta Baptiste.

Là-dessus, il remonta dans son boghei, salua de la main la femme et les quatre fils de Samuel demeurés sur la galerie et fit faire demi-tour à son attelage avant de reprendre la route.

Le cultivateur se rendit jusqu'à la ferme voisine. Il faisait toujours aussi chaud, même si le soleil avait commencé à baisser à l'horizon. Baptiste aperçut Thomas Hyland debout dans l'entrée de sa remise, en train de réparer un attelage en compagnie de son fils Bert. Le visiteur descendit de voiture, s'empara du sac posé à ses côtés et se dirigea vers eux.

— Tiens, de la visite ! s'exclama le solide propriétaire du moulin en déposant sur un banc une large lanière de cuir.

Thomas Hyland était arrivé dans le rang Sainte-Ursule une quinzaine d'années auparavant. Dans la région, il était probablement l'Irlandais qui s'exprimait le mieux en français, après Samuel Ellis. L'homme était entreprenant et plein de ressources. Tanneur de son métier, il avait exploité une petite ferme tout en travaillant le cuir avec un talent indéniable.

Quatre ans auparavant, les gens de la région avaient appris avec étonnement qu'il s'était porté acquéreur pour une bouchée de pain du vieux moulin à scie situé au bord de la rivière, près des petites chutes. Il s'agissait d'une installation abandonnée depuis des années par une compagnie anglaise peu encline à remettre en état le barrage sur la rivière. Bref, tout en conservant sa ferme, l'Irlandais s'était mis en tête de faire fonctionner le moulin de nouveau. À la surprise générale, quelques mois lui avaient suffi pour réparer le barrage et remettre en marche le moulin. Depuis, les gens de la région étaient heureux de pouvoir y faire scier leur bois.

À l'époque, Baptiste en avait éprouvé beaucoup de jalousie. Il s'en était voulu de ne pas y avoir pensé avant lui. L'un de ses fils aurait pu exploiter le moulin avec profit.

— Je veux pas te déranger trop longtemps, s'excusa Baptiste.

— Il y a pas de mal.

— Je voulais juste te demander si t'avais une idée d'où ce sac-là pouvait venir, fit-il en lui montrant le sac de cuir fauve.

— Où est-ce que t'as trouvé ça? lui demanda Thomas Hyland.

— C'est pas moi, c'est ma fille Bernadette qui l'a trouvé sur le perron de l'école à matin. Elle savait pas quoi en faire et elle l'a rapporté à la maison parce qu'elle voulait pas le laisser là. Quelqu'un aurait pu le prendre. Il est pas mal beau.

Baptiste remarqua tout de suite que le regard de son vis-à-vis s'était éclairé comme s'il reconnaissait ce qu'il lui tendait. Puis l'homme reprit un air neutre et entreprit de palper longuement le cuir, cherchant, semblait-il, dans sa mémoire.

— Est-ce que t'as vu qu'il y a deux lettres gravées dessus ? lui demanda Hyland.

— Ben oui.

— C'est écrit « BB ». T'es sûr que c'est pas un sac pour ta fille ? insista l'Irlandais.

— Si ça avait été pour elle, celui qui l'a fait serait venu lui porter à la maison. Non, je pense plutôt que c'est un écornifleux qui est venu regarder dans les fenêtres de l'école et qui a oublié son sac sur le perron en repartant.

— C'est ben possible, reconnut Thomas en affichant tout de même un air peu convaincu.

— En tout cas, quand j'ai vu la qualité de ce cuir-là, reprit Baptiste, je me suis dit qu'il y avait juste toi capable de tanner du cuir comme ça dans la paroisse.

— Il faut croire que non. Tout ce que je peux te dire, c'est que j'ai pas fait ce sac-là.

— Bon, je te dérangerai pas plus longtemps, dit Baptiste en reprenant le sac des mains du maître des lieux. Je pense que le mieux à faire, c'est de le laisser chez Dionne en passant et je vais demander à Télesphore de le remettre à celui à qui il appartient. Jamais je croirai que ce gars-là s'est pas aperçu qu'il l'avait perdu.

Quand Baptiste eut quitté la cour de la ferme, Thomas Hyland resta un bref moment à fixer le nuage de poussière que l'attelage de son visiteur soulevait sur la route.

Trois semaines auparavant, Constant Aubé avait insisté pour lui acheter cette pièce de cuir qu'il avait emportée dans sa chambre. À voir ce qu'il était parvenu à en tirer, il était évident qu'il était plus que doué pour travailler ce matériau.

— Je pense qu'on en a assez fait pour à soir, dit-il à son fils en reprenant la courroie qu'il était en train de réparer à l'arrivée de Baptiste Beauchemin. Constant doit être monté dans sa chambre. Dis-lui donc de venir me voir une minute.

L'adolescent laissa son père devant la porte de la remise et rentra dans la maison. Quelques instants plus tard, l'employé traversa la cour de la ferme en claudiquant.

— Vous voulez me voir, monsieur Hyland ? demanda-t-il à son patron.

— Oui, dit Thomas Hyland après avoir déposé un morceau de tabac à chiquer dans sa bouche. Baptiste Beauchemin vient de partir. Il cherchait à savoir à qui appartenait un sac de cuir qui a été oublié sur le balcon de l'école.

Le visage du jeune homme pâlit et il attendit la suite, les bras ballants.

— Même si j'ai reconnu le morceau de cuir que je t'ai vendu il y a pas longtemps, j'ai rien dit. Est-ce que c'est toi qui l'as fait ?

— Oui.

— T'as fait un maudit beau sac.

L'employé ne dit rien.

— Si je me trompe pas, tu l'as pas oublié sur le perron de l'école, ce sac-là. C'était pour la petite maîtresse. C'est ça ?

Constant hocha la tête, l'air si malheureux que son patron ne put s'empêcher de le prendre en pitié.

— Écoute, mon garçon, reprit-il en baissant volontairement la voix. Je vais te parler comme si t'étais un de mes fils. T'as pas à être gêné pantoute de faire un aussi beau cadeau à une fille. Il y en a pas une dans la paroisse qui serait pas fière d'avoir un aussi beau sac. Pourquoi t'es pas allé le donner à la petite Beauchemin au lieu de le laisser sur le perron de l'école ?

Constant déglutit péniblement et il lui fallut un bon moment avant d'avouer :

— J'étais trop gêné.

— Comment ça ? lui demanda Hyland. Fais un homme de toi, *for God's sake* ! Elle te mangera pas, cette fille-là. Ou elle prend ton cadeau et te dit merci, ou elle en veut pas, et là, tu sais où t'en es…

— Vous avez raison, monsieur Hyland, l'approuva le jeune homme en reprenant des couleurs.

— Sûr que j'ai raison. T'es pas un petit gars de seize ans qui a peur de se faire rabrouer par une fille. T'es un homme ! Si tu tiens à lui donner un sac, va le lui porter. Baptiste Beauchemin m'a dit qu'il était pour le laisser au magasin général. Laisse-le pas traîner chez Dionne. Arrange-toi pour aller le chercher demain. Inquiète-toi pas. Si la fille de Baptiste Beauchemin en veut pas, tu finiras ben par trouver une fille qui va être fière de l'avoir, ajouta-t-il en donnant une solide tape sur l'épaule de son employé.

Constant ne dit rien, mais cette nuit-là il dormit très mal tant il était malheureux. Il aurait tellement voulu que celle qu'il aimait en secret depuis plus d'un an garde son cadeau. La fabrication de ce sac avait occupé toutes ses heures de loisir des trois dernières semaines.

꩜

Ce soir-là, Bernadette avait attendu avec une impatience mal déguisée le retour de son père du rang Sainte-Ursule. Elle s'était réfugiée dans sa chambre dès que la cuisine d'été avait été rangée en prétextant une migraine.

Dans sa petite chambre où la chaleur était étouffante, elle s'était assise devant la fenêtre grande ouverte en espérant que son père ne se montrerait pas trop sévère à l'endroit de Constant Aubé s'il découvrait que le sac venait de lui. Après tout, le jeune homme n'avait rien fait de mal. Il avait uniquement cherché à lui faire plaisir. Elle sentit une bouffée de pitié l'envahir à la pensée du pauvre infirme qui travaillait au moulin.

Quand elle vit le boghei de son père entrer dans la cour, elle descendit au rez-de-chaussée et alla rejoindre les autres membres de la famille assis sur la galerie. Elle vit son père revenir lentement vers la maison après avoir dételé la Noire.

— Est-ce que t'as trouvé ? lui demanda Marie avant même qu'il ait mis un pied sur la galerie.

— Non, Hyland dit qu'il sait pas d'où vient le cuir et qu'il a pas fait ce sac-là.

— Où est-ce que vous avez mis mon sac, p'pa ? s'inquiéta Bernadette.

— Je l'ai laissé chez Dionne. Je lui ai dit qu'il pouvait annoncer à tout le monde qu'on l'avait trouvé sur le perron de l'école.

— Mais n'importe qui peut dire qu'il est à lui ! s'emporta-t-elle.

— Non, Dionne est pas fou. Il va demander à celui qui veut l'avoir de le décrire.

— C'est de valeur, regretta ouvertement la jeune institutrice. Moi, je l'aimais bien, ce sac-là… Et en plus, c'était à moi qu'on l'avait donné.

— Bedette, mets-toi un peu de plomb dans la tête ! intervint sévèrement sa mère. Une fille qui se respecte accepte pas un cadeau d'un inconnu.

Bernadette réprima difficilement la réplique qui avait failli lui échapper.

— En tout cas, avec tout ça, j'ai plus rien pour transporter mes affaires, dit-elle en se levant pour aller se coucher.

— T'es pas plus mal prise que tu l'étais hier, répliqua sa mère avec un bon sens certain.

❧

Le lendemain midi, Constant Aubé se rendit au magasin général et attendit patiemment qu'il n'y ait plus aucun client pour demander son sac. Il lui fallut le décrire avant que Télesphore se décide à le lui remettre.

— Comment ça se fait qu'il était sur le perron de l'école ? lui demanda le commerçant, curieux.

— Je suis arrêté à l'école pour voir si le seuil et les marches que j'ai réparés étaient corrects, mentit Constant, et je l'ai oublié là.

— C'est tout de même drôle, ma femme m'a dit qu'il y avait écrit « BB » dessus.

Le jeune homme ne se donna pas la peine de fournir une explication et quitta le magasin en emportant son bien.

— C'est un drôle de gars quand même, fit la grosse Alexandrine Dionne avec un rire de gorge. Il faut pas se fier à sa patte folle. Pour moi, il est trop gêné pour dire que ce sac-là était pour la petite Beauchemin.

Constant s'arrêta à mi-chemin dans la côte pour s'approcher en claudiquant d'un taillis d'où il pouvait voir Bernadette en train de dîner en compagnie de ses élèves dans la cour de l'école. Il voyait approcher la fin de l'année scolaire sans plaisir. Quand l'école fermerait ses portes le 15 juillet, il n'aurait plus aucune occasion de la voir jusqu'au début du mois de septembre. Les Beauchemin fréquentaient l'église de Sainte-Monique alors que les Hyland allaient à la messe à Saint-Zéphirin. Du moulin où il travaillait le plus souvent, il ne pouvait apercevoir que le toit de la maison des Beauchemin, de l'autre côté de la rivière.

Il rentra chez son employeur en se jurant d'aller porter le sac à la jeune fille, chez elle, le dimanche après-midi suivant. Il lui restait deux jours pour rassembler son courage et trouver la force d'oser ce geste.

De retour dans la maison des Hyland, il s'esquiva un instant vers sa chambre pour y déposer le sac en cuir avant de descendre rejoindre son patron et son fils qui se préparaient à retourner au moulin sur le bord de la rivière. Thomas Hyland ne dit rien en le voyant sortir de la maison. Il avait compris qu'il revenait du magasin général.

Les deux journées suivantes furent un véritable enfer pour l'infirme. Il sentait sa détermination fléchir au fur et à mesure que l'échéance approchait. Il ne parvint pas à fermer l'œil durant la nuit du samedi au dimanche tant la tension qui l'habitait l'empêchait de dormir. Il ne cessa d'imaginer toutes sortes de scénarios dans lesquels Bernadette Beauchemin, riant à gorge déployée, le tournait en ridicule en le montrant du doigt devant tous les membres de sa famille avant de le renvoyer avec son cadeau.

— Aïe ! c'est la Bottine qui vient te voir, entendait-il dire l'un des frères de la jeune fille.

Vers quatre heures, incapable de trouver le sommeil, il se résigna à allumer sa lampe. Il se leva et s'empara de ses bottes qu'il avait longuement cirées la veille. Il vérifia la présence de l'épaisse fausse semelle déposée dans celle de son pied droit. Il l'avait taillée avec soin durant la semaine mais avait attendu la veille pour la mettre en place avant de se coucher. Il se chaussa. Ensuite, il se mit à arpenter silencieusement sa chambre, s'attachant à corriger sa claudication. Il fut un peu réconforté en constatant que sa boiterie était sensiblement moins apparente grâce à ce stratagème. Ensuite, il alla vérifier l'état de son unique costume du dimanche avant de se déchausser et de se remettre au lit. Il demeura allongé les yeux ouverts jusqu'au moment où il dut se lever pour aller soigner les animaux avec Bert.

Comme tous les dimanches, Constant Aubé accompagna les Hyland à la messe à Saint-Zéphirin, mais, pour une fois, il trouva que l'avant-midi passait beaucoup trop rapidement. Après le repas du midi, il alla se réfugier dans sa petite chambre malgré la chaleur étouffante de cet après-midi de juillet. Il était la proie d'un profond désarroi. Il aurait tout donné pour demeurer à l'abri dans cette chambre à l'atmosphère suffocante, mais il savait qu'il se mépriserait toute sa vie s'il renonçait à la démarche qu'il s'était juré d'accomplir.

Durant plus d'une heure, il ne sut quoi faire. Planté devant sa fenêtre, il regardait la rivière qui coulait paisiblement à quelques centaines de pieds de la maison des Hyland. Tout était tranquille.

Le jeune homme se secoua brusquement. Il venait de se rappeler que son patron risquait d'aller faire sa sieste dans quelques minutes et qu'il ne pourrait alors lui emprunter le boghei pour se rendre chez les Beauchemin. Pendant un court instant, il fut tenté d'utiliser cette excuse pour ne pas bouger. Puis, il y renonça. Il se connaissait assez pour savoir que cette lâcheté l'empêcherait de trouver le repos tant qu'il ne serait pas passé aux actes.

— Il faut que j'y aille! murmura-t-il. Mais avant…

Une idée venait de le frapper. Pourquoi ne pas écrire un mot à l'institutrice? Il ne s'en était jamais vanté, mais il savait lire et écrire. Il ouvrit un tiroir de la commode et y trouva une tablette, une bouteille d'encre et une vieille plume qu'il dut redresser avant de la tremper dans l'encre bleue.

Il prit quelques instants pour réfléchir à ce qu'il voulait lui dire. *Mademoiselle, J'espère que ce petit cadeau vous sera utile. Constant Aubé.* Il scruta ce qu'il venait d'écrire et n'en fut guère satisfait. Mais il ne vit pas ce qu'il aurait pu écrire d'autre. Il détacha la feuille de la tablette et la plia en deux avant de la glisser dans le sac qu'il essuya soigneusement avec un linge. Ensuite, il poussa un soupir résigné avant de l'empoigner et de sortir de sa chambre.

Il trouva Thomas Hyland et sa femme assis dans la cuisine.

— Est-ce que je pourrais vous emprunter votre boghei quelques minutes? demanda-t-il à son patron.

À la vue du sac qu'il tenait à la main, le propriétaire du moulin comprit où le jeune homme s'apprêtait à aller.

— Vas-y, mais pars pas trop longtemps, lui dit-il.

Constant aurait préféré que son patron lui refuse cette permission. Cela aurait été une autre excellente excuse pour ne pas bouger. Avec l'air d'un condamné, il prit la direction de l'enclos pour aller y chercher le cheval qu'il attela au boghei après avoir déposé le sac en cuir sur la banquette. Il monta ensuite dans la voiture et quitta la cour.

Lorsqu'il passa lentement sur le pont, il eut la forte tentation de jeter le sac à la rivière, ce qui lui aurait évité d'aller se ridiculiser chez les Beauchemin. Mais le temps qu'il se décide, il était trop tard. Son attelage était déjà dans le rang Saint-Jean et venait de dépasser la maison de Rémi Lafond. Plus il approchait de la ferme de Baptiste Beauchemin, plus il avait chaud. Il sentait sa chemise lui coller dans le dos.

— Dans cinq minutes, tout va être fini, dit-il à voix basse pour s'encourager. Ça peut pas me faire plus mal que la dent que je me suis arrachée l'hiver passé.

Le boghei entra finalement dans la cour de la ferme des Beauchemin et Constant fut inexplicablement soulagé de constater que la famille n'était pas rassemblée sur la galerie, comme il l'avait craint. Il n'y avait que le frère de Bernadette et sa femme assis à l'ombre. Il immobilisa son cheval sur le côté de la maison, rassembla tout son courage et descendit de voiture. Donat s'était levé et s'était avancé au bout de la galerie pour s'informer de la raison de sa visite.

— Sacrifice! J'espère que ton *boss* te fait pas travailler en plein dimanche? fit-il au moment où Constant s'approchait de lui en tenant le sac de cuir que le fils de Baptiste reconnut tout de suite.

— Non, il est pas dur à ce point-là, répondit l'homme engagé des Hyland en s'efforçant de chasser sa timidité.

Il ravala péniblement sa salive et s'arrêta au pied de l'escalier menant à la galerie.

— Ah bon! fit Donat. Monte. Est-ce que tu voulais parler à quelqu'un en particulier?

— Ben…

Constant semblait dans l'incapacité absolue de dire qui il voulait voir. Le jeune homme était si rouge et apparemment si mal à l'aise qu'Eugénie, demeurée assise, s'en rendit compte.

— Est-ce que tu veux parler à Bernadette ou à Camille? lui demanda-t-elle gentiment.

— Bernadette, si ça la dérange pas trop, finit par prononcer difficilement le visiteur.

— T'es pas chanceux, lui déclara Donat. Tout le monde est chez ma sœur Emma, à l'entrée du rang.

Immédiatement, Constant sentit l'étau qui l'étouffait desserrer son emprise. C'est d'une voix beaucoup plus assurée qu'il reprit la parole.

— C'est pas ben grave, je voulais juste donner ce sac-là à ta sœur, dit-il en lui tendant le sac en cuir.

— C'est pas le sac qu'elle a trouvé sur le perron de l'école la semaine passée ? demanda le fils de Baptiste.

Constant rougit, mais avoua.

— Oui, je l'avais laissé là pour pas la déranger pour rien, mais je pense qu'elle a pas cru que c'était pour elle.

— En quel honneur tu lui donnes ça ? lui demanda Donat en fronçant les sourcils.

— Pour rien, affirma Constant. Quand je suis allé réparer les marches du perron à l'école, j'ai vu qu'elle avait échappé ses affaires en sortant. Elle m'a dit qu'elle avait pas de sac. Comme j'avais un morceau de cuir qui servait à rien, j'ai pensé que ça lui serait utile d'en avoir un.

— Bon, si c'est comme ça, je vais le lui donner quand elle va revenir, lui promit Donat. En tout cas, t'es bon en sacrifice pour travailler le cuir, si c'est toi qui l'as fait, ajouta-t-il avec une nuance d'admiration dans la voix.

— Elle est bien chanceuse de recevoir un aussi beau cadeau, ajouta Eugénie avec un sourire.

L'employé de Thomas Hyland, réconforté, remercia maladroitement et s'empressa de remonter dans son boghei. C'est un homme soulagé et content de lui qui rentra chez le propriétaire du moulin à bois. Les choses s'étaient passées mille fois mieux que tout ce qu'il avait imaginé. Il n'avait pas eu à affronter les moqueries de celle qu'il aimait ou des siens. Le pire qui pouvait maintenant lui arriver était qu'elle lui renvoie son cadeau, rien de plus.

Les Beauchemin rentrèrent à la maison à l'heure du train. Dès qu'elle poussa la porte de la cuisine d'été, Marie vit le sac en cuir fauve déposé sur la table.

— Bon! s'exclama-t-elle. Qu'est-ce que ce sac-là fait encore ici dedans? Il me semblait qu'on s'en était débarrassés.

— C'est vrai, ça, fit Baptiste en entrant derrière elle. Comment ça se fait qu'il est revenu?

Bernadette aperçut son sac et ne put réprimer un sourire de contentement.

— Whow! Tout un sac! s'écria Xavier qui venait d'entrer en compagnie d'Antonin.

Le jeune homme s'empara du sac et l'examina avant d'en ouvrir le rabat pour en admirer l'intérieur.

— C'est l'homme engagé des Hyland qui est venu porter ça pour Bernadette, annonça Eugénie en nouant les cordons de son tablier.

— La Bottine à Aubé! s'exclama Xavier.

— Tiens! C'est lui qui a fait ça, dit Baptiste. Il me semblait ben aussi que le cuir pouvait pas venir d'ailleurs que chez Hyland.

— Oh! mais il y a un petit mot d'amour dedans! s'écria Xavier en tirant du sac une feuille pliée en deux.

— Donne-moi ça, lui ordonna sèchement Bernadette en tendant la main pour s'emparer de la feuille. C'est à moi que c'est adressé.

Xavier tint la feuille à bout de bras, hors de sa portée, pour la faire enrager.

— Donne-lui son papier, exigea Baptiste, sévère. Qu'est-ce que ça raconte? demanda-t-il à sa fille qui venait de déplier la feuille.

Elle prit un instant pour lire le billet.

— Tout ce qu'il dit c'est « Un cadeau utile » et il signe.

— Il a rien écrit d'autre ? lui demanda sa mère, soupçonneuse.

— Rien, m'man.

— Est-ce que ça veut dire qu'il sait lire et écrire, lui ?
demanda Xavier, étonné.

— On le dirait bien, intervint Camille. C'est tout de
même pas les Hyland qui ont écrit ce mot-là pour lui.

— Drôle de gars, ne put s'empêcher de dire Baptiste.

— Est-ce que je peux le garder ? demanda Bernadette en
montrant le sac de cuir.

— Qu'est-ce que t'en penses, Baptiste ? fit Marie, hésitante.

— Bah ! S'il tient absolument à le lui donner, pourquoi
pas le garder ?

— C'est correct, garde-le, trancha Marie. La prochaine
fois que tu le verras, oublie pas de le remercier.

— T'es ben sûr, Donat, que la Bottine t'a pas dit qu'il
viendrait veiller un de ces soirs ? demanda Xavier pour
taquiner sa jeune sœur.

— Arrête de l'appeler comme ça, grand niaiseux ! s'offus-
qua Bernadette avant de se diriger vers la cuisine d'hiver
dans l'intention de monter à sa chambre pour y déposer le
cadeau qu'elle venait de recevoir.

Aussitôt que la jeune fille eut disparu, Marie et Baptiste
allèrent changer de vêtements pour ne pas risquer de salir
leurs habits du dimanche.

— Tu ne m'ôteras pas de l'idée que notre fille savait qui
lui avait laissé ce sac-là devant la porte de son école, dit-elle
à son mari en retirant sa robe.

— Ça se peut, laissa-t-il tomber.

— Cette petite bougresse-là est capable de nous avoir
joué la comédie, poursuivit-elle.

— De toute façon, tout est rentré dans l'ordre. Le petit
Aubé est venu lui porter le sac et il a pas manqué aux conve-
nances. Là, on arrête de parler de ça.

Ce soir-là, Léon Légaré arriva pour veiller avec Bernadette au moment où Xavier s'apprêtait à partir en compagnie d'Antonin pour rentrer sur sa terre.

— Ton cavalier vient d'arriver, Bedette, lui cria-t-il à travers la porte moustiquaire. Je te dis que ça te fait une journée occupée !

— Ça va faire ! le coupa Baptiste, sentant que son fils s'apprêtait à parler de la visite de l'employé de Hyland. Attends-toi plutôt à nous voir de bonne heure, demain. On va aller t'aider à charger ton bois pour l'apporter au moulin.

Xavier comprit que son père souhaitait qu'il s'en aille au plus vite. Ce qu'il fit.

Peu après, Bernadette dut faire preuve de caractère face à un Léon apparemment en proie à une crise de jalousie. Dès qu'ils eurent pris place dans la balançoire, le jeune homme laissa éclater sa mauvaise humeur.

— Je suis allé chez Dionne hier après-midi et j'ai entendu quelque chose que j'ai pas ben ben aimé, dit-il en retroussant nerveusement les pointes de sa moustache.

— Ah oui, quoi ? lui demanda Bernadette sans montrer beaucoup d'intérêt.

— Il y a du monde qui parlait d'un sac de cuir qu'on t'a donné et que ton père a rapporté au magasin général. Il paraît que c'est la Bottine qui aurait eu le front de t'offrir ça.

— Ah oui ? fit semblant de s'étonner la jeune fille. Pourquoi les gens disaient ça ?

— Ben, Dionne a dit que c'était lui qui était venu le chercher et qu'il l'avait fabriqué lui-même.

— C'est vrai, avoua-t-elle en réprimant un sourire.

— Ah ben, le maudit effronté ! s'emporta Léon à mi-voix pour ne pas alerter les parents assis sur la galerie. Une chance que tu l'as refusé.

— Je l'ai pas refusé, démentit Bernadette. C'est mon père qui a pas voulu que je le garde.

— Ça fait la même chose.

— En tout cas, il est revenu me le porter cet après-midi et je l'ai gardé, fit la jeune fille, frondeuse.

— Tu l'as gardé?

— Ben oui. Pourquoi pas? C'est un cadeau, ajouta-t-elle pour le provoquer.

— C'est plaisant encore de savoir qu'aussitôt que j'ai le dos tourné, tu reçois des cadeaux d'un autre.

— Il y a pas de loi qui m'empêche de voir qui je veux, rétorqua-t-elle. Au cas où tu l'aurais oublié, on n'est pas fiancés, lui rappela-t-elle.

— C'est moi ton cavalier, pas lui! déclara le jeune homme mécontent. Je vais aller lui dire deux mots, à l'infirme, moi. Il va te laisser tranquille, je te le garantis. Je veux plus que tu lui parles, tu m'entends?

— Whow, Léon Légaré! Tu vas te calmer, lui commanda-t-elle sèchement. T'as pas d'ordre à me donner, tu sauras. Je parlerai bien à qui je veux.

— Lui, il va avoir affaire à moi, reprit l'amoureux en serrant les dents. Je vais aller lui casser la gueule.

— À ta place, j'y penserais à deux fois avant de chercher à te battre avec lui, lui conseilla Bernadette. D'après ce que j'ai entendu dire, il boite peut-être, mais il est pas mal fort.

— Et j'ai l'air de quoi devant tout le monde, moi? lui demanda-t-il.

Bernadette ne répondit pas et se garda bien de mentionner à son amoureux qu'elle n'avait même pas parlé à Constant Aubé. Elle laissa Léon exhaler sa mauvaise humeur durant quelques minutes avant de lui dire brusquement:

— Bon, ça va faire. Si t'es juste venu me faire une crise à soir, tu peux retourner chez vous et y rester. Je me trouverai un autre cavalier.

Voyant que la jeune fille était sérieuse, le fils d'Onésime Légaré se calma soudainement.

Chapitre 11

Une grande déception

Le dernier jour de classe finit par arriver pour la plus grande joie des élèves de Bernadette Beauchemin. En cette mi-juillet 1870, la chaleur était devenue intenable depuis plus d'une semaine et les enfants ne venaient plus qu'à contrecœur s'asseoir dans la classe surchauffée de la petite école de rang.

À midi, la jeune institutrice eut du mal à réprimer un soupir de soulagement lorsqu'elle donna le signal du départ aux enfants. Ces derniers, tout excités, la saluèrent bruyamment avant de sortir de l'école en se bousculant. Les vacances étaient enfin arrivées.

Seule dans sa classe, la jeune fille hésita un peu entre tout fermer et aller manger à la maison ou demeurer sur place pour laver le plancher, comme l'exigeait son contrat d'engagement. À la pensée d'être obligée de passer son après-midi exposée à la chaleur du poêle pour mettre en pots la confiture de fraises que sa mère se proposait de faire ce jour-là, elle préféra finalement en terminer avec l'école. Cette dernière tâche accomplie, elle n'aurait plus à remettre les pieds dans les lieux avant la fin du mois d'août.

Les pupitres, le tableau et les ardoises étaient déjà lavés. Tout avait été rangé dans la classe et l'aîné de ses élèves avait même balayé le local à la fin de la matinée. Retroussant ses manches, elle repoussa les pupitres contre le mur de gauche de la classe avant d'aller tirer un seau d'eau au puits situé derrière l'école. Après être allée changer de vêtements dans l'appartement inoccupé, à l'étage, elle vint s'agenouiller sur le plancher, armée d'un vieux chiffon, d'une brosse dure et d'un pain de savon du pays. La sueur au front, elle se mit à astiquer le vieux parquet en bois pour lui redonner sa couleur jaune d'origine.

— Tornom que j'haïs ça laver un plancher avec de l'eau froide! dit-elle à voix haute en frottant vigoureusement une marque noire qui refusait de disparaître. Il me semble que c'est deux fois plus dur de le nettoyer.

Une heure plus tard, la jeune fille avait pratiquement achevé son travail quand des pas sur le perron l'alertèrent. Quelqu'un frappa à la porte.

— Attendez! cria-t-elle en se relevant péniblement. Je vous ouvre.

Elle se rendit à la porte en évitant de marcher sur la partie du parquet encore mouillé et ouvrit. Hormidas Meilleur la dévisagea de ses petits yeux chafouins.

— Taboire! Ça a l'air épuisant sans bon sens de faire l'école ici dedans, dit-il avec bonne humeur en étirant le cou pour regarder à l'intérieur.

— L'école est finie, monsieur Meilleur, fit-elle en repoussant une mèche de cheveux mouillés. Je suis en train de laver le plancher.

— Je me disais aussi, j'entendais pas les enfants. Bon, je me suis arrêté en passant, j'ai une lettre pour ton père et je suis content de te trouver là, ça va m'éviter d'aller jusque chez vous, expliqua-t-il en lui tendant une grande enveloppe blanche.

— C'est correct, fit Bernadette en prenant possession de l'enveloppe et en cherchant des yeux où la déposer.

— Tu l'ouvres pas? lui demanda le facteur, toujours aussi curieux.

Le vieux facteur n'ignorait pas que le destinataire ne savait pas lire et il comptait bien glaner quelques renseignements qu'il se réjouissait d'avance de répandre dans la paroisse.

L'institutrice eut un sourire moqueur avant de déclarer d'un air rusé :

— Ça, monsieur Meilleur, je vais la lire juste devant mon père. Si vous voulez avoir une idée de ce qu'il y a dans cette enveloppe-là, il va falloir que vous veniez me reconduire à la maison.

Le facteur sembla hésiter un peu avant de demander à la jeune fille :

— T'en as encore pour combien de temps ?

— Une dizaine de minutes, pas plus. Le temps de finir de laver mon plancher et de fermer les fenêtres.

— Bon, je peux ben faire ça pour une belle fille comme toi. Fais-moi signe quand tu seras prête, je vais être en face, sur la galerie de Dionne. Niaise pas trop longtemps par exemple, j'ai pas encore fini ma journée d'ouvrage.

Sur ces mots, le petit homme s'esquiva et Bernadette referma la porte, tout heureuse de ne pas avoir à marcher le mille qui la séparait de la maison par cette chaleur accablante.

Quelques minutes plus tard, elle alla changer de vêtements et referma la porte derrière elle avec un petit pincement au cœur. Elle aimait faire l'école, comme elle disait. Elle venait de terminer sa seconde année d'enseignement et le responsable des écoles de rang de Sainte-Monique était passé au début de la semaine pour lui faire signer un engagement pour la prochaine année. Selon ses dires, le curé Lanctôt s'était fait tirer un peu l'oreille pour qu'on la réengage, non pas parce qu'il n'était pas satisfait de son travail, mais plutôt à cause de la pétition de son père.

Alors qu'elle sortait sur le perron, le boghei d'Hormidas Meilleur s'immobilisa devant l'école. Elle monta à bord de la voiture et se contenta de laisser parler le vieux facteur bavard assis à ses côtés.

À leur arrivée à la ferme, Camille se redressa dans le grand jardin situé à gauche de la maison de pierre. La jeune femme se massa les reins, prit le seau à demi rempli de fraises et entreprit de revenir dans la cour. Elle salua le facteur.

— Toi, t'arrives juste à temps pour équeuter les dernières fraises du jardin, dit-elle à sa sœur cadette.

— Laisse-moi le temps de souffler un peu, fit Bernadette en descendant de voiture. Je viens juste de laver le plancher de l'école.

Les deux femmes entrèrent dans la cuisine d'été déserte, suivies de près par Hormidas. La porte de communication avec la cuisine d'hiver était ouverte et il régnait une chaleur presque insupportable dans la pièce, malgré les fenêtres ouvertes.

— Bonjour, monsieur Meilleur, fit Marie en apparaissant à la porte. Est-ce qu'il y a du courrier pour nous autres ?

Depuis deux semaines, Marie attendait avec une impatience croissante une lettre d'Hubert, le troisième fils des Beauchemin. Le jeune homme de vingt ans était frère de Saint-Joseph depuis trois ans à Saint-Laurent. Dans sa lettre du début de mars, le supérieur de la communauté avait indiqué que son fils prononcerait ses vœux perpétuels au début de l'automne et qu'il pourrait venir passer quelques jours dans sa famille au mois de juillet. Il terminait sa lettre en annonçant qu'il préviendrait les parents de son arrivée.

L'entrée en religion d'Hubert n'avait pas été acceptée facilement par son père. Baptiste aurait peut-être renoncé à son plus jeune fils si ce dernier s'était destiné à la prêtrise, un état beaucoup plus prestigieux que celui de frère convers. Malheureusement, le jeune homme n'avait pas fréquenté l'école et n'avait jamais été attiré par les études.

— Qu'est-ce que tu vas aller niaiser chez les frères ? Veux-tu ben me le dire ? s'était emporté son père, mis hors de lui par l'entêtement de son fils.

— Ce qu'on va me demander de faire, p'pa, avait doucement répondu Hubert.

— Tu vas juste torcher les autres, avait clamé Baptiste. En plus, tu choisis une communauté qui est au diable vert. Saint-Laurent! Où est-ce que c'est, cette maudite place-là?

— Proche de Montréal, p'pa.

Baptiste n'était pas prêt à pardonner à Eusèbe Précourt d'avoir entraîné son fils là-dedans. Ce dernier, frère de Saint-Joseph depuis quelques années, était venu en visite chez ses parents et il avait convaincu l'adolescent de dix-sept ans d'entrer en communauté.

Bref, il avait fallu toute la force de persuasion de Marie et du curé Lanctôt pour faire admettre au père qu'une famille chrétienne se devait de donner au moins un de ses enfants à Dieu. Si encore Hubert avait choisi une communauté installée à Nicolet ou à Sorel. Mais non!

À voir l'anxiété de Marie Beauchemin, il était clair qu'elle craignait que son préféré ne puisse encore venir en visite à la maison. À deux reprises par le passé, le jeune homme aurait dû passer quelques jours avec les siens. Mais, chaque fois, sa mère avait été déçue et informée seulement quelques semaines après la date prévue de la visite que son fils était malade et qu'il n'avait pu se déplacer.

— J'ai une lettre pour votre mari, madame Beauchemin, dit le facteur. Je l'ai donnée à votre fille.

Le visage de la maîtresse de maison s'illumina.

— Enfin! C'est la lettre qu'on attendait. C'est sûrement la lettre qui nous annonce que notre garçon s'en vient passer une couple de jours avec nous autres, déclara-t-elle avec un grand sourire. Vous étiez pas obligé de venir reconduire notre Bedette, ajouta-t-elle. Elle est jeune et elle a des jambes pour marcher.

— C'est celui qui est chez les frères? demanda Hormidas en ne tenant pas compte de la dernière remarque de Marie.

— En plein ça, reconnut-elle.

— À ce que je vois, il y en a un qui s'en vient et il y en a un autre qui est parti de la paroisse il y a deux jours, laissa tomber le facteur en retirant son vieux chapeau melon verdi pour essuyer la sueur qui coulait de son front.

— Qui est parti ? demanda la maîtresse de maison dont la curiosité venait d'être piquée.

— Savez-vous, madame Beauchemin, j'ai la gorge pas mal sèche, se plaignit le petit homme en se gourmant. J'ai ben de la misère à parler.

— Bedette, donne donc une grande tasse d'eau froide à notre facteur, demanda Marie à sa fille cadette, même si elle savait parfaitement bien que l'homme aurait préféré un verre d'alcool.

Bernadette alla remplir une tasse d'eau qu'elle tendit au facteur. Ce dernier la but avec une grimace significative avant de dire :

— À ce qu'Antonius Côté m'a dit, ce serait Liam Connolly. Il paraît que le pauvre diable s'est fait ben mal dans la poitrine en tombant du grenier de sa grange. Il a été chanceux dans sa malchance parce que le docteur Samson était chez Côté quand c'est arrivé. Sa plus vieille est venue chercher de l'aide chez le voisin et le docteur est allé voir ce qui se passait. En tout cas, c'était assez grave pour qu'il l'emmène à l'hôpital de Sorel.

— Pauvre diable ! déplora Marie. La malchance le lâchera donc jamais.

— D'après Côté, il en menait pas large quand il est parti.

— Qui s'occupe des enfants ? fit Camille.

— Ça, j'en ai pas la moindre idée. Probablement sa plus vieille. Bon, vous allez m'excuser, mais il faut que j'y aille, poursuivit le facteur. Je suis loin d'avoir fini ma tournée.

— Je vous laisse aller, dit la maîtresse de maison. J'ai des fraises sur le feu de l'autre côté et je voudrais pas gâcher mes confitures.

Le facteur comprit qu'on le congédiait et qu'il n'assisterait pas à la lecture de la lettre remise à la jeune institutrice. Il salua les femmes présentes dans la pièce et quitta la maison.

— Une vraie vieille belette! ne put s'empêcher de dire Eugénie qui n'avait pas ouvert la bouche depuis l'entrée du facteur dans la maison.

Marie s'était déjà esquivée dans la cuisine d'hiver pour aller touiller ce qui cuisait sur le poêle avant de revenir dans la pièce où elle apostropha sa fille cadette.

— Laisse la lettre sur la table pour ton père, lui ordonna-t-elle.

La jeune fille déposa la missive.

— Quand est-ce que tu vas te servir un peu de ta tête, Bedette Beauchemin? lui demanda sa mère, de mauvaise humeur. Combien de fois va-t-il falloir que je te répète que je ne veux pas te voir monter toute seule avec un homme dans une voiture? Est-ce que c'est clair, ça?

— Voyons, m'man, on est en plein jour et c'est un vieux bonhomme, protesta sa fille.

— Un homme est un homme, ma fille, et même en plein jour, on peut pas se fier! Pense à ta réputation.

Bernadette poussa un soupir d'exaspération et se dirigea vers la cuisine d'hiver dans l'intention de monter à l'étage pour retirer la robe propre qu'elle portait pour enseigner.

— Dépêche-toi à descendre, on a de l'ouvrage, lui commanda sa mère au moment où elle disparaissait.

— C'est pas drôle ce qui arrive chez Connolly, dit Camille à sa mère et à sa belle-sœur en prenant place à la table pour commencer l'équeutage des dernières fraises cueillies. Ce serait pas chrétien de laisser ces quatre enfants-là tout seuls pendant que leur père est à l'hôpital.

— Ça me surprend pas mal qu'Anne-Marie Gariépy soit pas venue me raconter ça, fit sa mère, songeuse. D'habitude, elle sait tout ce qui se passe dans la paroisse. À plus forte raison, là. Les Connolly sont à côté de chez eux.

— Il y a peut-être quelqu'un de la paroisse qui est allé prendre soin des petits, suggéra Eugénie.

— Peut-être pas, dit Camille. On l'aurait su si madame Gariépy ou madame Côté s'en occupait.

— Si ça te fatigue tant que ça, lui suggéra sa mère avec une certaine impatience, va donc faire un tour chez les Connolly après le souper. Tu vas bien voir si tout est correct.

— Je pense que c'est ce que je vais faire, déclara la jeune femme.

Durant le reste de l'après-midi, les quatre femmes de la maison s'occupèrent d'équeuter les dernières fraises du jardin et d'en faire de la confiture qu'elles mirent dans des pots scellés avec de la paraffine avant de les ranger dans l'armoire. Baptiste et Donat ne rentrèrent qu'au moment de soigner les animaux.

Quand Bernadette aperçut son père et son frère en train de se désaltérer au puits, elle sortit sur le perron de la cuisine d'été.

— P'pa, j'ai rapporté une lettre pour vous, annonça-t-elle à son père.

— C'est correct, j'arrive.

Une journée de dur labeur à essoucher au bout de sa terre ne semblait pas avoir épuisé le solide cultivateur. Il puisa un seau d'eau dans le puits, en versa une bonne partie dans un vieux bol à main et se lava le visage et les mains pour se rafraîchir. Donat l'imita.

— Je vais aller chercher les vaches, dit Donat au moment où son père le quittait pour entrer dans la maison.

Le maître des lieux s'approcha de la table, prit l'enveloppe et l'examina longtemps avant de se décider à la remettre à Bernadette. Marie cessa de préparer la laitue et s'essuya les mains sur son tablier. Camille et Eugénie arrêtèrent leur travail elles aussi. La réception d'une lettre était tout de même chose rare chez les Beauchemin et méritait de la considération.

— Lis-moi donc ça, réclama Baptiste à la jeune fille en lui donnant la lettre.

Cette dernière ouvrit l'enveloppe avec soin et en extirpa trois feuillets.

— Qui est-ce qui m'écrit? lui demanda Baptiste en ne parvenant pas à cacher son impatience.

Bernadette regarda au bas du troisième feuillet avant de dire:

— L'abbé Raoul Melançon, secrétaire de monseigneur Cooke, p'pa.

— Enfin des nouvelles! s'exclama-t-il. C'est pas trop tôt.

Il s'assit dans sa chaise berçante et sortit sa pipe qu'il se mit en devoir de bourrer de tabac à même sa blague.

— Vas-y, ordonna-t-il à Bernadette. Qu'est-ce que ça raconte?

Debout au milieu de la cuisine, la jeune fille entreprit la lecture de la missive.

Trois-Rivières, le 12 juillet 1870

Monsieur,

Après étude des résultats de l'enquête menée par monsieur l'abbé Octave Marchand, Sa Grandeur, monseigneur Thomas Cooke, évêque du diocèse de Trois-Rivières, a accepté de considérer avec bienveillance la demande des chefs de famille qui lui ont fait parvenir une pétition le priant de consentir à l'érection d'une desserte dans ce qu'il est convenu de désigner «la concession de la rivière Nicolet».

Dès qu'une chapelle aura été édifiée, la desserte sera désignée sous le nom de «Mission Saint-Bernard-Abbé». Les familles vivant sur les deux rives de la rivière ainsi que celles du rang Saint-Paul seront détachées des paroisses Sainte-Monique et Saint-Zéphirin et appartiendront à cette nouvelle mission dont le territoire sera borné par le township de Wendover et par les lots de l'ancienne seigneurie de Courval dont les numéros apparaissent en annexe. Il sera fait en sorte qu'un prêtre bilingue soit désigné pour desservir les paroissiens de Saint-Bernard-Abbé et ceux-ci lui devront les mêmes devoirs et dîmes qu'à la paroisse de laquelle ils auront été détachés.

Par la présente, monseigneur autorise les francs-tenanciers appartenant à la future mission à élire cinq syndics qui désigneront un maître d'œuvre parmi eux. Ces derniers auront les mêmes responsabilités que des marguilliers devant les autorités. Ils auront le devoir de faire construire une chapelle et un abri pour le prêtre desservant la mission sur le lot 63 du rang Sainte-Ursule et verront à payer ce lot à la corporation du diocèse qui s'en est portée acquéreur dans ce but. Par ailleurs, ce conseil de syndics devra respecter l'engagement de la corporation de laisser libre de toute entrave le chemin traversant le lot en son milieu.

Raoul Melançon, prêtre
Secrétaire de monseigneur Thomas Cooke

Durant la lecture, les traits de Baptiste s'étaient progressivement durcis et son visage avait pris une pâleur inquiétante.

— Calvaire de calvaire de calvaire! jura-t-il, hors de lui, en serrant et desserrant les poings convulsivement. L'enfant de chienne d'Ellis! Celle-là, il l'emportera pas en paradis!

— Baptiste! s'écria Marie, horrifiée de l'entendre ainsi jurer.

— Laisse faire, toi! la rabroua-t-il.

— Calme-toi, voyons!

— T'as pas entendu ce que ta fille vient de lire, maudit bagatême?

— Bien oui, on va avoir enfin notre chapelle, dit-elle sur un ton raisonnable.

— Non, c'est pas vrai! la contredit-il violemment. Les Irlandais vont avoir leur chapelle, pas nous autres, calvaire! T'as pas compris? La chapelle va être érigée dans

Sainte-Ursule et nous autres, les niaiseux, on va être poignés pour monter la côte chaque fois qu'on va avoir affaire à la chapelle.

— C'est tout de même pas la fin du monde, lui dit Marie sur un ton apaisant.

— Pas la fin du monde ! s'emporta son mari en se mettant à arpenter la cuisine d'été, toujours aussi furieux. Bagatême ! ça veut dire que dans pas grand temps, c'est dans Sainte-Ursule que va être le village et nous autres, on va rester un simple rang de campagne.

— Là, ça sert plus à rien de vous enrager, p'pa, nota Camille. Monseigneur a décidé. On aura au moins gagné de plus avoir à faire autant de chemin qu'avant pour aller à l'église.

— J'ai ben envie de faire le tour du monde de notre rang pour leur dire qu'on se mêlera pas de bâtir cette maudite chapelle-là. On devrait laisser aux Irlandais le soin de la bâtir et de la payer surtout.

— Tu peux pas faire ça, fit sèchement sa femme. On n'est pas pour leur laisser toute la place. On est chez nous, et cette chapelle-là va être notre église autant que la leur, que tu le veuilles ou pas.

— En tout cas, le bâtard d'Ellis doit ben rire de nous autres ! Le lot 63, c'est le lopin qu'il a montré au petit prêtre quand il est venu enquêter. Je donnerais ma main à couper qu'il a dû s'entendre avec Angèle Cloutier à qui il appartenait pour lui faire baisser son prix, quitte à la dédommager avec les autres de Sainte-Ursule. Je vais ben finir par savoir le fin mot de cette histoire-là, moi. Est-ce que le facteur t'a dit qu'il avait laissé une lettre pareille chez Ellis ? demanda-t-il à sa fille.

— Il m'en a pas parlé, p'pa.

— Si Ellis l'a pas reçue, j'irai pas lui en parler, décida-t-il les dents serrées. Je lui donnerai pas la satisfaction de me rire en pleine face. Je le sais ce qu'il a fait, le maudit hypocrite ! Il a dû faire le voyage tout seul à Trois-Rivières, dans mon dos, pour aller proposer à monseigneur le terrain de la veuve pour la moitié de sa valeur et, en même temps, lui demander un prêtre capable de parler anglais.

— C'est normal, Baptiste, fit Marie. Plus que la moitié des Irlandais d'ici parlent pas français.

Son mari ne se donna pas la peine de lui répondre, sortit de la maison en claquant furieusement la porte et alla rejoindre Donat.

—❦—

Ce soir-là, Camille Beauchemin quitta la maison paternelle dès que la cuisine fut rangée.

— Où est-ce qu'elle s'en va ? demanda Baptiste dont l'humeur ne s'était guère améliorée depuis qu'il avait appris la mauvaise nouvelle.

— Chez Connolly, répondit sa femme. Le facteur nous a dit qu'il était rendu à l'hôpital et Camille veut savoir s'il y a quelqu'un qui s'occupe des enfants.

— Encore un maudit Irlandais, laissa-t-il tomber la tête tournée vers le crachoir près de sa chaise berçante. Il a toujours été sauvage et il parle presque jamais au monde, celui-là. S'il était pas comme ça, les voisins auraient été au courant de ce qui lui arrive et je suis sûr que quelqu'un serait venu s'occuper de ses enfants.

— On le sait pas encore s'il y a quelqu'un ou pas, lui fit remarquer Marie. Il était moins pire avant la mort de sa femme.

— Peut-être, mais on peut pas dire que c'était le gars qui se mêlait le plus aux autres.

Marie préféra ne rien ajouter et poursuivit le raccommodage de la jupe qu'elle venait de commencer.

Camille longeait alors à pied la ferme de Joseph Gariépy. Anne-Marie la salua de la main en la voyant passer.

— Je gagerais qu'on va la voir arriver à la maison demain avant-midi pour savoir ce que je faisais sur le chemin à soir, dit à mi-voix la jeune célibataire.

Elle aperçut, quelques arpents plus loin, la petite maison grise de Liam Connolly qui avait pratiquement l'air abandonnée. La jeune femme eut une légère hésitation avant de pénétrer dans la cour dont les hautes herbes n'avaient pas été fauchées depuis le début de la saison. Elle se souvint alors que de son vivant Julia Connolly avait deux belles plates-bandes qu'elle entretenait avec soin. Ces dernières avaient disparu. Tout en s'approchant, elle ne pouvait que constater la malpropreté des lieux. Des objets traînaient sur le balcon et les fenêtres étaient sales.

Elle s'apprêtait à monter sur la galerie pour frapper à la porte, quand l'un des fils de Liam Connolly jeta un mot ordurier et sortit précipitamment de la maison en laissant claquer la porte derrière lui. À la vue de la visiteuse, il s'immobilisa brusquement.

— Il y a quelqu'un ! cria-t-il à l'intention d'une personne à l'intérieur avant de s'enfuir à l'arrière de la maison.

La porte s'ouvrit sur Ann Connolly qui reconnut immédiatement la voisine. La fillette avait l'air épuisée et portait une robe déchirée à la manche. Dans son dos se tenait une petite fille qui aurait bien eu besoin d'essuyer son nez.

— Bonsoir, Ann, la salua Camille.

— Bonsoir, madame, dit l'aînée de Liam Connolly sans inviter la visiteuse à entrer.

— J'ai entendu dire que ton père était malade, reprit Camille. Est-ce qu'il y a quelqu'un qui vient t'aider pendant qu'il est pas là ?

— Non, mais j'ai pas besoin d'aide, affirma Ann. Je peux me débrouiller toute seule. Je suis capable de faire le train à la place de mon père et c'est moi qui fais le lavage et le manger depuis que ma grand-mère est partie.

— Je vois bien que t'es capable, la flatta la jeune femme, émue par le courage de l'adolescente de douze ans, mais je pourrais te donner un coup de main, si tu veux.

— Mon père sera pas content si je laisse entrer quelqu'un dans la maison quand il est pas là, déclara Ann.

— Ton père a raison, affirma Camille. En temps normal, il faut pas laisser un étranger entrer dans la maison quand il est pas là. Mais aujourd'hui, c'est pas la même chose. S'il est pas content quand il reviendra, je vais lui parler, moi, et il va comprendre, ajouta-t-elle avec un sourire.

Ann Connolly sembla hésiter un peu et la voisine en profita pour en tirer avantage.

— Je pourrais te montrer comment coudre ou faire du pain. Est-ce que tu sais faire du pain ?

— Non, c'est mon père qui le fait d'habitude, avoua-t-elle.

— Est-ce qu'il est bon au moins ?

— Pas fameux, madame.

— Est-ce que tu veux que je vienne t'aider une heure ou deux demain matin ? Quand je serai mal prise, tu pourras venir m'aider à ton tour.

— Si vous voulez, répondit Ann sans manifester un grand enthousiasme.

Camille aperçut les deux garçons qui avaient accompagné leur sœur à la récitation du chapelet deux mois auparavant et que les Beauchemin avaient fait monter dans leur voiture. Ils venaient de la remise voisine. Ils étaient sales et arboraient un petit air frondeur assez déplaisant.

— Les garçons, est-ce que vous allez me dire votre nom ? demanda-t-elle aux deux fils de Liam Connolly qui ne faisaient pas mine de trop s'approcher d'elle.

— Patrick, répondit avec mauvaise grâce le plus grand, celui qui était sorti en trombe de la maison quelques instants plus tôt.

— Duncan, dit le plus trapu des deux en affichant un air buté.

— Et toi, ma belle, tu t'appelles comment? demanda-t-elle à la petite fille d'environ cinq ans toujours collée contre sa grande sœur.

— Rose.

— Bon, obéissez bien à votre sœur, déclara Camille. Je vais revenir vous voir demain matin. En attendant, si t'as besoin de quelque chose, Ann, envoie un de tes frères chez mon père.

Aucun remerciement ne suivit sa proposition et Camille rentra chez elle, assez inquiète.

— Puis, qui s'occupe des enfants? lui demanda sa mère quand elle vint s'asseoir à ses côtés sur la galerie.

— Personne, m'man. Il y a juste la petite fille et la maison a l'air d'une vraie soue à cochons. J'ai jamais vu des enfants aussi crottés et aussi maigres. C'est une vraie pitié.

— Si on était plus près du village, c'est certain que monsieur le curé y verrait et trouverait quelqu'un pour prendre en charge ces enfants-là, du moins tant que le père serait pas revenu.

— Si vous pouvez vous passer de moi une couple de jours, je pense que je vais le faire, dit la jeune femme. Si je me fie à ce que j'ai vu, Ann vient pas à bout de ce qu'elle a à faire.

— On est trois femmes dans la maison, affirma sa mère. On peut se débrouiller sans toi.

Plongé dans ses pensées, Baptiste ne s'en mêla pas. Il était évident, à ses yeux, que la rebuffade qu'il venait d'essuyer était beaucoup plus importante que les conséquences de l'accident du deuxième voisin.

Chapitre 12

La surprise

Le lendemain matin, Marie fut stupéfaite de découvrir sa fille aînée habillée et prête à partir au moment où elle pénétrait dans la cuisine.

— Bonne sainte Anne! s'exclama-t-elle à mi-voix. Veux-tu bien me dire où tu t'en vas aussi de bonne heure?

— Chez Connolly, m'man. Je veux voir comment la petite se débrouille avec le train et je vais l'aider à préparer le déjeuner. En plus, je vais lui montrer à faire du pain.

— C'est correct, si t'as besoin de quelque chose, envoie-moi un des petits.

Quelques minutes plus tard, Camille frappa à la porte de la petite maison grise et dut attendre un certain temps avant que Ann vienne lui ouvrir, les yeux gonflés de sommeil.

— Comme tu vois, je suis de parole, lui dit-elle avec bonne humeur en entrant pour la première fois dans la maison. Je vais allumer le poêle pendant que tu t'habilles, ajouta-t-elle, bien décidée à prendre les choses en main. Est-ce que tes frères dorment en haut?

— Oui, madame.

— Va les réveiller. Ils vont venir nous aider.

Quand Patrick parut dans la cuisine, les cheveux en broussaille et l'air de mauvais poil, Camille lui demanda gentiment d'aller chercher les vaches dans le champ.

— D'habitude, c'est Duncan qui fait ça, rétorqua le jeune.

— Peut-être, mais aujourd'hui, c'est toi qui vas le faire, lui dit la jeune femme sur un ton auquel il n'était pas habitué.

Durant un court moment, le gamin sembla la jauger, puis il sortit de la maison sans rien ajouter. Duncan s'arrêta à son tour sur le seuil de la porte de la cuisine, apparemment étonné de voir une étrangère dans les lieux.

— Toi, tu vas aller nourrir les animaux et me rapporter des œufs.

Le garçon ne dit rien et sortit de la maison à son tour. Ann vint rejoindre Camille et cette dernière lui demanda où se trouvaient les ingrédients pour cuisiner.

— Tu sais préparer des crêpes ? lui demanda-t-elle.

— Oui.

— Je vais les préparer toute seule pendant que tu vas balayer la cuisine et laver la vaisselle sale qui traîne. Après, on ira traire les vaches avant de déjeuner.

L'avant-midi ne fut qu'une succession de tâches ménagères que Camille dirigea de main de maître. Même si les deux garçons faisaient la tête, elle ne les laissa pas s'esquiver et ils durent participer activement à remettre un peu d'ordre dans la maison. Après avoir enseigné à Ann comment préparer la pâte à pain, la fille de Baptiste Beauchemin termina sa matinée en lavant les fenêtres de la maison.

Dès le premier contact, elle avait adopté Rose, la moins rébarbative des enfants. La petite fille de cinq ans était attachante avec son besoin de se rendre utile et sa soif de caresses.

À son départ, au début de l'après-midi, la maison avait déjà un air un peu plus pimpant. Les vitres étaient propres et le parquet de la cuisine avait été lavé. Elle avait même trouvé le temps de préparer aux enfants un dîner consistant.

— Là, vous en profitez pas pour mener le diable à votre sœur pendant que je suis partie, avertit-elle les deux garçons. Si vous lui en faites arracher, je vais vous le faire regretter, leur promit-elle, l'air sévère.

Durant l'avant-midi, l'adolescente n'avait pu s'empêcher de se plaindre de l'indiscipline de ses deux frères qui acceptaient mal son autorité.

Avant de quitter la maison, Camille prévint Ann qu'elle allait revenir pour l'aider à faire le train vers quatre heures. Cette perspective ne sembla pas réjouir l'adolescente outre mesure. Cependant, la jeune femme tint parole. Elle vint aider à soigner les animaux et à préparer le repas du soir. Après le souper, elle déclara tout net aux enfants qu'il n'était pas question qu'ils aillent au lit aussi sales. Malgré leurs protestations, une cuve d'eau chaude fut installée sur le balcon, à l'arrière de la maison, et chacun dut aller s'y laver. Même Ann fit la tête quand elle dut se plier à cette obligation.

— Demain matin, après le déjeuner, on va faire un grand lavage et changer les paillasses, lui déclara Camille en feignant de ne pas remarquer sa mauvaise humeur.

Le lendemain, elle revint chez les Connolly à la même heure que la veille.

— Il fait beau, on va vider les paillasses de la vieille paille qu'elles contiennent pour la remplacer par de la nouvelle. Après, on va en profiter pour laver les draps et les couvertes. Ça, ça veut dire qu'à soir vous vous lavez comme il faut avant de vous coucher, prévint-elle les enfants. Il est pas question de vous coucher malpropres et de tout resalir.

Aucun n'osa protester, mais il était visible qu'ils n'étaient pas habitués à se faire diriger ainsi.

À la fin d'une matinée bien remplie, la jeune femme, infatigable, dit à Ann :

— Tu vas encore préparer du pain pour voir si tu te rappelles bien comment il faut faire. Pendant ce temps-là, tes frères vont aller ramasser ce qui traîne autour de la maison. Moi, je vais faire du beurre et une recette de biscuits au gingembre.

De nouveau, après le repas du midi, elle quitta Ann en lui disant qu'elle allait revenir à la fin de l'après-midi.

— À soir, après le souper, je vais vous couper les cheveux, promit-elle aux enfants.

Cette promesse ne sembla réjouir que la petite Rose.

Le hasard voulut que Camille n'eut pas à passer aux actes. Elle venait à peine de quitter la ferme des Connolly et longeait celle des Gariépy lorsqu'elle croisa la voiture du facteur à bord de laquelle elle reconnut Liam Connolly, assis aux côtés d'Hormidas Meilleur. Au passage, les deux hommes la saluèrent poliment en soulevant leur chapeau et poursuivirent leur route.

À son retour à la maison, elle ne put s'empêcher de dire à sa mère :

— On dirait bien que j'ai fini d'aller chez les Connolly. Je viens de voir passer Liam Connolly dans le boghei du facteur. Ils l'ont pas gardé trop longtemps à l'hôpital. Pour moi, c'était pas aussi grave qu'Hormidas Meilleur le disait.

— Tant mieux, dit Marie, ces enfants-là ont bien besoin de leur père. Naturellement, il y a pas de raison que tu y retournes.

— C'est dommage, fit Camille en éprouvant un vague regret. Tous les quatre auraient bien besoin de quelqu'un pour mieux s'occuper d'eux autres. Je trouve qu'ils font pitié.

— Pour moi, il sera pas tard que tu vas voir arriver leur père pour venir te remercier de t'être chargée d'eux pendant qu'il était parti, commenta Eugénie en train de border une couche pour son futur bébé.

Cette prédiction de la jeune femme enceinte ne se réalisa pas plus que la promesse de sa belle-sœur de couper les cheveux des enfants. Les jours passèrent et Liam Connolly ne fit aucune apparition chez les Beauchemin pour venir remercier la jeune femme de s'être si bien occupée de ses enfants et de sa maison durant son court séjour à l'hôpital. Donat avait appris chez Dionne que le jeune cultivateur avait eu quelques côtes brisées dans son accident et qu'on l'avait gardé à l'hôpital parce qu'il avait souffert d'étourdissements qui avaient fini par disparaître au bout de quelques jours.

— Vous parlez d'un ingrat! finit par dire Bernadette, révoltée par un tel manque de reconnaissance.

— Fais du bien à un cochon… commença Donat.

— J'ai pas fait ça pour lui, le coupa sa sœur aînée. C'était pour les enfants.

— Quand même! fit Eugénie.

— Il a toujours été sauvage, fit remarquer Baptiste. Je vois pas pourquoi il aurait changé tout à coup.

— Quand on fait la charité, c'est pas pour des remerciements, conclut Marie. Camille a fait une bonne action, ça lui sera compté de l'autre bord.

Camille était vaguement inquiète depuis le retour de Liam Connolly. Elle craignait que le père ait puni son aînée pour avoir laissé entrer une étrangère chez lui durant son absence. De plus, elle ne pouvait s'empêcher de se demander pourquoi les enfants n'avaient pas eu l'air de l'apprécier durant les deux jours qu'elle avait passés avec eux. Mis à part la petite Rose, ils avaient semblé beaucoup plus la craindre que l'aimer.

— J'ai peut-être pas le tour avec les enfants, se dit-elle, un peu peinée.

Pendant ce temps-là, Baptiste broyait du noir et ne décolérait pas. Il chiquait de la guenille, comme disait sa femme. Cependant, si jamais Samuel Ellis avait reçu la même missive de l'évêché, il se garda bien de venir triompher devant lui. En quelques jours, tous les cultivateurs des rangs concernés furent mis au courant de la décision de l'évêque du diocèse. Évidemment, celle-ci ne suscita pas la joie collective qu'on aurait pu espérer, surtout à cause du choix du lopin de terre retenu et déjà acheté par les autorités. Comme les futurs paroissiens de Saint-Bernard-Abbé étaient divisés sur le choix de l'emplacement de la chapelle avant même la pétition, le mécontentement d'une partie des gens était prévisible.

—❧—

Le mardi après-midi suivant, Camille était en train de faire bouillir de l'écorce de pruche pour confectionner de la teinture brune avec laquelle elle se proposait de teindre une jupe quand elle entendit des pas dans la cour. La jeune femme se rendit précipitamment à la fenêtre pour identifier le visiteur.

Eugénie se reposait à l'étage et sa mère était partie cueillir des framboises avec Bernadette. Elle aperçut un inconnu vêtu d'un costume étriqué et coiffé d'une casquette. L'homme de taille moyenne était très maigre et marchait un peu voûté en portant une petite valise de cuir bouilli. Pendant un court moment, elle crut avoir affaire à un *pedler*, comme disaient les gens de la région. Puis, en scrutant l'homme, elle le reconnut.

— Ma foi du bon Dieu, on dirait bien que c'est Hubert! s'exclama-t-elle.

Elle quitta la fenêtre rapidement et s'empressa de sortir sur la galerie pour accueillir son jeune frère qu'elle n'avait pas vu depuis trois ans. Ce dernier s'immobilisa sur la première marche en voyant la porte s'ouvrir.

— Hubert! s'écria-t-elle en descendant l'embrasser sur les deux joues.

— Bonjour, Camille, dit le jeune homme aux traits émaciés, apparemment très heureux de revoir sa sœur aînée. Ça fait longtemps qu'on s'est vus, ajouta-t-il en lui adressant un sourire.

— C'est toute une surprise que tu nous fais là! M'man attend la lettre de ton supérieur depuis un mois. Elle mange les fenêtres toutes les fois qu'elle voit passer le facteur.

— C'est moi qui l'apporte, annonça Hubert.

— C'est pas grave, reprit Camille avec bonne humeur. L'important, c'est que tu sois bien arrivé. Entre. Reste pas au soleil. Il fait chaud sans bon sens.

Le jeune homme de vingt ans reprit sa petite valise et suivit sa sœur.

— À ce que je vois, m'man a fini par avoir sa cuisine d'été, dit-il en pénétrant dans la pièce.

— C'est tout nouveau. On vient juste de la peinturer, lui expliqua sa sœur aînée. Laisse ta valise là et viens t'asseoir à table. Je vais te servir un verre de lait et des biscuits à la mélasse que j'ai faits à matin.

Hubert ne se fit pas prier. Il suspendit sa casquette à l'un des clous plantés près de la porte et vint s'asseoir à la table tout en examinant la grande pièce bien éclairée.

— Veux-tu bien me dire comment ça se fait que t'arrives à pied? lui demanda sa sœur en déposant un verre de lait devant lui.

— En descendant du train, j'ai reconnu monsieur Ellis qui était à la gare pour affaires. Il m'a embarqué. Il voulait venir me conduire jusqu'ici, mais j'ai pas voulu. Je me souviens encore à quel point p'pa a de la misère à l'endurer. J'ai marché depuis le haut de la côte. C'est pas la fin du monde.

— T'as pas ta soutane sur le dos comme le petit Précourt quand il vient en visite?

— C'est pas obligatoire, dit-il, l'air un peu gêné.

Puis Camille sembla soudainement remarquer les traits tirés et l'air épuisé de son frère.

— Pourquoi t'irais pas t'étendre une heure avant le souper?

— Est-ce que je vais encore coucher avec Xavier?

— Non, sauf peut-être le samedi soir. Tu le sais pas, mais il a commencé à défricher sa terre au bout de Sainte-Ursule et il vient juste le samedi soir avec le jeune qu'il a engagé pour l'aider. Ça fait que tu vas être tout seul dans votre ancienne chambre.

— Je pense que je vais aller me reposer un peu, accepta Hubert après avoir mangé un seul biscuit et vidé son verre de lait.

Camille suivit d'un regard inquiet son jeune frère lorsqu'il prit la direction de la cuisine d'hiver.

Un peu avant l'heure du souper, Marie et Bernadette rentrèrent à la maison, tout heureuses de leur cueillette de framboises.

— En avez-vous ramassé pas mal ? leur demanda Camille tandis que les deux femmes déposaient leurs seaux sur la table.

— Assez pour faire une tarte ou deux et de la confiture, la rassura sa mère. On va les trier et les laver après le souper, ajouta-t-elle en se versant un grand verre d'eau.

Il y eut un bruit de pas dans la cuisine d'hiver.

— Est-ce que c'est Eugénie qui vient juste de se lever ? demanda Marie sur un ton désapprobateur.

— Non, c'est de la visite, m'man, lui annonça Camille au moment où la porte de communication s'ouvrait pour livrer passage à Hubert.

— Bonne sainte Anne ! s'émut la mère de famille en reconnaissant son fils. Des plans pour me faire mourir d'une crise de cœur.

— Mais c'est Hubert ! se réjouit Bernadette à son tour.

Les deux femmes vinrent l'embrasser. Marie avait les larmes aux yeux. L'émotion de revoir son fils après trois longues années de séparation la bouleversait.

— Pourquoi on n'a pas été avertis que t'arrivais aujourd'hui ? Ton père ou ton frère serait allé te chercher à la gare.

— C'est pas grave, m'man. Comme vous voyez, j'avais pas encore oublié le chemin de la maison.

Puis Marie tint son fils à bout de bras pour mieux l'examiner de la tête aux pieds.

— Mais mon Dieu, t'es bien maigre ! nota-t-elle. Ils te nourrissent pas chez les frères ?

— Ben oui, m'man, répondit Hubert avec un sourire.

— En tout cas, je sais pas ce qu'ils te donnent à manger, intervint Bernadette, mais ça semble pas te réussir trop trop. T'as l'air d'avoir juste le tic-tac et le branlant.

— Toi, par contre, t'as pas trop changé, fit son frère en riant. Toujours aussi haïssable et…

Hubert dut s'arrêter, secoué par une quinte de toux qui fit perler la sueur à son front. Les trois femmes présentes dans la pièce échangèrent un regard inquiet.

— Qu'est-ce que t'as à tousser comme ça en plein été? lui demanda sa mère.

— J'ai dû attraper un coup de froid, fit Hubert, évasif.

— Et ta soutane? Où est-ce qu'elle est?

— Dans ma valise, m'man. Je l'ai enlevée dans le train. J'avais trop chaud avec ça sur le dos.

Le jeune homme sentit tout de suite la désapprobation de sa mère.

— Je vais aller dire bonjour à p'pa et à Donat, annonça-t-il en faisant un pas vers la porte.

— Dérange-toi pas, ils s'en viennent. Quand on est passées proche de l'étable, ils finissaient déjà de faire le train, dit Bernadette.

— Va t'asseoir sur la galerie pour prendre l'air, lui conseilla sa mère. Ça va te donner un peu de couleurs. Pendant ce temps-là, on va préparer le souper. C'est de valeur qu'on n'ait pas su que t'arrivais aujourd'hui, on t'aurait préparé au moins une tarte ou un gâteau pour dessert.

C'est alors qu'Eugénie entra dans la cuisine, le visage encore tout chiffonné par sa longue sieste. Elle regarda Hubert en hésitant à le reconnaître. Elle ne l'avait vu qu'à une ou deux occasions alors qu'il avait dix-sept ans et à l'époque où Donat commençait à la fréquenter. La jeune femme, maintenant enceinte de sept mois, se déplaçait de plus en plus difficilement et arborait en permanence un air alangui qui énervait sa belle-mère au plus haut point.

— Tu reconnais Hubert ? demanda-t-elle à sa bru avec une certaine brusquerie.

— Il a pas mal changé, madame Beauchemin.

— Bonjour, Eugénie, la salua son jeune beau-frère en l'embrassant rapidement sur une joue.

Hubert alla s'asseoir sur la galerie pendant que Camille allait chercher les premières tomates de la saison, de la laitue et des haricots jaunes dans le jardin. Ces légumes allaient accompagner un reste de fricassée.

— Il nous reste plus qu'un peu de saucisses dans le puits, annonça inutilement Marie aux trois femmes qui l'aidaient à préparer le repas du soir quelques minutes plus tard. Ça, c'est la partie de l'année que j'haïs le plus. La seule viande qu'on va avoir à manger à partir de la semaine prochaine, ça va être du lard salé et une poule de temps en temps, le dimanche.

Peu après, elle entendit Hubert s'adresser à son père et à son frère qui venaient de l'apercevoir alors qu'ils s'arrêtaient au puits pour se laver après une journée de dur travail dans les champs. Le jeune homme avait quitté la galerie pour aller au-devant d'eux.

Quand les trois hommes rentrèrent dans la cuisine d'été, il était évident que Baptiste était heureux de revoir son fils après tant d'années. Pour la première fois depuis qu'il avait appris que la chapelle allait être construite en haut de la côte, il semblait de bonne humeur.

Tous les habitants de la maison prirent place à table et on mangea de bon appétit, même s'il faisait passablement chaud dans la pièce, malgré les trois fenêtres ouvertes. Pour dessert, Marie servit des framboises fraîches avec de la crème pendant que Bernadette versait du thé bouillant dans les tasses.

— Comme ça, tu t'en viens passer des vacances avec nous autres ? demanda Baptiste à son fils.

— Si je vous encombre pas trop, p'pa.

— T'es chez vous, ici dedans, fit son père.

— Et je pense que ça te fera pas trop de tort de respirer l'air de la campagne et de manger comme du monde, affirma sa mère que sa maigreur inquiétait.

— Tu vas rester avec nous autres combien de temps ? lui demanda Bernadette.

— Ben, je sais pas trop, répondit son frère, l'air gêné.

Cette hésitation n'échappa pas à Marie.

— Qu'est-ce qui se passe ?

— Le supérieur trouve que j'ai pas une grosse santé et il m'a dit avant que je parte qu'il aimerait que j'attende d'être ben d'aplomb avant de revenir dans la communauté.

— C'est ben correct comme ça, déclara Baptiste. Il y a rien qui presse.

Après le repas, Hubert décida d'aller rendre visite à sa sœur Emma, au bout du rang, et Bernadette se proposa de l'accompagner.

— Pas avant que la vaisselle soit faite, prévint sèchement sa mère. T'iras trotter quand la cuisine sera en ordre.

La cadette ne rouspéta pas. Elle savait d'avance qu'elle ne l'emporterait pas. Hubert l'attendit patiemment en tenant compagnie à son frère et à son père.

Après le départ du frère et de la sœur, Eugénie persuada Donat de l'accompagner chez les voisins. Anne-Marie Gariépy attendait aussi un enfant et les deux jeunes femmes sympathisaient depuis quelques mois. Pour sa part, Donat pouvait discuter plus facilement avec le voisin de gauche qu'avec son père dont il partageait de moins en moins les idées dans l'exploitation de la ferme familiale. Pour dire les choses crûment, le jeune homme commençait à avoir sérieusement hâte de prendre tout en main. Joseph Gariépy était de sa génération et avait les mêmes vues que lui.

Dès que Baptiste vit son fils et sa bru disparaître sur le chemin, il se tourna vers sa femme, occupée à repriser une chemise de Xavier.

— Bagatême! On leur donne un gars en bonne santé et ils nous le renvoient malade et maigre à faire peur. Veux-tu ben me dire comment ils traitent le monde, ces maudits frères-là?

Camille leva les yeux de la taie d'oreiller qu'elle était en train de border, mais elle ne dit pas un mot.

— C'est vrai qu'il est pas mal maigre et qu'il a les yeux cernés, reconnut Marie. En plus il tousse. Ça doit être une mauvaise grippe. À partir d'à soir, je vais lui faire prendre du sirop de gomme d'épinette.

— Il va venir travailler dans le champ avec nous autres. Ça va le remettre sur ses pieds, déclara Baptiste sur un ton assuré.

— Il en est pas question pour tout de suite, fit sa femme, l'air outré. Tu me le crèveras pas à travailler dur quand il a de la misère à se tenir sur ses jambes. On va d'abord le remplumer. Il y a pas de presse. De toute façon, si j'ai bien compris, il est pas obligé de rentrer en communauté à une date précise.

— On verra ça, rétorqua Baptiste. Ici dedans, tout le monde fait sa part. Tu me feras pas croire qu'un gars de vingt ans est pas capable de faire un peu d'ouvrage.

Ensuite, le cultivateur se renferma dans un silence songeur duquel sa femme fut incapable de le tirer de toute la soirée.

Le samedi suivant, Xavier retrouva son jeune frère et complice avec plaisir. Il fut entendu qu'ils partageraient la même chambre, comme avant le départ en communauté d'Hubert. Pour sa part, Antonin dut se contenter d'une paillasse dans le salon.

Le lendemain, Xavier n'eut rien de plus pressé à faire que d'entraîner son frère sur ses lots du rang Sainte-Ursule pour lui montrer avec fierté tout le travail abattu depuis quelques semaines. Maintenant, la cabane était construite à une trentaine de pieds du puits et la trouée commençait à être importante. On pouvait maintenant voir sans mal jusqu'à la rivière, de l'autre côté de la route.

— C'est de valeur que tu sois pas en meilleure santé, déclara Xavier. T'aurais pu venir travailler avec nous autres.

— Je suis pas mourant, protesta Hubert.

— Non, mais t'as pas l'air encore capable de bûcher toute une journée. De toute façon, tu connais m'man. Elle m'a ben averti de pas chercher à t'entraîner à travailler avec moi. Elle a dit qu'il fallait que tu te reposes. J'ai comme idée que tu vas finir par trouver ça pas mal fatigant de passer toutes tes journées avec quatre femmes sur le dos. Je te donne pas deux semaines avant d'être paré à retourner à genoux chez les frères.

Hubert salua la saillie par un franc éclat de rire. Avec Xavier, il avait enfin l'impression de pouvoir se laisser aller un peu sans être surveillé comme un agonisant.

Le matin même, sa mère avait exigé qu'il endosse sa soutane pour assister à la messe à Sainte-Monique.

— Mais c'est pas nécessaire pantoute, m'man, avait-il protesté.

— Oui, c'est nécessaire, l'avait-elle sèchement contredit. Il faut que tout le monde voie que t'es chez les frères, qu'on a, nous autres aussi, un religieux dans la famille.

Il avait dû plier devant la volonté maternelle. D'ailleurs, les jours suivants, sa mère le soumit à un tel régime visant à le remettre sur pied et à l'engraisser, qu'il en vint à souhaiter accompagner son père et son frère Donat aux champs après le déjeuner.

— J'ai l'impression, m'man, que vous cherchez à m'engraisser comme le cochon avant de faire boucherie, se plaignit-il.

— Dis pas de niaiseries, lui ordonna sa mère. Tu commences enfin à avoir un peu plus de gras sur les côtes et à faire moins pitié.

Chapitre 13

Une importante décision

Une semaine plus tard, ce qui devait arriver arriva. Depuis la réception de la lettre, Baptiste avait soigneusement évité d'aller au magasin général pour ne pas avoir à affronter un Samuel Ellis triomphant. Il était si révolté que l'autre lui ait joué dans le dos, comme il disait, qu'il avait peur d'en venir aux coups avec lui s'il le rencontrait.

Un soir, il s'arrêta chez son gendre pour lui emprunter un outil et sa fille Emma lui apprit qu'il le trouverait de l'autre côté du pont, chez Dionne. Après une brève hésitation, le cultivateur décida de se rendre au magasin général. De toute façon, il avait besoin d'huile à lampe.

Il s'attendait à retrouver Rémi en compagnie d'un ou deux hommes de la paroisse, mais en arrivant devant le magasin, il s'aperçut qu'une dizaine de cultivateurs étaient en grande conversation dans la cour du commerce. Contrarié, il immobilisa son attelage, descendit de voiture et chercha son gendre du regard. Il sursauta légèrement en apercevant Samuel Ellis en conversation avec Anatole Blanchette, John White, Thomas Hyland et Alcide Proulx. Le visage renfrogné, il feignit de ne pas avoir vu son adversaire et se dirigea directement vers Rémi Lafond en train de fumer en compagnie de Joseph Gariépy et d'Éloi Provost, un peu plus loin.

— Baptiste, attends, j'ai deux mots à te dire, l'interpella Samuel Ellis en se détachant du petit groupe avec qui il s'entretenait.

Baptiste pila et tourna vers lui un regard mauvais qui en aurait fait reculer plus d'un.

— Je vois pas ce que tu peux avoir à me dire, fit-il, la voix dure.

Si le timbre de sa voix alerta l'Irlandais, rien dans son comportement ne l'indiqua.

— *Shitt!* Il faut qu'on se parle pour la chapelle. Le père Meilleur m'a dit qu'il t'a laissé une lettre comme à moi il y a déjà une dizaine de jours. Il va tout de même falloir qu'on s'entende pour savoir quand on va commencer à bâtir.

Les hommes présents s'étaient soudainement tus et approchés pour participer à la discussion qui allait avoir lieu entre les deux auteurs de la pétition.

— T'as du front tout le tour de la tête de me parler de ça, toi! s'emporta Baptiste, rouge de colère.

— Comment ça? Qu'est-ce que je t'ai fait? lui demanda son vis-à-vis, visiblement étonné par sa sortie.

— Bagatême! tu viendras pas me faire croire que t'es pas allé en cachette voir monseigneur pour lui faire acheter le terrain de la veuve Cloutier en haut de la côte! tonna-t-il, hors de lui. Ça, Ellis, ça s'appelle un coup de cochon et c'est pas pardonnable.

— J'ai jamais fait ça, répliqua Samuel sur un ton égal. Je dis pas que j'en ai pas eu le goût, mais je l'ai pas fait.

— Je te crois pas, fit sèchement son adversaire, toujours aussi furieux. T'es un maudit bel hypocrite.

— Là, t'as tort, Baptiste, fit une voix dans son dos.

Baptiste Beauchemin se tourna tout d'une pièce pour se retrouver face à face avec la figure sans grâce d'Angèle Cloutier, les deux mains solidement plantées sur les hanches.

La veuve âgée d'une cinquantaine d'années était une maîtresse femme à la carrure assez imposante. À la mort de son Wilbrod, cinq ans auparavant, personne n'avait douté que cette femme à l'allure plutôt hommasse était en mesure de poursuivre seule et sans aide l'exploitation de sa ferme. Éloi Provost se plaisait même à ajouter qu'elle avait plus de moustache que lui, mais il évitait bien de faire cette blague en sa présence, intimidé qu'il était par la dame.

— Comment ça, j'ai tort? demanda Baptiste en se tournant vers elle.

— Samuel Ellis a rien à voir avec le choix du terrain de monseigneur, reprit la femme. C'est moi qui ai eu l'idée de lui offrir mon lot, en haut de la côte, et à un bon prix, à part ça.

— T'es allée à Trois-Rivières?

— Pantoute, nia la veuve. J'en ai pas eu besoin. J'ai juste demandé au notaire Letendre de proposer ce lot-là à l'évêché. C'est tout.

— Qu'est-ce que je te disais? fit Samuel Ellis.

Baptiste ne se donna pas la peine de s'excuser.

— Laisse-moi te dire, Angèle, que je trouve pas ton idée trop bonne, dit durement le cultivateur du rang Saint-Jean. Bonyeu! Il me semble que t'es assez vieille pour comprendre que c'est pas avantageux pantoute pour toi d'avoir à grimper et à descendre la côte, beau temps mauvais temps, pour aller à l'église.

— Je suis aussi assez vieille pour comprendre que marcher un mille dans Saint-Jean pour aller à l'église est encore pire, répliqua vivement Angèle, l'air mauvais. En plus, ouvre-toi donc les yeux, Baptiste. N'importe qui est capable de voir que la vraie place de la chapelle, c'est en haut de la côte, face à la rivière. Elle va se voir de loin, même si elle va pas être bien grosse. Elle va être belle à cette place-là et elle va nous faire honneur. Oublie la côte une minute. Cette côte-là, c'est tout de même pas la fin du monde, non?

— Ouais, admit-il.

— Je vois bien que t'es déçu qu'elle soit pas dans Saint-Jean, mais dis-toi que ça va te faire bien moins loin que d'aller à l'église de Sainte-Monique.

— Si on veut, reconnut-il à contrecœur.

À bien y penser, c'était moins le fait que la chapelle soit en haut de la côte que la certitude qu'il s'agissait du premier pas de la communauté pour considérer Sainte-Ursule comme le village de la future communauté qu'il avait beaucoup de mal à accepter. «Après tout, se répétait-il sans cesse, c'est moi qui suis arrivé ici le premier et tous les autres se sont installés d'abord dans mon rang.»

— Bon, si on arrêtait de se chicaner pour des niaiseries et si on décidait à soir quand commencer à la bâtir, cette chapelle-là, reprit Samuel en feignant l'enthousiasme et persuadé que Baptiste était maintenant calmé.

— En tout cas, on peut pas commencer au mois d'août, intervint Proulx. C'est le temps des foins.

— Pas plus en septembre, poursuivit Angèle Cloutier. Il faut rentrer les récoltes.

— Oui, puis en octobre, il faut labourer, dit Baptiste. Mais bagatême, il va falloir la bâtir avant l'hiver, cette chapelle-là! Si on se grouille pas, monseigneur va changer d'idée et on va se retrouver Gros-Jean comme devant.

— Là, il faudrait peut-être pas s'énerver trop vite, dit Samuel Ellis. Si t'as reçu la même lettre que moi, t'as dû lire qu'il faut d'abord qu'on élise cinq syndics qui vont se choisir un maître d'œuvre qui, lui, va être responsable de tout ça. Ça veut dire qu'il va falloir se réunir un soir cette semaine ou dimanche prochain pour faire cette élection-là.

— C'est vrai, dut reconnaître Baptiste. Il faut d'abord élire les syndics. On pourrait peut-être faire ça demain soir. Qu'est-ce que vous en dites? demanda-t-il en se tournant vers les personnes présentes, désireux de reprendre les commandes d'un projet dont il était l'initiateur. Il y a juste à voir à ce que quelqu'un dans chacun des trois rangs se charge d'avertir tout le monde.

La dizaine d'hommes et la femme rassemblés dans la cour du magasin général approuvèrent et on trouva vite trois responsables.

— On pourrait faire ça ici, après le souper, proposa Télesphore. C'est à peu près à mi-chemin pour tout le monde.

Baptiste était assez content de lui d'avoir songé à proposer que la réunion ait lieu dès le lendemain. Ainsi, Ellis n'aurait pas le temps de faire trop de cabale pour se faire élire. Il avait l'intention de faire en sorte d'être non seulement l'un des syndics mais aussi le maître d'œuvre.

❦

Le lendemain soir, les familles des francs-tenanciers de la future mission commencèrent à arriver très tôt chez Télesphore Dionne. Malgré la chaleur qui sévissait dans la région depuis plusieurs jours, la plupart des gens s'étaient endimanchés par fierté, conférant ainsi à la réunion un caractère des plus solennels.

Le propriétaire du magasin général ainsi que son voisin, Évariste Bourgeois, firent en sorte que leurs cours mitoyennes ne soient occupées que par les personnes. Ils invitèrent chacun à laisser son attelage sur le bord de la route.

Sur le coup de sept heures, Baptiste et les siens arrivèrent sur les lieux. Plus de cent personnes étaient déjà sur place et discutaient entre elles. Dès son entrée dans la grande cour, il chercha à repérer Samuel Ellis. Il l'aperçut en grande conversation avec une dizaine de cultivateurs du rang Sainte-Ursule. Il ignorait combien de gens son adversaire avait eu le temps de voir depuis la veille et cela l'inquiétait.

Télesphore Dionne sortit de son magasin un peu plus tard et se campa sur sa galerie pour annoncer d'une voix de stentor :

— On donne encore une dizaine de minutes aux traîneux et après ça, on devra commencer.

Baptiste, susceptible en cette occasion, trouva que le propriétaire du magasin général se donnait beaucoup d'importance tout à coup et conçut immédiatement des doutes sur ses intentions. Peut-être cherchait-il, lui aussi, à devenir syndic et, pourquoi pas, maître d'œuvre.

— On devrait élire Cléomène Paquette, entendit-il un loustic dire à mi-voix dans son dos.

— T'es pas malade, toi, rétorqua Delphis Moreau. S'il fallait que ça se mette à aller de travers comme chez eux, on aurait l'air fin.

— En tout cas, j'espère que le monde oubliera pas Tancrède Bélanger, dit Athanase Lemoyne. Il a toujours été d'affaires, le bonhomme. Avec lui, le syndic serait jamais dans le trou.

— Ben oui, on se ramasserait vite avec une chapelle qui serait aussi mal entretenue que son maudit pont l'était. En plus, il pourrait faire payer pour entrer, plaisanta Proulx.

— Il faudrait pas qu'il y ait juste des Irlandais nommés, affirma Conrad Boudreau à son voisin, John White.

Le petit homme nerveux qui avait l'air d'un gnome secoua la tête.

— Les Irlandais voudraient pas ça, déclara-t-il. Aussitôt que quelque chose irait de travers, vous autres, les Canadiens français, vous seriez ben trop contents de les critiquer.

Une cloche agitée énergiquement par Télesphore incita les gens à mettre progressivement fin à leurs conversations et à s'approcher de la galerie où le propriétaire du magasin général se tenait debout. L'homme fit signe à Hormidas Meilleur de monter à ses côtés.

— Moi, je veux pas diriger cette élection-là, annonça-t-il. Qu'est-ce que vous diriez si c'était notre facteur qui s'en occupait ?

Des murmures approuvèrent ce choix. Le sémillant sexagénaire n'était une menace pour personne.

— Dites donc, le père, fit un plaisantin du rang Saint-Paul. Je trouve que vous avez le nez ben rouge à soir. J'espère que c'est un coup de soleil, pas de la bagosse qui l'a rendu comme ça.

— Toi, le jeune, sois poli si t'es pas joli, rétorqua Hormidas en lui lançant un regard furieux.

— Voulez-vous vous en occuper, père Meilleur? lui demanda le forgeron.

— C'est correct. Est-ce qu'il y en a qui veulent proposer un nom? demanda-t-il à la cantonade.

— Oui, fit Conrad Boudreau. Je propose Baptiste Beauchemin. Après tout, c'est lui qui a eu l'idée de partir la pétition.

— Accepterais-tu si les gens te veulent? demanda le facteur au cultivateur.

Ce dernier hocha la tête.

— Levez la main, ceux qui sont en faveur, ordonna Hormidas.

La plupart des gens sur place levèrent la main et Baptiste, très satisfait, fut élu.

— Si Baptiste a été élu parce qu'il a eu l'idée de la pétition, je pense qu'on peut demander à Samuel Ellis si la *job* l'intéresse, intervint Angèle Cloutier, toujours aussi peu féminine.

Samuel hocha la tête à son tour et fut élu sans aucune difficulté. Ensuite, Thomas Hyland et Anatole Blanchette acceptèrent à leur tour et sans se faire prier la tâche de syndic. En dernier, quelqu'un proposa le nom de Télesphore Dionne, mais ce dernier se récusa, à la plus grande surprise de Baptiste qui avait cru qu'il avait l'ambition de faire partie du conseil.

Finalement, Antonius Côté fut élu et le conseil, déclaré complet. À la suggestion du facteur, on demanda aux membres élus de monter à ses côtés sur la galerie pour qu'on puisse les applaudir.

— À cette heure, il vous reste juste à vous grouiller pour qu'on ait notre chapelle au plus sacrant, conclut Évariste Bourgeois.

Durant encore une heure, les gens demeurèrent sur place pour échanger des nouvelles pendant que les membres du nouveau conseil convenaient de se réunir dès le lendemain soir dans l'école, en face.

À son retour à la maison, Baptiste arborait un air fier qui n'échappa pas à sa femme durant tout le court trajet les ramenant à la maison. Le soleil venait de se coucher quand il revint s'asseoir sur la galerie après avoir retiré ses vêtements du dimanche.

— C'est bien beau les honneurs, lui dit sa femme, mais attends-toi à être critiqué si ça marche pas.

— Je le sais et ça m'énerve pas pantoute, laissa-t-il tomber. Peut-être que ça me fatiguerait plus si j'étais le maître d'œuvre, mais je le suis pas.

— Comme je te connais, tu vas bien essayer de l'être, je suppose ?

— Si ça adonne, fit-il sèchement. Il en faut un et je veux pas que ce soit Ellis.

— En tout cas, j'espère que tu vas chanter longtemps la même chanson quand tu vas être responsable de tout ça. En passant, t'as dû remarquer que Xavier était pas là, à soir ?

— Oui, mais c'est normal. Il traîne pas au magasin durant la semaine.

— Je veux bien le croire, mais le voisin aurait pu le prévenir.

— Non, les Benoît étaient pas là non plus, même si Millette m'a dit qu'il était allé les avertir cet après-midi.

Le lendemain soir, Baptiste fut le premier arrivé à l'école et il s'empressa d'ouvrir toutes les fenêtres du petit bâtiment pour aérer l'endroit. Quand il sortit pour fuir la chaleur infernale emmagasinée dans la classe, il aperçut la veuve Cloutier qui le regardait, debout sur le pas de sa porte, de l'autre côté du chemin.

Les quatre autres syndics arrivèrent peu après et on décida de s'installer à l'intérieur pour échapper aux oreilles indiscrètes.

— D'abord, avant de commencer à parler de la chapelle, je pense qu'il faut élire un maître d'œuvre, déclara Baptiste.

Les autres l'approuvèrent.

— Je te propose, fit Samuel Ellis, à la plus grande stupéfaction de son adversaire.

— Une bonne idée, confirma Côté.

Hyland et Blanchette furent du même avis.

— Acceptes-tu ? insista Ellis.

— Ben, là, vous me poignez pas mal les culottes à terre, mentit le cultivateur.

— Envoye ! Laisse-toi pas désirer, fit Côté.

— Ben, je veux ben essayer, accepta Baptiste.

— C'est entendu comme ça. C'est toi qui diriges les travaux et nous autres, on va être là pour te donner un coup de main quand ce sera nécessaire, renchérit Hyland.

Baptiste ne savait s'il devait ou non se réjouir de l'avoir emporté aussi aisément. Il avait été tellement persuadé que Samuel Ellis ferait tout pour être nommé maître d'œuvre qu'il était déstabilisé par le fait que celui-ci l'ait lui-même proposé à ce poste. Cela devait cacher un piège et, soudainement inquiet, il cherchait à le détecter.

Comme il ne voyait pas, il finit par prendre la parole et profiter de l'autorité qu'on venait de lui conférer.

— D'abord, est-ce qu'on s'entend pour construire la chapelle du côté droit du chemin qui passe au milieu du lot ?

demanda-t-il en regardant les quatre hommes assis près de lui.

— Il me semble que tant qu'à construire en haut de la côte, on est aussi ben de s'arranger pour que la chapelle soit en face de la rivière, déclara Ellis. Si on fait bâtir de l'autre côté, la chapelle va lui tourner le dos.

Tous approuvèrent bruyamment.

— À part ça, pour moi, on est mieux de s'organiser pour commencer à bâtir dans les premiers jours de septembre, suggéra Baptiste. Chacun viendra donner un *bee* quand il le pourra. Si on attend trop tard en octobre, on risque de se faire poigner par la pluie.

— Ça a du bon sens, accepta Antonius Côté.

— Qu'est-ce qu'on fait pour la pierre et le bois ? continua le nouveau maître d'œuvre.

— Ça, c'est un maudit problème, commenta Blanchette. Construire une chapelle, c'est pas mal plus compliqué que de bâtir une grange. C'est comme pour le pont, on peut pas faire ça sans avoir un plan, sinon ça va être fait tout de travers et il va y avoir du gaspillage de matériel.

Le silence tomba sur le groupe et tous tournèrent la tête vers Hyland dont le visage prit une expression gênée.

— Qu'est-ce que t'en penses, Thomas ? lui demanda Ellis. Vas-tu nous faire un plan pour cette chapelle-là ?

— Ben...

— Ton plan pour le pont était ben correct, reprit Baptiste. On n'a pas eu à s'en plaindre.

Le propriétaire du moulin se gratta la tête en soulevant sa casquette et se racla la gorge.

— *Hell!* Là, ça me gêne pas mal de vous le dire, mais c'est pas moi pantoute qui ai fait le plan du pont.

Tous se regardèrent, étonnés par cette révélation.

— Qui l'a fait d'abord ? lui demanda Baptiste.

— Mon homme engagé, avoua Hyland.

— Constant Aubé ?

— En plein ça. Il est bon pour ça. Il a de l'idée, le jeune, ajouta-t-il en secouant sa pipe contre l'un de ses talons. Même si une chapelle, ça doit pas être aussi compliqué que de construire une église, il nous faut quelqu'un capable de tracer un plan et qui, en plus, est un bon charpentier.

— Ça, c'est sûr, approuva Côté en fourrageant dans sa longue barbe.

— Moi, je verrais ben mon homme engagé s'en occuper, poursuivit Hyland d'un air pénétré. Comme vous avez pu le voir, il est capable de faire un plan et il est loin d'être manchot comme charpentier. À mon avis, c'est l'homme qu'il nous faut.

— Qui aurait pensé que la Bottine était capable de faire ça ? fit Anatole Blanchette.

— Non, Constant Aubé, le corrigea sèchement le propriétaire du moulin. Avec lui, il y aura pas de gaspillage de matériel et je sais qu'il est capable de calculer tout ce qu'il faut. Je vais pas vous le cacher plus longtemps, c'est lui qui a dirigé tout l'ouvrage quand on a remonté le moulin et je peux vous garantir que c'est d'aplomb. Il m'a fait des plans qui étaient pas piqués des vers.

— Ça parle au diable ! s'exclama Ellis. Je sais pas, mais faire bâtir notre chapelle par un étranger…

— C'est pas un étranger, reprit Côté. Il est avec nous autres depuis presque cinq ans. Moi, je trouve que l'idée de Thomas est bonne. Toi, Baptiste, qu'est-ce que t'en penses ?

Le cultivateur regarda les hommes autour de lui avant d'acquiescer, sans grand enthousiasme. Il aurait aimé prendre en charge cette construction, mais il lui fallait s'occuper de sa terre et il n'était pas certain de pouvoir planifier le travail. Il savait surtout fort bien que les gens des trois rangs n'allaient pas manquer de scruter à la loupe ce qu'il ferait et que la moindre maladresse allait lui être reprochée. Dans ce cas, pourquoi ne pas laisser à un simple homme engagé la possibilité de se faire critiquer ?

— C'est correct. On va l'essayer, se résigna-t-il. Mais si ça va tout de travers...

— Inquiète-toi pas pour ça, dit Hyland d'une voix assurée.

— T'es sûr qu'il va accepter cette *job*-là ? lui demanda Côté.

— Non, mais ça coûte rien de lui demander ce qu'il en pense, admit l'homme.

— Et quand est-ce que tu crois qu'il va être en mesure de nous montrer son fameux plan ? l'interrogea Baptiste.

— S'il accepte de s'en occuper, tint à préciser Hyland.

— Ben sûr.

— Je vois pas pourquoi il devrait se presser. On n'est même pas encore à la fin de juillet.

— S'il accepte, il faudra pas qu'il traîne trop, dit le nouveau maître d'œuvre. Demande-lui de venir me montrer ça dès qu'il aura une idée pour la chapelle.

À son retour à la maison, Baptiste révéla aux siens qu'il avait été désigné comme maître d'œuvre et qu'on allait construire la chapelle au commencement de l'automne.

— Et qui est-ce qui va s'occuper de la bâtir ? lui demanda sa femme en rangeant son tricot.

— Nous autres, mais on va demander à l'homme engagé de Hyland de faire un plan et de voir ce qu'il nous faudrait en matériel.

Bernadette regarda son père pour vérifier s'il ne plaisantait pas.

— Pourquoi lui ? demanda Donat à son père.

— C'est ça qui est la meilleure, révéla Baptiste avec un sourire moqueur. Hyland a été obligé de nous avouer que le plan du nouveau pont, c'était Aubé, son homme engagé, qui l'avait fait.

— On dirait que cet homme-là a pas mal de talents, dit Camille. Il travaille le cuir, il fait de la menuiserie et il est capable de faire un plan. En plus, il a l'air de savoir lire et écrire. C'est à se demander pourquoi il reste un homme engagé, ajouta-t-elle.

— Il est surtout ben gêné, lui fit remarquer son frère Donat.

— C'est peut-être à cause de sa jambe, dit Eugénie, sans méchanceté.

— En plus, il est pas bien beau, releva Bernadette.

— Pauvre Bedette! dit sa mère en arborant un air de commisération. Comme si ça avait de l'importance!

Ce soir-là, Thomas Hyland trouva son homme engagé en train d'aiguiser les dents de la grande scie à son retour à la maison.

— Viens t'asseoir une minute sur la galerie, j'ai affaire à te parler, ordonna-t-il au jeune homme.

Constant vint rejoindre son patron sur la galerie en se demandant ce qui pouvait bien l'inciter à prendre cet air solennel.

— Je viens de la réunion du conseil. Finalement, ça a l'air que tout le monde va s'entendre pour commencer à construire la chapelle ici, dans le haut de la côte, au commencement de l'automne.

— En pleine période des récoltes? s'étonna le jeune homme.

— Chacun va venir travailler à sa convenance, quand il le pourra, lui précisa son patron. Là, je dois t'avouer que j'ai été obligé de dire au monde que c'était toi qui avais fait le plan du nouveau pont.

— C'est pas ben grave, monsieur Hyland. À cette heure, c'est plus important. Le pont est construit.

Constant Aubé avait accepté de dresser le plan du pont à la condition que son patron en assume la paternité. Par timidité, il n'avait pas voulu se mettre de l'avant.

— Peut-être, mais là, les gens veulent un plan pour la chapelle.

— J'espère que vous êtes pas allé leur dire que j'étais pour le faire ? s'inquiéta Constant.

— Ben oui, j'avais pas le choix. Ça a l'air que t'es le seul de la paroisse capable de faire ça. Les hommes ont confiance en toi.

— Mais j'ai jamais fait ça, moi, s'insurgea le jeune homme. Pour le pont, c'était facile, les piliers étaient déjà là.

— Une chapelle, c'est pas une église. T'es capable de faire ça, Constant. Écoute, on va se parler dans le blanc des yeux. C'est pas un mystère pour ben du monde que tu trouves la petite Beauchemin à ton goût.

Constant Aubé rougit violemment.

— Là, t'as le moyen de l'impressionner en lui montrant que t'es pas juste un homme engagé capable de travailler avec tes bras du matin au soir. Si tu fais le plan, tu vas avoir la chance d'aller chez les Beauchemin je sais pas combien de fois pour en discuter avec son père. Ça, c'est toutes des chances de voir ta belle et, surtout, de lui montrer que t'es pas un gnochon.

Constant Aubé garda le silence assez longtemps, comme s'il soupesait le pour et le contre. Finalement, il se laissa tenter.

— Je peux ben essayer, monsieur Hyland, mais il va falloir qu'on me donne les dimensions, par exemple.

— Pour ça, tu devras demander à Baptiste Beauchemin et à Sam Ellis, fit son patron en dissimulant mal son contentement.

Chapitre 14

La chapelle

Après trois semaines de grande chaleur, le soleil décida de faire une pause durant les derniers jours de juillet. Au début de la dernière semaine, le ciel se couvrit et une petite pluie fine se mit à tomber dès le lundi matin. Ce jour-là, les eaux de la rivière étaient grises et semblaient immobiles.

— Il était temps que ça se décide à tomber, fit Baptiste au moment de prendre la direction de l'étable. Les récoltes sont en train de sécher sur pied, bagatême !

Le cultivateur n'avait pas tort. Depuis plusieurs jours, le blé et l'avoine avaient pris une teinte jaune de mauvais augure, ce qui inquiétait tous les cultivateurs de la région.

— Le foin en a aussi ben besoin, poursuivit Donat en jetant un coup d'œil au champ qui s'étalait devant lui, entre la route et la rivière.

— Aujourd'hui, on va travailler en dedans, déclara son père. On va réparer les ports des vaches dans l'étable.

Hubert, qui marchait aux côtés des deux hommes, approuva de la tête. Dix jours à peine après son arrivée à la ferme, le jeune homme avait repris des couleurs et avait commencé à travailler avec les hommes, trop heureux d'échapper aux attentions de sa mère.

Un peu avant la fin de la matinée, un boghei vint s'immobiliser près de la maison des Beauchemin, attirant Eugénie sur la galerie pour accueillir les visiteurs.

Constant Aubé demeura un court instant dans la voiture, comme s'il cherchait à rassembler son courage pour affronter les Beauchemin. La veille, il était allé chez Samuel Ellis pour discuter des dimensions de la chapelle. En ce lundi matin pluvieux, son patron avait décidé de se passer de ses services pour qu'il puisse venir consulter Baptiste.

— Va surtout pas dire à Baptiste Beauchemin que t'es allé voir Ellis avant lui. Fais comme s'il était le seul dont tu veux connaître l'opinion avant d'essayer de faire un plan, lui avait fortement recommandé Thomas Hyland.

Le jeune homme finit par descendre du boghei.

— Bonjour, madame, dit-il à Eugénie. Est-ce que je peux parler à monsieur Beauchemin ?

Alertée par les bruits de voix, Bernadette avait abandonné son balai dans la cuisine d'hiver pour s'approcher de la fenêtre.

— Vous allez le trouver à l'étable, répondit Eugénie.

Constant remercia et prit la direction du bâtiment en ne claudiquant que très légèrement. Avant de partir, il avait pris la précaution de glisser la double semelle de cuir dans sa bottine droite. Il poussa la porte de l'étable et demanda au maître des lieux s'il pouvait lui parler durant quelques minutes de la future chapelle. Baptiste tendit sa scie à Hubert.

— Viens dans la maison, on va être mieux pour parler, dit-il au visiteur.

Les deux hommes sortirent du bâtiment et se dirigèrent vers la maison. Au passage, Constant prit une tablette de papier et un crayon déposés dans une toile cirée sur le siège de la voiture. Baptiste le fit passer devant lui et ils entrèrent dans la cuisine d'été où Marie, Camille et Eugénie étaient occupées à tisser du lin. Bernadette tricotait.

Constant salua les quatre femmes en rougissant légèrement et il s'empressa de prendre place sur le long banc que Baptiste venait de lui indiquer.

— Bedette, apporte-nous une tasse de thé, ordonna le maître des lieux à sa fille cadette.

Bernadette, consciente d'être suivie des yeux par le visiteur, traversa la pièce et entra dans la cuisine d'hiver où le dîner mijotait sur le poêle à bois. Elle revint moins d'une minute plus tard avec des tasses de pierre qu'elle déposa devant les deux hommes. Constant la remercia sans oser la regarder.

— Comme ça, si je comprends ben, t'as accepté de nous donner un coup de main ? demanda Baptiste à son visiteur.

— Oui, monsieur Beauchemin.

— Vas-y. Je t'écoute.

Les femmes cessèrent de parler pour mieux entendre ce que les deux hommes allaient dire.

— Je vais essayer de vous faire un plan, et vous me direz, monsieur Beauchemin, si ça a de l'allure. Je voulais d'abord vous demander ce que vous pensez d'une chapelle de cinquante pieds par trente pieds, poursuivit Constant en sortant de la toile cirée la tablette de papier dont il tira trois feuilles sur lesquelles un schéma et divers chiffres avaient été tracés.

— C'est pas trop grand pour une chapelle ? demanda Baptiste.

— Regardez. Il paraît qu'il va y avoir quatre-vingt-neuf familles qui vont venir à la messe. Si j'ai ben calculé, il faudrait plutôt bâtir une chapelle de quatre-vingt-dix pieds par trente pieds pour avoir de la place pour tout le monde, mais j'ai pensé que ça coûterait trop cher à construire et à chauffer. Plus tard, on pourrait l'agrandir si c'est nécessaire.

— Ouais, fit le maître d'œuvre en regardant le plan étalé devant lui. As-tu une idée de la quantité de bois que ça prendrait ?

— Oui, je l'ai déjà calculée. Ça va en prendre pas mal parce que j'ai prévu une chapelle pièce sur pièce.

— Ça, t'as raison. Ça va être plus solide, approuva le cultivateur.

— La pierre aussi.

— La pierre?

— Ben, il va falloir asseoir la bâtisse sur un solage d'au moins deux pieds de large.

— À ton avis, combien de bancs on va pouvoir avoir? demanda Baptiste en examinant de plus près le plan.

— Pas plus que quarante-six, monsieur Beauchemin. Et là, j'ai compté au plus serré. J'ai calculé qu'on pourrait mettre une rangée de quinze bancs du côté de l'évangile, deux rangées de dix bancs au centre et une de onze bancs du côté de l'épître.

— Pourquoi moins de ce côté-là?

— À cause du poêle qu'il va ben falloir installer quelque part.

— Ouais, il va manquer pas mal de bancs, constata Baptiste, l'air songeur.

— Dans une bâtisse de cinquante par trente, si je compte le chœur, on peut pas mettre plus de bancs.

— Je comprends, laissa tomber Baptiste, peu enthousiaste.

— En plus, on a un autre problème, poursuivit Constant.

— Lequel?

— Si monseigneur envoie un prêtre, il va ben falloir qu'il puisse manger et dormir quelque part, à moins que vous ayez l'intention de lui construire un presbytère en plus.

— Ben non, bonyeu! Ça va déjà tout prendre pour bâtir la chapelle.

— Si c'est comme ça, je pense que le mieux serait peut-être d'ajouter une bâtisse au bout de la chapelle de vingt-quatre pieds par trente-six pieds pour faire une sorte de sacristie derrière le chœur. Ça pourrait servir de chambre, de cuisine et de sacristie si on y met un poêle.

— Peut-être.

— J'ai pensé qu'on pourrait installer deux cheminées, poursuivit un Constant si pris par son sujet qu'il n'avait pas remarqué que les femmes s'étaient approchées et examinaient les plans qu'il avait tracés. Une serait en avant, dans la sacristie, et servirait à réchauffer le logement du prêtre et l'autre, en arrière de l'église.

— Et les fenêtres ? demanda Baptiste. Y as-tu pensé ?

— Oui, regardez sur le plan. J'en mettrais cinq de chaque côté et j'en ajouterais une dans la sacristie.

— Ça m'a l'air correct.

— Si le cœur vous en dit, j'ai même prévu un petit clocher d'une vingtaine de pieds de haut, conclut Constant. Si un jour vous voulez acheter une cloche, il y aurait juste à l'installer.

Le jeune homme laissa le maître d'œuvre scruter les feuilles étalées devant lui durant de longues minutes avant de se lever.

— Bon, je pense vous avoir tout dit, monsieur Beauchemin. J'ai fait mon possible. Je vous laisse tout ça. Vous en ferez ce que vous voudrez.

— T'as fait du bel ouvrage, se décida à dire Baptiste de peine et de misère, en se levant à son tour. Je vais montrer ça aux autres syndics et on va prendre une décision.

— Comme je vous l'ai dit, il y a juste la longueur de la chapelle qui m'achale un peu. Il me semble qu'il va y avoir pas mal de monde debout si on n'est pas capables de placer plus de bancs que ça.

— On va en parler, promit le maître d'œuvre. Dis donc, comment ça se fait que tu sais faire des plans et mesurer les matériaux qu'il faut ?

Constant eut un sourire gêné en se rendant compte subitement que les quatre femmes suivaient avec attention leur conversation.

— Mon père bâtit des maisons à Québec et aux alentours. Il a toujours eu un moulin à scie. Il nous a habitués très jeunes à mesurer le bois. Je vous laisse. Je dois rentrer, monsieur Hyland doit m'attendre.

Sur ces mots, Constant Aubé salua de la tête les personnes présentes dans la pièce d'un air emprunté et s'empressa de quitter la cuisine d'été. Baptiste le raccompagna jusqu'à son boghei avant de rentrer dans la maison.

— Drôle de gars quand même, laissa-t-il tomber à l'intention de sa femme.

— En tout cas, il est loin d'être bête, lui fit remarquer Marie. Il me semble qu'il a raison quand il dit que la chapelle va être ben trop petite.

— Ça, je verrai ça avec les autres syndics, dit-il après avoir allumé sa pipe. Il y a tout de même des limites à ce que le monde est prêt à débourser. Il faut pas oublier que même si les gens vont venir travailler pour rien et donner du bois, il va y avoir pas mal d'affaires qu'il va falloir payer.

— En tout cas, il me semble que t'aurais pu penser à le remercier pour le sac qu'il t'a donné, dit Marie en se tournant vers Bernadette.

— J'y ai pas pensé, avoua la jeune fille sans manifester trop de remords.

— Quand on accepte un cadeau, ma fille, c'est la moindre des choses de remercier, lui rappela sèchement sa mère.

Le surlendemain, le conseil des syndics accepta le plan de Constant Aubé avec l'ajout d'une sacristie. Cependant, tous ses membres s'opposèrent à augmenter la taille de l'édifice. Ce soir-là, Baptiste remarqua l'air sombre de Samuel Ellis et lui demanda ce qui l'embêtait.

— Je sais pas trop, avoua ce dernier. Il me semble qu'on se donne ben du trouble pour rien. Écoute, c'est ben beau avoir un plan, mais qui va diriger l'ouvrage sur le chantier ? On va être tous occupés par les récoltes et les labours cet automne. Si tout un chacun se met à faire n'importe quoi, la chapelle va avoir l'air du diable.

Baptiste constata que les autres syndics semblaient approuver Ellis.

— Qu'est-ce que t'as en tête ? finit-il par demander à l'Irlandais.

— Je suis en train de me dire que le mieux serait peut-être de prendre le plan que l'homme engagé de Thomas a fait et d'aller voir l'architecte Bélisle, à Saint-Zéphirin. Lui, il connaît ça. On sait pas. Il pourrait peut-être nous faire un prix qui aurait ben du bon sens pour tout faire et on n'aurait plus à s'occuper de rien. Il a ses hommes et il sait comment se débrouiller, le bonhomme.

— C'est pas bête, cette idée-là, approuva Blanchette, l'air pénétré.

On procéda à un vote et il fut décidé que le maître d'œuvre inviterait l'architecte à venir visiter l'emplacement de la future chapelle. Il en profiterait pour lui montrer les plans tracés par Constant et lui demander de soumettre un devis au syndic.

Ce soir-là, Baptiste dicta une lettre à Bernadette pour l'architecte de Saint-Zéphirin, lettre qui fut remise au facteur dès le lendemain avant-midi.

Quelques jours plus tard, Baptiste vit un homme de taille imposante âgé d'une quarantaine d'années pénétrer dans sa cour à bord d'un boghei. Vêtu d'une redingote noire, l'homme descendit de voiture sans se presser et se dirigea vers le cultivateur qui s'avançait vers lui. Le maître d'œuvre avait reconnu l'architecte de Saint-Zéphirin qu'il connaissait de vue.

Eugène Bélisle était grand et costaud, et il arborait une courte barbe poivre et sel.

— Je suis venu pour voir le site de votre prochaine chapelle, comme vous me l'avez proposé dans votre lettre, dit-il à son hôte en lui tendant la main.

Les deux hommes montèrent dans la voiture et prirent la direction du lot vendu par Angèle Cloutier. Bélisle fit lentement le tour du terrain et admira la vue qui s'étendait devant lui.

— On peut dire que vous avez choisi une bien belle place, dit-il à Baptiste. Quelle sorte de bâtiment avez-vous en tête ?

Le cultivateur lui expliqua en quelques mots ce que le syndic désirait. L'architecte se contenta de l'écouter tout en hochant la tête. De retour à la maison, Baptiste lui montra le plan de Constant Aubé et il fut entendu que Bélisle reviendrait le voir une dizaine de jours plus tard avec une évaluation précise des travaux.

Les deux hommes se séparèrent sur cette promesse.

❧

Le mauvais temps, qui persista toute la semaine, n'empêcha pas Xavier et Antonin de travailler du matin au soir à l'abattage des arbres. Si le blé et l'avoine semés avaient levé assez chichement entre les souches, le petit jardin, lui, produisait bien.

Les pluies abondantes des derniers jours avaient fait apprécier à Xavier le confort tout relatif de la cabane qu'il était parvenu à construire. L'humidité avait favorisé la naissance de milliers de maringouins qui leur rendaient la vie misérable durant toute la journée. Au moins, le soir, à l'abri des murs de la cabane, Antonin et lui pouvaient jouir d'un repos bien mérité.

— Les maudits maringouins nous lâchent pas de la journée, jurait-il en se grattant furieusement.

— Moi, j'ai hâte qu'on puisse mettre le feu dans les tas de branches qui traînent partout, avoua l'adolescent.

— On va attendre une journée sans vent et on va commencer à en brûler, lui promit son jeune patron. En attendant, on va continuer à corder du bois contre le mur de la cabane.

— Et pour les billots ?

— Ils vont venir encore en chercher aujourd'hui, se contenta de répondre Xavier.

Depuis trois jours, un nommé Anselme Joyal, contre-maître d'une compagnie de bois, venait prendre livraison des billes de bois sur son terrain. L'homme avait promis de prendre tout ce qu'il pourrait abattre jusqu'à la mi-août et la somme versée allait servir au jeune fermier à s'offrir son premier cheval, et peut-être même sa première *sleigh*, avec un peu de chance. Il appréciait tout ce que son père et sa mère lui avaient offert pour faciliter son installation, mais il était bien entendu que le Blond ne lui avait été que prêté.

Par ailleurs, Xavier s'était engagé à aller aider son père et son frère à la récolte du foin dans deux semaines. En retour, ces derniers lui donneraient une certaine quantité de fourrage.

— Je pense que j'en ai eu un ! s'écria soudain Antonin en se dirigeant vers l'une des lignes qu'ils avaient tendues dans la rivière.

Xavier laissa son homme engagé aller décrocher la perchaude qui s'était laissé prendre à l'une des quatre lignes qu'ils laissaient en permanence et il le regarda la déposer dans le vivier improvisé près de la berge. Depuis deux semaines, à court de viande, ils s'étaient rabattus sur le poisson.

— C'est mieux que rien, disait parfois le maître des lieux, mais ça remplacera jamais un bon morceau de bœuf.

Antonin, à qui revenait la tâche de vider et de préparer les poissons capturés, se contentait de secouer la tête sans rien dire.

Xavier aurait bien aimé que son frère Hubert vienne passer quelques jours sur son lopin de terre avec lui, mais sa mère continuait à s'y opposer farouchement.

— Il ira pas manger de la misère avec vous autres, avait-elle déclaré d'une voix tranchante quand il avait suggéré la chose. Ton frère a besoin de se refaire des forces avant de retourner chez les frères. C'est pas en allant se faire manger par les maringouins et bûcher du matin au soir que ça va lui arriver.

➤

Au milieu de la seconde semaine du mois d'août, Eugène Bélisle s'arrêta en début de soirée chez les Beauchemin alors que ces derniers venaient de quitter la table.

— Venez souper, monsieur Bélisle, l'invita Marie, sans façon, en abandonnant la vaisselle qu'elle s'apprêtait à aider à essuyer.

— Vous êtes bien bonne, madame Beauchemin, dit l'architecte, mais c'est déjà fait. Dérangez-vous pas. Là, j'arrête juste quelques minutes. Je dois aller rencontrer monsieur Allard, dans le rang Saint-Paul.

Camille s'empressa de finir de débarrasser la table pendant qu'Eugénie déposait devant le nouvel arrivé une tasse de thé alors qu'il s'assoyait en face de Baptiste.

— Je vous ai apporté ce que je vous avais promis, annonça Eugène Bélisle en tirant de son sac de cuir un rouleau qu'il déplia devant son hôte.

Baptiste se leva et vint s'asseoir sur le même banc que son visiteur pour mieux voir.

— Je dois d'abord vous dire que le plan que vous m'avez remis était plein de bon sens. J'ai repris à mon compte les mesures de la chapelle qu'il y avait sur le plan et j'ai même adopté la sacristie que je trouve pas bête du tout.

— Bon.

— J'ai tout calculé. Je suis prêt à vous bâtir cette chapelle-là pièce sur pièce, sur un solage en pierre de quatre pieds de hauteur. Le plancher sera fait en madriers embouvetés. Les murs et le plafond seraient lambrissés en planches de pin ou de pruche embouvetées elles aussi. Comme sur le plan, il y aurait onze fenêtres et j'ai ajouté deux vasistas pour la cave. Le toit en planches serait couvert de bardeaux de cèdre.

— Ça a ben de l'allure, approuva le maître d'œuvre.

— Je suis prêt à vous faire ça pour sept cents piastres. Je fournis tous les matériaux et toute la main-d'œuvre.

— C'est ben de l'argent, ne put s'empêcher de dire Baptiste, l'air sombre.

— Peut-être, mais c'est un gros chantier. Je peux pas baisser d'une cenne. J'ai tout calculé au plus juste. Je vous laisse le plan et le devis. Je vous laisse aussi tout le temps que vous désirez pour y penser. J'ai dix hommes qui travaillent pour moi. Dites-vous qu'on a besoin, au bas mot, de deux mois pour bâtir votre chapelle.

Baptiste remercia l'architecte et le reconduisit à sa voiture en lui promettant de lui donner des nouvelles le plus tôt possible.

— Qu'est-ce que tu penses de tout ça ? lui demanda sa femme dès que le visiteur fut sorti de la cour.

— C'est ben trop cher, déclara Baptiste, déçu. On n'a pas pantoute les moyens de construire un bâtiment de ce prix-là. Qui penses-tu va être prêt à prêter autant d'argent au conseil ?

— Est-ce que ça veut dire qu'on n'aura pas notre chapelle ? lui demanda Marie, soudain inquiète.

— Je le sais pas, reconnut-il. On en aura peut-être une, mais elle va être moins belle et surtout elle va nous coûter pas mal moins cher parce qu'on va la construire nous-mêmes, précisa-t-il, l'air soucieux.

— On peut dire que ça tombe ben, cette affaire-là, intervint Donat qui s'était bien gardé de se mêler de la conversation jusque-là. On commence les foins demain.

— Ça nous empêchera pas de commencer les foins, lui déclara sèchement son père, qui avait senti un blâme dans la remarque. Si le soleil peut rester avec nous quelque temps, on devrait pouvoir s'y mettre.

— Et Xavier ? demanda Bernadette.

— J'ai dans l'idée qu'il va être ici dedans demain matin et il sera pas tard. D'habitude, il est de parole et il m'a dit dimanche passé qu'il viendrait mercredi ou jeudi nous donner un coup de main avec son homme engagé.

Le maître de la maison se leva et alla ranger les papiers laissés par l'architecte dans le petit meuble en pin qui lui servait de secrétaire dans la cuisine d'hiver. Lorsqu'il revint dans la cuisine d'été, il se borna à dire qu'il n'y avait rien qui pressait pour la chapelle et qu'il attendrait la réunion fixée au lundi suivant pour parler du devis de l'architecte aux syndics.

❦

Le lendemain matin, Baptiste, Donat et Hubert constatèrent que Xavier n'avait pas oublié sa promesse lorsqu'ils le virent arriver un peu avant sept heures en compagnie d'Antonin.

— Si vous voulez qu'on vous donne une bonne journée d'ouvrage, dit-il en riant à sa mère, il va falloir que vous nous fassiez déjeuner. On meurt de faim. On n'a pas mangé avant de partir.

— Approchez, les invita Marie. Vous arrivez juste à temps, personne a encore mangé.

Camille déposa une énorme omelette au centre de la table pendant que sa jeune sœur tirait une assiette remplie de crêpes dorées du fourneau du poêle de la cuisine d'hiver.

— Qu'est-ce qui se passe? demanda Xavier. Eugénie mange pas.

— Elle est malade à matin, se contenta de lui répondre son frère Donat.

De toute évidence, Marie avait envie de rétorquer que la jeune femme s'écoutait trop encore une fois, mais le regard noir que lui lança son mari l'incita à se taire.

— Il y a combien de faucheux à matin? demanda Xavier.

— On a juste trois faux, dit son père. Donat, toi et moi, on va faucher. Les autres prendront les râteaux et feront des mailloches.

— Ça va aller vite, assura Marie.

— M'man, qu'est-ce que vous diriez si vous restiez à la maison avec Eugénie pour faire l'ordinaire ? proposa Camille. On va bien être assez de quatre pour fournir derrière les faucheux.

— Je suis pas malade, moi ! protesta sa mère.

— On le sait, m'man, mais il faut tout de même que quelqu'un prépare le dîner, intervint Bernadette à son tour.

— Les filles ont raison, déclara Baptiste. Les quatre jeunes sont capables de suivre. Si je m'aperçois qu'on les devance trop, j'enverrai quelqu'un te chercher. Mais là, il y a pas le feu. Il fait beau et il y a pas menace de pluie. On devrait avoir tout le temps qu'il faut pour rentrer le foin.

— C'est correct. J'irai vous porter à manger sur l'heure du midi.

Marie se résigna un peu à contrecœur. C'était la première fois en trente-cinq ans qu'elle ne rentrerait pas les foins.

Ce matin-là, le soleil était si chaud que la rosée avait déjà disparu au moment où les travailleurs quittèrent la maison.

— Oubliez pas l'eau, leur recommanda Marie quand ceux-ci, armés d'un râteau ou d'une faux, s'apprêtèrent à prendre la direction du champ, de l'autre côté du chemin.

Camille remplit deux cruches de grès et en tendit une à Antonin debout à ses côtés. Une petite brise s'était mise à souffler depuis quelques minutes et faisait onduler les hautes herbes. On traversa la route. Une fois sur place, il fallut attendre quelques instants, le temps que les trois hommes aiguisent leurs faux avec une pierre. Camille eut un sourire entendu à la vue d'Antonin qui s'était installé près de Bernadette. Depuis quelques semaines, elle avait remarqué que l'adolescent semblait très sensible au charme de sa jeune sœur et elle trouvait amusantes toutes les ruses auxquelles il recourait pour se trouver près d'elle.

Puis Baptiste et ses deux fils se placèrent en quinconce et entreprirent d'avancer lentement en fauchant environ quatre pieds de largeur d'un mouvement que l'habitude rendait plein d'aisance. Camille, Bernadette, Hubert et Antonin les laissèrent prendre une certaine avance avant de se mettre à râteler le foin fauché et à constituer des meules. En une ou deux occasions, Bernadette émit un cri en voyant détaler entre ses pieds un mulot surpris d'être dérangé dans son habitat.

— Tornom de vermine! maugréa-t-elle. Pourquoi ça arrive juste à moi des affaires comme ça? Une bête puante au mois de mai et là, des mulots.

— Arrête de faire des drames avec rien, fit Camille d'une voix apaisante. Les petites bêtes mangent pas les grosses, comme dit toujours m'man.

Les travailleurs ne firent que deux pauses durant la matinée et l'ouvrage avança à un rythme plus que satisfaisant.

À l'heure du repas, Marie et Eugénie apparurent dans le champ, portant un panier dans lequel elles avaient déposé du pain frais, du fromage et du beurre. Tout le monde mangea d'un bel appétit avant de s'accorder une courte sieste.

— Chez mon père, dit Marie avant de retourner à la maison, on attendait l'angélus avant d'arrêter pour dîner.

— Ben ici, m'man, vous risqueriez de mourir de faim avant d'entendre ça, la taquina Xavier. L'église est à quinze milles.

Au milieu de l'après-midi, Donat alla atteler la Noire à la voiture à foin et avec l'aide de son père et de Xavier, entreprit de la charger des meules constituées depuis le début de la matinée. Hubert et Antonin vinrent leur prêter main-forte et les aidèrent à décharger le tout dans le grenier de l'étable.

Ce soir-là, il ne fut pas question de retourner dans le champ après le souper. La journée de travail avait été assez longue.

— Si on continue comme ça, on devrait avoir fini demain soir, déclara Baptiste, tout heureux de pouvoir compter sur une main-d'œuvre aussi nombreuse. Je pense que ça fait au moins trois ans que le foin a pas été aussi beau, ajouta-t-il, satisfait. On va même en avoir en trop. Si le blé et l'avoine sont aussi beaux dans un mois, on va être corrects pour l'hiver.

— Est-ce que ça veut dire que vous allez être capables d'aller donner un coup de main à Rémi et Emma ? demanda Marie.

— Beau dommage ! répondit son mari, de bonne humeur. On n'est pas pour les laisser s'éreinter tout seuls.

Personne n'émit la moindre protestation. Après tout, il était normal qu'on s'entraide.

Le lundi soir suivant, Baptiste expliqua aux syndics la proposition d'Eugène Bélisle, mais quand il mentionna la somme exigée par l'architecte, la réaction fut unanime : les gens de la concession ne pouvaient se payer une chapelle aussi coûteuse.

— Il y a certainement un moyen de bâtir quelque chose de moins cher, déclara Anatole Blanchette.

— Peut-être, admit le maître d'œuvre, mais je voudrais ben que tu m'expliques comment.

— Puis là, qu'est-ce qu'on fait ? demanda Ellis pour mettre fin aux discussions inutiles.

— Peut-être essayer de la bâtir nous-mêmes, suggéra Baptiste d'une voix hésitante. Mais là, je sais pas qui pourrait lâcher son ouvrage sur sa terre pendant un mois ou deux pour surveiller ce qui se fait.

— Si tu penses à mon homme engagé, le prévint Thomas Hyland, j'aime autant te dire que je peux pas me passer de lui. J'ai trop d'ouvrage à faire autant au moulin que sur ma terre.

Finalement, les syndics mirent fin à la réunion en promettant de réfléchir à un moyen de sortir de cette impasse avant que monseigneur Cooke change d'avis et leur retire la permission de construire une chapelle.

❧

Quelques jours plus tard, Donat rentra à la maison peu après son père.

— Je viens d'aller voir le champ d'avoine, déclara-t-il. Je pense qu'on va le faucher demain matin. Il m'a l'air ben beau.

— On le fauchera quand je le dirai, rétorqua abruptement Baptiste.

Voyant les traits du visage du jeune homme se durcirent, Marie regarda sa fille Camille et lui fit un léger signe de ne pas intervenir. De toute évidence, le père et le fils avaient encore eu un accrochage durant la journée, hors de leur présence.

Eugénie, de plus en plus grosse, se déplaça lourdement dans la pièce pour aller déposer les assiettes sur la table.

— Écoutez, p'pa, se décida à dire Donat.

— Quoi ? lui demanda son père, l'air mauvais.

— Il me semble que je travaille assez ici dedans pour avoir mon mot à dire de temps en temps.

— Tu peux parler autant que tu veux, ça me dérange pas. Mais je veux que tu te souviennes ben que cette terre-là, c'est la mienne. Tant que je te l'aurai pas donnée, elle va rester à moi.

— Je commence à me demander si je serais pas mieux de m'acheter un lot à défricher, moi aussi, poursuivit Donat, exaspéré, en songeant à son frère Xavier. Comme ça, je serais libre de faire ce que je veux.

— Il y a personne qui te retient de force, mon garçon, conclut sèchement Baptiste.

Comme chaque fois qu'une discussion s'envenimait entre eux, le jeune homme se leva et quitta la maison, rapidement suivi par sa femme. Marie s'approcha d'une fenêtre et les vit se diriger vers la balançoire pour y prendre place. Elle eut envie de faire une remontrance à son mari qu'elle sentait nerveux depuis que le projet de la chapelle n'aboutissait à rien, mais elle s'en garda bien. Comme d'habitude, la paix reviendrait probablement entre le père et le fils après quelques jours de bouderie de Donat. Baptiste pouvait se montrer autoritaire, mais il était très rarement rancunier.

Ce soir-là, cependant, elle ne put s'empêcher de faire une remarque à son mari comme ils se mettaient au lit. Il avait eu l'air bougon durant toute la soirée.

— À ta place, Baptiste, je tirerais pas trop sur le cordeau avec Donat. On aurait l'air fin tous les deux s'il décidait d'aller s'installer ailleurs avec sa femme. À qui on laisserait notre bien après avoir travaillé toute notre vie ? Oublie pas que Xavier a déjà sa terre et qu'Hubert va retourner chez les frères.

— Je veux pas qu'il vienne décider à ma place, bonyeu ! conclut finalement son mari avant de se tourner sur le côté pour dormir.

Chapitre 15

L'inattendu

Le dernier samedi du mois d'août, qui s'achevait sur des journées légèrement plus fraîches mais toujours ensoleillées, au grand bonheur des cultivateurs, Marie laissa ses deux filles laver la vaisselle du déjeuner pour disparaître quelques instants dans le carré de lin qui jouxtait son grand jardin.

— Dis-moi pas qu'on va être obligées de faire ça aujourd'hui, fit Bernadette en regardant par la fenêtre sa mère en train de se pencher sur le lin.

Camille s'avança pour voir de quoi sa sœur cadette parlait.

— Ça me surprendrait pas. Je pense que c'est pas mal le temps de s'en occuper.

— C'est ce que j'haïs le plus faire, fit Bernadette, l'air dégoûtée.

— Console-toi en te disant que t'es à la veille de retourner à l'école et que t'auras pas à nous aider à faire des marinades.

Les deux jeunes femmes virent leur mère se redresser et rentrer à la maison.

— C'est à matin qu'on arrache le lin, annonça-t-elle à ses filles.

— On pourrait se faire aider par les hommes, m'man, suggéra Bernadette.

— On n'a pas besoin d'eux autres. Ils ont l'avoine à faucher et à rentrer.

— Je vais aller vous donner un coup de main, dit Eugénie en entrant dans la cuisine d'été en provenance de la pièce voisine.

— Non, c'est pas un ouvrage pour toi, trancha Marie, dans l'état où tu es. Occupe-toi plutôt de préparer le dîner.

La jeune femme n'en avait plus que pour quelques semaines avant de donner naissance à son premier enfant et elle se déplaçait de plus en plus difficilement.

Marie et ses deux filles se coiffèrent de leur chapeau de paille et prirent la direction du carré de lin. Elles se mirent à arracher les plantes et à les étendre soigneusement les unes à côté des autres de manière à couvrir tout le sol pour qu'elles sèchent. Le travail était aussi dur pour les mains que pour les reins. Cependant, à midi, tout le lin était arraché et les femmes rentrèrent à la maison.

— On le laisse sécher là trois semaines. Quand il restera plus rien dans le jardin, on l'attachera en gerbes et on ira les porter dans la tasserie, décréta Marie en retirant son chapeau qu'elle suspendit derrière la porte.

Ce samedi soir là, Xavier et Antonin arrivèrent assez tôt à la ferme pour aider les hommes de la maison à décharger leur dernière voiture d'avoine.

— On fera comme on a toujours fait, déclara Baptiste en refermant la porte de la grange derrière lui. On va attendre les premiers froids, après les labours, pour battre le grain. Il y a rien qui presse.

Durant le souper, Xavier taquina son frère Hubert qui arborait maintenant un air de santé resplendissante. La peau tannée par le soleil et pesant une vingtaine de livres de plus qu'à son arrivée, six semaines auparavant, le frère de Saint-Joseph semblait tout à fait heureux d'être au milieu des siens.

— Dis donc, Hubert, es-tu ben certain d'être encore capable d'entrer dans ta soutane ? lui demanda-t-il, narquois.

— Je vois pas pourquoi je rentrerais pas dedans. Dimanche passé, elle me faisait encore et c'est pas avec l'ouvrage qu'on a fait cette semaine que j'ai pris de la taille, répondit son frère cadet du tac au tac.

— Pour moi, tu dois tirer pas mal sur les coutures. T'es rendu gras comme un voleur.

— Tu sauras que c'est pas de la graisse, c'est du muscle.

— La belle affaire! Ça te sera pas ben ben utile pour égrener ton chapelet.

— Xavier, fais pas ton détestable, lui ordonna sa mère. Laisse ton frère tranquille, ajouta-t-elle en décochant un regard inquisiteur au religieux.

Depuis quelques jours, Marie s'interrogeait. Son fils ne semblait pas du tout impatient de retourner en communauté et elle était étonnée que le supérieur n'ait pas écrit pour s'informer de la date de son retour. Mais elle se rassurait en constatant qu'Hubert continuait à porter sa soutane chaque dimanche pour aller à la messe à Sainte-Monique.

Ce soir-là, ses soupçons auraient pu être éveillés quand elle vit le jeune homme emboîter le pas à son père au moment où il sortait vérifier l'état de l'un de leurs six moutons en train de pacager près de l'étable, sous le prétexte que la bête lui avait semblé malade.

Quand Baptiste vint s'asseoir sur la galerie quelques minutes plus tard, il se contenta de dire que tout avait l'air d'être rentré dans l'ordre.

Puis, en se mettant au lit, le père de famille annonça de but en blanc à sa femme avant de souffler la lampe:

— À partir de demain, tu laisseras faire la soutane de Hubert. Il en a plus besoin.

— Qu'est-ce que tu veux dire par là?

— Ce que je viens de te dire, fit-il d'une voix agacée. Ton garçon retournera pas chez les frères. Il va rester avec nous autres, ajouta-t-il sans cacher sa satisfaction.

— Voyons donc! C'est quoi cette histoire-là? s'alarma-t-elle en s'assoyant brusquement dans le lit.

— C'est ce qu'il m'a dit à soir, expliqua Baptiste. Il paraît que le supérieur a trouvé qu'il avait pas une assez grosse santé et c'est pour ça qu'il l'a laissé partir cet été. Il lui a même dit qu'il y avait rien qui pressait pour revenir. Ça fait qu'il a ben pensé à son affaire et qu'il a décidé de rester avec nous autres.

— Il peut pas faire ça ! Qu'est-ce que le monde de la paroisse va dire ?

— Le monde dira ce qu'il voudra, la coupa catégoriquement Baptiste. Ça regarde pas personne.

— Et ses vœux ?

— Il m'a dit qu'il a pas encore prononcé de vœux.

— Il peut encore changer d'idée.

— Je le penserais pas, il a l'air ben décidé à rester avec nous autres.

— Ça me fait bien de la peine, ne put s'empêcher de dire Marie, bouleversée.

— Pas à moi, si tu tiens à le savoir, répliqua son mari en se tournant sur le côté à la recherche d'une position plus confortable pour dormir. Ça fait qu'achale-le pas avec ça ! C'est réglé.

— Je sais pas ce que monsieur le curé va penser de tout ça ? chuchota-t-elle.

— Comme il nous aime déjà pas ben gros, ça lui fera juste une raison de plus de nous haïr.

Marie ne dit rien, mais trouva difficilement le sommeil ce soir-là. Après le choc initial, elle se sentait partagée entre la joie de garder son fils sous son toit et le chagrin de n'avoir aucun de ses enfants consacré à Dieu.

❧

Le lendemain matin, tout le monde se prépara fébrilement pour la messe, sauf Eugénie.

— Hou donc, ma fille ! la houspilla sa belle-mère. Tu vas être en retard.

— Elle va rester à la maison à matin, déclara Donat.

— Pourquoi ça ? Elle en a encore pour un bon mois devant elle. Elle peut bien venir à la messe avec nous autres.

— Non, m'man, on a décidé que c'était mieux pour elle qu'elle reste.

— Veux-tu ben te mêler de tes affaires ! ordonna sèchement Baptiste à sa femme.

Marie ravala la réplique cinglante qu'elle s'apprêtait à dire et alla finir de coiffer son chignon dans sa chambre à coucher.

Comme tous les dimanches précédents, les Beauchemin et les Lafond firent route ensemble vers le village de Sainte-Monique. Arrivés près d'une heure avant la célébration de la grand-messe, ils eurent largement le temps de s'entretenir avec des connaissances, debout sur le parvis de l'église.

Baptiste était en grande conversation avec son frère Armand et un voisin de ce dernier quand il vit apparaître le notaire Charles-Olivier Letendre à ses côtés. Il le salua.

— Après la messe, j'aurais une affaire à régler avec vous, monsieur Beauchemin, déclara l'homme de loi. Si vous avez le temps, vous pourriez passer à mon étude.

— J'oublierai pas, promit le cultivateur, tout de même surpris de l'invitation.

Sur ces entrefaits, il vit le curé Lanctôt sortir de son presbytère en compagnie de l'un de ses deux vicaires et se diriger vers l'église. Le prêtre semblait bien décidé à passer à quelques pieds des Beauchemin sans leur adresser la parole quand il eut l'air soudain de changer d'idée. Il laissa son vicaire entrer dans l'église et bifurqua vers eux. Tous les membres de la famille le saluèrent. Les paroissiens déjà présents sur le parvis cessèrent soudain de parler, curieux de savoir ce que le pasteur allait dire à l'un des leurs. Baptiste s'attendait à ce qu'il lui rappelle froidement qu'il espérait toujours sa visite, mais il n'en fut rien. L'homme d'Église, l'air sévère, s'adressa à Hubert.

— Dis donc, jeune homme, depuis quand les clercs ont-ils l'autorisation de se tenir en public sans porter leur soutane?

Hubert pâlit et mit du temps avant de parvenir à répondre au prêtre:

— Il va falloir que j'aille vous voir à ce sujet, monsieur le curé.

— J'espère pour toi que t'as une bonne raison, laissa tomber Louis-Georges Lanctôt... Et que tu seras plus rapide que ton père pour passer me voir.

— Oui, monsieur le curé.

— Et toi, ma fille, je dois te prévenir que cette année, j'ai l'intention de passer régulièrement à ton école pour vérifier que tu fais bien le catéchisme aux enfants qu'on te confie, reprit-il en tournant vers Bernadette un visage intraitable.

— Vous serez toujours le bienvenu, monsieur le curé, dit la jeune institutrice en faisant un effort méritoire pour être aimable.

Le prêtre allait faire demi-tour sans se préoccuper le moins du monde de Baptiste quand il sembla se raviser. Il se tourna vers lui, le visage fermé.

— À ce que je vois, il y en a qui sont pas trop gênés de venir dans mon église, même s'ils sont sur le point de me voler une partie de ma paroisse.

— Si c'est de moi que vous parlez, monsieur le curé, répliqua Baptiste, la voix dure, je peux vous dire que je suis pas gêné pantoute de venir à la messe dans une paroisse où je paye encore ma dîme.

Le curé Lanctôt parut tellement surpris qu'on ose lui répliquer qu'il demeura figé durant un instant, comme frappé par la foudre. Puis, se reprenant, il tourna brusquement le dos aux Beauchemin et entra dans son église.

— Le maudit air bête! murmura Bernadette de manière à ce que sa mère ne l'entende pas.

— Chut! lui conseilla sa sœur quand elle vit sa mère jeter un coup d'œil vers elles.

Marie était furieuse d'avoir vu son fils, sa fille et son époux pris à partie devant tant de gens par le curé. Elle se pencha vers Baptiste pour lui dire:

— T'aurais jamais dû parler comme ça à monsieur le curé!

— Il avait juste à pas me chercher, se défendit Baptiste, encore étonné d'avoir osé s'adresser ainsi au pasteur devant tous ces gens qui écoutaient.

— Tabarnouche, tu lui as pas envoyé dire ce que tu pensais! intervint Armand, debout à ses côtés. Si la mère t'avait entendu parler comme ça à un prêtre, t'en aurais mangé toute une avec son balai. En tout cas, à ce que je vois, notre bon curé Lanctôt t'en veut toujours autant pour ta pétition, lui fit remarquer son frère. La semaine passée, il m'a même demandé si la construction de votre chapelle avançait.

— Qu'est-ce que tu lui as répondu? lui demanda Baptiste, curieux.

— Que tu m'en avais pas parlé.

— T'as ben fait. Ça le regarde pas.

Le bedeau était sans doute entré dans l'église sans qu'on le remarque, car les cloches se mirent soudain à sonner et les hommes durent éteindre leur pipe, sans se presser cependant, pour pénétrer à la suite des leurs dans le temple.

Après la messe, Amanda invita du bout des lèvres la famille de son mari à venir manger à la maison. Marie refusa en prétextant que Baptiste devait aller chez le notaire et qu'ils ignoraient à quelle heure il sortirait de l'étude. Ce refus sembla soulager sa belle-sœur qui s'empressa de quitter les lieux avant qu'elle change d'avis.

En fait, Marie avait prévenu les siens la veille qu'on allait manger le repas contenu dans le panier placé sous l'un des sièges de la voiture, assis à l'ombre d'un arbre, sur le bord de la route. Elle préférait cela plutôt que d'écouter Amanda se plaindre de tous les maux imaginaires dont elle souffrait.

Quelques minutes plus tard, Baptiste arrêta son cheval devant la dernière maison du village qui appartenait au notaire Letendre. Il confia les rênes à son fils Donat et descendit de voiture.

— On sera pas loin, lui promit Marie. On va s'installer proche de la croix du chemin et t'attendre là pour dîner.

Son mari hocha la tête et se dirigea vers la porte d'entrée de la petite maison en pierre de Charles-Olivier Letendre. Dès qu'il eut monté les quelques marches menant au perron, la porte s'ouvrit sur l'homme de loi qui l'attendait.

— Venez, monsieur Beauchemin, passez donc dans mon étude. Comme je vous l'ai dit, ce sera pas long.

— Dites-moi pas qu'il y a quelque chose qui marche pas avec les lots qu'on a achetés ce printemps ? fit Baptiste qui s'était demandé durant toute la messe ce que le notaire pouvait lui vouloir.

— Non, tout était correct, le rassura-t-il. Tenez, assoyez-vous.

L'homme à la mise recherchée lui indiqua une chaise placée devant son lourd bureau en chêne et contourna le meuble pour s'asseoir dans son fauteuil. Il ouvrit un tiroir du bureau, en sortit une enveloppe et chaussa ses lorgnons.

— Il y a deux jours, un confrère de Trois-Rivières m'a fait parvenir ceci pour vous, dit l'homme de loi en tirant de l'enveloppe une autre petite enveloppe blanche qu'il lui montra.

— Pour moi ? s'étonna le cultivateur.

— On m'a dit que vous êtes le maître d'œuvre de la mission Saint-Bernard-Abbé. C'est adressé au maître d'œuvre de la mission. C'est pour ça que je vais vous la remettre après vous avoir lu la lettre qui m'a été envoyée par le notaire Descôteaux de Trois-Rivières. Ne vous inquiétez pas, c'est une excellente nouvelle.

— Ah bon, fit Baptiste, un peu soulagé.

— Je vous lis ce que m'a écrit mon estimé confrère, dit Charles-Olivier Letendre en tirant une feuille de la grande enveloppe.

Cher confrère,

Je vous fais parvenir cette lettre de crédit au nom de l'un de mes clients qui exige l'anonymat. Mon client désire faire un don de quatre cents dollars à la nouvelle mission Saint-Bernard-Abbé, sur la recommandation de monseigneur Laflèche.

Auriez-vous l'amabilité de remettre ladite lettre au président du syndic de la mission ?

Henri Descôteaux, notaire

Durant cette brève lecture, Baptiste était demeuré figé, comme tétanisé par ce qu'il entendait.

— Puis, monsieur Beauchemin, qu'est-ce que vous pensez de ma nouvelle ? lui demanda l'homme de loi, la mine réjouie. C'est pas une bonne nouvelle, ça ?

— C'est surtout un vrai miracle ! s'exclama le maître d'œuvre en reprenant son souffle. Bagatême ! Je pense rêver ! Quatre cents piastres ! On rit pas.

— C'est une vraie fortune, confirma le notaire en lui tendant la lettre de crédit, comme si son vis-à-vis était en mesure de la lire. Il arrive parfois que des gens âgés qui ont de l'argent fassent un don important à l'évêché. Je trouve que monseigneur a eu bon cœur en conseillant au donateur de donner de l'argent à votre mission plutôt que de le garder pour ses bonnes œuvres.

— Avec cet argent-là, on va pouvoir faire construire notre chapelle, déclara un Baptiste Beauchemin qui avait l'impression de flotter sur un nuage.

— Je peux vous faire changer cette lettre de crédit en argent comptant, si vous le voulez.

— Non, monsieur le notaire. J'aimerais mieux que vous la gardiez dans votre coffre. Je pense que cet argent-là va aller à Eugène Bélisle quand on va s'être entendus pour la construction de la chapelle.

— C'est comme vous voulez, consentit le notaire Letendre en se levant.

Baptiste le remercia et, tout guilleret, alla rejoindre les siens, assis au pied d'un gros chêne, sur le bord de la route. Ils l'attendaient pour manger en manifestant une certaine impatience.

— Aïe ! Tenez-vous ben, leur dit-il, excité, en s'assoyant près de sa femme. Il y a quelqu'un qui vient de donner quatre cents piastres à notre paroisse.

— C'est pas vrai ! dit Marie, ravie.

— Qui ça, p'pa ? demanda Camille.

— Il y a pas moyen de savoir qui. Tout ce que je sais, c'est que le notaire a quatre cents piastres pour nous autres. Vous savez ce que ça veut dire ? Ça va payer plus que la moitié de la chapelle. Attendez que je dise ça aux autres, ils en reviendront pas, déclara-t-il, apparemment soulagé d'un grand poids.

Le dîner composé de pain, de tomates et de lard salé fut un repas joyeux. Cependant, si Marie et ses enfants avaient cru durant un instant qu'ils pourraient faire une courte sieste après avoir mangé, c'était compter sans l'excitation du chef de famille, pressé d'aller apprendre la bonne nouvelle aux autres syndics.

On reprit donc la route rapidement après le dîner et on rentra à la maison.

— Dételle pas, commanda Baptiste à Antonin, je repars tout de suite.

L'adolescent suivit Xavier à l'intérieur pendant que le maître des lieux reprenait la route.

— Je vous dis que votre père est excité là, déclara Marie en aidant ses filles à ranger les restes de nourriture du repas dans le garde-manger.

— Il y a de quoi, m'man, intervint Donat qui revenait de sa chambre où il s'était rendu pour voir si sa femme se portait bien. Avec autant d'argent, je pourrais m'acheter une terre et tout le roulant.

— Pourquoi t'aurais besoin de ça, toi ? lui demanda Xavier, surpris par la remarque. C'est toi qui vas avoir la terre du père.

— Ouais, se contenta de dire son frère aîné en arborant un air désabusé.

Pendant ce temps, Baptiste s'était rendu chez Antonius Côté, le seul syndic qui habitait le rang Saint-Jean et, après lui avoir appris la bonne nouvelle, il l'emmena avec lui chez Anatole Blanchette, dans le rang Saint-Paul. Ce dernier ne se fit pas prier pour monter, lui aussi, à bord du boghei de Baptiste, et les accompagner en haut de la côte du rang Sainte-Ursule, pour aller informer Hyland et Ellis de leur bonne fortune.

Samuel Ellis, le dernier informé, tint absolument à célébrer l'événement en offrant plusieurs tournées de whisky à ses quatre visiteurs. À l'unanimité, on décida de confier à Bélisle la construction de la chapelle. Baptiste promit d'aller s'entendre avec l'architecte dès le lendemain de manière à ce que les travaux débutent le plus tôt possible.

À la fin de l'après-midi, Baptiste revint à la maison passablement éméché, mais heureux. Xavier, qui se préparait à rentrer chez lui avec Antonin, décida de rester pour aider ses frères à soigner les animaux.

— Allez vous étendre un peu avant le souper, p'pa, proposa-t-il à son père. On est quatre pour faire le train, on n'a pas besoin de vous.

Son père ne s'entêta pas et prit la direction de sa chambre en chancelant légèrement, suivi de près par sa femme qui ne voulait pas qu'il se couche sur la courtepointe servant de couvre-lit.

— C'est tout un exemple à donner aux enfants en plein dimanche, dit-elle, la voix chargée de reproche en retirant la courtepointe.

— Pour une fois que j'avais quelque chose à fêter, se défendit mollement Baptiste, la voix légèrement pâteuse.

— Pendant que j'y pense, Cléomène Paquette s'est arrêté tout à l'heure. Il voulait te parler.

— Qu'est-ce qu'il voulait?

— Il me l'a pas dit, mais ça avait rapport avec les bancs d'église. En tout cas, il avait encore oublié son tabac et il m'en a demandé pour remplir sa blague.

— Encore! s'écria Baptiste en se déchaussant. Je trouve qu'il commence à exagérer, ce maudit quêteux-là! Depuis le commencement du printemps qu'il s'arrête au moins une fois par semaine pour venir remplir sa blague. Je vais finir par lui dire deux mots quand je vais le revoir.

— C'est une charité.

— Laisse faire la charité, toi! s'emporta son mari. C'est un sans-dessein et c'est pas lui rendre service de continuer à le sortir du trou chaque fois qu'il tombe dedans.

Cléomène Paquette et sa femme Aurélie étaient les derniers cultivateurs du rang Saint-Jean. Ils étaient vite devenus la risée de toute la paroisse tant ils étaient peu débrouillards et paresseux. L'un et l'autre étaient âgés d'une quarantaine d'années et n'avaient pas d'enfants. «Heureusement!» disaient leurs voisins, car leur ferme était, de loin, la plus mal tenue de toute la région, et on se demandait comment ils faisaient pour survivre en travaillant si peu la terre et en soignant si mal leurs quelques animaux.

— Il y a un bon Dieu pour les innocents! répétait souvent Marie pour expliquer le phénomène.

Le repas du soir venait à peine de prendre fin que les Beauchemin entendirent une voiture pénétrer dans la cour.

— C'est ton cavalier, annonça Donat à Bernadette en regardant par la fenêtre.

— Pas déjà lui! laissa-t-elle tomber avec humeur. Il pourrait au moins me laisser le temps de me préparer. Il est même pas sept heures.

— T'as juste à le lui dire, si ça fait pas ton affaire, lui fit remarquer sa mère.

— En tout cas, c'est une belle façon de te sauver de la vaisselle, plaisanta Camille.

— Il a juste à l'attendre sur la galerie pendant qu'elle la fait, suggéra Xavier en adressant un clin d'œil à Donat et à son père.

— Mêle-toi de tes affaires, le grand, lui ordonna sa sœur. Ça vous dérange pas trop que je vous laisse la vaisselle? demanda-t-elle aux femmes présentes dans la cuisine d'été.

— Non, fit sa mère, mais prends-en pas l'habitude.

Bernadette quitta la table.

— J'en ai pour cinq minutes, dit-elle à Léon Légaré à travers la porte moustiquaire.

Ce dernier s'apprêtait à saluer Baptiste et ses fils qui venaient de prendre place sur la galerie. À demi étouffé par son col en celluloïd et vêtu de son costume noir, Léon Légaré tenait son chapeau à la main, l'air emprunté et timide. Bernadette connaissait maintenant assez son amoureux pour savoir qu'il était ainsi uniquement en présence de ses parents. En réalité, le jeune homme était plutôt orgueilleux et vantard. Le fils d'Onésime Légaré, fier de sa force physique, ne ratait jamais une occasion de se mettre en valeur pour épater la galerie.

La fille cadette de Baptiste Beauchemin disparut rapidement dans ce qu'on appelait maintenant le «haut-côté» pour désigner la maison et ne revint que quelques minutes plus tard, soigneusement coiffée et pimpante.

— Viens donc ici, toi, lui ordonna sa mère lorsqu'elle traversa la cuisine, prête à aller rejoindre son cavalier.

— Qu'est-ce qu'il y a, m'man ?

— Approche. Qu'est-ce que tu t'es mis dans le visage ? lui demanda Marie en examinant sa fille de près.

— Juste un peu de poudre de riz.

— T'en as trop mis. T'as l'air d'une vraie Jézabel, déclara tout net sa mère en lui tendant une serviette.

— Mais m'man…

— Grouille-toi.

La jeune fille ne put faire autrement qu'obéir. Elle s'essuya le visage de mauvaise grâce.

— Est-ce qu'on peut aller veiller chez Emma ? demanda-t-elle, exaspérée.

— En autant que quelqu'un monte avec vous autres, lui répondit sa mère sur le même ton.

— Voyons, m'man, c'est juste au bout du rang.

— Je sais où reste ta sœur, imagine-toi. Tu penses tout de même pas que tu vas te promener toute seule avec un garçon.

— Je vais faire le chaperon, déclara Hubert, qui entrait dans la pièce.

Bernadette ne dit rien et se dirigea vers la porte moustiquaire qu'elle poussa.

— M'man veut qu'on aille faire un tour chez Emma, déclara-t-elle à son père. On sera pas partis longtemps, p'pa.

— Moi, j'y vais avec eux autres, prit soin de préciser Hubert.

— Je pense que pour nous, c'est l'heure de rentrer, annonça Xavier en quittant sa chaise sur la galerie au moment où Antonin arrivait avec le Blond qu'il venait d'atteler à la voiture.

— Oublie pas de prendre la boîte de manger que ta mère a préparée, lui rappela son père.

— Elle est déjà dans la voiture, p'pa. La semaine prochaine, j'ai l'intention d'aller voir Joyal. Bourgeois m'a dit qu'il avait deux chevaux et un boghei à vendre. Si un des deux chevaux est pas trop vieux, ça se pourrait que je l'achète.

— Fais ben attention à Maximilien Joyal, le mit en garde son père. C'est tout un maquignon. Il est ben capable d'essayer de te passer un cheval fini.

— Ayez pas peur, p'pa, il aura pas une cenne si ses chevaux valent rien. Si j'en achète un, je vous ramène le Blond cette semaine.

— Il y a rien qui presse.

Baptiste aurait bien aimé que son fils lui demande de l'accompagner chez Joyal et se fie à son expérience, mais il n'en avait rien fait et il en fut secrètement un peu vexé.

Camille, Marie et Eugénie sortirent sur la galerie pour voir partir les deux voitures. Légaré laissa Xavier prendre un peu d'avance de façon à ne pas être incommodé par le nuage de poussière qu'elle soulevait sur la route de terre. À gauche du chemin, les eaux de la rivière Nicolet semblaient immobiles en cette belle soirée du mois d'août.

— Dire que dans quatre jours, je vais être obligée de retourner enseigner, dit Bernadette autant à son amoureux qu'à Hubert, assis sur le siège arrière.

— Plains-toi pas, fit ce dernier. À moins que m'man ait changé ses habitudes, elle est à la veille de commencer ses marinades et ça va travailler fort dans la cuisine. Si t'étais à la maison, comme Camille et Eugénie, tu travaillerais du matin au soir.

— Laisse faire, m'man va me garder de l'ouvrage pour m'occuper quand je vais revenir de l'école. Sais-tu ce que tu ferais si t'étais fin, Léon ? demanda-t-elle au conducteur de la voiture.

— Quoi ?

— Tu m'emmènerais boire un verre de bière d'épinette chez Dionne.

— Si ton frère le veut, fit le jeune homme en tournant la tête vers Hubert avec un air interrogateur.

Alexandrine Dionne avait hérité de sa défunte mère d'une recette de bière d'épinette qui était célèbre dans la région. Elle en produisait suffisamment pour en garnir une tablette du magasin général. Par ailleurs, même si le commerce était officiellement fermé le dimanche, il n'était pas rare que des jeunes se rassemblent dans la cour et sur la large galerie du commerce ce jour-là pour le plaisir de se retrouver et d'en boire.

— Laisse-moi chez ma sœur en passant, dit Hubert. De toute façon, vous êtes presque arrivés chez Dionne. Je suppose qu'il peut rien arriver en traversant le pont, ajouta-t-il à la blague.

En réalité, Hubert n'avait pas un sou en poche et il ne voulait pas demander à l'ami de sa sœur de payer sa bière d'épinette. Il travaillait depuis plus d'un mois chez son père et n'avait eu droit à aucun salaire, «comme Camille», s'était-il dit à quelques reprises.

Léon Légaré immobilisa son boghei à l'entrée de la cour de Rémi Lafond pour laisser descendre le frère de Bernadette. Il poursuivit ensuite sa route jusqu'au pont qu'il traversa lentement, heureux de se retrouver enfin seul avec la jeune fille. En levant la tête, il aperçut la voiture de Xavier en train de finir de grimper la côte du rang Sainte-Ursule devant lui. Il passa devant l'école et vit, à sa droite, une demi-douzaine de jeunes devant le magasin général, en train de discuter et de rire, un gobelet de bière d'épinette à la main. Il fit entrer son boghei dans la grande cour commune au magasin et à la forge d'Évariste Bourgeois.

À l'instant où il pénétra dans la cour, il aperçut Constant Aubé, un grand coffre sur l'épaule, s'avancer en claudiquant vers le magasin. L'amoureux de Bernadette n'avait pas oublié que l'homme engagé de Thomas Hyland avait osé offrir un cadeau à sa belle au début de l'été. Il vit rouge et crut arrivé le moment de se venger de celui qu'il considérait comme un adversaire.

De façon tout à fait inattendue, il excita sa bête et imposa un écart brutal à son boghei de manière à heurter de plein fouet le jeune homme inconscient du danger. Il y eut un cri poussé par Télesphore Dionne et quelques jeunes, stupéfaits par la manœuvre dangereuse de Légaré. Aubé n'eut que le temps de laisser tomber précipitamment son coffre pour se rejeter de côté et ainsi éviter de justesse de se faire blesser gravement.

— Tasse-toi, l'infirme! lui cria Légaré, l'air mauvais. Ôte-toi de dans le chemin!

— Léon, es-tu devenu fou? s'écria Bernadette, en lui saisissant le bras.

Le conducteur immobilisa sa voiture, tout fier de sa manœuvre. Bernadette, en colère, allait lui dire ses quatre vérités quand elle vit, sidérée, son amoureux être soulevé de son siège et se retrouver au sol.

Elle s'empressa de descendre du boghei et de contourner la voiture. Elle arriva juste à temps pour voir Léon relevé sans ménagement par un Constant Aubé, blanc de rage, qui l'avait saisi à la gorge et s'apprêtait à lui faire un mauvais parti. Télesphore Dionne et les jeunes se précipitaient déjà sur les lieux, mais aucun ne donnait l'impression d'être prêt à intervenir.

Il était évident que le jaloux allait passer un mauvais quart d'heure parce que son adversaire le tenait mainte-nant plaqué contre sa voiture sans aucun effort apparent. Déjà, il levait un poing menaçant qui risquait de faire des dégâts.

— Non, fais pas ça, Constant! le supplia Bernadette.

L'homme engagé de Thomas Hyland sembla hésiter un bref instant avant de baisser le poing avec lequel il s'apprêtait à frapper et il lâcha celui qui avait voulu le blesser.

Quelques murmures déçus se firent entendre dans l'assistance qui n'aurait pas détesté assister à une bagarre entre les deux hommes.

— Toi, Léon Légaré, tu peux t'en aller chez vous! dit Bernadette, les dents serrées. Je veux plus te revoir, espèce d'insignifiant!

— C'était juste… commença à dire l'amoureux éconduit.

— Laisse faire, le coupa-t-elle.

Sur ces mots, la jeune fille tourna les talons et sortit dignement de la cour pour se diriger à pied vers le pont.

— Toi, mon enfant de chienne, on va se retrouver! dit Léon à Constant Aubé pour tenter de sauver son orgueil malmené.

— N'importe quand, se contenta de lui répondre l'employé de Hyland. Tout de suite, si tu veux.

L'autre se pencha pour ramasser son chapeau qui était tombé dans la poussière et remonta dans sa voiture sans faire mine d'accepter l'invitation. Aubé le regarda quitter la cour avec son attelage avant de se pencher pour reprendre le coffre qu'il avait échappé.

Ce soir-là, Bernadette rentra tôt à la maison en compagnie de son frère.

Lorsqu'elle s'était présentée chez Emma une heure plus tôt, elle n'avait pu s'empêcher de raconter la scène à laquelle elle venait d'assister dans la cour du magasin général.

— Avoir été à la place de Constant, je lui en aurais sacré toute une, moi, avait déclaré Rémi Lafond. Tu parles d'un maudit nono!

— En tout cas, je veux plus le revoir chez nous, avait-elle dit, sur un ton définitif.

Elle avait demandé à tout le monde de ne pas raconter cela à ses parents parce que sa mère ferait une véritable crise en apprenant qu'elle s'était débarrassée de son chaperon.

— Ça te serait pas arrivé si Hubert avait été avec vous autres, lui avait fait remarquer sa sœur avec une certaine sagesse.

— Je suis pas si sûre de ça pantoute, avait-elle rétorqué.

Marie s'étonna de voir le frère et la sœur rentrer à pied à la maison sans Léon Légaré.

— Comment ça se fait que Léon vous a pas ramenés, tous les deux ? s'inquiéta-t-elle.

— Parce qu'il est parti chez eux, se borna à répondre sa fille.

— Comment ça ?

— J'étais plus capable de l'endurer, mentit la jeune fille. Ça fait que j'ai décidé que je voulais plus le revoir.

Marie la scruta un court moment avant de laisser tomber :

— Toi, ma fille, si tu domptes pas ton petit caractère, tu vas finir vieille fille.

— Merci, m'man, fit Camille, occupée à tricoter près d'elle.

— Je disais pas ça pour toi, lui dit sa mère en guise d'excuse.

Chapitre 16

La fin de l'été

Le lendemain matin, après avoir soigné les animaux, Baptiste annonça aux siens qu'il devait aller rencontrer l'architecte à Saint-Zéphirin.

— Pendant que tu vas être parti, nous autres, on ira aux bleuets après avoir remis un peu d'ordre dans la maison et fait le lavage, lui déclara sa femme. Il en reste des belles talles près du petit bois. On n'est pas pour laisser perdre ça.

— Je vais y aller avec vous autres, dit Eugénie. J'aime bien ça aller ramasser des bleuets.

— Moi aussi, j'haïs pas ça, fit Bernadette. Ce que j'aime pas, c'est d'avoir à les trier en revenant.

Après le déjeuner, Baptiste disparut dans sa chambre pour s'endimancher pendant que son fils allait atteler la Noire au boghei. Quelques minutes plus tard, le maître des lieux quitta sa ferme.

Baptiste Beauchemin se présenta chez l'architecte Bélisle au milieu de l'avant-midi. Ce dernier le fit passer dans le petit bureau qu'il avait installé dans la pièce voisine de son salon. Il fallut moins d'une heure aux deux hommes pour s'entendre sur les clauses du contrat qui allait lier le syndic de la mission Saint-Bernard-Abbé à l'architecte.

Le constructeur, heureux de l'acompte de quatre cents dollars, accepta d'étaler le remboursement des trois cents derniers dollars sur cinq ans. Par ailleurs, il promit de commencer les travaux la semaine même et de les terminer à la fin du mois de novembre. Les deux hommes se séparèrent sur une poignée de main, très satisfaits l'un de l'autre.

Enfin, la chapelle tant désirée allait être construite et, dès la fin de l'automne, les gens qui habitaient sur les bords de la rivière ne seraient plus obligés de parcourir la quinzaine de milles qui les séparaient de l'église paroissiale.

— Je serai pas fâché pantoute de plus avoir affaire au curé Lanctôt, se dit Baptiste à voix haute alors qu'il quittait le village de Saint-Zéphirin. Quand on aura notre chapelle, il pourra faire toutes les crises qu'il voudra, je serai plus obligé de l'endurer. Je me demande même s'il va avoir affaire à venir jeter un coup d'œil à l'ouvrage de Bedette à l'école. Si on est une mission, on sera plus de sa paroisse. À ce moment-là, je vois pas pourquoi il viendrait mettre son grand nez dans nos affaires et lui dire ce qu'elle a à faire.

Alors qu'il faisait route pour revenir chez lui, les siens faisaient face à une situation autrement plus grave.

Peu de temps après son départ de la maison, Marie, ses filles et sa bru avaient traversé les deux grands champs qui les séparaient du boisé, au bout de la terre des Beauchemin. Armées de petits seaux, les quatre femmes avaient vite repéré les bosquets où la cueillette des bleuets allait être la plus abondante. Chaque été, elles y venaient avec plaisir au mois d'août. Leur arrivée avait d'ailleurs dérangé un renard qui avait filé sans demander son reste quand il les avait aperçues.

Elles se séparèrent et se mirent à cueillir les petits fruits bleus en prenant bien soin de vérifier d'abord s'il n'y avait pas de nid de guêpes à proximité. L'année précédente, des guêpes furieuses les avaient mises en déroute et avaient abrégé leur cueillette.

— Donat et Hubert auraient bien pu venir avec nous autres, dit Camille à un certain moment. Ils auraient pas été de trop.

— Avant de partir, ton père leur avait tracé de l'ouvrage à faire, se borna à lui répondre sa mère en chassant de la main quelques maringouins qui lui tournaient autour de la tête.

Les femmes étaient sur place depuis un peu plus d'une heure quand Bernadette tourna la tête vers sa belle-sœur qui se tenait à une trentaine de pieds de distance. Elle voulait l'inviter à venir partager un bosquet qu'elle venait de découvrir et où les bleuets étaient particulièrement gros et abondants. Elle sursauta en ne la voyant pas.

— Eugénie! la héla-t-elle. Où est-ce que t'es?

Son appel attira l'attention de sa mère et de sa sœur en train de cueillir les petits fruits un peu plus loin. Marie allait lui demander ce qui se passait, quand elles entendirent toutes les trois un gémissement.

— Ah non! s'écria Marie en déposant son seau avant de se précipiter vers l'endroit d'où lui avait semblé provenir la plainte. Dis-moi pas que ça arrive maintenant!

Marie et ses deux filles trouvèrent immédiatement la femme de Donat à genoux près de son seau rempli au quart de bleuets, se tenant le ventre à deux mains. La jeune femme leur lança un regard affolé.

— J'ai mal! dit-elle en grimaçant de douleur.

— Ça me le disait aussi à matin que t'aurais jamais dû t'éloigner de la maison, fit sa belle-mère en l'aidant à se relever.

— Ça aurait pas été mieux, m'man, fit Camille avec bon sens. Elle aurait été toute seule.

— Est-ce que ça vient juste de commencer? demanda Marie à sa bru.

La jeune femme lui répondit par un hochement de tête.

Marie s'aperçut que la jupe d'Eugénie était trempée, signe évident qu'elle venait de perdre les eaux.

— Bon, nous v'là propres à cette heure! dit-elle avec humeur. On s'en retourne tout de suite. Bernadette, rapporte les seaux. Ta sœur et moi, on va l'aider à marcher. Prends de l'avance et va avertir les hommes de venir à notre rencontre au cas où ça pourrait pas attendre. Dis-leur de se grouiller. Ça presse.

Bernadette ne se fit pas répéter l'invitation. Elle s'empara des quatre seaux et prit la direction de la maison sans regarder derrière elle. Pendant ce temps, Marie et Camille soutenaient Eugénie et avançaient lentement, s'arrêtant chaque fois que les douleurs reprenaient.

— Elles reviennent de plus en plus vite, dit Marie à sa fille. Il faudrait pas que les hommes tardent trop, sinon elle va accoucher dans le champ. Là, on aurait l'air fin.

— J'en peux plus, dit tout à coup la future mère dont les jambes venaient de fléchir.

— Repose-toi une minute, lui conseilla sa belle-mère en l'aidant à s'asseoir au pied d'un bouleau qui poussait en bordure du champ.

Elle regarda vers les bâtiments pour voir si ses fils venaient à leur secours.

— Ils s'en viennent, m'man, je les vois, lui annonça Camille. Vite ! Dépêchez-vous, cria-t-elle à Donat et à Hubert qui précédaient d'assez loin Bernadette.

Donat fut le premier arrivé sur place.

— Je suis là, inquiète-toi pas, dit-il à sa femme en la prenant dans ses bras. T'es presque rendue à la maison.

— Bon, moi, je cours à la maison préparer son lit et mettre de l'eau à chauffer, fit Camille en se mettant à courir.

Les deux frères s'échangèrent le fardeau en cours de route et arrivèrent rapidement à la maison. Donat transporta sa femme dans leur chambre, à l'étage, suivi de près par sa mère. Ils trouvèrent Camille sur place. Elle avait retiré les couvertures du lit et sorti tout le linge nécessaire pour laver et habiller le nouveau-né.

— Va me chercher madame Boudreau, ordonna Marie à son fils aîné.

— Je suis là, m'man, intervint Camille. Je peux vous aider aussi bien qu'elle.

Marie hésita un instant avant d'accepter son offre.

— Dans ce cas-là, laisse faire et va plutôt dire à Bedette de retirer l'eau de sur le poêle quand elle aura bouilli, commanda-t-elle à Donat. Après, tu peux rester en bas. Viens pas te mettre dans nos jambes.

Eugénie, en proie à des contractions plus fortes, se mit à gémir, ce qui incita Camille à s'approcher de sa belle-sœur pour lui venir en aide.

— Comment ça se fait que ça arrive si vite? demanda Donat. C'était supposé être juste dans trois semaines.

— Laisse faire tes questions, le rabroua sa mère, impatiente. Disparais et va faire ce que je t'ai demandé.

À peine venait-il de descendre au rez-de-chaussée que les contractions reprirent.

Camille le suivit et revint rapidement dans la chambre en portant un bol d'eau fraîche et une serviette qu'elle s'empressa de mouiller pour en tamponner le front de la femme en couches. Il y eut une pause peu après et Eugénie sembla s'assoupir.

— Vous connaissez ça, m'man, murmura-t-elle à sa mère. D'après vous, est-ce que ça se passe normalement?

— On sait jamais quand c'est le premier, répondit Marie sur le même ton.

Puis, les contractions réapparurent, plus violentes cette fois.

— Le petit arrive, déclara Marie. Dis à Bedette de nous monter un bol d'eau tiède et des serviettes propres. Fais ça vite.

Le temps que Bernadette arrive à la porte de la chambre, la tête de l'enfant était déjà sortie et Marie encourageait sa bru à pousser de plus en plus fort pour que le bébé soit entièrement dégagé. Camille prit le bol des mains de sa cadette et referma la porte de la chambre.

Moins d'une demi-heure plus tard, tout était fini. Le cordon ombilical avait été coupé et l'enfant, lavé et emmailloté, fut déposé dans les bras de sa mère somnolente.

— C'est fini, annonça Marie, toute fière. Les Beauchemin ont enfin un garçon pour assurer la lignée. Un beau garçon à part ça.

Camille et sa mère remirent rapidement un peu d'ordre dans la chambre avant d'inviter Donat, Hubert et Bernadette à venir faire une petite visite à la mère et au bébé. Donat fut le premier à s'approcher du lit pour admirer son premier fils.

— Il est ben beau, dit-il, reconnaissant, à sa femme avant de l'embrasser sur le front.

— À cette heure que vous avez tous vu la mère et le petit, on va les laisser dormir un peu, déclara Marie. Camille, mets le petit dans son ber et couvre-le bien avec la couverte. Quand tu te réveilleras, on t'apportera quelque chose à manger, Eugénie, rassura-t-elle sa bru en poussant les visiteurs hors de la chambre.

Quand Baptiste arriva à la maison, il trouva les siens encore attablés.

— Je crois ben qu'on s'en permet pas mal quand je suis pas là, dit-il avec bonne humeur en entrant dans la cuisine d'été. Il est presque deux heures et vous êtes encore en train de manger.

— Approche, je vais te servir quelque chose, lui dit sa femme. On a une bonne raison pour être en retard, ajouta-t-elle. Donat va te le dire.

— Qu'est-ce qui s'est passé?

— Vous êtes encore grand-père, p'pa, lui annonça fièrement son fils.

— Déjà?

— Ben oui, c'est m'man et Camille qui ont aidé Eugénie.

— Et on a eu peur en masse que ça arrive dans le champ, à part ça, relata Bernadette.

— Un garçon ou une fille?

— Un garçon.

— Je suis ben content, fit Baptiste, le visage illuminé par la joie. On a un autre Beauchemin pour assurer la lignée. Je suppose que ta femme dort?

— Oui.

— Bon, quand elle sera réveillée, je vais aller la voir et regarder de quoi a l'air le nouveau petit Beauchemin, promit-il, l'air heureux.

— Tu nous as pas dit comment vous allez appeler le petit, dit Camille à son frère.

— Eugénie aimerait ben qu'il s'appelle Alexis, comme son grand-père Guérin. Ça va de soi que vous et m'man allez être parrain et marraine, poursuivit Donat à l'intention de son père. Et ma femme aimerait que ce soit Camille qui soit la porteuse.

— Je vais l'être, accepta la célibataire, fière d'avoir été choisie pour être dans les honneurs, comme on disait.

— Ça a tout l'air que moi, je suis un coton, dit Bernadette, dépitée.

— Pas plus tard qu'il y a deux ans, t'oublies qu'Emma t'a prise comme porteuse de Joseph, lui rappela sa mère.

— Je le sais bien, mais j'aurais pas haï ça l'être une autre fois, reconnut la jeune fille.

— Ça veut dire qu'il va falloir faire baptiser dès demain, poursuivit Marie en versant une tasse de thé bouillant à son mari. Il manquerait plus que ce petit ange-là soit dans les limbes s'il lui arrivait quelque chose avant son baptême.

— On n'a pas le choix, on va y aller demain après-midi, dit Donat.

— Ce serait pas mal plus plaisant si on avait déjà notre chapelle, conclut Baptiste, l'air sombre. Mais pour ton prochain, elle sera bâtie, tu peux être sûr.

Personne n'eut à lui demander la raison de cette dernière réflexion. Il était clair qu'il pensait sans plaisir à la rencontre inévitable avec le curé Lanctôt, le lendemain.

— Il va falloir que t'ailles avertir chez Rémi et Xavier, dit encore Marie à son fils. Ils vont vouloir venir au baptême du petit, demain.

Baptiste laissa son fils aller annoncer la bonne nouvelle à sa sœur et à son frère pendant qu'il se chargeait de faire le train avec Hubert.

Ce dernier rentra à la maison quelques minutes après son père en tenant une petite boîte en bois remplie de feuilles de tabac récoltées le matin même derrière la grange et qu'on avait mises à sécher dans un coin, sur la galerie.

— Qu'est-ce que tu fais avec le tabac à l'heure du souper ? lui demanda sa mère. C'est pas le temps de s'occuper de ça.

Son père, intrigué, leva la tête, prêt à demander à son fils cadet s'il s'était soudainement mis à fumer.

— J'avais pas l'intention de le hacher, m'man, mais j'ai ben l'impression que le chat est venu pisser dessus. Je l'ai vu sortir de la boîte comme j'entrais dans la maison.

Son père se leva et vint renifler le contenu de la boîte.

— Bagatême ! jura-t-il. C'est pourtant vrai. Ce maudit chat-là nous a gaspillé notre tabac.

— Ça vous apprendra à le laisser traîner sur la galerie, se moqua sa femme.

— Je vais aller jeter ça sur le tas de fumier après le souper, annonça Hubert avant de retourner déposer la boîte sur la galerie, près de la porte.

Après le souper, Baptiste dit à son fils :

— Laisse faire le tabac, je vais m'en occuper.

Quand Donat et Hubert virent leur père aller chercher son hachoir à tabac et préparer une bonne quantité des feuilles gâchées par l'urine du chat, ils ne purent s'empêcher de lui demander pourquoi il faisait ça.

— Je viens de penser que ça pourrait faire du ben bon tabac… pour quelqu'un qui est mal pris, beau dommage !

Les deux frères se regardèrent avant que Donat dise :

— Peut-être ben, p'pa, mais moi, j'aime autant fumer notre tabac ordinaire.

— Inquiète-toi pas avec ça, c'est pas pour la famille, précisa son père avec un bon gros rire.

Le lendemain midi, Rémi Lafond vint immobiliser sa voiture près de la maison de ses beaux-parents. La veille, il était venu voir son neveu en compagnie d'Emma et de leurs deux jeunes enfants. Il avait été entendu qu'il ferait monter Hubert et Xavier dans sa voiture pendant que Donat voyagerait avec ses parents et la porteuse du bébé pour aller à l'église de Sainte-Monique. Pour sa part, Bernadette allait demeurer à la maison pour préparer le souper et s'occuper de la jeune mère encore alitée.

— En tout cas, monsieur Beauchemin, être grand-père une troisième fois a l'air de vous faire moins mal que quand je vous ai annoncé la naissance de votre première petite-fille, dit Rémi à son beau-père alors que les deux hommes s'apprêtaient à monter dans leur voiture.

— Laisse faire, toi. Je voudrais ben être là quand tu commenceras à te faire appeler pépère par les enfants. Tu vas voir qu'il y a rien de drôle là-dedans. Tu prends un méchant coup de vieux dans ce temps-là.

Les deux voitures prirent la route de Sainte-Monique sous un ciel gris annonciateur de pluie.

— Il manquerait plus qu'il se mette à mouiller, dit Camille, inquiète, en serrant le bébé contre elle.

La chance sourit aux Beauchemin parce qu'il ne tomba pas une goutte d'eau durant tout le trajet. À leur arrivée à l'église, Baptiste aperçut le curé Lanctôt en train de lire son bréviaire en faisant les cent pas sur la large galerie qui ceinturait son presbytère. Le cultivateur esquissa une grimace, mais ne fit pas signe de vouloir descendre de son siège.

— Je pense que le mieux est que t'ailles enregistrer le petit, dit-il en se tournant vers Donat. Nous autres, on va t'attendre. Oublie pas de dire à monsieur le curé qu'on veut le faire baptiser aujourd'hui.

— Ça vous tente pas de venir avec moi, p'pa ? lui demanda son fils, narquois.

— C'est pas nécessaire. Je pense pas que me voir la face va faire plaisir à monsieur le curé.

Le jeune père de famille n'insista pas et se dirigea vers le presbytère pendant que Baptiste allait rejoindre Xavier et Rémi qui venaient de descendre de voiture. Les trois hommes allumèrent leur pipe, sans se soucier de ce que Marie, Emma et Camille faisaient.

— Je pense qu'on est mieux d'entrer dans l'église, nous autres, annonça Marie aux hommes. Le petit pourrait attraper du mal à rester en plein air comme ça.

— On va aller vous rejoindre aussitôt que Donat va sortir du presbytère, fit son mari.

— Tu trouves pas que ça aurait été pas mal plus poli d'aller saluer monsieur le curé, ajouta-t-elle sur un ton plein de reproches. Il arrête pas de nous regarder. On a l'air d'une bande de mal élevés.

— Fais ce que tu veux mais moi, je tiens pas pantoute à aller lui parler, répliqua Baptiste sur un ton sans appel.

Quelques minutes plus tard, les trois hommes virent Donat descendre l'escalier du presbytère en compagnie de l'abbé Gagnon après que ce dernier eut adressé quelques mots à son supérieur, toujours présent sur la galerie. Ils rangèrent leur pipe et saluèrent le jeune prêtre.

— Vous pouvez aller m'attendre à l'arrière de l'église, leur dit-il. Je vais chercher ce qu'il faut à la sacristie et je vous rejoins.

Le vicaire, vêtu d'un surplis et le cou ceint d'une étole, se présenta à l'arrière du temple quelques instants plus tard. Il demanda à la porteuse de s'approcher de la vasque d'eau bénite avec l'enfant après avoir identifié les parrain et marraine. La cérémonie ne prit que très peu de temps.

Le premier fils de Donat Beauchemin fut baptisé sous les prénoms de Joseph Alexis et il ne se réveilla même pas durant la courte cérémonie. À la fin, Baptiste et Marie signèrent le registre paroissial d'une croix. On remercia le prêtre et tous sortirent de l'église.

— Je pensais que ce serait monsieur le curé qui viendrait baptiser le petit, dit Marie à son fils en montant dans le boghei.

— Monsieur l'abbé le lui a offert, mais il a refusé, se borna à lui répondre Donat.

On rentra à la maison sans se presser et il n'y eut pas d'autres célébrations pour marquer l'arrivée d'Alexis Beauchemin dans la famille.

En début de soirée, la pluie se mit à tomber au moment même où Xavier choisit de rentrer chez lui, dans le rang Sainte-Ursule.

— Je vais aller voir ce qu'Antonin a fait depuis que je suis parti, dit-il à ses parents. Il est tellement vaillant qu'il a pas dû s'arrêter pour souper.

— Laisse-le pas se crever à l'ouvrage, cet enfant-là, le mit en garde sa mère en lui tendant l'une des tartes aux bleuets confectionnées par Bernadette pendant que le reste de la famille assistait au baptême. Donne-lui ça comme dessert quand t'arriveras.

— Merci, m'man.

❧

Le lendemain matin, le ciel s'était totalement dégagé de tous ses nuages et la pluie de la veille avait laissé une agréable fraîcheur.

— À matin, on casse tout ce qui reste de blé d'Inde dans le jardin et on le tresse, déclara Marie en déposant un plat de grillades de lard au milieu de la table pour le déjeuner.

— Déjà? demanda Baptiste. Il me semble qu'on en a pas mangé ben gros cette année.

— Ce qui reste est trop dur. Il est juste bon à donner aux vaches. On le perdra pas. On va faire du blé d'Inde lessivé avec ce qui reste.

— C'est de valeur, mais je pourrai pas vous aider, fit Bernadette. Je dois aller faire un peu de ménage à l'école. C'est demain que les enfants commencent.

— C'est sûr que ça doit te faire bien mal au cœur de pas pouvoir nous aider à tresser du blé d'Inde, reprit sa mère, l'air sévère. Mais inquiète-toi pas, il va en rester à faire quand tu vas revenir. Je suppose que t'en as pas pour plus longtemps que l'avant-midi à l'école?

— Je devrais avoir fini avant le dîner.

— Bon, Camille, va casser le blé d'Inde pendant que je mets le pain au four, ordonna-t-elle à sa fille aînée. Après avoir remis la maison d'aplomb, on va commencer.

— Nous autres, on va aller brûler des branches, annonça Baptiste. J'aurais ben fauché le blé à matin, mais il va falloir attendre qu'il sèche.

Cet avant-midi-là, Camille et sa mère tressèrent de longues guirlandes d'épis de maïs qu'elles suspendirent au mur de la remise dans l'intention de les laisser là durant quelques semaines. Comme chaque année, Marie allait voir à les accrocher plus tard dans la grange jusqu'au printemps suivant. Alors, les épis séchés seraient frottés vigoureusement l'un contre l'autre pour en détacher les grains. Certains seraient conservés pour les semailles alors que les autres seraient mis à bouillir dans de l'eau à laquelle elle ajouterait un peu d'acide citrique. Rincés plusieurs fois, ces grains allaient être ajoutés à la soupe aux pois servie durant le reste de l'année.

Si Bernadette avait cru que la plus grande partie du travail serait terminée à son retour à la maison, elle dut déchanter.

— On en a fini avec le blé d'Inde, lui dit sa mère. Ça veut dire qu'on va pouvoir ébouillanter des tomates cet après-midi pour les mettre en pot.

— J'ai la préparation de mes classes à faire, avança l'institutrice.

— Tu vas avoir tout le temps qu'il faut après le souper pour faire ça, décida sa mère. Après le dîner, on ramasse les tomates et on les met en conserve. On gardera les vertes pour faire du ketchup.

— On n'arrête jamais de travailler ici dedans, se plaignit la jeune fille.

— Si tu connais un autre moyen pour pouvoir manger à ta faim tous les jours, tu me le diras, rétorqua Marie, mécontente. Seigneur! ajouta-t-elle à mi-voix, il me semble que j'ai bien assez de la femme de ton frère qui se plaint comme si elle était en train de mourir.

— C'est dans sa nature, m'man, intervint Camille, compréhensive. Elle a accouché il y a seulement deux jours.

— Je le sais, répliqua sa mère. Je te garantis qu'elle traînera pas au lit plus longtemps que nécessaire. Je lui donne encore deux jours pour se remettre d'aplomb.

Le silence tomba dans la cuisine d'été où les hommes venaient d'entrer pour prendre leur repas du midi.

Ce soir-là, Xavier s'arrêta à la maison. Il conduisait fièrement un boghei à l'air plutôt défraîchi tiré par un imposant cheval bai. À l'arrière de la voiture, le Blond, retenu par une longe, suivait.

Baptiste abandonna la faux qu'il était en train d'aiguiser contre le mur de la remise pour s'avancer dans la cour en compagnie de Donat et d'Hubert.

— Tiens! T'as finalement trouvé ce que tu voulais chez le père Joyal, constata-t-il en flattant l'encolure du cheval de son fils.

— Je pense avoir fait un bon marché, fit le jeune homme, apparemment tout fier de ses achats. J'ai ben examiné les deux chevaux qu'il avait à vendre. Celui-là, c'est Prince. Il m'avait l'air ben correct. Il a cinq ans et il est solide.

Baptiste examina la dentition de la bête et lui tâta la croupe avant de dire :

— Il est pas mal.

— Pour le boghei, il est loin d'être neuf, mais il me l'a laissé à un bon prix, poursuivit Xavier, heureux de voir que son père approuvait son achat. Je suis capable de l'arranger.

— J'espère que tu te rends compte qu'il va falloir que tu te bâtisses ben vite quelque chose pour mettre ta vache, ton cheval, ton boghei et la vieille voiture à l'abri, lui rappela Baptiste. L'hiver va finir par arriver.

— On a commencé avant-hier, p'pa. Ça sera pas fameux, mais ça va faire l'affaire pour cette année. On va bâtir une sorte d'étable pas ben grande où on va se garder un coin pour mettre tout le barda et le traîneau que je veux construire au commencement de l'hiver.

— Ça a ben du bon sens, l'approuva son frère Donat.

— En attendant, je vous ramène le Blond. Je pense qu'il sera pas fâché de se retrouver dans votre enclos avec la Noire.

— Va donc le conduire, Antonin, dit Baptiste à l'adolescent.

— En passant, je me suis aperçu que Bélisle a déjà commencé à travailler, poursuivit Xavier. Il a fait faucher par ses hommes et ils ont même entrepris de creuser.

— Ah oui ? Bon, c'est une bonne nouvelle, dit son père. Aussitôt que je vais avoir une minute de libre, je vais aller voir comment ça avance.

Il allait ajouter quelque chose à propos de la chapelle, quand il vit Cléomène Paquette entrer dans la cour à bord d'une vieille voiture dont le plateau aurait bien eu besoin d'être réparé.

— On a de la visite, déclara-t-il à mi-voix à ses fils. Ça se pourrait que notre Cléomène ait besoin de tabac.

Le visiteur était un homme de taille moyenne qui compensait une calvitie avancée par d'épais favoris. On remarquait surtout dans son long visage tanné par le soleil un nez bourgeonnant et des yeux bruns un peu larmoyants qui rappelaient vaguement ceux d'un épagneul.

— Qu'est-ce que tu fais sur le chemin ? demanda Baptiste à l'homme qui descendait de voiture.

— J'ai des affaires à aller chercher chez Dionne. Quand je t'ai vu debout dans ta cour, je me suis dit que j'étais pour arrêter te dire bonjour.

— T'es ben d'adon.

— Bout de cierge ! on peut dire que tout va de travers depuis que je suis levé à matin, se plaignit le cultivateur en sortant sa pipe de la poche de sa chemise grise trouée aux deux coudes.

— Qu'est-ce qu'il y a qui marche pas ?

— Regarde-moi, j'ai perdu une dent d'en avant en mangeant à midi. Torrieu ! Il me reste juste deux dents.

— C'est peut-être embêtant, monsieur Paquette, ironisa Xavier, mais dites-vous qu'un trou comme ça, en plein milieu, ça va être pratique en blasphème pour tenir votre pipe.

— Ah ! Parlant de pipe, t'aurais pas un peu de tabac à me passer ? demanda le visiteur en s'adressant à Baptiste. J'ai oublié de charger ma blague avant de partir.

— Certain, fit le maître des lieux avec bonne humeur, j'en ai même une réserve spéciale que tu vas pouvoir goûter.

Sur ces mots, Baptiste tendit la main pour que Cléomène lui remette sa blague et il disparut une minute dans l'étable. Il revint et rendit à son visiteur la vessie de porc qui lui servait de blague bourrée de tabac. Ce dernier s'empressa d'y plonger le fourneau de sa pipe éteinte pour l'approvisionner et il l'alluma en fermant à demi les yeux pour ne pas être gêné par la fumée.

Aussitôt, une odeur pestilentielle se répandit autour des quatre hommes et Cléomène Paquette s'empressa de retirer la pipe de sa bouche, le teint un peu terreux. Pendant un instant, les Beauchemin se demandèrent s'il n'allait pas vomir son souper. Finalement, il ne se produisit rien. L'homme se contenta de déclarer :

— Bout de cierge, il est fort en maudit, ton tabac !

— C'est un nouveau mélange que j'essaye. On peut aussi le chiquer si on veut. On finit par s'habituer. Je pense que ça va être la seule sorte que je vais fumer à cette heure.

Quelques minutes plus tard, le voisin quitta les lieux. Baptiste n'avait pas manqué de remarquer qu'il avait laissé sa pipe s'éteindre et qu'il n'avait pas cherché à la rallumer. Dès que la voiture fut sortie de la cour, Xavier, intrigué, demanda à son père :

— Qu'est-ce que c'était ce mélange-là ?

— Moi, je pense le savoir, fit Hubert. Ce serait pas le tabac sur lequel le chat a pissé, p'pa ?

— En plein ça, reconnut son père. Je commence à être fatigué de lui fournir son tabac, à notre Cléomène. Je pense qu'à partir d'aujourd'hui il va y penser à deux fois avant de venir m'en quêter.

Chapitre 17

Un décès

En ce samedi avant-midi ensoleillé, Baptiste laissa ses deux fils, Hubert et Donat, faucher l'avoine dans le champ longeant la rivière, et se rendit au puits situé au milieu de la cour, de l'autre côté de la route, pour remplir un cruchon d'eau fraîche. Le soleil approchait de son zénith. Il faisait chaud et pas la moindre brise ne venait rafraîchir les travailleurs en ce début de septembre. Les stridulations des insectes étaient assourdissantes, comme si ces derniers avaient senti la fin de l'été.

Au moment où il allait traverser, il entendit une clochette qui l'incita à s'immobiliser sur place. Quand il vit le bedeau de Sainte-Monique s'approcher, perché sur le siège du conducteur d'un boghei et agitant une clochette, Baptiste s'empressa de s'agenouiller et de baisser la tête en signe de respect pour les saintes huiles que l'abbé Gagnon transportait. Dès que la voiture fut passée, il se releva et traversa la route.

— Est-ce que j'ai bien entendu ? lui demanda Marie, en l'apercevant, alors qu'elle travaillait dans son jardin situé entre la maison et l'étable.

— C'est le petit vicaire qui vient de passer avec les derniers sacrements, répondit son mari en s'approchant du puits.

— C'est drôle, reprit-elle en frictionnant ses reins douloureux, j'ai pas entendu dire qu'il y avait quelqu'un de gravement malade dans la paroisse.

— Tu peux être certaine qu'il y a quelqu'un de mort, fit Baptiste après avoir bu une bonne rasade d'eau fraîche. Je pense pas que l'abbé Gagnon a fait tout ce chemin-là pour prendre l'air.

— On finira bien par le savoir, conclut sa femme en se remettant au travail.

Le bruit des voix attira l'attention de Camille qui se pencha vers la fenêtre. La jeune femme était assise dans la cuisine d'été en train de carder de la laine.

— Si tu veux que je teigne ta blouse en jaune, t'es mieux d'aller me chercher des verges d'or dans le champ, proche de la rivière, rappela Camille à sa jeune sœur en train de corriger les textes écrits sur des ardoises par les plus âgés de ses élèves.

— Tu peux pas y aller pour moi ? fit Bernadette en levant la tête. J'ai pas eu le temps de rien faire dans ma préparation de classe depuis hier. J'ai passé l'avant-midi à filer au rouet.

— Non, j'ai toute cette laine-là à carder avant la fin de l'après-midi et je peux pas lâcher mon ouvrage pour aller courir dans le champ. Déjà que préparer de la teinture jaune va m'empêcher d'aider m'man à coudre les poches de toile du pays pour rapporter la farine du moulin, lundi…

— C'est correct, j'ai compris, fit la jeune fille en poussant un soupir d'exaspération. J'y vais tout de suite.

Les enfants avaient envahi l'école depuis à peine une semaine et Bernadette s'attendait déjà à la visite du curé Lanctôt dès les premiers jours de la semaine suivante.

— Je suis sûre qu'il perdra pas de temps pour venir voir si j'enseigne le catéchisme comme du monde, s'était-elle plainte à sa mère la veille.

— C'est ce que t'as de plus important à montrer aux enfants, lui avait rappelé sa mère.

— Je le sais, m'man, je risque pas de l'oublier. Mais ils viennent juste de commencer à venir à l'école. Monsieur le curé pourrait bien me laisser souffler un peu.

— Monsieur le curé est pas fou. Il sait ce qu'il fait, avait déclaré Marie sur un ton définitif.

L'institutrice remit les ardoises dans son sac de cuir fauve qu'elle déposa près de la porte avant de se coiffer de son vieux chapeau de paille. En ce début de septembre, les journées étaient encore passablement chaudes, même si le soleil se couchait de plus en plus tôt.

— Combien t'en veux? demanda-t-elle à sa sœur aînée.

— Apportes-en une brassée.

Elle sortit et se dirigea rapidement vers l'autre côté de la route en prenant bien soin de ne pas être vue par sa mère en train de cueillir dans le jardin les derniers haricots qu'elle se proposait de mettre en conserve. Elle n'avait pas envie de se faire enrôler dans une autre tâche.

La cueillette des verges d'or ne lui prit que quelques minutes et elle rentra dans la maison à l'instant où Eugénie pénétrait dans la cuisine d'été en portant son bébé qu'elle venait d'allaiter.

— Je sais pas ce qu'il a cet après-midi, il veut pas dormir, se plaignit la femme de Donat en s'assoyant dans l'intention de bercer son poupon.

Camille, l'air attendri, déposa la laine qu'elle était occupée à carder depuis près de deux heures, s'approcha d'Alexis et l'embrassa sur le front avant de s'emparer des verges d'or que lui tendait sa sœur.

Marie entra dans la pièce avec un grand plat de haricots verts au moment où Camille s'esquivait dans la cuisine d'hiver pour préparer la teinture.

— Tiens, viens me donner un coup de main à équeuter les petites fèves, ordonna-t-elle à Bernadette.

La jeune fille, l'air las, alla chercher un couteau et s'attabla devant le plat de haricots.

— Qu'est-ce que t'as à avoir l'air d'avoir perdu un pain de ta fournée ? lui demanda sa mère, agacée.

— Je trouve la journée ennuyante, laissa tomber la jeune fille.

— Est-ce que c'est parce que t'as plus de cavalier ? fit Eugénie.

— C'est sûr que ce serait moins pire si j'en avais un, reconnut Bernadette. Mais comment veux-tu qu'un garçon intéressant vienne veiller avec moi ? J'ai jamais la chance d'en rencontrer. On reste au bout du monde. Il y a pas un chat autour.

— Seigneur que t'es excitée, Bedette Beauchemin ! la tança sa mère. Au bout du monde ! rien de moins.

— Ben, m'man, on vit dans la concession, loin du village.

— Il y a des garçons ici aussi.

— Peut-être, mais ils doivent penser que le beau Léon Légaré vient encore accrocher son fanal les bons soirs et c'est pas lui qui va se vanter du contraire. Le résultat est qu'il y a personne qui vient me voir.

— T'en mourras pas. Passe donc ces heures-là à préparer ton trousseau plutôt qu'à te plaindre. Tisse, couds ou tricote. Je t'ai montré à faire tout ça.

— Oui, mais ça me tente pas de faire ça le samedi soir ou le dimanche après-midi.

— Et toi, Eugénie, fais bien attention. J'ai comme l'impression que tu le gâtes trop, cet enfant-là. Tu l'as toujours dans les bras.

— C'est juste pour l'endormir, madame Beauchemin, répondit sa bru, agacée.

— Il a pas besoin que tu le berces autant pour s'endormir. Tu vas voir quand il va percer ses dents. Là, tu vas l'entendre brailler du matin au soir et tu vas avoir à le bercer pour le calmer.

Depuis ses relevailles, la nouvelle mère semblait avoir trouvé un excellent moyen d'échapper à certaines corvées. Elle berçait son enfant dès qu'il se mettait à chigner. Mais Marie n'était pas dupe et voyait à ce que la jeune femme n'exagère pas.

— Lundi, on va commencer à vider le jardin. Il nous reste peut-être plus d'échalotes, de fèves jaunes et de cornichons, mais on a encore pas mal de tomates et de betteraves, poursuivit la maîtresse de maison. Pour les carottes, les patates et les navets, ils peuvent encore attendre avant d'être mis dans le caveau.

Quelques minutes plus tard, Camille revint dans la cuisine d'été.

— Tu peux aller chercher ta blouse, dit-elle à sa jeune sœur. La teinture est prête sur le poêle. T'as juste à la faire tremper dans une chaudière d'eau chaude en ajoutant la quantité de teinture que tu veux.

— Mets-en pas trop, lui conseilla sa mère comme Bernadette quittait la table pour passer dans la pièce voisine. Si ta blouse est trop jaune, ça sera pas regardable. Il manquerait plus que tu la gaspilles.

— Qui est supposé aller chercher la mélasse chez Dionne ? demanda Camille à sa mère.

— Hubert doit atteler tout à l'heure en revenant du champ. S'ils peuvent finir de brûler ces branchages-là, ajouta-t-elle, on va peut-être arrêter de respirer de la fumée.

Depuis quelques jours, Baptiste et ses fils étaient occupés à brûler les branches et les souches des arbres abattus l'hiver et le printemps précédents, un travail qui demandait une surveillance constante, car le moindre coup de vent risquait de déclencher un incendie qui pouvait devenir rapidement incontrôlable.

Un peu après quatre heures, les femmes au travail dans la cuisine entendirent une voiture approcher dans la cour. Cette dernière s'arrêta devant la porte et Hubert en descendit.

Le jeune homme au visage cuivré par le soleil ressemblait de plus en plus à son frère Xavier, tout en étant pas mal moins costaud.

— P'pa va aller chercher la mélasse chez Dionne, dit-il à travers la porte moustiquaire sans se donner la peine de l'ouvrir. Moi, je m'en retourne surveiller le feu pendant que Donat va faire le train.

Peu après, Baptiste entra dans la cuisine.

— Je pars. Est-ce que quelqu'un a besoin de quelque chose à part la mélasse?

— Des épingles à couche, monsieur Beauchemin, si Dionne en a, lui demanda sa bru qui venait d'aller déposer le bébé dans le berceau de sa chambre.

— C'est correct.

— T'as apporté le petit baril qui était dans la remise? ajouta sa femme.

— Je l'ai pris en passant.

— Fais attention de rien coller dans le boghei avec la mélasse, lui recommanda-t-elle.

Baptiste sortit de la maison, monta dans le boghei et incita la Noire à se mettre en branle. Il longea les fermes des Boudreau, White et Gélinas. En passant devant celle de son gendre, il salua sa fille Emma, debout près de son four à pain. Il passa finalement devant la maison de Tancrède Bélanger avant de tourner à droite pour traverser le pont étroit. Il parcourut les quelques centaines de pieds qui le séparaient du magasin général et il s'arrêta dans la cour. Il prit le barillet et descendit.

Évariste Bourgeois était en grande conversation avec Delphis Moreau, Cléomène Paquette et Alcide Proulx devant la galerie du magasin général.

— Veux-tu en apprendre une bonne ? lui demanda le forgeron en l'apercevant.

— Qu'est-ce qui se passe ? l'interrogea Baptiste en déposant son barillet à ses pieds.

— Léopold Benoît est mort à matin.

— Quoi ?

— Tu m'as ben entendu, Benoît est mort à matin, répéta Évariste Bourgeois.

— Ah ben, torrieu ! J'en reviens pas, s'exclama Baptiste. Il me semble qu'il avait même pas cinquante ans.

— Quarante-sept ans, précisa Moreau. Il avait le même âge que moi.

— De quoi il est mort ?

— On le sait pas trop, dit Cléomène Paquette en lui tendant sa blague à tabac quand il le vit sortir sa pipe.

Baptiste le remercia et prit la blague dans laquelle il plongea sa pipe pour en remplir le fourneau. Dès qu'il l'alluma, une odeur pestilentielle envahit les lieux et fit grimacer les hommes debout autour de lui. Un haut-le-cœur le saisit et il retira précipitamment sa pipe de sa bouche.

— Veux-tu ben me dire quelle sorte de cochonnerie tu fumes ? demanda Proulx à Cléomène Paquette qui, comme les autres, avait bien vu que Baptiste avait utilisé son tabac.

— C'est le même tabac que celui de Baptiste, répondit le cultivateur en arborant un air narquois. Il avait raison quand il me l'a fait goûter. Il est un peu fort, mais on finit par s'habituer.

— Torrieu ! Il faut avoir de la santé pour fumer cette saloperie-là. Ça doit sentir bon chez vous quand t'allumes, ne put s'empêcher de dire Delphis Moreau avec un air dégoûté.

— Ben non, il est juste un peu fort, se défendit Cléomène. On s'habitue vite en batèche à son goût. Pas vrai, Baptiste ?

— Ouais, répondit ce dernier en lui jetant un regard mauvais. Bon, moi, je m'ennuie pas, mais j'ai des commissions à faire avant d'aller m'occuper de mon train, ajouta-t-il en guise d'excuse et reprenant son barillet de chêne.

Il avait encore dans la gorge le goût de cette bouffée de tabac. Avant de pénétrer dans le magasin général, il s'empressa de vider sa pipe contre son talon, en espérant qu'elle ne conserverait pas cette odeur dégoûtante.

Il entra dans le magasin général où il trouva Télesphore Dionne et sa femme. Ils étaient en train de servir un couple du rang Saint-Paul. Le commerçant l'aperçut et cessa un instant de s'occuper de ses clients pour lui demander :

— T'as besoin de mélasse ?

— Oui, de cinq gallons.

— Ben, j'ai changé de place le baril. Il est au pied de l'escalier de la cave. Allume le fanal accroché proche de la porte et va te servir. Fais attention pour que ça déborde pas, lui recommanda Télesphore. Il y a rien de plus maudit que de la mélasse à terre. Ça attire la vermine de partout.

— Inquiète-toi pas, le rassura Baptiste qui se dirigea vers la porte conduisant à la cave.

Il alluma le fanal suspendu près de la porte et descendit l'escalier au pied duquel il trouva un énorme baril de mélasse. Il prit l'entonnoir posé sur la dernière marche et le planta dans son barillet avant d'ouvrir le robinet. La mélasse épaisse se mit à couler lentement et il attendit que son contenant fût plein avant de fermer le robinet et de planter la bonde de son barillet. Il monta ensuite à l'étage où il régla son achat.

À sa sortie du magasin, il ne restait plus que Proulx et Bourgeois en train de discuter. Il les salua avant de déposer le barillet sur le siège arrière du boghei. Il revint sans se presser à la maison et n'arrêta son attelage que devant la remise où le barillet était habituellement entreposé.

— Maudit torrieu de bagatême ! hurla-t-il en descendant de voiture.

Son cri alerta Marie et ses filles qui se précipitèrent à l'extérieur pour s'enquérir de ce qui lui arrivait.

— Veux-tu bien me dire ce que t'as à crier comme un perdu? lui demanda sa femme en s'approchant.

— Regarde-moi cette maudite cochonnerie-là, lui dit-il en lui montrant ses chaussures couvertes de mélasse.

— C'est pas vrai! fit sa femme qui venait d'être rejointe par Camille et Bernadette, près de la voiture. Mais il y en a partout!

— Je le sais ben, bagatême! Le maudit baril a ouvert en chemin. Il y en a plein le boghei.

— Et ça a même coulé sur le chemin, indiqua Bernadette en lui montrant la trace noire allant jusqu'à l'entrée de la cour.

Durant le trajet, la bonde mal fixée avait dû sauter et la mélasse avait lentement coulé autant sur la route que dans la voiture.

— Et tu t'es pas aperçu de rien? fit Marie.

— Ben non, imagine-toi donc! rétorqua-t-il avec humeur.

— Ben, nous v'là propres à cette heure! fit-elle, mécontente. Si c'est arrivé, c'est parce que t'as mal fermé le baril.

— C'est pas ça, je l'avais ben fermé, protesta son mari. Il doit y avoir une fuite quelque part dans ce maudit baril-là.

— Ah oui? Dans ce cas-là, dis-moi donc où est passée la bonde. Je la vois nulle part dans la voiture. En attendant, non seulement on n'est pas plus avancés parce qu'on n'a pas plus de mélasse qu'à midi, mais en plus, on va avoir droit à toutes les mouches du coin.

— C'est pas la fin du monde. Je vais retourner en chercher après le souper.

— Je veux bien le croire, répliqua sa femme, mais pas avant d'avoir trouvé un moyen de nettoyer tes bottines et surtout le boghei.

— En tout cas, p'pa, les cochons vont manger quelque chose à leur goût avec toute la mélasse qu'on va leur donner, dit Bernadette.

— Au lieu d'essayer d'être drôle, va donc me chercher une pelle et une chaudière dans la remise, rétorqua sèchement son père.

— Ôte tes bottines et va mettre tes bottes, je vais te les nettoyer, finit par lui dire sa femme.

Avant même de commencer le nettoyage de la voiture, Baptiste prit la boîte de tabac nauséabond entreposée au fond de la remise et alla la vider sur le tas de fumier. Ensuite, il passa près d'une heure à recueillir la mélasse qui souillait le fond du boghei, mélasse qu'il alla vider dans l'auge des porcs. À son retour, Camille était sortie de la maison armée d'une brosse et d'un seau d'eau chaude et elle avait commencé à nettoyer à fond l'intérieur de la voiture. Pendant que sa fille aînée s'acquittait de ce travail, il entreprit de couvrir avec un râteau la trace de mélasse laissée depuis le chemin jusqu'au petit bâtiment.

— Où est passé Hubert? demanda-t-il à sa femme en passant devant la cuisine d'été.

— Je l'ai envoyé essayer de trouver la bonde sur le chemin. Comment veux-tu aller faire remplir le baril si on l'a pas?

— Maudite niaiserie! se contenta-t-il de dire. Pourquoi on va pas chercher ça avec une cruche aussi. Comme ça, ça renverserait pas.

— Tu trouverais encore le moyen de la casser, lui dit sèchement sa femme, mise de mauvaise humeur par le gâchis. Si t'avais fait attention, ce serait pas arrivé. En tout cas, la mélasse peut attendre lundi.

Hubert revint quelques minutes plus tard et déposa la bonde sur la galerie sans dire un mot. Marie, le front barré par un pli soucieux, le regarda aller s'asseoir dans la balançoire.

Depuis quelques jours, son fils semblait broyer du noir. Il était plus silencieux que d'habitude et s'isolait dès qu'il en avait la possibilité. Elle en était à s'interroger si la vie en communauté ne lui manquait pas. Peut-être devrait-il avoir une sérieuse conversation avec le curé Lanctôt pour l'aider à voir clair en lui. Elle se demanda s'il ne conviendrait pas de faire écrire à Bernadette une lettre au supérieur des frères de Saint-Joseph pour lui apprendre que son fils avait recouvré la santé.

— Je sais pas ce qu'Hubert a depuis quelque temps, mais il a pas l'air dans son assiette, dit-elle à mi-voix, sans remarquer que sa fille Bernadette, debout derrière elle, pouvait l'entendre.

— Il s'ennuie peut-être, m'man, suggéra la jeune fille en étirant le cou pour mieux voir son frère.

En prenant place à table quelques minutes plus tard, Baptiste se rappela soudain la brève conversation qu'il avait eue devant le magasin général.

— J'ai oublié de vous dire que Léopold Benoît est mort, apprit-il aux siens.

Marie, surprise par la nouvelle, déposa sa fourchette près de son assiette.

— Voyons donc! On n'a jamais entendu dire qu'il était malade. Est-ce que c'est un accident qu'il a eu sur sa terre?

— Personne a l'air de le savoir, avoua son mari. En tout cas, c'est pour lui que l'abbé Gagnon est passé avec les derniers sacrements au commencement de l'après-midi.

— Pour moi, ce qui est arrivé à sa Catherine a pas dû l'aider, dit sa femme, l'air pénétré.

— Après le souper, on va aller veiller au corps, décida le père de famille. Il doit être déjà sur les planches à l'heure qu'il est.

— J'espère qu'il y a quelqu'un qui est allé donner un coup de main à Laura pour préparer son mari, ajouta Marie.

— Sa bru est là, lui rappela Baptiste.

— La Marie-Rose est pas mal spéciale, laissa-t-elle tomber. Je sais pas si la femme de Léopold Benoît peut compter sur elle pour l'aider.

— Qu'est-ce qu'on va apporter ? s'informa Camille, bien au fait que la plupart des femmes qui allaient se présenter à la veillée apporteraient un peu de nourriture qui allait être servie lors de la collation offerte à la fin de la soirée.

— Il reste deux tartes aux pommes, on va en apporter une. Je pense que ça va faire l'affaire.

— J'espère que Xavier est au courant, reprit Baptiste. Après tout, Benoît était son voisin.

— Cyprien a dû le prévenir, avança sa femme en faisant référence au fils du défunt.

— Oh ! Je mettrais pas ma main à couper là-dessus, dit Donat. Cette espèce de gros air bête est ben capable de pas l'avoir averti.

Personne ne le contredit. Cyprien Benoît était un jeune homme de vingt-cinq ans lourdement charpenté dont la grosse tête ronde semblait directement plantée sur des épaules massives. Dans la région, il avait la réputation d'avoir la tête près du bonnet et d'être d'un commerce plutôt désagréable. La Marie-Rose Léger, qu'il avait épousée deux ans auparavant, était une petite femme nerveuse au visage pointu guère plus agréable que son mari.

— Si Xavier est pas là quand vous arriverez chez les Benoît, vous pourrez toujours aller l'avertir, suggéra Donat. Nous autres, on va vous laisser y aller avec Bedette et Camille à soir. Demain après-midi, j'irai là avec Eugénie et Hubert, si ça lui dit.

— C'est correct, accepta son jeune frère.

Depuis la fin du mois d'août, Xavier ne venait plus coucher à la maison le samedi soir. Il se contentait d'accompagner les membres de sa famille à la messe à Sainte-Monique le dimanche matin et de passer la journée avec eux avant de retourner avec Antonin sur son lot, après le souper.

— En tout cas, c'est pas comme ça pantoute que je pensais passer mon samedi soir, dit Bernadette, guère enthousiaste à l'idée d'aller veiller un mort.

— Toi qui te plaignais de t'ennuyer, tu vas voir du monde à ton goût à soir, lui dit Camille avec un air narquois.

Le soleil se couchait déjà quand Marie et ses deux filles prirent place dans le boghei qui se dirigeait lentement en direction du pont, laissant derrière eux un petit nuage de poussière. La Noire escalada sans trop de mal la pente abrupte du rang Sainte-Ursule. Baptiste immobilisa la voiture un court instant devant le chantier de la chapelle. Il n'était pas passé depuis quelques jours et il fut surpris de constater la rapidité à laquelle les travaux avançaient.

— Bagatême, dis-moi pas qu'ils ont déjà fini de monter le solage ! s'exclama-t-il, heureux.

En fait, les ouvriers de Bélisle semblaient déjà prêts à construire le carré de la chapelle.

— Si l'abbé Gagnon est venu donner les derniers sacrements à Benoît, il a dû voir que l'ouvrage avance pas mal vite, ajouta-t-il en affichant un air satisfait. Il a sûrement rapporter ça à monsieur le curé qui doit se demander si on va lui payer notre dîme encore cette année.

— Baptiste ! dis donc pas des affaires comme ça, le réprimanda sa femme. Tu sais bien que monsieur le curé pense pas juste à sa dîme.

— Ouais, on verra ben en novembre.

Les Beauchemin parcoururent tout le rang Sainte-Ursule pour s'arrêter à l'extrémité du long virage où s'élevait la maison blanche en bois des Benoît.

Cyprien Benoît avait allumé et suspendu deux fanaux près de la porte. Sans aucune surprise, Baptiste constata que la cour de la ferme était déjà encombrée par de nombreuses voitures. Plusieurs hommes étaient debout, sur la galerie, en train de fumer leur pipe.

— Je vais voir si Xavier est là, dit-il à sa femme. S'il y est pas, je vais aller le chercher à côté.

Le cultivateur du rang Saint-Jean s'était inquiété pour rien. Son fils arriva à pied dans la cour tandis que sa mère et ses sœurs descendaient de voiture. Il se joignit à eux.

Après avoir salué quelques connaissances, les Beauchemin entrèrent dans la maison des Benoît pour se retrouver face à face avec Cyprien et Marie-Rose qui les accueillirent sans manifester trop de reconnaissance. Ils leur offrirent leurs condoléances et déposèrent la tarte sur la table, puis se dirigèrent vers le salon où une demi-douzaine de personnes parlaient à voix basse avec Laura Benoît dans un coin.

Au fond de la pièce, on avait installé deux tréteaux sur lesquels on avait posé trois larges planches. La veuve avait recouvert le tout d'un drap avant qu'on y dépose le corps de son mari. Ce dernier, habillé de la tête aux pieds de ses vêtements du dimanche, avait les mains croisées sur la poitrine, un chapelet emmêlé entre les doigts.

Baptiste et les siens s'avancèrent vers le corps pour prier quelques instants avant de se tourner vers la jeune fille blonde assise à l'écart, près du défunt. Marie fut la première à présenter ses condoléances à Catherine Benoît, mais elle le fit sans aucune chaleur. Pour elle, cette fille perdue avait attiré le malheur sur sa famille et était probablement responsable en partie de la mort de son père.

Son mari et ses enfants firent de même.

La fille de Léopold Benoît, les yeux rougis, les remercia. Alors que tous les siens se dirigeaient vers la veuve pour la réconforter, Xavier, incapable d'accepter l'espèce d'ostracisme dont elle semblait frappée, demeura aux côtés de Catherine pour lui parler, ce qu'elle accepta avec un triste sourire de gratitude.

Peu à peu, les visiteurs se firent si nombreux que la maison fut incapable de contenir une telle foule. Après avoir prié au corps, beaucoup de gens choisirent d'aller converser à l'extérieur, tant il faisait chaud dans le salon et la cuisine.

— Je crois ben qu'on va avoir droit aux maringouins jusqu'au mois de novembre cette année, exagéra Hormidas Meilleur en écrasant sèchement un insecte qui venait de le piquer au front. D'après vous autres, est-ce que monsieur le curé ou un de ses vicaires va venir réciter le chapelet à soir? demanda-t-il aux quatre hommes qui l'entouraient.

— Ça me surprendrait pas mal, répondit Patrick Quinn. Cyprien m'a dit que le vicaire qui est venu administrer les derniers sacrements à son père cet avant-midi a dit qu'il reviendrait demain après-midi pour le chapelet.

— En fin de compte, est-ce qu'on sait comment Léopold est mort? demanda Baptiste en s'approchant.

— C'est son garçon qui l'a trouvé dans la tasserie, lui apprit Delphis Moreau en lissant ses longs favoris. D'après le docteur Samson, c'est son cœur qui aurait lâché.

— Et pour le cercueil? fit Dionne.

— Quelqu'un m'a dit que le garçon de Léopold a demandé à Hyland de s'en occuper. Il devrait être prêt à temps pour les funérailles, intervint Liam Connolly, que Baptiste fut étonné de trouver sur les lieux, tant le jeune veuf fréquentait peu les gens de la paroisse. D'habitude, il fait du bel ouvrage pour les cercueils, ajouta l'Irlandais. En tout cas, moi, il y a deux ans, j'ai trouvé qu'il avait fait quelque chose de correct pour ma femme.

Baptiste ne dit rien. Le cultivateur de trente-cinq ans avait un visage marqué par les épreuves. Ses voisins le disaient dur et facilement irritable. La plupart avaient tendance à mettre cela sur le compte de la perte de sa femme. Avec quatre enfants de cinq, neuf, dix et douze ans sur les bras, sa vie n'était apparemment pas facile.

— À ce que je vois, t'es correct à cette heure, fit froidement Baptiste en faisant référence au fait qu'il avait été hospitalisé.

Pas plus que sa femme, il n'avait accepté que le voisin ne soit jamais venu remercier sa fille Camille.

— Oui, je suis d'aplomb. Ça m'apprendra à regarder où je marche, ajouta-t-il. À propos, monsieur Beauchemin, je voudrais aller dire un merci à votre femme.

— Ah oui! Pourquoi?

— J'ai appris seulement il y a deux jours qu'elle était venue s'occuper de mes enfants pendant que j'étais à Sorel.

— Seulement il y a deux jours?

— Oui, les enfants m'avaient caché ça.

Baptiste ne le crut qu'à moitié tant l'excuse lui semblait grossière.

— C'est pas ma femme qui est allée chez vous, c'est ma fille Camille. Tiens! Justement, c'est elle qui sort de la maison, ajouta-t-il en lui montrant sa fille aînée en train de proposer des pointes de tarte aux hommes regroupés autour de Samuel Ellis.

Liam Connolly quitta le petit groupe et s'avança vers la jeune femme au moment où elle se dirigeait vers d'autres visiteurs rassemblés un peu plus loin. Il ne restait plus qu'une part de tarte dans l'assiette qu'elle tenait.

— Bonsoir, mademoiselle, la salua le veuf en lui barrant le chemin.

Camille sursauta légèrement en le voyant devant elle. Elle ne l'avait pas vu entrer dans la maison pour aller offrir ses condoléances à la famille du défunt.

— Je suis content de vous rencontrer. J'avais décidé de passer vous voir chez vous demain pour m'excuser.

— Vous excuser de quoi? lui demanda-t-elle en feignant de ne pas avoir remarqué son ingratitude passée.

— M'excuser de ne pas être allé vous remercier de vous être aussi ben occupée de mes enfants pendant que j'étais pas là. Je sais que vous allez avoir de la misère à le croire, mais je l'ai appris juste il y a deux jours. Ces *Goddam* d'enfants s'étaient entendus pour rien me dire parce qu'ils avaient peur de se faire chicaner pour avoir laissé une étrangère entrer dans la maison. Il a fallu que Rose, ma dernière, vende la mèche.

— Eh bien ! on peut dire qu'ils se tiennent entre eux, vos enfants, déclara Camille, surprise.

— J'aurais dû me douter de quelque chose quand ma plus vieille a fait cuire du pain ben meilleur que celui que je fais. En plus, la maison avait jamais été aussi propre.

— Tant mieux si ça vous a rendu service, dit Camille. Voulez-vous de mon dernier morceau de tarte ? lui offrit-elle en lui présentant l'assiette.

— Oui, merci, ça fait longtemps que j'en ai pas mangé. Et merci encore pour tout, tint-il à répéter en s'éloignant déjà pour retourner dans la maison.

De retour dans la cuisine des Benoît, Camille déposa l'assiette vide sur la table. Elle était songeuse. Elle se demandait si le voisin lui avait menti ou si ses enfants lui avaient vraiment caché le fait qu'elle était venue s'occuper d'eux. Si le père disait la vérité, les petits pouvaient avoir été aussi bien motivés par la crainte de recevoir une correction de leur père que par le fait qu'ils ne l'aimaient pas. Être détestée par des enfants qu'elle avait voulu aider la bouleversait beaucoup plus qu'elle n'aurait voulu l'avouer.

Quand elle sortit de la maison quelques minutes plus tard pour offrir des beignets, elle retrouva de nouveau Liam Connolly sur son chemin.

— J'ai jamais mangé une aussi bonne tarte aux pommes, s'empressa-t-il de lui dire en lui adressant un sourire charmeur.

— Je vais répéter ça à ma mère, fit Camille avec un sourire aimable. Ça va lui faire plaisir, ajouta-t-elle avant de poursuivre son chemin.

— Aïe, le jeune, viens pas essayer de me voler ma prochaine blonde ! plaisanta Hormidas Meilleur qui avait tout vu.

— Voyons, le père, elle est ben trop jeune pour vous, répliqua Liam Connolly, que bien peu avaient déjà vu d'humeur aussi sociable. Vous pourriez presque être son grand-père.

— Ça va faire, les veufs, les taquina Évariste Bourgeois. Vous êtes pas pour vous chicaner devant tout le monde pour une fille quand il y en a trois ou quatre ici, à soir. Et toi, Baptiste, surveille ben ta fille. On dirait qu'il y en a qui veulent te la voler.

— Elle est en âge de se défendre, répondit Baptiste avec un sourire. Elle a le caractère de sa mère et je peux vous dire que celui qui va lui en faire accroire est pas encore au monde.

Il tourna la tête vers la maison et aperçut Bernadette se dirigeant vers Constant Aubé, debout sur la galerie, un peu à l'écart de quatre jeunes gens qui parlaient un peu fort. Il chercha des yeux sa femme et Xavier, mais ne les vit pas.

⟶

La jeune institutrice n'était pas demeurée très longtemps à l'intérieur.

— On crève ici dedans, m'man, avait-elle dit à voix basse à sa mère.

— C'est normal, avait chuchoté cette dernière d'une voix dans laquelle perçait un peu d'impatience. Le salon est plein et il y a juste une fenêtre.

— Je sors respirer un peu dehors, lui avait annoncé sa fille.

— Traîne pas trop longtemps dehors, l'avait mise en garde Marie. Ta place, c'est avec les femmes, pas avec les hommes.

— Il y a des femmes qui sont sorties, avait-elle protesté.

Sa mère avait fait la sourde oreille et s'était tournée pour dire quelques mots à Alexandrine Dionne.

Bernadette avait franchi le seuil de la porte en poussant un soupir de soulagement lorsqu'elle avait senti un souffle d'air frais sur son visage. Les abords de la porte étaient encombrés par quelques enfants et deux adolescentes en train de se chuchoter leurs secrets. Plus loin, au bout de la galerie, elle crut apercevoir Constant Aubé dans l'ombre.

Elle hésitait à faire un pas dans sa direction pour lui adresser la parole. Le jeune homme était appuyé nonchalamment contre le mur de la maison et devait attendre que les Hyland décident de rentrer pour monter dans leur voiture. Elle s'était rappelé l'avoir aperçu dans le salon un peu plus tôt. Elle se fit violence pour s'approcher de lui. Elle lui devait au moins des remerciements pour son sac.

— Bonsoir, Constant, lui dit-elle en faisant quelques pas vers lui.

L'employé des Hyland se redressa et s'avança vers elle en claudiquant légèrement.

— Bonsoir, la salua-t-il à son tour d'une voix un peu étranglée.

— Je voulais te remercier pour ton sac, lui dit-elle. J'ai complètement oublié de le faire quand t'es venu à la maison le mois passé pour montrer ton plan de la chapelle à mon père.

— C'est pas grave, fit-il, apparemment mal à l'aise. Ça m'a fait plaisir de te le donner.

— Si ça te fait rien, on va se rapprocher de la lumière, reprit Bernadette en lui montrant les fanaux allumés. Si ma mère me voit en train de discuter avec un garçon à la noirceur, j'ai pas fini d'en entendre parler.

L'homme engagé des Hyland vint timidement vers elle, et la jeune fille, constatant à quel point il était intimidé, trouva ce comportement si flatteur qu'elle ne put s'empêcher de jouer de son charme.

— Comment ça se fait que tu savais que j'avais besoin d'un sac comme ça ? minauda-t-elle.

— Quand je t'ai vue échapper tes affaires le jour où je suis allé réparer les marches de l'école.

— Pourquoi tu l'as laissé sur la galerie de l'école au lieu de venir me le donner ?

Il souleva les épaules, incapable d'avouer que c'était par timidité.

— En tout cas, t'as été bien fin de me faire ce cadeau-là.

Elle ne songea pas du tout à évoquer l'incident survenu dans la cour du magasin général. Comme un silence embarrassé menaçait de se prolonger entre eux, elle reprit la parole pour lui demander comment il se faisait qu'il savait lire et écrire, ce qui n'était pas monnaie courante pour un garçon de son âge dans la région.

— C'était une idée de mon père, avoua Constant en commençant progressivement à s'animer.

— Pourquoi ?

— Ben, quand j'avais huit ans, j'ai reçu un coup de pied de notre cheval.

— Pauvre toi, le plaignit-elle.

— J'ai eu la jambe droite cassée et les os ont mal repris. Ça fait que je me suis mis à…

Soudain, le mot eut l'air de vouloir demeurer bloqué dans la gorge du jeune homme.

— Boiter, poursuivit Bernadette pour lui.

— C'est ça. Mon père a un gros commerce de bois à Québec. Il m'a envoyé à l'école pour que j'apprenne à écrire et surtout à compter parce qu'il avait décidé que je lui servirais jamais à rien d'autre qu'à m'occuper des clients au comptoir et à remplir les commandes.

— Mais c'est pas ce que t'as fait, dit Bernadette, intéressée par le récit chuchoté par l'homme engagé de Thomas Hyland.

— Non, je suis allé à l'école et j'ai même fait deux ans au petit séminaire de Québec. Mais je voulais faire la même chose que mes deux frères qui travaillaient sur les chantiers de mon père. Je voulais pas rester à attendre les clients.

— Qu'est-ce que t'as fait ? lui demanda-t-elle, intriguée.

— Je suis parti. J'ai travaillé deux ans chez mon grand-père. Il m'a montré à tanner les peaux. Il avait un moulin à farine et il était cordonnier. Puis, la bougeotte m'a repris et j'ai décidé de faire autre chose. J'ai fait une couple de métiers avant d'aboutir chez monsieur Hyland, il y a cinq ans.

— T'es jamais retourné chez vous ?

— Non, avoua-t-il, mon père doit m'en vouloir d'être parti sans sa permission.

— Et ta mère ?

— Elle est morte quand j'étais jeune.

— Ça t'a jamais tenté d'écrire à ton père ?

— Ça me gêne. Je saurais pas trop quoi lui raconter.

— Tu pourrais peut-être juste lui donner de tes nouvelles et lui dire où tu es, suggéra Bernadette. Je sais pas comment tu fais. Moi, je m'ennuierais bien gros de ma famille.

— Ça m'arrive, à moi aussi, de m'ennuyer. Dans ce temps-là, je lis et ça passe.

— Qu'est-ce que tu lis ? fit-elle, de plus en plus captivée.

— J'ai *Le Père Goriot* de Balzac, *Le Rouge et le Noir* de Stendhal, *Les Fables* de La Fontaine, *Les Trois Mousquetaires* de Dumas et *Les Misérables* de Hugo.

— C'est une vraie bibliothèque que t'as là ! apprécia la jeune fille sur un ton enthousiaste. T'as vraiment ces cinq livres-là ?

— Oui, j'en ai même deux autres de Dumas. Tous ces livres-là sont des cadeaux de mon père et de mon grand-père quand je restais chez nous.

— T'es bien chanceux. Moi, à part deux livres d'école, j'ai rien à lire.

— Est-ce que t'aimerais que je t'en prête un ? offrit-il spontanément.

— Certain.

— Mais je voudrais pas que ton cavalier m'en veuille pour ça, prit-il la précaution d'ajouter.

— J'ai pas de cavalier.

Cette nouvelle fit naître un léger sourire dans le visage du jeune homme.

— Je pourrais te le laisser à la porte de l'école, proposa-t-il.

— Non, fais pas ça. Un enfant pourrait le prendre et l'abîmer.

— À ce moment-là, je pourrais te le remettre en mains propres à l'école.

— Là, si tu fais ça, Angèle Cloutier va se faire un plaisir de colporter partout que des garçons viennent me voir à l'école et je vais perdre ma place. Je pense que la meilleure chose à faire, c'est que tu viennes me le porter à la maison, si ça te dérange pas trop.

— Ça me dérange pas pantoute, s'empressa-t-il de dire. Quel livre veux-tu que je te prête ?

— Lequel est le plus intéressant ?

— *Les Trois Mousquetaires*, si t'aimes un bon roman plein d'action.

— C'est un livre correct, j'espère ?

— Certain, sinon je te le proposerais pas, se défendit Constant.

— C'est correct. Viens donc samedi soir prochain ou même demain après-midi, si ça te convient. Bon, je rentre avant que ma mère s'imagine que je suis perdue, dit-elle avec un sourire.

Bernadette rentra dans la maison surchauffée juste comme Angèle Cloutier annonçait qu'on allait réciter le chapelet pour le repos de l'âme de Léopold Benoît. La jeune fille s'agenouilla derrière sa mère et Camille tout en remarquant que Xavier avait disparu.

Vers dix heures, les visiteurs commencèrent à se retirer progressivement, laissant la famille seule avec le défunt. Les Beauchemin furent parmi les derniers à quitter les lieux.

— Je te dis que la Marie-Rose donne pas sa place, dit Marie à son époux dès que le boghei eut quitté la ferme des Benoît. Elle essaye déjà de tout gérer comme si elle était devenue tout à coup la maîtresse de maison.

— Pour moi, elle connaît mal sa belle-mère, l'approuva Camille. Madame Benoît me donne pas l'impression qu'elle va se laisser mener bien longtemps par le bout du nez.

— Pour moi, après les funérailles, le diable va être aux vaches dans cette maison-là, laissa tomber Baptiste, peu intéressé par ces commérages.

— Cette façon qu'elle a de traiter Catherine, poursuivit Camille. Je trouve ça épouvantable.

— Là, par exemple, j'ai pas de pitié pour cette petite dévergondée-là, déclara sa mère tout net. Si elle s'était conduite comme du monde, on la respecterait. Déjà bien beau que Laura Benoît ait accepté qu'elle revienne vivre à la maison après ce qu'elle a fait.

— Je sais pas ce que Xavier lui racontait, mais il lui a parlé pas mal longtemps, rapporta Bernadette qui n'avait pas dit un mot depuis le départ.

— Il a bien été le seul à lui parler, dit sa mère.

— Ça me fait penser, m'man, que j'ai remercié Constant Aubé pour son sac, ajouta la cadette des Beauchemin avec l'air de n'attacher aucune importance au fait.

— Il était à peu près temps, dit Marie en tournant la tête vers elle.

— Il est prêt à me prêter un de ses livres, à part ça.

— Bon, v'là autre chose à cette heure. Quel livre ?

— Un livre d'Alexandre Dumas, un roman.

— Et ça va te donner quoi de perdre ton temps à lire un roman ? lui demanda sa mère, réprobatrice. Ça va juste t'user les yeux et c'est pas ça qui va t'aider à préparer ton trousseau.

— Pour le trousseau, m'man, on dirait bien qu'il y a rien qui presse. J'ai même pas de cavalier. Lire un peu, ça va juste rendre les soirées moins ennuyantes.

— Moi, je suis pas sûre que monsieur le curé approuverait de te voir perdre ton temps à lire ça.

La jeune fille eut du mal à retenir la réplique qui lui était venue aux lèvres.

⌒

Le lendemain avant-midi, le curé Lanctôt annonça à la grand-messe le décès de Léopold Benoît ainsi que ses funérailles qui allaient être célébrées le mardi avant-midi. Avant leur retour à la maison, sur le parvis de l'église, Baptiste eut le temps de s'entretenir quelques minutes avec son frère Armand et quelques voisins de ce dernier.

— Partir à quarante-sept ans, c'est ben jeune, déclara un nommé Juneau. Mais il faut dire que son père et un de ses frères sont morts à peu près à cet âge-là. Je crois ben que c'est le cœur que ces Benoît-là ont de pas trop solide.

— Léopold avait pas une grande famille non plus, avança Armand Beauchemin. Il a pas dû y avoir beaucoup de Benoît pour veiller le corps hier.

— Non, reconnut son frère, mais il y avait des voisins en masse.

— Nous autres, on irait bien, dit sa belle-sœur, mais c'est tellement loin chez vous.

— Voyons, Amanda, lui dit sèchement Marie, on reste tout de même pas au bout du monde. Tu pourrais venir cet après-midi et arrêter souper chez nous. On t'empoisonnera pas, tu sais.

— T'es bien fine, Marie, mais moi, les voyages en voiture me fatiguent bien gros. Je pense qu'on n'ira pas veiller au corps, mais on va aller à son enterrement.

Les Beauchemin rentrèrent tranquillement à la maison. Les femmes déposèrent sur la table des cretons, du pain de ménage et les dernières tomates du jardin. Il ne restait plus que du lard salé et des cretons dans les provisions de viande.

— Je commence à avoir hâte en bagatême qu'on fasse boucherie, déclara Baptiste en étalant des cretons sur une tranche de pain.

— T'es mieux de prendre ton mal en patience, fit sa femme qui comprenait son envie, on a encore pas mal de temps à attendre avant les premiers froids.

Après le dîner, Donat, Hubert et Eugénie prirent la route pour aller offrir leurs condoléances aux Benoît pendant que les autres membres de la famille s'apprêtaient à passer un dimanche après-midi de repos.

— Je pense que je vais aller faire un somme, annonça Baptiste en bâillant.

— Laisse-moi de la place dans le lit, je vais faire la même chose, le prévint sa femme en commençant à ranger la vaisselle qui venait d'être lavée par ses filles.

— Constant Aubé est supposé passer cet après-midi pour me laisser un livre, rappela Bernadette à sa mère.

— Et après? fit sa mère.

— Vous allez me laisser recevoir un garçon sans chaperon? demanda-t-elle, un peu sarcastique.

— As-tu l'intention de le faire passer au salon? lui demanda sa mère, surprise.

— Bien non, m'man, mais je peux tout de même pas lui arracher le livre des mains et lui dire de s'en retourner chez eux tout de suite. Vous me dites toujours qu'il faut être poli.

— Inquiétez-vous pas, m'man, voulu la rassurer Camille. J'ai pas l'intention d'aller me coucher. Il faut tout de même que quelqu'un reste réveillé dans la maison au cas où Alexis se mettrait à pleurer. Si l'homme engagé de monsieur Hyland vient, je vais être là.

— Si c'est juste pour me surveiller, tu peux bien aller dormir, toi aussi, intervint Bernadette. Je suis aussi capable que toi de m'occuper du petit s'il se met à brailler.

— Toi, je trouve que t'as l'air d'une fille pas mal trop excitée pour recevoir un garçon que t'as toujours trouvé laid, lui fit remarquer sa mère d'une voix acide.

— Voyons, m'man, dit Camille avec un sourire, c'est bien connu que faute de pain, on mange de la galette.

— T'es bien drôle, Camille Beauchemin, laissa tomber Bernadette avec un air pincé.

Tout de même rassurée, Marie finit son rangement avant de disparaître dans sa chambre à coucher.

Ce dimanche après-midi allait réserver à Bernadette Beauchemin un belle leçon d'humilité.

Dès que sa mère eut disparu, elle s'était empressée de monter à sa chambre pour se mettre un peu de poudre de riz et vérifier l'ordonnance de sa coiffure. Ensuite, elle était allée s'installer dans la balançoire, à l'ombre de l'érable centenaire. Peu après, sa sœur aînée vint s'asseoir sur la galerie avec l'un de ses perpétuels travaux d'aiguille. Et les minutes s'égrenèrent de plus en plus lentement dans l'air qui semblait immobile.

Au nord, le ciel commençait à s'ennuager. Les mouches et les maringouins se firent plus insistants. Le temps passait et Bernadette ne cessait de regarder vers la route pour voir si une voiture approchait. Elle ne comprenait plus.

— Je lui fais la grâce de l'inviter, ce gnochon-là, et il vient même pas, finit-elle par se dire à mi-voix, incapable de dominer la colère qui la submergeait. Qu'il aille au diable avec ses romans! Il va faire chaud avant que je lui reparle.

Elle aperçut enfin un nuage de poussière à l'instant où elle s'apprêtait à quitter la balançoire, lasse de se battre avec les moustiques. Elle se leva précipitamment, décidée à aller se réfugier dans la maison et à faire attendre son visiteur à la porte. Elle se dirigea rapidement vers la galerie et eut juste le temps de pénétrer dans la cuisine d'été avant que le boghei conduit par Donat vienne s'arrêter près de la maison pour laisser descendre Eugénie.

Bernadette revint alors rapidement à l'extérieur, curieuse de savoir si l'employé de Thomas Hyland était allé passer l'après-midi chez les Benoît alors qu'elle l'attendait.

— Est-ce qu'il y avait bien du monde ? demanda-t-elle à sa belle-sœur.

— Pas plus qu'une douzaine de personnes, répondit Eugénie en retirant la longue aiguille qui tenait son chapeau en place. Une chance, ajouta-t-elle, il fait pas mal chaud et le corps commence à sentir.

Donat vint rejoindre sa femme, après avoir laissé à Hubert le soin de dételer le cheval.

— Monsieur le curé est venu prier au corps. Ils vont faire les funérailles demain matin plutôt que mardi à cause de la chaleur.

Marie sortit de la maison, portant dans ses bras le bébé qui pleurait à fendre l'âme.

— Je vous dis que vous êtes fiables, toutes les deux, dit-elle à ses filles. Cet enfant-là pleure depuis je sais pas combien de temps et pas une de vous deux l'a entendu. En plus, il s'est sali.

— On l'a pas entendu, dit Camille en se levant.

— Je comprends, fit sa mère, mécontente, vous allez vous installer dehors pendant que lui, il est au deuxième étage.

Eugénie allait tendre les bras pour consoler son fils, mais Camille la devança.

— Laisse faire, je vais le changer, lui dit-elle, tu vas salir ta robe.

Elle emporta l'enfant à l'intérieur pendant que Donat communiquait les dernières nouvelles à sa mère et à son père, qui venait d'apparaître à son tour, la tête hirsute et les bretelles battant sur ses cuisses.

— On va retourner veiller au corps à soir, annonça-t-il à sa femme. De toute façon, on n'a pas le temps d'aller à l'enterrement de Benoît. Je dois aller chercher la farine au moulin demain avant-midi et si je me fie à ce que je vois, ça va tout prendre pour finir de rentrer l'avoine dans la grange demain avant qu'il se mette à mouiller. Je pense que je vais demander à Xavier de venir donner un coup de main à ses frères demain avant-midi pendant que je vais être parti.

— On va faire comme hier soir, dit sa femme, mais on va rester un peu moins longtemps.

Ce soir-là, les visiteurs furent encore passablement nombreux chez les Benoît. Quelques parents se mêlaient aux voisins. À la plus grande surprise de plusieurs, ils ne purent voir le défunt exposé parce qu'à l'heure du souper, on avait déposé ce dernier dans un cercueil en pin qui sentait fortement le vernis et on s'était empressé d'en fermer le couvercle.

— Il paraît que Hyland et son homme engagé sont venus le porter sur l'heure du souper, expliqua Télesphore Dionne à Baptiste. D'après Laura Benoît, c'était devenu irrespirable dans le salon à cause de la chaleur. Ça fait que Cyprien est allé voir Hyland pour lui demander de faire ça le plus vite possible.

— Monsieur le curé a ben compris l'affaire, fit Évariste Bourgeois. Il s'est rendu compte que ça pressait que l'enterrement ait lieu demain matin.

— Bagatême, avec un cercueil fermé, on a l'impression que ce pauvre Léopold est déjà parti pour de bon, dit Baptiste.

En fait, bien peu de personnes demeurèrent dans le salon ce soir-là, tant l'humidité et la chaleur rendaient la pièce inconfortable.

Xavier, présent sur les lieux, accepta sans rechigner de venir prêter main-forte à ses frères le lendemain. En contrepartie, son père allait lui rapporter les trois poches de farine de blé produites par sa maigre récolte.

— T'as pas à t'inquiéter, fit son père, quand tu vas avoir essouché, tu vas pouvoir labourer comme du monde et tu vas t'apercevoir que ta terre va te donner un ben meilleur rendement.

— En tout cas, mon avoine et mon sarrasin ont mieux poussé que mon blé, dit Xavier pour se consoler.

Baptiste vit Samuel Ellis se diriger vers lui et il en éprouva un certain agacement. Il savait que l'Irlandais se faisait maintenant un plaisir de lui envoyer toutes les personnes qui avaient des questions à poser sur la future chapelle. Cela allait de la répartition future des coûts jusqu'à la location des bancs. On lui avait rapporté qu'Ellis s'empressait toujours de répondre aux inquiets ou aux insatisfaits : « C'est pas moi le maître d'œuvre, c'est Baptiste Beauchemin. Il va falloir que vous lui posiez la question. » En d'autres mots, il commençait à réaliser pourquoi le rusé cultivateur du rang Sainte-Ursule s'était dépêché de voter pour lui quand il s'était agi de désigner un maître d'œuvre.

— Bonsoir, Baptiste, dit Samuel, en faisant signe à Anatole Blanchette de s'approcher. J'ai vu Antonius et Thomas après la messe, à Saint-Zéphirin, à matin. Ils m'ont dit que ça jase pas mal de la dîme qu'on devrait payer à la paroisse. Il y en a même qui disent avoir entendu monsieur le curé se vanter que nous autres, de la concession, on était pour payer deux dîmes cet automne, une à la paroisse et une autre au prêtre que monseigneur est pour nous envoyer dès que la chapelle va être bâtie.

— Voyons donc ! protesta Baptiste. Ça a pas de maudit bon sens, cette affaire-là ! Comme si on avait les moyens de payer à deux places.

— C'est ce que je crois aussi, s'empressa de dire l'Irlandais. À mon avis, je pense qu'on est aussi ben de tirer cette affaire-là au clair le plus vite possible. Le curé Lanctôt et le curé Moisan sont à la veille de passer pour leur visite d'automne et on sait ce que ça veut dire.

— Pourquoi tu me dis tout ça ? lui demanda Baptiste, méfiant.

— J'ai ben l'impression que toi, le maître d'œuvre, tu vas être obligé d'aller les voir pour savoir le fin mot de l'histoire.

— Pourquoi ce serait à moi de faire ça ?

— Ben, c'est toi, le président des syndics, rétorqua Samuel, avec un mince sourire.

— Là, je…

— *Shitt !* Tu me feras pas croire que t'as peur du curé Lanctôt et du curé Moisan, s'exclama Ellis, narquois.

— Pantoute, je vais passer les voir pas plus tard que cette semaine, déclara-t-il avec une assurance qu'il était bien loin d'éprouver. Mais ça tombe mal en maudit, par exemple. J'ai plus d'ouvrage que je peux en faire sur ma terre.

— Une chance que t'as tes garçons, se contenta de conclure Ellis avant de le quitter pour aller dire quelques mots à John White qui venait d'arriver.

Un peu après neuf heures, les derniers visiteurs quittèrent la maison des Benoît, laissant la famille assurer la veille jusqu'au lendemain matin.

Sur le chemin du retour à la maison, Baptiste fut passablement silencieux. Il était évident que quelque chose le tracassait. Pour le tirer du silence dans lequel il était enfermé, Marie lui fit remarquer :

— On peut pas dire que Léopold Benoît va être enterré dans un bien beau cercueil.

— Il a été fait à la dernière minute, lui expliqua son mari. Ellis m'a dit tout à l'heure que Hyland et son homme engagé ont travaillé jusqu'au milieu de la nuit pour le faire. Ils ont fini de le vernir cet avant-midi.

— Il me semble que son garçon aurait pu aller en acheter un à Sorel.

— C'est ben de la dépense et il a pas eu le temps, conclut Baptiste.

Assise sur la banquette arrière du boghei en compagnie de Camille, Bernadette entendit l'échange entre ses parents. Elle tenait peut-être là la raison pour laquelle Constant

Aubé n'était pas venu lui rendre visite durant l'après-midi. Mais à ses yeux, ce n'était pas une excuse. S'il avait vraiment tenu à la rencontrer, il aurait pu venir avec les Hyland chez les Benoît ce soir-là. Il devait bien se douter qu'elle allait revenir avec ses parents.

Le maître d'œuvre de la mission Saint-Bernard-Abbé se mit au lit, un heure plus tard, sans dire un mot de la tâche dont il avait l'intention de se débarrasser le lendemain même. Il lui fallut d'ailleurs beaucoup de temps avant d'être emporté par le sommeil, tant les deux démarches qui l'attendaient l'inquiétaient.

Chapitre 18

La dîme

Le lendemain matin, les Beauchemin furent accueillis par un petit jour gris annonciateur de pluie. D'ailleurs, lorsque Hubert quitta la maison pour aller chercher les vaches dans le champ, une petite pluie fine commençait à tomber.

— Ça a tout l'air qu'on pourra pas entrer l'avoine aujourd'hui, déclara Donat en pénétrant dans l'étable en compagnie de son père.

— D'après moi, c'est parti pour la journée, avança son père. Pendant que je vais aller au moulin, vous pourrez toujours brûler les derniers tas de branchages s'il mouille pas trop.

— Je peux me charger de ça tout seul, dit son fils aîné.

— Si la pluie arrête, je vais aider m'man à ramasser les dernières pommes après avoir nettoyé l'étable, fit Hubert sans grand entrain.

Les trois hommes sortaient de l'étable quand ils virent passer le petit convoi qui conduisait Léopold Benoît à sa dernière demeure. Le cercueil du disparu avait été posé sur le vieux landau noir d'Anatole Blanchette. Quatre voitures suivaient. En signe de respect, les Beauchemin s'empressèrent de retirer leur casquette.

La famille se mettait à table, quand Xavier arriva en compagnie d'Antonin.

— J'espère que tu t'es pas dérangé pour venir nous aider à rentrer l'avoine ? lui dit son frère Donat.

— Ben non, je vois ben qu'il mouille. Non, je suis juste arrêté pour dire à p'pa de laisser faire pour le moulin, que j'étais pour y aller à sa place.

— J'ai tout mon temps aujourd'hui, fit Baptiste. Je vais y aller. De toute façon, j'ai deux mots à dire au curé Lanctôt et au curé Moisan, en passant.

— Tu m'as jamais dit que t'avais l'intention d'aller les rencontrer, fit Marie, surprise d'apprendre cette nouvelle. Pourquoi est-ce qu'il faut que t'ailles les voir ?

— C'est pour la paroisse, répondit son mari, volontairement évasif.

— Si c'est comme ça, je vais retourner travailler sur ma terre, dit Xavier, un peu déçu. Je pense qu'aujourd'hui, on va...

— Pas avant d'avoir déjeuné avec nous autres, le coupa sa mère. Approchez, tous les deux, ajouta-t-elle à l'intention de son fils cadet et de l'adolescent qui l'accompagnait.

Après le déjeuner, Xavier et Antonin partirent et Donat les accompagna à l'extérieur dans le but d'atteler la voiture pour son père.

— Attends-moi, Xavier, lui demanda Bernadette en se précipitant vers son manteau et son parapluie. Je monte avec toi. Tu me laisseras à l'école en passant.

— Et nous autres, les belles dindes, on va encore faire la vaisselle toutes seules, lui dit sa mère, acide.

— Je la ferai toute seule à soir, si vous voulez, m'man, lui dit sa fille cadette avant de sortir.

Baptiste finit de se raser et disparut dans sa chambre pour en revenir bientôt, prêt à partir à son tour.

— Bondance, Baptiste ! j'espère que t'as pas l'intention d'aller voir monsieur le curé habillé comme ça, lui dit sa femme, horrifiée.

Surpris, son mari regarda ses habits. Sans qu'il soit endimanché, son pantalon et sa chemise en toile du pays étaient propres.

— Tu penses tout de même pas que je vais aller au moulin habillé en dimanche, grommela-t-il. Au cas où tu l'aurais oublié, je vais transporter des sacs de farine.

— Je suis certaine que monsieur le curé va s'imaginer que tu lui manques de respect en te voyant arriver au presbytère attriqué avec ton vieux linge. Monsieur le curé Moisan va penser la même chose.

— C'est ben de valeur, mais ils penseront ce qu'ils voudront, fit Baptiste, frondeur. Ils vont me voir comme ça si je parviens à les rencontrer avant d'aller au moulin, et, il vont me voir ben pire si je peux leur parler seulement en revenant. Il y a des chances que je sois sale. Ils savent ben que je suis un cultivateur, moi, pas un notaire.

Sur ces mots, son mari se coiffa de sa vieille casquette grise après avoir endossé un manteau court en toile et il sortit au moment où Donat immobilisait la voiture près de la galerie.

— En plus, tu y vas avec la *waggine*! s'insurgea sa femme.

— Ben, cette affaire, comment tu penses que je vais rapporter les poches de farine? lui demanda-t-il après s'être assuré que son fils avait pensé à déposer la toile goudronnée sur le véhicule de manière à ce que la marchandise qu'il allait rapporter ne soit pas abîmée par la pluie.

— Viens pas te plaindre que monsieur le curé te fait pas une belle façon après ça, lui dit Marie en haussant la voix.

— Attends-moi pas pour dîner, je vais arrêter chez Armand, se contenta de répondre Baptiste avant de mettre son attelage en marche.

Durant le long trajet qui le conduisit au village de Sainte-Monique, Baptiste Beauchemin eut tout le temps de penser à ce qu'il allait dire au curé Lanctôt. Il se serait bien passé de cette rencontre, mais il n'était tout de même pas pour perdre la face devant Samuel Ellis et les autres syndics.

— Après tout, il me mangera pas, se dit-il à mi-voix pour se donner du courage.

La petite pluie fine l'accompagna tout au long de son voyage. Il croisa les voitures conduites par Cyprien Benoît et Télesphore Dionne, qui avait été un ami proche du disparu. Il salua les occupants des deux voitures au passage avant de poursuivre sa route vers le village où venaient d'être célébrées les funérailles de Léopold Benoît.

Baptiste immobilisa sa voiture près du presbytère et en descendit. Il aperçut le vieux Cléophas Dubé, seul au milieu du cimetière, en train de finir d'enterrer celui qu'on venait de déposer dans la fosse. Il prit son courage à deux mains et alla sonner à la porte du presbytère. La veuve Corriveau, la ménagère, vint lui ouvrir.

— Est-ce que je peux parler à monsieur le curé? lui demanda-t-il après avoir retiré sa casquette.

— Il vient de célébrer un service, il est en train de déjeuner, lui dit-elle.

— Je peux attendre.

— Bien, je vais aller voir s'il peut vous recevoir à matin, lui dit-elle sur un ton aigre qui lui fit comprendre qu'il n'était pas particulièrement bienvenu.

Elle le laissa debout sur le paillasson dans l'entrée et disparut à l'intérieur de l'imposant presbytère. Le cultivateur du rang Saint-Jean dut attendre une dizaine de minutes avant que la servante consente à revenir vers lui.

— Monsieur le curé va vous recevoir dans quelques minutes, lui dit-elle. Vous pouvez passer dans la salle d'attente, mais essuyez-vous bien les pieds avant d'entrer pour pas tout crotter mon plancher.

Baptiste lui lança un regard mauvais avant de pénétrer dans la petite pièce voisine où il n'y avait qu'une demi-douzaine de chaises et une fougère en pot placée devant la fenêtre protégée par un rideau en dentelle.

Louis-Georges Lanctôt n'apparut à la porte de la pièce qu'une trentaine de minutes plus tard. Le petit homme nerveux et sec ne se donna pas la peine de s'excuser auprès de son visiteur de l'avoir fait attendre. Baptiste se leva par politesse, mais le prêtre le regarda de la tête aux pieds en affichant une mine pour le moins réprobatrice. Son visage se ferma encore davantage avant qu'il ne lui dise sur un ton rogue :

— Tu peux t'asseoir. Qu'est-ce qui se passe ? lui demanda-t-il sans esquisser le geste de s'asseoir ou encore de l'inviter à passer dans son bureau.

Baptiste interpréta ce comportement comme une injure délibérée de sa part, comme la longue attente à laquelle il l'avait soumis. Ces humiliations volontaires et cette façon pleine de morgue de le tutoyer le firent bouillir de rage et il n'eut plus qu'une hâte, quitter le presbytère le plus rapidement possible. Par conséquent, il ne salua pas plus le curé de Sainte-Monique que celui-ci ne l'avait salué. Il entra immédiatement dans le vif du sujet sans s'encombrer de la moindre précaution oratoire.

— J'arrête en passant, monsieur le curé, pour vous demander vos intentions concernant la dîme, cette année.

— Comment ça, mes intentions ? fit sèchement Louis-Georges Lanctôt.

— Comme vous avez pu le voir hier quand vous êtes venu chez Léopold Benoît, Bélisle a déjà commencé à construire notre chapelle.

— Oui, j'ai vu.

— Il nous la promet pour la fin du mois de novembre.

Le curé de Sainte-Monique ne dit rien.

— Ça fait qu'à partir de cette date-là, monseigneur va nous envoyer un prêtre et il va falloir lui payer notre dîme pour qu'il manque de rien.

— C'est normal.

— C'est certain, reconnut Baptiste. Mais nous autres, dans la concession, on se demande si cette année on va être obligés de vous payer en plus une dîme à vous et à monsieur le curé de Saint-Zéphirin.

— Évidemment!

— Mais c'est pas juste qu'on paye deux dîmes, protesta le cultivateur.

— Écoute-moi bien, Baptiste Beauchemin, l'admonesta le petit prêtre en se campant devant lui, l'air mauvais, tant que vous serez pas une vraie paroisse, ça va être comme ça… au moins pour cette année, prit-il la précaution d'ajouter sur un ton légèrement triomphant. Quand on se mêle d'affaires qui nous regardent pas, c'est souvent ce qui arrive. Cette année, vous avez profité du ministère des prêtres de votre paroisse, c'est normal de participer à leur entretien.

Baptiste haussa le ton devant la rebuffade que venait de lui servir le curé rancunier qui ne lui pardonnait pas d'avoir provoqué l'amputation d'une partie de sa paroisse.

— Êtes-vous ben sûr de ça, monsieur le curé? lui demanda-t-il, l'air franchement sceptique. J'ai toujours pensé que la dîme c'était pour l'année suivante, pas pour l'année d'avant.

— Tu t'es trompé une fois de plus, fit Louis-Georges Lanctôt d'une voix tranchante. Le mois prochain, je visiterai chacune des familles sur le bord de la rivière, comme je l'ai toujours fait et j'en profiterai pour faire ramasser la dîme par mon bedeau, prit-il soin de préciser, hautain et désagréable.

— Ben, je vous remercie, conclut le cultivateur en se levant. Je vais faire écrire à monseigneur pour être ben sûr de ça. Si on doit le faire, les paroissiens de Saint-Bernard sont des bons catholiques et ils vont payer leur dîme sans chialer, comme ils l'ont toujours fait.

Là-dessus, Baptiste Beauchemin prit sèchement congé avant que le prêtre réalise pleinement son effronterie. C'était bien la première fois que l'un de ses paroissiens avait l'audace de le contredire ouvertement. De plus, il avait osé dire «les paroissiens de Saint-Bernard», comme si cette paroisse existait déjà…

Le cultivateur monta dans sa voiture sous le fin crachin qui avait remplacé la pluie. Pendant quelques instants, il hésita sur la décision à prendre. Devait-il aller tout de suite au moulin prendre livraison de sa farine ou bien aller dîner chez son frère, quitte à passer plus tard à la cure de Saint-Zéphirin? Finalement, il renonça à son repas du midi. Sa rencontre avec le curé Lanctôt l'avait tellement mis en colère qu'elle lui avait coupé l'appétit.

— Le maudit air bête! répéta-t-il à de nombreuses occasions pendant qu'il se dirigeait vers le moulin situé sur le bord de la rivière, à la sortie du village. En tout cas, je lui ai coupé la chique quand je lui ai dit qu'on écrirait à monseigneur pour être sûrs qu'il avait ben droit à notre dîme.

Le meunier était parti dîner quand il se présenta au moulin, mais l'un de ses deux employés l'aida à charger les poches de farine qui lui appartenaient ainsi que celles de Xavier. Comme chaque année, il laissa quelques poches en paiement du travail exécuté par le meunier et il quitta l'endroit pour prendre la route de Saint-Zéphirin.

À son arrivée au village, il prit la peine de vérifier l'état de ses vêtements salis à certains endroits par la farine transportée dans la voiture. Il les nettoya du mieux qu'il put. Avant de se présenter à la porte du presbytère, il consulta sa montre de gousset. Il était un peu plus d'une heure trente. Il décida qu'il pouvait aller sonner.

La ménagère du curé Moisan se montra plus avenante que celle du curé Lanctôt, probablement parce qu'elle ne le connaissait pas. Elle le pria de patienter un instant, le temps de prévenir l'ecclésiastique de sa présence.

— S'il est pour me faire attendre comme le curé Lanctôt, je sacre mon camp, dit Baptiste entre ses dents en torturant sa casquette qu'il tenait à la main.

Le curé Moisan, un homme de taille moyenne au ventre imposant, vint au-devant de lui moins de cinq minutes plus tard.

— Qui êtes-vous ? demanda-t-il, intrigué, à son visiteur.

— Bonjour, monsieur le curé, je suis Baptiste Beauchemin, de Sainte-Monique.

— Ah ! Le Beauchemin qui a fait signer la pétition avec Samuel Ellis de ma paroisse, dit le prêtre sans manifester une hostilité apparente.

— En plein ça, monsieur le curé.

— Bon, passez donc dans mon bureau, l'invita le pasteur en ouvrant la première porte à sa droite.

Baptiste s'excusa pour sa tenue en lui disant qu'il venait d'aller prendre livraison de sa farine au moulin de Sainte-Monique et demeura debout devant le bureau en érable qui occupait une bonne partie de la pièce.

— Assoyez-vous, monsieur Beauchemin, lui offrit Wilfrid Moisan en se glissant derrière son bureau pour s'asseoir dans son fauteuil. Qu'est-ce que je peux faire pour vous ?

Le ton amène du prêtre et son absence évidente de rancune rassurèrent un peu le maître d'œuvre qui lui expliqua les inquiétudes des gens habitant sur les bords de la rivière à propos de la dîme à verser le mois suivant.

— Est-ce que monseigneur vous a fait savoir ce qu'il convenait de faire ? lui demanda l'ecclésiastique sur un ton égal.

— Dans la lettre qu'il a envoyée, c'est écrit qu'on doit payer la dîme au prêtre qu'il va nous envoyer.

— À ce moment-là, il y a pas de problème. Vous n'avez qu'à faire ce qu'il vous demande, dit le curé de Saint-Zéphirin toujours sur le même ton.

— Je veux pas être mauvaise langue, reprit Baptiste, mis à l'aise par l'accueil sympathique du curé de Saint-Zéphirin, mais c'est pas l'avis de monsieur le curé Lanctôt.

— Ah! Pourquoi?

— Ça a pas l'air d'être clair pour lui.

— Dans ce cas-là, vous n'avez qu'à écrire à l'évêché. On va vous dire ce qu'il convient de faire.

— Merci, monsieur le curé, fit Baptiste, reconnaissant, en se levant.

— Trompez-vous pas, monsieur Beauchemin, prit la peine de préciser Wilfrid Moisan en le reconduisant à la porte du presbytère, c'est sûr que ça nous a pas mal fâchés quand on a appris que nos paroissiens de la concession avaient demandé de faire partie d'une nouvelle paroisse. D'un seul coup, vous nous avez enlevé presque quatre-vingt-dix familles, soit un peu plus que cinq cents paroissiens. Mais avec le temps et la grâce de Dieu, j'ai fini par comprendre que c'était peut-être mieux pour le salut de l'âme de tous ces gens parce qu'ils vont pouvoir aller à l'église tous les dimanches. Ne vous en faites pas trop avec monsieur le curé Lanctôt, il va finir, lui aussi, par comprendre.

Baptiste remercia encore une fois et prit le chemin pour rentrer à la maison, tout à fait rasséréné. Après avoir laissé ses quelques poches de farine à Xavier, il revint à la maison, l'estomac torturé par la faim.

Ce soir-là, il demanda à Bernadette d'écrire au secrétaire de monseigneur Laflèche, à Trois-Rivières, pour qu'il précise si les paroissiens de Saint-Bernard-Abbé étaient tenus de payer la dîme à leur paroisse d'origine pour l'année 1871. Dans la même lettre, il tint à faire mention que la chapelle allait être prête au mois de novembre et que les paroissiens seraient alors heureux d'accueillir le missionnaire promis.

— Est-ce que je dois dire le missionnaire bilingue, comme c'était écrit dans la lettre du secrétaire de monseigneur? demanda la jeune institutrice.

— Pantoute, pour moi, ce sera ben suffisant si notre curé parle juste français.

Il attendit la réunion suivante des membres du syndic pour leur faire part de sa visite aux deux curés. Il vanta la largeur d'esprit du curé de Saint-Zéphirin, mais il ne put s'empêcher de dramatiser sa rencontre avec le curé Lanctôt. Il conclut son compte rendu en signifiant aux quatre hommes qui l'écoutaient qu'il avait déjà envoyé à l'évêché une demande de précision au sujet de la dîme.

— Tout ça, ça prouve qu'on a le curé qu'on mérite, laissa tomber Samuel Ellis, railleur.

— Qu'est-ce que tu veux dire par là ? lui demanda le maître d'œuvre.

— Tu vois, mon curé est un homme bon et compréhensif parce qu'il est habitué à des paroissiens qui sont obéissants. Pour moi, le tien est mauvais comme ça parce qu'il a des paroissiens qui ont une tête de cochon.

— C'est drôle, tu chantais pas pantoute la même chanson quand il t'a apostrophé à propos de la pétition cet été, rétorqua Baptiste. Si t'avais été si sûr qu'il t'aurait fait une belle façon, je suis certain que tu serais allé toi-même lui demander ce qui arrivait avec la dîme cette année.

À cette remarque, Ellis ne trouva rien à répliquer.

Chapitre 19

De la visite

La dernière semaine de septembre fut particulièrement maussade et les fermiers de la région durent faire des prodiges pour parvenir à engranger leur avoine entre deux averses. Baptiste Beauchemin craignait pour son orge encore sur pied qui aurait dû être récoltée depuis déjà deux bonnes semaines.

— S'il continue à faire mauvais comme ça, je vais la perdre, dit-il, de mauvaise humeur, en regardant par la fenêtre la pluie qui venait de recommencer à tomber.

— Moi, je sais pas ce que vous avez l'intention de faire de votre journée, les hommes, fit Marie, mais je vous avertis tout de suite que si vous êtes pour rester dans nos jambes aujourd'hui, on va avoir de l'ouvrage pour vous autres parce que c'est à matin qu'on déménage dans la cuisine d'hiver. Là, on gèle trop ici dedans et on n'attendra pas que le petit attrape son coup de mort pour se décider.

— On a de l'ouvrage en masse dans les bâtiments, déclara Donat en jetant un regard de connivence à son père et à son frère Hubert.

— On va consolider le bas des murs du poulailler qui commencent à pourrir, prit soin de préciser Baptiste. Les poules sont plus à l'abri pantoute des renards dans un poulailler comme ça.

Après le déjeuner, les trois hommes de la maison s'empressèrent de quitter les lieux pendant que les femmes se mettaient déjà à transporter dans la cuisine d'hiver la vaisselle et tout ce qui avait été emporté de la pièce voisine durant la belle saison. Lorsqu'elles eurent fini le nettoyage de la cuisine d'été, elles repoussèrent contre un mur la table et les bancs avant de couvrir une partie du parquet avec une vieille toile.

— Je peux vous garantir que l'été prochain, on va avoir un autre poêle dans cette cuisine-là, promit Marie à Camille et à Eugénie. On passera pas notre temps à se promener entre les deux cuisines comme on a fait cette année.

Durant l'après-midi, la maîtresse de maison profita du fait que la pluie avait cessé pour entraîner les siens dans son grand jardin.

— On a assez bretté, déclara-t-elle sur un ton résolu. On va attacher le lin en javelles et aller le porter dans la tasserie. Il est temps qu'il soit battu. Ça fait assez longtemps qu'on le retourne.

En fait, durant les dernières semaines, Camille et Eugénie avaient, à tour de rôle, retourné avec une fourche tous les trois jours le lin qui avait été arraché et soigneusement étendu dans le jardin. Il restait à constituer des gerbes avec ces plantes et à les porter sur le plancher de la tasserie où les hommes allaient les battre quelques jours plus tard pour en faire tomber les graines qui serviraient autant aux semences du printemps suivant qu'à la fabrication de médicaments.

— Quand est-ce qu'on va le brayer, madame Beauchemin ? lui demanda sa bru, qui aimait ce travail.

— À la première journée de beau temps, la semaine prochaine. Comme les hommes parlent de commencer bientôt les labours, je vais voir à ce qu'ils trouvent le temps de le battre ces jours-ci, répondit Marie en retirant ses souliers boueux avant d'entrer dans la cuisine d'été.

— On pourrait bien commencer à le battre nous-mêmes, m'man, proposa Camille en l'imitant.

— Pas de saint danger, s'opposa sa mère. Je connais ton père, ce serait lui donner un bien mauvais pli. Nous autres, on a autre chose à faire cette semaine. Il va falloir qu'on rentre les patates, les navets et les carottes dans le caveau avant que tout ça pourrisse dans la terre.

Les trois femmes venaient à peine de se mettre à la préparation du souper que Bernadette rentra de l'école de fort mauvaise humeur.

— Bon, qu'est-ce que t'as à bourrasser comme ça? lui demanda sa mère d'une voix impatiente. Si c'est la pluie qui te fait cet effet-là, t'es mieux de t'habituer, on est juste au commencement de l'automne.

— Non, c'est monsieur le curé, avoua la jeune institutrice.

— Qu'est-ce qui se passe?

— Il est passé à matin pour questionner les enfants sur leur catéchisme. Je sais pas ce qui est arrivé, mais il y a juste la petite Proulx qui a su une réponse. Vous auriez dû entendre tout ce qu'il m'a sorti comme bêtises! Il a même pas attendu que les enfants soient partis à la récréation pour me tomber dessus. À l'entendre, je fais pas mon ouvrage comme du monde et je devrais avoir honte de préparer aussi mal les enfants à être de bons chrétiens. C'est bien simple, j'avais juste envie de brailler.

— Peut-être qu'il a raison et que tu prends pas assez de temps pour montrer comme il faut le catéchisme, suggéra sa mère.

— Je prends tout le temps qu'il faut, protesta avec force sa fille. C'est lui qui fait peur aux enfants avec son air bête. Il les fige.

— En tout cas, va pas raconter ça à ton père. Tu sais comment il est. Il aime déjà pas monsieur le curé. Il manquerait plus qu'il aille lui dire des bêtises.

— Sans parler que la construction de la chapelle avance vite, intervint Camille d'une voix apaisante. Dis-toi que tu achèves d'avoir à l'endurer. Quand on va avoir notre nouveau curé au mois de novembre, c'est lui qui va s'occuper de l'école.

Bernadette, la mine sombre, monta changer de robe dans sa chambre avant de venir aider à la préparation du repas. Les hommes rentrèrent dans la maison après le train et vinrent prendre place autour de la table, même si le souper n'était pas encore tout à fait prêt.

— Mon Dieu, j'allais complètement oublier de vous donner la lettre que le facteur m'a laissée à midi à l'école ! se rappela soudain la jeune fille en se dirigeant vers son sac en cuir déposé près de l'escalier.

— Dis-moi pas que monseigneur m'a déjà répondu, fit son père en arborant un air satisfait. Viens me lire ça.

Tous se figèrent dans la pièce en attendant de connaître le contenu de la missive que l'institutrice venait de tirer de son sac. Bernadette ouvrit l'enveloppe, déplia une unique feuille de papier et regarda tout de suite le nom du signataire.

— C'est pas monseigneur, p'pa, c'est ma tante Mathilde qui vous a écrit.

— Bon, qu'est-ce qu'elle raconte ? lui demanda son père, sur un ton beaucoup moins enthousiaste.

Cher frère,

J'espère que tout le monde va bien chez toi. Je suis contente de t'annoncer que j'irai passer quelques jours chez vous au commencement d'octobre. Ne te dérange pas pour venir me chercher avec ma compagne, quelqu'un a offert de nous conduire.

Je t'embrasse,

Sœur Marie du Rosaire

— Maudit bagatême ! jura Baptiste.

— Ah bien, bout de corde, c'est le restant ! se désola Marie en déposant bruyamment sur la table la marmite qu'elle venait de retirer du feu.

— On dirait que le diable vient de vous apparaître, dit Eugénie d'une toute petite voix en regardant ses beaux-parents, tour à tour.

— Tu dis ça parce que tu connais pas ma tante Mathilde, intervint son mari.

— C'est parfait pour finir le plat, laissa tomber Bernadette en déposant la lettre qu'elle venait de lire devant son père.

— On n'a pas fini de l'entendre, conclut Camille qui avait légèrement pâli.

— Veux-tu ben me dire ce qui lui prend de venir nous encombrer tout à coup ? explosa Baptiste. Ça doit ben faire trois ans qu'elle est pas venue chez nous. Ces dernières années, elle allait passer une couple de jours chez Armand et on la voyait juste le dimanche matin, après la messe, quand elle était là la fin de semaine.

— C'est vrai qu'elle est venue ici dedans juste deux fois depuis qu'on est mariés, se reprit sa femme en recouvrant peu à peu son sang-froid. On peut pas dire que ta sœur exagère.

— Deux fois de trop, maugréa Baptiste. Le pire, c'est que j'ai pas dans l'idée que le temps a dû ben l'améliorer, ajouta-t-il.

— On va voir. De toute façon, on peut rien changer, reprit sa femme avec philosophie. Elle s'en vient et on peut pas lui fermer la porte au nez. On va faire notre possible pour bien la recevoir.

— Pas trop quand même, la prévint son mari. Il faudrait pas qu'elle prenne l'habitude de nous tomber dessus tous les automnes.

— Qu'est-ce qu'elle a de si effrayant ? demanda Eugénie à son beau-père.

— Tu vas ben voir, se contenta de lui répondre Baptiste. Tu perds rien pour attendre.

— En tout cas, c'est ma tante Amanda qui va être fière de voir qu'elle est descendue chez nous plutôt que chez elle, fit remarquer Camille.

Les Beauchemin n'eurent pas à attendre trop longtemps l'arrivée de la visiteuse. Le samedi suivant, alors qu'ils venaient à peine de quitter la table après le dîner, une voiture conduite par un vieil homme entra dans leur cour et vint s'arrêter près de la galerie. Hubert, assis près d'une fenêtre, se pencha pour regarder à l'extérieur.

— Ma tante vient d'arriver, annonça-t-il à la cantonade.

— Mautadit, j'ai prié pour rien, déclara Camille à mi-voix.

— Pour quoi t'as prié ? lui demanda sa sœur, intriguée.

— J'ai prié pour qu'elle vienne pas.

Toutes les personnes présentes dans la pièce, sauf Eugénie encombrée du bébé, se décidèrent à sortir accueillir les visiteuses en train de descendre de voiture. Le conducteur leur tendit deux petites valises sans toutefois mettre pied à terre.

— Descendez, monsieur, l'invita Marie, venez boire quelque chose pour vous réchauffer. Vous êtes pas pour reprendre le chemin tout de suite.

— Non, il s'en retourne, déclara l'une des religieuses d'une voix péremptoire en faisant signe au cocher de repartir. Oubliez pas de revenir nous chercher mercredi matin, lui ordonna-t-elle au moment où il faisait demi-tour.

Celle qui avait parlé avec tant d'autorité était une grande femme à la stature imposante âgée d'une quarantaine d'années. Des lunettes à monture de fer dissimulaient à moitié ses petits yeux noirs perçants. De grosses joues couperosées cernaient une bouche aux lèvres minces.

Marie et Baptiste furent les premiers à s'approcher des visiteuses pour leur souhaiter la bienvenue. Sœur Marie du Rosaire déposa un baiser sur la joue de son frère et de sa belle-sœur avant de lever la tête vers ses neveux et nièces demeurés sur la galerie.

— Approchez, vous autres, leur ordonna-t-elle, je vous mangerai pas.

Sans grand entrain, Camille, Bernadette, Donat et Hubert descendirent à sa rencontre pour l'embrasser.

— Je vous présente ma compagne, c'est sœur Sainte-Anne, dit-elle sur un ton désinvolte.

La religieuse, une femme entre deux âges en apparence assez effacée, salua ses hôtes de la tête.

— On va pas prendre racine dans la cour, je suppose, reprit Mathilde Beauchemin. Envoyez, les jeunes, prenez les valises qu'on puisse rentrer en dedans.

Hubert se dévoua et prit les deux petites valises en cuir bouilli et précéda tout le monde à l'intérieur.

— À ce que je vois, il y a pas grand-chose de changé chez vous, dit la sœur de Baptiste en pénétrant dans la maison.

— T'es pas gênée ! la rabroua son frère. On vient de construire la cuisine d'été.

— Je me rappelais pas que t'avais pas de cuisine d'été, reconnut la religieuse.

— Est-ce que vous avez dîné ? demanda Marie aux deux religieuses en faisant un effort méritoire pour se montrer hospitalière.

— Dérange-toi pas, on avait apporté de quoi manger en chemin, lui répondit sa belle-sœur.

Soudain, la religieuse sembla remarquer la présence d'Eugénie qui n'avait pas osé quitter sa chaise berçante de crainte de réveiller Alexis qu'elle venait enfin d'endormir.

— Qui est-ce ? demanda-t-elle sèchement en désignant la jeune femme du doigt.

— C'est ma femme, ma tante, elle est en train d'endormir le petit.

— Drôle d'éducation, laissa-t-elle tomber sur un ton désagréable. Bon, Marie, tu serais fine de nous montrer notre chambre pour qu'on s'installe.

— Comme Donat et Eugénie couchent dans une chambre en haut...

— Nous autres, il nous faut deux chambres, déclara tout net la visiteuse.

— Je m'en doute, répondit sa belle-sœur un peu sèchement. Ça fait qu'on va tasser les deux filles dans la même chambre et installer Hubert dans la cuisine d'été pour vous laisser à chacune une chambre.

Elle n'eut droit à l'expression d'aucun regret pour l'inconfort que sa visite causait aux habitants de la maison. Bien au contraire.

— Est-ce que les draps ont été changés ? demanda-t-elle sur un ton désagréable.

— Camille et Bernadette vont aller faire ça tout de suite, dit Marie en faisant signe à ses filles de s'exécuter.

Pendant que les filles de la maison s'empressaient de changer les draps et taies d'oreiller et de transporter dans la chambre de Camille quelques vêtements de Bernadette, Hubert dut aller dans la grange remplir de paille une grande enveloppe de toile pour se confectionner une paillasse qu'il laissa tomber dans la cuisine d'été qui allait devenir sa chambre pour la durée de la visite de sa tante et de sa compagne.

Lorsque les deux religieuses furent montées à l'étage pour s'installer, Marie ne put s'empêcher de dire à mi-voix aux siens en crispant ses mains sur son tablier :

— Je sais pas ce que je vais faire pour l'endurer quatre jours. C'est presque pas humain d'être comme ça.

— Si elle exagère trop, je la sacre dehors avec sa valise cul par-dessus tête et elle retournera à Sorel à pied, déclara Baptiste sur un ton décidé. Là, on vous laisse jaser entre femmes, ajouta-t-il avec une pointe d'humour. On va aller battre le lin dans la tasserie. Arrivez, vous autres, dit-il à l'adresse de Donat et d'Hubert.

Quand les hommes rentrèrent après le train, ils trouvèrent sœur Marie du Rosaire confortablement installée dans la chaise berçante de Baptiste, se balançant avec vigueur. Baptiste tendit à sa femme un demi-sac de graines de lin.

— Qu'est-ce que c'est ? lui demanda sa sœur.

— De la graine de lin.

— Tu m'en prépareras aussi un sac, lui commanda-t-elle sans aucune gêne. On s'en sert pas mal à l'orphelinat.

— Je veux ben, rétorqua son frère d'une voix acide, mais j'espère que tu viens pas dans la paroisse juste pour quêter.

Sœur Marie du Rosaire lui jeta un regard dépourvu d'aménité avant de reprendre la parole.

— Ta femme m'a dit que t'étais maintenant maître d'œuvre et que vous alliez avoir une chapelle neuve.

— En plein ça, se rengorgea Baptiste, fier de son titre.

— Je suppose que monsieur le curé Lanctôt était content d'apprendre que vous seriez plus ses paroissiens.

— Ça, je suis pas allé lui demander, rétorqua son frère.

— Et tout le monde de la concession était d'accord pour une affaire comme ça ?

— On le dirait ben.

— Et ça va coûter combien, cette histoire-là ?

— On le sait pas encore, mentit Baptiste. Mais dis donc, toi, t'as manqué ta vocation, t'aurais dû travailler dans la police avec toutes tes questions.

— Est-ce que vous avez l'intention de brayer votre lin bientôt ? intervint sœur Sainte-Anne.

— À la première journée de beau temps, la semaine prochaine, dit Marie, heureuse que la compagne de sa belle-sœur change de sujet pour faire diversion avant que la conversation entre son mari et sa sœur ne tourne mal.

— Si nous sommes encore ici, madame Beauchemin, je serais contente de vous aider. C'était ce que je préférais faire lorsque j'étais chez mes parents.

Au moment de préparer le souper, la maîtresse de maison repoussa l'offre d'aide de ses invitées en prétextant qu'elles étaient déjà quatre femmes pour s'en occuper. En fait, Marie regrettait qu'il ne lui reste qu'un peu de porc dans la saumure à cette période de l'année. Pendant que Camille se chargeait de faire rissoler la viande, elle demanda à Bernadette de confectionner deux tartes avec de la confiture de framboises.

Sœur Marie du Rosaire finissait de manger son dessert quand, assise en face d'Hubert, elle scruta le jeune homme qui n'avait pratiquement pas ouvert la bouche depuis son arrivée.

— Dis-moi donc, mon garçon, t'es bien celui qui est entré chez les frères il y a deux ou trois ans, non ?

— Oui, ma tante, se contenta de répondre Hubert.

— Comment ça se fait que t'es chez tes parents ? T'es en visite, toi aussi ?

— Non, ma tante, je suis sorti de communauté.

— Voyons donc ! fit la religieuse dont les yeux noirs le fixaient derrière les verres épais de ses petites lunettes rondes. T'as pas fait ça !

— Mathilde, c'est son affaire, la coupa fermement Baptiste, qui prenait plaisir à l'appeler par son prénom de jeune fille, lui qui avait toujours eu du mal à accepter son entrée chez les sœurs.

— Mais quand on s'engage…

— Laisse faire ! lui ordonna-t-il.

— Hubert avait pas la santé pour rester chez les frères, dit Marie, les traits crispés. Va pas t'imaginer que ça lui a fait plaisir de revenir.

Sœur Sainte-Anne regarda sa consœur, mais ne prononça pas un seul mot.

— C'est monsieur le curé qui a dû être déçu, s'entêta sœur Marie du Rosaire, réprobatrice.

— Que monsieur le curé soit déçu ou pas nous empêchera pas de dormir, affirma son frère.

— En tout cas, mon garçon, je vais prier pour toi, lui promit sa tante avec conviction.

Après le repas, Baptiste s'empressa d'aller s'asseoir dans sa chaise berçante avant que sa sœur ne se l'approprie, comme elle l'avait fait depuis son arrivée.

— Armand et Amanda sont-ils au courant que tu venais en visite chez nous? demanda-t-il à la religieuse qui avait préféré aller prendre Alexis qui rechignait plutôt que de participer au rangement de la cuisine.

— Non, ça va être toute une surprise pour eux autres demain matin quand ils vont me voir à la messe.

— C'est certain, concéda Baptiste après avoir allumé sa pipe.

— C'est sûr qu'ils vont être un peu jaloux que j'aie aimé mieux venir rester chez vous cette année, ajouta sœur Marie du Rosaire d'un air pénétré, mais je me suis dit que ça faisait tellement longtemps que j'étais pas venue vous voir qu'il était temps que je vienne.

— Vous auriez peut-être pas dû faire ça, ma tante, dit Bernadette sans sourire. Ils vont croire que vous les aimez plus.

— Inquiète-toi pas, ma petite fille, je vais leur expliquer. Ils vont comprendre. Il faut bien que je sois juste et que j'aille pas toujours chez le même.

Bernadette jeta un regard narquois à sa mère qui dut pincer les lèvres pour ne pas sourire.

Comme la jeune fille allait se retirer dans sa chambre pour préparer ses classes de la semaine suivante, un boghei entra dans la cour. Curieuse, elle s'arrêta au pied de l'escalier et attendit de connaître l'identité des visiteurs avant de monter.

— Tiens, vous avez encore de la visite, annonça sœur Sainte-Anne en se penchant inutilement à la fenêtre, la nuit étant tombée depuis plus d'une heure.

On attendit durant un long moment que les visiteurs viennent frapper à la porte, mais il ne se produisit rien.

— Veux-tu ben me dire ce qui se passe? dit Baptiste en se levant.

Il alla ouvrir la porte et s'avança sur la galerie pour voir ce qui se passait à l'extérieur.

— Entre, Constant, reste pas comme ça dehors, entendit-on le maître des lieux dire à quelqu'un.

— Je pense que c'est l'homme engagé de Thomas Hyland, dit Marie aux religieuses, comme si elles avaient pu connaître le propriétaire du moulin.

— Constant Aubé? demanda Bernadette en revenant sur ses pas.

— En connais-tu d'autres? fit sa mère. Éloigne-toi pas, il vient probablement pour toi.

— Je vois pas pourquoi, laissa-t-elle tomber.

Peu après, un Constant Aubé apparemment mal à l'aise pénétra dans la cuisine et s'immobilisa près de la porte.

— Je veux pas déranger personne, dit-il à Baptiste, j'arrêtais juste une minute pour laisser à votre fille le livre que je lui avais promis.

Il était évident que tous ces regards braqués sur lui l'intimidaient. Bernadette s'avança vers lui et allait se contenter de prendre le livre qu'il lui tendait quand sa mère intervint.

— Prends une lampe et fais passer ta visite au salon, proposa-t-elle à sa fille cadette.

— Mais, m'man, voulut protester la jeune fille.

— Vas-y, ta tante va comprendre et te trouvera pas impolie de nous fausser compagnie.

Sur un ton contraint, Bernadette invita le visiteur à la suivre au salon, s'empara d'une lampe au passage et l'alluma.

Dès que les jeunes gens furent installés dans la pièce voisine, sœur Marie du Rosaire déplaça légèrement sa chaise berçante pour mieux voir ce qui s'y passait. Eugénie lui prit Alexis endormi dans ses bras et, suivie par Donat, annonça qu'ils montaient à leur chambre.

— Et la prière? demanda sœur Marie du Rosaire sur un ton désapprobateur.

— Inquiétez-vous pas pour la prière, ma tante, on est capables de la faire tout seuls, répondit sèchement Donat.

Dans le salon, Bernadette ne put faire autrement que d'inviter Constant à retirer son manteau et à s'asseoir. Ce dernier voyait bien que la jeune fille ne l'avait fait passer au salon qu'à contrecœur.

— Écoute, je veux pas t'encombrer, lui dit-il à mi-voix, en hésitant à s'asseoir. Je voulais juste te laisser *Les Trois Mousquetaires*, que je t'avais promis. Comme tu voulais pas que je te le laisse à l'école, j'avais pas le choix de venir te le porter.

— Assis-toi, reste pas planté debout comme un piquet, lui dit-elle sans sourire.

Il obtempéra.

— Je t'attendais dimanche après-midi passé, lui reprocha-t-elle.

— Je sais, mais j'ai pas pu. J'ai dû travailler avec monsieur Hyland à faire le cercueil de Léopold Benoît. Ça pressait à cause de la chaleur. Même si on a travaillé vite, on n'a fini qu'un peu avant l'heure du souper.

— Et t'es pas venu veiller au corps dimanche soir, ajouta-t-elle, en laissant entendre qu'il aurait pu la voir s'il était venu.

— J'y serais allé si les Hyland avaient pas fait monter les voisins dans leur voiture. Ils avaient plus de place pour moi.

Ces explications eurent le don de rendre Bernadette beaucoup plus aimable. Elle avait d'abord eu l'intention de ne garder Constant Aubé que quelques minutes au salon avant de le raccompagner jusqu'à la porte, mais à la seule idée de devoir s'enfermer dans la chambre de Camille pour échapper aux investigations de sa tante, elle décida de veiller au salon avec le jeune homme qui, apparemment, appréciait la situation.

Tout d'abord, elle lui parla de sa semaine à l'école et, contrairement à Léon Légaré, Constant l'écouta attentivement et lui posa des questions prouvant son intérêt.

— Pendant que j'y pense, as-tu réfléchi à mon idée d'écrire à ton père? lui demanda-t-elle à brûle-pourpoint quand la conversation faiblit.

— Oui, mais je me sens mal à l'aise de faire ça, admit-il.

— Si tu le fais, le pire qui peut t'arriver, c'est qu'il te réponde pas, plaida-t-elle.

— Je le sais ben, mais ça me gêne.

— Moi, je suis sûre que tu le regretterais pas.

— Écoute, finit-il par dire après une courte réflexion. Je vais le faire cette semaine, juste pour te faire plaisir. On verra ben ce qui arrivera.

Dans un geste plein de spontanéité, elle posa sa main sur la sienne pour lui montrer son approbation. Ce simple contact sembla le bouleverser. Peu après, il entendit les parents de la jeune fille parler d'aller se coucher et il se leva, confus.

— J'espère pas avoir exagéré, j'ai pas vu le temps passer, avoua-t-il à Bernadette. Ça a été ma plus belle soirée depuis ben longtemps.

— Tu reviendras, lui dit-elle par politesse, sans attacher d'importance à cette invitation.

— Merci, tu me diras si t'as aimé le roman, fit-il en la suivant dans la cuisine après avoir endossé son manteau.

Constant salua les gens présents dans la pièce avant de quitter les lieux. Bernadette allait monter à sa chambre quand sœur Marie du Rosaire lui demanda:

— C'est ton cavalier depuis longtemps?

— C'est pas mon cavalier, ma tante, se défendit-elle. C'est juste un garçon qui est venu me prêter un livre.

— Quelle sorte de livre ? s'enquit la religieuse, soupçonneuse.

— Un roman, ma tante.

— Mon Dieu, un roman ! s'affola la sœur de son père en affichant un air horrifié. Et monsieur le curé te laisse lire ça ?

— Je lui ai pas demandé la permission, ma tante, répondit la jeune fille, exaspérée.

— Mais c'est une lecture profane qui risque de te faire perdre ton âme, ma petite fille !

— Il y a pas de danger, ma tante, déclara Bernadette sur un ton définitif.

La religieuse se gourma et jeta un coup d'œil à son frère et à sa belle-sœur, quêtant apparemment leur approbation. Baptiste et Marie ne dirent pas un mot.

— Il boite, non ? reprit sœur Marie du Rosaire, un peu dépitée de leur manque d'appui.

— Il boite peut-être, mais il a une tête sur les épaules, se décida à expliquer Baptiste en train de remonter le mécanisme de l'horloge. Ce petit gars-là sait lire et écrire. C'est même lui qui a fait les plans de la chapelle. D'après Hyland, c'est aussi un bon charpentier. En plus, il est pas manchot pantoute pour travailler le cuir. Tu montreras à ta tante le beau sac qu'il t'a fait, ajouta-t-il à l'intention de sa fille.

— Remarquez, m'man, que ma tante penserait pas que c'est mon cavalier si vous m'aviez pas obligée à le faire passer au salon.

— Qu'est-ce que t'as à te plaindre ? lui fit remarquer sa mère. Tu passes ton temps à dire que tu sais pas quoi faire de ta peau le soir. Là, t'as pu parler avec un garçon toute la soirée.

— Mais c'est pas mon cavalier, se défendit Bernadette.

— Je veux bien le croire, mais la simple politesse t'obligeait à pas le laisser sur le paillasson, devant la porte, quand il avait fait tout ce chemin pour t'apporter un livre. Bon, on a assez discuté pour rien. Demain, on doit se lever de bonne heure pour aller à la messe.

En ce dimanche 2 octobre 1870, un beau soleil automnal se leva sur la région. Même si les feuilles des érables avaient commencé à changer de couleur, il régnait une douceur dans l'air qui rappelait l'été qui venait de mourir.

Xavier et Antonin s'arrêtèrent à la maison avant d'aller assister à la messe à Sainte-Monique. Lorsque le fils cadet de Baptiste découvrit sa tante et sa compagne, il eut pitié de ses parents et offrit de les transporter à l'église dans sa voiture, même s'il savait que le trajet risquait d'être plutôt pénible avec cette bavarde impénitente qui se mêlait de tout. Avant de laisser monter les deux religieuses, il offrit à Bernadette et à Camille de les emmener chez Emma et son mari qui allaient sûrement accepter de les conduire jusqu'au village.

— Ouf! Que ça fait du bien de plus entendre ma tante, dit Bernadette au moment où le boghei quittait la cour. J'ai l'impression qu'elle parle même en dormant.

— En tout cas, je pense que t'as fait plaisir à p'pa, reprit Camille. Elle a pas arrêté de tout critiquer depuis qu'elle a mis les pieds dans la maison. Une chance qu'elle est là seulement jusqu'à mercredi matin.

— Si p'pa l'a pas étranglée avant ça, plaisanta à demi sa jeune sœur.

— Exagérez pas, elle est pas si pire que ça, protesta Xavier en riant.

Le jeune homme avait totalement changé d'avis lorsqu'il arrêta sa voiture devant l'église de Sainte-Monique.

Sa tante n'avait pas cessé de juger tout ce qu'elle voyait durant le trajet. Elle l'avait interrogé longuement sur ses amours et, surtout, sur ses pratiques religieuses. Antonin lui-même n'avait pas échappé à la curiosité insatiable de la visiteuse avant qu'elle ne se mette de nouveau à essayer de tirer les vers du nez de son neveu à propos des soupirants de Bernadette et de Camille et de la surveillance que ses parents exerçaient.

— J'espère, au moins, que t'en veux pas trop à ton père et à ta mère, avait-elle fini par dire au moment où l'attelage entrait dans le village.

— Pourquoi je leur en voudrais, ma tante? avait-il répliqué, dérouté par cette question.

— Pour avoir refusé à ton oncle Armand et à ta tante Amanda de t'adopter quand t'étais jeune.

— Moi? avait-il demandé, estomaqué.

— Bien oui, toi, avait répondu sa tante avec assurance. Pourtant, je l'avais dit à tes parents que ça aurait été une belle charité à leur faire puisqu'ils pouvaient pas avoir d'enfant. En plus, t'aurais forcément hérité du bien des Beauchemin à Sainte-Monique, ce qui est pas à dédaigner, avait-elle cru bon d'ajouter d'un air pénétré.

C'était la première fois que le jeune homme entendait parler de cette demande d'adoption et il en fut tellement troublé qu'il n'ouvrit plus la bouche jusqu'à la fin du trajet.

À leur entrée dans l'église paroissiale, sœur Marie du Rosaire entraîna sa compagne vers le banc loué par Armand Beauchemin, refusant carrément d'assister à la messe dans le jubé, là où beaucoup de paroissiens allaient trouver refuge parce qu'ils ne louaient pas de banc.

— Amanda et Armand vont bien avoir une attaque quand ils vont voir ta sœur en arrivant dans leur banc, fit Marie, pince-sans-rire.

— Je leur souhaite presque, rétorqua Baptiste. S'ils l'avaient mieux reçue l'année passée, on l'aurait pas sur les bras cette année.

— En tout cas, j'ai bien l'impression qu'Amanda va se sentir obligée de tous nous inviter à dîner, ne serait-ce que parce qu'on a ta sœur avec nous autres.

— On verra ben, dit son mari, peu enthousiasmé par cette perspective.

Après la grand-messe, tout le monde se retrouva sur le parvis. Sœur Marie du Rosaire présenta sa compagne à son frère et à sa belle-sœur avant de s'informer de leur santé. Pendant ce temps, Xavier attira sa mère à l'écart pour lui demander, la mine sombre :

— Qu'est-ce qu'il y a de vrai dans cette histoire d'adoption par mon oncle Armand ?

Marie demeura saisie un bref instant avant de répondre à son fils.

— Bon, à ce que je vois, ta tante a pas pu fermer sa grande boîte ! dit-elle en fusillant du regard le dos de sa belle-sœur en train d'expliquer avec force détails à des voisins d'Armand en quoi consistait son travail à l'orphelinat de Sorel.

— D'après moi, m'man, il faut pas lui demander l'impossible.

— Ta tante t'a dit la vérité, reconnut sa mère, mais on aurait aimé mieux que t'en entendes jamais parler. C'est vrai que ton oncle et ta tante ont voulu t'adopter, mais on a refusé bien évidemment. T'es notre garçon et on voyait pas pourquoi on t'aurait donné. C'est certain que t'aurais eu la vie plus facile si on l'avait fait, ajouta-t-elle.

— Vous avez ben fait, m'man, regrettez pas ça, dit-il pour la rassurer. En passant, si ça vous fait rien, je vais juste ramener ma tante et l'autre sœur chez vous, mais je resterai pas à dîner.

— Pourquoi ? s'étonna sa mère.

— Je pense que je pourrai pas l'endurer plus longtemps. Je suis mieux de retourner dans ma cabane avec Antonin plutôt que d'être impoli avec elle.

Quelques minutes plus tard, Baptiste annonça qu'il fallait songer à rentrer, s'attendant, de toute évidence à une invitation à dîner de son frère et de sa belle-sœur. Rien ne vint.

— C'est vrai qu'il commence à être pas mal tard, reconnut Armand en tirant sa montre de gousset pour la consulter. On a promis à la sœur d'Amanda d'aller passer un bout d'après-midi avec elle.

Amanda hocha la tête à plusieurs reprises pour confirmer ce que son mari disait. On se sépara donc et les trois voitures reprirent la route en direction du rang Saint-Jean. À l'arrivée du petit défilé dans la cour des Beauchemin, Emma et Rémi refusèrent l'invitation à dîner de Marie en objectant qu'ils avaient promis à la petite White, la gardienne de leurs deux enfants, de revenir tôt. Xavier profita de l'occasion pour annoncer son intention de rentrer sans tarder dans sa cabane du rang Sainte-Ursule, mais il promit de revenir durant la semaine.

— Il faudrait bien que j'aille jeter un coup d'œil sur ce que tu fais sur ta terre, dit sœur Marie du Rosaire quand il vint l'embrasser sur une joue avant de prendre congé.

— Ça vaut pas ben la peine de vous déplacer, ma tante, déclara son neveu, j'ai encore rien de bâti sur mes lots.

Cet après-midi-là, tous les habitants de la maison s'étaient esquivés dans leur chambre sous le prétexte de faire une sieste. Même sœur Sainte-Anne avait déclaré vouloir aller dormir une heure ou deux. Camille finit par demeurer seule en compagnie de sa tante qui avait tiré de ses bagages une balle de laine et deux broches à tricoter.

La jeune femme s'apprêtait à annoncer à la religieuse son intention d'imiter les autres pour fuir elle aussi son babillage incessant quand on frappa à la porte. Elle alla ouvrir et découvrit, étonnée, une Ann Connolly en apparence très mal à l'aise.

— Reste pas dehors, lui dit-elle en l'invitant à pénétrer à l'intérieur.

L'adolescente entra et s'arrêta sur la catalogne placée près du seuil. Sœur Marie du Rosaire cessa de se bercer et scruta la fillette d'un air inquisiteur.

— Est-ce que je peux faire quelque chose pour toi? demanda Camille à la fille de Liam Connolly.

— C'est mon père qui m'envoie, finit par dire Ann à voix basse.

— Pourquoi?

— Il veut que je vienne m'excuser de pas avoir dit que vous étiez venue chez nous m'aider pendant qu'il était malade.

Camille réalisa immédiatement qu'elle tenait peut-être là l'occasion de tirer l'affaire au clair.

— Mais pourquoi tu lui as pas dit la vérité?

— Il m'aurait battue, murmura-t-elle.

— Voyons donc! protesta Camille. Tu sais bien qu'il t'aurait pas battue pour une affaire comme ça.

La fillette ne répondit pas et un doute s'insinua dans l'esprit de la célibataire. Elle trouvait Ann tellement pitoyable dans sa vieille veste de laine brune étriquée à laquelle il manquait deux boutons que son cœur se serra. La petite était si maigre et montrait des signes si évidents d'épuisement qu'elle ne put faire autrement que de lui dire:

— Si tu veux que je te pardonne, il va falloir que tu viennes manger un morceau de tarte et boire un verre de lait.

— Mon père...

— Laisse faire ton père, rétorqua vivement Camille. T'auras juste à lui dire que c'est moi qui t'ai empêchée de revenir vite à la maison.

— Qui est-ce? demanda la religieuse.

— Une petite voisine, ma tante, se borna à répondre Camille en lui tournant carrément le dos pour s'occuper de la jeune visiteuse.

Elle entraîna l'adolescente jusqu'à la table, la fit asseoir et lui servit un généreux morceau de tarte aux framboises et une tasse de lait. Pendant qu'elle mangeait, la jeune femme déposa près d'elle quelques morceaux de sucre à la crème.

— Il y en a un pour toi, les autres, tu les donneras à tes frères et à Rose.

Quelques minutes plus tard, la fille de Liam Connolly quitta la maison et Camille la regarda sortir de la cour en hâtant le pas.

— Cette petite-là a pas l'air bien propre, dit la religieuse en tricotant. Elle a les cheveux tout cotonnés et le teint brouillé. Pour moi, sa mère s'en occupe pas bien gros.

— Elle a pas de mère, ma tante, lui apprit Camille, agacée. Sa mère est morte il y a deux ans et, depuis deux ou trois mois, la grand-mère est partie et il y a plus personne pour prendre soin des quatre enfants.

— Si c'est comme ça, il va bien falloir que le père de ces enfants-là songe à se remarier, décréta sœur Marie du Rosaire.

— Vous avez raison, ma tante.

— C'est sûr qu'il trouvera pas facilement une femme qui va accepter d'élever quatre enfants qui sont pas à elle, mais ça s'est déjà vu… Il faudrait presque que j'aille voir cet homme-là pour lui dire qu'on a à l'orphelinat des grandes jeunes filles qui accepteraient peut-être de venir prendre soin de ses enfants. On sait jamais, une fois sur place, une de nos orphelines pourrait être intéressée à le marier.

— Liam Connolly est pas mal sauvage, ma tante. Je sais même pas s'il va accepter de vous ouvrir sa porte.

— Mais toi, Camille, t'es vieille fille et, à ce que je vois, t'as pas de cavalier. Ça t'intéresserait pas de t'occuper de ces enfants-là ?

— Pantoute, ma tante.

— Ta vie serait pas mal plus utile, eut l'effronterie de lui faire remarquer la religieuse.

— Je me sens pas inutile, rétorqua sèchement Camille. Mes journées sont bien remplies, ma tante. J'aide ma mère et Eugénie à tenir maison et je manque pas d'ouvrage.

— En tout cas, penses-y, ma fille, ce serait bien charitable de ta part.

— Je suis pas faite pour le mariage, objecta la jeune femme en se dirigeant vers l'escalier menant à l'étage pour échapper, ne serait-ce qu'une heure ou deux, à l'attention de la religieuse.

Quelques minutes plus tôt, dans la chambre à coucher, au pied de l'escalier, Marie avait chuchoté à l'oreille de son mari que sa sœur avait appris à Xavier la tentative d'adoption d'Armand.

— La maudite fouine! s'était emporté le cultivateur, prêt à se relever pour aller dire son fait à sa sœur.

— Le mal est fait à cette heure, ça sert à rien d'aller lui dire des bêtises, dit Marie pour le calmer. De toute façon, Xavier m'a dit qu'il était content qu'on l'ait pas donné en adoption. Parlons-en plus.

— Est-ce que c'est pour ça qu'il est pas resté à dîner? lui demanda Baptiste.

— Non, il m'a dit qu'il en pouvait plus de l'endurer.

— On le comprend.

— Demain, on va s'arranger pour brayer le lin. Comme ça, on va tellement la fatiguer qu'elle va peut-être se taire, reprit Marie, moqueuse.

— As-tu pensé aux sœurs qui l'endurent toute l'année?

— J'aime autant pas y songer, répondit sa femme en réprimant un petit rire.

Le lendemain matin, Marie annonça à sa belle-sœur qu'elle lui confiait le lavage de la vaisselle du déjeuner pendant qu'elle allait préparer avec Camille ce qu'il fallait pour brayer le lin.

— C'est de valeur que je manque ça, dit Bernadette en se préparant à partir pour l'école.

— Inquiète-toi pas, on n'aura pas fini quand tu vas revenir, fit sa mère.

— Si t'avais pas à aller à pied à ton école, j'aurais passé l'avant-midi avec toi et tes élèves pour voir comment tu leur montres le catéchisme, déclara sœur Marie du Rosaire.

La jeune institutrice eut du mal à réprimer un frisson d'appréhension à la seule pensée de ce que serait une journée en compagnie de la religieuse.

— L'école est pas mal loin, ma tante.

— Ton père ou ton frère pourrait peut-être atteler, suggéra cette dernière en regardant les deux hommes tour à tour.

— On n'a pas le temps aujourd'hui, déclara Baptiste sur un ton sans appel. On a de l'ouvrage à l'étable. Un mille à pied, ça fera pas mourir Bedette.

— Je me plains pas aussi, p'pa, répondit la cadette en s'empressant de quitter les lieux avant que la religieuse décide de l'accompagner malgré la distance à parcourir.

Peu après son départ, tous les habitants de la maison sortirent à leur tour. Donat avait déjà allumé un feu à une certaine distance de l'appentis qui servait de porcherie sous une table grossière constituée de rondins espacés de quelques pouces les uns des autres. Quelques pieds plus loin, Camille et sa mère avaient installé trois courts madriers montés de biais sur deux chevalets.

— Chez mes parents, c'est moi qui m'occupais habituellement du lin sur les feux, dit sœur Sainte-Anne, la mine réjouie. Je pense être bonne pour le surveiller et le retourner à temps avant qu'il brûle.

— Si ça vous tente, ma sœur, on vous laisse cet ouvrage-là, déclara Baptiste en déposant près d'elle plusieurs gerbes de lin qu'il venait de rapporter de la tasserie.

— Nous autres, on va le battre, annonça Marie en tendant un bâton à sa belle-sœur, à sa bru et à sa fille.

— Si vous avez besoin de nous autres, on est dans l'étable, dit Baptiste en faisant signe à Donat de le suivre.

— Seigneur, Marie ! lui reprocha sœur Marie du Rosaire en fronçant le nez d'un air dégoûté, il me semble qu'on aurait pu s'installer plus loin de la porcherie. Ça pue tellement que c'est pas endurable.

— C'est plus pratique parce que tout le barda est à côté et on est près de la tasserie, se borna à répondre sa belle-sœur en s'emparant de la première javelle de lin séché que lui tendait sœur Sainte-Anne.

Le dos tourné à la truie et à ses quatre petits porcelets, les femmes travaillèrent durant tout l'avant-midi. De temps à autre, Donat ou Baptiste quittait l'étable voisine pour venir ajouter du bois dans le feu sous la table où sœur Sainte-Anne retournait régulièrement les plants de lin jusqu'à ce qu'ils lui semblent assez secs pour être remis à l'une ou l'autre des femmes qui les battaient, autant pour les assouplir que pour séparer les fibres de l'écorce. Quand ces dernières jugeaient que les fibres étaient bien isolées, elles tordaient la filasse blonde obtenue et l'enroulaient avant de la déposer dans un panier.

— Allez-vous peigner votre lin aujourd'hui ? demanda sœur Sainte-Anne à Marie quand deux grands paniers eurent été remplis de torsades à la fin de la matinée.

— Je pense qu'on va avoir le temps de commencer, répondit cette dernière.

Un peu après le dîner, la maîtresse de maison alla chercher un court madrier dans lequel Baptiste avait planté plusieurs dizaines de longs clous à peu de distance les uns des autres. Elle le déposa devant elle et entreprit de peigner chacune des torsades après les avoir rapidement réchauffées au-dessus du feu où officiait sœur Sainte-Anne. Les fils débarrassés de toutes les impuretés étaient maintenant souples et les femmes de la maison pourraient les tisser durant l'hiver.

— Ah ben, la saudite saloperie ! s'exclama soudain sœur Marie du Rosaire en faisant un bond en arrière. Qu'est-ce qui vient de me passer sur les pieds ?

— Le cochon ! cria Bernadette qui venait vers les femmes dans l'intention de les aider après sa journée d'enseignement.

— Quoi, le cochon ? fit sa mère en lâchant le peigne.

— Il y a un des cochons qui est passé sous la clôture, répondit la jeune fille en se mettant à courir derrière l'un des porcelets qui était parvenu à quitter le petit enclos où il était parqué avec sa mère et ses trois frères.

— J'ai bien failli mourir d'une attaque ! se plaignit sœur Marie du Rosaire d'une voix dramatique.

— Tu mourras plus tard, là, on n'a pas le temps, rétorqua brusquement sa belle-sœur. Il faut rattraper ce cochon-là, ordonna-t-elle en empoignant ses jupes pour mieux courir après la bête fugitive qui avait déjà pris une bonne avance.

— On va le cerner proche de la maison, suggéra Camille, il a l'air de vouloir aller sous la galerie.

Toutes les femmes, religieuses comprises, se mirent à poursuivre le cochonnet qui, se sentant pourchassé, se mit à courir plus vite.

— Une chance que ça arrive pas en plein été, fit remarquer Bernadette à sa mère quand elle vit la bête piétiner allègrement la plate-bande devant la maison. Il vous aurait ruiné vos fleurs.

— Attends que je lui mette la main dessus, à cet effronté-là, dit Marie, à bout de souffle. Je vais lui faire passer le goût de sortir de son enclos, moi.

Sœur Marie du Rosaire était la moins rapide à cause de son surplus de poids évident. Même si elle avait été distancée dès le début de la poursuite, elle n'y participait pas moins.

— Je vais l'avoir ! s'écria soudain Bernadette d'une voix excitée en rabattant la bête vers la cour.

L'animal, sentant probablement l'imminence de sa capture, relâcha ses intestins. Il fit volte-face et, désorienté, se précipita sans s'en rendre compte vers la porcherie. Sœur Marie du Rosaire, surprise de voir le porcelet revenir si brusquement vers elle, fit un écart et tendit les bras dans le but de lui barrer le chemin. Le porcelet se jeta tête baissée vers la gauche pour l'éviter et la religieuse fit un mouvement vif dans cette direction pour l'attraper. Ce faisant, elle posa les pieds dans les déjections de la bête, battit l'air des bras pour rattraper son équilibre et tomba assise.

— L'infâme ! cria-t-elle, hors d'elle en cherchant à se relever.

Sœur Sainte-Anne se précipita au secours de sa compagne au moment même où Camille empoignait solidement la bête fugitive par les oreilles et l'immobilisait malgré ses couinements désespérés. Bernadette et Eugénie, en proie à un fou rire incontrôlable, s'arrêtèrent, incapables de faire le moindre geste.

— Grouillez-vous de venir nous aider, vous deux ! explosa Marie qui s'empressait de prêter main-forte à sa fille aînée pour transporter le porcelet récalcitrant à la porcherie. Bernadette, trouve-moi un bout de planche pour boucher le trou sous la clôture.

Après s'être assurées que l'animal ne pouvait plus fuguer, les quatre femmes revinrent vers les deux religieuses en train d'examiner les dégâts causés à la robe de sœur Marie du Rosaire.

— Si ce cochon-là était à moi, je l'étriperais ! pesta la sœur de Baptiste Beauchemin, hors d'elle-même. Regardez-moi ça ! ajouta-t-elle en montrant sa robe.

— Elle est pas déchirée, ma tante, c'est au moins ça, dit Camille en retenant difficilement un sourire.

— Peut-être, mais elle sent fort par exemple, se crut obligée de dire Bernadette en se bouchant le nez.

— Il a fallu que je tombe en plein dedans, expliqua la religieuse d'une voix rageuse.

— Dans quoi, ma tante ? demanda Bernadette d'une voix naïve.

— Toi, ma petite bonyenne, fais-moi pas parler pour rien !

Marie chargea ses filles et sa bru de ranger ce qui avait servi à brayer le lin pendant qu'elle accompagnait les deux religieuses dans la maison. Quand Baptiste et Donat revinrent du champ où ils avaient fait brûler des branchages et des souches, Bernadette se dépêcha de tout leur raconter avant de rentrer à la maison.

Une heure plus tard, les deux hommes rentrèrent à leur tour tandis que le soleil se couchait.

— Bagatême, mais ça sent donc ben drôle dans la maison ! dit Baptiste en fronçant le nez.

— Ta sœur a eu une avarie, se contenta de dire Marie d'une voix neutre en réprimant un sourire narquois.

Évidemment, la religieuse se fit un devoir de raconter en long et en large sa mésaventure en dramatisant le tout à souhait. Quand Emma et Rémi arrivèrent avec leurs deux enfants pour veiller, ils eurent droit à une version allongée de l'incident.

— Si je comprends ben, ma tante, un tout petit cochon, qui a pourtant les pattes pas mal plus courtes que les vôtres, court plus vite que vous, dit en riant Rémi Lafond en lançant un clin d'œil à son beau-père.

— Peut-être, mais reste poli, mon garçon, l'avertit sa tante par alliance. Oublie pas que tu parles à une religieuse.

Ce soir-là, sœur Marie du Rosaire, peu habituée à un travail physique aussi dur, se retira très tôt dans sa chambre, ce qui suscita un soupir de satisfaction chez les Beauchemin.

↬

Le mardi, veille de son départ, la religieuse n'eut de cesse que son frère l'emmène voir la chapelle en construction, puis la terre sur laquelle Xavier peinait. Elle insista pour visiter la cabane dans laquelle il vivait.

— Mon Dieu, mais une chatte y retrouverait pas ses petits! se désola-t-elle en voyant le désordre qui régnait dans les lieux.

— C'est pas si pire que ça, ma tante, dit Xavier en ramassant précipitamment des vêtements qui traînaient par terre.

— Vous faites même pas vos lits le matin?

— Pourquoi on les ferait? On les défait le soir en se couchant, plaisanta le jeune homme en lançant un regard excédé à son père.

— Attends que je raconte ça à ta mère, je pense qu'elle sera pas contente de toi, mon garçon, le menaça-t-elle. En plus, je trouve que c'est un bien mauvais exemple à donner à l'enfant qui travaille avec toi.

En s'entendant traiter d'enfant, Antonin piqua un fard qui fit sourire son jeune patron.

Heureusement, Mathilde Beauchemin ne prolongea pas indûment sa visite, surtout quand elle apprit qu'il y avait des ours qui rôdaient autour depuis quelque temps.

Pour sa dernière journée de visite chez son frère, la religieuse se surpassa. Elle alla jusqu'à critiquer Eugénie pour sa façon de dorloter son enfant.

— C'est coupable de le gâter comme ça, osa-t-elle dire à la jeune mère. S'il fallait qu'on fasse ça avec les bébés qu'on accueille à l'orphelinat, ça aurait plus de fin.

Pour une fois, Marie se sentit obligée de se porter à la défense de sa bru.

— Ils sont si petits à cet âge-là que c'est difficile de pas toujours les avoir dans les bras, fit-elle remarquer à sa belle-sœur. J'ai entendu dire qu'il y a un enfant sur cinq qui meurt avant d'avoir un an.

— Dis-toi qu'il y a juste les plus faibles qui partent, décréta la sœur de Baptiste d'une voix insensible.

Enfin, elle entreprit Bernadette à son retour de l'école cet après-midi-là.

— T'as jamais pensé à entrer chez les sœurs ? lui demanda-t-elle tout à trac.

— Vous êtes pas sérieuse, ma tante, répondit la jeune fille en sursautant.

— Tu sais que les communautés accueillent très bien les jeunes filles qui savent lire et écrire. Notre mère supérieure n'arrête pas de dire qu'on manque de sœurs cultivées pour nos œuvres.

Marie eut un petit sourire entendu et laissa sa fille cadette se débattre seule contre sa tante.

— Je pense pas être faite pour ça, déclara Bernadette, sérieuse.

— Tout le monde est fait pour servir Dieu, fit la religieuse sur un ton plein de sagesse. Il suffit d'être prête à se sacrifier pour le salut de son âme.

— J'aime mieux me marier, ma tante.

— Tu crois que servir un homme toute ta vie va être plus facile ? Ma pauvre petite ! J'ai bien peur que tu te fasses des idées.

— Je pense que Camille serait plus faite pour ce genre de vie-là que moi, déclara Bernadette en adressant une légère grimace à sa sœur aînée.

Camille n'eut pas à se défendre puisque sa tante, bavarde impénitente, reprit immédiatement la parole.

— Ta sœur est rendue maintenant trop vieille. Elle a presque vingt-neuf ans. Elle a déjà pris des mauvais plis. Dieu mérite mieux.

Camille se pinça les lèvres pour ne pas répliquer.

— C'est certain, se contenta de dire Bernadette en s'apprêtant à s'esquiver pour aller changer de vêtements.

— Dis-toi, Bernadette, que c'est normal que chaque famille donne au moins un enfant au service de Dieu. Normalement, ça aurait dû être ton frère Hubert, ajouta-t-elle sur un ton de reproche, mais là…

— Laisse faire, Mathilde, l'interrompit Marie qui jugeait en avoir assez entendu. Dieu décidera de l'avenir de mes enfants.

Le lendemain avant-midi, le ciel était nuageux et le petit vent frisquet qui s'était levé durant la nuit faisait frissonner.

Après le déjeuner, Baptiste et Donat demeurèrent à la maison jusqu'à ce que le vieux cocher arrive avec la voiture qui devait ramener à Sorel les deux religieuses. Sœur Marie du Rosaire allait se précipiter pour dire à l'homme de venir chercher les valises à l'intérieur quand Baptiste lui ordonna en empoignant les deux petites valises :

— Laisse faire, il faut que je sorte. Je veux parler au bonhomme. Prenez votre temps pour vous habiller.

Sur ces mots, il s'empressa de quitter la maison. Hubert regarda son père déposer les valises dans le boghei et entraîner le conducteur derrière la voiture. Il le vit tendre à l'homme le petit cruchon qu'il avait pris au passage sur la galerie. L'homme fit largement honneur à son contenu avant de le remettre à son propriétaire juste au moment où les deux sœurs Grises sortaient de la maison, suivies par Marie, Camille, Hubert, Eugénie et Donat. Il y eut de brèves embrassades et les deux religieuses montèrent dans la voiture.

— Vous reviendrez, invita Marie sans trop insister.

— C'est certain, lui promit sa belle-sœur avec spontanéité, en la saluant de la main au moment où la voiture sortait de la cour.

Tous les six attendirent que la voiture s'engage sur la route avant de pousser un soupir de soulagement.

— Ouf! Je veux pas manquer à la charité chrétienne, déclara Marie en rentrant dans la maison, mais il me semble qu'il doit exister des façons plus faciles de gagner son ciel que d'avoir à l'endurer, elle.

— C'est certain, madame Beauchemin, lui assura sa bru.

— En tout cas, un peu de silence dans cette maison fera pas de tort à personne.

— Est-ce que vous pensez qu'elle était sérieuse quand elle a dit qu'elle allait revenir l'été prochain? demanda Camille à son père.

— Là, il faudrait pas qu'elle exagère, protesta ce dernier. On va laisser la chance à ton oncle Armand de la recevoir, lui aussi.

— En tout cas, grâce à ma tante, j'ai au moins appris que j'étais plus bonne à grand-chose, dit la célibataire sans s'adresser à quelqu'un en particulier.

— Pourquoi tu dis ça? l'interrogea sa mère.

— Vous l'avez entendue comme moi, hier après-midi, m'man, quand elle a dit à Bedette que les sœurs voudraient jamais de moi, parce qu'à mon âge j'avais déjà trop pris de mauvais plis.

Marie se rendit compte soudain que cette remarque avait blessé sa fille aînée.

— Ça, c'est ce que ta tante a dit, et crois-moi, c'est pas parole d'Évangile.

— À cette heure qu'on n'a plus de visite dans les jambes, annonça Baptiste, nous autres, on va aller finir de battre l'avoine dans la tasserie. S'il fait beau demain matin, j'aimerais qu'on commence à vanner le grain.

Chapitre 20

Un automne occupé

De l'avis de la plupart des gens de la région, la troisième semaine d'octobre fut probablement la plus belle qu'ils aient jamais vue depuis de très nombreux automnes. Ce fut un véritable été indien tardif. On aurait juré que l'été était resté ancré aux abords de la rivière Nicolet. Pour la première fois depuis de nombreuses années, Baptiste et ses fils purent labourer sans se presser. Même les mouettes semblaient moins affamées quand elles se jetaient sur la terre à peine retournée. De temps à autre, un vol d'outardes criardes venait rappeler que la saison des grands froids allait bien finir par arriver.

Baptiste Beauchemin, les guides passées autour des épaules et les mains rivées aux poignées de sa charrue, était optimiste. Toute la charpente de la chapelle était maintenant érigée et les employés de Bélisle avaient terminé la pose des bardeaux de cèdre sur le toit la veille. Le nouveau bâtiment construit face à la rivière, de l'autre côté du chemin, avait fière allure avec son petit clocher et le maître d'œuvre se promettait d'aller voir le soir même si on était parvenu à installer les fenêtres qui avaient été livrées l'avant-veille sur le chantier.

À son retour de l'école, Bernadette se rendit jusque devant l'écurie où son père et ses frères étaient en train de dételer les deux chevaux.

— P'pa, le facteur m'a encore laissé une lettre pour vous, annonça-t-elle à son père.

— C'est correct, j'arrive, dit-il.

Elle retourna sur ses pas pour rentrer à la maison, suivie, quelques instants plus tard, par son père. Les femmes avaient entrouvert deux fenêtres pour laisser entrer l'air doux dans la cuisine d'hiver. Elles étaient déjà occupées à préparer le repas du soir.

— Bon, lis-moi ça, dit Baptiste à sa fille cadette après avoir laissé ses chaussures sur la galerie.

La jeune institutrice déposa son sac sur le coin de la table et en tira une enveloppe qu'elle ouvrit. Elle jeta un coup d'œil à la signature avant de dire à son père :

— Cette fois, ça vient du secrétaire de monseigneur, p'pa.

— Parfait. Qu'est-ce que ça dit ?

Marie, Camille et Eugénie cessèrent leur travail pour écouter la lecture du contenu de la missive.

Trois-Rivières, le 17 octobre 1870

Monsieur,

En réponse à votre lettre du mois de septembre dernier, Sa Grandeur, monseigneur Louis-François Laflèche, confirme ses dernières directives à propos de la mission Saint-Bernard-Abbé. Les francs-tenanciers devront verser leur dîme à leur nouveau pasteur.

Monseigneur tient à vous exprimer sa grande satisfaction pour le zèle dont vous avez fait preuve dans l'exercice de votre charge de maître d'œuvre. Comme vous lui avez assuré que la construction de la chapelle serait, en pratique, terminée pour le dernier dimanche du mois de novembre, il a le plaisir de vous annoncer l'arrivée de l'abbé Charles-Omer Ouellet à titre de missionnaire-résident de la mission Saint-Bernard-Abbé le 24 novembre prochain. Le conseil voudra bien désigner une personne pour aller chercher l'abbé Ouellet et ses affaires personnelles au presbytère de la paroisse Saint-Frédéric de la municipalité du canton de Grantham.

Raoul Melançon, prêtre
Secrétaire de monseigneur Louis-François Laflèche

— Parfait, déclara Baptiste en se frottant les mains de contentement. On sait à cette heure à qui on doit payer notre dîme. Ça va être clair pour tout le monde.

— Ça fait un petit velours de se faire flatter dans le sens du poil, pas vrai, mon Baptiste ? dit Marie, moqueuse.

— Tu sauras que ça me fait ni chaud ni froid, répliqua son mari sur un ton peu convaincant.

— Est-ce que ça veut dire, p'pa, que monsieur le curé Lanctôt s'occupera plus de l'école ? lui demanda Bernadette.

— En plein ça. Ça le regarde plus.

— Ça veut pas dire que tu dois te montrer polissonne avec lui pour autant, intervint sa mère. S'il vient à l'école, tu dois tout de même le recevoir comme le saint homme qu'il est.

— C'est sûr, m'man, dit la jeune institutrice sans grande conviction.

Elle se garda bien de dire à sa mère que le digne prêtre l'avait encore sévèrement critiquée la semaine précédente lors d'une visite surprise dans sa classe. À la vue du roman d'Alexandre Dumas sur son bureau, il lui avait reproché de perdre son temps à une lecture aussi frivole et lui avait sèchement conseillé de plutôt prier. Elle avait baissé la tête sous l'algarade, mais elle en avait voulu à Constant Aubé qui n'était pas encore revenu chercher son livre dont elle avait terminé la lecture depuis un bon moment.

La jeune fille avait adoré ce roman de cape et d'épée et s'était passionnée pour les aventures des mousquetaires du roi. Comme elle ne pouvait espérer que sa mère la laisse lire en paix, elle s'était empressée de se débarrasser rapidement

399

de ses tâches chaque soir afin de pouvoir monter s'isoler dans sa chambre pour poursuivre sa lecture. Bref, moins d'une semaine après la visite de l'homme engagé de Thomas Hyland, elle avait terminé sa lecture et n'avait plus qu'une hâte, qu'il lui apporte un autre roman. Deux semaines avaient passé et il ne s'était pas manifesté. Depuis plusieurs jours, elle guettait les voitures s'immobilisant devant le magasin général dans l'espoir de l'apercevoir pour lui remettre son roman et lui en emprunter un autre. C'était d'ailleurs la raison pour laquelle elle apportait ce livre chaque jour à l'école.

— Pour moi, il est trop gêné pour revenir, se dit-elle, en se demandant comment elle pourrait bien s'y prendre pour lui faire comprendre qu'elle l'attendait.

Le lendemain soir, Baptiste attela pour se rendre à la réunion des syndics qui se tenait maintenant chaque mardi soir à l'école. L'architecte Bélisle devait y assister pour faire le point sur les travaux, et le maître d'œuvre se faisait une joie de lui faire lire la lettre envoyée par le secrétaire de monseigneur Laflèche.

— Attends-moi, tu vas me laisser chez Emma, lui dit sa femme en vérifiant l'état de son chignon devant le petit miroir fixé près du comptoir. Ça fait deux semaines que j'ai pas vu les petits.

— Moi aussi, je vais y aller, déclara Camille. Ça va me faire du bien de sortir de la maison.

— Nous autres, on va aller passer un bout de veillée à côté, chez les Gariépy, annonça Donat.

Quelques minutes plus tard, Hubert se retrouva seul avec sa sœur Bernadette. Toujours aussi silencieux, le jeune homme était planté devant la fenêtre depuis un bon moment quand il se retourna soudain vers sa sœur occupée à travailler à la planification des travaux à donner à ses élèves, assise à la table. Il s'approcha et prit place en face d'elle.

— Bedette, est-ce que tu me rendrais un service ? lui demanda-t-il.

— Qu'est-ce qu'il y a ? fit-elle, intriguée.

— J'aimerais que t'écrives un petit mot pour moi.

— À qui veux-tu que j'écrive ?

— Au frère Gladu, mon supérieur.

— Qu'est-ce que tu veux que je lui écrive ? demanda-t-elle à son frère en se levant pour aller chercher l'encrier posé sur une tablette de l'armoire.

— J'aimerais que tu lui dises que je suis en santé à cette heure et que j'aimerais retourner en communauté.

— Es-tu sérieux ? fit-elle, surprise.

— Oui, c'est là que je suis le mieux.

— En as-tu parlé à m'man ?

— Non, j'aime mieux attendre la réponse du supérieur avant d'en parler.

L'institutrice ouvrit son encrier et sortit une plume de son plumier en bois. Elle écrivit la lettre demandée et alla chercher une enveloppe dans l'armoire. Après avoir inscrit l'adresse sur celle-ci, elle la tendit sans un mot à son frère qui verrait à la remettre à Hormidas Meilleur sans que ses parents le sachent.

Plus tard dans la soirée, Baptiste et sa femme rentrèrent à la maison tandis que Bernadette s'apprêtait à monter se coucher. Hubert était déjà dans sa chambre depuis longtemps.

— Je te dis que Bélisle se sent poussé dans le dos, déclara le maître d'œuvre à sa femme en se déchaussant près du poêle. Il s'attendait pas à ce que notre nouveau curé arrive aussi vite.

— Il avait promis la chapelle pour la fin du mois de novembre, non ?

— Oui, mais là, monsieur le curé va être dans ses jambes une semaine avant. Il a fini par nous dire qu'il était pour engager deux ou trois hommes de plus pour finir l'ouvrage à temps. Ils ont déjà commencé à poser les planches embouvetées en dedans. Ça va aller vite.

— Qu'est-ce que les autres ont dit pour la lettre ?

— Je l'ai fait lire à haute voix à Bélisle. Je pense qu'Ellis était vert de jalousie. D'après moi, il aurait ben aimé être à ma place.

— J'espère que t'oublieras pas de te confesser pour tes péchés d'orgueil, lui dit sa femme, sérieuse.

— Laisse faire mes péchés, rétorqua-t-il. Occupe-toi plutôt des tiens.

— Et pour la dîme ? demanda Marie, sans se fâcher.

— Les autres ont trouvé ça ben correct, affirma-t-il en jetant deux rondins dans le poêle.

— T'es bien arrivé tard chez Emma, lui fit-elle remarquer.

— Hyland est arrivé en retard. Il était allé conduire son homme engagé chez les Jutras du rang Saint-Paul. Il paraît qu'il est rendu là trois soirs par semaine.

— Ah oui ! Qu'est-ce qu'il peut bien y faire ? lui demanda sa femme, curieuse.

Bernadette s'était arrêtée, le pied posé sur la première marche de l'escalier.

— C'est bien possible qu'Aurélie Jutras soit parvenue à l'attirer dans son salon, avança Camille.

— Pourquoi pas ? fit sa mère. C'est vrai que la fille d'Adjutor est pas laide et, d'après ce qu'on dit, elle est loin d'être bête.

— En plus, m'man, il paraît qu'elle veut absolument pas coiffer sainte Catherine cette année, reprit Camille. Elle doit être prête à tout pour se marier.

— Constant Aubé lui ferait peut-être un bon mari, laissa tomber Baptiste en se dirigeant vers sa chambre à coucher.

Bernadette monta à sa chambre après avoir souhaité une bonne nuit à ses parents. Elle déposa sa lampe sur son bureau et entreprit de se préparer pour la nuit, en proie à des sentiments contradictoires.

— Tu parles d'une espèce de nono ! murmura-t-elle dans le noir après avoir soufflé sa lampe. Il est pas capable de voir que l'Aurélie essaye de lui mettre le grappin dessus. En tout cas, tout ça, c'est pas une raison pour oublier qu'il a promis de me prêter d'autres livres.

Ce soir-là, la jeune fille eut du mal à trouver le sommeil.

～

Tôt le lendemain matin, Baptiste, occupé à finir ses labours d'automne, eut la surprise de voir arriver Xavier marchant à grandes enjambées dans les sillons pour venir le rejoindre.

— Bagatême, tu dois être pas mal avancé dans ton ouvrage pour te promener comme ça en pleine semaine, lui dit-il après avoir crié à son cheval de s'arrêter.

— Oubliez pas, p'pa, que j'ai pas encore grand-chose de défriché. Ça m'a pris juste un avant-midi pour labourer.

— Qu'est-ce qui t'amène ? lui demanda son père.

— Hier, on a brûlé nos deux derniers tas de branches et j'ai pensé que ce serait pas une mauvaise idée de chasser le canard et peut-être même le chevreuil une couple de jours avant la fin de l'automne. Ça nous changerait les idées.

— T'as vraiment plus rien à faire ? s'étonna son père.

— Ma provision de bois est faite et on a fini de construire l'abri pour mettre les animaux quand on va commencer à geler. Est-ce que ça vous dérangerait de me passer un des vos fusils ?

— Pantoute, prends celui que tu veux, accepta Baptiste.

— Est-ce que je peux aussi vous emprunter la vieille chaloupe ?

— Prends-la, mais vérifie ben avant si elle prend pas l'eau.

— Si je poigne quelque chose, je vous en apporterai, promit Xavier avant de quitter son père.

Le jeune homme et Antonin travaillèrent tout un après-midi à transformer l'embarcation en cache et le soir même, avant le coucher du soleil, Xavier s'y dissimula, prêt à abattre tout canard passant à proximité. Il avait été décidé qu'il chasserait à la tombée du jour et qu'Antonin ferait la même chose à l'aube. Malheureusement, même si les canards étaient nombreux à venir se poser chaque soir sur la rivière, les deux chasseurs n'eurent guère de chance. Ils ne tuèrent que quatre canards en une semaine, ce qui les dégoûta de grelotter durant des heures à attendre le gibier.

Lorsqu'ils laissèrent deux canards aux Beauchemin le dimanche suivant, il fut entendu que Xavier garderait encore quelque temps le fusil au cas où il apercevrait un chevreuil.

— C'est vrai que c'est pas mal plus gros qu'un canard, cette bibitte-là, se moqua Bernadette. Avec un peu de chance, tu seras peut-être capable d'en tuer un.

— Tu sauras, la petite, qu'on n'a pas manqué souvent notre coup. Si on n'a pas tué plus de canards, c'est parce qu'ils venaient pas proche de notre cache. Pas vrai, Antonin?

L'adolescent hocha la tête.

— C'est drôle pareil, poursuivit la jeune institutrice. Hier matin, j'ai vu le plus jeune chez Hyland venir chez Dionne avec au moins huit canards. Il paraît que ça lui a pris juste une heure. Il chasse pourtant sur la Nicolet, pas loin de chez vous.

— Il a peut-être un meilleur fusil, se défendit son frère.

— Aïe, toi! protesta son père. Si mon fusil fait pas ton affaire, t'as juste à me le rapporter et à t'en trouver un autre.

Bernadette et Camille éclatèrent de rire devant l'air piteux de leur frère.

~

Le mercredi suivant, l'été indien n'était plus qu'un souvenir. L'automne avait repris ses droits la veille. Le vent avait viré au nord, apportant une pluie froide et arrachant les feuilles mortes des arbres.

— Ce temps-là aurait pas pu attendre deux trois jours de plus, maugréa Marie de mauvaise humeur, en tendant à Bernadette et à Eugénie les fleurs avec lesquelles elle entendait fleurir aussi bien la tombe de ses parents que celle de ses beaux-parents après la messe.

— S'il mouille comme ça, on va sortir de là tout crottés, se plaignit Bernadette.

— On n'a pas le choix, c'est la fête des morts, déclara sa mère en endossant son manteau. Bon, arrivez, ordonna-t-elle aux siens. On va y aller si on veut pas arriver en retard. Rémi a déjà une bonne avance.

— J'aurais bien pu rester pour garder les petits, dit la jeune fille en regardant le fils et la fille d'Emma prendre place aux côtés de Camille, à table.

— Laisse faire, fit sa mère, Camille a plus le tour que toi avec les enfants.

Quelques minutes plus tôt, Rémi Lafond et sa femme s'étaient arrêtés à la maison pour y laisser leurs deux enfants et emmener Donat et Hubert. Baptiste prit la route à son tour en compagnie de sa femme, de Bernadette et de sa bru. Il était entendu qu'on assisterait à la messe à Saint-Zéphirin avant de fleurir la tombe des Camirand et de prier dans le cimetière voisin. Rémi et Emma allaient faire de même pour la tombe des Lafond. Ainsi, la famille n'irait pas à la messe célébrée par le curé Lanctôt à Sainte-Monique.

Baptiste et les siens n'avaient tout de même pas l'intention d'abandonner pour autant la sépulture des Beauchemin, mais ils avaient convenu de s'y rendre après leur visite à Saint-Zéphirin. Avec un peu de chance, ils pourraient ainsi arriver après la petite cérémonie annuelle célébrée par le curé au pied de la croix plantée au centre du cimetière paroissial. Par tradition, cette journée consacrée aux défunts marquait la fin des enterrements jusqu'au printemps suivant.

Habituellement, le caveau paroissial était remis en service ce jour-là.

Les pluies abondantes tombées depuis la veille avaient rendu l'étroit chemin en terre difficilement praticable. Les voitures mirent beaucoup plus de temps que prévu à parcourir le trajet.

L'église de Saint-Zéphirin était bondée à leur arrivée et les membres de la famille durent se réfugier au jubé pour assister à la messe célébrée par le curé Moisan. La cérémonie terminée, les fidèles suivirent le prêtre au cimetière voisin sous un fin crachin. Après diverses oraisons et la récitation d'une dizaine de chapelet pour le repos de l'âme des défunts, le prêtre se retira avec les deux servants de messe qui l'accompagnaient, laissant derrière lui ses fidèles.

Les gens, stoïques sous la pluie qui avait repris, s'égaillèrent dans le cimetière pour s'arrêter devant le lot familial où reposaient leurs ancêtres. La sépulture des Camirand fut fleurie et on se recueillit un long moment. Marie, les yeux gonflés de larmes, finit par se signer et les siens prirent la direction de la sortie. Emma et Rémi les attendaient déjà, réfugiés sous la capote de leur boghei pour se protéger de la pluie.

Les deux voitures prirent la route de Sainte-Monique. À leur arrivée au cimetière, les lieux étaient pratiquement déserts. Toute la famille se rassembla autour du lot où étaient ensevelis Athanase et Victoire Beauchemin ainsi que les frères et la sœur de Baptiste.

— On dirait ben qu'Armand et Amanda sont pas venus, fit remarquer Baptiste en constatant que rien n'avait été fait pour décorer le lot à l'extrémité duquel il n'y avait qu'une humble pierre tombale en bois.

Bernadette, Eugénie et Marie s'activèrent pour planter les fleurs apportées et on récita quelques prières avant de regagner les bogheis.

— Est-ce qu'on va chez Armand? demanda un Baptiste indécis à sa femme.

— Sais-tu, j'aimerais mieux qu'on aille manger chez nous, même si on va dîner pas mal tard, déclara Marie. Je viens de me rappeler que j'ai rien préparé pour les sœurs qui vont sûrement passer cet après-midi.

Rémi donna son accord et le trajet du retour se fit sous les averses.

— Pour moi, les sœurs passeront pas aujourd'hui, dit Bernadette au moment où la voiture s'immobilisait près de la maison pour la laisser descendre avec sa mère et sa belle-sœur.

— Inquiète-toi pas pour ça, elles vont passer, la contredit sa mère. Quand monsieur le curé les annonce en chaire, elles viennent. C'est comme ça tous les ans.

Rémi et Emma acceptèrent de partager le dîner des Beauchemin. À peine le jeune couple venait-il de partir que deux sœurs Grises, suivies par leur cocher, vinrent frapper à la porte.

— Les sœurs, annonça Donat en regardant par la fenêtre.

— Qu'est-ce que je t'avais dit, Bedette? fit sa mère. Beau temps mauvais temps, elles passent dans toutes les paroisses chaque automne pour ramasser pour leurs bonnes œuvres. Ouvre-leur, Donat.

Son fils fit entrer les deux religieuses et leur remit une boîte contenant quelques pots de marinades et de confitures ainsi qu'une tuque tricotée l'hiver précédent.

Il était écrit quelque part que cette journée de novembre allait être consacrée à faire la charité puisque Baptiste aperçut le quêteux entrant dans la cour de la ferme au moment où il sortait de l'étable avec ses deux fils après avoir fait le train.

L'homme de taille moyenne avait un long visage tanné par les intempéries et à demi mangé par une barbe broussail-leuse poivre et sel. Il était coiffé d'un chapeau décoloré et portait un vieux manteau en étoffe du pays. Il tenait un long bâton de marche et un baluchon.

— Il me semblait ben qu'on était pour vous voir sourdre un jour ou l'autre, père Magloire, dit le maître des lieux.

— Crédié! tu te doutais ben que j'étais pas pour passer devant chez vous sans m'arrêter, répondit le mendiant, qui faisait tout de même peine à voir dans ses vêtements trempés.

— Comment ça se fait que vous vous êtes pas mis à l'abri? lui demanda Baptiste en lui faisant signe de le suivre.

— C'est ce que j'ai essayé de faire, mais il arrête pas de mouiller depuis hier. J'étais tout de même pas pour prendre racine dans la grange où j'étais, surtout que j'avais pas demandé la permission au bonhomme.

— Entrez vous réchauffer, lui dit Baptiste en l'invitant à traverser la cuisine d'été.

L'homme s'arrêta sur la catalogne déposée à l'entrée de la cuisine d'hiver. Soucieux des usages, il attendit que la maîtresse de maison lui dise d'entrer. Marie, occupée à faire rissoler du lard dans une poêle, avait reconnu le mendiant qui passait chez eux chaque automne.

— Bonjour, père Magloire, dit-elle, accueillante. Je pense qu'on va faire comme chaque année. Camille, donne de l'eau chaude au quêteux pour qu'il puisse faire sa toilette dans la cuisine d'été. Vous, traînez pas trop, sinon vous allez passer en dessous de la table.

Camille remplit d'eau un bol à main et le tendit au père Magloire pendant que Baptiste allumait une lampe qu'il alla déposer dans la pièce voisine. À son retour, il vit que sa fille avait sorti la paillasse du banc du quêteux pour l'étendre derrière le poêle afin de l'aérer.

Beaucoup de gens de la région se contentaient de donner un sou au quêteux ou de lui tendre un bol de soupe et un quignon de pain pour ne pas l'inciter à leur jeter un mauvais sort, mais quelques autres n'hésitaient pas à l'abriter pour une nuit dans leur grange ou même dans la maison quand ils possédaient un banc de quêteux dans lequel ils remisaient une paillasse et une couverture. Baptiste Beauchemin appartenait à cette dernière catégorie non par peur d'un mauvais sort jeté à ses vaches ou à son puits, mais parce que ses parents avaient toujours accueilli les mendiants. De plus, le père Magloire était devenu, au fil des années, un habitué de la maison. Il rapportait les nouvelles glanées un peu partout et, surtout, il avait un talent de conteur assez extraordinaire.

Quand l'homme revint dans la cuisine d'hiver en tendant le bol à main qu'il avait eu la délicatesse de vider à l'extérieur, Baptiste lui dit :

— Placez vos hardes proches du poêle pour les faire sécher.

On se tassa ensuite à table pour faire une place au mendiant et ce dernier ne se fit pas prier pour se servir largement en pommes de terre et en grillades de lard.

— Vous devez ben être presque à la fin de votre tournée ? lui demanda Marie en déposant un cruchon de sirop d'érable sur la table.

— Je pense que ça va être ma dernière semaine, déclara ce dernier. Là, ça commence à pas être chaud sur le chemin durant la journée et je voudrais pas être pris à passer une nuit dehors.

Le dessert se limita à du sirop d'érable dans lequel on trempait des morceaux de pain, mais le père Magloire sembla apprécier le mets autant que la tasse de thé bouillant que Bernadette déposa devant lui.

— Puis, avez-vous des nouvelles de ce qui se passe dans le monde ? lui demanda Baptiste en lui tendant sa blague à tabac pour qu'il remplisse le fourneau de la pipe en plâtre qu'il venait de tirer de la poche de sa chemise aux poignets élimés.

— Il y a pas grand-chose de nouveau. Je suppose que tu sais qu'on a une nouvelle province.

— Vous parlez du Manitoba ?

— En plein ça. Riel a sacré son camp aux États-Unis et ils ont fait des élections dans cette province-là au mois de juillet. À cette heure, est-ce que tu savais qu'on avait une police provinciale ?

— Pantoute. C'est nouveau, ça ?

— Oui. Savais-tu, à part ça, que monseigneur Baillargeon de Québec est mort le mois passé ?

— Non.

— Plus important encore, annonça le quêteux en allumant sa pipe, nos zouaves s'en reviennent et j'ai entendu dire que monseigneur Bourget leur prépare toute une fête.

— Ils ont été bien courageux d'aller se battre pour le pape, ces hommes-là, déclara Marie sur un ton pénétré.

— C'est pas trop trop l'avis des Rouges, poursuivit le quêteux. Si je me fie à ce que j'ai entendu, ils disent que nos zouaves ont été des beaux niaiseux.

— Voyons donc ! protesta Donat.

— D'après eux autres, l'armée italienne avait envahi le Vatican et le pape a donné l'ordre d'arrêter les combats. Nos zouaves ont rien voulu entendre et ont continué quand même à se battre. Ils ont été faits prisonniers et il paraît qu'il a fallu que l'Angleterre fasse des pieds et des mains pour les faire libérer.

— Mais ils se sont battus, dit Hubert qui écoutait l'homme attentivement.

— C'est vrai, mais il paraît qu'il y a pas eu un mort, juste quelques blessés.

— Moi, j'espère que notre gouvernement et monseigneur Bourget vont leur faire une grande fête, dit Marie. Ils ont pas eu peur d'aller défendre le pape.

Baptiste l'approuva en hochant vigoureusement la tête.

Ce soir-là, le père Magloire accepta sans cérémonie de raconter quelques histoires de revenants. En cette journée consacrée à la mémoire des défunts, cela allait de soi. Cependant, les histoires du mendiant étaient contées avec tant de réalisme qu'elles transformèrent les rêves de Bernadette et d'Hubert en cauchemars.

Bernadette, notamment, se réveilla en sueur aux petites heures du matin après avoir rêvé à la jeune mère de famille qu'on avait enterrée vivante sans le savoir. Elle avait imaginé dans son rêve la pauvre femme se réveillant dans son cercueil et cherchant de toutes ses forces à se libérer alors que le fossoyeur commençait à l'enterrer. Tremblante, elle s'était assise dans son lit. Si le mendiant n'avait pas été couché dans la cuisine, près du poêle, elle serait descendue pour y attendre le réveil de ses parents.

Chapitre 21

Les frères Beauchemin

En ce petit matin gris de novembre, seuls les ronflements de Xavier venaient troubler le silence qui régnait dans la cabane envahie par le froid et l'humidité. Soudain, quelque chose heurta le mur à l'extérieur et un bruit métallique fut suivi par des grognements.

— Voyons, blasphème! Qu'est-ce qui fait tout ce vacarme-là? s'écria Xavier, à demi endormi, en s'assoyant sur sa paillasse. Qu'est-ce que tu fais, Antonin? cria-t-il à l'adolescent qui aurait dû être couché à l'autre bout de la pièce.

— Quoi? Qu'est-ce qu'il y a? marmonna son homme engagé que Xavier venait de réveiller.

Le bruit reprit à l'extérieur, ce qui incita Xavier à frotter précipitamment une allumette pour allumer la lampe posée près de lui.

— Il y a un animal dehors qui est en train de fouiller dans les vidanges. Ça doit être encore un chat sauvage, ajouta-t-il en se levant et en commençant à se chausser.

Les bruits extérieurs se reproduisirent et l'animal heurta de nouveau le mur plus violemment encore.

— On n'attendra pas qu'il démolisse la cabane, s'exclama Xavier, furieux. Je vais lui faire passer le goût de venir faire du barda dans le coin, lui, menaça-t-il en finissant de s'habiller rapidement.

Antonin se leva à son tour et alla à l'une des deux fenêtres de leur abri pour tenter de voir l'auteur de tout ce tintamarre. Il aperçut une grande ombre près du coin de leur abri.

— Aïe! C'est pas un chat sauvage pantoute! bredouilla-t-il avec un tremblement dans la voix. C'est un ours! Il a l'air de vouloir s'en aller en arrière.

— Ah ben, blasphème! jura son employeur en se précipitant vers le fusil suspendu au mur de la cabane. Lui, il tombe ben.

— Qu'est-ce que je fais, moi? demanda l'adolescent en s'habillant à son tour.

— Toi, t'attends ici dedans, lui ordonna Xavier. T'as pas de fusil. Ça sert à rien que tu viennes avec moi. Allume le poêle et prépare-nous à manger.

Sur ces mots, le jeune homme entrouvrit doucement la porte et se glissa à l'extérieur, le cœur battant la chamade et attentif à ne pas se faire repérer par l'animal. Il entendit Prince hennir dans son écurie de fortune. Il avait dû sentir la présence de l'ours et cela l'énervait.

Xavier se glissa lentement le long de la façade, enjamba les déchets que l'animal avait dispersés sur le côté et s'arrêta au coin pour inspecter l'arrière de son abri. L'ours n'y était plus, mais un craquement de branches sur sa gauche le fit sursauter.

Le jour commençait à se lever. Il aperçut la bête qui se déplaçait dans la trouée sans se presser, se dirigeant vers le boisé qui séparait sa terre de celle des Benoît. L'animal était énorme. Il s'agissait d'un ours noir de belle taille qui devait s'apprêter à hiverner dans la région.

Xavier n'hésita pas un seul instant. Il arma son fusil, l'épaula, visa la tête de l'animal et tira. À une aussi faible distance, les chances de le rater étaient presque inexistantes. Pourtant, sur le coup, le chasseur crut avoir manqué sa cible parce que l'ours fit encore quelques pas… avant de tomber.

— Antonin, arrive! lança Xavier à son homme engagé d'une voix excitée. Viens voir ça.

L'adolescent sortit de la cabane et vint le rejoindre au moment où son jeune patron se penchait sur la bête abattue.

— Qu'est-ce que tu penses de ça? lui demanda ce dernier sur un ton triomphal.

— Sacrifice! C'est toute une bête, fit Antonin, admiratif.

— Ça, mon homme, ça va faire une maudite belle fourrure, et de la graisse d'ours, c'est toujours ben utile. Aujourd'hui, on bûche pas. On s'occupe de nos bêtes, on déjeune, puis après on charge cet animal-là sur la *waggine* pour aller le montrer chez nous.

Après le repas, l'adolescent attela Prince et vint immobiliser la voiture près de l'animal abattu. L'ours était si pesant qu'ils durent déployer beaucoup d'énergie pour le hisser sur le plateau. Il leur fallut installer une sorte de rampe et le faire rouler à l'aide de grosses branches utilisées comme levier. L'odeur de la bête semblait énerver le cheval qui agitait sa tête depuis qu'Antonin l'avait conduit près de lui.

Finalement, Xavier et son homme engagé prirent lentement la route en direction du rang Saint-Jean. Le jeune homme aurait aimé rencontrer tous les habitants du rang Sainte-Ursule pour leur montrer la bête qu'il venait d'abattre, mais par malchance il ne vit personne. Cependant, il se découvrit un besoin pressant d'huile à lampe après avoir descendu la pente qui conduisait au pont et il arrêta son attelage devant le magasin général.

— Voulez-vous voir un bel ours noir? demanda-t-il à Télesphore Dionne.

— Beau dommage, répondit le marchand.

— Il est là, sur ma *waggine*, fit Xavier, tout fier d'exhiber son imposant gibier.

Alexandrine et Télesphore Dionne sortirent pour admirer la bête et félicitèrent le fils de Baptiste Beauchemin pour son beau coup de fusil. Ce dernier quitta ensuite les lieux, convaincu que tous les habitants du bord de la rivière allaient apprendre qu'il avait abattu un ours. Mieux, grâce aux Dionne, son ours allait prendre une taille mémorable.

Xavier et Antonin firent une entrée remarquée chez les Beauchemin. On se bouscula autour de la voiture pour admirer la prise.

— C'est bien de valeur qu'on puisse pas manger cette viande-là, déplora Marie. Il doit bien faire quatre cents livres.

— Les sauvages font du ragoût avec cette viande, se sentit obligé de dire son mari.

— Laisse faire, rétorqua sa femme. Moi, j'ai le dédain de ça. Il paraît que c'est plein de maladies.

— En tout cas, il y a de quoi te faire une ben belle couverte de voiture pour cet hiver, commenta Camille.

— Et de la graisse d'ours, c'est toujours bien utile, compléta sa mère.

— Ma mère utilisait ça pour ses rhumatismes, précisa Eugénie.

— On peut s'en servir pour toutes sortes d'affaires, fit Baptiste. Écoute, on va te donner un coup de main à dépiauter ton ours. On a un gros baril qui sert pas dans la remise. On va le remplir d'eau avec du gros sel et un peu d'alun. Tu vas laisser tremper la peau de ton ours là-dedans pendant au moins une semaine pour la dégraisser, et après tu pourras la travailler. Ta mère te montrera comment la gratter quand elle aura assez trempé.

— Si je me rappelle ben, t'avais gardé le fusil du père pour chasser le chevreuil, fit remarquer Donat à son jeune frère.

— C'est ben ce que j'ai l'intention de faire.

— J'ai l'impression que tu vas trouver ça pas mal moins dangereux que ton ours.

La voiture fut conduite jusqu'à l'entrée de la grange et la bête fut suspendue au bout d'une chaîne pour être dépouillée. On alluma le foyer dans la cour pour y faire fondre la graisse de l'animal qui fut mise à refroidir dans deux seaux. Les restes furent jetés sur le tas de fumier derrière l'étable.

Au milieu de l'après-midi, Xavier décida de rentrer chez lui en emportant l'un des deux seaux. Avant de partir, il promit à sa mère de revenir le vendredi suivant pour participer à la boucherie annuelle, même si son père prit soin de lui dire qu'ils étaient assez nombreux pour s'occuper de la viande. Baptiste, qui avait encore en tête le souvenir des premiers mois où il avait défriché seul sa terre trente ans plus tôt, savait bien l'énergie que cela exigeait et voulait ainsi ne pas ajouter à la tâche de son garçon même si, comme Marie, il appréciait de le voir passer régulièrement à la maison.

❧

Le ciel était demeuré nuageux toute la journée et le vent venait de se lever, annonciateur d'une pluie prochaine. Au moment où Xavier et Antonin passaient devant la maison de leurs voisins, les Benoît, des cris les firent sursauter. Le fils de Baptiste Beauchemin aperçut Cyprien Benoît, hors de lui, en train de battre sa sœur Catherine devant l'étable. Le jeune homme à la grosse tête ronde et aux épaules massives la tenait par un bras et lui décochait des gifles.

— Tu vas apprendre à travailler comme du monde, calvaire de sans-dessein ! jura le jeune homme en la secouant d'importance.

— Lâche-moi, j'ai pas fait exprès, le supplia sa sœur en cherchant à se dégager.

Le sang de Xavier ne fit qu'un tour. Il lança les rênes à Antonin, lui commanda de rester sur place et sauta au bas de la voiture avant de s'élancer dans la cour de son voisin.

— Arrête ! ordonna-t-il au fils de Léopold Benoît tout en courant dans sa direction.

L'autre, surpris de cette intervention, ne lâcha tout de même pas sa jeune sœur. Il se contenta de crier à l'intrus d'un air mauvais :

— Toi, sors de ma cour! T'as pas d'affaire chez nous! Mêle-toi de tes maudites affaires!

S'il croyait effaroucher Xavier Beauchemin de cette manière, il faisait une bien lourde erreur. Avant même qu'il s'en rende compte, le jeune homme lui avait solidement immobilisé la main avec laquelle il s'apprêtait à frapper de nouveau, le forçant ainsi à lâcher sa sœur. Puis, il l'attrapa par le devant de sa chemise et le repoussa rudement contre le mur de l'étable. Secouée par des sanglots, Catherine demeurait près des deux hommes, incapable de se décider à rentrer dans la maison.

Fou de rage, Cyprien Benoît décocha un coup de poing à la figure de son assaillant. Mal lui en prit. Il avait beau être costaud, il n'était pas taillé pour faire face à un Xavier Beauchemin qui n'avait pas volé sa réputation d'homme fort dans la région. En moins de deux, il reçut une volée de coups qui lui fit plier les genoux.

— Arrêtez ça tout de suite! dit une voix de femme dans son dos. Vous m'entendez? Toi, Catherine, rentre!

Xavier tourna la tête et découvrit Laura Benoît debout sur la galerie en compagnie de sa bru. Les deux femmes s'apprêtaient, de toute évidence, à venir séparer les combattants. Avant que Catherine ait eu le temps de s'éloigner de la scène, Xavier lâcha son adversaire, mais non sans avoir pris la peine de lui dire sur un ton menaçant :

— Écoute-moi ben, Cyprien Benoît. Si jamais j'entends dire que t'as levé la main sur ta sœur une autre fois, je vais venir te sacrer la volée de ta vie. Tu m'entends?

— C'est pas de tes maudites affaires ce qui se passe chez nous, fit l'autre en essuyant sa bouche ensanglantée sur la manche de son manteau.

— Fais-le encore et tu vas voir ce qui va t'arriver, se contenta de dire Xavier avant de tourner les talons et de se diriger vers sa voiture toujours arrêtée sur la route, à l'entrée de la cour.

Au passage, le jeune homme salua la veuve, se contentant de dire sur un ton égal :

— Excusez-moi, madame Benoît, mais j'ai pas pu m'empêcher de m'en mêler quand je l'ai vu battre sa sœur.

Sur ces mots, il monta dans sa voiture, reprit les rênes à son homme engagé et se remit en route vers sa cabane située quelques arpents plus loin.

— J'ai ben l'impression que je viens de me faire tout un ami, dit-il sur un ton léger à Antonin.

— Moi, je pense surtout que c'est un voisin qui va se rappeler de toi, se crut obligé d'ajouter l'adolescent avec un petit rire.

⚍

Le vendredi matin, au lever du jour, Bernadette découvrit que tout le paysage était recouvert de frimas et elle eut du mal à réprimer un frisson.

— Seigneur ! on est déjà rendus en hiver, dit-elle à Eugénie qui venait de la rejoindre, devant la fenêtre. Il a gelé pendant la nuit.

— C'est normal, dit sa mère en jetant deux rondins dans le poêle. On est presque à la mi-novembre. Normalement, on devrait avoir reçu notre première neige depuis un bon bout de temps. Il gèle juste depuis une semaine. D'habitude, le froid arrive bien avant ça.

— C'est un pays de misère, déclara Eugénie sur un ton convaincu.

— Voyons donc, Eugénie ! protesta sa belle-mère. Veux-tu bien me dire quelle sorte de femme d'habitant mon garçon a trouvée ? Il y a pas de misère à avoir ici dedans ! T'as une maison solide qui va être bien chauffée et on manquera pas de manger pendant l'hiver. Qu'est-ce que tu veux de plus ? Si t'étais un homme obligé d'aller bûcher dans le bois d'un soleil à l'autre, je comprendrais, mais t'as juste à rester au chaud à filer, à carder et à préparer les repas. J'ai jamais entendu dire qu'une femme était morte d'épuisement en faisant ça.

Eugénie leva les yeux au ciel et adressa un petit sourire de connivence à sa jeune belle-sœur.

— Bon, arrêtez de perdre votre temps et venez me donner un coup de main à préparer le déjeuner. Les hommes et Camille sont à la veille de rentrer des bâtiments.

Bernadette revint vers les armoires dans l'intention d'y prendre la vaisselle en pierre et les ustensiles. Depuis qu'elle avait quitté sa chambre quelques minutes plus tôt, elle était préoccupée par la scène qui n'allait pas manquer de se produire durant le déjeuner.

La veille, le facteur lui avait laissé une lettre à l'intention de son frère Hubert. La jeune institutrice avait eu assez de jugement pour attendre que celui-ci monte à sa chambre au milieu de la soirée pour aller le rejoindre et lui tendre la missive qui lui était adressée. Quand elle lui avait offert de la lui lire, le benjamin de la famille avait eu une longue hésitation qui traduisait de façon éloquente sa crainte qu'elle ne renferme pas la réponse espérée.

— C'est correct, avait-il chuchoté, tu peux me la lire.

Les traits du garçon de vingt ans s'étaient progressivement détendus et éclairés en apprenant que le frère Gladu, son supérieur, l'invitait à réintégrer les rangs de la communauté dès qu'il en aurait la possibilité. Après avoir replié la lettre et l'avoir tendue à son frère, Bernadette n'avait pu s'empêcher de lui demander quand il avait l'intention de parler de tout ça à leurs parents.

— Demain matin, avait-il déclaré sans la moindre hésitation. Je veux partir, ma place est là-bas.

— Je sais pas comment p'pa va prendre ça, lui avait-elle dit.

— Il va comprendre, s'était-il borné à dire sur un ton confiant.

La jeune fille était tout de même assez observatrice pour s'apercevoir que son frère était en réalité beaucoup moins assuré qu'il voulait le paraître.

Baptiste rentra quelques minutes plus tard en compagnie de Donat et d'Hubert. Camille les avait précédés un instant plus tôt après être allée nourrir les poules.

— On a ben fait de rentrer les vaches pour l'hiver, vendredi passé, affirma Baptiste en versant de l'eau dans un bol pour se laver les mains avant de passer à table.

— Ça fait tout de même drôle de voir un port vide dans l'étable, fit remarquer Donat en imitant son père.

— On va installer là nos deux veaux.

— Ce qui fait drôle surtout, c'est de voir la vache pendue dans l'entrée de la grange, intervint Hubert.

— C'est vrai que ça fait longtemps que t'es pas là le jour qu'on fait boucherie, reconnut son père. Là, on a déjà ôté la peau de notre vieille vache et elle a été vidée. Aujourd'hui, Rémi devrait arriver de bonne heure avec les deux cochons. On va les égorger et s'installer pour préparer la viande.

— On a en plein la température qu'il faut, observa Marie avec un air de contentement qui faisait plaisir à voir. Ensemble, on sera pas de trop avec tout l'ouvrage qui nous attend.

Pour la mère de famille, la journée annuelle de boucherie était l'une des plus gratifiantes. Elle allait enfin faire le plein de viande pour les siens et elle s'y préparait depuis le début de la semaine. La veille, le lourd coffre de bois placé dans la remise et dans lequel la viande était rangée durant l'hiver avait été nettoyé. De plus, un gros baril de chêne avait été rempli de saumure et était déjà prêt à recevoir les briques de lard qui allaient être tirées des porcs qui seraient égorgés ce matin-là.

On passa à table et on mangea l'omelette cuisinée par Eugénie. Après le repas, Baptiste et Donat se retirèrent près du poêle pour allumer leur pipe pendant qu'Hubert montait à l'étage.

— Il y a pas de presse à sortir, déclara Baptiste. Tout est prêt dehors. On a juste à attendre Rémi et Emma.

— J'ai préparé la jute et les couteaux, ils sont déjà sur la table de la cuisine d'été, précisa Camille en versant de l'eau chaude dans le plat où on lavait la vaisselle.

— Qui va garder les enfants ? demanda Bernadette en se préparant à partir pour l'école.

— Je vais m'en occuper, dit Eugénie. Ça m'empêchera pas de faire le boudin comme l'automne passé, si on m'apporte le sang à temps.

— C'est ce qu'on va faire, approuva Marie. Ton boudin est meilleur que le mien.

Devant un tel compliment, la bru ne put faire autrement que de remercier sa belle-mère.

Tout à coup, un spectacle inattendu fit sursauter tous les gens présents dans la cuisine, sauf Bernadette. Hubert, vêtu de sa soutane et portant sa petite valise en cuir bouilli, venait de descendre l'escalier.

— Où est-ce que tu t'en vas habillé comme ça ? lui demanda sèchement son père après avoir retiré sa pipe de sa bouche.

— J'ai décidé de retourner chez les frères aujourd'hui, p'pa, répondit son fils cadet.

Bernadette s'était immobilisée près de la porte, son sac en cuir à la main, attendant le dénouement de la crise qui allait sûrement secouer la famille. Pour sa part, Marie avait déposé le linge avec lequel elle essuyait la table et elle s'était approchée de son fils, le visage bouleversé.

— As-tu bien pensé à ton affaire ? lui demanda-t-elle. Es-tu certain qu'ils vont te reprendre ?

— Tu nous as dit que les frères te voulaient plus parce que t'avais pas de santé, reprit Baptiste, un ton plus haut.

— C'est vrai, reconnut Hubert.

— Bagatême, t'as pas de cœur ! explosa son père. Ils veulent pas de toi !

— J'ai demandé à Bedette de leur écrire pour leur demander si je pouvais revenir, avoua le jeune homme. Ils m'ont dit qu'ils m'attendaient.

Marie jeta un regard lourd de reproches à la jeune institutrice pour lui avoir caché cela. Puis elle se tourna vers son fils.

— T'es bien sûr que c'est ce que tu veux ? lui demanda-t-elle encore, la voix éteinte.

— Oui, m'man. Si j'avais pas été malade, je serais jamais parti.

— Dans ce cas-là, Baptiste, on n'a pas le choix, déclara-t-elle à son mari dont le visage s'était fermé.

— Pas le choix de quoi ? aboya-t-il.

— Pas le choix de le laisser partir. C'est sa vocation, comme dirait monsieur le curé. On peut pas refuser.

Baptiste Beauchemin prit une profonde inspiration pour tenter de se calmer. Un long silence s'abattit sur la pièce. Finalement, le père de famille dit à Donat :

— Va atteler, tu vas aller conduire ton frère au train.

— Et la boucherie ? demanda l'aîné.

— Occupe-toi pas de ça, répondit sa mère. On est capables de se passer de toi une couple d'heures.

— Merci, p'pa, fit Hubert.

Son père feignit de ne pas l'avoir entendu.

— Je vais monter avec vous autres, déclara Bernadette, heureuse de ne pas avoir à marcher jusqu'à l'école.

— Va me chercher un sac dans la cuisine d'hiver, lui ordonna sa mère.

Pendant que Donat attelait la Noire au boghei, Marie s'empressa de remplir un sac de denrées qu'elle tendit à Hubert.

— Tu mangeras ça en chemin, lui dit-elle.

Ces paroles semblèrent ramener Baptiste à la réalité. Il quitta sa chaise berçante pour disparaître quelques instants dans sa chambre à coucher. Quand il en revint, il tendit à son fils un peu d'argent.

— C'est pour payer ton passage, se borna-t-il à lui dire.

Quand on entendit la voiture s'arrêter près de la maison, tous mirent leur manteau et accompagnèrent Hubert jusqu'au boghei. Le jeune homme embrassa sa mère, Camille et Eugénie avant de serrer la main de son père. Dès qu'il eut pris place sur la banquette arrière aux côtés de Bernadette, Donat fouetta son cheval pour le faire avancer. Les larmes aux yeux et le cœur gros, Marie regarda partir son fils.

— Tu vas pas te mettre encore à brailler, s'impatienta son mari. Tu l'as eu quatre mois dans les jambes.

— Oui, mais il y a pas moyen de savoir quand il va revenir, dit-elle toute triste en rentrant dans la maison, suivie par les siens.

Le boghei conduit par Donat ne parcourut que quelques arpents avant de s'arrêter près de la voiture à foin de Rémi Lafond. L'homme, sa femme et ses deux jeunes enfants étaient assis à l'avant pendant que derrière eux couinaient à n'en plus pouvoir deux porcs solidement ligotés. Ces porcs engraissés durant l'année étaient promis à la boucherie.

— Je m'en retourne chez les frères, annonça Hubert à son beau-frère et à sa sœur.

Il descendit de voiture, serra la main de Rémi et embrassa Emma, son neveu et sa nièce avant de remonter dans la voiture. Au moment où le boghei se remettait en marche, il promit de donner de ses nouvelles. À leur arrivée devant l'école, Bernadette embrassa son frère et regarda la voiture s'éloigner avant de se diriger vers le balcon où l'attendaient déjà quelques enfants.

⌐

Il y avait maintenant six semaines que la jeune institutrice avait *Les Trois Mousquetaires* en sa possession et bien longtemps qu'elle en avait terminé la lecture. Depuis deux semaines, elle avait cessé de transporter le livre dans son sac matin et soir dans l'espoir de le rendre à son propriétaire et d'en obtenir un nouveau. Maintenant, elle le laissait dans l'armoire de sa classe et il ne se passait guère une journée sans qu'elle se sente forcée de penser à Constant Aubé lorsqu'elle voyait le livre.

— Tu parles d'un grand niaiseux ! se répétait-elle souvent. Il me semble qu'il est pas nécessaire d'être un génie pour comprendre que j'ai fini de lire son livre depuis longtemps. Veux-tu bien me dire ce qu'il attend pour venir le chercher ?

Chaque fois, son humeur s'en trouvait assombrie et elle était titillée par une légère pointe de jalousie à l'égard d'Aurélie Jutras. Elle avait cru être l'objet de l'adoration de l'employé de Thomas Hyland, et tout à coup il lui en préférait une autre. C'était un coup dur pour son orgueil.

— Si elle peut le lâcher un peu, il va peut-être se souvenir que j'existe encore et que j'attends après lui, maugréait-elle parfois. Si ça se trouve, il est trop nono pour s'apercevoir que l'Aurélie d'Adjutor Jutras cherche juste à se marier…

Bernadette avait maintenant devant elle dix-sept enfants en provenance des trois rangs. Elle aurait dû en avoir deux de plus, mais les garçons de Liam Connolly n'étaient pas revenus à l'école au début du mois de septembre. Maintenant que les gros travaux de la terre étaient pratiquement terminés, tous ses élèves étaient présents en classe du matin jusqu'à la fin de l'après-midi. Dix d'entre eux dînaient en classe tandis que leurs camarades allaient manger à la maison. La jeune institutrice se trouvait aux prises cette année avec le même problème que l'année précédente, elle avait cinq enfants unilingues anglophones que les parents envoyaient à son école faute d'avoir une école anglophone dans la paroisse. Elle avait pitié de ces pauvres enfants qui devaient se débrouiller avec l'aide des petits White et Murdoch qui, issus de familles irlandaises, leur servaient d'interprètes. L'idéal aurait été qu'elle puisse parler un peu en anglais, mais il n'en était rien.

Ce midi-là, Bernadette endossa son manteau pour aller surveiller les dîneurs qu'elle venait de laisser sortir jouer dans la cour après leur repas en attendant la reprise des classes. En ouvrant la porte, elle aperçut Constant Aubé en train de descendre de voiture dans la cour du magasin général, de l'autre côté de la route. Elle sortit précipitamment sur le balcon de l'école pour héler le jeune homme.

— Constant, attends une minute ! lui cria-t-elle.

Elle rentra dans la classe, prit dans l'armoire le roman prêté et retourna à l'extérieur. Constant Aubé avait déjà traversé la route et l'attendait sur le bord du chemin.

— Tu peux approcher, lui dit-elle avec impatience. Je te mordrai pas.

— Je voudrais pas te causer des troubles, répondit-il avec un sourire, en lui indiquant de la tête Angèle Cloutier qui venait de s'immobiliser devant sa porte pour les regarder.

— Je comprends. Ça fait des semaines que je veux te remettre ton livre, lui reprocha-t-elle, mais t'es pas venu le chercher à la maison.

— J'y serais ben allé, avoua-t-il, gêné, mais je voulais pas te déranger.

— Ça m'aurait pas dérangée pantoute, laissa-t-elle tomber.

— L'as-tu aimé ? lui demanda-t-il.

— Certain, je l'ai même lu deux fois.

— Est-ce que t'aimerais que je t'en prête un autre ?

— Oui.

— Je peux te prêter *Les Misérables*, si ça te tente de le lire. Tu vas voir, c'est ben écrit.

— Vas-tu avoir le temps de venir me le porter ? J'ai entendu dire que t'es souvent dans le rang Saint-Paul le soir ces temps-ci, ajouta-t-elle sans avoir l'air d'y toucher.

— J'ai presque fini d'y aller, précisa l'homme engagé. Encore un soir ou deux, et ça va être fini.

— Tornom ! Aurélie Jutras a pas dû avoir souvent un amoureux comme toi, ne put s'empêcher de lui faire remarquer la jeune fille, d'une voix acide. Elle va être pas mal déçue.

— Pourquoi tu me parles d'Aurélie Jutras ? fit-il, apparemment déconcerté.

— Tu vas pas veiller avec elle ?

— Pantoute, au mois d'octobre, les Jutras, les Bernier et les Smith du rang Saint-Paul m'ont commandé des bottes et des souliers de beu pour l'hiver. J'ai acheté le cuir à monsieur Hyland. Comme je travaille toute la journée au moulin, j'ai juste le soir et le dimanche pour aller prendre les mesures et les faire essayer.

— Pauvre toi, tu dois être fatigué sans bon sens, le plaignit sincèrement la jeune fille.

— C'est pas fatigant, se défendit Constant, mais c'est pressant. Ils s'imaginent tous qu'il suffit que j'aie leurs mesures pour que ce soit fait.

— Comment fais-tu ?

— C'est simple. Je trace le tour de leurs pieds sur une feuille avec un crayon. C'est tout ce qu'il me faut. Mais après ça, il faut que je tanne le cuir, que je le découpe et que je le couse et ça prend du temps.

— Pour les mesures, tu fais juste le tour de leurs pieds ? s'étonna-t-elle.

— Écoute, c'est pas ben difficile. Fais-le, tu me donneras la feuille et je vais te montrer comment je m'y prends dès que je te reverrai, lui proposa-t-il.

— Mais je veux pas de bottes, protesta-t-elle, les miennes sont encore bonnes.

— Non, ce sera juste pour te montrer. Mes clients, eux autres, veulent avoir leurs nouvelles bottes avant les premières neiges.

— Si t'as vraiment trop d'ouvrage à faire, attends d'avoir fini avant de venir me porter le livre que tu veux me prêter, fit-elle, compréhensive.

— Je pourrais aller te le porter le samedi ou le dimanche, mais je pense pas que ton cavalier va apprécier de me trouver chez vous quand il va arriver pour te voir.

— Quel cavalier? J'en ai pas, se défendit Bernadette.

— Et Léon Légaré?

— Depuis qu'il a fait un fou de lui dans la cour du magasin général, l'été passé, il a pas remis les pieds chez nous. Je lui ai dit que je voulais plus le revoir et il a compris.

— Ben, c'est pas ce qu'il racontait chez Dionne la semaine passée, lui fit remarquer Constant.

— C'est un menteur, affirma-t-elle sèchement. S'il continue à conter des menteries sur mon compte, il va avoir affaire à mon frère Xavier.

— Si ça te dérange pas, je vais m'en occuper moi-même et ça va me faire plaisir, lui proposa Constant avec un sourire heureux. Bon, si j'ai ben compris, je peux passer te laisser le livre de Hugo samedi ou dimanche. Quand est-ce que je te dérangerai le moins?

— Viens donc samedi après le souper, lui offrit-elle.

Il la remercia et traversa la route pour entrer dans le magasin général d'où la femme de Télesphore Dionne l'avait épié à travers la fenêtre durant tout le temps qu'il avait été en conversation avec l'institutrice.

— À ce que je vois, les amours vont bien, osa lui dire Alexandrine Dionne lorsque Constant se présenta devant le comptoir.

— Allez pas partir de rumeur, madame Dionne, lui dit-il en rougissant légèrement. J'aurais besoin d'huile de pied-de-bœuf, si vous en avez.

— Tu t'en sers pour assouplir le cuir? lui demanda Télesphore qui venait d'entrer dans la pièce en portant un quart de clous.

— Oui.

— J'ai entendu dire que tu faisais des bottes qui ont ben de l'allure.

— Et des souliers aussi, monsieur Dionne.

— Le père Lemire de Saint-Zéphirin sera pas content d'apprendre qu'il a un concurrent sur le bord de la rivière.

— Je fais ça seulement à temps perdu, se défendit Constant.

— En tout cas, j'ai vu les bottes que t'as faites à Adjutor Jutras. Quand t'auras le temps, ma femme et moi, on en aurait ben besoin d'une paire chacun.

— Je vais venir vous voir la semaine prochaine pour ça, si vous avez pas changé d'avis.

À la fin de cet après-midi-là, Bernadette rentra à la maison au moment où les siens venaient de finir de préparer la viande. La vache avait été dépecée et partagée entre la famille de Baptiste et celle de Rémi Lafond. Les deux porcs avaient fourni des rôtis, des jambons et surtout une quantité appréciable de briques de lard que Marie s'était empressée de déposer dans la barrique de saumure.

— Tu me laisses tes jambons, déclara Baptiste à son gendre. On va les fumer comme l'année passée et Donat te les rapportera demain soir.

— Si mon mari avait bâti notre fumoir ce printemps, on serait pas obligés de vous encombrer avec notre viande, fit remarquer Emma que la fatigue rendait un peu acariâtre.

— C'est pas tout d'avoir un fumoir, fit Rémi avec bonne humeur. Il faut aussi avoir le tour. C'est ben facile de sacrer le feu là-dedans et de perdre toute notre viande.

— C'est vrai ce que dit Rémi, assura Marie. Il faut avoir la main pour fumer un bon jambon, et ton père l'a toujours eue.

— Le fumoir a l'air ben allumé, fit Donat en voyant la fumée s'échapper du petit édicule au toit pentu construit à une cinquantaine de pieds du poulailler. On va pouvoir accrocher les jambons tout de suite avant le train.

Finalement, les Lafond refusèrent de rester souper. Pendant qu'Emma entrait dans la maison pour aider Eugénie à habiller ses deux enfants, les autres aidèrent Rémi à déposer sur le plateau de sa voiture la viande qui lui revenait. Il ne restait plus aucune trace visible de boucherie dans l'entrée de la grange. La table montée sur tréteaux avait été remisée au fond du bâtiment et on avait lavé à grande eau le sang répandu.

— Tu pars pas sans emporter ton boudin, dit Marie en voyant sa fille sortir de la maison avec ses deux enfants sans porter de paquet.

— Camille s'en vient avec, m'man, dit la jeune mère épuisée. Je vous dis que ça sent bon dans la maison. J'ai l'impression que vous allez en manger pour souper.

— Je l'espère bien, dit Bernadette, friande de ce mets. C'est juste de valeur qu'on n'ait pas de saucisses pour manger avec ça, déplora-t-elle.

— La saucisse, ça va aller à demain, lui dit sa mère. On n'a pas le temps de nettoyer les tripes et de préparer le mélange pour le souper.

— En tout cas, ça a tout l'air qu'on manquera pas de viande cet hiver, dit Rémi en arborant un air satisfait.

— On peut dire que vous aviez bien engraissé vos cochons, fit Marie.

— On va essayer de faire aussi ben avec les nôtres pour l'automne prochain, promit Baptiste.

Depuis leur mariage, Rémi et Emma avaient conclu une entente avec les Beauchemin. Chacun abattait une vache une année sur deux et il en allait de même pour les porcs.

Après le départ des Lafond, les hommes prirent la direction de l'étable pendant que les femmes rentraient à la maison. À l'intérieur, il régnait une bonne chaleur et l'odeur des épices utilisées par Eugénie pour fabriquer le boudin aiguisait l'appétit.

— Ça sent pas juste le boudin, fit Marie en enlevant son manteau.

— Non, madame Beauchemin, j'ai eu le temps de préparer un peu de mélange à saucisse. C'est en train de cuire sur le poêle.

— Ah! Ça, ça va être bon! fit Bernadette, gourmande, en s'approchant de la poêle dans laquelle le mélange était en train de cuire.

Marie ne manifesta aucun plaisir en apprenant que sa bru avait pris la liberté de fabriquer de la saucisse, tâche qu'elle s'était toujours réservée et dont elle tirait une grande fierté.

— Bernadette, après avoir changé de robe, tu vas aller nourrir les cochons et les poules, lui ordonna-t-elle abruptement. Nous autres, on va remettre un peu d'ordre dans la maison et préparer le souper.

Quand la jeune fille revint dans la cuisine, l'humeur de sa mère ne s'était guère améliorée. Alors qu'elle endossait son manteau, cette dernière l'apostropha:

— J'aime autant te dire, ma fille, que ton père et moi, on n'a pas trop aimé ton hypocrisie.

— Quelle hypocrisie? demanda la jeune fille, surprise.

— Tu nous as caché ce que ton frère préparait, dit sa mère sur un ton très sévère.

— J'ai rien caché pantoute, m'man, protesta Bernadette. Il m'a demandé d'écrire une lettre pour lui. Je l'ai écrite, rien de plus. J'avais pas à me mêler de ses affaires ni à jouer la porte-panier.

— Le fait que ton frère soit parti a fait bien de la peine à ton père.

— Je comprends, mais c'est pas de ma faute, se défendit Bernadette avant d'allumer un fanal et de sortir de la maison.

À l'extérieur, l'obscurité venait de tomber.

❧

Ce soir-là, Baptiste fut particulièrement silencieux et personne n'osa le tirer du mutisme dans lequel il demeura plongé jusqu'à ce que sa femme parle de réciter la prière du soir.

— Demain, on s'occupe de la bagosse, dit-il en s'adressant surtout à Donat.

Ce dernier hocha la tête. Depuis quelques années, la fabrication de cet alcool maison avait lieu le lendemain de la boucherie annuelle.

— J'espère que t'as pensé à me garder de la levure et de la cassonade en masse ? dit-il à sa femme.

— Il y a tout ce qu'il faut dans l'armoire, mais j'aimerais bien que tu me mettes pas la cuisine à l'envers pour cette cochonnerie-là.

— Critique pas ma bagosse, lui ordonna-t-il. Moi, je dis rien quand tu fais ton vin de cerise.

Le lendemain avant-midi, Baptiste et son fils décidèrent de concert de fuir le regard un peu trop curieux de Marie et de faire bouillir dans le four à pain de la cour sous le prétexte qu'ils ne seraient pas trop loin du puits. En réalité, ils avaient l'intention de fabriquer un alcool passablement plus corsé que les années précédentes en augmentant la quantité de sirop de malt dans leur recette.

Après avoir fait dissoudre de la cassonade et du sirop de malt dans une bonne quantité d'eau bouillie, ils ajoutèrent de la levure sèche. Ils versèrent le tout dans une petite barrique de chêne une heure plus tard, barrique qu'ils vinrent déposer près du poêle, au grand mécontentement de la maîtresse de maison.

— Tu vas pas encore me faire une crise, protesta son mari. C'est la même chose chaque année. Dans une dizaine de jours, ça va être fini. On va le mettre dans des cruches. Là, tu vas me sacrer patience.

— Bien oui, fit Marie, sarcastique. Après ça, comme toujours, on va avoir ces cruches-là dans les jambes, dans le garde-manger.

— Il y a pas moyen de faire autrement. Il faut que ça reste au chaud au moins un mois pour que ça fermente comme il faut. Dis-toi que c'est le seul moyen pour avoir quelque chose à servir à la visite.

— C'est surtout la meilleure façon d'attirer les ivrognes du coin, conclut-elle d'une voix acide. Je serais pas surprise pantoute de voir arriver Cléomène Paquette avant la fin de la journée pour voir si t'as fait ta bagosse pour les fêtes et, surtout, pour goûter ce qui reste de celle de l'année passée.

— Ben là, j'ai une surprise pour lui, déclara Baptiste. Il nous en reste plus une goutte.

— Il y en avait encore deux cruchons il y a pas deux semaines, s'étonna-t-elle.

— J'en ai donné un à Xavier pour se réchauffer cet hiver quand il sera trop gelé.

— Ah ben, c'est du propre ! s'emporta-t-elle. V'là que t'encourages ton gars à boire à cette heure !

— C'est plus un enfant. Il est capable de savoir quand c'est le temps de s'arrêter.

— Et Antonin ?

— Antonin travaille comme un homme, il est capable de boire une petit verre de temps en temps.

Marie ne s'était pas trompée. À la fin de l'après-midi, Cléomène Paquette s'arrêta à la maison. L'homme âgé d'une quarantaine d'années portait un vieux manteau malpropre auquel il manquait deux boutons et qui était déchiré sur une manche. Le visiteur repéra le baril près du poêle dès son entrée dans la cuisine.

— En passant devant chez vous, je me suis dit que tu devais avoir fait ta bagosse. Je vois que j'avais raison, ajouta-t-il en ne masquant pas sa satisfaction.

— T'aurais dû travailler dans la police, Cléomène, lui dit Baptiste d'une voix acide.

— Je me demandais s'il te resterait pas un peu du bon petit boire que t'as fait l'année passée, eut le culot de demander le voisin.

— Pourquoi donc?

— Ben, parce qu'il m'en reste plus une goutte.

— T'en es-tu fait d'autre?

— Ça vaut pas la peine, répondit Cléomène en se mouchant dans un grand mouchoir à carreaux. J'en bois presque pas.

— C'est ben de valeur, mon Cléomène, mais il m'en reste plus. J'ai donné mon dernier cruchon à mon gars. Pourquoi tu demanderais pas à Ellis de te passer un peu de son whisky. Il paraît qu'il est pas mauvais pantoute.

— Ouach! Ça goûte la punaise écrasée, répondit le voisin en grimaçant.

— Peut-être, mais c'est mieux que rien.

Quand le cultivateur quitta la maison quelques minutes plus tard, Marie ne put se retenir de dire:

— Je te dis que c'est pas drôle d'être sans-dessein comme ça. À part ça, toujours arrangé comme la chienne à Jacques. À la place de sa femme, j'aurais honte de le laisser se promener avec du linge déchiré.

Chapitre 22

Une arrivée mal préparée

Le lendemain, à la fin de la matinée, une petite neige folle se mit à tomber doucement sur la région.

— Ça va faire pas mal plus gai quand tout le gris et le noir vont être cachés sous la neige, déclara Camille avec bonne humeur, plantée devant l'une des deux fenêtres de la cuisine.

— Cette neige-là veut surtout dire qu'il va falloir préparer la *sleigh* et le traîneau, lui fit remarquer Donat, sans grand enthousiasme.

— Il faut pas se plaindre, décréta sa mère. Je pense que ça fait au moins dix ans que la neige est pas tombée aussi tard.

Baptiste, assis dans sa chaise berçante, ne dit rien. Le maître d'œuvre était visiblement préoccupé. Deux jours auparavant, il était encore allé voir les progrès des travaux de la chapelle et il lui avait semblé que ça n'avançait pas assez rapidement. Dans quatre jours, s'il se fiait à la lettre du secrétaire de monseigneur Cooke, le missionnaire allait arriver pour s'installer. Il n'y avait encore pratiquement rien de fait dans la sacristie que le prêtre devait habiter. De plus, les ouvriers de Bélisle n'avaient installé que l'une des quatre rangées de bancs dans la chapelle.

— Après le dîner, tu t'occuperas aussi de la gratte et du berlot si t'en as le temps, dit-il à Donat. Moi, j'ai affaire à la chapelle. Il faut que j'aille dire deux mots à Bélisle ou à celui qui dirige les hommes.

Le cultivateur alla atteler le Blond au boghei et prit la direction du pont. Un arpent avant qu'il arrive devant la maison de son gendre, un renard traversa brusquement le chemin devant le cheval qui, surpris, broncha et faillit faire verser la voiture dans le fossé.

— Maudite vermine ! jura Baptiste après avoir difficilement calmé sa bête.

Il traversa le pont et monta la pente abrupte du rang Sainte-Ursule qui conduisait à la chapelle. Il arrêta son attelage devant l'édifice au moment où deux ouvriers d'Eugène Bélisle transportaient du bois à l'intérieur. Il descendit de voiture et pénétra dans la chapelle. Les lieux sentaient bon la sciure de bois et la peinture. Une dizaine d'hommes sciaient et clouaient. Quelques-uns étaient en train de fixer des bancs sur le parquet.

— Est-ce que monsieur Bélisle est là ? demanda-t-il au premier ouvrier qu'il rencontra.

— Non, mais Beaupré est dans la sacristie, si vous voulez lui parler, répondit le jeune homme.

Baptiste traversa toute la chapelle, entra dans le chœur et se glissa derrière l'autel pour pénétrer dans la sacristie qui allait être appelée à servir d'habitation au missionnaire. À son grand déplaisir, il y trouva Samuel Ellis en grande conversation avec Hector Beaupré, le contremaître, et Constant Aubé. Il s'approcha du groupe.

— Je pensais trouver monsieur Bélisle sur le chantier, dit-il en s'adressant à Hector Beaupré.

— Il sera pas là de la journée, déclara le contremaître, un homme costaud au crâne dégarni. Il est parti voir ce qui retarde pour les bancs. Il nous en manque encore la moitié.

— Est-ce qu'il y a un problème ? demanda Baptiste que la présence d'Ellis et de Constant Aubé intriguait.

— Oui et non, répondit l'employé de l'architecte. Sur le plan, c'était pas clair s'il fallait une cloison pour séparer la chambre de votre curé du reste de la sacristie.

— Comme j'étais là, poursuivit l'Irlandais, je lui ai offert d'aller chercher Constant Aubé qui a fait le plan pour éclaircir l'affaire.

— C'est ce que je venais de dire à monsieur Beaupré, intervint le jeune homme. J'avais pas prévu de mur parce que le poêle est à l'autre bout de la sacristie et que ce serait mieux qu'il y ait juste un rideau pour séparer la chambre, sinon monsieur le curé va geler durant tout l'hiver.

— Ça a ben du bon sens, déclara Baptiste. Bon, moi, je suis passé juste pour savoir si vous pensez que tout va être fini pour jeudi prochain. C'est le jour où notre prêtre va arriver.

Le contremaître se gratta le menton d'un air songeur durant quelques secondes avant de laisser tomber :

— Je vais mettre une couple d'hommes dans la sacristie pour qu'ici dedans ce soit fini. Pour la chapelle, ça va être une autre paire de manches. Mais si on n'a pas trop de troubles à avoir les bancs qui manquent, on sera pas loin d'avoir fini. Monsieur Bélisle a engagé trois autres hommes pour finir à la fin du mois, comme il vous l'a promis. D'habitude, il tient parole.

Rassuré, Baptiste le remercia et prit congé. Samuel Ellis et Constant Aubé le suivirent à l'extérieur, désireux, eux aussi, de retourner à leurs occupations. La neige s'était intensifiée et tout le paysage était maintenant blanc. Les eaux grises de la Nicolet qui coulait de l'autre côté du chemin, en face de la chapelle, disparaissaient à moitié.

— On dirait qu'il neige pas mal plus fort qu'à matin, fit remarquer Samuel en montant dans son boghei aux côtés de Constant.

— Je crois ben qu'on est à la veille de ranger les bogheis pour l'hiver, répondit Baptiste par politesse.

Les deux hommes se saluèrent de la main avant de mettre leur cheval en route dans des directions opposées. Pour sa part, l'homme engagé de Thomas Hyland aurait bien voulu demander au père de Bernadette s'il allait déranger en venant rendre visite à sa fille ce soir-là, mais la timidité l'en empêcha.

Quelques heures plus tard, après le souper, Bernadette houspilla sa sœur Camille quand vint le temps de laver la vaisselle.

— Pourquoi tu cours comme ça, il y a pas le feu, protesta l'aînée.

— J'attends quelqu'un et je veux avoir le temps de me préparer, répondit-elle à mi-voix.

Mais sa mère avait l'oreille fine et entendit.

— T'attends quelqu'un ? Qui c'est ?

— Constant Aubé, m'man. Je veux lui remettre le livre que je lui ai emprunté. J'ai fini de le lire depuis longtemps.

— Si je comprends bien, tu le reçois au salon ? lui demanda Eugénie avec un sourire moqueur.

— Pas une miette. C'est pas mon cavalier pantoute, il vient juste chercher son livre et m'en prêter un autre.

— Pourquoi il te laisse pas ça à l'école en passant quand t'es là ? lui demanda son frère.

— T'es drôle, toi, fit sa jeune sœur. D'abord, les langues sales de la paroisse se mettraient tout de suite à colporter toutes sortes de rumeurs sur mon compte.

— Non, c'est mieux qu'il vienne ici quand on est là, trancha son père qui s'était borné à écouter sans intervenir jusque-là.

— Au fond, Bedette, c'est ça, des fréquentations, se moqua Camille. T'as besoin d'être chaperonnée quand l'homme engagé de Hyland vient te voir.

— Faites-moi pas enrager pour rien, dit sèchement Bernadette en s'emparant d'un linge à vaisselle.

— En tout cas, montre-toi polie, lui ordonna sa mère, l'air sévère. Il est pas question que tu le laisses debout sur la catalogne dans l'entrée. Invite-le à s'asseoir. Fais-le passer dans le salon.

Dès qu'elle eut fini d'essuyer la vaisselle, la jeune fille s'empressa de monter dans sa chambre pour vérifier sa coiffure, mais elle n'alla pas jusqu'à changer de robe, comme elle le faisait à l'époque où Léon Légaré venait veiller au salon. Si elle l'avait fait, toute la famille l'aurait remarqué et se serait moquée d'elle.

À peine venait-elle de revenir dans la cuisine que Constant Aubé frappa à la porte à la surprise des Beauchemin qui n'avaient pas entendu de voiture entrer dans leur cour. Bernadette alla lui ouvrir et le découvrit en train de secouer la neige qui le couvrait.

— Entre, lui dit-elle en s'effaçant pour le laisser pénétrer dans la maison.

Toujours aussi timide, Constant entra, retira sa tuque et salua les gens. Il tenait dans une main un livre qu'il avait pris la précaution d'envelopper dans une toile pour que la neige ne l'abîme pas.

— Donne-moi ton manteau, lui ordonna Bernadette, un peu agacée d'être épiée par tous les siens.

— J'espère que t'as mis une bonne couverte sur le dos de ton cheval avant d'entrer, lui dit Baptiste. Ç'a pas l'air d'être chaud pantoute dehors.

— Ce sera pas nécessaire, monsieur Beauchemin, répondit le jeune homme. Je suis venu à pied.

— À pied? s'étonna le maître de maison.

— C'est pas si loin.

— C'est tout de même un bon deux milles et demi, non ?

— Comme aurait dit mon grand-père, ça donne juste le temps de penser à nos vieux péchés.

— Il me semble que t'aurais pu emprunter la voiture de Thomas Hyland, s'entêta Baptiste.

— C'est vrai, reconnut le visiteur, mais j'aurais eu l'impression d'exagérer.

À la pensée que Constant allait être monopolisé une partie de la soirée par sa famille si elle demeurait avec lui dans la cuisine, Bernadette décida de l'entraîner au salon. Elle alla allumer une lampe et l'invita à la suivre.

Dès que sa fille eut pris place dans la pièce voisine, Marie déplaça discrètement sa chaise berçante de manière à voir ce qui se passait dans le salon.

— T'aurais pas dû venir à pied avec une température pareille, reprocha Bernadette à mi-voix à son visiteur.

— Je t'avais promis que je viendrais et monsieur Hyland était parti veiller avec sa femme chez un de ses garçons.

— Est-ce que tu tiens toujours parole comme ça ? lui demanda-t-elle, taquine.

— Presque toujours, surtout quand ça vaut la peine, ajouta-t-il en rougissant un peu devant sa hardiesse.

— Tiens, j'ai fait ce que tu m'as demandé, lui dit-elle en lui présentant une feuille sur laquelle était tracé le contour de chacun de ses pieds.

Durant les minutes suivantes, il lui expliqua comment il s'y prenait pour découper le cuir et le coudre pour en faire des bottes étanches, chaudes et durables.

— C'est pas ben sorcier, conclut-il en empochant la feuille. Il faut juste être minutieux et pas chercher à aller trop vite.

Ils parlèrent ensuite longuement des aventures de D'Artagnan et du caractère du mousquetaire Athos que Bernadette avait particulièrement apprécié. Ils étaient d'accord pour reconnaître qu'ils auraient aimé que le roman soit prolongé de quelques centaines de pages. Ensuite, Constant présenta à la jeune fille *Les Misérables* de Victor Hugo qu'il avait aussi beaucoup aimé.

— De combien de temps penses-tu avoir besoin pour lire ce roman-là ? lui demanda-t-il.

— Peut-être deux semaines, dit-elle.

— Est-ce que ça veut dire que je pourrai venir le chercher dans deux semaines pour te laisser *Le Rouge et le Noir*, par exemple ?

— Tu peux toujours revenir samedi prochain pour voir si j'ai aimé ce que j'aurai déjà lu, lui offrit-elle en guettant sa réaction.

— Si j'ai pas un gros empêchement, tu peux être certaine que je vais venir voir si tu l'aimes, ce livre-là, lui assura-t-il. J'ai commandé par catalogue deux romans de Jules Verne, *De la Terre à la Lune* et *Cinq semaines en ballon*. Ça a l'air bon.

— On peut commander des livres ? s'étonna Bernadette.

— Bien sûr, mais j'ai l'impression que le père Meilleur a été ben surpris quand je lui ai donné ma lettre à poster en lui disant que c'était pour des livres. Il m'a dit que la seule fois qu'il avait apporté des livres, c'était pour le docteur Samson, à Saint-Zéphirin.

— Parlant de lettre, reprit Bernadette, je suppose que t'as pas écrit à ton père…

— Ça va te surprendre, mais je l'ai fait il y a deux semaines.

La jeune fille fut tout heureuse de constater qu'il avait suivi son conseil et elle eut une bouffée d'orgueil.

— Est-ce que ton père t'a répondu ? demanda-t-elle, curieuse.

— Non, pas encore. Au fond, je m'y attends pas, poursuivit Constant, la mine sombre. Je serais le plus surpris du monde qu'il m'écrive un mot. Il a toujours été têtu et il m'a probablement pas pardonné d'être parti comme je l'ai fait.

— Mais c'est ton père, fit Bernadette.

— Oui, t'as raison.

Vers neuf heures trente, le jeune homme sortit du salon à la suite de la jeune fille, salua Marie et Baptiste, les derniers à être encore dans la cuisine, et alla endosser son manteau.

— Attends, je vais atteler pour aller te conduire, dit Baptiste sans grand enthousiasme.

— Merci, monsieur Beauchemin, mais c'est pas nécessaire pantoute. Ça va me prendre moins de temps pour rentrer que vous d'atteler et de dételer votre cheval.

Après le départ de son visiteur, Bernadette, songeuse, le regarda sortir à pied de la cour sous la neige qui tombait toujours. Son père se leva et prit la direction de sa chambre à coucher.

— En tout cas, on peut dire qu'il tenait en sainte bénite à venir te voir, lui fit remarquer sa mère. Descendre et monter la côte, arrangé comme il est, avec une température comme ça, il faut vouloir.

Bernadette comprit ce que sa mère voulait dire et elle en fut un peu mortifiée. De toute évidence, elle pensait à la claudication de Constant.

— Il boite pas tant que ça, m'man, se sentit-elle obligée de dire pour le défendre.

— C'est vrai, reconnut Marie et, surtout, ça l'empêche pas d'être un bon garçon.

❧

Le dimanche, le beau temps était revenu. Les quelques pouces de neige tombée la veille n'obligeaient pas encore les gens à se déplacer en *sleigh*.

— As-tu pensé que c'est peut-être la dernière fois qu'on va à la messe à Sainte-Monique? demanda Baptiste à sa femme au moment où ils prenaient la route ce matin-là.

— On va bien revenir de temps en temps, ne serait-ce que pour rendre visite à Armand et à Amanda, répondit Marie.

— Si tu veux mon avis, on va attendre les invitations, répliqua son mari.

Ce matin-là, ils formaient un petit cortège de trois voitures puisque le boghei de Xavier suivait ceux de son père et de son beau-frère Rémi.

À leur arrivée à l'église, toute la famille alla s'installer dans le jubé pour assister à la grand-messe. Sans le dire aux siens, Baptiste s'était attendu à ce que le curé Lanctôt mentionne l'inauguration prochaine de la chapelle de la mission Saint-Bernard-Abbé. Pourtant, le prêtre n'en dit pas un mot. Lors de la communion, le regard noir que lui lança le pasteur en lui donnant l'hostie lui confirma qu'il ne lui avait pas pardonné.

À la fin de la messe, Baptiste et les siens échangèrent des nouvelles avec Armand et Amanda sur le parvis de l'église, même s'il faisait sensiblement plus froid qu'au début de l'avant-midi. À leur retour dans le rang Saint-Jean, Emma et Rémi décidèrent de rentrer chez eux malgré l'insistance de Marie qui voulait les garder à dîner, mais Xavier et Antonin restèrent, incapables de résister aux odeurs appétissantes du repas préparé en leur absence par Eugénie, demeurée à la maison pour prendre soin du petit Alexis.

— Quand est-ce que t'as dans l'idée de revenir à la maison ? demanda soudainement Marie à son fils cadet.

— Pourquoi vous me demandez ça, m'man ? fit Xavier, étonné par cette question.

— T'as tout de même pas l'intention d'hiverner dans la cabane que tu t'es bâtie sur ta terre, répondit sa mère.

— Certain, m'man, c'est pour ça que je l'ai construite, cette cabane-là.

— Voyons donc, ça a pas d'allure ! protesta sa mère. Ça rime à quoi de manger de la misère quand tu peux rester dans une maison chaude ?

— Ben, m'man, c'est pas pire que ce que p'pa a fait quand il a défriché sa terre. Il a passé l'hiver tout seul dans sa cabane à bûcher et à trapper. Il en est pas mort.

— Ça, c'était il y a trente ans, poursuivit sa mère. Dans ce temps-là, le monde avait pas le choix de manger de la misère. Sainte-Monique était trop loin pour que ton père puisse revenir coucher à la maison. Mais là, pour toi, c'est pas la même chose. Ta terre est même pas à trois milles de la maison. Tu peux venir coucher ici dedans tous les soirs.

— Je peux pas, m'man. Vous oubliez que j'ai des animaux à soigner. Je vais passer ben trop de temps sur le chemin. En plus, qu'est-ce qui arriverait à mes bêtes si j'étais poigné ici dedans par une grosse tempête ? Je serais pas là pour les nourrir.

— C'est pas une bien bonne raison, laissa tomber sa mère, peu convaincue.

— En plus, vous oubliez que j'ai Antonin. Je suis tout de même pas pour l'envoyer sur le chemin en plein hiver sous le prétexte que je reviens vivre chez mon père.

— Baptiste, parle, dis quelque chose, fit sa femme en se tournant vers le chef de famille assis, silencieux, au bout de la table.

Baptiste Beauchemin s'était contenté d'écouter l'échange entre sa femme et son fils. Il comprenait bien ce dernier puisqu'il avait vécu la même chose au même âge. Il savait très bien à quel point il aurait été déçu si son père avait exigé de lui qu'il revienne hiverner à la maison le premier hiver qu'il avait passé sur sa terre. Pour lui, ça avait été une aventure de vivre seul et de se débrouiller. Pour Xavier, ce serait moins difficile puisque son homme engagé demeurerait avec lui pour l'aider à abattre des arbres et à trapper durant la saison froide.

— Laisse-le faire à sa tête, dit-il à Marie. Il est en âge d'apprendre à se débrouiller tout seul. De toute façon, on n'est pas loin et il pourra toujours venir demander de l'aide.

— Toi, s'il lui arrive quelque chose cet hiver, je te le pardonnerai pas, le menaça sa femme en quittant la table pour aider ses filles à desservir.

Les hommes quittèrent la table à leur tour et se rapprochèrent du poêle pour allumer leur pipe.

— Dis-moi pas que tu fumes à cette heure ? fit Baptiste en voyant Antonin sortir une pipe en plâtre de l'une de ses poches pour la remplir avec la blague de tabac que lui tendait Xavier.

— Ça fait passer les soirées plus vite, monsieur Beauchemin, dit l'adolescent.

— Et toi, Xavier, qu'est-ce que t'as prévu pour te déplacer cet hiver ? lui demanda son père.

— On a fini de construire un gros traîneau avec des restes de madrier, répondit le jeune homme. Il nous reste juste à ajuster les menoirs avec des ferrures qu'Évariste Bourgeois est supposé souder cette semaine.

— Et pour nettoyer ton bout de chemin ?

— Il me reste encore assez de bois pour me faire une gratte, mais il va falloir que je demande à Bourgeois de me faire des chaînes. Je commence à trouver que ça me coûte cher en blasphème pour m'outiller, ajouta-t-il.

— Ça, le roulant, on n'a pas le choix. Il faut l'avoir et surtout l'entretenir quand on l'a, commenta Donat.

— Antonin a eu une idée qui est pas bête pantoute, poursuivit Xavier. On va se construire un appentis au bout de la cabane. Ça va protéger notre bois et ça va nous faire une place à l'abri pour travailler.

— Quand on va avoir fait la gratte, monsieur Beauchemin, ça se pourrait qu'on construise un berlot, annonça l'adolescent.

— C'est pas bête, reconnut Baptiste. C'est sûr que c'est moins beau qu'une *sleigh*, mais c'est moins versant et ça coûte pas cher à faire.

— Tu ferais peut-être ben de pas trop tarder à le faire, ce berlot-là, conseilla Donat à son jeune frère. J'ai comme l'idée qu'on va être obligés ben vite de remiser nos bogheis.

À la fin de l'après-midi, Xavier et Antonin quittèrent la confortable maison en pierre du rang Saint-Jean pour retourner à leur cabane du rang Sainte-Ursule. Marie, incapable de garder rancune, avait encore préparé une boîte de nourriture à leur intention.

⟿

Lors de la réunion du conseil des syndics à l'école, le lundi soir, Baptiste sentit le besoin de faire le point à trois jours de l'arrivée du missionnaire-résident.

— Je suis passé voir Bélisle avant le dîner, annonça-t-il aux autres. Ça a tout l'air que la sacristie va être fin prête pour l'arrivée de notre curé, jeudi après-midi. Pour la chapelle, il reste juste à peinturer un mur et à installer la dernière des quatre rangées de bancs, celle du côté droit.

— C'est aussi ce qu'il m'a dit, se sentit obligé d'ajouter Samuel Ellis pour montrer qu'il suivait de près la construction de la chapelle, lui aussi.

— Ouais, fit Baptiste, agacé, c'est pas nécessaire que tout un chacun aille déranger les ouvriers pour savoir si ça avance. C'est le meilleur moyen de les retarder. Vous avez pas à vous inquiéter, je vous dis à chaque réunion où on en est.

Un petit sourire narquois apparut sur le visage de l'Irlandais, ce qui agaça encore plus son adversaire.

— Qu'est-ce qu'on décide pour l'arrivée de notre missionnaire? demanda Blanchette. Si je me souviens ben de la lettre, quelqu'un doit aller le chercher au presbytère de Saint-Frédéric avec ses affaires.

— Reste à savoir quelles affaires il a, intervint Antonius Côté après avoir calé un morceau de tabac à chiquer dans l'une de ses joues.

— C'est vrai qu'il peut nous arriver avec des meubles, dit Hyland, ce qui serait une ben bonne idée.

— Si quelqu'un y va avec une waggine, notre curé voudra jamais faire le voyage là-dedans, c'est sûr, dit Ellis.

— Y aller avec un boghei, on aurait pas l'air plus fin s'il a des bagages à en plus finir, poursuivit Baptiste, indécis.

— Qu'est-ce que vous diriez si deux hommes y allaient ? proposa Blanchette. Un avec son boghei pour transporter notre prêtre et l'autre avec une *waggine* pour les bagages. Comme ça, on serait parés.

— C'est sûr que c'est moi qui dois conduire le boghei, s'empressa de dire Baptiste. En tant que maître d'œuvre, c'est normal.

— Ça, c'est toi qui le dis, le contredit Samuel Ellis. Ça pourrait ben être n'importe qui parmi nous autres. On est tous des syndics après tout. À mon avis, on devrait tirer au sort le nom de celui qui ira chercher monsieur le curé.

— Qu'est-ce que vous diriez si nous y allions tous ? proposa Anatole Blanchette. Il faut pas oublier que c'est notre premier curé qui va venir étrenner notre chapelle neuve. Il me semble que c'est important en batèche, cette affaire-là.

— C'est pas bête pantoute, ton idée, l'approuva Côté. Qu'est-ce que vous en dites, vous autres ?

— Pourquoi pas ? laissa tomber Baptiste sans grand enthousiasme.

Il aurait préféré pouvoir plastronner seul en allant accueillir le missionnaire-résident, mais au fond, il reconnaissait qu'il y avait du vrai dans ce qui venait d'être dit.

— On devrait même suggérer aux gens que ce serait pas une mauvaise idée qu'ils viennent à la chapelle pour recevoir notre curé quand il va arriver, avança Blanchette sur un ton pénétré.

— Je pense qu'on ferait mieux de pas faire ça, fit Ellis. D'abord, on sait pas à quelle heure notre curé va être prêt à nous suivre et les gens voudront pas geler dehors à l'attendre pendant des heures. Ça fait qu'ils vont s'installer dans la chapelle en attendant son arrivée et ça va empêcher les ouvriers de travailler. Bélisle sera pas content pantoute de les avoir dans les jambes.

— T'as raison, reconnut Baptiste à contrecœur. On va laisser faire, monsieur le curé va comprendre. Qui a une *waggine* assez propre pour transporter les affaires de notre curé ? demanda-t-il en regardant les quatre hommes assis autour de lui.

— La mienne est pas mal, fit Blanchette. Ça me dérange pas de l'atteler pour aller à Grantham.

— C'est entendu. On part jeudi matin à huit heures, conclut Baptiste en se levant.

— Whow, Baptiste ! l'interrompit Sam Ellis. On est loin d'avoir fini.

— Comment ça ? fit l'autre, décontenancé.

— Ben, on dirait que t'as pas pensé qu'il va falloir une ménagère et un bedeau.

— Une ménagère et un bedeau ?

— C'est vrai, ça, fit Hyland qui, de toute évidence, n'y avait pas pensé, lui non plus. *Shitt*, on a l'air fin, là ! On aurait dû y penser ben avant aujourd'hui.

— Trouver un bedeau devrait pas être trop compliqué, déclara Baptiste d'une voix mal assurée.

— Peut-être, mais pour la ménagère, ça va être une autre paire de manches, dit Ellis, l'air réjoui.

— On pourrait toujours demander à Angèle Cloutier si elle serait pas intéressée, suggéra Blanchette.

— T'es pas malade, Anatole ! s'insurgea Antonius. Veux-tu que notre nouveau curé se sauve dès le lendemain matin ? Il y a pas un saint homme capable de l'endurer, l'Angèle. Il y avait ben son mari, mais il a aimé mieux se laisser mourir plutôt que de continuer à lui voir la face tous les matins.

— Ouais, ben là, on n'est pas sortis du bois, admit Baptiste, la mine catastrophée. On a tellement été poignés par la construction de la chapelle qu'on n'a jamais pensé à ça.

— C'était au maître d'œuvre d'y penser, laissa tomber malicieusement Ellis.

— C'est pas le temps de le faire étriver, lui reprocha Thomas Hyland en lançant à son voisin un regard d'avertissement.

Mais c'était bien inutile. Baptiste était trop préoccupé pour tenir compte de cette pique de son adversaire.

— Sans compter que ça va être encore des dépenses! dit-il.

Après un long silence, il finit par retrouver son aplomb.

— Bon, ça sert à rien de s'arracher les cheveux. À ben y penser, c'est peut-être même aussi ben comme ça. Je dirai à monsieur le curé qu'on a attendu qu'il soit arrivé pour lui laisser choisir lui-même sa ménagère et son bedeau.

— C'est pas bête, ton idée, reconnut Blanchette.

— Mais tout ça nous empêchera pas demain de faire la tournée des trois rangs pour ramasser le manger et les ustensiles nécessaires pour garnir les armoires de la sacristie.

— Si j'ai ben compris, intervint Antonius Côté, c'est une sorte de guignolée qu'on va faire, mais pour notre curé.

— En plein ça, reconnut le maître d'œuvre. Mais il faudra dire au monde que c'est pas leur dîme qu'ils donnent, c'est un cadeau de bienvenue pour notre prêtre.

❧

Le lendemain après-midi, Camille et Marie laissèrent la maison aux soins d'Eugénie pour aller ranger dans les armoires de la sacristie les produits de la collecte spéciale organisée par Baptiste chez les cultivateurs de la mission Saint-Bernard-Abbé.

Les gens s'étaient montrés particulièrement généreux. Ils ne s'étaient pas bornés à donner de la farine, de la viande, des pommes de terre, des marinades, des confitures et du sirop d'érable. Les syndics avaient rapporté des couvertures, des draps, des ustensiles, des marmites et même un peu de vaisselle.

— Je crois bien qu'il manquera pas grand-chose à monsieur le curé, déclara Marie en refermant la porte d'une armoire. Il y a bien des nouvelles mariées qui aimeraient trouver leur maison aussi bien garnie.

De l'autre côté de la porte de la sacristie, les deux femmes entendaient les ouvriers en train de mettre la dernière main à la chapelle. Il y avait encore des bruits de scie et des coups de marteau. Camille prit un seau et se tourna vers sa mère.

— Les hommes ont plus l'air d'avoir affaire à venir travailler ici dedans, lui dit-elle. On pourrait peut-être balayer et laver les vitres. Qu'est-ce que vous en pensez ?

— Va chercher de l'eau, je vais balayer pendant ce temps-là, fit sa mère en s'emparant d'un vieux balai appuyé dans un coin de la grande pièce.

Camille endossa son manteau et sortit de la sacristie, son seau à la main. Elle regarda le grand terrain situé à l'arrière, elle ne vit aucune margelle de puits. Elle alla à gauche, puis à droite de la chapelle : elle ne trouva pas le puits et dut entrer dans la chapelle pour demander à un ouvrier où elle pouvait avoir de l'eau. Ce dernier lui apprit qu'il n'y avait pas de puits encore creusé.

La jeune femme rentra dans la sacristie et apprit la nouvelle à sa mère.

— Pas de puits ! s'exclama Marie. Voyons donc ! Monsieur le curé va avoir besoin d'eau tous les jours. Qu'est-ce qu'il va faire ?

— Je le sais pas, m'man. Pour moi, p'pa y a pas pensé.

Quand Baptiste revint déposer dans la sacristie le fruit de sa dernière collecte, sa femme s'empressa de lui demander comment leur curé allait se procurer l'eau dont il aurait besoin.

— Maudit bagatême ! jura-t-il. J'y ai plus pensé pantoute et ça fait pas partie du contrat que j'ai passé avec Bélisle. Là, la terre est dure comme de la pierre. Trouver du monde pour creuser sans savoir s'il y a une veine d'eau… J'aurais jamais dû me mêler de cette affaire-là, ajouta-t-il, profondément découragé par cet autre obstacle à vaincre.

— Je pense que ce que t'as de mieux à faire, c'est de nous ramener à la maison et d'aller chercher Anthime Lauzière pour qu'il vienne voir s'il trouverait pas de l'eau sur le terrain de la chapelle.

Baptiste reconnut le bien-fondé du conseil et ramena sa femme et sa fille à la maison avant d'aller chercher le sourcier dans le rang Saint-Paul.

— À cette hauteur-là, mon Baptiste, c'est pas sûr pantoute que je trouve une veine d'eau facile à rejoindre, le prévint le vieil homme en commençant à se déplacer, armé de sa baguette de coudrier.

Le cultivateur, fatigué par sa journée passée sur le chemin à collecter des denrées pour le nouveau curé, s'appuya contre sa voiture et laissa Lauzière à ses recherches. Enfin, la chance sourit au maître d'œuvre puisque l'homme découvrit de l'eau à une trentaine de pieds de la sacristie. Baptiste s'empressa de déposer une pierre à l'endroit indiqué.

Avant de rentrer à la maison, le maître d'œuvre décida de faire la tournée des syndics pour les informer du problème du puits qu'il allait falloir creuser le plus rapidement possible, même si le sol était déjà gelé en profondeur en cette troisième semaine du mois de novembre. Heureusement, personne ne chercha à se défiler et on promit d'être sur place tôt le lendemain matin pour entreprendre le creusage.

Le mercredi matin, soit la veille de l'arrivée du missionnaire-résident, Baptiste et Donat se présentèrent dès huit heures sur le terrain de la chapelle. Ils furent surpris de découvrir Thomas Hyland en compagnie de Constant Aubé en plein travail.

— Quand on va avoir creusé trois ou quatre pieds, je suppose que ça va être moins dur, fit remarquer le propriétaire du moulin en s'épongeant le front. En attendant, c'est dur comme de la roche.

Tous les deux avaient vaillamment entrepris de creuser le puits. Durant la matinée, une dizaine d'hommes du voisinage se joignirent progressivement à eux et se relayèrent sans rechigner dans le maniement du pic et de la pelle. Tout se faisait dans la bonne humeur jusqu'au moment où Hormidas Meilleur, le facteur, s'approcha des travailleurs pour leur dispenser des conseils sur la manière de s'y prendre.

— Dites donc, père Meilleur, finit par s'emporter Évariste Bourgeois, si vous êtes si fin que ça, qu'est-ce que vous attendez pour prendre une pelle et venir travailler dans le trou ?

— Tu sauras, mon jeune, que dans la vie, il y en a qui ont une tête et d'autres ont juste des bras. Creuse et laisse penser ceux qui sont capables.

— Le vieux calvaire, si je lui mets la main dessus, il va être le premier client du cimetière de la mission ! grogna le gros homme sanguin, furieux de la rebuffade.

Finalement, la chance fut de leur côté, puisqu'ils trouvèrent de l'eau au milieu de l'après-midi. Ils eurent même le temps de construire une margelle et d'en cimenter les pierres avec un mortier grossier.

━━❧━━

Comme convenu, dès huit heures le jeudi matin, la voiture à foin d'Anatole Blanchette vint s'arrêter derrière les bogheis de Baptiste et de Samuel Ellis devant la chapelle. Le petit convoi prit la route de la municipalité de Grantham sous un ciel bas assez menaçant. Antonius Côté avait pris place aux côtés de Baptiste alors que les deux Irlandais voyageaient dans le boghei d'Ellis. Le trajet prit près de deux heures et, en cette occasion, les voyageurs purent constater que cette route n'était guère en meilleur état que celles qui les reliaient à Sainte-Monique et à Saint-Zéphirin. Elle était ravinée par des roulières profondes causées par les pluies automnales.

Les trois voitures empruntèrent le nouveau pont étroit qui enjambait la rivière Saint-François et vinrent s'arrêter devant le presbytère de la paroisse Saint-Frédéric.

— Je vais avertir notre curé qu'on est arrivés, déclara Baptiste en prenant les choses en main dès qu'il fut descendu de voiture. Ça devrait pas être long.

Il laissa derrière lui ses quatre compagnons passablement frigorifiés et se dirigea vers la porte du presbytère. Il sonna et attendit que la ménagère vienne lui ouvrir. Une dame entre deux âges le pria d'entrer et referma la porte derrière lui.

— Monsieur le curé Ouellet vous attendait, dit-elle au maître d'œuvre. Il descend.

À peine venait-elle de parler qu'un prêtre âgé d'une quarantaine d'années descendit l'escalier qui conduisait probablement aux chambres et vint à la rencontre du culti-vateur du rang Saint-Jean.

Charles-Omer Ouellet n'avait rien d'un petit prêtre fluet. De taille moyenne, l'ecclésiastique aux tempes argen-tées semblait robuste et arborait une épaisse barbe poivre et sel taillée en collier. Ses yeux disparaissaient à moitié sous des sourcils broussailleux, mais ils étaient vifs.

— Je suppose que vous venez me chercher? demanda-t-il à Baptiste.

— Oui, monsieur le curé.

— Vous avez l'air gelé.

— Disons que c'est pas chaud.

— Êtes-vous tout seul?

— Non, monsieur le curé. Les quatre autres syndics ont tenu à venir vous chercher avec moi.

— C'est bien aimable à vous, fit le prêtre en faisant un pas vers la porte qu'il ouvrit. Venez vous réchauffer, cria-t-il aux quatre hommes qui battaient la semelle à l'extérieur, près des voitures.

Côté, Blanchette, Ellis et Hyland ne se firent pas prier pour entrer dans le presbytère et Baptiste dut procéder aux présentations.

— *Glad to meet you*, dit-il à Ellis.

— Je parle français, monsieur le curé, se défendit Samuel.

— Il le parle, mais je pense qu'il le comprend pas trop trop, dit sournoisement Baptiste pour faire rager Ellis.

Le prêtre se contenta de sourire et salua Thomas Hyland en français.

— Auriez-vous la bonté, madame Leclerc, dit-il à la ménagère qui ne s'était pas éloignée du groupe de visiteurs, de nous apporter un peu de thé dans la salle d'attente pour permettre à ces hommes de se réchauffer un peu ? Vous allez m'excuser une minute, messieurs, je vais aller remercier le curé Parent de m'avoir reçu, ajouta-t-il avant de s'esquiver et d'aller frapper à une porte voisine.

Les syndics burent avec plaisir le thé servi par la ménagère. Le liquide bouillant les aida à se réchauffer.

— Je me demande pourquoi notre curé m'a parlé en anglais, fit Samuel Ellis, hors de propos.

— Peut-être parce que t'as une tête carrée comme tous les Anglais, rétorqua Baptiste, heureux de le mettre de mauvaise humeur.

S'il y avait quelque chose capable de faire enrager Samuel Ellis, c'était bien de se faire comparer à un Anglais.

— Je suis pas Anglais, je suis Irlandais, dit-il sèchement. À part ça, c'est pas écrit dans notre face, poursuivit-il en s'adressant à son compatriote Hyland.

— Ben non, répondit l'autre sur un ton apaisant, notre curé sait qu'il y a des Irlandais dans la mission et comme t'es roux, il a dû tout de suite penser que t'étais Irlandais.

— En tout cas, c'est un prêtre ben poli, déclara Antonius Côté pour faire diversion.

Ellis n'eut pas le temps de poursuivre cette conversation. Charles-Omer Ouellet vint rejoindre les syndics de la mission dans la salle d'attente. Le prêtre avait déjà son lourd manteau de chat sauvage sur le dos et il s'était coiffé d'un casque à oreillettes.

— Je dois dire que je vous attendais pas si nombreux, dit-il à ses visiteurs. C'était vraiment pas nécessaire de tous vous déranger. En plus, j'ai vu que vous êtes venus avec une *waggine*. J'espère que c'était pas pour transporter mes affaires. J'ai juste une valise et un petit coffre. Un parent va m'apporter tout le reste de mes affaires demain.

— C'est dommage, monsieur le curé, dit Baptiste, on était prêts à tout transporter.

— Si vous êtes assez réchauffés, je pense qu'on peut y aller, annonça le prêtre en regardant par la fenêtre. Je vois que le bedeau a fini d'atteler ma voiture.

— Ah ! vous avez une voiture, fit Ellis, surpris.

— C'est normal, non ? Je peux tout de même pas compter sur la bonne volonté de chacun pour me déplacer.

Sur ces mots, le prêtre ouvrit la porte pour permettre aux cinq habitants de la mission Saint-Bernard-Abbé de sortir, chargés de la grosse valise et du coffre qui étaient rangés dans le couloir. L'ecclésiastique salua et remercia la ménagère avant de les suivre.

— On va vous suivre, monsieur le curé, lui dit Baptiste en montant dans sa voiture en compagnie de Côté.

— C'est correct, fit le prêtre en s'emparant des rênes de son attelage. Soyez patients, mon cheval est pas jeune.

Quelques minutes suffirent aux syndics pour se rendre compte que le voyage de retour allait être passablement long.

— Tabarnouche ! jura Côté, on va ben avoir le temps de mourir sur le chemin avant de rentrer chez nous. Ce cheval-là a juste le tic-tac et le branlant. Il a de la misère à mettre une patte devant l'autre. L'imagines-tu tirant une voiture dans la grande côte, toi ?

— C'est pas ça qui me fatigue le plus, s'inquiéta Baptiste qui n'avait pas ouvert la bouche depuis leur départ du presbytère. Où est-ce qu'on va le mettre, son maudit cheval? Notre curé s'imagine peut-être qu'on a eu le temps de lui bâtir une écurie.

— T'aurais dû lui en parler avant de partir, lui reprocha son compagnon de voyage.

— Bagatême, je voulais surtout lui parler de la ménagère et du bedeau que le conseil a pas encore engagés. J'avais prévu de faire ça pendant le voyage. Mais là, j'avais pas pensé pantoute qu'il aurait un cheval et une voiture.

— J'ai ben hâte de voir ce que notre curé va dire quand on va arriver au village, conclut Antonius en se plaquant les deux mains sur les oreilles pour tenter de les réchauffer un peu.

— Comment ça, le village? explosa Baptiste en tournant vers lui un visage furieux. Tu sauras, Antonius Côté, qu'on n'a pas de village. Si tu parles de la place où il y a la chapelle, ça s'appelle le rang Sainte-Ursule, pas le village. Il y a rien qui dit que ce sera pas notre rang qui va devenir le village.

— En tout cas, tabarnouche, on peut dire que c'est mal parti pour ça, s'entêta le cultivateur.

À leur arrivée dans le rang Sainte-Ursule, Baptiste vit bien que le nouveau pasteur de Saint-Bernard-Abbé regardait avec curiosité chaque ferme en passant. Quand le petit convoi s'arrêta finalement dans la cour près de la sacristie, tous les voyageurs, frigorifiés par le long trajet, s'empressèrent d'entrer dans la chapelle où dominait une odeur de peinture et de sciure de bois. À la vue du curé, les ouvriers cessèrent de travailler et le contremaître s'avança vers lui pour le saluer. Ensuite, il vint rejoindre les syndics demeurés à l'arrière pour laisser le prêtre faire lentement le tour de son nouveau domaine.

— Une bien belle chapelle, dit le curé Ouellet aux hommes présents en revenant vers eux. Bon, on va aller dans la sacristie pour pas vous empêcher de travailler, ajouta-t-il en s'adressant à Beaupré, le contremaître.

Il fit signe aux syndics de le suivre vers le chœur. Les six hommes le traversèrent et Baptiste s'empressa d'ouvrir la porte qui permettait d'accéder à la sacristie. Là encore, Charles-Omer Ouellet fit le tour de la grande pièce et jeta un coup d'œil à l'extérieur par les deux fenêtres. Il examina le poêle qui ronflait et n'accorda qu'un regard dénué d'intérêt à l'alcôve vide avant de retirer son lourd manteau. Ensuite, il ouvrit quelques portes d'armoire et découvrit avec étonnement que ces armoires étaient remplies.

— Mais voulez-vous bien me dire d'où ça vient tout ça ? demanda le curé aux syndics demeurés silencieux.

— On a fait une petite collecte avant votre arrivée, lui apprit Baptiste. On voulait pas que vous vous retrouviez devant des armoires vides.

— Savez-vous que c'est pas mal gênant ? fit le prêtre. Je m'attendais pas à ce que vous vous soyez donné autant de mal.

Rassuré par la réaction du nouveau curé, Baptiste s'empressa de lui dire :

— On a essayé de faire pour le mieux, monsieur le curé, mais c'est loin d'être parfait. Je suis pas sûr que vous allez être content quand vous allez apprendre ce qu'on n'a pas eu le temps de faire.

— Bon, si on est pour jaser un bout de temps, fit Charles-Omer Ouellet avec bonne humeur, vous êtes mieux d'ôter vos manteaux et de vous asseoir.

Ce disant, il s'assit au haut bout de la table en pin placée près de l'une des fenêtres. Les hommes prirent place sur les deux grands bancs qui la flanquaient.

— Bon, je vous écoute, dit le prêtre. J'aimerais d'abord connaître la dette de la mission.

— On va laisser parler le maître d'œuvre, s'empressa de dire Ellis avec un sourire narquois.

Baptiste expliqua le don anonyme reçu par le conseil l'été précédent, don qui couvrait plus de la moitié du coût de la chapelle.

— C'est une bien bonne nouvelle, déclara Charles-Omer Ouellet avec un sourire. Quelles mesures vous avez prises pour faire entrer la dîme ? demanda-t-il.

— Pour être franc avec vous, monsieur le curé, avoua le maître d'œuvre, on n'a pas encore eu le temps de penser à ça. On a eu tellement de misère à finir la chapelle et la sacristie à temps…

— Je comprends.

— Pour vous donner une idée, on n'est arrivés à creuser votre puits qu'hier.

Le pasteur secoua la tête et sembla réfléchir durant un bon moment avant de déclarer :

— On va régler l'histoire de la dîme dès la semaine prochaine. Je vais demander aux…

— Syndics, voulut compléter Baptiste.

— Non, on va dire marguilliers à partir d'aujourd'hui parce que, évidemment, vous avez l'intention de demander à monseigneur d'ériger la mission en paroisse dès le printemps prochain, je suppose ?

— Disons que ça nous est venu à l'idée, reconnut Baptiste.

— Bon, je vais demander à un ou deux marguilliers de passer avec moi dès la semaine prochaine dans les familles de la mission pour me présenter et, en même temps, ils se chargeront de transporter la dîme.

Baptiste ne trouva rien à opposer à cette idée, même si elle risquait de le mettre en retard dans son travail.

— Il y a aussi le bedeau et votre ménagère, monsieur le curé, commença Thomas Hyland. Pour être ben francs avec vous, on a complètement oublié de les engager.

— On y a pensé seulement lundi, à notre dernière réunion, compléta Anatole Blanchette. On s'est dit que c'était peut-être mieux que vous choisissiez vous-même votre monde.

— Je peux me passer d'une ménagère et d'un bedeau durant quelques jours, fit le prêtre. Là, par exemple, j'ai un petit problème, ajouta-t-il en jetant un coup d'œil vers l'alcôve vide, je vais avoir mon mobilier de chambre que demain.

— J'ai deux chambres libres à la maison, se dépêcha de dire Samuel Ellis. Ma femme serait ben fière si vous veniez vous installer à la maison le temps que toutes vos affaires soient arrivées. De plus, je reste pas loin et j'ai toute la place qu'il faut pour votre cheval et votre voiture.

— Vous êtes bien serviable, monsieur Ellis. J'accepte avec plaisir.

L'Irlandais adressa un tel sourire triomphal à son adversaire qu'il n'échappa pas au prêtre. Baptiste fit un effort pour dissimuler sa jalousie et reprit la parole.

— Normalement, monsieur le curé, tout le barda dans la chapelle devrait être fini dans deux jours. C'est ce que l'architecte m'a promis. Comme vous avez pu le voir vous-même tout à l'heure, la peinture est presque finie et il reste juste la dernière rangée de bancs à poser. Ils ont reçu les derniers bancs hier après-midi.

— Il va y en avoir combien ?

— Comme c'est là, monsieur Bélisle a pu en installer quatre rangées. Il y en a quinze du côté de l'évangile, deux rangées de dix au centre et une rangée de onze bancs du côté de l'épître. D'après lui, il y a pas de place pour en mettre plus.

— Quarante-six bancs ! s'étonna le curé Ouellet. Mais on m'avait dit que la mission desservirait quatre-vingt-neuf familles.

— Je le sais ben, monsieur le curé, se défendit Baptiste, mais on n'avait pas l'argent pour construire plus grand.

— Mais il va y avoir pas mal de place debout en arrière pour le monde, dit Blanchette.

— Quand même, laissa tomber Charles-Omer Ouellet sur un ton contrarié. En tout cas, je compte sur vous pour faire savoir aux gens que ma première messe sera une grand-messe, dimanche matin, à neuf heures et demie.

— On va le dire à tout le monde, monsieur le curé, déclara Baptiste en se levant, imité par les autres syndics. Bon, je pense ben qu'on va vous laisser. En passant, avant que vous arriviez, on a pris l'habitude de se réunir le lundi soir, à l'école du rang, en bas de la côte.

— À cette heure, on pourra faire les réunions au village, dans la sacristie, si vous y voyez pas d'objection, suggéra Samuel Ellis, bien décidé, en apparence, à faire rager le maître d'œuvre. Ça vous éviterait d'atteler et de descendre la côte qui est pas mal à pic, insista-t-il.

— C'est entendu, dit le prêtre en conduisant les visiteurs à la porte.

— Quand vous serez prêt, monsieur le curé, ma maison est la quatrième, celle qui a des ouvertures vertes. On va vous attendre pour passer à table.

— Je place un peu mes affaires et je vous rejoins, monsieur Ellis, lui promit le curé.

Baptiste aurait eu le goût de sauter à la gorge d'Ellis tant il était parvenu facilement à le reléguer au second rang en proposant d'héberger le curé. Il salua Blanchette et Hyland mais oublia volontairement de saluer son adversaire avant de saisir les rênes de son attelage. Sans dire un mot, Antonius Côté monta près de lui.

— L'enfant de chienne d'effronté ! s'écria finalement le maître d'œuvre comme la Noire commençait à descendre lentement la côte. Non seulement il fait croire au curé que Sainte-Ursule, c'est le village, mais il a en plus le front de l'inviter chez eux comme si c'était lui le président du conseil.

Antonius, conscient que son voisin était en proie à une véritable crise de jalousie, préféra se taire et le laisser déverser sa mauvaise humeur.

Ce soir-là, les Beauchemin en entendirent des vertes et des pas mûres sur le culot des Irlandais en général et sur celui de Samuel Ellis en particulier. Le maître de maison dit à peine quelques mots sur l'amabilité du nouveau pasteur tant il était frustré par la tournure des événements.

— En tout cas, conclut-il alors qu'il se préparait à se mettre au lit, notre curé a l'air ben d'adon. Il ressemble pas pantoute au curé Lanctôt.

— Qu'est-ce que tu veux dire par là ? lui demanda sa femme.

— Je veux dire qu'il a pas l'air d'être le genre à faire des crises pour rien et j'ai comme l'impression que ses sermons vont être pas mal moins longs.

— Je vois pas en quoi les sermons de monsieur le curé Lanctôt te dérangeaient, répliqua-t-elle d'une voix acide. Si j'ai bonne mémoire, ils t'ont jamais empêché de ronfler à ton aise.

Baptiste se contenta de hausser les épaules et de s'emparer de la lampe avant de se diriger vers leur chambre à coucher.

Chapitre 23

Le cauchemar de Baptiste

La première grosse chute de neige de la saison survint le surlendemain de l'arrivée du curé Ouellet.

En ce dernier samedi de novembre, Baptiste fut le premier levé dans la maison et il s'empressa de jeter quelques rondins sur les tisons qui menaçaient de s'éteindre dans le poêle. Il se mit ensuite à ouvrir et à fermer tous les placards de la cuisine à la recherche du beurre. La porte de la chambre à coucher située au pied de l'escalier s'ouvrit sur une Marie mal réveillée.

— Veux-tu bien me dire ce que t'as à faire tout ce vacarme-là à matin ? lui demanda-t-elle, de mauvaise humeur. Bondance, il est juste cinq heures ! ajouta-t-elle en jetant un coup d'œil à l'horloge. Des plans pour réveiller le petit en haut.

— J'ai faim, je veux manger un morceau avant d'aller faire le train, laissa-t-il tomber. Je ferais moins de bruit si j'étais pas obligé de retourner la maison à l'envers pour trouver quelque chose.

— Ôte-toi de dans mes jambes, je vais te sortir ce qu'il faut, lui dit sa femme en se dirigeant vers le garde-manger pour en sortir le beurre et le pain.

Il finit par s'asseoir au bout de la table et elle lui coupa deux grosses tranches de pain sur lesquelles elle étendit une épaisse couche de beurre. Elle les lui tendit sans rien dire avant de regagner leur chambre pour s'habiller. Elle aurait été en droit de se mettre en colère, mais elle se retint. Son mari avait été bougon ces deux derniers jours parce que Samuel Ellis avait habilement monopolisé le nouveau curé depuis son arrivée à Saint-Bernard-Abbé.

— Il y a pas moyen de dire deux mots au curé sans que ce maudit écornifleux soit là, s'était-il emporté la veille, après être allé voir si les travaux allaient vraiment prendre fin le lendemain, comme il avait été prévu par Bélisle.

En fait, il avait surtout été fâché d'apprendre de la bouche même de l'Irlandais que le prêtre avait accepté l'hospitalité des Ellis jusqu'à ce qu'une ménagère et un bedeau soient engagés.

— Comme ça, si je comprends ben, le conseil aura pas à se presser à trouver un bedeau et une ménagère. Ça fera toujours ça de sauvé, avait sèchement rétorqué le président du conseil.

— T'as raison, Baptiste, il y a pas de presse, avait dit Samuel, le visage éclairé par un sourire malicieux. Nous autres, les Irlandais, on n'est pas regardants pantoute quand on a de la visite et ça nous fait toujours plaisir de donner. Par exemple, je suis même prêt à garder monsieur le curé chez nous jusqu'au printemps s'il le faut.

Le président du conseil avait esquissé une grimace éloquente en entendant ces paroles.

Après avoir revêtu sa robe grise, Marie quitta sa chambre et monta à l'étage pour aller réveiller ses filles. Elle savait que Donat et Eugénie l'entendraient et se lèveraient d'eux-mêmes.

Quand les Beauchemin sortirent de la maison, le jour n'était pas encore levé. Baptiste regarda un court moment le ciel sombre.

— Ça sent la neige, se contenta-t-il de dire aux siens avant d'entrer dans l'étable en compagnie de Donat pendant que Camille et Bernadette se dirigeaient vers le poulailler et l'écurie.

Une fois pris son deuxième déjeuner, ce matin-là, Baptiste resta longuement planter devant la fenêtre. De toute évidence, il n'avait pas encore décidé comment occuper cette journée. Il ne neigeait pas encore, mais un ciel de plomb laissait présager que cela ne tarderait guère.

— Qu'est-ce qu'on fait, p'pa? finit par lui demander Donat en allant secouer sa pipe dans le poêle.

— Je pense qu'on va atteler. On va aller voir si tout est fini dans la chapelle, déclara son père. Demain, il va falloir que tout soit d'aplomb pour la première messe.

— Pour moi, p'pa, ça va être la dernière fois qu'on attelle le boghei cette année, lui fit remarquer son fils en regardant par la fenêtre à son tour.

— Je vous dis qu'à partir de demain, ça va faire tout un changement, intervint Camille avec une note joyeuse dans la voix. Ça va nous prendre juste dix minutes pour aller à la messe. La maison aura même pas le temps de refroidir pendant qu'on va être partis.

— C'est vrai, reconnut sa mère, apparemment aussi heureuse qu'elle.

— Il reste juste à savoir si on va être capables d'avoir un banc, fit Bernadette.

— T'oublies que ton père est président du conseil, fit sa mère. Comme dans toutes les paroisses, le premier banc en avant de l'autel lui revient.

Baptiste se rengorgea, conscient de la fierté que sa femme éprouvait à son égard. Il chaussa ses bottes et endossa son manteau avant de se rendre à l'écurie, suivi par Donat.

Quelques minutes plus tard, les Beauchemin arrêtèrent leur attelage près de la chapelle, à faible distance de deux grandes voitures sur lesquelles des ouvriers étaient occupés à empiler des matériaux et des outils.

— On dirait ben que Bélisle est de parole, dit Baptiste à son fils en cachant mal sa satisfaction. Ses hommes sont en train de tout ramasser.

Ils descendirent de voiture et entrèrent dans la chapelle où on était en train de démonter un échafaudage. Dans le chœur, un homme amassait des restes de bois pendant qu'un autre le suivait en balayant le parquet.

— Comme promis, on finit aujourd'hui, dit une voix dans le dos de Baptiste.

Ce dernier se retourna et aperçut Eugène Bélisle se dirigeant vers lui.

— Il y a pas à redire, vous êtes un homme de parole, le complimenta Baptiste en lui serrant la main.

— Mes hommes vont partir avant midi. Je tenais à vous voir avant de m'en aller pour vous demander si tout était à votre satisfaction.

— D'après ce que j'ai vu, vous avez fait tout ce qui était prévu dans le contrat, le rassura le président du conseil. Il faudrait être ben malcommode pour pas être satisfait de votre ouvrage.

— Tant mieux. Ah! j'allais oublier de vous dire, reprit l'architecte, il reste juste quelques bûches pour chauffer la chapelle et la sacristie. Je l'aurais bien dit à monsieur le curé, mais je l'ai pas encore vu aujourd'hui.

— Il y a plus de bois? s'étonna Baptiste.

— Je pense que vous oubliez, monsieur Beauchemin, que le bois que mes hommes ont brûlé dans les poêles de la chapelle et de la sacristie depuis qu'il fait froid, c'est du bois que j'ai fait transporter de Saint-Zéphirin sans demander de surplus. Mais là, l'ouvrage est fini et on brûle les dernières bûches.

— Bagatême! j'ai jamais pensé à ça, reconnut le président du conseil. Il va falloir régler ça aujourd'hui, sinon on va geler tout rond dans la chapelle demain. En plus, si monsieur le curé décide de venir passer une couple d'heures dans la sacristie, il va pas trouver ça drôle pantoute.

L'architecte quitta la chapelle après avoir donné ses dernières directives à Hector Beaupré, son contremaître, qui venait de houspiller un ouvrier un peu trop lent. Baptiste alla retrouver Donat et le mit au courant de la situation.

— On pourrait peut-être aller chercher du bois à la maison et venir le corder contre le mur de la sacristie, proposa son fils aîné. Ça pourrait même être notre dîme cette année, si monsieur le curé accepte l'affaire.

— C'est ce qu'on va faire, accepta Baptiste après une courte réflexion. Arrive, on a le temps d'en apporter un voyage avant l'heure du dîner.

De retour à la maison, ils attelèrent la Noire à la *waggine*, stationnèrent le véhicule devant la porte de la remise et se mirent à y jeter des bûches. Le travail dura près d'une heure. Quand Baptiste jugea que la voiture contenait une quantité assez respectable de cordées de bois, il dit à son fils en lui faisant signe de s'arrêter :

— On va dire que ça va faire. Je pense que c'est ben assez pour la dîme de cette année. On n'est pas tout seuls dans la paroisse. Les autres feront aussi leur part. En plus, il faut s'arranger pour que la Noire soit capable de tirer la charge jusqu'en haut de la côte avec un temps pareil. Pour moi, le chemin est à la veille d'être pas mal moins beau.

Depuis quelques minutes, la neige s'était enfin mise à tomber. Il n'y avait aucun vent et les lourds flocons tapissaient déjà tout le paysage en blanc. Sans prendre la peine de prévenir quelqu'un à la maison, le père et le fils montèrent dans la voiture et reprirent la route en direction du rang Sainte-Ursule. Comme prévu, la jument eut du mal à tirer sa charge dès le milieu de la grande côte.

— On aurait dû l'atteler en *span* avec le Blond, fit remarquer Donat, inquiet.

— Là, c'est pas le temps de dire ce qu'on aurait dû faire, fit son père en lui faisant signe de descendre pour soulager le cheval.

Finalement, la bête parvint en haut de la côte et quelques minutes plus tard, les Beauchemin immobilisèrent enfin la voiture près de la sacristie. Même si les flocons tombaient de plus en plus serrés, ils se mirent à corder le bois contre l'un des murs de la sacristie.

Soudain, Baptiste aperçut une figure dans la fenêtre et il mit une seconde à identifier le nouveau pasteur de la mission. Il jeta un coup d'œil autour de lui, pas le moindre signe de voiture.

— Continue sans moi une couple de minutes, dit-il à Donat, j'ai deux mots à dire à monsieur le curé. Il est en dedans.

Sur ce, il alla frapper à la porte de la sacristie. Le prêtre le fit entrer.

— Je voudrais pas mettre de la neige partout sur votre plancher, dit le cultivateur dont la tuque et les épaules étaient couvertes d'une belle épaisseur de neige.

— C'est pas grave, fit le prêtre en refermant la porte derrière lui.

— Je me suis aperçu à matin que vous aviez pas de bois pour vous chauffer et chauffer la chapelle, dit Baptiste. Ça fait que je suis retourné à la maison et que je vous en ai rapporté avec mon garçon Donat.

— Vous avez bien fait, l'approuva le prêtre.

— Si ça vous dérange pas trop, ce sera ma dîme pour cette année. Je vous en ai apporté pas mal de cordées.

— C'est correct.

— Je vous pensais pas ici dedans, monsieur le curé, reprit Baptiste. J'ai pas vu de voiture.

Il aurait bien aimé s'asseoir quelques instants, mais son hôte avait l'air bien décidé à le laisser debout sur la catalogne posée devant la porte.

— Je suis venu à pied. J'avais affaire chez Delphis Moreau. Comme sa maison est pas loin, j'ai décidé de venir finir de ranger mes affaires que mon cousin m'a apportées hier avant-midi. Chez les Moreau, il fallait que je m'assure que les deux garçons de la maison soient capables de servir ma messe demain matin. Monsieur Ellis est allé les chercher jeudi soir pour que je puisse commencer à leur montrer quoi faire.

— J'espère que vous trouvez pas ça trop de dérangement de pas avoir encore votre ménagère, fit Baptiste, par simple politesse.

— Non, c'est déjà réglé. Je m'en suis trouvé une et je me suis même trouvé un bedeau.

— Ah oui! qui? lui demanda le président du conseil, mécontent que le nouveau curé n'ait même pas songé à lui demander ce qu'il pensait de ses choix.

— Madame Ellis a accepté hier d'être ma ménagère pour un temps, déclara Charles-Omer Ouellet. Après avoir vu comment elle tenait sa maison et comment elle faisait bien à manger, je pense que j'aurai pas à me plaindre.

— Et qui a accepté d'être votre bedeau, monsieur le curé? Pas Samuel Ellis?

— Non, mais il m'a recommandé Agénor Moreau. C'est un veuf qui vit chez son fils, presque en face de la chapelle et il veut bien faire l'ouvrage d'un bedeau. En plus, son garçon a une place dans son écurie pour mon cheval et il va même me prêter une *sleigh* quand j'en aurai besoin. C'est aussi un peu pour ça que j'arrive de chez les Moreau, conclut le prêtre.

Baptiste dut se mordre la langue pour ne pas dire ce qu'il pensait de ses choix. Il se contenta de laisser tomber d'une voix unie :

— Ça aurait peut-être pas été une mauvaise idée qu'on discute de tout ça à la réunion d'après-demain.

— Ce sera pas nécessaire.

— Si le conseil doit les payer… commença-t-il à expliquer.

— Justement, le coupa assez sèchement Charles-Omer Ouellet, madame Ellis veut être payée juste pour le blanchissage. Pour monsieur Moreau, il demande un salaire bien raisonnable.

— Est-ce que je peux savoir combien?

— Le même salaire que gagnent les bedeaux de Sainte-Monique et de Saint-Frédéric, trente piastres par année.

— Eh ben! on peut dire que le père Moreau se mouche pas avec des quartiers de terrine, ne put s'empêcher de dire le président du conseil. Je souhaite juste une affaire, monsieur le curé, c'est qu'il vous en donne pour votre argent.

— J'ai pas de crainte. À la réunion de lundi soir, on parlera des petites dépenses qu'il va falloir faire sans trop tarder.

— Des petites dépenses? demanda Baptiste, intrigué.

— Oui, il va falloir acheter des hosties, du vin de messe et des cierges, par exemple. J'en ferai une liste pour la réunion, tint à préciser le prêtre avant de lui ouvrir la porte pour lui permettre de sortir.

Baptiste salua Charles-Omer Ouellet et vint rejoindre son fils pour finir de corder le bois apporté. Soudain le nouveau curé lui apparaissait beaucoup moins accommodant et sympathique qu'il l'avait cru au premier abord.

— Le calvaire d'Ellis! jura-t-il à mi-voix en s'emparant de quelques bûches dans la voiture.

— Qu'est-ce qu'il vous a encore fait? lui demanda Donat qui l'avait entendu jurer.

— Ce bâtard-là est arrivé à placer sa femme comme ménagère de notre nouveau curé. Autant dire qu'il a un pied dans la place et qu'il va devenir ben plus important que n'importe qui du conseil.

— Au fond, p'pa, cet arrangement-là vous ôte une épine du pied. Vous aurez pas à en trouver une.

— Je veux ben croire, admit le cultivateur d'une voix rogue, mais grâce à sa femme, Ellis va être au courant de tout ce qui se passe dans la paroisse. Le plus beau, c'est qu'il est arrivé à persuader notre curé d'engager le père Moreau comme bedeau.

— Pas le père Agénor?

— En plein ça.

— Ça, c'est la meilleure, s'esclaffa Donat.

— C'est pas drôle pantoute, le réprimanda son père d'une voix rageuse. Avec ce vieux sans-dessein-là, la chapelle va avoir l'air d'une soue à cochons avant la fin de l'hiver.

Sur les bords de la rivière, il était bien connu qu'Agénor Moreau était venu au monde fatigué et que le travail et lui n'avaient jamais fait très bon ménage. Veuf depuis une dizaine d'années, le gros homme chauve âgé d'une soixantaine d'années était venu s'installer chez son fils Delphis après la mort de sa femme sous le prétexte de venir l'aider à cultiver sa terre. En fait, il se tenait presque en permanence au magasin général ou à la forge, fumant du matin au soir. Comme il devait obligatoirement descendre et monter la côte au bas de laquelle étaient situés les deux commerces, il attendait patiemment de monter à bord de la première voiture de passage, ce qui lui évitait la peine de marcher.

La neige continuait à tomber inexorablement, ouatant le moindre bruit quand les deux hommes décidèrent de rentrer à la maison après avoir vidé la voiture.

— On va la reculer au fond de la grange, annonça Baptiste. À mon idée, il va tomber assez de neige aujourd'hui pour se servir de la *sleigh* demain matin pour aller à la messe.

Quand il apprit à Marie les choix du nouveau curé quelques minutes plus tard, en s'assoyant à table pour dîner, cette dernière ne vit aucun mal à ce que Bridget Ellis devienne la ménagère. Elle exprima beaucoup plus de réticences quand il parla d'Agénor Moreau.

— Ce pauvre monsieur le curé, il a pas fini de courir après son bedeau, se contenta-t-elle de dire en déposant devant lui un bol de soupe fumante.

— Une autre ben bonne idée d'Ellis, laissa tomber son mari avant de réciter le bénédicité.

Ce soir-là, le maître des lieux ne fut pas le seul membre de la famille à arborer un air soucieux. Après avoir aidé à laver la vaisselle et à ranger la cuisine, Bernadette était montée à sa chambre pour vérifier sa coiffure. Durant un court instant, elle songea à mettre sa robe du dimanche, puis elle y renonça, persuadée qu'un tel geste serait automatiquement interprété par les siens comme un signe qu'elle attendait son cavalier, ce qui n'était pas le cas. Elle n'attendait que Constant Aubé, qui allait sûrement sauter sur l'occasion de venir veiller avec elle, puisqu'elle le lui avait offert la semaine précédente. Ils allaient discuter du livre qu'il lui avait prêté et il lui apprendrait probablement s'il avait reçu une réponse de son père à qui il avait écrit.

De retour dans la cuisine, elle s'installa à table, près de la lampe, et ouvrit *Les Misérables* dont elle poursuivit la lecture.

— Tu t'arraches les yeux à lire ça, lui fit remarquer sa mère. Si encore ça servait à quelque chose.

La jeune fille ne se donna pas la peine de lui répondre. Elle attendait l'arrivée de l'homme engagé de Thomas Hyland.

Quand l'horloge sonna huit coups, Bernadette commença à s'impatienter, mais se garda bien de le montrer de peur que sa mère lui pose des questions. Une demi-heure plus tard, elle se décida à fermer son livre, convaincue que Constant ne viendrait plus. Avant de pouvoir monter à sa chambre, elle dut s'agenouiller avec les autres membres de la famille pour la prière du soir, en cachant difficilement son agacement.

Une fois seule dans sa chambre, elle laissa éclater sa mauvaise humeur.

— L'espèce d'insignifiant ! s'emporta-t-elle à mi-voix. Ça m'apprendra à l'inviter ! Trop bête pour en profiter ! Il va avoir le temps de sécher sur pied avant que je le réinvite, lui.

Sur cette promesse de se montrer plus indépendante, elle se déshabilla, mit son épaisse robe de nuit, se glissa sous ses couvertures et souffla sa lampe.

⌐⌐

— Il est tombé un bon pied de neige cette nuit, déclara Donat en rentrant des bâtiments après avoir fait le train en compagnie de son père.

— On se grouille pour partir de bonne heure, annonça alors Baptiste en remplissant un bol d'eau chaude dans l'intention de procéder à sa toilette. Je veux arriver de bonne heure à la chapelle.

— Il est juste sept heures et demie, p'pa, protesta Bernadette, qui venait à peine de descendre de sa chambre.

— J'espère que t'as pas l'intention d'arriver là avant neuf heures ? intervint Marie, en train de se coiffer devant le petit miroir rond suspendu près de l'évier.

— Je veux être là au plus tard à neuf heures moins quart. Je pars à huit heures et demie. Si vous aimez mieux vous en aller à pied, c'est de vos affaires, répliqua-t-il sèchement.

— Ah ben, c'est le monde à l'envers, s'exclama sa femme. D'habitude, c'est moi qui dois te pousser dans le dos pour partir… Est-ce qu'on peut au moins savoir pourquoi t'es si pressé d'arriver à la chapelle ? lui demanda-t-elle, curieuse. Tu veux avoir du temps pour penser à tes vieux péchés ?

— Parle donc pas pour rien dire ! Je veux être là avant les autres d'abord parce qu'il y a pas assez de bancs pour tout le monde et je veux être sûr d'en avoir un en avant. En plus, je veux surtout voir si le père Moreau a pensé à se lever assez de bonne heure pour aller allumer le poêle dans la chapelle.

Depuis son lever, le président du conseil avait du mal à contenir son impatience. Ce dernier dimanche de novembre allait être son jour de gloire et, à son avis, c'était largement mérité. Il s'était tellement démené pour qu'on construise cette chapelle qu'il s'attendait à voir la population des trois rangs lui manifester sa reconnaissance et le remercier lors de cette inauguration. Son intention était d'installer les siens dans le premier banc de la travée centrale avant de venir se poster à l'arrière de la chapelle pour accueillir les fidèles qui ne manqueraient pas d'exprimer leur admiration devant un si beau bâtiment.

Finalement, sensible à l'agitation de son mari, Marie cessa de protester et pressa ses filles, laissant Donat, Eugénie et le bébé s'arranger comme ils le désiraient puisqu'ils avaient décidé de se rendre à la chapelle en berlot. Cinquante minutes avant la grand-messe, Baptiste Beauchemin arriva en haut de la côte pour découvrir que le terrain autour de la chapelle était déjà envahi par une douzaine de *sleighs* et de berlots.

— Maudit bagatême! jura-t-il, contrarié de constater que tant de gens étaient déjà entrés dans le nouvel édifice. Ils ont ben passé la nuit dans la chapelle.

Il s'empressa de descendre de voiture et de déposer une couverture sur le dos de la Noire avant d'entraîner sa femme et ses deux filles à sa suite d'un pas pressé. Ils étaient précédés par Donatien Lemaire, sa femme et ses trois enfants.

En ouvrant la porte de la chapelle, le président du conseil faillit avoir une attaque en apercevant Samuel Ellis, débarrassé de son lourd manteau de drap, en train de jouer les hôtes en accueillant avec un large sourire les Lemaire à qui il indiqua les bancs libres de la main. S'ils n'avaient pas été dans un lieu saint, nul doute que le maître d'œuvre lui aurait sauté dessus pour lui avoir dérobé un rôle qui lui revenait de plein droit. Il serra les poings et, le visage blanc de colère, s'adressa à l'Irlandais, les dents serrées:

— Qu'est-ce que tu fais là, toi?

— Je reçois le monde, comme tu peux voir, répondit Samuel sur un ton égal.

— C'est pas ta place pantoute, rétorqua Baptiste, l'air mauvais.

— Qui a dit ça ? Dans toutes les paroisses, c'est la place des marguilliers de recevoir le monde à l'église. Là, à matin, je fais ce que monsieur le curé m'a demandé de faire. Je t'empêche pas de faire la même chose, si le cœur t'en dit.

Furieux, Baptiste tourna les talons et alla rejoindre Marie et ses filles qui venaient de s'installer dans le premier banc, côté évangile parce que Bridget Ellis et l'un de ses fils avaient déjà pris place dans le premier banc, côté épître. Le président du conseil jeta un regard dépourvu d'aménité à la nouvelle ménagère du curé Ouellet. Il avait oublié qu'il n'y avait pas de rangée centrale dans la chapelle, comme on en trouvait habituellement dans les églises. Il y avait quatre rangées de bancs. Ainsi, les Ellis occupaient une place aussi avantageuse que la sienne et il n'en fut que plus ulcéré. Il était si enragé qu'il se contenta de déboutonner son manteau et de s'asseoir lourdement à côté de sa femme.

— C'est une bien belle chapelle, lui murmura Marie en tournant la tête dans toutes les directions.

— Ouais, laissa-t-il tomber sur un ton rogue.

— Tout est neuf et ça sent la peinture fraîche, ajouta-t-elle, la mine réjouie, en saluant de la tête Tancrède Bélanger et sa femme s'installant derrière eux.

— Ouais, répéta-t-il, renfrogné.

— Qu'est-ce que t'as à avoir l'air bête comme ça ? lui demanda-t-elle en s'apercevant soudainement de sa mauvaise humeur. Il y a du monde qui te regarde.

— Je m'en sacre, laissa-t-il tomber.

— Pourquoi tu fais pas comme les autres syndics et que tu vas pas recevoir le monde en arrière ?

— J'ai pas d'affaire là. Monsieur le curé me l'a pas demandé.

— T'as l'air de bouder, lui reprocha-t-elle.

— Mêle-toi de tes affaires et achale-moi plus, répliqua-t-il sur un ton définitif.

475

Pendant ce temps, Bernadette regardait autour d'elle, non pour admirer la chapelle, mais pour repérer Constant Aubé. Elle aperçut les Hyland installés dans un banc, mais ne vit pas leur employé. De toute évidence, il devait être debout à l'arrière par manque de places assises.

— Arrête de tourner la tête comme une girouette, la réprimanda sa mère en se penchant vers elle.

— Je fais juste comme tout le monde, m'man, je regarde la chapelle.

La température monta graduellement dans le temple au fur et à mesure que les fidèles s'y entassaient. Vingt minutes avant la célébration de la messe, tous les bancs étaient déjà occupés et plusieurs personnes s'étaient entassées debout à l'arrière. Même si le froid était toujours aussi vif à l'extérieur, l'un des marguilliers prit sur lui d'entrouvrir la porte pour laisser entrer un peu d'air.

Quand le curé Ouellet pénétra dans le chœur vêtu de ses habits sacerdotaux violets, comme il convenait en ce premier dimanche de l'avent, tous les fidèles assis se levèrent. Beaucoup s'étirèrent le cou pour tenter de mieux voir leur nouveau pasteur. Le célébrant retira sa barrette qu'il confia à l'un des deux servants de messe et monta à l'autel pour y déposer le calice qu'il portait. Il feignit d'ignorer les murmures que son apparition avait suscités. Dès le début de la célébration du saint sacrifice, les fidèles remarquèrent que sa voix était forte et énergique.

Après la lecture de l'évangile, le prêtre fit signe à ses deux servants d'aller s'asseoir avant de se tourner vers la foule impatiente de l'entendre s'adresser à elle. Le visage fermé, Baptiste sursauta violemment en l'entendant commencer son sermon en langue anglaise, ce que les curés de Sainte-Monique et de Saint-Zéphirin n'avaient jamais osé faire, même s'ils savaient avoir des paroissiens anglophones. Beaucoup de gens se regardèrent surpris et ne se gênèrent pas pour chuchoter, surtout quand ils se rendirent compte que près de trente des quarante-cinq minutes de l'homélie étaient dans cette langue. À l'arrière, plusieurs hommes s'étaient glissés silencieusement dehors pour fumer dès que le célébrant avait commencé son homélie.

— Qu'est-ce qui lui prend, à monsieur le curé? chuchota Marie à l'oreille de son mari.

— Il doit y avoir du Ellis là-dedans, lui répondit-il, les dents serrées.

Cette surprise désagréable fut suivie par une autre qui déplut tout autant à Baptiste. Le curé Ouellet faisait des sermons au moins aussi longs que ceux du curé Lanctôt. Avant de retourner à l'autel pour réciter l'offertoire, le nouveau curé de Sant-Bernard-Abbé prit tout de même la peine de déclarer à ses fidèles qu'il était heureux d'être le premier pasteur de la mission et qu'il entreprendrait sa visite paroissiale annuelle dès le lendemain matin en se rendant chez les gens du rang Saint-Paul. Il conclut en annonçant que madame Bridget Ellis et monsieur Agénor Moreau avaient accepté de remplir les tâches de ménagère et de bedeau.

Baptiste s'était sensiblement redressé sur son siège, s'attendant à ce que le curé parle de la beauté de la chapelle dans laquelle il officiait et en profite pour féliciter le maître d'œuvre pour son dévouement envers la mission. Il allait sûrement souligner que la chapelle neuve qu'ils étrennaient tous ce matin-là était le produit de son acharnement. L'ecclésiastique allait évidemment mentionner aussi que tout avait pris naissance grâce à la pétition qu'il avait lancée un an auparavant… Rien. Pas un mot. Après avoir annoncé l'engagement du bedeau et de la ménagère, Charles-Omer Ouellet tourna les talons et monta à l'autel pour poursuivre la célébration de la grand-messe.

Sous ce qu'il considérait comme un affront impardonnable, Baptiste Beauchemin avait blêmi et il passa le reste de la messe à ressasser sa rancœur. Il était à ce point distrait que sa femme dut le pousser du coude pour lui signifier qu'il devait sortir du banc pour la laisser aller communier avec les filles. Il se leva comme un automate et leur emboîta le pas pour aller s'agenouiller quelques pieds plus loin devant la sainte table à laquelle le prêtre avait fixé, la veille, une longue toile blanche. Il s'en couvrit les mains comme les autres communiants avant de recevoir l'hostie.

En revenant à sa place, Baptiste aperçut Xavier et Antonin, debout à l'arrière. Pour sa part, Bernadette aperçut Constant Aubé debout lui aussi, non loin de son frère, mais elle s'empressa de baisser les yeux, comme il convenait quand on revenait de communier.

Quelques minutes plus tard, le célébrant se tourna vers les fidèles pour les bénir en disant le *Ite missa est*. Alors que les personnes debout à l'arrière s'apprêtaient déjà à sortir, le curé de Saint-Bernard-Abbé reprit la parole.

— Attendez avant de partir, ordonna-t-il à ses fidèles. J'ai oublié de vous dire que cet après-midi, à deux heures, on mettra les bancs aux enchères, comme ça se fait dans toutes les paroisses. Il va de soi que les deux rangées face à l'autel seront plus chères que les deux autres. Naturellement, la moitié de la somme sera payable aujourd'hui. Cette vente sera suivie par les vêpres.

Sur ces mots, il quitta le chœur, précédé de ses deux servants de messe.

— Veux-tu ben me dire ce qui lui prend, lui, à matin ? grogna Baptiste à mi-voix, encore plus mécontent, en quittant son banc. Il aurait pu attendre de nous en parler à la réunion du conseil demain soir avant d'annoncer ça.

Les siens le suivirent sans rien dire. À leur sortie de la chapelle, les gens se regroupèrent sur le petit parvis pour échanger leurs premières impressions tant sur leur nouvelle chapelle que sur le curé que monseigneur Cooke leur avait donné. Le maître d'œuvre aperçut les autres marguilliers en train de discuter bruyamment au milieu d'une dizaine de paroissiens. Il feignit de ne pas les voir et se dirigea d'un bon pas vers sa *sleigh*.

— On pourrait bien prendre le temps de parler au monde, protesta Marie en s'apercevant qu'il n'avait pas l'intention de s'arrêter pour échanger des nouvelles.

— Si tu veux jaser, tu peux rester et rentrer avec Donat ou Xavier, se contenta-t-il de lui dire sèchement. Moi, j'en ai assez, je rentre.

Marie échangea un regard avec ses deux filles et préféra ne rien ajouter. Camille et Bernadette montèrent dans la *sleigh* à la suite de leurs parents. C'était peut-être aussi bien que la mère ne voie pas à qui son Xavier était en train de parler. Si elle l'avait vu, nul doute qu'elle se serait inquiétée.

Dès le début de la messe, Xavier avait repéré les Benoît occupant l'un des derniers bancs du côté de l'évangile. Debout à l'arrière, il était parvenu à se déplacer de manière à pouvoir lorgner Catherine tout à son aise. La jeune fille était assise entre son frère Cyprien et sa mère et ne regardait personne autour d'elle, consciente d'être l'objet du mépris général. Xavier la fixait avec tant d'insistance qu'elle finit par tourner légèrement la tête dans sa direction. Quand elle le reconnut, elle lui adressa un sourire timide qui le bouleversa. Celle à qui il n'avait parlé que lors du décès de son père était encore plus belle que dans son souvenir et il se promit de la saluer avant d'aller dîner chez ses parents.

Ainsi, à la sortie de la chapelle, il dit à Antonin d'aller retirer la couverture sur le dos de Prince et de l'attendre avant de se mettre en embuscade près de la porte. Peu après, les Benoît sortirent rapidement du temple, apparemment bien décidés à rentrer sans tarder chez eux pour éviter de se faire montrer du doigt. Ils savaient fort bien que la sympathie manifestée lors de la mort du père n'allait pas jusqu'à faire oublier la conduite inacceptable de la fille de la maison.

— Bonjour, madame Benoît; bonjour, Catherine, salua Xavier en se présentant devant les deux femmes.

Ces dernières ne purent que s'immobiliser et faillirent être heurtées par Cyprien et sa femme qui les suivaient de près.

— Toi, mon… commença Cyprien en faisant un pas vers son voisin.

— Toi, je t'ai pas parlé, l'interrompit brusquement Xavier. C'est à ta mère et à ta sœur que je m'adresse.

L'aplomb du jeune homme sembla déstabiliser le frère, au demeurant peu désireux de se frotter à Xavier Beauchemin devant toute la paroisse. Furieux, il se contenta de lancer aux deux femmes :

— On vous attend dans la *sleigh*. Faites ça vite.

Laura Benoît eut une grimace de déplaisir en entendant son fils lui donner un ordre comme si elle était une enfant. Xavier attendit un court instant que le frère et sa femme se soient éloignés de quelques pas pour demander poliment :

— Je sais que je suis ben mal parti avec votre garçon, madame Benoît, mais je voulais tout de même vous demander, à vous et à Catherine, si je pourrais aller veiller chez vous, un soir.

— Pourquoi ? s'étonna Laura Benoît.

— Pour parler avec Catherine, si elle y voit pas d'inconvénient, répondit un Xavier beaucoup plus ému qu'il ne l'aurait voulu.

La mère jeta un coup d'œil vers sa fille qui n'avait pas encore ouvert la bouche, puis elle sembla prendre une décision.

— Ma fille va te dire elle-même si elle est intéressée à te recevoir, déclara-t-elle. Qu'est-ce que t'en penses, Catherine ?

— J'aimerais ça, avoua la jeune fille en fixant ses yeux noisette sur le jeune homme qui osait braver l'opinion publique pour venir veiller chez elle.

Un charmant sourire éclaira ses traits fins.

— Est-ce que je peux venir à soir ?

— Je vais t'attendre.

— Il faut y aller, conclut Laura Benoît. Ton frère s'impatiente.

Les deux femmes saluèrent Xavier de la tête et se dirigèrent vers la *sleigh* où Cyprien et Marie-Rose étaient déjà installés, prêts à partir.

À son arrivée chez ses parents quelques minutes plus tard, Xavier trouva une atmosphère tout autre que celle à laquelle il s'était attendu.

— Blasphème! Est-ce qu'il y a un mort dans la maison? s'exclama-t-il en entrant dans une cuisine où les femmes se déplaçaient en silence entre le poêle et la table.

— C'est pas le temps de faire des farces, le prévint sa sœur Camille. P'pa est pas content pantoute.

— Qu'est-ce qui se passe? demanda-t-il en retirant son manteau et en signifiant à Antonin de faire la même chose.

— Attends qu'il sorte de sa chambre où il est parti se changer, chuchota Bernadette. Tu vas le savoir assez vite.

— Et toi, tu vas pas te changer? fit Xavier en s'adressant à son frère Donat qui tenait son fils sur ses genoux.

— Non, il faut retourner à la chapelle pour les bancs après le dîner. Toi, tu y vas pas?

— T'es pas malade, toi! J'ai pas d'argent à gaspiller pour ça. Non, ça me dérange pas de rester debout en arrière.

— Et de sortir pendant le sermon pour aller fumer, compléta sa mère sur un ton sévère.

— Pourquoi pas, m'man? fit Xavier, frondeur. Notre nouveau curé a l'air aussi porté que le curé Lanctôt sur les flammes de l'enfer et moi, ça me donne chaud.

La porte de la chambre située au pied de l'escalier s'ouvrit pour laisser passer un Baptiste Beauchemin plus renfrogné que jamais.

— Est-ce qu'il y a quelque chose qui fait pas votre affaire, p'pa ? lui demanda son fils cadet. On dirait que vous êtes pas de bonne humeur.

— Il y a plein d'affaires qui font pas mon bonheur, laissa tomber le maître de la maison, à commencer par notre nouveau curé qui a l'air de tout vouloir régenter tout seul sans demander l'avis de son conseil et qui est même pas capable de dire un petit merci à celui qui a fait construire sa chapelle. Avoir su, je me serais jamais mêlé de cette maudite affaire-là !

— Monsieur le curé sait ce qu'il a à faire, intervint Marie, mécontente, et tu devrais pas le critiquer devant les enfants.

— Toi, bagatême, fais-moi pas enrager ! s'écria son mari en allant prendre place au bout de la table.

— Ton père est si enragé depuis qu'il est revenu de la messe, qu'il veut même pas aller nous payer un banc à la chapelle après le dîner.

— Ayoye ! plaisanta Xavier. J'ai pas vu de jubé dans la chapelle comme à l'église de Sainte-Monique. Vous allez trouver le temps long en blasphème, deux heures debout tous les dimanches.

— En tout cas, nous autres on va essayer d'avoir un banc, déclara Donat en parlant en son nom et en celui de sa femme.

— Votre père aussi va y aller, dit Marie avec autorité. Il va arrêter de chiquer la guenille et il va s'apercevoir qu'il peut pas faire autrement.

— Si encore il avait dit que le président du conseil avait droit au premier banc en avant de l'autel, comme dans toutes les paroisses ! ragea Baptiste avant de piquer une tranche de jambon dans le plat placé au centre de la table.

Finalement, malgré sa colère, Baptiste Beauchemin se résigna à accompagner son fils Donat à la chapelle après le repas.

— Tu le sais pas, lui dit Marie après avoir insisté pour qu'il remette ses vêtements du dimanche. Monsieur le curé a probablement l'intention de te remercier officiellement cet après-midi pour tout ce que t'as fait. Il manquerait plus que tu sois pas là pour recevoir des compliments que tu as bien mérités.

Le maître d'œuvre se dit qu'elle avait peut-être raison. Il aurait évidemment préféré être louangé lors de la grand-messe, mais ce serait tout de même mieux que rien si on le remerciait cet après-midi-là. De toute façon, les gens présents en parleraient à leurs proches.

Quand les deux hommes arrivèrent à la chapelle, le terrain était déjà envahi par des *sleighs*, des berlots et des carrioles.

— On doit ben être les derniers arrivés, fit remarquer Baptiste à son fils en descendant de voiture.

Donat tira sa montre de gousset après avoir déboutonné son manteau.

— Il est deux heures et quart. Pour moi, p'pa, ça vient juste de commencer.

— Il manquerait plus que les meilleurs bancs aient déjà été vendus parce qu'on a trop traîné à partir.

Au fond, Baptiste était certain que le premier banc en avant lui avait été réservé et qu'il n'aurait sûrement pas à en payer la location à titre de maître d'œuvre et de président du syndic. C'était un droit acquis que personne n'oserait contester à Saint-Bernard-Abbé.

Les deux hommes pénétrèrent dans la chapelle où une bonne moitié des bancs était occupée par les chefs de famille, venus sur les lieux sans leur femme et leurs enfants. À la stupéfaction de Baptiste, Thomas Hyland avait pris place à l'avant aux côtés du curé Ouellet qui avait apparemment lancé les enchères depuis quelques minutes. Le propriétaire du moulin venait d'écrire quelque chose dans un cahier.

— Qu'est-ce qu'il fait là, lui ? fit Baptiste, mécontent.

— Pour moi, monsieur le curé lui a demandé d'écrire le nom de ceux qui achètent un banc, répondit Donat. C'est peut-être le seul syndic qui sait écrire, p'pa.

— Ouais, fit son père, dépité.

— On est rendus aux sixièmes bancs des deux rangées face à l'autel, annonça le prêtre. Qui est intéressé ?

— Quoi ? Est-ce que ça veut dire que les premiers bancs ont déjà été achetés ? murmura Baptiste à son fils.

— On le dirait ben, p'pa.

— Bon, je suppose que monsieur le curé m'a quand même réservé mon banc, lâcha Baptiste à voix basse.

— Vous êtes sûr de ça ?

— On va ben voir, répondit le président du conseil. Je vais proposer d'acheter le banc qu'il vient de nommer. Deux piastres pour le sixième banc ! annonça-t-il à voix haute, bien persuadé que le curé Ouellet allait lui dire devant toutes les personnes présentes qu'il n'avait pas à louer un banc.

— Est-ce que quelqu'un propose plus d'argent pour ce banc-là ? demanda Charles-Omer Ouellet en regardant l'assistance assise devant lui.

Baptiste était sidéré. Le premier banc ne lui avait pas été réservé…

— Maudit bagatême ! jura-t-il à voix basse. Ça, c'est le bout des écus ! On s'en va, ajouta-t-il en esquissant le geste de se lever.

— Voyons, p'pa, on peut pas partir sans en avoir acheter un, protesta Donat. Si vous en achetez pas, m'man va être enragée ben noir.

Il y eut quelques chuchotements dans la chapelle, mais personne n'osa surenchérir et Hyland inscrivit le nom de Baptiste qui alla lui tendre un dollar. Comme dans toutes les paroisses, l'autre moitié de la somme serait à acquitter le 1er mai suivant. À la surprise de tous, le maître d'œuvre ne vint pas se rasseoir près de son fils. La tête bien droite, il se dirigea ensuite directement vers la porte de la chapelle qu'il franchit sans se retourner.

— Le banc vis-à-vis pour le même montant, monsieur le curé, proposa Donat en faisant référence au banc de la seconde rangée, face à l'autel.

Comme il n'y eut pas de surenchère, le jeune homme se leva, paya et sortit à son tour.

Quand Baptiste apprit à sa femme qu'il n'avait pu avoir que le sixième banc, Marie ne montra aucune surprise et se retint de lui faire remarquer qu'ils auraient dû occuper le premier banc pour ne pas ajouter à sa rage évidente.

— C'est correct. On va être assez proches pour bien suivre la messe, prit-elle la peine de préciser.

— Le nôtre va être vis-à-vis, annonça Donat, satisfait.

Le père alla changer de vêtements et revint dans la cuisine au moment où sa femme se plaignait à ses filles.

— C'est de valeur, on aurait pu aller aux vêpres, leur dit-elle.

— Personne sait à quelle heure les enchères vont finir et, en plus, il y avait pas une femme là-bas, lui précisa sèchement son mari.

— Mais monsieur le curé a bien dit qu'il y aurait les vêpres, insista-t-elle.

— Ben, il y en aura sans nous autres, bagatême! Là, ça va faire! Je suis tout de même pas pour passer ma journée à l'église. J'en arrive.

Il s'assit dans sa chaise berçante après avoir jeté une bûche dans le poêle. Il alluma sa pipe et se laissa entraîner vers de sombres pensées. Ce qui aurait dû être une journée de réjouissances s'était transformée en un véritable cauchemar. Depuis le début de l'avant-midi, il n'avait pas cessé d'essuyer humiliation par-dessus humiliation. Pour un homme aussi orgueilleux que lui, cela lui était insupportable. Le comble était qu'il n'aurait même pas droit au premier banc réservé habituellement au président du conseil. Plus il y songeait, plus il était persuadé que le curé Ouellet l'avait pris en grippe et il n'était pas loin de croire qu'il s'agissait là de l'œuvre de Samuel Ellis. Mais lui, l'Irlandais, il ne perdait rien pour attendre.

Il était si bouleversé qu'il avait à peine remarqué que son fils Xavier et Antonin n'étaient pas restés à souper comme ils le faisaient habituellement chaque dimanche.

≻

À leur retour à la cabane au milieu de l'après-midi, Xavier s'était empressé de rallumer le poêle avant d'aller s'occuper de ses animaux avec l'aide d'Antonin. Le matin même, ils avaient déneigé un étroit chemin jusqu'au bâtiment provisoire qu'ils appelaient pompeusement l'étable.

Après un souper frugal, Antonin s'étonna de voir son jeune patron commencer à faire sa toilette.

— À soir, mon Antonin, tu passes la soirée tout seul. Je vais veiller avec Catherine Benoît, à côté.

— T'as pas peur d'être mal reçu par son frère ? lui demanda l'adolescent. Pour moi, tu serais mieux d'apporter le fusil de ton père, lui suggéra-t-il en plaisantant à demi.

— On verra ben. C'est pas avec lui que je vais veiller, c'est avec sa sœur.

— Il va falloir que je me trouve une fille, moi aussi, dit son jeune employé.

— Whow, le jeune ! fit Xavier. Laisse-toi sécher le nombril, t'as même pas encore seize ans. Je vois d'ici la tête des parents de la fille si t'allais accrocher ton fanal à leur porte, ajouta-t-il en riant.

Xavier finit sa toilette et endossa son lourd manteau gris avant d'allumer un fanal.

— Je reviendrai pas tard, promit-il à Antonin en ouvrant la porte, mais t'es pas obligé de m'attendre.

— Ça se pourrait que tu reviennes plus vite que tu le penses, se vengea l'adolescent.

— On verra ben.

En fait, le fils de Baptiste Beauchemin était beaucoup moins sûr de lui qu'il voulait bien le laisser croire. Il était assez inquiet du genre de réception qui l'attendait chez les voisins. Il craignait que Cyprien Benoît cherche à l'empêcher d'entrer dans la maison. Le vent s'était levé et il faisait froid. La neige crissait sous ses pas. Il longea sur la route le boisé qui le séparait de la terre des Benoît et il pénétra dans la cour des voisins. Il crut apercevoir un rideau bouger à l'une des fenêtres. Le cœur battant, il se rendit jusqu'à la petite galerie, secoua bruyamment ses pieds contre les marches pour en faire tomber la neige et, après une courte hésitation, se décida à frapper à la porte.

Il entendit quelques éclats de voix à l'intérieur, puis des bruits de pas. La porte s'ouvrit devant une Catherine souriante qui l'invita à entrer. Xavier obéit et referma la porte derrière lui. Il aperçut Laura Benoît en train de filer au rouet près du poêle pendant que son fils et sa bru, assis sur l'un des bancs près de la table, lui tournaient ostensiblement le dos.

— Bonsoir, dit-il, la gorge légèrement nouée.

Seules Catherine et sa mère lui répondirent.

Xavier décida immédiatement d'ignorer Cyprien et sa femme. Par politesse, il demanda à Laura Benoît si elle était parvenue à louer un bon banc à la chapelle. Cette dernière lui répondit affirmativement avant de prendre des nouvelles de ses parents. Ensuite, Catherine proposa au jeune homme de passer au salon.

Xavier reconnut à peine la pièce où il était venu veiller au corps du père de la jeune fille quelques mois auparavant. La pièce n'était meublée que d'une mauvaise causeuse rembourrée de crin, de deux chaises au fond natté de babiche et d'une table basse sur laquelle était posée une fougère dans un pot. Dès qu'il eut pris place aux côtés de Catherine, il se rendit compte que la mère de cette dernière avait installé son rouet de manière à voir tout ce qui se passait dans la pièce.

Durant les deux heures suivantes, Xavier apprit peu à peu qu'il y avait une lutte ouverte entre Laura Benoît et son fils pour la gestion de la ferme familiale. Cyprien et sa femme tentaient de persuader la veuve de se donner à eux, alors que la femme de feu Léopold Benoît se jugeait trop jeune pour tout leur céder. Le matin même, le couple avait même menacé de partir pour aller s'installer ailleurs.

— Personne vous retient de force, avait sèchement répliqué la veuve, d'après Catherine. J'aurai pas de misère à me trouver un homme engagé pour m'aider à faire l'ouvrage.

Selon la jeune fille, son frère parlait pour rien dire puisqu'il n'avait pas d'argent pour s'établir seul avec sa femme. Quand Xavier lui avait demandé s'il avait cherché à la frapper encore, elle s'était empressée de le rassurer. Il n'avait plus levé la main sur elle.

Ensuite, Catherine s'était informée des progrès de son installation sur la terre voisine. Elle ne pouvait voir à quel point il était avancé puisqu'il y avait encore un bon boisé séparant la terre familiale de la sienne.

— Je vais bûcher tout l'hiver avec Antonin, déclara-t-il. Tu vas voir ma cabane au printemps, je te le garantis.

À dix heures pile, il se leva. À son entrée dans la cuisine, il remarqua que Cyprien et Rose-Marie étaient montés se coucher. Il prit congé de Laura et de sa fille avant de quitter les lieux, heureux de sa soirée. Catherine avait accepté qu'il revienne veiller avec elle le samedi suivant.

À aucun moment durant la soirée, l'un ou l'autre n'avait abordé ce qui avait motivé le départ en catastrophe de la jeune fille l'automne précédent et les rumeurs qui couraient à son sujet dans la région.

Chapitre 24

Du nouveau

Baptiste Beauchemin passa la journée du lundi à songer à la première réunion du conseil qui allait avoir lieu le soir même en présence du curé Ouellet. Il hésitait sur la conduite à suivre et il finit par se résoudre à attendre ce qui en sortirait avant de prendre une décision définitive.

— Ce qui est certain, bagatême, c'est que je me laisserai pas manger la laine sur le dos par personne, déclara-t-il à sa femme au moment de quitter la maison pour se rendre à la sacristie, après le souper.

— Essaye de pas partir à l'épouvante dès qu'il va y avoir quelque chose qui fera pas ton affaire, lui conseilla sa femme.

— On va voir, se contenta-t-il de dire avant de sortir pour monter dans la *sleigh* stationnée devant la porte.

Quelques minutes plus tard, il vint immobiliser son véhicule près de celui d'Anatole Blanchette. Les autres syndics étaient déjà arrivés puisque trois autres *sleighs* étaient immobilisées près de la chapelle. Il frappa à la porte. Thomas Hyland vint lui ouvrir. En entrant, il découvrit le curé Ouellet assis en compagnie d'Ellis, de Blanchette et de Côté. Il les salua et enleva sans se presser son manteau avant de venir prendre place à la table autour de laquelle les autres étaient assis.

— Tout le monde est là, déclara le prêtre. Je pense qu'on peut commencer, ajouta-t-il en se levant et en se tournant vers le crucifix qu'il avait suspendu au mur.

Les syndics l'imitèrent et Charles-Omer Ouellet récita une courte prière avant de se signer et d'inviter ses cinq paroissiens à se rasseoir.

— Quand vous êtes arrivé, monsieur Beauchemin, nous discutions de ce qu'il conviendrait de faire pour notre première réunion du conseil.

— Mais c'est pas notre première réunion, monsieur le curé, déclara Baptiste, surpris. On se réunit toutes les semaines depuis l'été passé, prit-il soin de préciser pour faire comprendre au prêtre que tout ne commençait pas avec son arrivée.

— Je comprends, mais maintenant il faudrait faire les choses dans les règles. On m'a dit qu'il n'y avait pas eu le moindre compte rendu écrit des réunions, ce qui est incorrect.

— Personne savait ça, admit-il.

— Il va falloir faire un compte rendu à chaque réunion à partir de ce soir, tint à préciser le prêtre. Si j'ai bien compris, monsieur Hyland est le seul qui sait lire et écrire parmi vous. Voulez-vous être le secrétaire du conseil, monsieur Hyland? demanda le curé au propriétaire du moulin.

Thomas Hyland se contenta de hocher la tête pour signifier son acceptation. Baptiste fit un sérieux effort pour ne pas intervenir. Normalement, c'était au président du conseil de diriger les débats. Or, de toute évidence, le nouveau curé de la mission avait décidé de s'approprier cette fonction. Il le laissa poursuivre.

— J'aimerais tout d'abord remercier monsieur Ellis de m'avoir hébergé jusqu'à aujourd'hui, dit le prêtre.

Samuel Ellis se rengorgea.

— J'ai préparé aujourd'hui une liste des choses qu'il va falloir se procurer de toute urgence, déclara le curé Ouellet. Je vous ferai remarquer que la nappe d'autel et celle de la sainte table nous ont été données par les sœurs du Bon-Pasteur de Québec. Le vin de messe et les hosties sont des cadeaux de Saint-Frédéric. Il va falloir acheter cette semaine des hosties, du vin, des cierges et des lampions.

Les syndics tournèrent la tête vers Baptiste qui ne réagit pas.

— En plus, il est anormal que nos servants de messe aient pas de soutane et de surplis à se mettre sur le dos. On peut attendre encore un peu, mais il va falloir acheter au moins deux soutanes et deux surplis, poursuivit le prêtre. Plus important encore, on n'a pas de confessionnal. J'ai été surpris que vous n'y ayez pas pensé en faisant construire la chapelle. Il en faut un et c'est urgent.

Les têtes se tournèrent de nouveau vers le maître d'œuvre, comme si on le tenait personnellement responsable de cet oubli.

— Combien ça coûterait, monsieur le curé ? lui demanda Baptiste.

— Une quarantaine de piastres certain, les informa Anatole Blanchette.

Les têtes pivotèrent encore une fois vers Baptiste qui prit un air excédé assez visible.

— Il va nous falloir des lampes pour la chapelle et le bedeau a besoin de ce qu'il faut pour nettoyer, poursuivit Charles-Omer Ouellet en consultant la feuille qu'il avait déposée devant lui sur la table. Et…

— Vous m'excuserez, monsieur le curé, fit sèchement le président du conseil, mais j'aimerais qu'on tire au clair une couple d'affaires avant de continuer.

Le prêtre avait légèrement sursauté, mais s'efforça de faire bonne figure.

— Oui, monsieur Beauchemin.

— Bon, j'aimerais savoir tout de suite si je me trompe, mais est-ce que c'est pas au président du conseil de diriger la réunion?

— Oui, mais c'est juste une coutume et on n'est pas obligés de la respecter, admit le prêtre, visiblement un peu mal à l'aise.

— Je vous dis ça parce que là, je trouve que ça va un peu trop vite à mon goût. Par exemple, j'aurais ben aimé être avisé avant qu'on était pour mettre en vente les bancs de la chapelle hier après-midi.

— On a un urgent besoin d'argent, se défendit Charles-Omer Ouellet à qui la moutarde commençait à monter au nez.

— C'est tout de même pas une semaine de plus qui aurait changé grand-chose, répliqua le maître d'œuvre. En plus, si j'ai ben compris, le premier banc en avant a été vendu, comme les autres. Mais dans toutes les paroisses, si je me trompe pas, ce banc-là revient au président du conseil de fabrique.

— Mais Saint-Bernard-Abbé est pas encore une paroisse. C'est juste une mission et il n'y a pas de fabrique, répliqua l'ecclésiastique.

— Je croyais vous avoir entendu dire, monsieur le curé, que vous nous considériez comme des marguilliers quand vous êtes arrivé, s'entêta Baptiste, insensible au changement d'humeur du prêtre. Il faudrait être clair pour qu'on sache sur quel pied danser.

— C'était une façon de parler, dit sèchement son vis-à-vis. Il faut aussi comprendre que la mission est pas assez riche pour rejeter les cinq piastres offertes par Tancrède Bélanger et Samuel Ellis, ici présent, pour les deux premiers bancs, face à l'autel.

— Bon, ça, c'est clair, reconnut Baptiste, l'air mauvais. Juste une dernière question avant que je parte. Est-ce que je peux savoir pourquoi presque tout votre sermon d'hier a été fait en anglais?

— Parce qu'il y a beaucoup de paroissiens qui ne parlent qu'anglais, se défendit Charles-Omer Ouellet.

— Je vous ferai remarquer, monsieur le curé, qu'il y a deux fois plus de paroissiens qui parlent français et qu'ils ont trouvé pas mal drôle d'écouter un sermon qu'ils ne comprenaient pas.

Hyland et Ellis se jetèrent un regard gêné.

— Je vais en tenir compte à l'avenir, laissa tomber le curé. À cette heure, j'aimerais parler de ma visite paroissiale et je suppose que je dois demander au président du conseil comment il va organiser les choses pour le ramassage de la dîme.

Une fois de plus, les têtes se tournèrent vers Baptiste Beauchemin. Ce dernier se leva lentement, à la surprise générale.

— J'ai ben jonglé à mon affaire depuis une couple de jours. Je pense que j'ai fait mon temps sur le conseil. Comme maître d'œuvre, j'ai fait mon ouvrage. Il est temps que je laisse ma place à un autre.

— Mais tu peux pas faire ça, intervint Antonius Côté. Il y a encore ben de l'ouvrage à faire.

— Un autre le fera à ma place, trancha Baptiste.

— On comptait beaucoup sur vous, monsieur Beauchemin, dit le curé, apparemment très surpris par cette décision.

— Personne est irremplaçable, monsieur le curé, comme disait mon vieux père. Bonsoir tout le monde.

Sur ces mots, le cultivateur se dirigea vers le crochet auquel était suspendu son manteau. Il l'endossa et sortit de la sacristie sans se retourner. Il monta dans sa *sleigh* et revint sans se presser à la maison, assez satisfait de la manière dont il avait quitté le conseil.

À son avis, il y avait tout de même des limites à rire du monde. Ellis avait acheté le premier banc et lui, le président du conseil, aurait été installé cinq bancs plus loin. Le curé voulait tout diriger ? Qu'il le fasse ! Il n'allait tout de même pas se laisser mener par le bout du nez sans rien dire. En fait, il se sentait surtout soulagé d'un poids énorme. Maintenant, il appartenait aux autres de se faire critiquer.

À son arrivée à la maison, il se contenta d'annoncer à sa femme qu'il venait de se retirer du conseil.

— J'espère que t'es pas allé insulter monsieur le curé ! s'inquiéta Marie, connaissant bien son caractère sanguin.

— Pantoute, j'ai été ben poli. Je me suis contenté de dire que mon ouvrage était fini parce que la chapelle était bâtie.

La démission du président du conseil fit le tour de Saint-Bernard-Abbé le jour suivant, mais comme elle n'avait donné lieu à aucun esclandre, les gens en déduisirent que Baptiste Beauchemin avait décidé qu'il s'était assez occupé de la mission. Évidemment, le cultivateur du rang Saint-Jean fut un peu ulcéré de constater que personne ne semblait déplorer son départ du conseil. Il avait cru à tort que beaucoup de gens auraient demandé à ce qu'il revienne sur sa décision. Au fond, ce qui le mettait le plus en rogne, c'était de voir Samuel Ellis occuper de plus en plus de place dans la paroisse. Le voir trôner, rempli de suffisance, dans le premier banc de la chapelle, le dimanche suivant, l'avait fait grincer des dents.

❧

Par ailleurs, la visite paroissiale du curé Ouellet, commencée dès le lendemain de la première réunion du conseil dans le rang Saint-Paul, se déroula sans accroc. Le prêtre sut être d'un abord agréable tout en se montrant inflexible sur la pratique religieuse et toute tentative d'empêcher la famille. Baptiste apprit qu'il avait été décidé après son départ de la réunion qu'un seul syndic accompagnerait le prêtre lors de sa visite. Anatole Blanchette le fit pour le rang Saint-Paul. Il était prévu qu'Antonius Côté se chargerait de cette tâche dans le rang Saint-Jean. Évidemment, Samuel Ellis s'était réservé l'honneur d'accompagner son curé dans le rang Sainte-Ursule.

L'arrivée d'une *sleigh* dans la cour des Beauchemin à la fin du mardi avant-midi de la deuxième semaine de décembre ne surprit personne. Depuis la veille, Marie surveillait la route, s'attendant à chaque instant à voir arriver le curé de la paroisse.

— Monsieur le curé vient d'arriver, annonça-t-elle aux siens en retirant précipitamment son tablier.

Baptiste quitta sa chaise berçante pour jeter un coup d'œil à l'extérieur par la fenêtre. Comme il s'y était attendu, Antonius n'avait pas jugé bon d'accompagner le prêtre. La dîme était déjà payée et Charles-Omer Ouellet n'avait pas besoin d'être introduit dans le foyer de l'ancien président du conseil.

Camille s'empressa d'aller ouvrir la porte d'entrée située sur la façade de la maison pendant que son père et son frère abandonnaient leur pipe dans un cendrier avant de la suivre. Le curé Ouellet entra et Eugénie le débarrassa de son manteau. Toute la famille et le visiteur prirent place sur des chaises et le canapé.

Charles-Omer Ouellet ne fit aucune allusion au départ précipité de Baptiste du conseil. Il se borna à s'informer de la santé de chacun et félicita les parents du petit Alexis. Il apprit que l'institutrice était la cadette de la famille, qu'un fils vivait à l'extrémité du rang Sainte-Ursule et qu'une fille était l'épouse de Rémi Lafond, établi un peu plus loin dans le rang. Il vérifia la pratique religieuse de chacun et parla brièvement des dangers de l'alcool et de l'impureté, comme il l'avait fait dans chacun des foyers visités. Il y eut ensuite un bref silence assez embarrassant avant que le prêtre ne reprenne la parole.

— Bon, je pense que je n'ai pas à vous rappeler de payer la dîme puisque c'est déjà fait, dit le curé, affable.

Baptiste se contenta de hocher la tête.

— Cette année, pour la guignolée, on fera pas ce qui se fait d'habitude. On fera pas la tournée pour ramasser de la nourriture et des vêtements pour les moins chanceux de la mission. On va demander aux gens d'apporter à la sacristie ce qu'ils veulent donner.

— Ah! fit Baptiste, surpris.

— J'ai pensé que les gens venaient déjà de donner pas mal pour mon installation. Je vais l'annoncer dimanche prochain. J'espère que je vais pouvoir compter sur quelques femmes pour venir aider à préparer des boîtes pour les pauvres.

— Vous pouvez compter sur nous autres, déclara Marie, pleine de bonne volonté.

— Madame Ellis a accepté de diriger le travail des dames qui vont venir aider, précisa le curé.

Baptiste regarda brièvement sa femme et son visage se ferma un peu plus.

— J'ai visité tout à l'heure les Connolly, reprit le prêtre s'adressant manifestement à Marie et à Baptiste. Le père m'a appris que l'une de vos filles avait été assez charitable pour aller s'occuper de ses enfants l'été passé.

— Oui, notre fille Camille, monsieur le curé, dit Marie.

— J'ignore si vous le savez, mais la plus vieille de ses filles est pas mal malade depuis deux semaines et le pauvre homme a pas l'air d'arriver à venir à bout de sa maisonnée.

— On le savait pas, intervint Baptiste. Liam Connolly est pas le plus jasant de la paroisse, monsieur le curé. On le voit pratiquement jamais.

— Il faudrait aussi qu'il pense à se remarier. Son deuil est fini, ajouta Marie.

— C'est ce que je lui ai conseillé, approuva le prêtre. En attendant, est-ce que vous pensez pas que quelqu'un du rang

Saint-Jean pourrait aller lui donner un coup de main. Il fait pitié. Ce serait une bien belle charité à faire.

Marie regarda sa fille aînée qui avait à peine ouvert la bouche depuis l'arrivée de l'ecclésiastique.

— Je pourrais toujours aller voir si je peux être utile, laissa-t-elle tomber sans grand enthousiasme.

— Dieu va te le rendre, dit le prêtre en se levant. Bon, je vais vous bénir avant de partir dit-il à la famille présente dans le salon. J'aurais bien demandé à madame Ellis de venir s'occuper des enfants, mais je lui donne déjà pas mal d'ouvrage.

Les Beauchemin s'agenouillèrent et il les bénit. Baptiste alla chercher le manteau du visiteur et l'aida à l'endosser.

— Vous savez, monsieur Beauchemin, j'ai pas encore approché personne pour vous remplacer au conseil. Si le cœur vous en dit, vous êtes toujours le bienvenu.

— Merci, monsieur le curé, mais je pense que je vais laisser la place à quelqu'un d'autre, dit Baptiste en lui ouvrant la porte.

Après le départ du prêtre, Baptiste ne put s'empêcher de laisser éclater sa mauvaise humeur.

— Ellis! Ellis! Ellis! Bagatême, on dirait qu'il y a juste ces maudits Ellis-là dans la paroisse! Par exemple, quand il a besoin d'un coup de main pour sortir quelqu'un du trou, c'est pas à un autre maudit Irlandais qu'il le demande, c'est à nous autres.

— Baptiste! s'écria sa femme. Surveille ce que tu dis! Tu parles d'un prêtre.

Le silence retomba dans la cuisine et les femmes s'affairèrent à préparer le dîner pendant que les hommes s'empressaient de s'habiller pour s'occuper de ce dont ils auraient besoin durant l'après-midi pour aller bûcher au bout de la terre des Beauchemin.

— Un avant-midi d'ouvrage perdu, se borna à dire Baptiste à son fils alors qu'il déposait les haches et le godendard sur le lourd traîneau auquel ils allaient atteler un cheval après le repas.

Durant ce temps, dans la cuisine, Marie avait pris un air soucieux.

— Qu'est-ce que vous avez à froncer les sourcils, m'man ? lui demanda Camille en la voyant si préoccupée.

— À vrai dire, j'aime pas trop l'idée de te voir aller donner un coup de main chez Connolly, lui avoua sa mère en sortant un poêlon de l'armoire.

— Mais j'y suis allée cet été et ça avait pas l'air de vous déranger, lui fit remarquer sa fille.

— C'était pas pantoute la même chose, ma fille, protesta Marie. L'été passé, lui, il était pas là, dans la maison.

— Monsieur le curé…

— Laisse faire monsieur le curé, la coupa sa mère. Lui, il a pas de fille à marier.

— Voyons, m'man, je suis pas une petite fille, protesta Camille. Je suis capable de me défendre. Je vais avoir vingt-neuf ans au mois de février.

— On dit ça… En tout cas, si le voisin cherche à te manquer de respect le moindrement, tu t'en reviens à la maison tout de suite. De toute façon, si t'es pour y aller de temps en temps, ton père va aller mettre les choses au clair avec lui.

❧

Après le dîner, Camille endossa son manteau et chaussa ses bottes. Donat avait quitté la maison quelques instants plus tôt pour atteler la Noire au traîneau.

— Je vais aller faire un tour chez les Connolly, annonça-t-elle à ses parents. Je devrais pas rester là trop longtemps.

— Attends, lui ordonna son père en quittant sa chaise berçante, je vais aller te conduire. J'ai deux mots à dire à Connolly.

— C'est peut-être un peu vite, p'pa, lui fit-elle remarquer. Je sais même pas encore s'il va vouloir que je m'occupe de ses enfants.

— Laisse faire ton père, lui conseilla Marie. C'est mieux de mettre les choses au clair en partant.

Quelques minutes plus tard, le lourd traîneau en bois s'immobilisa près de la maison de Liam Connolly. Baptiste et sa fille en descendirent. La porte s'ouvrit sur Patrick avant même que l'un ou l'autre ait eu le temps de frapper. Le petit garçon âgé de dix ans avait les cheveux longs et portait des vêtements malpropres.

— Est-ce que ton père est là ? lui demanda Baptiste.

— Il est à l'étable. Je vais le chercher.

— Non, laisse faire, lui ordonna Baptiste. Je vais aller le rejoindre. Montre plutôt ta sœur malade à ma fille.

Sur ces mots, le cultivateur tourna les talons et se dirigea vers l'étable. Camille venait à peine d'entrer dans la maison qu'elle vit la petite Rose descendre l'escalier pour venir à sa rencontre, l'air heureuse de la revoir. Par contre, Duncan ne bougea pas de la chaise berçante où il était quand elle s'avança pour retirer son manteau.

— Ann est en haut, lui apprit Patrick qui ne semblait guère enchanté de la voir, lui non plus.

Avant de se diriger vers l'escalier, Camille prit le temps d'enlever ses bottes et de jeter un coup d'œil à la pièce où elle se trouvait. Elle était encore plus sale et en désordre que l'été précédent, ce qui n'était pas peu dire.

— Pendant que je vais aller parler à votre sœur, les garçons, vous allez me ramasser la vaisselle sale et ce qui traîne sur la table, dit-elle aux deux frères avant de suivre Rose à l'étage.

— Est-ce qu'on est obligés de faire ça ? eut l'impertinence de lui demander Patrick.

— Oui, et grouillez-vous, fit la jeune femme, bien consciente de l'hostilité non déguisée des deux garçons.

Elle trouva Ann dans sa chambre, étendue dans son lit sous une respectable épaisseur de couvertures. L'adolescente avait un visage émacié et le front brûlant de fièvre. Elle sembla surprise de voir Camille entrer dans la pièce.

— J'ai entendu dire que t'étais malade, lui dit-elle. Qu'est-ce que t'as ?

— Je le sais pas, madame. Le docteur Samson est supposé passer aujourd'hui ou demain.

— Tu fais de la fièvre, constata Camille après avoir posé une main sur le front de la malade qui se mit à tousser.

— Qu'est-ce que ton père t'a donné pour te soigner ?

— Un peu d'eau de Pâques, madame.

Camille secoua la tête, étonnée qu'il y ait encore des gens capables de croire que de l'eau de Pâques puisse servir à guérir quoi que ce soit.

— Je vais revenir dans une minute, annonça-t-elle à la jeune malade. Où est-ce que les draps et les taies d'oreiller sont rangés ?

— À la même place que l'été passé, dans l'armoire de la chambre de mon père.

— Parfait, là, tu vas te lever une minute et descendre te laver dans les toilettes en bas. Pendant ce temps-là, je vais changer ton lit.

Ann la suivit en frissonnant et Camille alla lui tendre un bol d'eau tiède, un savon et une serviette dans le réduit situé au pied de l'escalier. Pendant que l'adolescente faisait sa toilette, la jeune femme monta dans sa chambre et changea sa literie avant de faire le lit. Quand la malade revint, la garde-malade improvisée avait eu le temps de trouver de l'alcool à friction et du sirop. Elle lui fit prendre un bonne dose de sirop d'épinette et lui frictionna le dos avec de l'alcool pour faire baisser sa fièvre.

— Est-ce que t'as mangé quelque chose à midi ? demanda Camille à l'aînée des enfants Connolly qui venait de remonter les couvertures jusqu'à son menton.

— Non, j'avais pas faim, répondit Ann brusquement secouée par la toux.

— Je vais descendre te préparer un bol de soupe. Ça va te dégager. Viens, Rose, ajouta-t-elle à l'endroit de la petite fille de cinq ans qui ne l'avait pas lâchée depuis son arrivée. Tu vas m'aider.

Descendue dans la cuisine, Camille vit avec satisfaction que Patrick et Duncan avaient déjà débarrassé la table. Le traîneau de son père n'était plus dans la cour, signe que ce dernier était reparti. Elle prit de l'eau chaude dans le réservoir du poêle et en versa dans l'évier.

— Pendant que je prépare de la soupe et une mouche de moutarde pour soigner votre sœur, vous allez laver la vaisselle et l'essuyer, déclara-t-elle aux garçons.

Puis, sans plus se préoccuper de leur humeur sombre, elle entreprit d'explorer les ressources du garde-manger et se mit à la préparation de la soupe. Pendant que cette dernière cuisait sur le poêle, elle balaya le parquet et lava la table à fond.

Alors qu'elle s'affairait à ramasser quelques traîneries dans la pièce, Liam Connolly rentra dans la maison.

— Vous êtes ben fine, mademoiselle, de venir vous occuper un peu des enfants. J'en ai par-dessus la tête et la visite de monsieur le curé à matin a pas aidé. J'ai jamais eu aussi honte de ma vie de le laisser entrer dans une maison aussi crottée.

— Ça prendra pas une éternité à tout remettre d'aplomb, fit Camille avec une énergie belle à voir. Là, j'ai une soupe sur le poêle. Je suis allée voir Ann, en haut. J'ai changé son lit et elle est lavée. Elle a pris une bonne dose de sirop et je l'ai frictionnée avec de l'alcool. Je vais aller lui poser une mouche de moutarde avant de la faire manger. Elle m'a dit tout à l'heure que le docteur Samson s'en vient la voir. C'est vrai?

— Il devrait, répondit Liam. Est-ce que je peux vous être utile à quelque chose ?

— Non, ça devrait aller, dit Camille en repoussant le chaudron de soupe pour jeter une bûche dans le poêle.

— Si c'est comme ça, je vais emmener mes gars travailler avec moi et vous laisser avec Ann et Rose.

— C'est correct.

— Habillez-vous, vous deux, dit-il durement à ses fils. Je vous attends à l'étable.

Liam Connolly sortit et ses fils le suivirent quelques instants plus tard. Quand la soupe fut enfin prête, Camille en monta un bol à l'adolescente avant de redescendre. Comme il ne restait plus qu'un bout de pain dans la huche, elle entreprit de préparer la pâte et fit cuire un morceau de bœuf pour le souper. Pendant que la pâte levait et que la viande cuisait dans le four, elle nettoya à fond la cuisine.

À la fin de l'après-midi, le soleil venait de se coucher quand Liam Connolly et ses fils rentrèrent après avoir soigné les animaux. Le veuf trouva la table mise et des odeurs appétissantes s'étaient répandues dans la maison. Trois gros pains dorés reposaient sur le comptoir. L'homme avait gardé son manteau sur le dos et il attendit que Camille descende au rez-de-chaussée en tenant une lampe à huile.

— Le docteur est pas passé, dit-elle à Liam, mais votre fille dort bien et on dirait que sa fièvre est en train de tomber.

Cette nouvelle sembla rassurer le père de famille.

— J'en ai profité pour remettre un peu d'ordre dans vos chambres, les garçons, poursuivit-elle. Demain, quand je vais revenir, je veux que vos lits soient faits et je veux pas voir une traînerie sur le plancher.

— Vous avez entendu ce que mademoiselle Beauchemin vient de vous dire ? demanda sévèrement le jeune cultivateur.

Les deux garçons hochèrent la tête.

— Je vois que vous avez même trouvé le temps de nous faire du pain, dit Liam.

— Oui, mais c'est parce que j'ai eu bien de l'aide de Rose, mentit Camille en passant la main sur les cheveux blonds de la petite fille debout près d'elle. Là, je vais rentrer chez nous, ajouta-t-elle en s'approchant du crochet auquel était suspendu son manteau. Le souper est prêt. Je viens de mettre deux autres pains dans le four. Dans une demi-heure, ils devraient être cuits.

— Je sais vraiment pas comment vous remercier, dit Liam.

— C'est rien, fit la jeune femme pour le mettre à l'aise.

— Duncan, garde ton manteau, ordonna-t-il au plus jeune de ses fils, tu viens avec moi. On va aller reconduire mademoiselle Beauchemin chez eux.

— Non, dérangez-vous pas. Je suis capable de rentrer toute seule.

— Il en est pas question. J'ai promis à votre père de le faire, s'entêta le jeune cultivateur. Patrick, surveille le pain dans le four. Laisse-le pas brûler, recommanda-t-il à son fils de dix ans. Si le docteur vient pendant que je suis parti, fais-le entrer et dis-lui que je reviens dans cinq minutes.

À sa sortie de la maison, Camille s'étonna de constater que Liam Connolly avait pris la peine d'atteler son cheval à la *sleigh* pour la ramener chez elle. Le court trajet se fit dans un silence emprunté. Pourtant, à sa descente du véhicule, elle mit fin aux remerciements du veuf en lui disant :

— Si ça vous dérange pas trop, j'irai voir comment va Ann demain après-midi.

— Vous êtes toujours la bienvenue à la maison, mademoiselle, répondit Liam avant de faire demi-tour pour rentrer chez lui.

❧

Depuis quelques jours, Bernadette broyait du noir et trouvait matière à redire sur tout.

— Bondance, Bedette, change d'air! finit par s'impatienter sa mère. Je suis fatiguée de te voir bourrasser tout le temps.

— Je bourrasse pas, m'man, se rebiffa la jeune fille.

— Oui, tu bourrasses, et je me demande si c'est pas à cause de toutes les niaiseries que tu lis dans tes romans, poursuivit sa mère.

— Ben non, c'est juste que les enfants sont pas endurables à l'école. Ils pensent juste aux vacances qui commencent après-demain. Je suis obligée de passer mon temps à les punir.

En réalité, les enfants étaient peut-être un peu agités, mais leur institutrice était surtout irritée par le fait que Constant Aubé semblait avoir subitement disparu de Saint-Bernard-Abbé depuis plus d'une semaine. Elle avait beau s'être promis d'être plus indépendante, il n'en restait pas moins que cela l'agaçait prodigieusement. Elle avait terminé la lecture du roman de Victor Hugo depuis quelques jours et elle ne comprenait toujours pas pourquoi l'employé de Thomas Hyland n'avait pas sauté sur l'occasion qu'elle lui avait offerte de venir veiller avec elle pour en parler le samedi précédent.

Cette indifférence inexplicable l'avait laissée désarmée et en colère. Le lendemain, elle avait résolu de lui dire carrément ce qu'elle pensait de lui, après la messe. Pour qui se prenait-il? Elle lui faisait la grâce de lui accorder un peu d'attention et il faisait comme si elle n'existait pas. Elle allait lui montrer que ce n'était pas parce qu'il lui prêtait des livres qu'il pouvait tout se permettre. Elle allait lui remettre son roman et refuser tout autre prêt.

— Je veux plus le voir, avait-elle murmuré en finissant de se préparer pour la messe.

Elle n'avait pourtant pas pu déverser sa colère sur Constant Aubé parce qu'elle ne l'avait pas aperçu à la messe. Depuis, elle avait eu beau observer par les fenêtres de sa classe la cour du magasin général au cas où il serait allé faire des achats chez Dionne, aucun signe de lui.

Deux jours plus tard, Bert Hyland, le fils de seize ans du propriétaire du moulin, vint frapper à la porte de l'école quelques minutes à peine après que Bernadette eut envoyé les enfants en vacances.

— Bonjour, mademoiselle Beauchemin, la salua l'adolescent en rougissant légèrement. Aubé m'a demandé de vous apporter ce paquet-là, ajouta-t-il en lui tendant un paquet assez lourd enveloppé dans une toile cirée.

— Pourquoi il me l'a pas apporté lui-même ? lui demanda la jeune institutrice en repoussant une mèche de ses cheveux blonds échappée de son chignon.

— Parce qu'il est parti, laissa tomber Bert.

— Où est-ce qu'il est parti ?

— D'après ce qu'il a dit à mon père avant de partir la semaine passée, il est retourné chez eux, dans le bout de Québec.

— Est-ce qu'il a dit quand il était pour revenir ? demanda-t-elle.

— Je sais pas s'il va revenir. En tout cas, il a l'air d'avoir apporté tout ce qui était à lui, répondit Bert Hyland. Bon, j'ai fait sa commission, ajouta-t-il en faisant déjà un pas vers la porte pour s'en aller.

— Attends, lui ordonna Bernadette. Il t'a rien dit pour moi.

— Non, tout ce qu'il m'a dit, c'est de vous donner ce paquet-là quand j'aurais une chance de vous voir.

Bernadette le remercia et referma la porte de la classe. Elle s'empressa d'ouvrir le paquet. Il renfermait les deux romans de Jules Verne qu'il venait d'acheter : *De la Terre à la Lune* et *Cinq semaines en ballon*.

— Si ça se trouve, il a même pas encore eu le temps de les lire, murmura-t-elle.

Elle se sentait soudain étrangement émue à la pensée qu'il pourrait bien ne jamais revenir. Le départ de Constant Aubé causait un vide dans sa vie qu'elle ne comprenait pas du tout.

— Je le connais presque pas, se répétait-elle, comme pour s'en convaincre. Il est bien fin, mais c'est pas mon amoureux. Si j'étais importante pour lui, il aurait pris la peine de venir me dire pourquoi il partait et quand il reviendrait.

C'était bizarre, mais ces constatations la peinaient et la rendaient malheureuse. Elle enfouit les deux romans dans son sac en cuir, jeta du gros sel dans la fournaise pour éteindre le feu et verrouilla la porte de l'école. Elle n'y reviendrait que dans trois semaines, après la fête des Rois. À la maison, elle serait bien occupée, le travail ne manquait pas depuis que Camille passait pratiquement tous ses après-midi chez les Connolly.

≈

Le docteur Samson était finalement passé chez les Connolly. Il avait diagnostiqué chez Ann un début de pneumonie et approuvé le traitement que Camille lui avait appliqué. Il recommanda du repos et une nourriture saine pour permettre à la malade de reprendre des forces.

Camille n'avait pas osé questionner son père au sujet de la conversation qu'il avait eue avec Liam Connolly, mais elle avait deviné qu'il avait exigé du veuf qu'il respecte sa fille et vienne la reconduire à la maison si elle quittait son toit après le coucher du soleil.

Par ailleurs, quelques jours lui avaient suffi pour transformer le foyer des Connolly. La jeune femme n'avait pas ménagé ses efforts pour qu'il reluise de propreté et que la nourriture soit abondante et correctement cuisinée. Si

Rose continuait à la suivre partout dans la maison et à l'admirer ouvertement, il en était tout autrement des autres enfants. Ann lui était apparemment reconnaissante d'être venue la soigner et de prendre soin de ses frères et de sa jeune sœur pendant sa maladie, mais elle se montrait toujours aussi méfiante et ne se confiait guère. Pour les garçons, leur comportement n'avait pas changé depuis l'été précédent, ils lui manifestaient ouvertement leur hostilité.

À l'approche des fêtes de Noël et de la nouvelle année, Camille se demandait si elle devait continuer à aller chez les Connolly. Ann prenait du mieux et avait quitté son lit la veille. L'adolescente semblait désireuse, malgré sa faiblesse encore apparente, de reprendre en main la maison. Elle s'entretint de la situation avec sa mère.

— À ta place, je continuerais encore jusqu'à Noël, lui suggéra Marie. La petite fille a l'air pleine de bonne volonté, mais il me semble que la tâche est trop grosse pour elle.

— J'ai déjà préparé pas mal de manger, lui apprit sa fille. J'ai fait des tartes et des tourtières.

— Tu pourrais peut-être essayer de faire ce que Bedette est en train de faire ici dedans, conseilla sa mère. J'ai l'impression que les enfants haïraient pas trop ça.

Camille jeta un regard à sa sœur cadette occupée à décorer de cocottes vernissées et de rubans de couleur le petit sapin de Noël apporté la veille par Donat.

— Peut-être, dit Camille d'une voix hésitante. Il y a quelque chose que j'aurais bien voulu faire, mais je suis pas certaine que Liam Connolly va l'accepter.

— Quoi ? demanda Eugénie, curieuse.

— Les enfants portent du linge tellement rapiécé que ça vaut presque plus la peine de le réparer. Ils ont tous grandi cette année et ils ont plus rien qui leur fait. Je me demandais si je pourrais pas aller voir le linge ramassé à la guignolée pour trouver quelque chose pour les enfants.

— Pour moi, t'es mieux d'en parler à leur père avant de faire ça, fit Marie. Il m'a l'air de quelqu'un de pas mal fier.

Même si elle allait chez lui chaque jour depuis une semaine, Camille ne pouvait dire quel genre d'homme était Liam Connolly. Elle ne le voyait que quelques minutes à la fin de l'après-midi, au moment où elle s'apprêtait à partir.

— En tout cas, il va bien falloir qu'il trouve un jour ou l'autre quelqu'un pour s'occuper de ses enfants, reprit la jeune femme. Je peux tout de même pas continuer indéfiniment à faire la servante tous les après-midi. Je pense que je vais lui parler aujourd'hui avant qu'il parte dans le bois pour aller bûcher, ajouta-t-elle en endossant son manteau.

— Il est pas mal de bonne heure, lui fit remarquer sa mère. Pour moi, lui et les enfants auront même pas fini de dîner.

— C'est pas bien important, m'man, fit Camille. De toute façon, j'aide toujours Ann à laver la vaisselle.

Alors qu'elle se présentait à la porte des Connolly, la fille de Baptiste Beauchemin entendit des cris et pensa que les enfants, profitant de l'absence de leur père, étaient en train de se chamailler à l'intérieur. En ouvrant la porte, elle comprit son erreur en voyant Liam Connolly, fou de rage, assener une gifle en plein visage à Duncan pendant que les trois autres enfants se tenaient dans un coin de la pièce, tremblant de peur.

Il était évident qu'elle arrivait en pleine crise familiale. Le père était en train de battre l'un de ses enfants et, apparemment, il ne s'était pas rendu compte de son arrivée.

À la vue de ce spectacle, le sang de la jeune fille ne fit qu'un tour.

— Whow, ça va faire! s'écria-t-elle en faisant sursauter l'homme qui lui tournait le dos.

Liam Connolly fit brusquement demi-tour vers elle, la main encore levée, l'air abasourdi.

— Vous autres, les enfants, montez tout de suite dans votre chambre, ordonna-t-elle aux quatre jeunes sans plus se préoccuper du père.

La jeune femme solidement charpentée retira posément son manteau et ses bottes avant de s'avancer vers le maître des lieux, dont le visage était toujours aussi rouge de colère. Elle avait la même taille que lui et arborait un visage décidé.

— Là, écoutez-moi bien, monsieur Connolly, lui dit-elle d'une voix coupante, les yeux pleins d'une fureur rentrée. J'accepterai jamais que vous leviez la main de la sorte sur vos enfants, vous m'entendez ? Ce sont pas des chiens. On n'élève pas des enfants avec des claques en pleine face ! Je n'accepterai plus de venir ici dedans si c'est comme ça. Vous pouvez les punir pour les dompter, mais pas les battre. Je suis certaine que votre femme aurait jamais accepté que vous les battiez comme ça.

Liam Connolly ne dit rien. Il alla se planter devant la fenêtre et regarda dehors durant un bon moment, cherchant de toute évidence à recouvrer son calme.

— Vous avez raison, mademoiselle, finit-il par dire d'une voix éteinte. *Goddam*, j'étais si enragé que j'en voyais plus clair ! reconnut-il, apparemment honteux.

— C'est correct, fit-elle d'une vois apaisante. Je me suis dépêchée d'arriver plus tôt parce que je voulais vous parler de deux choses avant que vous partiez bûcher.

— Qu'est-ce qu'il y a ?

— J'ai remarqué que votre femme ou votre belle-mère avait laissé des bouts de ruban dans une petite boîte, dans l'armoire. Si vous pouviez rapporter un petit sapin, les enfants pourraient le décorer avec des cocottes et ces morceaux de ruban.

— Ce serait une bonne idée, accepta-t-il sans hésiter. Je vais vous rapporter ça.

— Autre chose, reprit Camille, encouragée par la bonne volonté du père. Je sais pas si vous l'avez remarqué, mais le linge de vos enfants leur fait plus pantoute. J'en ai encore réparé hier après-midi, mais il est tellement usé qu'on voit le soleil au travers.

Liam hocha la tête. Il était évident qu'il s'en était rendu compte.

— Ils arrêtent pas de grandir, dit-il.

— C'est certain que si leur mère vivait, elle aurait trouvé le temps de tisser du lin et de leur confectionner des vêtements, mais là, on approche des fêtes et le temps va manquer, ajouta-t-elle. Qu'est-ce que vous diriez si j'allais faire un tour seule à la sacristie où les gens ont apporté du linge pour la guignolée ? Je pourrais voir s'il n'y aurait pas quelques morceaux qui pourraient faire aux enfants.

— J'aime pas trop l'idée, se rebiffa le veuf.

— Je sais que c'est pas plaisant, plaida-t-elle, mais c'est pour les enfants. Ce sera pas écrit sur le linge que ça vient de la guignolée et ça leur permettrait peut-être d'avoir plus chaud cet hiver. Après les fêtes, je verrai ce que je peux faire pour mieux les habiller. De toute façon, il n'y aurait que moi et monsieur le curé à le savoir.

— C'est correct, concéda-t-il à contrecœur. Vous êtes trop bonne avec mes enfants, mademoiselle Camille. Ils sont chanceux de vous avoir. Je vais aller vous chercher le sapin.

Sur ces mots, il mit son manteau et sortit de la maison.

Camille demeura un court moment sans bouger, debout au centre de la pièce. Elle venait de réaliser que, pour la première fois, Liam Connolly venait de l'appeler par son prénom.

— Descendez, les enfants, commanda-t-elle en reprenant ses esprits, alors qu'elle s'approchait du pied de l'escalier.

Les quatre enfants, Rose, la première, vinrent la rejoindre. Pour la première fois depuis qu'elle venait dans cette maison, elle crut voir autre chose que de la crainte et de la méfiance dans le regard des trois aînés. Elle leur expliqua que leur père était parti chercher un sapin qui allait être installé dans un coin de la cuisine. Elle demanda à Duncan et à son frère d'aller cueillir des cocottes dans les pins qui bordaient un côté de la cour pendant que Rose et Ann l'aideraient à faire des boucles avec des rubans.

Quelques minutes plus tard, la jeune femme finissait de laver la vaisselle quand le père de famille vint déposer dans un coin de la cuisine un petit sapin haut de cinq pieds qu'il avait préalablement planté dans un seau rempli de terre prélevée dans l'un de ses bâtiments.

— Il va être parfait, déclara Camille, enthousiaste. Il nous reste juste à le décorer. Rose est déjà en train de nous faire de belles boucles de ruban.

La petite fille de cinq ans montra à son père les quelques boucles qu'elle avait eu le temps de confectionner pendant que sa sœur et Camille lavaient la vaisselle du dîner. Liam hocha la tête et lui dit que c'était ce qu'il avait vu de plus beau depuis longtemps avant de retourner à l'extérieur.

À la fin de l'après-midi, Camille quitta la maison avant le retour du maître des lieux. Comme il faisait déjà sombre, elle demanda à Patrick de la raccompagner en disant que l'obscurité lui faisait peur. Elle exagérait un peu pour qu'il se sente important.

— Moi aussi, je peux y aller, proposa Duncan.

— C'est sûr que vous serez pas de trop tous les deux pour me défendre si je faisais une mauvaise rencontre, dit-elle.

Les deux garçons s'habillèrent rapidement et l'accompagnèrent sur la route. Ils marchèrent à ses côtés, tout fiers de leur importance de défenseurs.

— Est-ce que ça vous tenterait de retourner à l'école après les fêtes ? leur demanda-t-elle.

— Ben, pas trop, déclara Patrick.

— C'est dommage. Vous avez l'air intelligents tous les deux et je suis certaine que vous pourriez devenir pas mal savants. Ma sœur qui vous faisait l'école l'année passée m'a encore dit hier soir qu'elle s'ennuyait de vous autres. Moi, je sais ni écrire ni lire. Vous pourriez me le montrer un peu si vous alliez à l'école.

— Peut-être qu'on pourrait y retourner si mon père le veut, concéda Duncan.

— Je peux lui en parler, suggéra Camille.

— C'est correct, accepta finalement Patrick au moment où ils arrivaient devant la maison des Beauchemin.

Comme les deux frères s'apprêtaient déjà à tourner les talons pour rentrer chez eux, Camille les invita à entrer une minute, le temps de leur donner un morceau de sucre à la crème.

— Je vous en donne un pour Rose et un autre pour Ann. Mangez pas ces morceaux-là en chemin, les avertit-elle après les avoir remerciés de l'avoir raccompagnée chez elle.

⌖

Après le départ des enfants, Camille ne put s'empêcher de raconter à sa mère la scène à laquelle elle avait assisté en arrivant chez Liam Connolly ainsi que les deux concessions qu'elle lui avait arrachées.

— T'as bien fait de pas le laisser maganer ses enfants, l'approuva sa mère. Il m'a l'air pas mal dur, cet homme-là.

— Je le sais pas, m'man, mais il a l'air de s'énerver vite. En tout cas, je vais essayer d'aller voir monsieur le curé demain avant-midi pour savoir si je peux prendre un peu de linge pour les enfants.

— Ton père ou Donat va aller te conduire, lui promit Marie.

Cependant, Baptiste en décida autrement quand sa femme lui en parla durant le souper.

— On n'est pas pour perdre une demi-journée d'ouvrage pour ça, déclara-t-il avec humeur. Je vais atteler tout à l'heure. Tu vas pouvoir voir monsieur le curé à soir et tu lui demanderas s'il y a quelque chose pour les enfants de Connolly dans ce qui a été ramassé pour la guignolée.

— T'as pas peur de déranger monsieur le curé? lui demanda Marie.

— Lui, est-ce qu'il a eu peur de nous déranger quand il a demandé si quelqu'un pouvait aller donner un coup de main à Connolly? répliqua-t-il sèchement. Il savait ben qu'il y avait que chez nous dans le rang où il y avait des filles assez vieilles pour aller aider.

— C'est peut-être aussi bien que j'y aille à soir, m'man, plaida Camille. Demain avant-midi, je dois faire du pain pendant que Bedette va écrire les invitations pour le jour de l'An et j'ai pas mal d'ouvrage à faire chez Liam Connolly durant l'après-midi.

Quelques minutes plus tard, le père et la fille, soigneusement emmitouflés, s'installèrent dans la *sleigh* qui prit la direction du rang Sainte-Ursule. Il faisait un froid vif et la neige crissait sous les patins de la voiture.

— Je vais t'attendre dehors, dit Baptiste à sa fille en immobilisant son attelage près de la sacristie. Reste pas trop longtemps, c'est pas chaud.

— Voyons, p'pa, protesta la jeune femme, vous pouvez pas rester à geler dehors. En plus, monsieur le curé va trouver ça pas mal drôle que vous entriez pas.

Baptiste s'extirpa de la *sleigh* de mauvaise grâce et l'accompagna jusqu'à la porte. Dès qu'il entendit frapper, Charles-Omer Ouellet vint leur ouvrir en tenant bien haut une lampe à huile pour identifier ses visiteurs.

— Entrez, restez pas à geler dehors, les invita-t-il en s'effaçant pour les laisser passer.

Le père et la fille attendirent que le prêtre ait refermé la porte derrière eux. Camille s'excusa pour le dérangement.

— Il y a pas de dérangement, dit le curé avec bonne humeur. Je me couche tout de même pas à l'heure des poules. Enlevez vos manteaux et dites-moi ce qui vous amène, ajouta-t-il.

Camille expliqua brièvement au prêtre qu'elle s'occupait des enfants de Liam Connolly depuis plus d'une semaine et qu'ils manquaient de vêtements chauds pour l'hiver.

— J'ai pensé que vous me laisseriez peut-être jeter un coup d'œil sur le linge que les gens ont donné pour la guignolée, monsieur le curé.

— Venez voir s'il y a quelque chose qui pourrait accommoder ces enfants-là, accepta immédiatement le prêtre en l'entraînant vers le fond de la sacristie où quelques boîtes de vêtements voisinaient avec plusieurs pots de conserve.

Il déposa la lampe sur une table voisine en lui disant :

— Prenez tout ce qui pourra être utile et pressez-vous pas. Votre père et moi, on va aller jaser près du poêle.

Sur ces mots, Charles-Omer Ouellet fit signe à Baptiste de venir s'asseoir à l'autre bout de la pièce, près du poêle. Ce dernier n'avait pas ouvert la bouche depuis son entrée dans la sacristie. Il s'était efforcé de faire bonne figure à son curé lors de sa visite paroissiale, mais il se rappelait trop bien les humiliations qu'il lui avait fait subir depuis son arrivée à Saint-Bernard-Abbé. Baptiste avait la rancune tenace et il n'était pas près d'oublier comment il avait été écarté cavalièrement au profit de Samuel Ellis.

— J'ai un problème dont je voulais vous parler, monsieur Beauchemin, dit le prêtre après avoir allumé sa pipe.

— Ah oui ! se contenta de dire son vis-à-vis, sans entrain.

— Je voulais vous parler de la cloche, poursuivit Charles-Omer Ouellet.

— De quelle cloche vous parlez, monsieur le curé ? l'interrogea Baptiste.

— De celle qu'on devrait avoir dans le petit clocher que vous avez fait bâtir sur le toit de la chapelle.

— Ben là, j'ai ben l'impression que ça va prendre un bon bout de temps avant que la paroisse ait les moyens de s'en payer une, lui fit remarquer le cultivateur… À moins qu'Ellis ait une idée comment payer ça.

— Il en a pas la moindre idée, reconnut l'ecclésiastique. Moi, j'avais l'idée de consacrer une partie des quêtes du dimanche pour en acheter une. Qu'est-ce que vous en pensez?

— Vous croyez pas, monsieur le curé, que ce serait à votre conseil que vous devriez poser cette question-là?

— C'est vrai, mais depuis que vous êtes parti, monsieur Beauchemin, on dirait que les syndics ont peur de décider quelque chose. D'après monsieur Côté, ça marchait pas mal plus rondement quand vous étiez là.

Cette remarque fit chaud au cœur de Baptiste.

— Pour le bien de la mission, monsieur Beauchemin, vous devriez reconsidérer votre décision d'abandonner votre poste au conseil. On a vraiment besoin de vous.

Le cultivateur réfléchit brièvement avant de déclarer:

— C'est correct, monsieur le curé. Je veux ben revenir, mais c'est vraiment pour vous rendre service.

Sur ces entrefaits, Camille revint en portant quelques vêtements sur un bras.

— Pensez-vous que je peux prendre ces deux manteaux-là, la robe et les culottes, monsieur le curé? demanda-t-elle au prêtre.

— Certainement, mademoiselle. Il y a pas autre chose qui vous conviendrait?

— Si j'avais pas eu peur d'exagérer, j'aurais pris une tuque et deux paires de bas de laine qui vous ont été donnés.

— Prenez-les, ne vous gênez pas.

Camille retourna au fond de la pièce pour y prendre ce qu'elle venait de désigner.

— Prenez donc aussi quelques pots de confiture et de marinades, lui suggéra le prêtre, toujours assis près du poêle. Ça pourra toujours servir.

La jeune femme ne se le fit pas répéter. Son père l'aida à transporter tout cela dans la *sleigh* après qu'ils eurent remercié le curé Ouellet de son obligeance et ils rentrèrent à la maison.

Durant le court trajet du retour, Camille expliqua à son père qu'elle avait l'intention de raccourcir la robe qui pourrait convenir à Ann et d'ajuster les culottes pour les deux garçons de Liam Connolly qui en avaient bien besoin.

Au moment de souffler la lampe en se mettant au lit, le père de famille ne put s'empêcher de faire remarquer à sa femme en train de s'enfouir sous les couvertures :

— Je trouve que notre fille prend son ouvrage chez Connolly un peu trop à cœur.

— Je pense qu'elle commence à aimer pas mal les enfants, lui expliqua Marie. Elle se sent utile et ça lui fait du bien.

— Je veux ben le croire, mais il faudrait pas que tu te prives de son aide sous le prétexte qu'elle passe une partie de ses journées chez le voisin.

— Je peux me passer d'elle durant l'après-midi. Ça oblige la femme de Donat à lâcher un peu le petit pour venir tisser et aider à préparer le souper.

— Et pour les invitations des fêtes, qu'est-ce que t'as décidé ? lui demanda son mari en se tournant sur le côté.

— On va faire comme l'année passée. Bedette a écrit à mes deux frères et à ton frère Armand qu'on les attend pour souper le soir du jour de l'An. Elle va donner les lettres au facteur demain matin quand il va s'arrêter chez Dionne.

— J'ai oublié de te dire que monsieur le curé m'a presque supplié à genoux de revenir siéger au conseil parce qu'il a absolument besoin de moi, fit Baptiste sur un ton neutre, comme s'il s'agissait d'une chose sans importance.

Marie connaissait assez son mari pour savoir qu'il avait dû se retenir toute la soirée pour ne pas laisser éclater sa joie que le curé ait été contraint de lui demander de reprendre son poste. Elle choisit une attitude pleine de retenue en apprenant la nouvelle.

— J'espère que t'as accepté ? lui demanda-t-elle.

— Je pouvais vraiment pas faire autrement quand il m'a dit que même Ellis pouvait pas l'aider comme du monde.

— Tu vas pas recommencer, fit-elle d'une voix lasse.

— Pantoute, c'est réglé, lui dit son mari, incapable de dissimuler plus longtemps sa satisfaction. Monsieur le curé s'est finalement aperçu que son meilleur homme dans la paroisse, c'est moi.

— C'est certain, reconnut-elle d'une voix moqueuse, mais j'espère que t'oublieras pas d'aller confesser tes péchés d'orgueil.

Chapitre 25

Noël

Durant les deux jours suivants, Camille travailla de longues heures à la réparation et à l'ajustement des vêtements qu'elle voulait offrir aux enfants de Liam Connolly au jour de l'An. Comme elle n'avait pu trouver de robe pour la petite Rose, elle s'était résignée à lui en confectionner une neuve en utilisant un coupon de tissu qu'elle avait conservé dans l'un de ses tiroirs.

— C'est pas le matériel que tu voulais prendre pour te faire une jupe ? lui demanda sa mère quand elle l'aperçut en train de tailler le tissu bleu sur la table de cuisine.

— Oui, mais j'ai décidé de m'en servir pour faire une robe à la petite. Ma jupe noire va faire l'affaire pour les fêtes, ajouta-t-elle.

Marie ne dit rien.

— J'ai réparé des culottes pour Duncan et Patrick, et j'ai arrangé la robe de coton rose pour Ann. Je lui ai mis de la dentelle autour du col. Je pense qu'elle va bien lui faire.

— J'ai remarqué que tu avais pris deux paires de bas, lui dit sa mère.

— C'est pour les garçons.

— Tu prendras les deux paires de bas de laine grise sur mon bureau. Tu les donneras aux filles. Quand est-ce que tu veux leur donner ça ?

— J'ai pensé au jour de l'An.

— Tu trouves pas que tu pourrais leur donner ça demain après-midi ? Ils pourraient s'habiller comme du monde pour venir à la messe de minuit.

Camille trouva la suggestion excellente et fit en sorte de terminer son travail de couture dès le lendemain matin.

Après le repas, la jeune femme enveloppa tant bien que mal ses cadeaux dans du papier brun et prit la direction de la maison des Connolly. À son arrivée, le père de famille venait de partir. Elle confia ses paquets à Ann en lui recommandant de les déposer sur la table et elle retira son manteau et ses bottes.

— Qu'est-ce que c'est ? lui demanda Rose en s'approchant pour l'embrasser sur une joue, habitude qu'elle avait prise depuis quelques jours.

— C'est une surprise, répondit-elle, volontairement mystérieuse.

— Une surprise pour qui ? demanda Duncan.

— C'est une surprise pour toi, pour Patrick, pour Ann et pour Rose. Mais si vous voulez savoir ce qu'il y a dans les paquets, il va falloir que vous m'aidiez avant à remettre de l'ordre dans la cuisine, ajouta-t-elle avec bonne humeur.

Quelques minutes suffirent pour que la nourriture soit rangée et la vaisselle lavée et placée dans l'armoire.

— Patrick, veux-tu aller donner l'eau grasse aux cochons ? demanda-t-elle à l'aîné des garçons. On va t'attendre pour ouvrir les paquets.

Pour une fois, le fils de Liam Connolly s'acquitta de sa tâche sans protester et revint rapidement dans la cuisine.

— Bon, on va y aller par rang d'âge, déclara la jeune femme. Ann, tu es la plus vieille. Ce paquet-là est pour toi.

Elle tendit le paquet qui revenait à l'adolescente qui s'empressa de le déballer.

— Une robe ! se réjouit la jeune fille en étalant la robe rose sur elle pour voir si elle lui allait.

— Je l'ai faite à l'œil, sans tes mesures, mais je pense pas m'être trompée, lui expliqua Camille. Va l'essayer. S'il faut faire des modifications, je vais te les faire cet après-midi pour que tu puisses la porter à soir, à la messe de minuit. Je t'ai mis aussi une grosse paire de bas pour que t'attrapes pas froid aux pieds. Vas-y, on va t'attendre pour ouvrir les autres cadeaux, lui ordonna Camille.

— Grouille-toi, lui commanda Patrick. Nous autres aussi, on a hâte de voir ce qu'il y a dans nos paquets.

Ann s'esquiva dans la chambre de son père et revint moins d'une minute plus tard, le visage rayonnant de bonheur et tournant sur elle-même pour faire admirer une robe qui pourtant n'était pas neuve.

— Elle te va à la perfection, déclara Camille. Il y a rien à reprendre. Tu vas être belle à soir. À cette heure, c'est au tour de Patrick, reprit-elle en tendant au garçon le paquet qui lui était destiné.

Ce dernier, impatient, s'empressa de déchirer le papier brun et en sortit un pantalon brun en laine du pays ainsi qu'une paire de bas de laine.

— Whow, des culottes neuves ! s'exclama-t-il.

— Presque, rectifia Camille.

Elle lui prit le pantalon des mains et l'appliqua contre lui avant de déclarer qu'il allait lui convenir parfaitement.

— À Duncan maintenant, poursuivit-elle en lui donnant un paquet.

Le frère de Patrick tira de ce dernier un pantalon gris du même tissu que celui de son frère et, par chance, il lui allait bien. Il eut droit, lui aussi, à une paire de bas.

— Et moi ? demanda Rose, que l'impatience faisait trépigner.

— Toi, ma Rose, tu vas avoir droit au plus beau cadeau, fit Camille en lui remettant son paquet. Ouvre-le.

La fillette sortit la robe neuve du papier d'emballage et la regarda longuement, comme en extase.

— Viens, ma belle, on va aller l'essayer et tu vas pouvoir venir la montrer à tout le monde, l'invita Camille en la prenant par la main.

Rose la suivit dans la pièce voisine et elle l'aida à mettre sa robe bleue.

— Regarde, fit Camille en lui montrant un ruban de la même couleur. Ça, ça va être pour attacher tes cheveux. Tu vas avoir l'air d'une petite princesse à soir.

Elle alla se faire admirer par ses frères et sa sœur.

— Bon, maintenant, vous allez cacher vos cadeaux dans votre chambre et vous allez faire la surprise à votre père en vous habillant avec votre nouveau linge quand il reviendra à la maison.

Les enfants la remercièrent et s'empressèrent d'aller porter leurs vêtements dans leur chambre avant de revenir dans la cuisine.

— Hier après-midi, on a eu le temps de préparer tout le manger qu'il faut pour Noël, déclara Camille. Aujourd'hui, ce serait une bonne idée que vous vous laviez tous la tête et que je coupe les cheveux de ceux qui en ont besoin.

Patrick regarda Duncan, mais l'un et l'autre se gardèrent bien de dire qu'ils avaient largement besoin d'une coupe de cheveux. Camille commençait à bien les connaître et s'occupa d'abord des filles.

— Qu'est-ce que vous diriez, les filles, que j'arrange votre toupet et que je vous fasse un beau chignon pour à soir ?

Camille aida l'adolescente et la fillette à se laver la tête, puis elle dut faire preuve d'autorité pour obliger les deux frères à laver leurs cheveux. Dès que leurs cheveux furent secs, elle coiffa Ann et Rose qui s'empressèrent d'aller s'admirer dans le petit miroir suspendu entre les deux fenêtres.

— Vos cheveux sont propres, dit-elle aux garçons, mais ils sont trop longs et vos toupets vous tombent dans les yeux. Je pense que je vais laisser votre père s'occuper de ça.

L'expression du visage des deux frères changea immédiatement.

— Vous pouvez me les couper, concéda à contrecœur Patrick.

— Moi aussi, fit Duncan.

Camille coupa d'abord les cheveux de Patrick sous le regard intéressé de son jeune frère.

— C'est vrai que t'as les cheveux carotte, lui dit-il pour le faire rager.

— Attends, toi, tu vas voir ce que je vais te faire quand je vais avoir fini, le menaça l'aîné.

— Duncan, tiens-toi tranquille, lui ordonna Camille, sinon je vais te raser toute la tête.

À la fin de l'après-midi, la jeune femme n'eut pas à demander aux deux garçons de la raccompagner. Ils étaient prêts à sortir avant même qu'elle eut fini de chausser ses bottes.

— Bon, je pars, déclara-t-elle. Demain, je viendrai pas vous voir.

— Pourquoi, mademoiselle? lui demanda Rose.

— Parce que c'est Noël et votre père va passer la journée avec vous autres. Le manger est prêt et vous manquerez pas de rien. Je vais peut-être vous voir à la messe de minuit, ajouta-t-elle. Si je vous vois pas, passez un beau Noël.

Sur ces mots, elle quitta la maison et alla rejoindre les deux frères qui l'attendaient à la sortie de la cour.

❧

Cet après-midi-là, Baptiste et Donat rentrèrent du bois plus tôt que d'habitude, au milieu de l'après-midi. Les deux hommes trouvèrent Marie et Bernadette en train de sortir des tourtières du four. La cuisine embaumait.

— Sacrifice, juste sentir ça, ça donne faim! s'exclama Donat en enlevant sa tuque.

— Ben, il va falloir que t'attendes demain midi, fit sa jeune sœur.

— Quoi ? On n'en mangera même pas une pointe en rentrant de la messe de minuit ?

— C'est pas prévu pantoute, répondit sa mère. Si t'as faim en rentrant, tu pourras toujours manger un peu de graisse de rôti, mais les tourtières et les tartes, c'est pour les repas de demain, et surtout pour le souper du jour de l'An, quand on va recevoir.

— Maudit ! Moi, chaque année, quand on revient de la messe de minuit, je mangerais un ours, se plaignit Donat.

— Et tu rêverais au diable, conclut son père en riant. Arrive, on a un plein voyage de bûches à aller corder avant d'aller faire le train.

À l'heure du souper, une petite neige folle se mit à tomber et les Beauchemin se préparèrent à passer une soirée tranquille.

— Xavier aurait bien pu venir veiller avec nous autres, dit Marie. Il me semble que ça doit finir par être ennuyant d'être tout seul avec Antonin.

— Il a dû bûcher toute la journée, fit son mari. Il doit être fatigué. Il va faire comme nous autres et se reposer avant la messe.

En fait, c'est ce que le jeune homme faisait, mais à son corps défendant. S'il s'était écouté, il serait allé frapper à la porte des Benoît pour passer la soirée en compagnie de Catherine, mais il avait oublié de parler de cette possibilité le dimanche précédent.

À la surprise de Laura Benoît, le fils de Baptiste Beauchemin était revenu veiller avec sa fille à trois reprises depuis sa première visite et les deux jeunes gens semblaient bien s'entendre, même si Cyprien et sa femme continuaient à ignorer ostensiblement le visiteur, ce qui ne semblait pas le déranger le moins du monde. La veuve connaissait assez la mentalité des gens de la région pour savoir que la conduite coupable de sa fille avait provoqué le rejet de sa famille. Au mieux, on faisait semblant de ne pas les voir et les rares visites qu'elle ou son fils faisaient au magasin général de Télesphore Dionne suscitaient des chuchotements et des airs méprisants. Laura Benoît était persuadée que le cavalier de sa fille n'avait pas dit un mot de ses fréquentations à sa famille.

— Dès que ton Xavier va avoir dit qu'il vient te voir à son père et à sa mère, avait-elle répété à sa fille, il remettra plus les pieds ici dedans.

Chaque fois, la jeune fille s'était tue, consciente de ce qui allait se produire à plus ou moins brève échéance. Elle savait bien que cela ne pouvait pas durer très longtemps. Elle s'estimait encore chanceuse d'avoir un toit sur la tête et elle était consciente qu'elle le devait à la bonté de sa mère. S'il n'en avait tenu qu'à son frère et à sa femme, elle aurait été condamnée à quêter en ville. Sa présence à la maison était une source constante de friction entre sa mère et le jeune couple.

En cette veille de Noël, un peu avant onze heures, Xavier et Antonin attelèrent Prince au vieux berlot réparé de peine et de misère quelques semaines auparavant et se dirigèrent vers la chapelle. Xavier ne quittait pas de gaieté de cœur sa cabane. Il avait travaillé dans le bois toute la journée avec l'adolescent et il avait l'impression que son abri commençait à peine à se réchauffer. À leur retour, la fournaise serait éteinte depuis longtemps et ils allaient être condamnés à se coucher en grelottant.

Quand ils se mirent en route, la neige tombait encore doucement. À leur arrivée à la chapelle près de quarante minutes avant minuit, les lieux avaient déjà été envahis par une foule de fidèles et ils eurent du mal à trouver une place pour leur véhicule. Xavier arriva à temps sur l'étroit parvis en bois de la chapelle pour y retrouver son père en train de parler avec le nouveau bedeau.

— Vous auriez dû pelleter le perron et les marches, père Moreau, lui reprocha Baptiste. Il y a quelqu'un qui va finir par tomber en sortant de la chapelle après la messe.

— Ben non, lança sur un ton insouciant le petit homme engoncé dans son épais manteau de drap gris. Le monde marche sur la neige et la tape au fur et à mesure qu'elle tombe. Je vois pas pourquoi je me fatiguerais pour rien.

Le président du conseil secoua la tête et aperçut son fils et Antonin. Il s'avança vers eux.

— Le vieux maudit a encore bu. Il sent la bagosse à plein nez, leur dit-il à mi-voix.

— Ce sera pas la première fois qu'il fête un peu, lui fit remarquer Xavier.

— Non, c'est certain, mais il va falloir que je le surveille pendant la messe pour qu'il chauffe pas trop le poêle. J'ai pas envie qu'il sacre le feu, le vieux bagatême ! As-tu bûché toute la journée ? demanda-t-il à son fils cadet.

— Beau dommage ! On a fait une bonne journée, répondit Xavier. Et vous autres ?

— La même chose. Il faut en profiter avant qu'il y ait trop épais de neige. Entrez-vous maintenant ?

— Non, on va d'abord fumer dehors, décida Xavier après avoir jeté un coup d'œil à Antonin qui sortait déjà sa pipe de sa poche. Si ça peut vous rendre service, on va garder un œil sur le père Moreau.

— Fais donc ça.

En fait, Xavier se glissa rapidement dans la chapelle derrière son père pour voir si les Benoît étaient déjà installés dans leur banc. Ils y étaient. Au moment où il allait sortir pour rejoindre son homme engagé demeuré à l'extérieur, un tumulte éclata à l'avant de la chapelle, près du premier banc. Les murmures cessèrent et toutes les têtes se tournèrent dans cette direction pour tenter de voir ce qui se passait.

Tancrède Bélanger venait d'empoigner un inconnu pour l'expulser de force du premier banc qu'il avait loué à grands frais deux semaines auparavant.

— Mon étole, tu vas sortir de là au plus sacrant, toi! rugit le gros homme en secouant l'homme qui s'agrippait au banc tout en tentant de le repousser.

— T'avais juste à arriver avant, fit l'homme en lui décochant un coup de coude en plein ventre.

— Ce banc-là est à moi. Ôte-toi de là, chnaille! s'entêta Tancrède en ne lâchant pas prise.

La querelle allait tourner à la bagarre quand Éloi Lambert, un cultivateur du rang Saint-Paul, s'interposa.

— Attends, Tancrède, dit-il à l'ancien propriétaire du pont. C'est mon cousin. Il savait pas que les bancs étaient loués.

— Il fallait le dire, calvaire! dit l'autre d'une voix un peu avinée. Tiens, prends-le, ton banc, le gros, ajouta-t-il en repoussant brusquement Bélanger.

Il fit passer sa femme devant lui et la suivit vers l'arrière de la chapelle, non sans avoir lancé un coup d'œil meurtrier à son assaillant. Le curé Ouellet apparut dans le chœur à cet instant et fit signe à Antonius Côté et à Baptiste de venir le rejoindre. Il leur demanda ce qui se passait. Après avoir écouté leurs explications, il leur demanda d'assurer l'ordre avec l'aide des autres syndics. Les deux hommes acceptèrent sans montrer grand empressement.

D'une part, Baptiste n'éprouvait pas beaucoup de sympathie pour Tancrède Bélanger qui trônait avec sa femme et sa fille dans un banc qui aurait dû lui revenir de plein droit. D'une autre, les deux habitants du rang Saint-Jean étaient en froid depuis que Baptiste avait carrément refusé de l'aider à obtenir une compensation financière des habitants des trois rangs pour l'utilisation des piliers de son vieux pont sur lesquels reposait le nouveau.

— Bagatême! avait-il fini par s'emporter. Tes maudits piliers te servaient plus à rien. Nous autres, on te charge rien pour passer sur notre pont.

Évidemment, le gros homme ne l'entendait pas ainsi et était allé jusqu'à menacer de faire un procès pour obtenir réparation.

— Si tu fais ça, tout le monde va t'haïr, avait conclu Baptiste.

Bref, Baptiste s'était contenté d'entraîner Antonius Côté et Anatole Blanchette à l'arrière et de leur confier deux des trois allées séparant les rangées de bancs. Il ne vit pas Thomas Hyland et il se garda bien d'aller prévenir Samuel Ellis que ses bons offices étaient requis. Il le laissa bien installé dans le premier banc voisin de celui des Bélanger.

À minuit, le prêtre pénétra dans le chœur. Malgré le froid à l'extérieur, il régnait une chaleur étouffante dans la chapelle à cause de la foule nombreuse venue assister à la messe célébrant la naissance du Messie. Il était étrange que ce service religieux solennel soit célébré sans aucune musique. On n'entendait que des toux rauques et des frottements de pieds contre le parquet.

Quand Charles-Omer Ouellet se tourna vers l'assistance pour faire son sermon, de nombreux hommes, debout à l'arrière, se glissèrent dehors en catimini. Si certains n'étaient poussés que par l'envie de fumer, d'autres étaient surtout intéressés à boire le contenu de leur bouteille de bagosse dissimulée sous les épaisses couvertures laissées dans les véhicules. Comme l'homélie dura un certain temps, les libations dépassèrent la mesure dans certains cas.

Pour sa part, le curé de la mission Saint-Bernard-Abbé incita ses ouailles à réfléchir à l'importance de l'arrivée du Christ sur la terre, aussi privé de ressources que la mission elle-même. Il leur promit que le prochain Noël serait différent: il y aurait une chorale et une crèche, comme il se devait. Ensuite, il s'étendit longuement sur la signification de l'épître qu'il venait de lire. Baptiste, assis aux côtés de sa femme, combattit d'abord vaillamment le sommeil, mais l'heure tardive et la chaleur finirent par avoir raison de lui et ses yeux se fermèrent. Un vigoureux coup de coude le tira brusquement de sa somnolence.

— Tu dors, lui reprocha sèchement sa femme à voix basse.

— C'est pas vrai, j'ai juste fermé les yeux pour réfléchir.

— Ben, essaye de pas ronfler quand tu réfléchis, répliqua-t-elle, sarcastique. Tout le monde autour te regarde.

Au même moment, il y eut des exclamations dégoûtées en provenance de l'arrière de la chapelle. Charles-Omer Ouellet se tut et attendit que le silence revînt.

— Les maudits cochons ! se scandalisa une femme en repoussant tant bien que mal ses voisins.

— Ouach ! fit une autre.

— Tassez-vous donc, bonyeu ! fit un vieil homme.

Baptiste quitta son banc et se dirigea vers l'endroit où la bousculade avait lieu. Il découvrit avec une grimace de dégoût que deux hommes, ayant probablement trop bu, venaient d'être malades et avaient éclaboussé leurs voisins, faisant le vide autour d'eux. L'odeur était insupportable. L'officiant reprit la célébration de la messe.

— Où est-ce que le bedeau est passé ? demanda Baptiste à mi-voix.

— Je suis là, fit Agénor Moreau, en se bouchant le nez.

— Ben, père Moreau, qu'est-ce que vous attendez pour nettoyer ça ?

— Aïe, c'est pas mon ouvrage, protesta le vieil homme. Ça me donne mal au cœur, une affaire comme ça.

— L'entretien de la chapelle, c'est votre ouvrage, le père, lui déclara Baptiste sur un ton cassant.

Le bedeau alla chercher un seau et une serpillière à contre-cœur, tout en remarquant qu'un bon nombre de fidèles avaient profité de l'incident pour s'esquiver à l'extérieur.

Xavier fut l'un des premiers à fuir l'odeur nauséabonde, mais il n'en resta pas moins sur le parvis jusqu'à la fin de la messe pour dire quelques mots à Catherine Benoît. Comme sa famille avait loué l'un des derniers bancs, elle fut parmi les premières à quitter la chapelle, après les gens demeurés stoïquement debout à l'arrière durant près d'une heure trente. Le sourire qui illumina le visage de la jeune fille apprit à Xavier qu'elle était heureuse de le revoir. Il lui souhaita un joyeux Noël ainsi qu'à sa mère et il lui demanda s'il pouvait lui rendre visite dès le lendemain soir. La jeune fille accepta avec plaisir de le recevoir.

Les deux femmes venaient à peine de se diriger vers la *sleigh* dans laquelle les attendaient déjà Cyprien et Marie-Rose Benoît que les Beauchemin sortaient de la chapelle.

— Je te dis que c'est toute une messe de minuit, se désola Marie. Pas de chants, pas de crèche, presque une bataille et deux ivrognes qui sont malades. C'est pas dans l'église du curé Lanctôt que des affaires comme ça arriveraient.

— Pendant des années, tu t'es plainte qu'on était obligés d'aller à Sainte-Monique, à l'autre bout du monde, fit son mari. À cette heure, on a notre chapelle presque à la porte, t'es pas pour te lamenter encore.

— C'était pas si pire, m'man, dit Emma en apparaissant aux côtés de sa mère.

— Moi, j'ai jamais eu aussi mal au cœur de ma vie, intervint Bernadette en faisant référence à l'odeur qui s'était répandue dans la chapelle après que les deux ivrognes eurent été malades.

— Pauvre petite fille, fit sa mère. T'as besoin de t'endurcir parce que tu vas voir des affaires pas mal pires que celles-là.

— C'est vrai ce que dit m'man, confirma Emma.

La jeune mère de famille était venue à la messe avec Donat et Eugénie. Ces deux derniers avaient confié le jeune

Alexis à Rémi Lafond qui avait accepté d'aller à la messe le lendemain matin.

— Vous avez pas oublié qu'on vous attend tous pour dîner demain, dit Marie à Xavier et à Emma. Arrivez de bonne heure qu'on ait le temps de jaser.

— On va être là, la rassura son fils.

— Au fond, toi et Antonin, vous pourriez ben venir coucher à la maison. Je suis sûre que c'est pas mal plus chaud chez nous que dans votre cabane.

— C'est certain, m'man, l'approuva son fils cadet, mais je préfère pas, demain matin je serais obligé d'atteler pour aller nourrir mes bêtes.

À leur retour à la maison, les Beauchemin, vaincus par la fatigue accumulée lors de cette trop longue journée, s'empressèrent de se mettre au lit. Après avoir mis une grosse bûche d'érable dans le poêle, Baptiste fut le seul à se diriger vers la huche pour couper deux épaisses tranches de pain. Quand Marie le vit regarder dans l'armoire, elle le prévint.

— Tu touches pas à mon rôti de lard. C'est pour le dîner. J'en ai juste assez. Prends de la graisse de rôti, prit-elle soin d'ajouter avant de disparaître dans leur chambre à coucher.

❦

Le lendemain avant-midi, Emma, Rémi et leurs deux enfants furent les premiers arrivés chez les Beauchemin. Xavier et Antonin les suivirent de près.

— Avez-vous appris la nouvelle, monsieur Beauchemin? lui demanda son gendre en tendant leur jeune fils à sa femme.

— Quelle nouvelle?

— Il paraîtrait que Gaudet est mort il y a trois jours.

— Arrête-moi donc ça, toi! s'exclama Baptiste, stupéfait. Qui t'a dit ça?

— À matin, après la messe, j'ai rencontré le père Meilleur. Quelqu'un de Saint-Zéphirin lui aurait dit ça. C'était écrit dans le journal, il paraît.

— Ah ben, bagatême ! grommela le cultivateur. Pour une fois qu'on avait un bon député, v'là qu'il casse sa pipe. Il serait mort de quoi ?

— D'après Hormidas Meilleur, il aurait pris froid et ça se serait jeté dans les poumons.

— Joseph Gaudet était pourtant pas vieux. En tout cas, j'ai dans l'idée que je suis à la veille de voir sourdre Anthime Lemire, l'organisateur en chef du comté. Il va vouloir encore un coup de main pour faire élire son homme.

— Ça va être le temps de demander quelque chose, p'pa, plaisanta Xavier en adressant un clin d'œil à son frère Donat.

— Toi, fais pas de farce avec ça. La politique, c'est sérieux. C'est une affaire pour les vrais hommes.

Le repas du midi se prit dans une ambiance de fête. Les hommes, repus, durent desserrer leur ceinture d'un cran pour faciliter leur digestion.

— Je sais pas qui a fait la tarte à la citrouille, plaisanta Rémi, mais j'ai dans l'idée qu'elle est bonne à marier.

— C'est Camille qui l'a faite, lui apprit Bernadette.

— Tu vois, ma fille, c'est ce que j'arrête pas de te répéter, dit Marie à son aînée. Les hommes comprennent juste avec leur ventre.

— J'espère que tu savais ça, ajouta Emma en riant.

Après le lavage de la vaisselle, les femmes se rassemblèrent autour de la table pour parler de leurs travaux de couture en cours et s'entendre sur la courtepointe qu'elles avaient l'intention de commencer à confectionner après les fêtes. Pendant ce temps, Xavier parla longuement de tout le bois qu'il avait eu le temps d'abattre depuis un mois ainsi que des améliorations apportées par lui et Antonin à la cabane pour la rendre plus confortable.

— Et tes animaux dans tout ça, ils souffrent pas trop du froid ? lui demanda son beau-frère.

— On dirait pas. On a mis des balles de paille tout le tour de l'abri. C'est pas mal chaud comme ça.

Durant de longues minutes, Donat, Rémi et Baptiste planifièrent le travail qui allait les occuper une bonne partie de l'hiver. Il avait été entendu que le départ de Xavier de la maison n'empêcherait pas les trois hommes de continuer à abattre des arbres ensemble tantôt chez l'un, tantôt chez l'autre. Évidemment, le travail se faisait plus facilement à l'époque où le cadet faisait équipe avec Rémi, tandis que Donat maniait le godendard avec son père. Cependant, à trois, ils allaient facilement tirer leur épingle du jeu.

À la fin de l'après-midi, Marie s'étonna de voir Xavier se préparer déjà à partir en compagnie de son homme engagé.

— Veux-tu bien me dire ce qui te presse tant ? s'étonna-t-elle. Reste à souper. Tes animaux en mourront pas que tu les soignes un peu plus tard.

— Merci, m'man, mais je pense que je vais aller veiller chez une fille à soir.

— Ah oui, qui ? demanda Bernadette, curieuse.

— Je te le dirai quand je reviendrai. Là, je sais même pas si elle va me laisser entrer, mentit-il.

— Comment ça ? Elle sait pas que tu vas y aller ?

— Non, c'est une belle surprise que je lui prépare.

— Je te dis qu'il y en a que l'humilité étouffe pas, intervint Camille qui venait de se mettre à éplucher les pommes de terre.

Le rire de son frère fut sa seule réponse.

— Travaillez tout de même pas trop cette semaine, conseilla Baptiste quand il vit son fils et Antonin sur le point de partir. Oubliez pas qu'on est dans le temps des fêtes.

— Et je vous attends tous les deux au jour de l'An, conclut sa mère au moment où Xavier se penchait pour l'embrasser sur une joue.

— Craignez rien, on va être là, la rassura son fils avant de sortir à la suite d'Antonin.

Quelques heures plus tard, la maison des Beauchemin baignait dans une quiétude assez inhabituelle pour une soirée de Noël. Les années précédentes, Marie invitait toujours à souper ce soir-là Armand Beauchemin ainsi que ses deux frères installés à Saint-Zéphirin et à la Visitation. Cette année, elle avait voulu faire un changement et célébrer avec eux l'arrivée de la nouvelle année.

— Je crois ben qu'on va aller se coucher de bonne heure, déclara Baptiste en se berçant près du poêle. On s'est couchés tard la nuit dernière.

Marie s'apprêtait à lui répondre quand quelqu'un frappa à la porte.

— Qui ça peut bien être ? demanda-t-elle. J'ai pas entendu de voiture entrer dans la cour.

— Va ouvrir, Bedette, lui ordonna son père.

À la grande surprise de toutes les personnes réunies dans la cuisine, Bernadette fit entrer Liam Connolly accompagné de ses quatre enfants chaudement emmitouflés. Baptiste et Marie se levèrent pour accueillir le voisin. Pour sa part, Camille quitta la table où elle était occupée à repriser un vêtement près de la lampe pour s'approcher des visiteurs.

— Bonsoir tout le monde, salua le voisin en poussant ses enfants devant lui avant de refermer la porte. *Goddam*, c'est pas chaud dehors ! ajouta-t-il en se frottant les mains.

— Entrez, venez vous réchauffer, les invita Marie.

— On veut pas vous déranger, dit le jeune veuf. J'arrêtais seulement avec les enfants pour remercier votre fille pour les cadeaux donnés aux enfants et pour tout le bon manger qu'elle nous a préparé pour aujourd'hui.

— Ça m'a fait plaisir, déclara Camille en rougissant.

— Ôtez vos manteaux et venez vous asseoir, offrit Baptiste.

— Il est déjà pas mal tard et… commença le voisin.

— C'est Noël, il faut en profiter un peu, ajouta Marie.

Liam Connolly fit signe à ses enfants d'enlever leurs manteaux et leurs bottes. Bernadette et Camille s'emparèrent des manteaux des nouveaux arrivés et allèrent les déposer sur le lit de leurs parents pendant que leur mère installait les enfants sur les deux longs bancs placés près de la table.

— Il y a pas à dire, déclara Marie en regardant les enfants bien coiffés et soigneusement habillés, vous êtes beaux à soir.

— Moi, j'ai une robe neuve, lui dit Rose en quittant le banc pour aller se coller contre Camille. Et c'est elle qui me l'a donnée, précisa-t-elle en prenant la main de la jeune femme.

— Qui ça, elle? lui demanda son père en lui faisant les gros yeux.

— Mademoiselle Camille.

Cette dernière remarqua avec fierté qu'Ann était pimpante et que Duncan et Patrick avaient pris soin de mouiller leurs cheveux pour les discipliner. De plus, elle prit conscience pour la première fois que leur père endimanché avait belle allure avec sa moustache soigneusement taillée et son épaisse chevelure brune bouclée.

Durant près d'une heure, on discuta de choses et d'autres, mais Marie n'oublia pas de gaver les enfants de fondant et de sucre à la crème.

— Pendant que j'y pense, dit soudain Camille en s'adressant aux deux frères, avez-vous parlé à votre père de votre envie de retourner à l'école après les fêtes?

— Pas encore, mademoiselle, répondit Duncan.

— Qu'est-ce que vous en pensez, monsieur Connolly? demanda-t-elle à leur père.

Liam regarda un bref moment ses fils avant de dire:

— Ce serait peut-être pas une mauvaise idée. Savoir lire et écrire, c'est utile aujourd'hui.

Le père saisit l'air satisfait affiché par la jeune femme et en sembla heureux.

— T'avais pas de visite aujourd'hui ? lui demanda Baptiste, hors de propos.

— Non et j'en aurai pas plus au jour de l'An, monsieur Beauchemin. La famille est plutôt petite. De mon côté, j'ai juste deux vieux oncles, des vieux garçons qui restent à Montréal et ils sont même pas venus à l'enterrement de ma femme. Julia était la seule enfant des O'Maley. Il reste sa mère qui est venue s'occuper des enfants un bon bout de temps. Mais là, elle a plus la santé pour faire ça et elle est retournée en ville. Ça me surprendrait qu'elle vienne nous voir au jour de l'An.

— Dans ce cas-là, vous allez tous venir souper avec nous autres, déclara Marie sur un ton catégorique.

— Ben non, madame Beauchemin. On est cinq et…

— On se tassera, insista la femme de Baptiste. Ça porte pas chance de commencer une nouvelle année tout seul dans son coin. On va vous attendre.

— Je sais vraiment pas quoi dire…

— Dites rien et venez, insista la maîtresse de maison.

— Dans ce cas-là, je dis pas non, fit un Liam Connolly apparemment reconnaissant. Bon, il est temps de rentrer avant que le poêle s'éteigne, ajouta-t-il en se levant. Vous avez été ben aimables de nous recevoir.

— Arrivez de bonne heure qu'on ait le temps de jaser un peu avant le souper. On va vous attendre vers trois heures.

Bernadette et Eugénie allèrent chercher les manteaux des visiteurs pendant que Camille promettait aux enfants de passer les voir le lendemain après-midi.

Après la prière, tous les Beauchemin se dirigèrent vers leur chambre après s'être souhaité une bonne nuit. La porte de leur chambre à peine fermée, Baptiste ne cacha pas plus longtemps sa mauvaise humeur.

— Veux-tu ben me dire ce qui t'a pris d'inviter les Connolly à souper au jour de l'An quand la maison va déjà être ben pleine de monde? demanda-t-il à sa femme d'une voix acerbe.

— C'est une question de charité chrétienne et de bon voisinage, répondit Marie en déboutonnant sa robe.

— Lâche-moi, toi, avec ta charité et ton voisinage, répliqua-t-il abruptement. Il me semble qu'il y a ben assez de ces maudits Irlandais-là dans la paroisse pour qu'ils s'aident entre eux autres. Pourquoi ce serait toujours à nous autres d'être poignés avec Connolly? C'est pas de notre monde.

— C'est du monde comme nous autres, Baptiste Beauchemin. Tu me fais honte quand tu dis ça. Pense aux enfants qui ont pas de mère…

— C'est pas de ma faute si la femme de Connolly est morte, bagatême!

— T'es vraiment aveugle, toi!

— Bon, qu'est-ce que je vois pas encore? fit-il sarcastique en se glissant sous les couvertures.

— Tu vois pas que Camille les aime de plus en plus, ces enfants-là.

— Je vois pas pantoute ce que tu veux dire.

— Je veux dire que notre fille pourrait leur faire une bonne mère.

— Ah ben, il manquerait plus que ça! s'indigna Baptiste en s'assoyant brusquement dans le lit. Ma foi du bon Dieu, je pense que t'es en train de devenir folle!

— Pantoute, répliqua-t-elle d'une voix sèche. Camille approche de la trentaine. Le voisin pourrait pas trouver une meilleure femme.

— Un maudit Irlandais dans la famille! J'aurai tout entendu, conclut-il en se réallongeant et en lui tournant le dos.

Chapitre 26

Des imprévus

La dernière semaine de 1870 fut particulièrement occupée chez les Beauchemin. Il faisait froid, mais il ne tomba pas un flocon de neige, ce qui permit aux hommes d'aller abattre des arbres et de scier chaque jour. Pendant ce temps, une activité fébrile régnait dans la cuisine où les femmes préparaient la nourriture qui serait servie aux invités à l'occasion du souper du jour de l'An. Armand Beauchemin et les deux frères de Marie avaient répondu qu'ils allaient venir avec plaisir célébrer l'arrivée de la nouvelle année avec la famille de Baptiste.

— On va être au moins quinze personnes, répétait la maîtresse de maison en s'affairant autour du poêle.

— Il va nous falloir entrer la table qui est dans la cuisine d'été, madame Beauchemin, lui fit remarquer sa bru.

— C'est vrai, m'man, confirma Bernadette, ce serait bien plus pratique. Ça éviterait de faire deux tablées.

— C'est donc de valeur qu'on n'ait pas de poêle dans la cuisine d'été, déplora Marie. On aurait pu chauffer et envoyer les hommes fumer là au lieu de les laisser nous emboucaner ici. En tout cas, je vais leur demander d'apporter la table dans le haut côté.

Pour sa part, Camille accomplissait sa tâche à la maison sans rechigner avant d'aller chez les Connolly chaque après-midi, où elle aidait Ann à s'acquitter des tâches ménagères.

Quand l'adolescente lui affirma qu'elle pouvait maintenant se débrouiller seule, la jeune femme lui demanda :

— Est-ce que tu me dis ça parce que tu veux plus me voir ?

— Bien non, mademoiselle, se défendit Ann en rougissant légèrement. C'est mon père qui trouve que je vous en laisse trop faire.

— Tu lui diras que je suis pas gênée et que quand je me sentirai fatiguée, je vais m'arrêter, répliqua Camille, rassurée.

Elle tenait à l'amitié de l'adolescente qu'elle trouvait de plus en plus attachante dans son besoin de chercher continuellement son approbation.

— C'est vrai que tu pourrais te débrouiller toute seule, lui chuchota-t-elle de manière à ne pas être entendue par ses deux frères. Mais moi, je m'ennuierais à rester à la maison.

Cette déclaration fit plaisir à la jeune fille. Pourtant, Camille avait à peine exagéré quand elle avait prononcé ces paroles.

La veille du jour de l'An, elle décida de rentrer un peu plus tôt à la maison parce qu'elle avait projeté de cuisiner une recette de fondant pour les enfants. Elle avait l'intention d'en faire des petits paquets qu'elle offrirait aux enfants présents dans la maison comme étrennes au Nouvel An.

Patrick et Duncan s'empressèrent de s'habiller pour la raccompagner, même si l'obscurité n'était pas encore tombée. Quand ils la quittèrent à l'entrée de la cour, elle leur demanda de rappeler à leur père qu'ils étaient tous attendus le lendemain soir à souper. Les jeunes venaient à peine de tourner les talons qu'elle entendit les grelots d'un attelage qui approchait. Elle reconnut Xavier et Antonin, tassés dans le vieux berlot qu'ils avaient réparé à la fin de l'automne.

Elle les rejoignit au moment où ils descendaient de voiture.

— Venez-vous souper avec nous autres ? leur demanda-t-elle.

— Je sais pas trop, déclara Xavier. Regarde Antonin, lui ordonna-t-il.

La jeune femme tourna la tête vers l'adolescent et découvrit qu'il avait le côté gauche du visage enflé.

— Qu'est-ce qu'il a ?

— Il a mal aux dents depuis hier soir. Il s'endure plus, lui apprit son frère en montant les trois marches qui conduisaient à la galerie.

— Entre, Antonin. Le froid doit pas te faire de bien, conseilla la jeune femme à l'homme engagé de son frère.

Tous les trois pénétrèrent dans la maison. Xavier s'empressa de donner les mêmes explications à sa mère, étonnée de le voir arriver à la maison durant la semaine.

— J'ai rien pour le soigner, lui déclara son fils cadet. On serait ben montés à Nicolet voir le dentiste, mais, la veille du jour de l'An, on risque de faire le voyage pour rien.

Marie s'approcha d'Antonin et lui demanda d'ouvrir la bouche pour examiner la dent qui le faisait tant souffrir. Bernadette et Eugénie s'approchèrent à leur tour pour regarder.

— Pauvre petit gars, le plaignit Marie. Ôte ton manteau et viens t'asseoir proche du poêle. Je vais te sortir du clou de girofle, ça va au moins te soulager un peu.

Ce disant, elle se dirigea vers l'armoire et en sortit un pot de clous de girofle. Elle en prit deux ou trois et les tendit à l'adolescent.

— Tiens, frotte tes gencives avec ça, lui recommanda-t-elle.

Antonin s'exécuta avec une grimace de douleur.

— Montre-moi donc ça pour voir, fit Camille en l'obligeant à ouvrir de nouveau la bouche.

L'adolescent obéit.

— Seigneur, il a une dent toute noire au fond ! s'exclama-t-elle. Elle a l'air pourrie. Je pense que t'auras pas le choix, il va falloir te la faire arracher.

Marie vint regarder de nouveau et fut du même avis que sa fille aînée.

— Oui, Camille a raison, le clou de girofle suffira pas, il va falloir enlever ta dent, mon garçon, déclara-t-elle. Et, là où elle est, elle sera pas facile à arracher.

— Un bon coup de poing à la bonne place, ça va régler le problème, plaisanta Xavier en approchant son large poing de la figure du malade.

— Arrête tes niaiseries, toi, lui ordonna sa mère. Comme tu sers à rien, va plutôt chercher ma bobine de fil. Est-ce qu'elle branle ? demanda-t-elle à Antonin.

— Un peu, madame.

Xavier revint avec le fil demandé. Marie en coupa une bonne longueur et fit un nœud coulant à une extrémité.

— Mon garçon, tu vas glisser le nœud coulant autour de ta dent. Prends ton temps, il y a rien qui presse.

L'adolescent ouvrit précautionneusement la bouche et glissa ses doigts vers la dent malade. Après quelques tâtonnements et plusieurs grimaces, il parvint à glisser le nœud coulant autour.

Pendant qu'Antonin s'exécutait, Camille prit soin d'apporter un petit banc dans la cuisine pour y asseoir l'adolescent.

— C'est parfait. Maintenant, viens t'asseoir sur le banc, ordonna-t-elle au malade.

— Toi, Xavier, viens tenir Antonin par les épaules, intervint la maîtresse de maison une fois que le malade fut assis sur le banc.

Camille ouvrit la porte de l'armoire et attacha l'extrémité du fil qui sortait de la bouche d'Antonin à la poignée.

— Aie pas peur, tu sentiras rien, dit-elle à l'adolescent pour le rassurer. Tiens-le bien, Xavier, commanda-t-elle à son frère.

Et, sans expliquer davantage à Antonin ce qu'elle s'apprêtait à faire, elle ferma la porte de l'armoire d'un coup sec.

Sous le choc, le fil se tendit brusquement et Antonin poussa un cri de douleur alors même que la molaire noire toute gâtée atterrissait sur le parquet au bout du fil. Du sang coulait au coin de la bouche de l'adolescent qui avait porté la main à sa joue.

— Bon, c'est fini, à cette heure, déclara Marie. Viens te rincer la bouche avec de l'eau salée. Tu vas voir, ta joue va désenfler bien vite et, demain matin, tu te rappelleras même plus de cet épisode.

Apparemment très soulagé d'être enfin débarrassé de sa dent malade, Antonin obéit et remercia avec reconnaissance.

— Vous allez souper avec nous autres, dit Marie.

— Merci, m'man, mais on peut pas rester, lui dit Xavier. Je vais veiller à soir.

— Avec qui ? lui demanda Bernadette. La dernière fois, t'as promis de me le dire, lui rappela-t-elle.

— T'es ben fouineuse, toi, fit son frère. Si m'man l'invite à venir souper avec tout le monde demain soir, tu vas finir par le savoir.

— Une de plus fera pas une grande différence, intervint sa mère en train de touiller la soupe qui cuisait sur le poêle. Si ses parents acceptent que tu l'amènes pour le jour de l'An, c'est bien correct.

— Merci, m'man. Ça me surprendrait que madame Benoît veuille pas que Catherine vienne.

En entendant ce nom, Marie Beauchemin pâlit et elle échappa sa cuillère dans la marmite.

— Qu'est-ce que tu viens de dire là, toi ? demanda-t-elle à son fils cadet.

— Je viens de dire que madame Benoît acceptera sûrement pas que sa fille m'accompagne demain soir.

— Es-tu en train de me dire que tu t'es mis à fréquenter Catherine Benoît ? fit sa mère en élevant la voix.

— Ben oui.

— Et ça dure depuis combien de temps, cette affaire-là ?

— Un mois. Qu'est-ce qu'il y a de mal à ça ?

— Espèce de grand innocent ! s'emporta Marie, subitement hors d'elle-même. Une fille perdue ! Une Jézabel ! Une fille qui a pas été capable de se faire respecter et qui a couché avec un homme sans être mariée ! Comprends-tu ce que je viens de te dire, Xavier Beauchemin ? Et c'est avec ça que tu vas veiller ?

Désarçonné par la colère maternelle, le fils regardait autour de lui, cherchant un appui chez ses deux sœurs et sa belle-sœur qui se taisaient. Antonin avait déjà endossé son manteau et se tenait près de la porte, prêt à sortir.

— Mais, m'man, c'était pas sa faute, voulut plaider le jeune homme.

— Arrête-moi ça tout de suite, maudit niaiseux ! Ce genre d'affaire-là, ça arrive pas à une fille qui sait se tenir, tu sauras. Si elle avait eu juste un peu d'orgueil, elle serait jamais revenue dans la paroisse et elle aurait été cacher son infamie en ville.

— On sait pas ce qui est arrivé, protesta Xavier, qui commençait à en avoir assez.

— Toi, peut-être pas, mais nous autres, on est assez fins pour le savoir. En tout cas, je te le dis tout de suite, je veux pas la voir passer le pas de la porte ici dedans, tu m'entends ? Il sera pas dit nulle part qu'une fille comme ça va être venue manger chez nous.

— Ben, si c'est comme ça, je viendrai pas souper demain soir, déclara son fils en empoignant son manteau et en faisant signe à son homme engagé de sortir.

Sur ces mots, il quitta la maison alors que sa mère se laissait tomber sur une chaise berçante, encore abasourdie par la nouvelle qu'elle venait d'apprendre.

— Bondance, on passe des années à élever nos enfants comme du monde, et à la première occasion ils nous font honte ! pesta-t-elle.

— Voyons, m'man, intervint Camille d'une voix apaisante. Il s'est rien passé encore. Xavier parle pas de la marier. Il est juste allé passer une couple de soirées avec la fille de Léopold Benoît, c'est pas la fin du monde.

— Une dévergondée, une sans vergogne… La paroisse est pleine de filles honnêtes qui demandent pas mieux que de recevoir un bon garçon, il a fallu qu'il tombe sur elle.

— Elle le mangera pas, votre Xavier, fit Bernadette avec un petit rire pour alléger l'atmosphère.

— Toi, mêle-toi pas de ça, la rembarra sèchement sa mère. Ça te regarde pas.

Eugénie adressa un petit signe de tête à sa jeune belle-sœur pour l'inciter à ne pas répliquer.

Quand Baptiste rentra à la maison avec Donat après avoir soigné les animaux, il trouva une cuisine passablement silencieuse.

— Qu'est-ce qui se passe ici dedans ? demanda-t-il en se déchaussant. On est la veille du jour de l'An, au cas où vous le sauriez pas, vous êtes pas en train de veiller un mort.

— Xavier vient de partir, lui apprit sa femme en déposant la soupière au centre de la table.

— Ça lui tentait pas de rester à souper ?

— Non, il allait veiller à soir.

Baptiste attendit que tous les siens aient pris place autour de la table pour réciter le bénédicité. Ensuite, il remplit son bol de soupe aux légumes avant de couper une épaisse tranche de pain dans la miche déposée près de lui.

— Notre gars m'a demandé la permission d'amener une fille à souper demain soir, reprit Marie.

— Puis ?

— Sais-tu quelle fille il voulait nous amener ?

— Qui ? demanda le maître de maison sur un ton détaché.

— Catherine Benoît.

Baptiste immobilisa la cuillère qu'il allait porter à sa bouche et son contenu retomba dans son bol.

— Ah ben, maudit bagatême, par exemple ! C'est pas vrai ! En quel honneur ?

— Il m'a dit qu'il allait veiller avec elle depuis un bout de temps, lui révéla-t-elle.

— J'espère que t'as refusé.

— C'est sûr.

— Veux-tu ben me dire ce qu'il fait avec cette fille-là ? ajouta son mari, rouge de colère.

— Je sais pas ce qu'il lui a pris.

Donat jeta un coup d'œil vers sa femme et haussa subrepticement les épaules. De toute évidence, ce n'était pas le temps de se mêler de cette affaire-là.

— Attends que je le voie, lui, demain, je vais lui mettre du plomb dans la tête, promit Baptiste en élevant la voix. Il sera pas dit dans la paroisse qu'un Beauchemin a sali son nom à traîner avec ce genre de fille-là.

Le petit Alexis se mit à pleurer en entendant ces éclats de voix et Eugénie s'empressa de quitter la table pour aller consoler le poupon dans son berceau placé près du poêle.

Devant la colère flagrante de son époux, Marie résolut de ne pas lui apprendre que leur fils cadet lui avait annoncé qu'il ne viendrait pas célébrer avec eux l'arrivée de la nouvelle année, le lendemain.

Fait certain, cette scène gâcha l'atmosphère de cette dernière soirée de l'année 1870. Un peu après huit heures, Donat annonça aux membres de la famille réunis dans la cuisine qu'Eugénie et lui montaient dans leur chambre avec le bébé.

Bernadette attendit que le couple ait refermé la porte de sa chambre à coucher à l'étage avant de laisser échapper :

— Bonne sainte Anne ! ils sont rendus qu'ils se couchent à l'heure des poules.

— Bedette Beauchemin, encore une fois, mêle-toi donc de tes affaires, la réprimanda sa mère.

Occupée à ficeler les paquets de fondants préparés pour les petits Connolly et les enfants d'Emma, Camille pouffa.

— Tout est presque prêt pour demain, fit Marie en écartant les rideaux pour examiner le ciel. On voit pas une étoile, ajouta-t-elle.

— Depuis la fin de l'après-midi, ça s'ennuage pas mal, fit son mari.

— J'espère qu'il se mettra pas à neiger, dit-elle, inquiète. Il manquerait plus qu'il fasse tempête demain et que ça empêche le monde de venir souper.

— Ça me surprendrait, rétorqua Baptiste, il y a pas de vent. On va peut-être avoir juste un peu de neige, rien pour empêcher notre visite de venir.

Vers dix heures, tout le monde décida d'aller se mettre au lit en se disant que, le lendemain soir, l'heure du coucher serait passablement plus tardive.

— Rémi a promis d'apporter son accordéon demain soir, fit remarquer Bernadette à sa sœur avant de la quitter à la porte de sa chambre. On n'a pas de deuil dans la famille cette année, on va pouvoir danser. Toi, t'es chanceuse, tu vas peut-être danser avec Liam Connolly s'il vient, mais moi, j'aurai personne.

— J'ai pas l'intention de danser avec Liam Connolly, protesta Camille à voix basse. C'est pas mon cavalier et c'est pas moi qui l'ai invité, tu sauras. Mon oncle Joseph va peut-être venir avec Ernest. Toi, tu vas pouvoir danser avec lui.

— Ah non, par exemple! protesta Bernadette. Il est laid à faire peur.

— Bedette! fit sa sœur en riant tout bas.

— Je te le dis, ma tante a dû l'échapper souvent à terre quand il était bébé parce que c'est pas possible d'être laid comme ça. Il fait peur.

— Arrête donc!

— Et en plus, il danse mal. Je te le laisse. J'aime encore mieux rester assise à écouter ma tante Amanda me parler de toutes ses maladies.

⌁

Cette nuit-là se révéla passablement mouvementée pour Baptiste Beauchemin. Il venait à peine de s'endormir, bien au chaud sous d'épaisses couvertures, quand une colique le réveilla brusquement. Il sut immédiatement qu'il devait se précipiter aux toilettes, même si l'idée de quitter son lit ne lui plaisait guère.

Il se leva en grommelant, enfila son pantalon et sortit de la chambre rapidement. Pendant un très bref moment, il fut bien tenté d'utiliser le seau couvert placé dans les toilettes situées au pied de l'escalier, mais à la seule pensée de l'odeur qui allait se répandre, il opta pour les toilettes extérieures. Après avoir allumé le fanal suspendu près de la porte, il mit son manteau, glissa ses pieds nus dans ses bottes et sortit précipitamment de la maison.

Le vent s'était levé et la neige s'était mise à tomber. Sans perdre un instant, il courut tant bien que mal en grelottant vers les toilettes sèches installées près de la remise. Il repoussa du pied la neige accumulée devant la porte et s'empressa de s'enfermer dans le noir pour se soulager enfin.

— Qu'est-ce que j'ai ben pu manger qui me fait pas? dit-il à haute voix.

Pour la millième fois, il se jura que l'hiver suivant les toilettes seraient déplacées à l'extrémité de la cuisine d'été à laquelle elles seraient reliées par une courte passerelle couverte. De cette façon, personne n'aurait plus à sortir à l'extérieur pour se soulager.

Quelques minutes plus tard, il quitta l'édicule inconfortable, complètement frigorifié, et il entreprit de rentrer à la maison. Après s'être déshabillé, il jeta une bûche dans le poêle, éteignit le fanal et retourna se mettre au lit.

Le même scénario se reproduisit en deux autres occasions au milieu de la nuit. Mais la dernière fois, il y eut une variante que le maître des lieux n'apprécia pas du tout. Il neigeait de plus en plus et, à sa sortie de la maison, le vent lui projeta de la neige au visage, ce qui acheva de le réveiller. De mauvaise humeur et se tenant le ventre à deux mains pour tenter inutilement de calmer sa colique, il alla s'enfermer dans l'édicule nauséabond pour la troisième fois de la nuit. Il venait à peine de s'installer qu'il perçut un frôlement contre la porte.

— Il y a quelqu'un ! vociféra-t-il pour prévenir la personne qui s'apprêtait sans doute à entrer.

Son avertissement ne fut pas suivi d'un bruit de voix, mais plutôt d'un choc sourd contre la porte.

— Je viens de te dire qu'il y a quelqu'un, bagatême ! répéta-t-il, rageur.

Le long hurlement d'un loup répondit cette fois-ci à sa mise en garde. Sa stupéfaction fut telle qu'il en oublia sa colique. Un autre hurlement de loup, un peu plus loin, répondit au premier et le frottement contre le mur des toilettes sèches reprit.

Baptiste sentit un frisson désagréable lui courir le long de l'échine et il se demanda combien de ces maudites bêtes rôdaient autour de lui alors qu'il était désarmé et surtout dans l'impossibilité de voir où elles étaient. Il se releva, prit son courage à deux mains et se mit à crier pour tenter de leur faire peur. Allait-il pouvoir courir assez rapidement jusqu'à la maison pour leur échapper ? Il en doutait sérieusement. Il se rassit, cherchant désespérément un moyen de se tirer de cette situation.

— Je suis tout de même pas pour attendre que Donat se lève pour aller faire le train, torrieu ! J'ai le temps de mourir gelé avant ça !

Il se releva, empoigna son fanal accroché à un clou et entrouvrit prudemment la porte, prêt à la refermer sur le premier muscau qui oserait se présenter. Rien. Il repoussa la porte un peu plus pour avoir un meilleur champ de vision : la neige entra dans les toilettes, mais il ne vit pas de loup. Sans oser encore quitter la protection du petit édifice en bois, il fit un pas pour regarder de chaque côté, craignant que les bêtes soient embusquées. Toujours rien. Alors, il prit une grande inspiration, sortit des toilettes, claqua la porte derrière lui et se mit à courir tant bien que mal dans la neige de plus en plus abondante jusqu'à la porte de la maison en jetant des regards inquiets derrière lui pour s'assurer qu'aucune bête ne l'avait pris en chasse.

Il ouvrit la porte de la maison à la volée et la referma derrière lui, à bout de souffle, mais heureux d'avoir échappé au danger. Après avoir récupéré durant de longues secondes, il plaqua son visage contre la vitre de la fenêtre voisine de la porte pour tenter de percer le rideau de neige qui tombait : aucun signe de vie et aucune piste dans la neige.

— Veux-tu ben me dire ce que t'as à faire autant de bruit en pleine nuit ? lui demanda Marie d'une voix exaspérée en entrant soudain dans la cuisine.

— Donne-moi le temps de reprendre mon souffle, lui ordonna-t-il en commençant à retirer son manteau.

— Qu'est-ce que t'as à te lever tout le temps ? Ça fait au moins trois ou quatre fois que tu me réveilles.

— Bagatême, je sais pas ce que tu nous as servi à souper, mais j'ai pas arrêté d'avoir mal au ventre. Et là, j'ai ben failli y laisser ma peau. Pendant que j'étais dans les toilettes, il y a des loups qui sont venus rôder autour. Ça a tout pris pour que je sois capable de revenir à la maison. En plus, il neige à plein ciel, on voit presque rien.

— Des loups ? s'énerva Marie à mi-voix pour ne pas réveiller les siens.

— Ben oui, des loups, torrieu ! Ça fait au moins dix ans que j'en ai pas vu s'approcher aussi près de la maison. On va s'occuper de ça après-demain, je te le garantis. On n'est tout de même pas pour aller aux bâtiments avec un fusil pour se défendre.

— Ils trouveront rien à manger autour de la maison ou des bâtiments, nota sa femme. Ils vont retourner dans le bois.

— Si j'en vois un, il va payer pour les autres, je te le garantis, lui promit Baptiste, encore mal revenu de sa frayeur.

— Quand t'as commencé à avoir mal au ventre, t'aurais dû aller prendre une gorgée d'eau de Pâques, lui rappela-t-elle.

— Laisse faire ton eau de Pâques. Je viens de penser que je connais un ben meilleur moyen de faire passer ça, déclara son mari en se dirigeant vers l'armoire d'où il tira une bouteille de bagosse.

— T'es pas pour boire ça, s'insurgea sa femme, tu pourras pas aller communier à matin.

— Ben, je sauterai un tour, répliqua-t-il, désinvolte. Là, on retourne se coucher. Il est juste quatre heures du matin.

— Qu'est-ce que le monde va dire quand ils vont te voir rester dans notre banc à la communion.

— Ils vont se dire que c'est pas de leurs maudites affaires, dit-il en rebouchant la bouteille après en avoir avalé une longue rasade.

Chapitre 27

Un jour de l'An particulier

Un peu après six heures, Marie se leva sur la pointe des pieds et alla rejoindre Donat qui venait de descendre au rez-de-chaussée.

— Est-ce que p'pa est déjà levé? demanda-t-il à sa mère.

— Non, il a passé sa nuit debout à aller aux toilettes, lui expliqua-t-elle. Il a mangé quelque chose qui lui a pas fait. Je pense qu'on va le laisser dormir un peu et je vais aller te donner un coup de main pour soigner les animaux.

— Laissez faire, m'man, je vais y aller avec lui, fit Camille qui venait de descendre l'escalier sur le bout des pieds. En plus, Bedette s'en vient. Je l'ai entendue remuer dans sa chambre.

Une heure plus tard, les trois enfants de Baptiste rentrèrent à la maison après avoir secoué bruyamment leurs pieds sur la galerie pour en faire tomber la neige.

— Je vous dis qu'il en tombe une bonne, et ça a pas l'air de vouloir finir, déclara Donat à sa mère. Pour moi, ça va même tout prendre pour se rendre à la chapelle à matin.

— Je sais pas qui est allé aux toilettes en dernier, rapporta Bedette, mais il a laissé la porte ouverte et il y a de la neige partout en dedans. C'est agréable encore de s'asseoir dans la neige. En plus, il va falloir pelleter pour pouvoir refermer la porte.

— C'est ton père, répondit Marie. Je pense qu'il est sorti pas mal vite de là parce que des loups rôdaient autour quand il y est allé pendant la nuit.

— Voyons donc! protesta Donat, incrédule.

— Une chance que vous vous décidez à nous le dire, reprocha Camille à sa mère.

— Ça servait à rien que je vous fasse peur avec ça, fit Marie. Vous savez bien que ces bêtes-là ont pris le bord du bois quand elles se sont aperçues qu'il n'y avait rien à manger pour elles autour de la maison.

— Ça fait rien, dit Bernadette d'une voix décidée. Si c'est comme ça, moi, je vais plus aux toilettes dehors. J'ai trop peur. Je vais me servir de mon pot de chambre.

— Commence pas à t'énerver pour rien, la tança sa mère. Tu sais ben que ton père et Donat vont s'arranger pour régler ça.

Marie dut réveiller son mari afin qu'il se prépare pour la messe. Maintenant, le jour était levé et il neigeait si fort qu'il était impossible d'apercevoir la rivière de l'autre côté de la route.

— Quelle heure il est? demanda Baptiste d'une voix ensommeillée.

— Sept heures et demie.

— Hein! Pourquoi tu m'as pas réveillé? On va être en retard pour le train.

— Les enfants s'en sont occupés. T'as juste à te préparer pour la messe.

Sur ces mots, elle quitta leur chambre à coucher et alla se poster près de l'une des deux fenêtres de la cuisine.

— Bondance, c'est pire qu'il y a deux ans! se désola-t-elle.

Deux ans auparavant, le jour de l'An avait été marqué par une tempête mémorable et les gens avaient été ensevelis sous une telle épaisseur de neige qu'il leur avait fallu plus de trois jours pour retrouver leur vie normale. Évidemment, cela avait ruiné tous les projets de sortie et de fête prévus pour célébrer l'arrivée de la nouvelle année.

— Peut-être pas, m'man, mais on dirait ben que c'est parti pour la journée, lui fit remarquer Donat en s'approchant de la fenêtre à son tour.

— Est-ce que ça veut dire qu'on pourra pas aller à la messe ? demanda Bernadette.

— C'est sûr qu'on va y aller, décréta sa mère d'une voix énergique. On n'a plus à faire quinze milles pour s'y rendre. Il manquerait plus qu'on soit pas capables d'assister à la messe quand la chapelle est à peu près à un mille et demi de la maison.

— De quoi ça a l'air dehors ? demanda Baptiste en entrant dans la cuisine, les bretelles battant sur ses cuisses.

— Il est tombé un bon pied et demi de neige, p'pa, répondit Camille.

— Je sais pas si votre mère vous l'a dit, mais il y a des loups qui traînent autour de la maison, ajouta-t-il, comme si le fait avait peu d'importance. Il y en a une couple qui sont venus rôder près des toilettes pendant que j'étais là la nuit passée.

— M'man nous a dit ça, dit Donat. Sacrifice, p'pa, ça doit enlever l'envie, une affaire comme ça.

— Non, mais je te garantis que tu reviens vite en bagatême, par exemple.

Il y eut un court silence dans la pièce avant que le père reprennc la parole.

— Ouais, on dirait qu'on est ben mal partis pour recevoir notre visite aujourd'hui, dit-il, dépité.

— Avant de penser à la visite, on va s'occuper de la messe, fit sa femme. Penses-tu qu'on va être capables de grimper la côte avec cette neige-là ?

— Je le sais pas pantoute, admit-il. Je vais d'abord aller voir dehors.

— À la limite, si les chevaux peuvent pas grimper la côte, on pourra toujours laisser la *sleigh* chez Dionne et monter à pied, suggéra Marie.

Bernadette allait faire une remarque quand un regard mauvais de sa mère l'incita à se taire.

— En tout cas, ça sert pas à grand-chose d'essayer de passer la gratte dans la cour tant que ça se calmera pas, observa Donat en finissant de se raser.

— On peut dire que ça commence bien l'année, une affaire comme ça, reprit Marie, contrariée. On se désâme toute la semaine pour faire à manger comme du monde à la visite et v'là qu'il nous tombe une tempête sur la tête qui va empêcher tout le monde de venir.

— Ça va peut-être empêcher vos frères et mon oncle Armand de venir, intervint Donat, mais Rémi, Emma et les enfants sont juste au bout du rang. C'est sûr qu'ils vont venir souper.

— Et les Connolly aussi, ajouta Eugénie.

— L'Irlandais est pas mal gêné, dit Bernadette. Pour moi, il va se servir de cette excuse-là pour pas venir.

— Ce serait dommage pour les enfants, laissa tomber Camille.

Vers huit heures trente, Donat et son père décidèrent d'atteler le Blond au berlot et la Noire à la *sleigh*. Même si Eugénie allait demeurer à la maison pour garder Alexis, on avait convenu qu'il serait plus prudent de prendre les deux voitures pour ne pas surcharger inutilement la *sleigh*. À leur sortie de la maison, le vent avait commencé à fléchir, mais la neige continuait à tomber abondamment. Pliés en deux pour se protéger de la neige et du vent, les deux hommes se dirigèrent vers l'écurie.

— On a intérêt à faire attention, dit le père, on voit même pas les piquets de clôture. Il faudrait pas s'arranger pour sortir du chemin.

— S'il fait trop mauvais, on virera de bord, conclut Donat en entraînant la Noire hors de l'écurie pour la faire reculer entre les brancards du berlot.

Quelques minutes plus tard, tous les Beauchemin prirent place dans les deux véhicules et se couvrirent d'une épaisse couverture en fourrure pendant que les conducteurs retenaient les bêtes dont les naseaux fumaient dans l'air froid. Tout était uniformément blanc et on ne voyait qu'à quelques pieds devant soi.

— Je vais passer en avant, dit Donat à son père. Je suis moins haut sur patins. Si je réussis, vous allez être capable vous aussi.

Sur ce, il fit avancer le berlot dans lequel Camille avait pris place à ses côtés. La jeune femme s'était masqué le bas du visage avec une épaisse écharpe de laine et avait enfoui ses mains dans un manchon. Tiré vigoureusement par la Noire, le petit véhicule sortit lentement de la cour et entreprit de tracer deux sillages sur la neige épaisse qui recouvrait le chemin étroit du rang Saint-Jean. La *sleigh* suivait à courte distance. Les deux conducteurs plissaient les yeux pour ne pas se laisser aveugler par les flocons et scrutaient l'espace blanc devant eux, attentifs à ne pas sortir de la route dépourvue de ses points de repère habituels.

En passant devant chez Rémi Lafond, Baptiste aperçut son gendre en train de faire monter les siens dans son berlot. Il lui cria qu'ils les attendraient sur la route, devant le magasin général, de l'autre côté du pont.

Quelques minutes plus tard, quand le jeune cultivateur vint immobiliser son berlot près des véhicules de Baptiste et de Donat, on se consulta brièvement.

— Pour moi, on est mieux de laisser les chevaux ici, en bas de la côte, déclara Donat. Ils arriveront jamais à la monter et pour la descendre à la fin de la messe, ça risque d'être dangereux en maudit.

— Qu'est-ce que vous en pensez, vous, beau-père ? demanda Rémi.

— Je pense qu'on est mieux de laisser nos voitures dans le stationnement du magasin général. Mettez une couverte sur le dos des chevaux, je vais aller parler à Télesphore.

Baptiste ne demeura absent que quelques instants, le temps de souhaiter une bonne année au marchand et de lui demander la permission de laisser les voitures sur place.

Quand il revint, Donat s'était déjà chargé de son jeune neveu pendant que Rémi avait pris sa fille dans ses bras. Tout le groupe entreprit de monter la côte abrupte avec de la neige presque à la hauteur des genoux. C'était si fatigant que la famille dut faire trois ou quatre arrêts en cours de route pour que chacun puisse retrouver son souffle. On tourna le dos au nord pour échapper durant un court moment au vent qui cinglait les visages.

Ils étaient presque parvenus au sommet lorsqu'ils se rendirent compte que plusieurs personnes les imitaient et marchaient dans leurs traces. Elles provenaient aussi bien du rang Saint-Paul que du rang Saint-Jean. Si la neige n'avait pas continué à tomber aussi dru, ils auraient pu voir, du haut de la côte, la cour commune du magasin général et de la forge envahie par les véhicules auxquels leurs propriétaires n'avaient pas osé faire monter la pente raide.

Les membres de la famille Beauchemin, hors d'haleine, s'immobilisèrent finalement au sommet de la côte pour permettre à leur cœur de retrouver un rythme normal.

— Je sais pas comment va faire le gros Tancrède pour monter ça à matin, dit Rémi Lafond pour plaisanter.

— Il va falloir qu'une bonne âme le tire avec un câble, fit Donat.

— Ça lui apprendra, le gros maudit, à acheter le premier banc en avant, déclara Baptiste, content d'approcher enfin de la chapelle. Aujourd'hui, il pourra pas aller trôner là. On va même pouvoir le prendre, si ça nous tente.

Les Beauchemin arrivaient près de la chapelle, quand Baptiste aperçut Thomas Hyland, sa femme et son fils Bert qui semblaient les attendre sur le parvis.

— Il paraît que tu reviens au conseil, lui dit l'Irlandais.

— Monsieur le curé avait l'air à ben y tenir.

— Tant mieux, tu seras pas de trop, fit le propriétaire du moulin, toujours aussi aimable.

Ensuite, il profita du fait qu'il restait une bonne vingtaine de minutes avant la messe pour souhaiter à tous une bonne année et le paradis à la fin de leurs jours.

— Ah! il faut pas que j'oublie, dit-il en déposant un rapide baiser sur une joue froide de Bernadette. J'ai un paquet pour toi. Il est dans ma voiture. Bert va te le donner après la messe.

— Qu'est-ce que c'est? demanda la jeune institutrice, curieuse.

— Je le sais pas, c'est mon homme engagé qui m'a demandé de te donner ça.

— Constant est revenu? fit-elle.

— Non, il m'a laissé ça avant de partir en me demandant de te le donner qu'au jour de l'An. Comme tu peux le voir, je suis un homme de parole.

— Merci, monsieur Hyland.

Tout le monde s'engouffra dans la chapelle. On était heureux de se mettre enfin à l'abri de la neige qui continuait de tomber.

Agénor Moreau avait bien fait les choses. Le poêle, au fond de la chapelle, dégageait une bonne chaleur. Baptiste aurait bien aimé entraîner les siens vers le banc de Tancrède Bélanger, même s'il avait loué le sixième banc, mais l'endroit était déjà occupé par des inconnus. Emma installa ses deux jeunes enfants près d'elle sur le dernier banc du côté gauche, celui que Rémi était parvenu à s'approprier lors de l'encan, pendant que ses parents poursuivaient leur chemin jusqu'à leur banc au milieu des chuchotements des personnes déjà arrivées sur place.

En ce premier jour de la nouvelle année, la chapelle de la mission Saint-Bernard-Abbé se remplit tout de même, malgré la température inclémente. Évidemment, il y eut moins de fidèles debout à l'arrière parce que certains avaient hésité à braver la tempête, mais la foule était tout de même respectable et propre à satisfaire Charles-Omer Ouellet quand il pénétra dans le chœur, vêtu de ses habits sacerdotaux blancs. À la fin de son long sermon, il mentionna le retour de Baptiste Beauchemin parmi les syndics de la mission, ce qui fit plaisir à l'intéressé.

Assise à l'extrémité du banc, Bernadette suivait si distraitement la messe depuis le début que sa mère dut la rappeler à l'ordre à deux reprises. La jeune fille ne songeait qu'au paquet que Constant Aubé lui avait laissé. Elle aurait aimé que Bert Hyland le lui remette avant d'entrer à la chapelle de manière à pouvoir voir ce qu'il contenait, mais son empressement aurait pu être mal interprété autant par les siens que par les Hyland. S'agissait-il d'autres livres qu'il avait désiré lui prêter? Était-ce un souvenir de lui parce qu'il n'avait pas l'intention de revenir? À cette pensée, son cœur se serrait inexplicablement.

❧

À la fin de la longue cérémonie religieuse, les gens découvrirent avec plaisir qu'à l'extérieur il ne tombait plus qu'une petite neige folle, comme si la tempête s'était enfin essoufflée. Même si leurs pieds étaient profondément enfoncés dans la neige, les paroissiens se rassemblèrent sur le parvis de la chapelle pour échanger des vœux avec une bonne humeur un peu forcée. Dans certains cas, on s'efforçait d'oublier rancœur ou petites brouilles pour serrer la main de celui ou celle qu'on vouait au diable la veille encore.

Bernadette prit soin de demeurer bien visible pour Bert Hyland de manière à ce qu'il n'oublie pas de lui remettre le paquet qui lui était destiné. En fait, l'adolescent s'empressa d'aller chercher dans la voiture un colis assez volumineux qu'il lui remit. La jeune fille le remercia d'un sourire, mais se garda bien de le développer devant tant de gens. Elle se contenta de le tenir le plus discrètement possible, attendant avec impatience de pouvoir rentrer à la maison.

Ce manège échappa à sa mère qui regardait autour d'elle, à la recherche de Xavier qu'elle avait vu debout en compagnie d'Antonin à l'arrière de la chapelle, durant la messe. Tandis qu'elle allait demander à Camille si elle avait aperçu son frère, Liam Connolly et ses enfants s'approchèrent pour leur souhaiter une bonne année. Soudain, le fils cadet de la famille et son homme engagé apparurent près des Beauchemin. D'excellente humeur, Xavier embrassa sa mère et ses sœurs avant de leur offrir ses vœux de bonne année. Un peu intimidé, Antonin l'imita, rougissant un peu quand Emma, Camille et Bernadette l'embrassèrent à leur tour.

— Où est p'pa? demanda Xavier.

— Il est là, fit Bernadette en indiquant du doigt son père en grande conversation avec les autres syndics, un peu plus loin.

Le jeune homme s'éloigna, serra au passage la main de son beau-frère Rémi et de Donat avant de rejoindre son père à qui il souhaita une bonne année. Sa mère le guettait du coin de l'œil et ne put s'empêcher de grimacer lorsqu'elle le vit aller parler à Laura Benoît et à sa fille avant de se diriger vers son berlot en compagnie d'Antonin.

La scène avait échappé à Baptiste. D'ailleurs, Marie avait remarqué que son mari s'était bien gardé d'entraîner son fils cadet à l'écart pour le sermonner, comme il le lui avait promis la veille. Selon elle, il avait dû décider de lui faire la leçon quand il viendrait lui demander sa bénédiction.

Pour l'heure, il était trop occupé à reprendre son ascendant sur les autres membres du conseil.

— Je pense qu'il serait normal qu'on aille présenter nos vœux à monsieur le curé, dit Baptiste aux autres membres du conseil en retrouvant son ton de maître d'œuvre.

— Une bonne idée, opina Côté.

— Moi, je lui ai déjà souhaité la bonne année, affirma Samuel Ellis avec un petit air suffisant.

— À ce moment-là, t'es pas obligé de venir avec nous autres, répliqua vivement Baptiste qui lui avait offert ses bons vœux du bout des lèvres quelques instants plus tôt.

— Je vais y aller quand même au cas où il s'en souviendrait pas, dit Ellis. Je voudrais pas que monsieur le curé pense que j'ai lâché le conseil, moi aussi.

Baptiste perçut la pointe ironique et eut du mal à ne rien répliquer.

— On va y aller nous autres, annonça Rémi en s'approchant de son beau-père. Les enfants commencent à avoir froid. Emma dit qu'on va vous attendre chez vous pour recevoir votre bénédiction.

— C'est correct, approuva Baptiste. Dis aux autres de descendre la côte. J'en ai pour deux minutes, le temps d'aller souhaiter une bonne année à monsieur le curé et je les rejoins.

Le prêtre venait de retirer ses habits sacerdotaux quand son conseil frappa à la porte de la sacristie. Chaque membre lui serra la main en lui souhaitant la santé et le paradis à la fin de ses jours avant de se retirer.

— Le pauvre homme, fit Baptiste en se dirigeant vers la route en compagnie des autres. C'est triste de penser qu'il va passer la journée tout seul.

— Il sera pas tout seul pantoute, déclara Ellis. On l'a invité à passer la journée avec nous autres.

Baptiste ressentit un petit pincement de jalousie.

— Bagatême, tu vas ben finir vicaire de la paroisse si tu continues comme ça, dit-il à son adversaire en enfonçant son casque de fourrure.

— Pourquoi juste vicaire? plaisanta l'Irlandais. Moi, je veux être évêque.

Côté et Blanchette eurent un éclat de rire avant de suivre Baptiste vers la côte. Thomas Hyland et Samuel Ellis prirent la direction opposée. Si la descente de la côte était moins ardue que la montée, elle n'en était pas moins périlleuse à cause de la neige épaisse qui la recouvrait. Parvenus au pied de la pente, les trois hommes se séparèrent et montèrent dans leur *sleigh*.

— Rémi et Emma ont pris de l'avance, annonça Marie quand Baptiste s'empara des rênes de l'attelage. Ils nous attendent à la maison. Les enfants étaient gelés.

— As-tu vu Xavier? lui demanda son mari, comme s'il n'avait pas entendu ce qu'elle venait de dire.

— Oui.

— Est-ce qu'il t'a dit qu'il était pour venir souper?

— Il en a pas parlé, reconnut la mère de famille, mais je suis sûre qu'il va venir avec Antonin. Sa terre est pas si loin. En venant à la messe, il a été capable de faire la moitié du chemin. L'autre moitié est à peine plus difficile.

— La côte devrait être déblayée bientôt, même si on est au jour de l'An, la rassura son mari.

Assise aux côtés de sa sœur à l'arrière, Bernadette demeurait silencieuse, elle avait déposé à ses pieds le paquet offert par Constant Aubé.

Baptiste se tut, apparemment concentré à conduire la *sleigh* dans les traces laissées tant par le berlot de Rémi que par les véhicules des autres habitants du rang qui étaient partis avant eux. Dans l'air froid de ce premier jour de janvier, on n'entendait que le bruit des grelots des attelages avançant péniblement sur le chemin.

Même si la tempête semblait vraiment chose du passé, il n'en restait pas moins que la quantité de neige tombée depuis la nuit précédente rendait tout déplacement très pénible. Comme personne n'avait encore commencé à déblayer sa portion de route en ce jour de fête, les chevaux peinaient à tirer les *sleighs* et les berlots, et il fallut plus d'une demi-heure pour rentrer à la maison.

— Invite donc Emma et Rémi à passer la journée avec nous autres, suggéra Baptiste à sa femme au moment où il la laissait descendre du véhicule près de la maison. Dis à Rémi qu'on va faire de la place à son cheval dans l'écurie.

Dès son entrée dans la maison, Bernadette, folle d'impatience, s'empressa d'enlever son manteau et ses bottes avec l'intention de se précipiter dans sa chambre pour enfin découvrir le contenu du paquet qu'elle avait dissimulé sous la couverture tout au long du trajet. Au moment où elle allait s'élancer vers l'escalier qui conduisait aux chambres, sa mère l'arrêta.

— Sauve-toi pas en haut tout de suite, lui ordonna-t-elle. Il y a pas mal à faire en bas.

— J'en aurai pas pour longtemps, plaida la jeune fille.

— Ça peut attendre une couple de minutes. Prépare du thé et verse un verre de lait aux enfants.

Contrariée, Bernadette déposa son paquet sur la deuxième marche de l'escalier et revint sur ses pas en ronchonnant.

— Et change d'air! lui commanda sa mère. C'est le jour de l'An. C'est pas le temps de faire la baboune.

Quand sa femme et ses deux filles furent descendues du véhicule, Baptiste poursuivit son chemin jusqu'à l'écurie où Donat venait de faire entrer son cheval après l'avoir dételé. Baptiste imita son fils et, comme lui, étrilla sa bête et lui donna un peu d'avoine avant de rentrer à la maison.

— Merci pour votre invitation, p'pa, lui dit Emma pendant qu'il retirait son manteau, mais je pense qu'on est mieux de revenir pour le souper. Ça va permettre aux enfants de se coucher cet après-midi. Ils seront plus endurables à soir.

— C'est comme tu veux, intervint Marie, mais gêne-toi pas, c'est pas le manger qui va manquer. Ça me surprendrait qu'on voie arriver tes oncles pour souper avec toute la neige qui vient de tomber.

Emma remercia et fit un signe discret à son frère Donat qui venait de retirer ses bottes. Ce dernier comprit et s'avança vers son père.

— P'pa, est-ce que vous voulez nous bénir ? lui demanda-t-il alors que Camille, Emma et Bernadette s'approchaient de lui.

Baptiste eut une légère hésitation, due probablement à l'absence de Xavier. Puis il donna finalement son accord, se disant qu'il bénirait son fils cadet à son arrivée en fin d'après-midi.

Sans attendre son invitation, ses quatre enfants présents s'agenouillèrent devant lui au milieu de la cuisine ; Baptiste récita une courte prière et les bénit avec une certaine solennité avant de se signer. Les enfants se relevèrent. Donat serra la main de son père alors que les filles embrassèrent celui qui venait de les bénir.

Debout, à l'écart, Eugénie, Rémi et Marie avaient regardé cette scène avec émotion.

Emma et Rémi partirent avec leurs enfants, et les femmes de la maison se mirent à préparer la table pour le dîner.

— Comme on va en avoir trop à soir, je pense qu'on peut manger de la tourtière pour dîner, déclara Marie.

— Bon, on va aller se changer et après avoir mangé, on va déneiger un peu, dit Baptiste. Si on attend trop, la neige risque de durcir et on va avoir ben de la misère.

— Qu'est-ce qu'on fait, p'pa ? lui demanda Donat. On la roule ou on essaye de la pousser avec la gratte.

— Il y en a trop épais. Pour moi, on est mieux de la rouler. On perdra moins de temps, lui suggéra son père.

Donat se dirigea vers l'escalier pour aller changer de vêtements quand il aperçut le paquet posé sur la seconde marche.

— C'est à qui le paquet qui est dans l'escalier ? demanda-t-il.

— Touches-y pas, c'est à moi, fit sa sœur cadette en se précipitant pour le prendre.

— Est-ce que c'est le paquet que le petit Hyland t'a donné ? lui demanda sa mère en s'avançant vers elle.

— Oui.

— Qu'est-ce que t'attends ? Ouvre-le qu'on voie ce qu'il y a dedans, la pressa Marie.

— Je pourrais bien monter l'ouvrir dans ma chambre et venir vous montrer ce qu'il y a dedans ensuite, fit la jeune fille, contrariée.

— Pourquoi ? Est-ce que t'as des affaires à cacher ? lui demanda sa mère, sévère.

— Pantoute, m'man, répliqua Bernadette, résignée à satisfaire la curiosité des trois femmes présentes dans la grande cuisine.

Elle déposa le paquet sur la table et dénoua la ficelle qui attachait l'épais papier brun.

— Oh ! s'exclama Bernadette en découvrant une magnifique paire de bottes en cuir noir que sa propriétaire allait pouvoir lacer coquettement sur le côté.

— Ça vient de l'homme engagé de Thomas Hyland, ces bottes-là ? demanda Marie.

— Oui, m'man. Vous le saviez bien qu'il était capable de faire des bottes et des souliers. Il en a fait pour pas mal de monde avant de partir, ajouta-t-elle fièrement.

— J'ai jamais vu d'aussi belles bottes, déclara Camille en passant la main sur l'une d'elles.

— Elles ont l'air souples, à part ça, fit Eugénie, aussi admirative que sa belle-sœur. Il les a même doublées. Pour moi, elles vont être pas mal chaudes. Es-tu certaine qu'elles te font?

— Laisse-moi le temps de les essayer, dit Bernadette, tout heureuse du présent qu'elle venait de recevoir.

Elle s'assit sur le banc, retira ses chaussures et enfila les bottes. Elle se releva et se mit à arpenter la cuisine.

— Je suis bien dedans, déclara-t-elle, ravie. Je pense que j'ai jamais eu des bottes aussi confortables.

— Comment il a eu la grandeur de tes pieds? lui demanda sa mère soupçonneuse.

— Il m'a demandé de faire le contour de mes pieds sur une feuille, m'man.

— Comme ça, tu savais qu'il te ferait des souliers ou des bottes?

— Pantoute, il en a jamais été question. C'était juste pour me montrer comment il faisait.

— T'as une lettre dans le paquet, lui fit remarquer Camille en lui tendant une petite enveloppe blanche.

Le silence tomba dans la cuisine et, au moment où la jeune fille décachetait la missive, son père revint dans la pièce.

— Qu'est-ce qui se passe? s'étonna-t-il.

— Le petit Aubé a donné à Bedette une paire de bottes comme étrennes, lui apprit sa femme.

Bernadette suspendit son geste, se rassit et retira ses bottes avant de les tendre à son père. Ce dernier les palpa et les regarda longuement avant de laisser tomber:

— On dirait que ce petit maudit-là sait tout faire.

— J'espère que vous m'obligerez pas à les refuser, p'pa? lui demanda sa fille.

— Je vois pas de raison. C'est un cadeau. Si ça fait ton affaire, garde-les.

Bernadette poussa un soupir de soulagement.

— C'est bien beau tout ça, mais ça nous avance pas pour le dîner, intervint Marie. On n'est pas pour manger à deux heures de l'après-midi. Mettez la table, les filles.

Heureuse d'échapper à la curiosité des siens au sujet de la lettre qu'elle s'apprêtait à ouvrir, Bernadette s'empressa de prendre ses bottes et monta à sa chambre. Une fois seule, elle s'assit sur son lit et ouvrit l'enveloppe qui ne contenait qu'une feuille. Elle déchiffra sans mal l'écriture ronde et soignée de Constant.

Bonne et heureuse année, Bernadette.

J'ai demandé à monsieur Hyland de te remettre un petit cadeau au jour de l'An pour te prouver que je ne t'ai pas oubliée. Je sens que je vais trouver le temps long sans te voir, mais je n'ai pas le choix.

Mon père a enfin répondu à ma lettre. Il est très malade et il m'a demandé de venir aider mes frères au magasin. Je ne sais pas quand je vais pouvoir revenir.

Encore bonne année,

Constant

La jeune fille replia lentement la missive et la remit, songeuse, dans l'enveloppe. Constant Aubé lui avouait qu'il s'ennuyait d'elle. Elle aussi s'en ennuyait. Il l'aimait, elle le savait depuis longtemps. Mais elle, est-ce qu'elle l'aimait? Elle était profondément troublée. Bien sûr, il n'était pas beau comme Léon Légaré ou Antonio Lemire, qui lui faisait les yeux doux quand il la rencontrait au magasin général. Il boitait… Mais il était solide, généreux, instruit, et intéressant quand sa timidité ne l'empêchait pas de parler. Elle se demanda ce qu'elle éprouverait s'il ne revenait pas à Saint-Bernard-Abbé. À cette pensée, son cœur se serra…

— Bernadette! la houspilla sa mère, debout au pied de l'escalier. Veux-tu bien me dire ce que t'as à traîner en haut quand c'est l'heure du dîner. Descends et viens manger.

— Il y aura peut-être moins de monde ce soir qu'on le pensait, déclara Baptiste aux siens attablés, mais on s'amusera quand même. Rémi va apporter son accordéon et on va chanter.

Tout le monde l'approuva. Il n'était écrit nulle part que ce jour de l'An allait être gâché par la neige.

Après le repas, on s'aperçut que le ciel s'était entièrement dégagé et que le soleil brillait à nouveau. D'un commun accord, Bernadette et sa sœur décidèrent de sortir pour déneiger la galerie et la porte des bâtiments. Pour sa part, Donat attela les deux chevaux au lourd rouleau et se mit à faire d'innombrables va-et-vient tant dans la cour que sur la portion de route qui longeait la terre des Beauchemin pour durcir la neige. Pendant ce temps, Baptiste, armé d'une hache et les pieds chaussés de raquettes, alla couper des branches de sapin qu'il planta à intervalles réguliers des deux côtés du chemin, pour le baliser.

Vers quatre heures, le soleil commença à décliner et Marie quitta sa chaise berçante pour allumer les lampes à huile. Donat et son père étaient en train de soigner les animaux. Ils voulaient se débarrasser de cette tâche le plus tôt possible pour mieux profiter de la fête. Eugénie tricotait près d'Alexis dormant dans son berceau alors que Bernadette lisait dans sa chambre où elle s'était réfugiée dès son retour dans la maison. Pour sa part, Camille se leva pour la quatrième ou cinquième fois pour aller voir à la fenêtre.

— Je vous dis que j'ai connu des jours de l'An où ça grouillait pas mal plus qu'aujourd'hui, déclara Marie, hors de propos. La maison chez nous désemplissait pas jusqu'à minuit passé le soir du jour de l'An. On chantait, on dansait et on se racontait des histoires. Ça fêtait en grand, c'est moi qui vous le dis.

— Nous autres aussi, on va fêter, madame Beauchemin, dit Eugénie. Attendez que la visite arrive et vous allez voir.

— Il me semble qu'ils prennent bien du temps à arriver, répliqua la maîtresse de maison en jetant un coup d'œil à l'horloge. Je leur avais pourtant dit de venir de bonne heure.

— J'ai presque envie d'aller au-devant des enfants, fit Camille.

— Il commence à faire noir, lui fit remarquer sa mère.

— Je vais y aller avec elle, dit Eugénie. Ça va me faire du bien de prendre l'air.

— C'est correct, accepta Marie, mais traînez pas trop longtemps sur le chemin. Le monde est à la veille d'arriver.

Camille commençait à douter de la venue des enfants. Elle n'aurait pas été surprise que leur père n'ait jamais eu l'intention de venir chez les Beauchemin autant par timidité que par manque d'intérêt.

Les deux jeunes femmes marchèrent jusqu'à la ferme de Liam Connolly sans trop éprouver de difficulté parce que Joseph Gariépy et Liam Connolly avaient eu le temps de damer la neige sur leur portion de chemin. Camille frappa à la porte de la maison. Ann vint lui ouvrir. Elle portait sa vieille robe rapiécée. Un peu gênée, elle fit entrer les deux visiteuses. Au premier coup d'œil, Camille vit que l'adolescente était en train de préparer le souper des siens.

— Mais qu'est-ce que tu fais là ? lui demanda-t-elle. On vous attend pour souper.

— Mon père a dit qu'on n'irait pas, lui apprit Patrick, apparemment déçu de la décision paternelle.

— Pourquoi ça ?

— Ils nous l'a pas dit, fit Duncan.

— C'est ce qu'on va voir, déclara la jeune femme sur un ton énergique. Où est votre père ?

— Il est parti faire le train.

Sans plus attendre, Camille quitta la maison en laissant Eugénie sur place et se dirigea vers l'étable dont l'une des fenêtres était éclairée par un fanal. Elle pénétra dans le bâtiment et trouva Liam Connolly en train de déposer du foin dans les mangeoires de ses vaches. Ce dernier sursauta en l'apercevant.

— Je suis venue voir ce qui vous retardait, lui dit-elle assez sèchement. On vous attend pour passer à table à la maison.

— Ben, écoutez, j'ai pensé… commença-t-il d'une voix embarrassée.

— J'espère que vous aviez pas l'intention de priver les enfants de cette fête-là ? lui demanda-t-elle, comme si cette possibilité était inimaginable.

— Je trouve que c'est ben du dérangement, reprit-il en déposant sa fourche contre le mur.

— Du dérangement pour qui ?

— Pour votre mère, pour vous, pour…

— Laissez faire le dérangement. Si mes parents avaient pas voulu que vous veniez, ils vous auraient pas invité avec les enfants. Les petits se faisaient une fête de venir à la maison, vous avez pas le droit de les priver de ça au jour de l'An.

Après une courte hésitation, le veuf rendit les armes.

— C'est correct, vous pouvez dire aux enfants de se préparer. Je finis mon train et j'arrive.

— Prenez votre temps pour finir votre ouvrage. Je suis avec ma belle-sœur. On va partir en avant avec les enfants.

— Dites donc à Rose de vous donner ce qu'elle vous a préparé avant de partir, dit-il à Camille comme elle allait sortir de l'étable.

De retour à la maison, la jeune femme prit les choses en main.

— Allez vous habiller et vous faire beaux. Vous venez avec nous autres à la maison, leur annonça-t-elle.

— Mon père… commença Ann.

— Ton père va venir nous rejoindre aussitôt qu'il va avoir fini son train, inquiète-toi pas. Quand vous serez habillés, venez me voir pour que je vous peigne.

Alors que les enfants, tout excités, disparaissaient rapidement dans leurs chambres, Camille remarqua que sa belle-sœur finissait d'éplucher les pommes de terre.

— Ces pauvres enfants, chuchota-t-elle, c'est effrayant comme ils ont l'air d'avoir peur de leur père.

— Pourquoi tu dis ça ? lui demanda Camille, intriguée.

— Si je me fie à ce que la petite m'a raconté, un de ses frères s'est fait battre hier soir. Il paraît que ça arrive souvent.

Les traits du visage de Camille se figèrent lorsqu'elle apprit cela.

— Pour moi, il est temps qu'une femme entre ici dedans pour protéger ces enfants-là, poursuivit la femme de Donat Beauchemin.

— Cette femme-là pourrait les maganer autant que leur père, fit Camille alors que Rose revenait dans la cuisine, toute fière de se montrer dans sa robe bleue. Elle tenait à la main le ruban de la même couleur qui devait orner ses cheveux blonds.

Camille boutonna la robe et brossa les cheveux de la petite avant de nouer le ruban.

— Pendant que j'y pense, dit-elle à la fillette de cinq ans, ton père m'a dit que tu avais un cadeau pour moi. Il veut que tu me le donnes avant de partir.

—Je vais le chercher, fit Rose à l'instant où Duncan venait vers elle.

Camille mouilla le peigne et le coiffa.

— Moi, je suis capable de me peigner tout seul, déclara Patrick en tendant la main vers le peigne que la jeune femme venait d'abandonner près de l'évier.

Ann, vêtue de sa robe rose, descendit l'escalier en compagnie de sa jeune sœur.

— T'es belle comme un cœur, la complimenta Camille.

— Moi aussi ? demanda Rose, à la fois jalouse et inquiète.

— Toi aussi, la rassura-t-elle.

Rose lui tendit un petit paquet maladroitement enveloppé.

— Mon père a dit que c'était pour toi et que c'était tous nous autres qui te le donnions, annonça Patrick en s'approchant.

— Qu'est-ce que c'est ? voulut savoir Camille, intriguée, en dénouant la ficelle.

Elle découvrit une broche en argent ornée d'une pierre bleue. Durant un court instant, elle demeura figée. Elle ne pouvait décemment accepter un bijou qui provenait sûrement des affaires de la mère des enfants.

— Es-tu contente ? s'inquiéta Rose, quêtant son approbation.

— Je suis très contente, répondit la jeune femme sans manifester grand enthousiasme. Je trouve ça trop beau, ajouta-t-elle en s'adressant cette fois à Ann et à ses frères. Pourquoi vous me donnez ça ?

— Parce que t'as pris soin de nous autres, répondit Patrick.

— Mais c'est un souvenir de votre mère…

— Non, c'était à grand-mère Connolly, tint à préciser Ann. P'pa a dit que vous deviez l'avoir parce que vous étiez aussi bonne qu'elle.

Camille fut émue par cette précision et se promit d'en discuter avec le père des enfants durant la soirée, si l'occasion se présentait.

— Il faut que vous la mettiez, dit Duncan.

Camille épingla le lourd bijou sur sa robe et embrassa les enfants sur une joue pour les remercier.

— Mettez votre manteau et vos bottes, leur ordonna-t-elle avec bonne humeur. On s'en va. Votre père nous rejoindra vite.

Quelques minutes plus tard, Eugénie et Camille entrèrent dans la maison où Rémi, Emma et leurs deux jeunes enfants venaient aussi de mettre les pieds.

— On dirait ben qu'on va finir par avoir à peu près tout notre monde, déclara Baptiste en les voyant entrer dans la maison. Il manque juste Xavier et Antonin.

— Et mon père, tint à préciser Rose en déboutonnant son manteau.

— Et ton père, confirma le maître de maison avec un sourire.

Les manteaux furent déposés sur le lit de la chambre des maîtres. La petite Flore alla s'asseoir près de Rose, un an à peine les séparait. Emma s'occupait de Joseph, alors que Baptiste s'empressait de servir un verre de bagosse à Donat et à son gendre.

— Bernadette, verse-nous un petit verre de vin de cerise, lui ordonna sa mère. On n'est pas plus folles que les hommes.

Soudain, Marie aperçut la broche qui ornait la robe de sa fille aînée.

— D'où ça sort, cette affaire-là ? lui demanda-t-elle, curieuse.

— C'est un cadeau des enfants, dit fièrement la jeune femme. Il paraît que c'est une broche qui a appartenu à leur grand-mère.

— Eh bien, on peut dire que t'es chanceuse d'avoir des étrennes comme ça, lui fit remarquer sa sœur Emma en scrutant le lourd bijou en argent. C'est pas à moi qu'on donnerait ça.

— T'as juste à être ben fine avec moi et tu vas finir par avoir un cadeau aussi beau, dit Rémi sur un ton moqueur. C'est drôle, j'avais l'impression que le manchon en renard que je t'ai donné t'avait fait ben plaisir, ajouta-t-il, plus sérieux.

— Bien oui, je faisais juste une farce, déclara sa femme.

— Nous autres, on s'est entendus pour donner des étrennes aux enfants seulement, annonça Marie en se levant.

Durant un court moment, elle disparut dans la cuisine d'été pour revenir avec une grosse poupée en chiffon qu'elle tendit à la petite Flore.

— Cette poupée-là vient de ta grand-mère et de tes tantes, lui dit Marie. Tu peux venir nous embrasser.

La fillette s'exécuta pendant que Rose regardait la poupée avec envie. Camille se promit de lui en confectionner une à la première occasion.

— On a aussi un cadeau pour Joseph, reprit la grand-mère en prenant un petit cheval en bois sculpté par son grand-père, qu'elle déposa entre les mains du petit garçon.

Les hommes venaient à peine de vider leur verre qu'on frappa à la porte. Le visage de Marie s'éclaira un instant, persuadée que ce ne pouvait être que Xavier. Elle se rembrunit en voyant entrer Liam Connolly qui s'excusa d'arriver si tard. Camille s'approcha et le débarrassa de son manteau.

— Merci pour la broche, murmura-t-elle, c'est bien trop.

— Il y a personne qui la mérite autant que vous, mademoiselle Camille.

Elle lui sourit et lui offrit un siège. Avant de s'asseoir, le père de famille jeta un coup d'œil sévère à ses enfants pour vérifier s'ils se tenaient bien. Baptiste lui offrit à boire et Marie annonça qu'on allait se mettre à table dans quelques instants. Tout était prêt et les effluves appétissants en provenance des marmites déposées sur le poêle en faisaient saliver plus d'un.

— Qu'est-ce que vous diriez d'aller chercher la table dans la cuisine d'été? demanda la maîtresse de maison aux hommes. On pourrait tous manger en même temps.

Donat se leva, imité par Liam et Rémi.

— On s'en occupe, dit Donat.

Les trois hommes transportèrent la table qui fut placée au bout de l'autre. On y ajouta les bancs. Le tout fut dressé en un tour de main. Bernadette et Camille déposèrent au centre des pâtés à la viande, deux assiettes de tranches de jambon, un plat de ragoût et un autre de pommes de terre.

— On passe à table, déclara Marie. Les retardataires mangeront quand ils arriveront, prit-elle soin d'ajouter.

Elle avait remarqué l'air soucieux de son mari depuis le milieu de l'après-midi et elle était persuadée que l'absence de son fils cadet en était la cause. Il était impensable que Xavier ne vienne pas demander la bénédiction de son père, comme son frère et ses sœurs. Il allait sûrement venir, même s'il ne pouvait emmener Catherine Benoît à la maison. Il allait comprendre qu'une fille comme ça ne pouvait fréquenter une maison honnête. Il allait ouvrir les yeux, c'était certain.

Depuis l'arrivée des visiteurs, Baptiste faisait preuve d'une gaieté forcée et cela inquiétait celle qui vivait avec lui depuis plus de trente ans.

Camille prit place à la table où sa mère avait installé les enfants et elle se chargea de servir leurs assiettes après la récitation du bénédicité par son père. On mangea avec bel appétit et la maîtresse de maison insista pour qu'on se serve de nouveau une fois son assiette vidée. Après les mets de résistance, on attaqua le dessert. Eugénie et Bernadette entreprirent de découper de larges portions de tartes aux pommes, au sucre et aux raisins, et chacun des convives eut à cœur de faire honneur à ce qui lui était offert.

— Ouf! fit un Liam Connolly au visage congestionné. Une chance qu'on mange pas autant tous les jours. Mais je dois dire que je mange très bien depuis que mademoiselle Camille vient cuisiner chez nous.

Camille rosit sous le compliment.

— Est-ce que les Irlandais mangent les mêmes affaires que nous autres? lui demanda Donat en se versant une tasse de thé.

— Je pense que oui, répondit Liam. Mais tu sais, moi, je suis venu au monde proche de Nicolet. Mon père est arrivé au Canada en 1828 et il a marié une Canadienne. Je suis ben mal placé pour te dire ce que les Irlandais mangent.

— J'ai remarqué que tu fréquentes pas les White, les Ellis et les Hyland, par exemple, poursuivit Baptiste, curieux.

— C'est pas parce qu'on est Irlandais qu'on a le même caractère, dit Liam en riant. Ma femme et moi, on n'a jamais été ben voisineux. On avait tellement d'ouvrage... En plus, Julia a jamais eu une grosse santé...

Marie fit les gros yeux à son mari pour l'inciter à changer de sujet.

— Camille nous a montré la broche que vous lui avez donnée, dit-elle pour faire diversion.

— Ce sont les enfants qui la lui ont donnée, corrigea inutilement le veuf. C'est une broche que ma mère a toujours portée de son vivant. Je connais pas personne qui lui ressemble autant que votre fille, madame Beauchemin. Elle est aussi bonne qu'elle.

Cette fois, Camille rougit, visiblement mal à l'aise.

— Est-ce qu'on se débarrasse tout de suite de la vaisselle? proposa Emma pour tirer sa sœur d'embarras.

— Faites donc ça, dit Rémi avec bonne humeur. Pendant ce temps-là, je vais amuser tout le monde avec mon accordéon.

Pendant que les femmes et Ann desservaient la table et commençaient à ranger la cuisine, Rémi Lafond se mit à jouer des airs enlevants sur son petit accordéon, pour le plus grand plaisir de son auditoire. Peu à peu, on se mit à chanter et l'accordéoniste amateur se contenta d'accompagner les chanteurs.

Après avoir rapporté l'une des tables dans la cuisine d'été, Donat chanta *À la claire fontaine*. Bernadette enchaîna avec *Marie Calumet*, suivie par Baptiste qui entonna avec sa profonde voix de basse *V'là l'bon vent*. Tous les adultes présents dans la cuisine chantèrent ensuite en chœur *En passant par la Lorraine* puis *Les filles de La Rochelle*.

— T'as une belle voix, dit Baptiste à Liam Connolly. Chante-nous quelque chose.

— Je suis pas sûr d'avoir une belle voix, répondit l'invité, gêné d'être le point de mire.

— Fais-toi pas prier. Ici dedans, on chante et on se raconte des histoires quand on fête. Envoye !

Alors, Liam chanta d'une voix de baryton fort juste *Partons, la mer est belle*, pour la plus grande joie de ses enfants. Son linge à vaisselle à la main, Camille regardait l'air réjoui de ces derniers, convaincue qu'ils n'avaient pas entendu souvent leur père chanter.

Après le rangement de la cuisine, Camille alla chercher dans le salon les six petits paquets de fondants qu'elle avait préparés et en remit un à chacun des enfants de sa sœur avant de distribuer les autres à ceux de Liam.

— Ma foi du bon Dieu, ces enfants-là vont être malades s'ils mangent ça tout de suite après le souper ! s'exclama Marie en voyant le petit Joseph mettre l'une de ses sucreries dans sa bouche.

— Mais nous autres, on a du sucre à la crème, fit Bernadette en déposant un plat sur la table.

— Est-ce qu'on peut en manger et garder notre fudge pour chez nous ? lui demanda Duncan, gourmand.

Le père le fusilla du regard et allait le remettre à sa place quand Camille s'interposa.

— C'est sûr, je veux pas en voir un manger son fudge ici. C'est un petit cadeau pour chez vous.

Durant les deux heures suivantes, les chansons alternèrent avec les histoires racontées par chacun des adultes présents dans la pièce. On s'amusa de ces dernières, même si on les avait déjà entendues plusieurs fois.

Emma proposa de danser un quadrille au son de l'accordéon de son mari. On forma rapidement des couples. Quand

Baptiste vit sa femme inviter Patrick à danser, il fit de même avec Ann. Donat se joignit à sa femme et Liam devint le partenaire de Camille. Après une première danse, Marie, à bout de souffle, céda son jeune danseur à Emma avant d'encourager Duncan à danser avec la petite Rose, pleine de bonne volonté.

Lorsque les danseurs eurent trop chauds pour continuer, on se remit à chanter.

Vers onze heures, Emma signala à son mari qu'il était temps de rentrer parce que les enfants s'étaient endormis. Liam fit signe aux siens d'aller s'habiller. Avant de partir, on remercia chaleureusement les hôtes.

— Ça fait ben des années que j'ai pas passé un si beau jour de l'An, avoua Liam Connolly. Vous avez été ben bons de nous inviter.

— Ça nous a fait un gros plaisir, affirma Marie avec conviction. J'espère que vous allez revenir nous voir.

Camille avait jeté un coup d'œil pour vérifier que chacun des enfants était bien emmitouflé avant leur départ de la maison.

— Attendez que la maison soit chaude avant de vous déshabiller, recommanda-t-elle aux petits au moment où ils sortaient.

— Je vais y voir, mademoiselle Camille, lui promit Liam en poussant Rose devant lui.

Dès que les invités eurent quitté les lieux, Marie incita Eugénie à aller s'occuper d'Alexis qui venait de se mettre à pleurer et entreprit de remettre un peu d'ordre dans la cuisine avec l'aide de ses deux filles. Pendant ce temps, Baptiste, silencieux, déposa des bûches dans le poêle et remonta le mécanisme de l'horloge, alors que Donat rapportait les deux longs bancs dans la cuisine d'été.

— Ça a été une grosse journée, déclara Baptiste en déposant sa pipe éteinte dans un cendrier. Bonne nuit, je pense qu'il est temps d'aller se coucher.

— Je te rejoins dans deux minutes, lui promit Marie.

Dès que la porte de la chambre à coucher se fut refermée sur son mari, la mère de famille abandonna son air joyeux.

— Je vous dis que votre père en a gros sur le cœur, dit-elle à mi-voix à ses enfants.

— À cause de Xavier, je suppose ? demanda Donat.

— Oui, ça prend un beau sans-cœur pour pas être venu demander sa bénédiction aujourd'hui. Ça, votre père est pas près de le lui pardonner. Vous le savez comme moi combien il tient à cette tradition-là.

Les trois enfants ne dirent rien, mais il était évident qu'ils n'approuvaient pas du tout la conduite de leur frère.

— Bon, on va aller se coucher, déclara Marie quelques minutes plus tard, quand le rangement fut terminé. On est fatigués. Demain, on verra plus clair dans tout ça.

Camille, Bernadette et Donat montèrent à l'étage et leur mère se dirigea vers sa chambre. En entrant dans la pièce, elle déposa la lampe sur son bureau et entreprit de se préparer pour la nuit.

— Dors-tu ? demanda-t-elle à son mari.

— Non, grogna-t-il, enseveli sous les couvertures.

— As-tu aimé ton jour de l'An ?

— On a ben mangé et on s'est pas ennuyés pendant la soirée, dit-il sans enthousiasme.

— Et on a attendu pour rien le beau Xavier, ajouta-t-elle avec une certaine rancœur.

Baptiste ne dit rien, mais soupira bruyamment.

— Lui, quand il va remettre les pieds ici dedans, j'espère que tu vas lui parler, sinon c'est à moi qu'il va avoir affaire, l'ingrat !

— On verra ça demain, grommela Baptiste. Là, je suis trop fatigué.

— As-tu remarqué comment le voisin regardait notre fille à soir ? reprit-elle, comme s'il n'avait rien dit.

— Non.

— Moi, je te le dis, Liam Connolly a des vues sur Camille, poursuivit-elle. Ça se voit comme le nez au milieu du visage.

— Bagatême, on dirait que tu cherches absolument à te débarrasser de ta fille !

— Pantoute, Baptiste Beauchemin. Mais je tiens pas à la voir rester vieille fille, par exemple.

— C'est correct. À cette heure, souffle la lampe et couche-toi. Il est temps qu'on dorme.

Chapitre 28

Un lendemain pénible

Marie avait l'impression de venir à peine de s'endormir quand les grognements de son mari la tirèrent du sommeil. Dans le noir, elle lui décocha un coup de coude pour l'inciter à changer de position et cesser de faire du bruit, comme elle le faisait parfois quand il ronflait trop fort. Le dormeur ne bougea pas et continua à émettre des bruits inarticulés. Trop fatiguée pour le pousser encore, elle lui tourna le dos et chercha à ne plus l'entendre en remontant la couverture au-dessus de son oreille. Rien n'y fit.

— Baptiste, tu rêves, lui reprocha-t-elle en s'assoyant dans le lit et en le secouant pour le réveiller.

Aucune réaction. Dans la cuisine, l'horloge sonna deux coups. Son mari continuait à émettre les mêmes bruits tout en ne bougeant pas.

— Voyons donc! s'écria-t-elle, exaspérée. Qu'est-ce qu'il y a encore? demanda-t-elle en sortant du lit pour frotter une allumette.

Elle alluma la lampe et la leva pour mieux voir son mari.

— Baptiste! cria-t-elle en l'apercevant.

Le quinquagénaire reposait sur le dos, un œil à demi ouvert, et de sa bouche entrouverte s'écoulait de la salive. Il râlait doucement, mais ne bougeait pas.

— Baptiste, réponds-moi! Qu'est-ce que t'as? hurla-t-elle.

Aucune réponse. Elle lui toucha le visage, il ne réagit pas. Alors, affolée, elle se précipita hors de la chambre et appela ses enfants à l'aide sans se donner la peine de monter à l'étage.

Camille fut la première à apparaître sur le palier, pieds nus.

— Qu'est-ce qu'il y a, m'man?

— Vite, viens, je pense que ton père est en train de mourir. Vite!

En entendant ces paroles, Bernadette, Donat et Eugénie sortirent eux aussi de leur chambre. Tous se précipitèrent au rez-de-chaussée pour venir au secours de leur père.

— Ça a pas d'allure, m'man. Il allait bien quand il s'est couché, dit Donat en précédant les autres dans la chambre.

Camille s'approcha de son père et eut un coup au cœur en l'apercevant.

— Bedette, va chercher une serviette. Dépêche-toi, ordonna-t-elle à sa jeune sœur.

Bernadette se précipita hors de la chambre et revint avec la serviette que Camille utilisa pour essuyer la salive qui coulait de la bouche de son père.

— Qu'est-ce qu'il a? Qu'est-ce qu'il a? ne cessait de demander Marie, effondrée. Il peut pas partir comme ça.

— Voyons, m'man, il est pas mort, lui reprocha Donat.

— Toi, attelle et va chercher le docteur à Saint-Zéphirin, ordonna Camille à son frère. En passant, réveille Rémi et dis-lui d'aller chercher monsieur le curé. Fais ça vite, dépêche-toi.

Donat monta s'habiller à l'étage et quand il descendit endosser son manteau et mettre ses bottes, sa femme vint le rejoindre près de la porte.

— Je sais pas si je vais être capable de passer sur le chemin, lui dit-il en allumant le fanal qu'il allait suspendre à l'avant de la voiture. En tout cas, j'attelle la Noire, elle est plus forte que le Blond, et je prends le berlot.

— Fais attention, lui recommanda Eugénie avant de refermer la porte derrière lui.

Pendant ce temps, Marie et ses deux filles étaient demeurées dans la chambre.

— On devrait refaire le lit avant que monsieur le curé arrive, déclara la mère.

— On va juste replacer un peu les couvertes, m'man, fit Bedette. On peut pas déplacer p'pa.

— Et on est mieux d'aller s'habiller, suggéra Camille, on peut pas rester en jaquette devant monsieur le curé.

À l'extérieur, Donat était parvenu à atteler la Noire au berlot familial et avait pris la route. À son arrivée chez son beau-frère, il dut frapper longtemps à la porte de la maison avant de tirer sa sœur Emma du sommeil. Elle secoua son mari et le força à se lever pour aller voir. Tenant haut sa lampe, Rémi reconnut Donat et lui ouvrit.

— Qu'est-ce qui arrive? lui demanda-t-il en se doutant que son beau-frère ne venait pas le réveiller en pleine nuit pour rien.

— Je pense que mon père est en train de mourir. Veux-tu atteler et prévenir monsieur le curé? Pendant ce temps-là, je vais essayer d'aller à Saint-Zéphirin chercher le docteur Samson.

Rémi sentit une présence dans son dos. Il se tourna et aperçut Emma debout derrière lui. Elle avait tout entendu.

— C'est pas possible! s'écria-t-elle. Il était correct quand on est partis de la maison tout à l'heure.

— On sait pas ce qu'il a, se contenta de dire Donat, pressé de partir. Le docteur va nous le dire.

— Il faut que j'y aille, déclara Emma en se mettant à pleurer.

— Non, tu restes ici dedans, fit son mari. Tu dois t'occuper des petits pendant que je monte à la sacristie. Penses-tu que tu vas être capable de passer? demanda-t-il à son beau-frère.

— Je le sais pas, répondit Donat. Je vais essayer.

— C'est correct, j'attelle et je pars moi aussi.

Rémi s'habilla rapidement et alla préparer son berlot. Quand il passa près de la maison dans un bruit de grelots, Emma finissait de se changer et s'apprêtait à réveiller les enfants. Dès qu'ils furent chaudement habillés, elle prit Joseph dans ses bras et, suivie par la petite Flore, entreprit de se rendre chez ses parents à pied.

Lorsqu'elle frappa à la porte de la maison paternelle, ce fut Bernadette qui vint lui ouvrir. Sans rien dire, elle déposa Joseph dans les bras de sa jeune sœur et retira son manteau avant de s'occuper de ses deux jeunes enfants. De la chambre de ses parents montaient les voix de sa mère, de Camille et d'Eugénie en train de réciter le chapelet.

— Rémi devrait être à la veille d'arriver avec monsieur le curé, dit-elle à Bernadette. On va aller coucher les petits en haut, ajouta-t-elle en prenant Flore dans ses bras.

Les deux sœurs montèrent à l'étage pour mettre les enfants au lit et descendirent au moment même où Rémi entrait dans la maison précédé par le curé Ouellet, porteur des saintes huiles. Sans dire un mot, le prêtre retira son manteau et ses bottes. Marie, les yeux rougis, vint à sa rencontre, suivie par Camille et Eugénie.

— Il est dans la chambre, en bas, dit la femme de Baptiste à voix basse.

Le curé de Saint-Bernard-Abbé hocha la tête et la suivit. Sans rien dire, tous les membres de la famille vinrent s'immobiliser près de la porte, mais ne pénétrèrent pas dans la chambre. Un silence pesant s'était abattu sur la maison, troublé uniquement par les râles de Baptiste.

Charles-Omer Ouellet s'approcha du malade et lui murmura quelque chose. Marie s'agenouilla, immédiatement imitée par ses enfants, son gendre et sa bru. Constatant que Baptiste n'était pas en état de confesser ses péchés, le prêtre entreprit de lui administrer l'extrême-onction.

Il étendit la main sur la tête du malade en formulant une invocation avant de tremper son pouce dans l'huile sainte. Il fit ensuite une onction en forme de croix sur les yeux, les oreilles, les narines, les lèvres, les mains et les pieds de l'agonisant en faisant appel à la miséricorde de Dieu. Enfin, le prêtre récita quelques prières et invita les personnes présentes à entrer dans la chambre et à réciter le chapelet avec lui pour demander à la Vierge la guérison du malade.

À l'instant où le curé de Saint-Bernard-Abbé se relevait après la récitation du chapelet, Bernadette s'écria :

— P'pa vient de bouger la main. Je l'ai vu.

Toutes les têtes se tournèrent vers l'homme étendu sur le lit. La main droite de ce dernier bougeait effectivement.

— Il a aussi ouvert l'autre œil, dit Marie, soudain folle d'espoir, en s'approchant précipitamment de son mari.

— Le docteur va vous dire ce qu'il a, temporisa le prêtre. Le sacrement des malades que je viens de lui administrer lui a fait du bien.

Toutes les personnes quittèrent la pièce à la suite du prêtre.

— Est-ce qu'on peut vous servir quelque chose de chaud, monsieur le curé ? offrit Camille.

— Non, merci. Il est déjà passé quatre heures et je dois dire ma messe à sept heures.

— Je vous ramène, monsieur le curé, proposa Rémi en endossant son manteau.

— Continuez à prier pour sa guérison, recommanda Charles-Omer Ouellet au moment où on le raccompagnait à la porte.

Après le départ de l'ecclésiastique, Marie et ses enfants se réunirent autour du lit pour continuer à prier. Quand Rémi revint, il s'assit près du poêle, décidé à attendre l'aube pour faire le train de son beau-père, avant d'aller s'occuper de ses propres bêtes.

Donat ne revint à la maison qu'un peu après six heures. Il faisait encore noir et le froid s'était fait plus mordant. Au bruit des grelots, Camille se précipita à la fenêtre juste à temps pour voir arriver une seconde voiture. Elle vit son frère désigner la porte de la maison au visiteur pendant qu'il déposait une épaisse couverture sur le dos de son cheval.

— Le docteur est arrivé, dit la jeune femme assez fort pour être entendue par sa mère et ses sœurs qui priaient dans la chambre au chevet de son père.

Elle alla ouvrir la porte au docteur Eugène Samson qui, le visage rougi par le froid, lui tendit son sac en cuir sans dire un mot. L'homme retira son épais manteau de chat sauvage, sa toque et ses bottes sous le regard attentif de tous les habitants de la maison. Il était évident que le long trajet entre Saint-Zéphirin et le rang Saint-Jean avait été pénible par ce froid sibérien.

— Voulez-vous une tasse de thé pour vous réchauffer un peu, docteur ? lui proposa Eugénie.

— Peut-être après avoir vu le malade. Où est-ce qu'il est ?

— Dans la chambre, répondit Marie en lui montrant la pièce où on avait disposé deux lampes à huile.

— Parfait, répondit le petit homme sec en chaussant son lorgnon qu'il venait de tirer de la poche de poitrine de son veston.

Il entra dans la chambre et referma la porte derrière lui. Ne sachant quoi faire, Marie était debout au centre de la cuisine, se tordant les mains d'inquiétude.

— Assoyez-vous, m'man, et buvez une tasse de thé, lui conseilla Bernadette en lui mettant une tasse entre les mains.

Quand Donat pénétra dans la maison après avoir dételé et nourri son cheval, Rémi mit son manteau.

— Occupe-toi pas de ton train. Je vais le faire.

— Ben non.

— Laisse faire, commence par te dégeler un peu.

Sans plus attendre, son beau-frère sortit en reprenant le fanal que Donat s'apprêtait à éteindre.

Dans la cuisine, l'angoisse était presque palpable. Chacun tendait l'oreille, cherchant à deviner ce que le médecin faisait dans la chambre, mais ils n'entendaient rien. Ils étaient tous épuisés par cette nuit écourtée et par les émotions qui les avaient violemment secoués. Assis autour de la table, ils attendaient, conscients de leur inutilité dans une telle situation.

Après une trentaine de minutes d'attente, la porte de la chambre à coucher finit par s'ouvrir et livrer passage à un Eugène Samson soucieux. Le praticien retira lentement son lorgnon et s'approcha de la table.

— Je prendrais bien la tasse de thé que vous m'avez offerte en arrivant, dit-il en acceptant la chaise au bout de la table que Donat venait de libérer.

Bernadette se leva et alla lui verser une tasse de thé bouillant.

Conscient de tous ces regards chargés d'inquiétude tournés vers lui, le médecin avait l'air de chercher la façon la plus appropriée d'apprendre la vérité aux membres de la famille réunis dans la pièce.

— Puis, qu'est-ce que mon mari a? lui demanda Marie d'une voix un peu tremblante.

— Il est bien malade, madame Beauchemin.

— Il mourra pas, j'espère?

Le docteur Samson laissa planer un long silence avant de se décider à répondre à la question.

— Écoutez, votre mari a eu une grosse attaque et je peux pas vous promettre qu'il va s'en remettre. Ça va dépendre de bien des choses. Là, je lui ai donné des calmants et j'ai fait tout ce que je pouvais pour lui.

— Qu'est-ce qui va lui arriver? Est-ce qu'il va guérir? l'interrogea Camille.

— Là, il a tout le côté gauche paralysé.

— Mon Dieu! s'écria Marie en mettant l'une de ses mains devant sa bouche.

— Il peut plus parler.

— Mais est-ce qu'il nous entend? demanda Bernadette, les larmes aux yeux.

— Je pense qu'il entend et qu'il comprend ce qui est dit autour de lui, répondit le médecin. Son état peut empirer ou s'améliorer dans les jours à venir. Dieu peut aussi décider de le rappeler à lui.

— Mais il va pas mourir? s'alarma Bernadette.

— On peut pas savoir encore, admit le docteur Samson. Ça dépend comment ça va évoluer dans les prochaines heures.

— Mais il peut aussi redevenir comme avant? fit Donat.

— Je pense pas, mais on sait jamais, déclara le médecin, guère encourageant. Dans le meilleur des cas, il peut rester partiellement paralysé. Ça me sert à rien de vous raconter n'importe quoi. Il ne redeviendra plus jamais l'homme qu'il était s'il passe à travers cette attaque-là. Tout ce que vous pouvez faire, c'est de le laisser se reposer. On verra plus clair dans quelques heures.

Cette déclaration du médecin fut ponctuée de sanglots. Il se leva en promettant de repasser à la fin de la soirée ou le lendemain matin.

En ce 2 janvier 1871, le soleil se levait dans un ciel sans nuages. Campée devant la fenêtre, Camille regarda le berlot du médecin quitter la cour. Rémi sortait du poulailler au même instant. Elle se tourna vers les siens qui n'avaient pas bougé, encore assommés par le diagnostic du docteur Samson.

— On va se préparer à déjeuner. C'est pas en se laissant mourir de faim qu'on va arranger les affaires, déclara la jeune femme. Rémi s'en vient, il a l'air d'avoir fini le train.

Marie retourna doucement dans sa chambre pour aller voir son mari pendant que ses filles et Eugénie préparaient une omelette et faisaient rissoler des morceaux de lard. À l'étage, le petit Alexis s'était mis à pleurer, imité par son cousin Joseph.

— Les enfants ont l'air bien réveillés, dit Emma. Je vais aller les chercher.

Quand Marie revint dans la cuisine, elle se contenta de dire d'une voix morne :

— Il a l'air de dormir.

— Donat, il faudrait bien que t'ailles chercher Xavier après le déjeuner, déclara Camille.

— C'est correct, se contenta de lui répondre son frère aîné.

Le repas du matin se prit dans une atmosphère lugubre. La chaise du maître de maison avait été laissée libre. Chacun prenait subitement conscience de la place importante que le chef de famille occupait.

Après le déjeuner, Donat quitta la ferme en même temps que Rémi et sa petite famille qui rentraient à la maison. Il parcourut le rang Saint-Jean jusqu'au pont, monta la côte et passa devant la chapelle que son père avait eu tant de mal à faire construire. Il longea toutes les fermes du rang Sainte-Ursule jusqu'à la cabane de son frère Xavier. De la fumée s'échappait par la cheminée à son arrivée et la porte s'ouvrit avant même qu'il frappe.

— Blasphème, t'es de bonne heure sur le chemin, toi ! s'exclama son jeune frère en l'invitant à entrer.

Antonin était occupé à ramasser la vaisselle sale sur la table et l'adolescent salua le visiteur.

— Je reste pas, dit sèchement Donat. Je suis juste venu te dire que le père est tombé malade pendant la nuit.

— Est-ce que c'est grave ? demanda Xavier dont le sourire venait de s'effacer.

— Assez grave pour faire venir monsieur le curé qui lui a administré les derniers sacrements. J'ai passé une partie de la nuit sur le chemin pour aller chercher le docteur Samson. Il vient de partir.

Le visage du fils cadet de Baptiste Beauchemin blêmit. La gorge serrée par l'émotion, il semblait brusquement incapable de prononcer la moindre parole.

— D'après le docteur, p'pa risque de rester paralysé, peut-être même de mourir, conclut Donat.

— Antonin, donne un verre de bagosse à mon frère pendant que j'attelle, ordonna Xavier à son homme engagé en se précipitant vers son manteau.

Après avoir chaussé ses bottes, il sortit en coup de vent et se dirigea vers l'abri pour atteler Prince à son vieux berlot. Quand son attelage fut prêt, il se contenta d'ouvrir la porte de la cabane pour dire à son frère :

— Prends le temps de te réchauffer un peu. Je pars tout de suite.

Une demi-heure plus tard, Xavier immobilisa sa bête près de la maison paternelle. Sans prendre la peine de lancer une couverture sur le dos de son cheval, il entra dans la maison. Camille vint au-devant de lui.

— M'man est avec lui dans la chambre. Ôte ton manteau et va la rejoindre, lui conseilla-t-elle.

Au passage, le jeune homme saisit le regard plein de reproches que lui adressèrent Eugénie et Bernadette. Il en comprit la raison et baissa les yeux. Il pénétra dans la chambre de ses parents sur la pointe des pieds. À son entrée dans la pièce, sa mère leva la tête. Elle était assise au pied du lit et regardait fixement le malade.

Xavier se pencha pour embrasser sa mère, mais son regard était fixé sur le visage de son père qu'il avait peine à reconnaître. Sa bouche était tordue et l'un de ses yeux était entrouvert. Ainsi étendu dans son lit, il lui donnait l'impression d'être beaucoup plus petit. Les larmes emplirent ses yeux.

— Qu'est-ce qu'on va devenir s'il s'en va ? chuchota sa mère d'une voix méconnaissable, comme si elle était seule dans la pièce.

— J'aurais dû venir demander sa bénédiction hier, dit son fils cadet d'une voix étranglée. Jamais je me le pardonnerai.

— Ton père est pas encore parti, répliqua Marie sur un ton où perçait encore un peu d'espoir.

À suivre

Sainte-Brigitte-des-Saults
juin 2009

Table des matières

Chapitre 1. La dernière tempête...........................11

Chapitre 2. La concession.................................41

Chapitre 3. Pâques.......................................65

Chapitre 4. La catastrophe...............................83

Chapitre 5. La nouvelle.................................103

Chapitre 6. La visite...................................119

Chapitre 7. L'impatience................................139

Chapitre 8. Un départ...................................157

Chapitre 9. Antonin.....................................175

Chapitre 10. Le sac.....................................201

Chapitre 11. Une grande déception 225

Chapitre 12. La surprise................................241

Chapitre 13. Une importante décision 255

Chapitre 14. La chapelle................................269

Chapitre 15. L'inattendu................................287

Chapitre 16. La fin de l'été............................307

Chapitre 17. Un décès...................................323

Chapitre 18. La dîme....................................355

Chapitre 19. De la visite...............................365

Chapitre 20. Un automne occupé.................................397

Chapitre 21. Les frères Beauchemin 413

Chapitre 22. Une arrivée mal préparée 435

Chapitre 23. Le cauchemar de Baptiste.......................463

Chapitre 24. Du nouveau 489

Chapitre 25. Noël...519

Chapitre 26. Des imprévus 539

Chapitre 27. Un jour de l'An particulier.....................553

Chapitre 28. Un lendemain pénible 583